BAND 31

Entdecke die Festa-Community

- www.facebook.com/FestaVerlag
- www.twitter.com/FestaVerlag
- Festa Verlag
- www.horrorundthriller.de
- www.Festa-Crime.de

Wenn Lesen zur Mutprobe wird ...
www.Festa-Verlag.de

ORDEN FÜR DIE TOTEN

DALTON FURY

Aus dem Amerikanischen von Patrick Baumann

FESTA

Die amerikanische Originalausgabe
Tier One Wild
erschien 2012 im Verlag St. Martin's Press.
Copyright © 2012 by Dalton Fury

1. Auflage Oktober 2016
Copyright © dieser Ausgabe 2016 by Festa Verlag, Leipzig
Lektorat: Alexander Rösch
Titelbild: Arndt Drechsler
Alle Rechte vorbehalten
ISBN 978-3-86552-508-6
eBook 978-3-86552-509-3

Vorbemerkung

In *Black Site* hat Kolt den Großteil der Schwerstarbeit allein erledigt. Bei sachkundigen Lesern, die sich mit der Arbeit *geheim* operierender Spezialeinheiten befasst haben, stellt das die Glaubwürdigkeit auf eine harte Probe, wenn man das Geschilderte für mehr halten will als reine Fiktion. Bei der Delta Force, ähnlich wie in jeder anderen Militäreinheit, schultern nämlich die Sergeants die größte Last, nicht die Einsatzkräfte vor Ort.

Abgesehen vom Einsatz im pakistanischen Ödland, bei dem Kolt ›Racer‹ Raynor eine katastrophale Fehlentscheidung getroffen hat, war er die meiste Zeit mit einer ›Einzelgängermission‹ betraut, wie wir es nennen. Er arbeitete ohne jede Unterstützung. Bei dieser Art von Mission gelangt im Vorfeld jemand zu der Schlussfolgerung, dass es taktisch sinnvoller ist, einen einzelnen Delta anstelle eines ganzen Teams in den Einsatz zu schicken.

Der schnellste Weg in den Burn-out ist für einen Operator die direkte Aufeinanderfolge mehrerer Einzelgängermissionen. Diese sind nämlich zwangsläufig mit Stress, hohem Blutdruck, ständigen Selbstzweifeln und dem Aufrechterhalten einer zwar durch Verstärkung abgesicherten, aber trotzdem nur oberflächlichen Tarnung verbunden. Natürlich hat niemand damit gerechnet, dass Racer die *Black-Site*-Mission überlebt. Aber das tat er.

Jeder weiß, dass Kolt damit der größte Glückspilz auf Erden ist – er selbst eingeschlossen.

Tatsächlich hat er sich geschworen, in Zukunft jede Einzelgängermission rigoros abzulehnen. Er braucht Kameraden, um bei Verstand zu bleiben. Er braucht Leute an seiner Seite, die so denken wie er, die ihm Rückendeckung geben und auf ihn aufpassen. Kann man ihm das verübeln? Der Krieg gegen den Terror dauert schon verdammt lange und jeder Mensch stößt dabei früher oder später an seine Grenzen.

Wenn Sie gleich *Tier One Wild* lesen, werden Sie feststellen, dass Racer am liebsten im Team arbeitet. Ohne seine Kameraden, die ihm verlässlichen Feuerschutz geben, wäre das vorzeitige Ende dieser Thrillerserie sonst vorprogrammiert.

Ich lehne mich nach dem Schreiben der ersten beiden Romane wohl nicht zu weit aus dem Fenster, wenn ich behaupte, dass Kolt und ich mehr Gemeinsamkeiten haben, als ich ursprünglich dachte. Wir hassen es beide, Solomissionen zu absolvieren. Und wir verfügen beide über haufenweise angeborene Schwächen. Daher gestehen wir uns selbstverständlich ein, dass wir nur in einem Team unser Bestes geben können. Am besten geht es uns, wenn unsere Ranger-Kumpel da sind, um uns auf Zack zu halten. Wir fühlen uns am sichersten, wenn unsere Kameraden an der Bresche postiert sind, die Fenster bewachen oder uns im Treppenhaus nach oben Feuerschutz geben. Unsere Kritiker würden uns vielleicht sogar vorwerfen, dass wir Trittbrettfahrer sind – abhängig von Operators, die mehr Talent besitzen als wir.

Und so wie ein Team der Spitzenklasse nötig war, um Abu Al-Amriki und die SA-24s aufzuspüren, erforderte es einen vergleichbaren Aufwand – und professionellen Teamgeist –, dass dieses Buch in Ihren Händen landen konnte.

Kein Operator scheidet aus den Reihen der Delta Force aus, bevor es für ihn wirklich an der Zeit ist, den Job an den Nagel zu hängen und in Rente zu gehen. Und ich bin stolz, sagen zu können, dass niemand unser Team verlassen hat. Dieselben zielstrebigen Profis, die *Black Site* zum Leben verholfen haben, sind auch bei *Tier One Wild* noch aktiv. Jedes Buch und jede Delta-Force-Mission steht und fällt mit der Unterstützung anonym im Hintergrund agierender Profis. Ich bin den Leuten von St. Martin's Press und der Trident Media Group zutiefst dankbar und außerordentlich stolz auf sie. Ihre Arbeit in der Deckung lässt die Haupttruppe gut dastehen. Bei der Delta Force bildet die *Haupttruppe* das Angriffsteam. Alle anderen werden dem Support zugerechnet.

Unser Angriffsteam wurde erneut von meinem Lektor und eingefleischten New-York-Mets-Fan Marc Resnick angeführt. Ich bin überzeugt, dass nicht mal eine Bande Terroristen seine positive Grundeinstellung oder sein Dauerlächeln vertreiben könnte – oder ihn dazu bringen könnte, auch nur für ein einziges Inning die Braves anzufeuern. Und selbst wenn, wäre mein Superagent Scott Miller von Trident sofort zur Stelle, um alles wieder geradezurücken. Wie in vielen von Ihnen da draußen, steckt auch in Scott ein wenig *Tier One Wild*. Zu Mark, Scott und mir gesellte sich erneut der enorm talentierte und clevere Schriftsteller Mark Greaney. Für Begleitung, Betreuung und Freundschaft stehe ich tief in seiner Schuld. Obwohl Scott es allein mit jedem Terroristen aufnehmen könnte, würde Mark sich jederzeit zur Sicherheit ebenfalls auf den Gegner stürzen wie der Secondary der Cleveland Browns. Um es ganz klar zu sagen: Das einzige Mitglied unseres Angriffstrupps, das man bei dieser Wiederbelebung von Kolt Raynor aufs Abstellgleis hätte verbannen können, bin ich.

Abgesehen von der Arbeit dieser Jungs ist auch die Unterstützung der Familie unverzichtbar, wenn man etwas zustande bringen will. Und obwohl meine wunderbare Frau und meine Töchter nicht allzu viel von diesem Dalton-Fury-Kram halten, lassen sie mir das alles durchgehen, solange es mich nicht von meinem Hauptberuf abhält. Sofern ich sie nicht damit behellige, gibt es kein Problem. Aber eins ist ganz sicher: Falls Kolt Mist baut und die Rückendeckung der Ladys bei mir zu Hause verliert, ist er schnell ein toter Mann.

Ich werde oft gefragt, ob Kolts Verhalten realistisch ist. Würde Dalton Fury auch versuchen, ein entführtes Flugzeug beim Abheben anzugreifen? Selbstverständlich nicht, aber ich bin schließlich auch kein Kolt Raynor.

Seit das SEAL Team 6 Mitte 2011 Osama bin Laden erledigt hat, stellt man mir oft die Frage, ob die Delta-Force-Mitglieder wirklich anderen Leuten oder Soldaten erzählen, sie gehörten zu den Navy SEALs, um ihre wahre Identität und Tarnung zu schützen. Nun, ja, ich bin ein Navy SEAL. Da ich nicht surfe, Sie nicht mit einem ausgeflippten Karatetritt erledige oder in einer Bar verprügle und Ihnen die Freundin ausspanne, bin ich wohl der beste Navy SEAL, den es gibt, was meine Tarnung angeht.

Glauben Sie mir oder glauben Sie mir nicht. Jedenfalls verschwinde ich jetzt, bevor Sie mir ein Loch in den Bauch fragen können. Ich habe nämlich zu tun.

Als ich *Tier One Wild* schrieb, fragte mich einmal ein ziemlich hohes Tier: »Wie zum Teufel kann es eigentlich sein, dass die SEALs Cindy ›Hawk‹ Bird in ihr Team aufgenommen haben?«

Tja, da hatte er mich eiskalt erwischt. »Hawk ist eine Teamplayerin, keine Einzelgängerin. Jemand wie sie gehört in die Delta Force«, antwortete ich.

»Dann gibt es also Frauen bei der Delta Force?«

»Japp, 'ne ganze Menge sogar.«

Er ließ nicht locker. »Auch weibliche Operators?«

Ich schüttelte den Kopf. »Unsere Feinde haben keine Zeit, sich über das Geschlecht unserer Einsatzkräfte Gedanken zu machen. Das führt nur zu Stress. Also sollten wir ebenfalls nicht darüber nachdenken.«

Tier One Wild

(1) der Einsatz von gesundem Menschenverstand, anstatt einfach Dienst nach Vorschrift zu machen; sich mehr herausnehmen als andere und dabei ein ziemlicher Sturkopf sein.

(2) die Einstellung, die alle Tier-One-Operators (Delta Force und SEAL Team 6) verbindet. Dazu gehört die Auffassung, dass jemand, der für den Dienst in einer solchen Spezialeinheit ausgewählt wurde, über die geistigen und körperlichen Fähigkeiten verfügt, weit höheren Belastungen zu trotzen als gewöhnliche Soldaten, größere Risiken einzugehen, anderen Regeln zu folgen – und einem hochrangigen Offizier ruhig mal zu sagen, dass er nur Scheiße labert (in etwas höflicheren Worten, aber ohne jede Angst vor Bestrafung).

Prolog

Neu-Delhi, Indien

Die Toten lagen überall in der ersten Klasse verstreut. Die Leichen stanken in der stehenden Luft.

Vier Männer, zwei Frauen. Eine Flugbegleiterin. Ein Air Marshal. Ein Mann, der ausgesehen hatte, als wolle er Ärger machen. Ein indischer Diplomat aus dem Pandschab. Eine deutsche Frau, die man wegen ihrer Schreie erschossen hatte.

Und ein Märtyrer.

Anders als bei den fünf toten Ungläubigen war Marwans Leiche nicht einfach auf den Sitzen abgelegt worden. Nein, seine Männer hatten ihn vorsichtig auf den Rücken gedreht, ihm die Arme vor der Brust gekreuzt und eine saubere, gestärkte Serviette aus einem Erste-Klasse-Speisewagen über dem Gesicht ausgebreitet. Die beiden Enden des roten Kopftuchs ließen sich gerade noch erkennen. Marwan war der Anführer der aus sechs Männern bestehenden Zelle von Lashkar-e-Taiba-Kämpfern gewesen. Er und seine Männer hatten dieses Flugzeug vor zwei Tagen betreten, gekleidet wie Geschäftsleute, die gerade von einer Telemarketingkonferenz in Mumbai zurückkehrten. Marwan war kurz nach dem Start in die hintere Bordküche gegangen, während die restlichen Passagiere angeschnallt auf ihren Plätzen saßen, gefügig wie auf dem Marktplatz angebundene Lämmer. Dort hatte er den Koffer gefunden, hinterlegt von einem jordanischen Bruder, der in der Gastronomie des Chhatrapati Shivaji International Airport in Mumbai arbeitete. Ruhig und effizient hatte Marwan die Skorpion-Maschinenpistolen aus dem Koffer an seine Männer verteilt, die kugelsichere Weste angelegt und sich die Handgranate in die Tasche gesteckt. Dann waren die sieben pakistanischen Lashkar-e-Taiba-Agenten durch die Gänge gestürmt, um das Flugzeug zu kapern.

25 Sekunden, nachdem sie glaubten, die Kontrolle übernommen zu haben, fiel Marwan tot auf den Gang, getötet durch einen Pistolenschuss in den Hinterkopf, den ein Air Marshal abgefeuert hatte. Dieser war im nächsten Moment durch Schüsse aus den Skorpions niedergestreckt worden. Aufgrund dieser unerwarteten Entwicklung führte plötzlich Jellock das Kommando über die Gruppe, die den Tod ihres Anführers noch nicht ansatzweise verkraftet hatte.

Jellock war nicht Marwan. Er hatte Angst und agierte unsicher. Er war müde, ihm war heiß, schlecht von dem seltsamen Fraß, den es im Flugzeug gab, den überschwemmten Toiletten und den Leichen, die in der ersten Klasse verwesten. Die schusssichere Weste, die er trug, saß zu eng und störte ihn dabei, durchs Flugzeug zu rennen und Befehle zu brüllen.

In den letzten 55 Stunden hatte er die amerikanische Crew der 767 gezwungen, erst nach Neu-Delhi, dann zurück nach Mumbai, nach Bangalore und schließlich erneut nach Neu-Delhi zu fliegen. Jellock hatte Angst davor gehabt, mit der Maschine zu lange an einem Ort zu bleiben, und ungeduldig gewartet, dass die gestellten Forderungen erfüllt wurden. Die indische Regierung bemühte sich nach Kräften, Zeit zu schinden.

Seine Männer hatten Passagiere und Crewmitglieder bedroht und getötet.

Er wünschte, Marwan wäre noch da, um ihm zu sagen, was zu tun war, wohin er gehen sollte, wie er die anderen vier Männer, die zur Zelle gehörten, am besten im Griff behielt.

Doch Marwan lag tot im Erste-Klasse-Bereich und alle warteten auf Jellocks Anweisungen. Dabei stritten sie und reagierten ihren Frust ab, indem sie die Passagiere verprügelten.

Was mach ich jetzt? Das dauert zu lange!

Der erschöpfte, gestresste Verstand des 23-Jährigen konzentrierte sich auf diesen Gedanken. *Zu lange.* Ja! Sie befanden sich entschieden zu lange hier in Neu-Delhi am Boden. Er ahnte, dass die Verzögerungen eine List der Regierung sein mussten, dass sie ihn zum Narren hielten.

Zu lange.

Jellock stand auf, stürmte ins Cockpit und herrschte die Mitglieder der Flugbesatzung an, die dort auf ihren Sitzen geschlafen hatten. »Wir verlassen Neu-Delhi! Wir fliegen ab!«

»Wohin?«, fragte der Pilot müde.

Jellock überlegte für einen Moment. Er brauchte einen sicheren Ort. Einen Ort, an dem das Flugzeug lange genug bleiben konnte, um sich etwas auszuruhen. »Quetta!«

»Pakistan.« Der Pilot brachte das Wort mit einem Stöhnen hervor, das seinen Frust verdeutlichte.

»Ja!« Jellock schrie jedes einzelne Wort, das er an die Piloten richtete, da er glaubte, ihnen auf diese Weise Respekt abringen zu können.

Der Pilot zuckte die Achseln. »Wann?«

»Jetzt! Fliegt los!«

»Junger Mann, Sie verstehen nicht ganz. Wir müssen vor dem Abflug eine Checkliste durchgehen und die Karten vorbereiten für die Route, die wir ...«

»Fliegt sofort los, sonst töte ich einen Passagier!« Jellock wandte sich ab und rief in die Kabine: »Mohammed!«

Der Pilot rieb sich die Augen und griff nach dem Koffer mit den Karten und Charts. »Okay! Okay. Geben Sie mir fünf Minuten, um ...«

»Eine Minute!«, kreischte Jellock, überzeugt davon, dass dieser Ungläubige ihn täuschen wollte. »In einer Minute rollen wir auf die Startbahn, sonst töte ich alle 60 Sekunden einen Passagier!«

»Drei Minuten! Sie müssen uns wenigstens ...«

»Zwei Minuten! Nicht mehr!«

»Ich brauche drei!«

»Du kannst drei haben, aber dann töte ich einen Passagier.«

Er drehte sich zur Kabine um. »Mohammed! Bring mir das erste Kind, das du siehst!«

»Schon gut! Ganz ruhig! Wir fliegen in zwei Minuten!«, rief der Pilot. Er beachtete den Terroristen nicht länger und konzentrierte sich vollkommen auf den bevorstehenden Abflug.

In 900 Metern Höhe über der Boeing 767 war der dunstige Nachthimmel kühl, doch Major Kolt ›Racer‹ Raynor von der Delta Force schwitzte trotzdem hinter der Schutzbrille. Kleine Schweißbäche rannen ihm unter dem schwarzen Nomex-Anzug den Rücken hinab. Er hing unter der gestrafften Leinwand des rechteckigen Fallschirms und konzentrierte sich auf die Lage am Boden.

Fast vier Jahre waren vergangen, seit er zum letzten Mal andere Männer in den Kampf geführt hatte. Sowohl Vorgesetzte als auch Kollegen hatten ihn für einsatztauglich erklärt, und so fühlte er sich auch. Dennoch war er nur ein Mensch.

Und dieser Mist jagte ihm eine Heidenangst ein.

Zwei weitere Fallschirme schwebten ganz in der Nähe durch die Dunkelheit. Die drei Schirme flogen in Formation. Seine Teamkollegen Digger und Slapshot hingen vor Kolt 15 Meter tiefer unter einem Tandemschirm. Stitch flog etwas höher genauso weit hinter ihm.

Alle vier Männer ließen sich vom Wind zur Landezone treiben, knapp 100 Meter hinter dem entführten Flugzeug von American Airlines.

Digger, der in der vorderen Position vor Slapshot hing, meldete sich per Funk: »Hey, Boss. Das Flugzeug macht den Eindruck, als wär's bereit zum Abflug. Die Hilfstriebwerke sind abgeschaltet. Die Gangway am Heck ist schon eingeklappt.«

»Schätze, die wollen nicht drauf warten, dass wir uns anschleichen wie Ninjas«, raunte Slapshot ins Mikro. Der groß gewachsene Mann hatte immer einen launigen Spruch auf Lager, selbst wenn sonst alle Trübsal bliesen.

Kolt war nicht nach Lachen zumute. »Verdammte Scheiße.«

Dann meldete sich Stitch über Funk: »Komm ein bisschen weiter zu mir rüber, Boss.« Sofort bemerkte Racer, dass er etwas zu dicht an die Männer vor sich herangetrieben war. Ruhig korrigierte er den Kurs mithilfe der Steuerleinen.

Der Plan sah vor, dass sie landeten und sich am Boden mit anderen Amerikanern trafen – CIA-Beamten und Militärs der hiesigen Botschaft. Gemeinsam sollten sie über das weitere Vorgehen entscheiden. Als Landezone hatte man eine Stelle auf dem Rollfeld hinter dem entführten Flugzeug festgelegt, vom Terminal aus nicht sichtbar. Die CIA-Jungs vor Ort meldeten, dass überall im Terminal Fernsehkameras aufgestellt seien. Niemand von der Delta Force wollte, dass die Kameras ein Kommandoteam filmten, das um 3:30 Uhr morgens vom Himmel heruntergeschwebt kam.

Kolt hing 760 Meter über der Erde und behielt das Flugzeug im Auge, darauf bedacht, dass es zwischen seinem Fallschirm und den Kameras platziert war.

Er hoffte inständig, dass er und seine Teamkollegen eine Gelegenheit bekamen, den Jet zu stürmen. Wenn die Maschine noch ein paar Stunden länger in Neu-Delhi blieb, standen die Chancen nicht schlecht, dass das Joint Operations Center ihm den Befehl für einen Zugriff erteilte.

Aber noch während er darüber nachdachte, begannen unter ihm die roten und grünen Positionslichter an den Tragflächenspitzen der 767 zu blinken. Fast im selben Moment dröhnten die zwei Pratt-&-Whitney-Turbinen. Sekunden später wandte sich die Nase des Flugzeugs leicht nach links und zentrierte sich auf dem nach Westen ausgerichteten Rollfeld.

Die Triebwerke wurden lauter und der Großraumflieger setzte sich in Bewegung.

Kolt Raynor stieß ein frustriertes Stöhnen aus. »Das soll wohl 'n Witz sein.«

Digger rief ins Funkgerät: »Das Scheißding rollt!«

»Ändern die nur ihre Position oder wollen die zur Piste?«, fragte Stitch von hinten. Racers Schirm versperrte ihm die Sicht.

»Ich wette, die fliegen los. Die haben schon 'ne Menge wirre Aktionen gestartet.«

»Vorschläge?«, fragte Kolt schnell. In einem so kritischen Moment legte er großen Wert darauf, die Einschätzungen seiner Sergeants zu hören.

»Hat jedenfalls nicht viel Sinn, sich mit den Behörden hier in Verbindung zu setzen, wenn das entführte Flugzeug eh nicht hierbleibt«, meinte Slapshot.

Stitch ergriff das Wort: »Racer, du hast freie Hand. Warum schlagen wir nicht zu?«

Es stimmte, Raynor hatte Colonel Webber, den Kopf der Delta Force, dazu gebracht, ihm volle Befugnisse zu erteilen. Das gab Raynor als militärischem Kommandanten vor Ort die Möglichkeit, einen raschen Angriff auf die Maschine durchzuführen, falls er eine günstige Gelegenheit erkannte oder es ihm notwendig erschien. Zum Beispiel, falls die Terroristen – von den Deltas ›Krähen‹ genannt – anfingen, Geiseln zu erschießen, bevor das JOC die Delta-Mission offiziell absegnete.

Aber Kolt war nicht ganz sicher, was Stitch gemeint hatte. Er fragte in sein Mikrofon: »Zuschlagen? Während das Teil rollt?«

»Wir können auf dem Dach landen und zum Cockpit laufen. Ich hab die Harpune. Brechen wir doch die Notluke auf und klettern einer nach dem anderen rein. Wenn wir uns beeilen, sind wir drin, bevor die richtig Gas geben können.«

»Habt ihr Jungs das etwa schon mal gemacht?«, fragte Kolt ungläubig.

»Nicht bei 'nem Flugzeug in Bewegung, nur beim Training in Fort Bragg, Boss«, antwortete Slapshot. Aber er schloss sich der Einschätzung des anderen Sergeants an. »'ne zweite

Chance dazu kriegen wir nicht. Wenn das Flugzeug nicht mehr da ist, nehmen uns womöglich die Fernsehteams ins Visier. Falls die uns filmen, wie wir auf dem Rollfeld landen, kriegen das auch die Krähen im Jet mit. Das geht denen bestimmt dermaßen auf den Sack, dass sie noch mehr Passagiere umbringen.«

»Jetzt oder nie«, bekräftigte Stitch. »Was sagst du, Racer?«

»Was sagt Digger?«, wollte Kolt wissen.

Jetzt meldete sich Digger zu Wort. Obwohl er der Jüngste im Team und insgesamt wohl auch der Fitteste war, hatte er eine Behinderung, die die Mission zu gefährden drohte. Wo früher sein rechter Unterschenkel gewesen war, prangte jetzt eine Titanprothese. Kolt konnte sich nicht vorstellen, wie er mit einem Bein aus Metall über das Dach eines in Bewegung befindlichen Flugzeugs rennen sollte.

»Kein Problem, Boss. Ich krieg das hin«, versicherte Digger. Er klang zuversichtlich und heiß auf den Einsatz.

Kolts Beraterstab hatte gesprochen und das Urteil fiel einstimmig aus. Trotzdem ... Es war sein erster Einsatz seit der Rückkehr zur Einheit vor zwei Monaten. Colonel Webber hatte Raynor unmissverständlich klargemacht, dass er sein Verhalten ändern musste. Bei der modernen Delta Force gab es keinen Platz für die Tier-One-Wild-Eskapaden, die ihn in der Vergangenheit in Schwierigkeiten gebracht hatten. Webber schärfte Kolt unzählige Male ein, dass er sich auf ausgesprochen dünnem Eis bewegte. Aber als das Geiseldrama seinen Lauf nahm, hatten Kolt und seine Jungs Bereitschaftsdienst in Fort Bragg gehabt. Also beorderte man ihn und sein Team zum Einsatz.

Entscheid dich, Raynor!, spornte er sich selbst in Gedanken an.

Drei Sekunden später drückte er die Sprechtaste am Brustgurt. »Schlagen wir zu.« *Webber wird mir den Arsch aufreißen,* dachte er. Aber fürs Erste hatte er ganz andere Sorgen.

Der Speisesaal, der Fitnessbereich und das Kinozelt im Joint Operations Center auf der Forward Operating Base Yukon in Bagram, Afghanistan, standen leer. In diesem Moment drängten sich alle vor den riesigen Plasmabildschirm im hinteren Bereich, auf dem die schockierenden Aufnahmen zu sehen waren. Die Nachtsichtkamera einer Predator-Drohne fing ein, wie das riesige Linienflugzeug in der Dunkelheit langsam auf die Startbahn zuhielt. Per Satellitenverbindung wurden die gespenstischen Bilder auf das Display im JOC übertragen. Racer und sein Team waren nicht zu sehen. Sie befanden sich in diesem Moment noch hoch oben in der Luft. Ihre Landezone lag außerhalb des aktuellen Sichtfelds der Kamera.

Die CIA-Leute am Flugplatz in Neu-Delhi benutzten ein Thuraya-Satellitentelefon. Ihre Rückmeldungen zum Geschehen waren über die Lautsprecher im JOC zu hören. Der Verbindungsbeamte der CIA stand mit dem Hörer am Ohr bei Colonel Jeremy Webber und gab zusätzliche Informationen an den Kopf der Delta Force weiter.

Alle fühlten die Anspannung, die in der Luft lag. Sie starrten wie gebannt auf den riesigen Plasma, der im JOC nur ›Kill TV‹ genannt wurde.

Mit gespannter Aufmerksamkeit verfolgten die Männer und Frauen, wie das entführte Flugzeug sich zügig über das Rollfeld bewegte, offensichtlich um von Runway 29 abzuheben. Ein paar Sekunden später verschlechterte sich die Verbindung zur Predator. Das ›Auge am Himmel‹ hatte geblinzelt. Eine mechanische Störung, die bei diesem Spion in der Luft zuverlässig genau dann auftrat, wenn klare Sicht dringend benötigt wurde.

Einen Moment später kehrte die ›Kill-TV‹-Übertragung zurück, genau in dem Augenblick, als die Silhouetten von vier Männern unter drei Fallschirmen zwischen der 767 und dem Objektiv der Kamera hindurchglitten. Schwarze, heiße Gestalten, die durch die Luft flogen. Ihre Körperwärme staute sich in den Fallschirmen über ihnen und erzeugte eine ellipsenförmige Silhouette.

»Verdammte Scheiße. Da sind sie!«, rief der Operations Sergeant Major und brach damit das Schweigen im Operations Center. Das Delta-Team hätte weiter hinten auf dem Rollfeld landen sollen. Für alle in Bagram sah es ganz danach aus, als ob sie auf die Startpiste selbst zuhielten. »Was zum Teufel treiben die da?«

Die drei Fallschirme schwebten zielstrebig dem Flugzeug entgegen. Colonel Jeremy Webber begriff, dass das nur eins bedeuten konnte. Das Ziel der Männer war *nicht* die Landezone auf dem mittlerweile leeren Rollfeld.

Nein. Es schien, als ob …

Webber neigte den Kopf leicht zur Seite. »Racer greift an.« Er verkündete es in einem schroffen Tonfall, der alle Anwesenden wissen ließ, dass er verärgert war.

Niemand im JOC war ein Neuling, wenn es um Spezialeinsätze oder Terrorbekämpfung ging, trotzdem keuchten viele entsetzt auf. Wollte das Team tatsächlich ein Flugzeug stürmen, das sich am Ende der Rollbahn befand, Sekunden vor dem Abflug?

Colonel Webber lehnte sich im Stuhl zurück. Er *war* verärgert, aber nicht überrascht. Bei diesem verdammten Kolt Raynor, seinem Mann vor Ort, handelte es sich um einen aufmüpfigen Truppenkommandanten, den man vor vier Jahren aus der Delta Force gefeuert hatte. Nach seiner Rückkehr zur Einheit erlaubte er sich die gleichen Alleingänge, trotz all der ›individuellen Aufmerksamkeit‹, die Webber seinem eigensinnigen Major zukommen ließ.

Schweigend starrte er auf den Monitor. Hätte Webber irgendwie Einfluss auf die Situation nehmen können, er hätte Racer und die anderen längst aufgehalten. Aber das waghalsige Verhalten dieses Delta-Operators machte jede Führung aus der Ferne und jede Feinjustierung unmöglich. Das JOC befand sich 220 Meilen vom Schauplatz des Geschehens entfernt.

Colonel Webber räusperte sich und sprach mit selbstbewusster, donnernder Stimme. »In Ordnung, wir haben ein Bild der Lage und befinden uns in einer laufenden Mission mit Operators im Zielanflug. Bringen Sie die schnelle Eingreiftruppe in die Luft. Die sollen in 20 Minuten über dem Gelände kreisen. Bringen Sie das Evakuierungsflugzeug so schnell wie möglich auf Touren und geben Sie mir den Verteidigungsminister über die rote Leitung.«

Augenblicklich erwachten die Mitarbeiter des JOC aus ihrer Starre und verfielen in hastige Betriebsamkeit. Die Helikopter der schnellen Eingreiftruppe wurden angefordert, das Evakuierungsflugzeug vorbereitet und sichere Verbindungen zum Pentagon hergestellt.

Webbers selbstsichere Befehle, denen die jahrzehntelange Kommandoerfahrung genau den richtigen Respekt einflößenden Tonfall verlieh, klangen routiniert, aber das war nur Show.

Zu sich selbst sagte der Colonel leise: »Verdammt, Racer, versauen Sie das besser nicht.«

Obwohl sie nicht darauf eingestellt gewesen waren, sofort nach der Landung zu kämpfen, trugen die vier Männer, die jetzt 180 Meter über dem Flugzeug schwebten, volle Kampfmontur. Kolt ›Racer‹ Raynor und Master Sergeant Clay ›Stitch‹ Vickery waren mit MC-4-HALO-Gurtzeug ausgerüstet, während Master Sergeant Peter ›Digger‹ Chambliss in einem HALO-Tandemgurt hinter Master Sergeant Jason ›Slapshot‹ Holcomb hing. Es war nicht die beste Fallschirmausrüstung, die der Delta Force zur Verfügung stand, aber die beste, die unterwegs zur MC-130H Combat Talon II greifbar gewesen war. Sie hatten die Maschine auf der Zwischenbasis der Masirah Air Base vor der Küste des Oman bestiegen. Da es sich um eine Notfallmission handelte, blieb ihnen lediglich die Zeit, die vor Ort verfügbare optimale Ausrüstung zusammenzupacken. Alle vier Operators trugen die ballistischen

FAST-Helme von Ops Core, auf denen die aktivierten Infrarotlichter blinkten. Unter den Helmen trugen alle dunkelbraune Peltor-Ohrenschützer und Funk-Headsets. Das Team trug nur leichten Schutz. Drei von ihnen waren lediglich mit Brustschutzplatten ausgestattet, die einen frontalen Pistolen- oder Gewehrschuss auf ihr Massezentrum aufhalten konnten. Racer trug als Einziger harte Panzerung – sowohl vor der Brust als auch auf dem Rücken.

Jeder Operator hatte eine Glock 23 im Kaliber 40 mit hellbraunem Griff und einem taktischen Licht der Marke SureFire dabei, das an einer Halterung unter dem Lauf befestigt war. Diese Pistolen hingen ihnen vor der Brust, nicht an der Hüfte. In den engen Gängen eines Passagierflugzeugs erlaubten die Brustholster ein schnelleres Ziehen als bei einer Befestigung auf Gürtelhöhe. Nur Slapshot und Stitch hatten Gewehre mitgenommen – jeder ein HK416, das mit dem Lauf nach unten an ihrer linken Körperseite hing. In den Brustgurten war Zusatzmunition verstaut. In Seitentaschen aus Nylon steckten MBITR-MX-Funkgeräte.

Die Funkgeräte waren mit den Peltor-Headsets verkabelt, damit sie sich während des Kampfeinsatzes effektiv miteinander verständigen konnten.

Alle vier Männer trugen schwarze Fliegerkombis. Auf der linken Schulter prangte eine in mattem Grau und Schwarz gehaltene amerikanische Flagge. Auf der rechten Schulter war ein Rufzeichen angebracht – eine schwarze Bordüre mit einer Buchstaben-Ziffern-Kombination aus Leuchtband. Kolts Zeichen lautete ›M11‹, da er Truppenkommandant des Mike Squadron war. Als Troop Sergeant Major trug Slapshot das Zeichen ›M12‹. Stitch und Digger agierten als Team Leader und stellvertretender Kommandant von Mikes Alpha-Team, daher stand auf ihren Aufnähern ›MA1‹ und ›MA2‹. Drei von ihnen trugen braun-schwarze Salomon-Geländelaufschuhe. Kolt hingegen trug dieselben alten, braunen Kampfstiefel aus Leder, die er bereits bei der Invasion im Irak vor fast zehn

Jahren getragen hatte. Sie waren ziemlich ausgelatscht, aber er liebte sie, so betagt sie auch sein mochten.

Beim Ausstieg aus der MC-130 Talon II in 6000 Metern Höhe hatten sie Gentex-Sauerstoffmasken getragen, über einen Schlauch an eine Twin-53-Notsauerstoffflasche in einem Beutel an der rechten Hüfte angeschlossen. Unterhalb von 3000 Metern hatten sie die Masken abgenommen und seitlich herunterhängen lassen. Alle trugen Thermounterwäsche und schwarze Sturmhauben, um während des Sprungs ihre Körpertemperatur stabil zu halten. An den Händen prangten schwarze Mechanix-M-Pact-Covert-Handschuhe mit Knöchelschützern aus Plastik, digitale Höhenmesser an beiden Handrücken vervollständigten das Paket. Außerdem hatte jeder Mann zwei *Nine-Banger*-Blendgranaten sowie einen persönlichen Erste-Hilfe-Beutel mit Druckschnellverbänden mitgenommen.

In 120 Metern Entfernung vom Ziel manövrierte Slapshot, der Digger vor sich im Tandemgurt hatte, so in Position, dass er auf den hinteren Teil der 767 steuerte, die gerade das Rollfeld verließ und auf die Startbahn zuhielt. Alles, was Kolt und Stitch tun mussten, war, den roten und grünen Leuchtstäben am Rucksack ihrer Teammitglieder bis zum Ziel zu folgen und dabei den Sicherheitsabstand einzuhalten. Racer, der unerfahrenste Fallschirmspringer unter ihnen, gab sich alle Mühe, mit den anderen beiden Schirmen in Formation zu bleiben.

Kolt sagte: »Unsere Stelle ist die Längsachse des Rumpfes. Wir werden den Notausstieg über dem Cockpit harpunieren, den Druck ablassen und reingehen. Wir müssen das schnell und hart durchziehen, bevor sie abheben. Sobald ihr drin seid, schwingt eure Ärsche zum Heck und lernt eure neuen Freunde da hinten kennen. Denkt dran, es sind 140 Zivilisten an Bord, dazu mindestens sechs Krähen.«

»Eins vier null Seelen, sechs Arschlöcher, Roger«, bestätigte Stitch.

»Eins vierzig arme Schweine. Sechs Bösewichter. Kapiert«, rief Digger.

»Eins vier null leben weiter. Sechs sterben. Dann gibt's Frühstück. Roger«, erklärte Slapshot im Versuch, die angespannte Stimmung durch seine typische Lässigkeit etwas aufzulockern.

»Boss, ich hab die Harpune«, erinnerte Stitch seinen Teamführer.

Kolt wies ihn an: »Komm auf meine linke Seite rüber und geh von dort nach vorn.«

»Roger.« Sekunden später glitt Stitch an seinem Major und am Tandemteam vorbei, um die Frontstellung einzunehmen. Er korrigierte den Kurs leicht nach rechts und setzte sich an die Spitze der Reihe. Jetzt fiel Stitch die Aufgabe zu, die anderen zu führen. Hinten am Rucksack hingen auch bei ihm rote und grüne Leuchtstäbe, und die Männer in seinem Rücken behielten diese fest im Auge, während sie sich dem Ziel näherten.

Kolt hatte Mühe, die Landung richtig zu timen. Es gelang ihm, nur wenige Schritte hinter den anderen auf dem glatten Dach des Flugzeugs aufzusetzen. Er, Slapshot und Stitch zogen die Ablösesplinte am Gurtzeug. Die drei Fallschirme schwebten rechts am Rumpf herab, an der Spitze der Tragfläche vorbei und dem Asphalt der Piste entgegen.

Alle vier lagen nun bäuchlings auf dem Dach des Großraumflugzeugs und kämpften darum, nicht von der glatten, abfallenden Oberfläche zu rutschen. Sie wussten, dass sie das Dach verlassen und ins Flugzeuginnere kommen mussten, bevor der Pilot den Startschub aktivierte. Stitch und Kolt klammerten sich an der Außenhülle der Maschine fest. Es war, als ob sie versuchten, auf einem riesigen Basketball zu balancieren. Slapshot, der nach wie vor auf Digger lag und mit ihm verzurrt war, zog die Schnellentriegelung des Tandemschirms, um sich vom Kameraden zu lösen.

Im Cockpit ahnte die zweiköpfige Crew nicht, dass vier Kommandosoldaten der Delta Force gerade über den Rumpf auf sie zukrochen. Pilot und Co-Pilot hatten die Sitzgurte angelegt und ihre Headsets aufgesetzt. Sie konzentrierten sich auf die übereilt eingeleitete Startprozedur und nahmen die entsprechenden Handgriffe vor.

Der Anführer der Terroristen, dieser nervöse, unreif wirkende Mann mit der kugelsicheren Weste, der sich Jellock nannte, beugte sich ins Cockpit. »Eine Minute wir sind in Luft oder Junge sterben!«

Der Co-Pilot hob beschwichtigend die Hand und richtete eine Frage an den Captain: »Sind wir startklar?«

»Ich hab keine Ahnung«, gab der Pilot zurück, während er sich der Startbahn vor ihnen zuwandte. »Aber wir hauen hier ab, bevor die das Kind erschießen.«

Er griff nach dem Gashebel und der Co-Pilot tat es ihm gleich.

Die vier Einsatzkräfte bewegten sich hintereinander über das Flugzeugdach. Nur zwei Haltegriffe ragten aus der Oberfläche. Slapshot und Kolt stellten mit je einer Hand die Bruchfestigkeit einer Antenne in Form einer Haiflosse auf die Probe, während Digger sich an einem merkwürdig aussehenden Stutzen festhielt, der etwas mehr als zehn Zentimeter nach oben abstand und rund zwei Meter von der Notluke entfernt war. Mit der anderen Hand hielt er Stitchs rechten Fußknöchel fest.

Slapshot streckte die Hand aus, um Diggers rechtes Fußgelenk zu packen, zögerte dann und hängte sich stattdessen an dessen linkes Bein.

Stitch, der Erste in der Reihe, konnte den schraubstockartigen

Griff um den Knöchel spüren, mit dem sich einer seiner Kameraden festhielt. Er nahm an, dass die anderen das Gleiche bei ihren jeweiligen Vordermännern taten.

Ohne Warnung schwoll das laute Heulen der Turbinen zu einem Brüllen an. Die Maschine ruckte nach vorn, was alle vier Männer dazu brachte, die Handschuhe fest an das Dach zu pressen, um nicht abzurutschen.

»Sie starten!«, versuchte Stitch gegen den Lärm der Triebwerke anzuschreien, aber keiner seiner Kollegen bekam es mit. Die vier Operators drückten sich fester an den Rumpf, als der Triebwerksschub der 767 erhöht wurde und sie der dunklen Startbahn entgegenrollte. Aber dann krochen sie vorwärts, so schnell es der glatte Untergrund zuließ.

Da der Flieger vor Kurzem auf Verlangen der Terroristen betankt worden war, lag die Abfluggeschwindigkeit bei ungefähr 180 Knoten, wussten Raynor und seine Leute. Aktuell betrug sie etwa 10 Knoten und Raynor konnte bereits jetzt nicht mehr sein Mikro aktivieren, weil er befürchten musste, sonst den Halt zu verlieren. Er rief Stitch am vorderen Ende der Reihe zu: »Brich sie auf!«

Das Überleben des ganzen Teams hing jetzt von Stitch ab. Ihm blieben weniger als 40 Sekunden, sonst würden er und seine Teamkollegen auf einem abhebenden Flugzeug von unglaublich heftigen Winden in den Tod gerissen.

Alle 767-Jets sind mit einer Notausstiegsluke oberhalb des Cockpits versehen. Diese winzige Tür, in den offiziellen technischen Handbüchern als *Oberluke Crewabteil* bezeichnet, bietet der Besatzung eine Möglichkeit, das Cockpit zu verlassen. Sie wird nicht als Einstiegspunkt betrachtet. Niemand hat je einkalkuliert, dass sich jemand auf diesem Weg von außen Zugang verschafft.

Aber für die Deltas spielten die Überlegungen der Flugzeugkonstrukteure keine Rolle. *Ihre* Überlegungen waren jetzt das Einzige, was zählte.

Als der Jet eine Geschwindigkeit von 20 Knoten erreichte,

beugte Stitch sich nach links und griff in den Brustgurt, um das harpunenartige Gerät hervorzuholen. Mit dem rechten Daumen berührte er den Auslöser und zielte auf die Mitte der Ausstiegsluke, einen halben Meter entfernt. Aus dieser Distanz konnte er sie kaum verfehlen.

Die Harpune war von einem cleveren Delta entworfen worden und bestand aus einer CO_2-Patrone und einem Röhrchen von der Größe einer Essiggurke. Das bot eine schnelle, unkomplizierte Möglichkeit, ein Flugzeug vor dem Aufsprengen der Seitentüren drucklos zu machen. Eine besonders entscheidende Maßnahme für den Fall, dass die Entführer vor dem Eintreffen der Spezialeinheit die Türen mit Sprengfallen versehen hatten.

Diesmal bestand die Spezialeinheit jedoch nur aus vier Männern und das Aufsprengen der Seitentüren fiel damit aus. Und so verschlagen und hinterhältig Delta-Operators auch sind – niemand war bisher auf die lebensmüde Idee gekommen, eine Notausstiegsluke per Harpune zu öffnen, nachdem der Triebwerksschub bereits die Startleistung erreicht hatte und die Maschine den Runway entlangraste, um in Kürze abzuheben.

In der Regel hob ein Flugzeug nicht vom Boden ab, nachdem ein Angriff eingeleitet worden war.

Die Bodengeschwindigkeit der 767 überstieg 60 Knoten und Stitch drückte den Abzug. Die Harpune durchbohrte erwartungsgemäß das glänzende Metall und löste augenblicklich einen langsamen Druckabfall in der darunter befindlichen Kabine aus. Stitch schleuderte die Abschussvorrichtung über den Rand des dahinrasenden Flugzeugs, damit sie ihm nicht im Weg war.

Der Co-Pilot hatte die linke Hand am Gashebel, da hörte er in seinem Headset ein lautes Geräusch. Er sah die scharfe schwarze Spitze eines Pfeils, etwa so groß wie eine Bockwurst, durch die Mitte der Ausstiegsluke ragen, die sich gleich hinter ihm und dem Piloten im Dach befand. »Was zum ...?«

Er erwachte aus seiner momentanen Erstarrung, weil der Terroristenanführer ins Cockpit gepoltert kam.

Hinter der bedrohlichen Skorpion-Maschinenpistole bildeten das dunkle, lockige Haar und die tiefbraune Hautfarbe des Mannes einen scharfen Kontrast zum weiten weißen Hemd, das er über der Schutzweste trug.

»V eins«, sagte der Pilot ruhig und gab damit zu verstehen, dass sie die Geschwindigkeit erreicht hatten, in der sie den Start auf jeden Fall fortsetzen mussten, selbst wenn ein Triebwerk ausfiel. Er ignorierte alles um sich herum und konzentrierte sich auf die Piste vor ihm.

Der Terrorist, der sich Jellock nannte, fragte: »Was war das für ein Lärm?« Der Co-Pilot gab keine Antwort. Ein weiterer dumpfer Schlag vom Dach her veranlasste den Terroristen, den Blick nach oben auf die Ausstiegsluke zu richten.

Auf dem Dach des rasenden Jets hatte Stitch seinen Job erst zur Hälfte erledigt. Er musste die Luke aufbekommen. Das Flugzeug rollte mittlerweile mit 90 Knoten, das entsprach rund 170 km/h. Hastig wühlte er im Brustgurt und zog eine 15 Zentimeter lange Sprengladung aus einer der Taschen. Mit den Zähnen entfernte er die dünne Folie, die das beidseitige Klebeband bedeckte, und klatschte den Sprengsatz auf den Verschlussmechanismus der Luke. Rasch drehte er den Kopf zur Seite und löste die Sprengung aus.

Bum!

Die Explosion riss ein Loch in den Notausstieg und füllte das Cockpit mit grauem Nebel. Jellock hatte direkt auf die Luke gestarrt, weshalb der grelle Blitz ihn für kurze Zeit blind machte. Er schrie, hob mit einer Hand die Waffe und schoss blind ins Cockpit, während er sich mit der anderen Hand die Augen rieb. Eine der Kugeln bohrte sich in die linke Schulter des Piloten, der sich im Sitz wand, aber durch den Sicherheitsgurt in einer aufrechten Position fixiert wurde.

Jellock hob die Skorpion zum Dach und feuerte eine Salve ab. Die Kugeln durchschlugen die Isolierschicht samt der dünnen Außenhülle aus Metall. Da er nicht sicher war, was als Nächstes kam, entschied der Pakistani, zunächst seinen Kameraden zu Hilfe zu eilen. Er wandte sich ab und floh aus dem Cockpit.

Stitch spürte einen Stich in der linken Hand, als er den Rand der Luke packte und sich vorwärtszog. Ein unglaubliches Brennen im kleinen Finger, das sich anfühlte, als habe er ihn in der Luke eingeklemmt. Aber er hatte weiterhin das Schicksal des ganzen Teams in der Hand, also blendete er den Schmerz kurzerhand aus und kämpfte gegen den Wind und die Vorwärtsbewegung des Flugzeugs an. Er bekam mit, wie sich die Nase des Jets langsam hob und die Maschine 100 Knoten erreichte.

Ohne sich die Zeit fürs Hineinschauen zu gönnen, streckte er den Arm durch die Öffnung und schleuderte eine Blendgranate hinter die Sitze der Crew. Fast augenblicklich erschütterten neun aufeinanderfolgende, helle und ohrenbetäubende Explosionen das Cockpit.

Die Piloten während des Abflugs desorientieren zu müssen war bedauerlich, aber leider notwendig, wenn man ins Cockpit eines von Terroristen entführten Flugzeugs einsteigen wollte. Stitch musste blind darauf hoffen, dass die Piloten den Schock der Explosion verkrafteten und den Jet in die Luft brachten, ohne dass dieser zu weit nach links oder rechts ausbrach oder über die Startpiste hinausschoss.

Stitch zog sich mit dem Kopf voran durch die kleine Öffnung, nachdem die letzte Explosion verklungen war. Er bemerkte überhaupt nicht, dass eine Kaliber-32-Kugel aus der Waffe des Terroristen ihm den kleinen Finger abgetrennt hatte.

Er fiel knapp zwei Meter tief, landete halb auf dem Co-Piloten und halb auf dem Steuerpult. Es tat verdammt weh, aber er war erleichtert, dass er es geschafft hatte.

Der verletzte und verwirrte Pilot hatte die Verantwortung an seinen Co-Piloten abgegeben, der es irgendwie schaffte, das Flugzeug halbwegs gerade auf der Startpiste zu halten, obwohl die Blendgranate ihn fast blind gemacht hatte. Er musste den Vogel in die Luft bringen. Er konnte zu diesem Zeitpunkt unmöglich den Gashebel loslassen und den Start abbrechen. Die Piste war nicht lang genug, um zu verhindern, dass die vollgetankte Maschine in diesem Fall am Ende des Flughafengeländes in einem Feuerball explodierte.

Mit ruhigen Händen trotzte er dem Chaos, das um ihn herum herrschte, und beförderte die massige 767 in die Luft.

Nach Stitch kletterte Digger ins Flugzeug – kopfüber und kein bisschen akrobatischer als sein Teamkollege.

Hinter ihnen kam Slapshot hereingestürzt.

Digger und Stitch warteten nicht ab, dass ihnen jemand die Piloten vorstellte. Die beiden Operators kamen auf die Beine, verließen das Cockpit und durchkämmten mit vor sich ausgestreckten Waffen den Passagierbereich. Der extreme Neigungswinkel der Maschine beim Steigflug führte dazu, dass sie die Kabine durchquerten, als liefen sie einen Berghang hinunter. Slapshot blieb, wo er war, und griff nach oben, um Kolt in den Innenraum zu helfen.

Die Hinterräder verließen die Piste. Der Jet schoss mit 190 Knoten vorwärts, bei einer Steigung von knapp zehn Grad. Kolt klammerte sich verzweifelt am Rand der Luke fest und stemmte sich mit aller Kraft gegen die rauschenden Luftströmungen. Er schob sich durch die Öffnung, aber dabei verfing sich das Kabel, das seine Peltor-Ohrenschützer mit dem Funkgerät verband, im gezackten Riss der Hülle, was dazu führte, dass ihm beim Sturz sowohl die Schützer als auch der Helm vom Kopf gerissen wurden. Da die Schutzbrille am Helm befestigt war, blieben seine Augen damit ungeschützt.

Raynor landete unweit der Hauptkonsole neben Slapshot, sprang auf die Beine und beugte sich zwischen Pilot und Co-Pilot. Er schrie, damit sie ihn trotz des brüllenden Windes und des Lärms der Triebwerke hörten, die durch die Oberluke hereindrangen.

»Schließt die Tür hinter uns ab! Fliegt zurück zum Runway! Nicht eindrehen! Fluglage stabilisieren, so schnell wie möglich!«

Obwohl es für sie nach der Blendgranate fast unmöglich war, den schwarz gekleideten Kommandosoldaten zu hören, begriffen die Piloten des American-Airlines-Flugs, was er von ihnen wollte.

Kolt Raynor hob die Glock, während er hinter Slapshot aus dem Cockpit stürmte. Obwohl der Pilot ein kleines, ausgefranstes Einschussloch in der Schulter hatte, gelang es ihm, den Gurt zu öffnen, aufzustehen und die Kabinentür zu schließen. Danach tat er sein Bestes, die Notausstiegsluke über ihnen zurück an ihren Platz zu drücken, bevor er nach dem Erste-Hilfe-Kasten griff.

Die vier Delta-Männer hatten das Flugzeug auf dem Hinweg von Fort Bragg genauestens studiert, sich jeden Zentimeter und jede Einzelheit eingeprägt. Bei dieser breit gebauten 767-400 verfügte die erste Klasse über zwei Gänge, in deren Zentrum eine Reihe großzügig dimensionierter Einzelsitze platziert war. Die Sitzreihen setzten sich im mittleren Teil fort, durch die erste Economy-Sektion hin zu einem zentralen Verbindungsgang, der zum Ausgang und zu den Toiletten führte. Dahinter führten die beiden Gänge durch den hinteren Teil zur Bordküche und den Toiletten am Heck der Maschine. Digger und Stitch rannten den rechten Gang der First Class entlang und sicherten ihn in vollem Lauf. Kolt und Slapshot folgten kurz hinter ihnen auf der linken Seite. Die vier Operators kamen an mehreren Leichen vorbei, die man in der ersten Klasse abgelegt hatte. Sie drängten sich an den Toilettenkabinen entlang zu den steil abfallenden Gängen an beiden Seiten des Economy-Bereichs.

Hier hatte das Entsetzen die Passagiere bereits erfasst wie eine Flutwelle. Wildes, fast animalisches Geschrei und Gekreische stachen Kolt in die Ohren. Die Delta-Operators wussten alles über Panik und darüber, womit man bei unschuldigen Zivilisten an Bord eines entführten Flugzeugs rechnen musste. Obwohl sie völlig verängstigt waren, verfügten die Passagiere über genug Selbsterhaltungstrieb, um die Köpfe unten zu behalten. Raynor und seine Jungs wussten, dass jeder, der mutig genug war, während der ersten paar Sekunden den Kopf über die Lehne zu heben, sehr wahrscheinlich zu den Feinden gehörte.

Alle vier Amerikaner verstärkten die natürliche Neigung der Unschuldigen, aus der Schusslinie zu bleiben, durch mahnende Rufe: »Runter! Runter! Runter!«

Slapshot sprintete durch den linken Gang des vorderen Zweite-Klasse-Abschnitts. Er sah eine dunkelhäutige Hand, die eine schwarze Maschinenpistole hielt, kurz oberhalb einer Sitzlehne aufblitzen, hob sein HK-Gewehr auf Augenhöhe, legte den roten Punkt der Zieloptik ein paar Zentimeter über die Lehne, schob den Finger in den Abzugsbügel, legte ihn an den empfindlichen Abzug und ließ den Schlaghammer zwei Unterschallgeschosse im Kaliber 5,56 × 45 Millimeter auf den Weg schicken. Die Bewegung beruhte auf reinem Muskelgedächtnis und nahm nicht mehr als zwei Sekunden in Anspruch. Die zwei heißen Kupferprojektile schlugen kurz unterhalb des Zielpunkts durch die Kopflehne und bohrten sich in die Brust des Bewaffneten. Die Maschinenpistole fiel neben der Leiche des Pakistani auf den Kabinenboden.

»Eine Krähe weniger«, rief Slapshot ins Mikrofon.

Der Delta-Trupp rückte weiter vor.

Stitch hatte zweifellos den schwersten Job. Er war der ›Läufer‹. Nur mit einer Pistole in der Rechten und einer zweiten vor der Brust rannte er durch den rechten Gang, scannte aufmerksam die Reihen und versuchte, Normales von Bedrohlichem zu unterscheiden. Aber als Läufer war es nicht seine Aufgabe, alle Feinde selbst auszuschalten. Nein, sein Lauf zum Heck sollte den Feind aus der Deckung locken. Die drei nachfolgenden Deltas hielten nach Terroristen Ausschau, die Stitch ins Visier nahmen – den Mann, der die Speerspitze ihres Angriffs bildete.

Stitch hatte mittlerweile bemerkt, dass der Feind ihm einen Finger abgeschossen hatte. Seine blutige linke Hand tat trotz der schmerzstillenden Wirkung des Adrenalins weh, aber sie war noch einsatzfähig, also ignorierte er den Schmerz und machte weiter.

Seine Vorwärtsbewegung wurde abrupt aufgehalten, als er mitten in eine Salve von Kaliber-32-Kugeln rannte.

Er hatte den Schützen nicht einmal bemerkt.

Die Kugeln schlugen ins Zentrum seiner Brustschutzplatte ein. Ihr Aufprall stieß ihn in eine aufrechte Position und drückte ihm für einen Augenblick die Knie durch, bevor seine Instinkte ihn drängten, sich zu Boden fallen zu lassen.

Der Schütze stand auf, offenbar in der Hoffnung, aus einer besseren Position heraus erneut auf den amerikanischen Kommandosoldaten schießen zu können. Digger, der Stitchs Vorrücken überwacht hatte, zielte mit dem Gewehr auf das rote Kopftuch des Terroristen und feuerte schnell zwei Kugeln ab. Beide trafen ins Ziel und ließen Blut, Hirnmasse und Knochensplitter bis zum Gepäckfach hochspritzen. Der Feind fiel in den Sitz zurück wie ein nasser Sack. Die Menschen um ihn herum kreischten.

»Zwei erledigt«, verkündete Digger.

Stitch kam auf die Beine und flitzte weiter mit der Pistole in der Hand den Gang entlang. Er bewegte sich so rasch, dass er fast einen der Terroristen übersehen hätte, der rechts von ihm saß. Aber der Mann machte es ihm leicht, indem er sich selbst zu erkennen gab.

Er schrie »*Allahu akbar!*«, während er mit einer Maschinenpistole in der rechten Hand aufstand und mit der Linken eine junge Passagierin an sich drückte. Stitch wirbelte in Richtung des Geräuschs herum und feuerte fast im selben Augenblick eine Kaliber-40-Kugel ab. Der Kopf des Pakistani ruckte zurück, die Skorpion fiel ihm aus der Hand. Die Frau löste sich aus der Umklammerung des toten Terroristen und sank in die Arme ihres Manns auf dem Nebensitz.

»Drei Krähen erledigt.« Stitch blieb in Bewegung.

Genau in diesem Moment erhob sich in der linken Hälfte ein dunkelhäutiger Mann von seinem Fensterplatz und rief etwas Unverständliches. Er hob beide Hände, stand auf und versuchte in den Gang zu kommen, wobei er sich an den Passagieren in den Nachbarsitzen vorbeidrängte. Raynor richtete die Glock auf die Stirn des Mannes, löste die Abzugssicherung und bereitete sich darauf vor, ihn zu erschießen.

Aber die Hände des Mannes waren leer.

Er war ein ›Flitzer‹, ein von der Attacke in Panik versetzter Zivilist, der blindwütig die Flucht antrat.

Einen Sekundenbruchteil, bevor er gefeuert hätte, wurde Kolt klar, dass der Mann kein Terrorist war. Aber solange er herumlief und sich nicht im Griff hatte, stellte er definitiv eine Bedrohung dar.

Kolt griff über zwei Passagiere hinweg, um den Mann auf den Sitz zurückzustoßen.

»Runter!«

Slapshot, der durch den linken Gang in Richtung Heck lief, war ein paar Meter vor Raynor. Aus dem Augenwinkel bemerkte er einen Mann, der sich mit Waffe in der Hand aus dem mittleren Gang lehnte. Kolt war mit dem panischen Passagier beschäftigt und Stitch und Digger konnten den Mann von ihrer Position aus nicht sehen.

Der Terrorist zog sich hastig in die Bordküche zurück, bevor Slapshot einen Schuss abfeuern konnte.

»Krähe in der mittleren Bordküche!«, rief der Master Sergeant ins Mikro des MBITR, während er den Blick auf die Ecke gerichtet hielt.

Er ging weiter in Richtung Heck, hielt nach weiteren Terroristen Ausschau.

Ohne seine Peltors konnte Kolt den Ruf nicht über Funk hören, aber das spielte keine Rolle. Er hatte den Mann flüchtig beobachtet, als er hinter der Ecke verschwand. Sobald Slapshot für einen Moment von einem weiteren Flitzer im mittleren Abschnitt aufgehalten wurde, überholte Raynor den Kameraden und erreichte die Bordküche, die Augen unverwandt auf die Falttür der Toilette gerichtet. Der Terrorist musste dort drinnen sein. Es gab keine Anzeichen dafür, dass er sich in die hintere Sektion zurückgezogen hatte.

Raynor zögerte nicht. Er machte einen Schritt nach links, um den Rest des Bereichs zu sichern. Dort trat er versehentlich einem Flugbegleiter auf den Halbschuh. Kolt sah den jungen Mann an, der sich auf dem Boden des Küchenbereichs zu einem Ball zusammengerollt hatte. Ihre Blicke trafen sich kurz.

Der Junge stank, als habe er sich in die Hose geschissen. Er zitterte unkontrolliert.

Kolt griff mit einer Hand nach unten und packte ihn am Kragen des Blazers. Hinter ihm lag die Tür zur Toilette, hinter der sich der Lashkar-Terrorist versteckte.

»Ich brauch den Platz hier«, sagte Kolt. »Gehen Sie in Richtung Cockpit.« Aber der junge Mann rührte sich nicht von der Stelle. Kolt hatte seine guten Umgangsformen bereits beim Flitzer aufgebraucht. Er schnappte sich den Jungen, zerrte ihn auf die Beine und drängte ihn aus dem Weg.

»Nicht wegschieben!«, schrie der Junge mit panischer, unnatürlich hoher Stimme.

Raynor rief: »Schaff deinen Arsch hier ...«

Da sah Kolt es. Ein glänzender, beweglicher Draht, der zu einer Schublade in einem Seitenschrank führte. Etwas stimmte nicht an diesem Glänzen und dieser Bewegung. Der Draht endete in einer Schlinge um den Hals des Flugbegleiters. Raynor sah es jetzt deutlich. Wie konnte er das nur übersehen haben.

Im selben Moment, wo Kolt den Flugbegleiter aus der Bordküche stieß, führte die Bewegung dazu, dass der Draht die Schublade herauszog und diese auf den Boden knallte. Ein ovales Etwas sprang heraus, ein federbetriebener Griff löste sich davon und der Rest rollte in Richtung Gang.

Kolt Raynor erkannte sofort, womit er es zu tun hatte.

»Granate!«, brüllte er, so laut er konnte.

Der Flugbegleiter hatte sich inzwischen befreit, war in den vorderen Abschnitt gestolpert und mit Slapshot zusammengestoßen. Der kräftige Operator landete rückwärts auf einem sitzenden Passagier.

Raynor hörte, wie die Toilettentür aufsprang. Seine Sinne waren bis zum Zerreißen gespannt. Er schaute ruckartig nach rechts und nahm verschwommen die Mündung einer Waffe wahr.

Kolt würde jeden Augenblick von der Explosion der Granate am Boden vor ihm erfasst, das ließ sich nicht mehr verhindern. In diesem Sekundenbruchteil sagte er sich, dass er die Granate zwar ›schlucken‹ musste, sich aber verdammt noch mal nicht von irgendeinem pakistanischen Terroristenarschloch erschießen ließ.

Raynor öffnete den Mund, um den Überdruck der bevorstehenden Explosion zu absorbieren, und brachte sich in eine liegende Haltung, um aus der Flugbahn der Granatsplitter zu kommen. Im gleichen Moment eröffnete er das Feuer auf die Toilettentür. Er verschoss Kaliber-40-Kugeln in Brusthöhe und hoffte inständig, dass der Großteil der Explosion über ihn hinwegfegte,

Zwischen den Schüssen hörte er Rufe von Digger und Stitch, die einen Passagier fast verzweifelt anschrien, er solle sich »verflucht noch eins hinsetzen«.

Plötzlich betrat eine alte Frau aus dem hinteren Teil die Bordküche. Sie hielt sich eine Hand vor den Mund, stand offenbar kurz davor, sich zu übergeben, und versuchte verzweifelt, die Toilette zu erreichen, um sich nicht vor aller Augen zu blamieren. Sobald sie um die Ecke gestolpert kam, sah sie Raynor auf dem Boden liegen und auf die Klotür schießen.

Die Granate auf dem Boden hinter ihm bemerkte sie nicht. Aber selbst wenn, es hätte keinen Unterschied gemacht.

Kolt wollte ihr etwas zurufen, aber da brandeten bereits ein grelles Licht, heftiger Lärm und unbeschreiblicher Schmerz über ihn hinweg.

Kolt Raynor kämpfte gegen den Schmerz an und starrte auf die unbändige Helligkeit vor ihm. Sie blendete, aber er konnte den Blick nicht abwenden. Er hatte jegliche Klarheit verloren – die Fähigkeit, Realität und Traum zu unterscheiden.

Die Taschenlampe wurde ausgeschaltet. Dahinter ragte eine Gruppe von Männern auf. Sie trugen schwarze Regenparkas und die Dunkelheit verbarg ihre Gesichter.

»Steh auf.«

Kolt sah sich um und stellte fest, dass er im Matsch saß. Er war nicht in einem Flugzeug über Neu-Delhi, sondern in den Smoky Mountains, genau an der Grenze zwischen Tennessee und North Carolina.

Stundenlang war er durch den Regen und die Kälte gelaufen. Die Nylonriemen des Rucksacks hatten sich tief in seine Haut gegraben und die Fußsohlen brannten, als habe ihm jemand vor zehn Meilen die Stiefel angezündet und sie einfach brennen lassen.

Aber vor ein paar Minuten war er ausgerutscht und in den Matsch gestürzt. Seitdem hatte er hier im Regen gehockt und am Rand der Bewusstlosigkeit geschwebt.

Dieser Waldspaziergang gehörte zum *Relook* – der Neueinschätzung, der Kolt Raynor sich vor einer möglichen Rückkehr in die Delta Force unterziehen musste. Früher war er ein respektierter Offizier gewesen. Vor knapp vier Jahren hatte man ihn jedoch unehrenhaft aus der Einheit entlassen und zur *Persona non grata* erklärt.

Das hätte das Ende von Kolts Karriere bedeuten können. Doch im vorigen Herbst räumte man ihm die Chance ein, seine Fehler wiedergutzumachen. Eine inoffizielle Ein-Mann-Mission in Pakistan hatte den höheren Offizieren bei der Delta Force bewiesen, dass der frühere Major nach wie vor eine Bereicherung ihrer Truppe war. Also gab man ihm nun die Möglichkeit, in die Einheit zurückzukehren.

Kolt hatte den Relook für eine reine Routineangelegenheit gehalten. Ein paar Wochen Solo-Orientierungsübungen im Gelände mit einem saumäßig schweren Rucksack auf dem Rücken. Eine anstrengende, aber verkraftbare Untersuchung durch ein paar geschulte Seelenklempner. Im Anschluss eine kurze Kommandositzung, bei der die derzeitige Delta-Führung ihm ein paar einfache Fragen stellte, um ihn dann mit offenen Armen wieder in der Einheit willkommen zu heißen. Als er noch selbst zum Kader gehört hatte, war es immer so gelaufen, wenn andere Relook-Kandidaten, aus dem einen oder anderen Grund aus der Einheit verbannt, den Wunsch nach Rückkehr erklärten. Sicher, einem oder zwei dieser Leute hatte man keine zweite Chance eingeräumt. Aber das war die Ausnahme, nicht die Regel. Die Einheit bot eine Neueinschätzung nur dann an, wenn sie beabsichtigte, einen Operator in ihre Reihen zurückzuholen.

Trotzdem wusste Kolt, dass er zunächst ›durch das Tor gehen‹ musste. Standards blieben eben Standards.

Bald stellte er jedoch fest, dass die Standards sich massiv

verändert hatten. Er wusste sehr wohl, dass er der erste Delta-Operator war, dem man eine zweite Chance einräumte, nachdem man ihn zur unerwünschten Person erklärt hatte. Die Leute bei der Unit kamen und gingen, doch eine Einstufung als ›Persona non grata‹ hatte in der Regel lebenslang Bestand. Sobald eine solche Entscheidung fiel, gab es eigentlich kaum eine Möglichkeit, sie wieder rückgängig zu machen.

Außer wenn man tat, was Raynor im vorigen Jahr in Pakistan getan hatte. Wenn man es irgendwie schaffte, so etwas zu überleben, gab es eine winzige Möglichkeit, dass die Delta Force eine zurückhaltende Einladung aussprach, in den Schoß der Familie zurückzukehren.

Aber bei diesem Relook verhielt es sich anders. Erstens musste er bei seiner zweiwöchigen Wandertour durch die Berge einen Rucksack tragen, der 13 Kilo schwerer war als jeder andere, den je ein Kandidat bei seiner zweiten Chance geschleppt hatte. Zweitens wurde er nicht jede Nacht abgeholt und zurück in die Kaserne gebracht, wo es warmes Essen und eine heiße Dusche gab, sondern musste allein in den Bergen bleiben. Drittens verhielten sich die Mitglieder des Kaders merkwürdig, während Kolt sich mit Karte und Kompass durch die Berge quälte. Kolt kannte die meisten von ihnen. Er wusste, dass von ihnen erwartet wurde, professionell aufzutreten und anstelle von Emotionen ein abgebrühtes Pokerface zu zeigen. Aber hier ging es nicht um den üblichen formellen Selektions- und Prüfungsprozess, dem sich Personal unterziehen musste, das neu zur Delta Force stoßen wollte. Hier ging es um eine Neueinschätzung, die simple Überprüfung eines erfahrenen Operators, der bereits in den eigenen Reihen seinen Mut bewiesen hatte. Er hatte hier und da ein Zuzwinkern oder ein Nicken erwartet, vielleicht ein paar gutmütige Streiche, etwa einen schweren Stein im Rucksack, den er am nächsten Treffpunkt ablegen sollte. Etwas, das darauf schließen ließ, dass sie sich über seine Rückkehr freuten.

Aber nein. Es war nicht mehr dasselbe. Er hatte es gleich am ersten Tag gespürt, als seine Befehle sich darauf beschränkten, nicht zu spät am Zielpunkt einzutreffen, kein Licht zu machen und die Uniform nicht zu verlieren. Am dritten Tag *wusste* er, dass diese Sache extrem unangenehm zu werden drohte.

Am achten Tag bestand kein Zweifel mehr. Und nach zwei Wochen wünschte sich Kolt schließlich, Webbers Angebot nie angenommen zu haben.

Nur wenige Männer können zwei Wochen lang 40 Meilen täglich zurücklegen, ohne mental und körperlich Schaden zu nehmen. In dieser Hinsicht bildete Kolt keine Ausnahme. An beiden Fußsohlen war die Haut abgeschürft. Die drei Sockenpaare, die er dabeihatte, waren blutdurchtränkt, ebenso das Innere der Dschungelstiefel. Sein Rücken war an drei Stellen wund gescheuert, weshalb die Reibung durch den Rucksack bei jedem Schritt zur Tortur wurde. Die Schultern brannten und Knie und Schienbeine waren durch das von Felsen und Totholz übersäte Gelände zerschrammt. Raynors vier Jahre alte Rücken- und Beinverletzungen pochten und schmerzten bei jedem Meter.

»Raynor!«, hörte Kolt jemanden rufen, kurz bevor er einen Stiefeltritt ans Bein kassierte.

Er schüttelte den Kopf, um den Blick zu klären. Die Männer waren näher gekommen.

Er rieb sich die Augen und versuchte zu erkennen, wer der Kerl war, der vor ihm kniete. Nach einer Sekunde erkannte er ihn.

Moment. Klar ... das Arschloch kenn ich doch.

Ein Psychiater der Einheit, ein Seelenklempner, der hier sein musste, um ihn psychologisch durch die Mangel zu drehen, während der Rest des Kaders ihn körperlich auf die Probe stellte.

»Bringt ihn in den Trailer«, befahl der Mann. Die anderen rissen Kolt auf die blutigen Füße, trieben ihn vom Pfad und einen Hügel hinunter.

Auf der Lichtung erwartete ihn ein Schotterparkplatz. Dahinter verschwand eine Straße in der Dunkelheit.

Sie führten Kolt zu einem dort abgestellten Winnebago-Trailer, halfen ihm durch die offene Tür und hievten ihn auf einen Stuhl, vor dem ein Tisch mit Laptop stand. Auf der linken Seite des Bildschirms war Kolt selbst zu sehen, live gefilmt. Auf der rechten Seite zeigte ein zweites Fenster ein Mädchen im Teenager-Alter mit kurzen braunen Haaren, die ihr bis über die Ohren wuchsen. Sie starrte ihn an.

Ihre Augen waren rot verheult.

Was zum Teufel wird das hier?, fragte sich Kolt.

Hinter Raynor nickte der Seelenklempner dem Mädchen auffordernd zu.

»Meine Mutter sagt, Sie hätten meinen Vater gekannt«, erklärte sie.

Kolt bedachte den Psychiater mit einem kurzen Blick. Keinerlei Reaktion. Kolt war vor lauter Erschöpfung dem Delirium nah, aber er hatte nicht vergessen, dass es sich um seinen Relook handelte. Er ging davon aus, dass dieses Videotelefonat etwas mit den neuen Standards zu tun hatte. *Spiel einfach mit!* Bloß ein weiterer Test, den er bestehen musste.

»Wie heißen Sie, junge Lady?«, fragte er im Versuch, die Situation zu entspannen, soziale Kompetenz aufblitzen zu lassen und Zeit zu schinden.

»Kelly Lee. Mein Vater war Sergeant Spencer Lee. Ein Sanitäter.«

Kolt blieb vor Schreck der Mund offen stehen. *Jet?*

Jet war vor vier Jahren in Pakistan umgekommen. Raynor hatte Jets Tochter nur einmal kurz zu Gesicht bekommen, glaubte aber nicht, dass sie es wirklich war. Er konnte nicht glauben, dass diese verdammten Seelenklempner wirklich das Kind eines toten Operators für ein Verwirrspiel oder einen Test missbrauchten.

Mit Sicherheit war das ein Trick.

»Wie geht's deiner Mom? Laura, oder?« Kolt spürte die Anspannung, die in der Luft lag. Er musste das Mädchen auf die Probe stellen, feststellen, ob es sich wirklich um Jets Tochter handelte. Wenn das nur eine kranke Idee der Delta Force war, um ihn zu verarschen, brach er diesen Unsinn sofort ab, wenn das Mädchen nicht den korrekten Namen von Jets Frau nannte.

»Nein, meine Mutter heißt Stephanie.«

Scheiße.

»Sie sagte, dass Sie einen Fehler gemacht haben, Mr. Raynor. Sie sagte, dass mein Daddy wegen Ihnen umgekommen ist. Dass Sie an allem schuld sind.«

Raynor schaute erneut zum Psychiater, der ihn nicht aus den Augen ließ. Er wandte sich der Kamera zu und erklärte mit zitternder Stimme: »Kelly ... dein Dad war sehr tapfer. Wir waren gute Freunde.« Kolt wusste nach wie vor nicht, ob sie ihn auf die Probe stellten und er es bei dem Mädchen auf dem Bildschirm tatsächlich mit Jets Tochter zu tun hatte. Ihre Begegnung bei einem Truppenpicknick lag fast fünf Jahre zurück.

»Aber Sie haben ihn umgebracht. Es ist Ihre Schuld. Warum, Mr. Raynor?«

Kolt erstarrte. *Was zum Teufel soll ich darauf antworten?*

Er hatte keine Kinder, hatte nie geheiratet. Bei der Army war immer so viel zu tun gewesen. Unmöglich, eine Frau da mit der Aufmerksamkeit zu bedenken, die sie mit Sicherheit erwartet hätte. Viele seiner Freunde kamen als verheiratete Männer prima klar. Aber Kolt machte sich nichts vor – er war nicht bereit, sich etwas anderem als dem Militär mit einer solchen Hingabe zu widmen.

Er schielte zum Seelenklempner, aber der starrte bloß mit leeren Augen zurück. Sein Gesicht wirkte im Schein des Laptops teilnahmslos und geisterhaft.

»Es ... es tut mir so leid, das mit deinem Vater. Wir sind in einen Hinterhalt getappt. Und ja, ich habe uns selbst in diese Falle geführt. Ich habe vor deinem Vater versagt und auch vor einigen anderen Männern, die an diesem Tag ums Leben gekommen sind. Ich werde den Rest meines Lebens versuchen, das wiedergutzumachen. Ich weiß, dass dir das den Schmerz nicht nehmen kann und deinen Vater nicht zurückbringt. Ich hab damals wirklich Mist gebaut, Kelly. Aber dein Daddy ist im Kampf für sein Land gestorben, für seine Familie und seine Teamkollegen. Er hat sich nicht umsonst geopfert. Er hat damit viel bewirkt.« Kolt wusste nicht, wann er aufhören sollte. Er hatte ihr noch so viel mehr zu sagen. Aber nach einer Weile wurde ihm klar, dass Kelly gar nicht mehr zuhörte.

Der Seelenklempner drehte den Laptop von Kolt weg. »Danke, Kelly. Wir müssen das Gespräch an dieser Stelle beenden.«

Damit trennte der Psychiater die Verbindung und Kelly Lees Konterfei verschwand.

Kolt blieb auf dem Stuhl sitzen. Vor lauter Erschöpfung und Verzweiflung ließ er Kopf und Schultern hängen. Er hörte, dass der Seelenklempner den Wohnwagen verließ und ein anderer Mann hereinkam.

Colonel Jeremy Webber, Kommandant der Delta Force, nahm auf dem Sofa auf der anderen Seite des Tisches Platz.

Kolt wischte sich hastig die Tränen aus den Augen. Er sprach den Kommandanten seiner Einheit nicht an. Er wusste, dass es angemessen war, dem Vorgesetzten den Vortritt zu lassen.

Webber sah Kolt in die Augen. »Unsere Einsatzregeln haben sich ein wenig verändert, seit Sie das letzte Mal dabei waren. Ich muss mich vergewissern, ob Sie mit diesen neuen Regeln klarkommen.«

Das war eine Überraschung. Der Mann verlor kein Wort über Raynors Unterhaltung mit Jets Tochter.

Kolt riss sich zusammen. »Welcher Art sind diese Veränderungen, Sir?«

»Ich muss wissen, ob Sie einen Mann aus dem Verkehr ziehen können, der keine unmittelbare Bedrohung darstellt.«

Kolt blinzelte verwundert. Man fragte ihn gerade, ob er bereit sei, jemanden zu exekutieren.

»Sir? Sogar wenn er keine feindliche Absicht zeigt?«

»Keine Bedrohung, aber jemand, der auf Befehl des Präsidenten zum Staatsfeind erklärt wurde.«

Kolt antwortete schnell: »Das ist eine bedeutende Änderung, Sir. Aber wenn klare Befehle vorliegen, bin ich dazu bereit.«

»Die sind alles andere als klar, Junge, aber es sind die Regeln. Und es ist Ihr Job, diese Regeln einzuhalten, so undurchsichtig sie auch sein mögen.«

Kolt zögerte. »Aus ›tot oder lebendig‹ ist also ein simples ›tot‹ geworden?«

Webber nickte im dämmrigen Licht des Trailers. »Es gibt Szenarien, bei denen das zutrifft. Schaffen Sie das? Und können Sie es Ihren Männern befehlen?«

Raynor dachte an die Feinde, gegen die er seinerzeit gekämpft hatte. Er dachte an die Mission in Pakistan, die ein böses Ende genommen hatte, und an den zweiten Pakistan-Einsatz, mit dem er seinen Ruf in den Augen vieler Deltas gerettet hatte.

Aber nicht in den Augen von Kelly Lee, Jets Tochter.

Kolt Raynor nickte. Mit festerer Stimme, als es seinem körperlichen Zustand entsprach, entgegnete er: »Ja, Sir. Ich kann es tun. Und ich werde es tun.«

»Sie wissen, dass Sie vor vier Jahren in Pakistan Scheiße gebaut haben.«

»Ja, Sir.«

»Sie wissen, dass es beim Joint Special Operations Command Leute gibt, die Ihnen das nie verzeihen. Es gibt nichts, was Sie dagegen machen können. Sie werden doppelt so hart arbeiten müssen wie alle anderen, damit man Sie weiterhin für kompetent hält.«

»Ich werde sogar dreimal so hart arbeiten. Geben Sie mir nur die Möglichkeit, es Ihnen zu beweisen.«

Webber nickte nachdenklich. Dann streckte er die Hand aus. »Willkommen zurück bei den Deltas, Kolt.«

»Danke, Sir.« Kolt erwiderte den Händedruck mit einer Hand, die aufgeschürft, zerkratzt und schwarz von der Erde der Appalachen war.

Webber lächelte. »Bedanken Sie sich lieber nicht. Und erwarten Sie nicht zu viel, Racer. Mich konnten Sie gerade beeindrucken, aber das ist vergleichsweise einfach. Die Jungs werden selbst entscheiden, was sie von Ihnen halten, genau wie Kelly und die anderen Kinder, die Ihre verbockte Mission in Pakistan zu Waisen gemacht hat. Außerdem werden Sie schon bald tief in der Scheiße stecken, noch bevor Ihre Narben von der Black-Site-Mission verheilt sind.«

»Anders will ich es gar nicht haben, Colonel.«

Die Bilder aus der letzten Nacht des Relook verblassten. Kolt Raynor war zurück auf dem Boden der Bordküche in der 767 über Neu-Delhi. Über ihm stand Slapshot und feuerte mit dem HK416 eine Salve in den hinteren Teil der Kabine. Heiße Patronenhülsen flogen Kolt ins Gesicht.

Er spürte Blut, dass ihm aus der Nase lief, ein heißes Stechen am linken Oberschenkel und einen dumpfen Schmerz im Rücken.

»Vier Krähen tot«, verkündete Slapshot. Dann griff der Sergeant nach unten und packte Kolt am Schulterriemen des Gurtzeugs. »Bist du noch bei uns, Racer?«, fragte er, während er parallel nach Bedrohungen Ausschau hielt.

Zwei schnell nacheinander abgegebene Schüsse aus einer Glock-Pistole krachten rechts von Raynor.

»Eine Krähe ist noch in der Bordküche am Heck«, verkündete Digger. Er ging auf der anderen Seite in die Hocke und zielte erneut mit der Glock.

Kolt schloss die Hände um den Pistolengriff und stand mit wackligen Beinen auf, die sein Gewicht noch nicht tragen wollten. Sie zitterten für einen Moment, aber er lief weiter. Das Blut tropfte ihm jetzt vom Kinn und der Oberschenkel brannte bei jeder Bewegung. Er stieg über den Terroristen hinweg. Der Mann hatte vier Schüsse in die Brust kassiert, dazu genug Granatsplitter in Gesicht und Hals, dass er kaum noch als Mensch zu erkennen war. Kolt stieg auch über die alte Lady hinweg. Sie lag mit dem Gesicht nach unten reglos auf dem Boden, in einer Lache aus Blut und Erbrochenem.

Kolt vertrieb den Anblick aus seinen Gedanken, während er die Kabine der Economy-Klasse betrat. Er war wieder voll da.

»Alle runter!«, rief er und richtete die Waffe in Augenhöhe auf die vor ihm sitzende Menge.

Die Sauerstoffmasken waren aus den Öffnungen gefallen. In Verbindung mit dem Rauch der Granatenexplosion erschwerten sie den Delta-Männern die Sicht auf die Passagiere und – was deutlich ungünstiger war – auf die Terroristen, die sich womöglich noch hier aufhielten.

Auf der anderen Seite des Flugzeugs bahnten Digger und Stitch sich einen Weg durch den Gang und fielen dabei fast vornüber, weil sich die Maschine nach wie vor im Steigflug befand. Sie rannten eine Frau buchstäblich über den Haufen, die in Panik ihren Sitz verlassen hatte, nachdem die Hirnmasse eines Terroristen auf ihre Bluse und ihren Hals gespritzt war. Im Vorbeigehen stiegen sie ihr auf die Beine und den Rücken, ohne im Geringsten darauf zu achten, ob sie sie dabei verletzten.

»Unten bleiben!«

Sekunden später wirbelte Stitch am Heck des Flugzeugs herum und spähte in die Bordküche. Während die anderen näher kamen, hauchte er leise in sein Mikro: »Bordküche ist leer, aber ich hab hier zwei geschlossene Klotüren.«

»Warte«, gab Raynor zurück. Er erteilte Slapshot und Digger den Befehl, kehrtzumachen, durch den Gang zurückzugehen und den Passagieren Feuerschutz zu geben.

Racer kämpfte sich zu Stitch vor. Beide Männer feuerten mehrere Kugeln durch die zwei geschlossenen Türen, sowohl auf Brusthöhe als auch auf Kniehöhe. Sofort danach öffneten sie die Türen.

Stitchs Kabine war leer, aber vor Kolts Füßen landete ein Pakistani mit einer Skorpion-MP. Es war nicht nötig, zu überprüfen, ob er noch lebte. Beide wussten, dass der andere tot war.

Kolt zog das Funkgerät aus der Weste und aktivierte das Mikro. »Fünf Krähen tot. Sichert die Waffen und stellt sicher, was sie in den Taschen haben. Versucht die Passagiere auf den Sitzen zu halten.«

Als er in den Gang zurückgehen wollte, bemerkte Kolt die Wunde an Stitchs linker Hand.

Mittlerweile hatte sich die Fluglage stabilisiert, obwohl Kolt sicher war, dass sie noch lange keine normale Reiseflughöhe erreicht hatten. Allein begab er sich auf den Rückweg durch die Kabine. Dabei kam er an Digger vorbei, der als Sanitäter der Gruppe gerade die alte Frau untersuchte, die in die Granatenexplosion hineingeraten war. Kolt rechnete damit, dass sie nicht mehr lebte. Aber es war Diggers Aufgabe, sich Gewissheit zu verschaffen.

Raynor ging weiter durch die First Class. Dort sah er die Leichen der vor dem Zugriff seines Teams von den Terroristen dort abgeladenen Männer und Frauen.

Menschen, für deren Rettung Kolt und seine Leute zu spät gekommen waren.

Er wusste, dass ihn keine Schuld traf. Aber trotzdem lebten sie nicht mehr und das sorgte genau wie im Fall der alten

Frau vor der Bordküche für ein beschissenes Gefühl bei ihm.

Kolt griff nach dem Telefon, mit dem die Flugbegleiter Verbindung zum Cockpit aufnehmen konnten. Kurz darauf meldete sich eine amerikanisch klingende Stimme.

»First Officer Freely hier.« Der First Officer musste schreien, um das Rauschen des Windes zu übertönen, der mit einer Geschwindigkeit von 320 km/h durch die teilweise offene Notausstiegsluke hereinpfiff.

»Sir, wir glauben, dass wir alle erwischt haben. Wie viele von den Mistkerlen gab es?«

»Laut Flugbegleitern waren fünf Terroristen an Bord.«

»Dann ist der Passagierraum jetzt gesichert. Es gibt allerdings leichte Beschädigungen am Rumpf durch die Schüsse.«

Eine kurze Pause entstand, ehe die Tür zum Cockpit geöffnet wurde. Kolt stellte sich in den Durchgang.

Die Männer trugen verschwitzte, kurzärmlige Uniformhemden, bis zur Taille aufgeknöpft, sodass man ihre nassen Unterhemden sah.

Obwohl nur einer von ihnen verletzt war, wirkten beide Männer ziemlich mitgenommen. Raynor stellte fest, dass es ihnen mehr oder weniger gelungen war, die Oberluke wieder zu schließen, obwohl durch den verbliebenen Spalt noch etwas kalte Luft und Windrauschen ins Cockpit drang.

»Ist die Maschine noch flugtauglich?«, erkundigte er sich.

Diesmal antwortete ihm der Pilot. »Wenn wir niedrig und langsam fliegen, sollten keine Schwierigkeiten auftreten. Ich schlage aber vor, baldmöglichst zu landen. Wohin?«

»Zurück nach Neu-Delhi. Da warten Verbündete auf uns.« Kolt deutete auf den blutigen Verband an der Schulter des Piloten. »Ich schick jemanden her, der sich das anschaut.«

Der Pilot nickte. »Wir werden in 15 Minuten aufsetzen. Wie geht's den Passagieren?«

»Einen haben wir verloren. Unter Umständen sind noch weitere verletzt.«

Sie brauchten einen Moment, um diese Nachricht zu verdauen.

Kolt wollte gerade gehen, da rief der Co-Pilot: »Hey, Kumpel. Wer seid *ihr* eigentlich?«

Raynor wischte sich mit dem Arm die blutige Nase ab. Mit ernster Miene antwortete er: »Die Flughafenpolizei von Neu-Delhi.«

Der Co-Pilot zuckte nur die Achseln und grinste verschmitzt. »Na, dann ... *Namaste.*«

Kolt gestattete sich ein kurzes Lächeln, bevor er sich auf den Rückweg in den Economy-Bereich machte, um nach seinen Leuten zu schauen.

Zu Raynors Überraschung war der Mann, auf den Digger im hinteren Abschnitt geschossen hatte, nicht tot – jedenfalls noch nicht. Kolt bemerkte zwei Löcher in der Brust. Digger kniete über dem Verletzten, rammte dem Terroristen das rechte Knie in den Bauch und durchsuchte ihn nach Waffen.

»Wie kann der Typ noch leben?«, fragte Kolt verwundert.

»Er hatte so 'ne beschissene Paki-Schutzweste an. Die hat die Kugeln ausgebremst, aber nicht aufgehalten.«

»Wir landen in zehn bis 15 Minuten«, teilte Raynor seinem Freund mit, während er auf die klaffenden Brustwunden hinabblickte, die sich unter dem verschmierten, weißen Anzughemd des Terroristen öffneten und schlossen.

Der Pakistani schlug die Augen auf, als er Kolts Stimme hörte. »Amerikaner, ja?«

Kolt kniete sich neben Digger und blickte den Mann an. »Ja.«

Der Terrorist lachte mit blutbefleckten Lippen. »Ihr seid *hier*? Ihr solltet in eurem Land sein. Bald werden wir euch mitten ins Herz treffen.«

Kolt schob sich näher heran, legte die Hand auf Diggers Schulter. »Was hat das Arschloch gerade gesagt?«

»Klingt, als habe die Krähe Informationen.«

»Kannst du ihn noch eine Weile am Leben halten?«

Digger schüttelte den Kopf. »Nicht mal Walter Reed persönlich könnte das. Er hat höchstens noch 'ne Minute. Tut mir leid.«

»Mir nicht«, verkündete Kolt grimmig. »Scheiß auf ihn.«

Der Mann hustete. Seine Stimme wurde leiser und war jetzt nur noch ein Flüstern. »Amerikaner sterben. Viele Amerikaner bald sterben.« Die Augenlider des Jüngeren flatterten, schlossen sich aber nicht. Er verdrehte die Augen nach oben und das Herz in seiner Brust schlug nicht mehr.

Kolt fragte sich, worauf er mit dieser Bemerkung abgezielt hatte.

»Lass mich mal 'nen Blick auf deinen Oberschenkel werfen, Boss«, bat Digger.

»Ist schon in Ordnung. Einer von den Piloten hat 'ne Kugel in die Schulter abgekriegt. Geh erst mal zu ihm.«

Digger nickte und trat den Weg ins Cockpit an, um den verwundeten Piloten zu versorgen.

Einen Augenblick später meldete sich Slapshot über das MBITR-Funkgerät. Kolt hatte den Lautsprecher voll aufgedreht, da er seine Peltors beim wilden Ritt auf dem Dach verloren hatte. Slapshots Stimme wurde beinahe von den Passagieren übertönt, die zwar weiterhin die Köpfe einzogen, aber inzwischen klatschten und jubelten. »Hat einer Stitchs Finger irgendwo gesehen?«

Der verletzte Operator, der sich am Heck befand, meldete sich zu Wort. »Vergesst es. Das ist schon passiert, bevor wir eingestiegen sind. Der liegt wahrscheinlich noch am Flughafen rum. Schätze, meine Zweitkarriere als Klavierlehrer kann ich vergessen.« Er lachte.

Kolt bezweifelte, dass Stitch in seinem Leben je vor einem Klavier gesessen hatte. Es war Galgenhumor, im Augenblick durchaus hilfreich. Aber Raynor wusste, dass die Wunde seinem Teamkollegen noch weit über diese müden Witzchen hinaus zu schaffen machte.

»Wird das dein drittes Purple Heart, Sergeant?«
»Schon das vierte, aber wer zählt da noch mit?«
»Du hast heute gute Arbeit geleistet.«
»Danke, Racer. Du auch. Dieser Lady in der Bordküche hättest du nicht helfen können. Die ist einfach mittendurch gelaufen.«

Kolt nickte nur. Er war nicht so sicher, ob er diesen Teil der Mission nicht vergeigt hatte. Aber das konnte er bei der Nachbesprechung immer noch beichten.

Raynor spürte, wie sein Satellitentelefon vibrierte. Er wusste, dass der Anruf vom Joint Operations Command kam. »Ja?«
»Hier ist Webber. Lagebericht, kommen.«
»Fünf tote Krähen. Eine Geisel beim Angriff umgekommen. Ein paar Zivilisten verletzt. Zwei Adler im Kampf verwundet.«
»Ihr Zustand?«
»Ich hab 'n paar Kugeln im Bein von 'ner präparierten Granate. Und Stitch hat 'nen Finger verloren.«
»Das wird Sie beide heute Nacht wach halten. Aber das ist ein verdammt kleiner Preis für das, was ihr gerade geleistet habt, Männer.« Der Colonel legte eine kurze Pause ein. »Ich war drauf und dran, Ihren Arsch über offenem Feuer zu grillen, sobald das hier vorbei ist ...« Er hielt inne. »Aber Sie haben richtig entschieden, Junge. Gut gemacht.«
»Danke, Sir. Hätte auch anders kommen können.«
»Das ist bei unserer Arbeit immer so.«
»Ja, Sir.«
Eine weitere Pause. »Racer, wir werden Stitch nach Hause bringen, damit er behandelt wird. Aber der Rest von Ihnen muss noch eine Weile hier in Bagram bleiben. Das heißt, sofern Ihr Bein okay ist.«

Kolt war alarmiert. Wenn Webber wollte, dass er vor Ort blieb, musste es eine weitere akute Bedrohung geben. »Roger. Die Wunde ist vernachlässigbar. Schnellbehandlung reicht. Was gibt's denn?«

»Sie müssen vielleicht in einem oder zwei Tagen nach Libyen. Da braut sich was zusammen und wir wurden gebeten uns bereitzuhalten.«

Kolt legte den Kopf schief. »Libyen, Sir?«

Kairo, Ägypten

Man kann durchaus die Auffassung vertreten, dass Maadi die grünste, stillste und daher auch friedlichste Region in der Nähe der ansonsten lauten und chaotischen Metropole Kairo ist. Die üppige Vegetation erklärt sich durch die Lage am Ostufer des Nils, die relative Ruhe dadurch, dass es sich um eine Vorstadt gut ein Dutzend Kilometer südlich der Stadtmitte handelt. Die Straßen werden hier von Bäumen gesäumt und die Apartmenthochhäuser, Eigenheime und Gewerbeimmobilien sind von schmalen Rasenflächen und gestutzten Büschen umgeben – ganz anders als in der Metropole, die sich im Norden und Osten ausbreitet.

Maadi ist eine erstklassige Wohngegend, was die ausnehmend hohen Preise für Immobilien erklärt. Den Mittelpunkt der sozialen Aktivitäten bildet der Jacht- und Sportclub. Die Straßen wirken freundlich und friedlich. Ein Eindruck, der sich als äußerst hilfreich erweist, um jene Aktivitäten zu verschleiern, die sich seit einem Jahr hinter den Mauern eines großen Transportunternehmens in der Nähe des Flusses abspielen. Diese Firma, Maadi Land and Sea Freight, gehört Männern, die weder Einheimische aus Maadi noch Ägypter sind. Sondern Libyer.

Etwa 30 frühere Mitarbeiter der Geheimdienste von Colonel Muammar Al-Gaddafis Regierung lebten und arbeiteten im Gebäude von Maadi Land and Sea. Keiner von ihnen hielt sich illegal im Land auf. Im Gegenteil, jeder Einzelne dieser früheren Spione und Offiziere der Inneren Sicherheit hatte sich offizielle Reisedokumente für die Einreise nach Ägypten verschafft, jedoch nicht auf offiziellem Weg über die Konsulate. Nein, sie waren durch Bestechung, Erpressung und auch Gewalt erkauft worden, denn bei all diesen Männern handelte es sich um gesuchte Kriminelle, nach denen sowohl in ihrem Heimatland als auch im Ausland gefahndet wurde.

Maadi Land and Sea Freight war eine Scheinfirma, die der geheimen Verschiebung von Ausrüstung und Material von Ägypten nach Libyen diente. Libyens Spionagearm, der *Haiat amn al Jamahiriya* – im Westen als Jamahiriya Security Organization (JSO) bekannt – hatte sie vor ein paar Jahren gegründet. Zu dieser Zeit begann man in Libyen damit, Waffen für staatlich unterstützte Revolutionsbewegungen und von der Regierung finanzierte Terroristen zu exportieren.

Aber kurz nach der Revolution in Libyen und dem Sturz von Colonel Gaddafi hatten die überlebenden ehemaligen Mitglieder der JSO die Firma in ein gewinnorientiertes Unternehmen umgewandelt. Maadi Land and Sea Freight erlaubte es dem Ring ehemaliger JSO-Agenten, weiterhin dem Geschäft nachzugehen, Waffen aus Libyen zu schmuggeln und weiterzuverkaufen. Mit dem Unterschied, dass sie nun damit ihre privaten Konten füllten.

Der Kopf dieser kriminellen Machenschaften war ein silberhaariger, aber noch fitter 50-jähriger Libyer namens Aref Saleh. Saleh hatte vor dem Sturz von Tripolis drei Jahrzehnte lang zur Riege von Gaddafis Topspionen gehört. Einen Großteil der Zeit außerhalb seines Heimatlands hatte er in Ägypten verbracht, als Direktor des Auslandsbüros der JSO in Kairo. In dieser Funktion hatte er eine große Gruppe von Agenten befehligt, sowohl in Ägypten als auch in anderen Ländern in Nordafrika und im Nahen Osten.

Diese Kontakte aus der Vergangenheit hatten ihm Geschäftspartner verschafft, aber auch einen natürlichen Markt für die Waffen, die inzwischen zum Verkauf standen.

Saleh führte die ihm unterstellten Männer, ehemalige JSO-Mitglieder, ähnlich wie in einem echten Unternehmen. Es gab eine Marketingabteilung, die Kunden für die libyschen Waffen auftrieb, Versand und Logistik für den Transport zum Endverbraucher und eine Materialbeschaffung, die fehlende Ausrüstung aufspürte, sie Verbindungsleuten abkaufte oder sich gewaltsam aneignete. Außerdem verfügte die Firma über einen soliden Sicherheitsdienst. Obwohl alle 30 Mitarbeiter mit Schusswaffen umgehen konnten und Militärdienst geleistet hatten, kümmerten zehn von ihnen sich ausschließlich um Security.

Aref Saleh und seine Leute schwebten ständig in Gefahr und blieben daher wachsam. Sie lebten auf dem Grundstück von Maadi Land and Sea und hatten viele der Büros in Wohnraum umgewandelt. Aus dem vorher mit einem allenfalls durchschnittlichen Überwachungssystem ausgestatteten Gebäude hatten sie eine Festung mit bewaffneten Wächtern, Sicherheitskameras und Bewegungsmeldern gemacht.

Aref und seine Handlanger verhökerten mit wachsendem Erfolg Gewehre, Maschinengewehre, Munition und Landminen, aber ihr teuerstes Produkt war die Boden-Luft-Rakete. Sie hatten bereits kleinere Mengen SAMs an mehrere Gruppierungen im Nahen Osten und Asien verkauft. Heute stand jedoch ein Treffen mit zwei Männern an, die eigens aus dem Jemen nach Kairo gereist waren – die Führungsspitze von Al-Qaida auf der arabischen Halbinsel. Die AQAP gehörte zu den stärksten Parteien in der Region, weil sie dank ihrer Unterstützer in den Golfstaaten über die am besten gefüllten Kassen verfügte. Sie rüsteten Kämpfer und Agenten in mehreren Ländern aus. Das vorbereitende Treffen, das Salehs Verkaufsabteilung mit Mitgliedern dieser Organisation abgehalten hatte, gab ihnen Hoffnung, dass auch das heutige Meeting mit den jemenitischen Auftraggebern erfolgreich verlief.

Die Sicherheitsvorkehrungen des libyschen Unternehmens sahen vor, alle Treffen mit potenziellen Kunden dezentral in einem geheimen Unterschlupf abzuhalten, von denen sich mehrere auf ganz Kairo verteilten. Das heutige Meeting mit den Besuchern aus dem Jemen sollte in einem zweistöckigen Privathaus stattfinden, etwa einen Kilometer vom Firmengrundstück von Maadi Land and Sea entfernt, ganz in der Nähe des Jacht- und Sportclubs. Vier von Salehs Sicherheitsleuten waren frühzeitig dorthin gegangen, um alles vorzubereiten. Vier weitere verteilten sich im umliegenden Viertel und hielten auf den Straßen nach Anzeichen einer Beschattung Ausschau. Und dann, kurz vor dem Eintreffen der Al-Qaida-Auftraggeber, fuhr Saleh selbst mit den Führungskräften seines Teams in einem gepanzerten Mercedes S600 mit getönten Scheiben zum Haus – ein Fahrzeug, das einmal dem früheren ägyptischen Präsidenten Husni Mubarak gehört hatte.

Normalerweise verspätete Saleh sich bei seinen Terminen, da es ihm nichts ausmachte, Kunden ein paar Minuten warten zu lassen. Meistens waren diese Kunden Rebellen aus Dritte-Welt-Ländern – Männer, die Unbequemlichkeiten gewöhnt waren. Für Leute, die in einer so unbehaglichen Welt lebten, stellte es kaum ein Problem dar, ein, zwei Stunden lang an einem Küchentisch zu sitzen und Tee zu trinken. Aber die heutigen Kaufinteressenten waren seriöse Männer, die für eine ernste Sache kämpften. Mehrere vorbereitende Treffen mit anderen Mitgliedern ihrer Organisation hatten Saleh und seinen Leuten bewiesen, wie wichtig es den Jemeniten war, dieses Geschäft erfolgreich zum Abschluss zu bringen. Ein aller Voraussicht nach sehr umfangreiches Geschäft.

Aus diesem Grund wollte Aref Saleh sie nicht warten lassen, sondern als Erster vor Ort sein – als Zeichen des Respekts.

Die Al-Qaida-Männer interessierten sich für die russischen schulterverschießbaren Raketen des Modells Igla-S – eins der teuersten Produkte im Katalog der illegalen libyschen Waffenhändler.

Im Kreis seiner Mitarbeiter hatte Saleh die Hoffnung geäußert, der Al-Qaida auf der arabischen Halbinsel ganze 15 Igla-S-Raketen verkaufen zu können. Er hatte einen entsprechenden Vorrat sogar schon im Vorfeld in einem geheimen Lagerhaus in Tripolis bereitgestellt, von wo aus sie zur libyschen Hafenstadt Bengasi transportiert werden konnten. Bei einem Stückpreis von 450.000 Dollar versprach ein Verkauf dieser Größenordnung, seinem Unternehmen über sieben Millionen Dollar einzubringen. Ganz zu schweigen von künftigen Möglichkeiten, mit der AQAP Geschäfte zu machen.

Kurz vor der Mittagszeit bremste ein Kleinwagen vor dem vereinbarten Treffpunkt. Zwei Männer stiegen aus, danach fuhr der Fahrer weiter, um auf der von Bäumen gesäumten Straße einen Parkplatz zu suchen. Die Männer wurden von nicht weniger als einem halben Dutzend Wachleute beobachtet, die an mehreren Stellen in beiden Richtungen der Straße postiert waren. Beide Besucher waren jung, etwa Mitte 30. Beide trugen einfache, westliche Kleidung und Gebetskappen. Ihre Bärte waren dunkel und von mittlerer Länge. Sie wirkten kerngesund, als ob sie einer regelmäßigen körperlichen Arbeit nachgingen.

Das Duo näherte sich dem Eingang des Gebäudes. Sobald sie den Fuß auf die untere Treppenstufe setzten, wurde die Tür geöffnet.

Im Foyer wurden die zwei Gäste aus dem Jemen von vier lächelnden Männern in teuren Anzügen in Empfang genommen. Aref Saleh und drei seiner bewaffneten Wachleute begrüßten die zukünftigen Kunden mit einem festen Händedruck und Segenswünschen. Anschließend wurden die beiden höflich, aber sorgfältig mit einem Metalldetektor nach Waffen oder Abhörgeräten abgesucht. Wenige Momente später führte man sie in ein im westlichen Stil eingerichtetes Wohnzimmer. Die Wachen verteilten sich auf die vier Zimmerecken.

Die Besucher nahmen auf Sesseln Platz. Saleh setzte sich ihnen gegenüber auf ein Sofa. Der kleinere der jungen Al-Qaida-Vertreter sprach ihn an: »Man hat uns gesagt, Sie heißen Idriss.«

Saleh nickte lächelnd. »Das ist korrekt. Und mir wurde gesagt, ich soll Sie Miguel nennen. Eine interessante Namenswahl.«

Miguel ging nicht auf die Bemerkung ein, sondern sagte stattdessen: »Und das ist mein Vorgesetzter. Sie können ihn Haroom nennen.«

Aref Saleh wandte sich Haroom zu. »Ich freue mich darauf, mit Ihnen Geschäfte zu machen, mein Freund.«

Der andere Mann nickte zum Zeichen, dass er verstanden hatte, schwieg jedoch.

»Werden Sie nicht sprechen, Freund?«

Miguel antwortete an seiner Stelle. »Sie können Ihre Geschäfte direkt mit mir abwickeln.«

Saleh nickte höflich. »Nun gut. Wie kann ich Ihnen helfen, Brüder?«

Es beunruhigte den Libyer nicht im Geringsten, dass es einer der Gäste vorzog, während des Treffens zu schweigen. Saleh verhandelte seit einem Vierteljahrhundert mit solchen Leuten. Wenn man es mit Terroristen und Revolutionären zu tun hatte, gehörten seltsame Organisationsstrukturen und übermäßig dramatische Persönlichkeiten irgendwie dazu.

Miguel erklärte zum Auftakt, dass seine Organisation Bedarf an einigen der Igla-S-Raketen habe, die die Libyer angeblich besäßen. Er äußerte die Hoffnung, mit der in Kairo angesiedelten Organisation langfristige Geschäftsbeziehungen zu knüpfen.

Während sein Untergebener sprach, blieb Haroom stumm. Falls es nötig wurde, musste er sich zu Wort melden, aber damit hätte er dem Libyer ein entscheidendes Detail verraten. Denn obwohl Haroom das jemenitische Arabisch recht gut beherrschte und auch den Dialekt des Libyers verstand, war er selbst kein arabischer Muttersprachler. Seine Muttersprache war Englisch mit nordkalifornischem Akzent.

Harooms wahrer Name lautete David Wade Doyle. Aber den oberen Rängen der AQAP war er besser bekannt als Daoud Al-Amriki oder ›David, der Amerikaner‹.

David gehörte Al-Qaida seit mehr als zehn Jahren an und war vor vier Jahren in den Stand eines höheren Befehlshabers aufgerückt. Seine letzte Mission hatte im vergangenen Herbst in Pakistan den Tod mehrerer Mitglieder des US-Militärs und der CIA nach sich gezogen. Aber am Ende stand ein persönliches Scheitern.

Er war fest entschlossen, bei seiner nächsten Mission, für die er die vom Libyer angebotenen Raketen benötigte, *nicht* zu scheitern.

David Doyle, heute 30 Jahre alt, war in Kelseyville in Kalifornien zur Welt gekommen, 100 Meilen nördlich von San Francisco. Da seine Eltern Farmer und Trapper waren, hatte Doyle als Kind viel Zeit in der freien Natur verbracht. Außerdem gab es in seiner Familie nur Atheisten, also kam David nie mit Religion in Berührung. Kurz nach seinem 16. Geburtstag zogen sie schließlich nach San Francisco, damit seine Mutter bei einem Arzt vor Ort eine Behandlung gegen Brustkrebs beginnen konnte.

Sie wohnten dort in einem Apartmentkomplex. Der junge David begann mit den drei Jungen von nebenan abzuhängen – Kindern von Immigranten aus dem Jemen. Bald besuchte er sogar gemeinsam mit den anderen Männern der Nachbarschaft die Moschee. Er fühlte sich von dieser fremden Kultur und dem Glauben angezogen, verspürte eine tiefe Verbundenheit mit diesen Menschen. Nach dem Tod seiner

Mutter und der Rückkehr seines Vaters aufs Land verließ der 17-jährige Kalifornier die High School und unternahm mit der Immigrantenfamilie eine Urlaubsreise in ihre jemenitische Heimat.

Die Familie kehrte nach Kalifornien zurück, David Doyle jedoch nicht.

Er konvertierte zum Islam und verbrachte Jahre damit, Arabisch zu lernen und den Koran zu studieren. Die Moschee in Sanaa, die er besuchte, gehörte zu den radikalsten im Land und er selbst wurde durch die Lehren des Imams radikalisiert.

Bei einem Angriff auf die *USS Cole* im nahen Hafen von Aden empfand Doyle nichts als Freude über den Tod von 17 amerikanischen Seeleuten. Er beschloss, selbst aktiv zu werden im Kampf gegen sein Geburtsland und entschied sich für ein Training in Al-Qaida-Camps im Inland. Hier erfuhr er am 11. September 2001 von den Anschlägen auf das Herz Amerikas. Unter den Al-Qaida-Mitgliedern wurde nur von der ›Flugzeugmission‹ gesprochen. Er und andere junge Männer des Trainingscamps jubelten und beteten. Dann brachen sie nach Afghanistan auf, um sich dem Widerstand anzuschließen.

Doyle hielt sich im pakistanischen Peschawar auf, als Afghanistan fiel. Er erholte sich dort von einer Verletzung am Bauch durch Granatsplitter, die ihn in Jalalabad getroffen hatten. Bald darauf ging er wieder in den Jemen, um dort seine Regeneration abzuschließen. Hier kehrte er in seine Moschee zurück und verbrachte seine Zeit abwechselnd mit Training und dem Besuch von Teehäusern, in denen er die Nachrichten verfolgte.

Er tötete seinen ersten Amerikaner im Irak, nicht in Afghanistan. Er war erst nach der ursprünglichen Invasion ins Land gekommen. Aus einer Entfernung von knapp 40 Metern feuerte er eine RPK-Salve auf den Helm eines Marines ab. Ein Lance Corporal mit kindlich wirkendem Gesicht, nicht älter als Doyle selbst. Er verspürte keinen

Ekel angesichts seiner Tat. Viel wichtiger war ihm, dass seine Kameraden ihn dabei beobachtet hatten.

Die folgenden Jahre hielt er sich abwechselnd im Irak und in Afghanistan auf – im Kampf, bei Aufklärungsmissionen, beim Platzieren von Bomben. Seine Vertrautheit mit dem Englischen ließ ihn schließlich zu einem geschätzten Al-Qaida-Spion werden. Man zog ihn aus den gefährlichen Kampfgebieten ab und schickte ihn in Camps in Pakistan, um beim Ausbilden der Taliban zu helfen. Bald holten die Al-Qaida-Anführer ihn mit der Absicht zu sich, ihn zum Befehlshaber zu ernennen.

Es war sein eigener Plan gewesen, den er im Vorjahr im Geheimgefängnis der Amerikaner in Pakistan durchgeführt hatte. Sein Versagen am Khaiberpass hätte leicht zu seiner Hinrichtung durch die Anführer von Al-Qaida auf der arabischen Halbinsel führen können. Aber stattdessen hatte man ihm die Chance gegeben, sich auf einer neuen, waghalsigen Mission durch Dschihad und Märtyrertum davon reinzuwaschen.

Und diesmal kam ein Versagen nicht infrage.

Jetzt, wo er in diesem schönen Haus in Maadi auf einem bequemen Sessel saß, konnte David Doyle an nichts anderes denken als daran, dass er diese beschissenen Raketen unbedingt bekommen musste. Und wenn es nach ihm ging, konnte dieser verdammte libysche Bastard dafür ruhig sterben.

Es war ein notwendiges Übel, dass Doyle mit ehemaligen libyschen Geheimdienstoffizieren zusammenarbeiten musste. Er empfand keinen Respekt für diese gierigen, bösartigen Männer.

Muammar Al-Gaddafi hatte der Mission, der Doyle sein Leben gewidmet hatte, nicht freundlich gegenübergestanden. Libyen hatte 2004 sogar Al-Qaida-Gefangene der Vereinigten Staaten aufgenommen, die dort verurteilt und gefoltert worden waren. Alles, damit die Amerikaner Informationen über Al-Qaida erhielten und Gaddafis Ansehen bei den mächtigen, wütenden Amerikanern stieg.

Nein, Doyle respektierte die JSO-Männer nicht im Geringsten. Sie mochten vielleicht einmal Muslime gewesen sein, aber das allein bedeutete überhaupt nichts. Sie waren nicht fromm und sie hätten für die muslimische Sache niemals ihren Kopf riskiert. Bis zu seinem Tod vor einem Jahr hatten sie ihrem Herrn gedient, danach nur noch sich selbst.

Sie waren nicht besser als die vielen Ungläubigen, die Doyle getötet hatte. Diese libyschen Arschlöcher räumten ihm für seine Großeinkäufe wahrscheinlich nicht mal einen Rabatt ein.

Doyle sah, dass das charismatische Lächeln des silberhaarigen Mannes im Business-Anzug nachgelassen hatte, während Miguel sprach. Idriss sah nicht Miguel an; nein, er sah Doyle an. Dabei glaubte er, Spuren von nicht allzu lange zurückliegenden chirurgischen Eingriffen im katzenhaften Gesicht des Libyers zu erkennen. Vielleicht hatte der frühere JSO-Anführer sich einigen Gesichtsoperationen unterzogen, um seine wahre Identität vor den Behörden geheim zu halten.

Der amerikanische Al-Qaida-Kommandant wusste mehr über Idriss, als er sich anmerken ließ. Doyle wäre niemals mit nur einem Verbündeten und der bloßen Hoffnung nach Kairo gereist, seine Raketen zu bekommen, und hätte sich der Organisation dieses Mannes blind ausgeliefert. Nein, Doyle wusste alles über den Kerl und seine Firma. Dieser frühere Spion und Feind des Islam war ein Dreckschwein. Es widerte David Doyle an, sich in seiner Nähe aufzuhalten.

Aref Saleh starrte seinerseits den schweigenden bärtigen Mann an, während Miguel redete. Haroom versuchte gar nicht erst, die Abneigung zu verbergen, die er Saleh gegenüber verspürte. Nach einer Minute zornigen Starrens unterbrach Saleh Miguel, indem er sich direkt an Haroom wandte. »Ich sehe es in Ihren Augen, Bruder. Sie verurteilen mich für meine Taten. Sie verurteilen mich für das, was ich für Libyen getan habe.«

David Doyle blieb stumm.

»Ich habe großen Respekt vor Ihnen und Ihrer Sache. Ich habe vielen Ihrer Mudschaheddin Waffen zu Preisen überlassen, die meine Kosten kaum gedeckt haben.«

Doyle glaubte das nicht eine Sekunde lang, meldete aber trotzdem keine Zweifel an der Aussage an.

Der Libyer starrte ihn lange an, bevor er fortfuhr: »Trotzdem, junger Bruder, möchte ich Sie bitten, sich Ihre offene Feindseligkeit zu verkneifen. Sie sind hier zu Gast in meinem Haus.«

Doyle sprach nicht. Und er änderte auch nichts an seinem Verhalten.

Schließlich beendete Saleh das Blickduell mit einem Achselzucken und einem schmalen Lächeln. Er schielte kurz zu seinen im Raum postierten Männern. »Also gut, mein jemenitischer Bruder. Wie Sie wollen. Starren Sie mich weiter böse an. Aber ich bin ein Gentleman. Ich werde Ihr Geld annehmen und Sie nicht auf die gleiche Art beleidigen. Wenn ich nicht mit Colonel Gaddafi befreundet sein muss, um für ihn zu arbeiten, muss ich sicher auch nicht Ihr Freund sein, um Ihr Geld anzunehmen.«

Jetzt meldete Doyle sich zum ersten Mal zu Wort. »Und ich muss auch nicht Ihr Freund sein, Mr. Saleh, um Ihre Ware zu kaufen.«

Als er seinen echten Nachnamen hörte, nahm Aref Saleh unbewusst eine aufrechtere Haltung an. Sein schwaches, unehrliches Lächeln zog sich zurück.

»Ich kenne Ihren Akzent nicht, junger Bruder, aber Sie sind kein Jemenit. Es scheint, dass Sie aus einem Land kommen, in dem Zügellosigkeit einem Mann keine Probleme beschert. Sie setzen Kontaktleute ein, die meine wahre Identität aufgedeckt haben. Ich bin beeindruckt. Aber dadurch, dass Sie mir zu erkennen geben, dass Sie wissen, wer ich bin, versetzen Sie mich in eine schwierige Lage. Sie täten besser daran, Ihre Zunge zu hüten. Absolutes Vertrauen ist zwar ebenfalls keine Voraussetzung, um Geschäfte miteinander zu machen, doch ich werde nicht mit jemandem zusammenarbeiten, dessen Boshaftigkeit ich als direkte Drohung wahrnehme.«

»Ich muss Ihnen auch nicht vertrauen.« Doyles Arabisch verriet, dass er kein Muttersprachler war, aber nicht unbedingt, dass er Amerikaner war. »Ich muss nur wissen, wie ich Sie finde, falls Sie mich betrügen.« Er grinste leicht. »Und nachdem Sie nun wissen, dass ich dazu in der Lage bin, können wir fortfahren.«

Saleh hob die buschigen Augenbrauen. Hinter ihm traten zwei Wachleute mit drohender Geste vor. Miguel wollte aus seinem Sessel aufstehen.

Saleh hielt alle mit erhobener Hand zurück. Er wandte sich an den Mann mit dem merkwürdigen Akzent.

»Glauben Sie wirklich, dass Sie hier sämtliche Vorteile auf Ihrer Seite haben, Bruder Haroom?«

»Nein. Ich bin unbewaffnet, genau wie mein Kollege. Ich versuche nur fair zu sein, indem ich Sie wissen lasse, dass meine Organisation Sie identifiziert hat. Und wenn Sie den Versuch wagen, mich auszutricksen ...«

»Ja, ja. Ihre Leute können mich jederzeit aufspüren.«

»Ganz genau.«

Saleh wackelte mit den Fingern und seine Männer zogen sich in die Zimmerecken zurück, obwohl sie wachsam blieben. »Also gut. Dann haben wir uns also gegenseitig unsere Vernichtung zugesichert. Ich hoffe, dass all diese Mühen Ihrerseits bedeuten, dass Sie bereit sind, zu einem Geschäftsabschluss zu kommen.«

»Nichts lieber als das.«

Nachdem er noch einen Moment überlegt hatte, rief Saleh jemandem im Nachbarraum etwas zu. Ein paar Sekunden später kamen zwei Männer herein. Sie trugen Geschäftsanzüge, aber statt Aktenkoffern schleppten sie gemeinsam eine grüne Holzkiste – mehr als anderthalb Meter lang, schmal und höchstens 50 Zentimeter breit und hoch. Sie stellten sie neben den beiden Männern aus dem Jemen auf den Boden.

Saleh verkündete: »Ich präsentiere Ihnen eins der tödlichsten tragbaren Luftabwehrsysteme, die je gebaut wurden. Die tragbare Flugabwehrrakete Igla-S, auch Igla-S PAAMC. *Igla* ist russisch und bedeutet ›Nadel‹.«

Al-Amriki wusste alles über die Igla, aber er ließ Saleh mit seiner Verkaufspräsentation fortfahren.

»Die Waffe verfügt über eine vertikale Reichweite von drei bis vier Kilometern. Durch ihr perfektes Infrarot-Zielerfassungssystem besitzt sie eine hohe Störfestigkeit. Sie hat eine Kontaktsicherung, einen Annäherungszünder und einen mächtigen Sprengkopf. Dabei ist sie kompakt genug, dass eine Person mit etwas Mühe zwei davon auf dem Rücken transportieren kann. In einem durchschnittlichen zweitürigen Wagen könnte man ein halbes Dutzend dieser Raketenwerfer unterbringen, zusammen mit weiteren Raketen und Energiequellen.«

Die Al-Qaida-Männer knieten sich vor die Waffe und prüften die Kennzeichnungen und die Seriennummer, sogar die Beschriftung der Holzkiste. Doyle fand sofort, was er suchte: den Versandaufkleber. Der Empfänger war die Central Organization of Industry and Purchase in Libyen und der Zielflughafen war der International Airport Tripolis. Außerdem fand sich der Vermerk: *2006. Box 88 von 243.* Al-Qaida-Spione mit Kontakten zum libyschen Verteidigungsapparat hatten ihm geraten, nach diesen Kennzeichnungen Ausschau zu halten. Falls Saleh es gewagt hätte, ihnen gefälschte Waffen zu verkaufen, wäre es schwer für ihn gewesen, die authentischen Versandaufkleber und Kistenstempel zu kopieren.

Nachdem sie eine Minute lang mit der Waffe hantiert hatten – die Rakete steckte nicht im Abschussrohr und die Energiequelle war nicht angeschlossen, weshalb es nicht zu einem versehentlichen Abschuss in diesem elegant eingerichteten Wohnzimmer kommen konnte –, lehnten sich die beiden Männer von der AQAP in den Sesseln zurück und schauten Aref Saleh an. Der Libyer stellte fest, dass ihre Laune sich merklich gebessert hatte. Ihr ehrfürchtiger Umgang mit dem Waffensystem ließ ihn zu dem Schluss gelangen, dass diese terroristischen Befehlshaber letzten Endes nichts anderes waren als dumme Jungen.

»Also«, fuhr er fort. »Kann ich Ihnen noch irgendwelche Fragen beantworten?«

Der, der sich Haroom nannte, antwortete: »Ich brauche einen Beweis, dass sie wie versprochen funktionieren.«

»Einen Beweis?«, fragte Saleh mit echter Verwirrung. »Ich glaube, Sie müssen lediglich die Seriennummern mit den fehlenden ...«

»Ich *glaube,* dass es authentische libysche Waffen sind. Daran habe ich keinen Zweifel. Aber Sie sagten uns, sie seien leicht zu bedienen. Stimmt das? Ich meine, kann ein grob in die Bedienung eingewiesener Agent sie so einfach abfeuern, wie Sie behaupten?«

»Selbstverständlich. Die Anleitung ist gerade mal zwei Seiten lang.«

Doyle zuckte die Achseln. »Ich will eine abschießen. Auf ein Flugzeug.«

Saleh machte eine wegwerfende Handbewegung. »Das ist doch lächerlich.«

Doyle fuhr fort: »Ich werde einen Raketenwerfer kaufen. Sie werden uns helfen, einen passenden Ort zu finden, um ihn abzufeuern. Ein passendes Ziel. Wenn dieser Test zufriedenstellend verläuft, kaufen wir Ihnen 60 Raketen ab.«

»*60?*«, wiederholte Saleh ungläubig. Das waren viermal so viele, wie er sich erhofft hatte.

»Ganz genau.«

Der Libyer glaubte, dass der andere ihn auf den Arm nehmen wollte. »Ich habe keine Zeit für Spielchen. Meine

Leute haben Sie überprüft und mir versichert, dass Sie ein legitimer Vertreter Ihrer Organisation sind. Also habe ich zugestimmt, mich mit Ihnen zu treffen. Aber jetzt muss ich Sie auffordern, dieses Haus zu verlassen.«

»Wir zahlen Ihnen 400.000 Dollar pro Stück für insgesamt 60 Waffen.«

Der Libyer legte den Kopf schief und musterte den Mann auf der anderen Seite des Tischs. Schließlich stellte er leise fest: »Sie meinen das ernst.«

David Doyle beugte sich vor. »Es hängt davon ab, ob der Testschuss einer Waffe auf ein Verkehrsflugzeug erfolgreich verläuft.«

Ebenso zu sich selbst wie zu seinen Kunden sagte Saleh: »24 Millionen Dollar.«

Haroom korrigierte. »Wir bezahlen auch für das Testgerät. Also 24 Millionen plus 400.000.«

»Verstehe.« Salehs Stimme verriet ehrliche Verblüffung. »Ich denke, mit etwas Aufwand und Vorbereitung lässt sich das einrichten.«

Für die Chance, 24 Millionen Dollar zu verdienen, trieb Aref Saleh diesen Kerlen nur zu gern ein Flugzeug auf, das sie vom Himmel schießen konnten.

Tripolis, Libyen

Dr. Renny Marris machte diese Art von Arbeit schon so lange, dass er den Beobachter eigentlich hätte bemerken müssen. Doch beim Verlassen des riesigen Corinthia Bab Africa Hotels spürte er lediglich die warme mediterrane Sonne, die ihm zwei Häuserzeilen von der Mittelmeerküste entfernt ins Gesicht brannte. Es war kurz nach elf Uhr vormittags und er hatte seit dem Morgengrauen ununterbrochen geschuftet, ohne eine Pause zum Essen oder Trinken einzulegen. Aus diesem Grund hatte er beschlossen, den schwarzen Anzug abzulegen und sich für eine Mahlzeit in den geschäftigen Trubel draußen zu stürzen, auch wenn er dafür einen Teil seiner Arbeit mitnehmen musste.

Marris kam am Taxistand vor dem Hotel vorbei und stieg die Stufen zum Parkdeck hinauf. Über der Schulter trug er eine abgewetzte Umhängetasche aus Stoff, die von Dokumenten und Ordnern ausgebeult wurde – seine Unterlagen. Er wusste, dass er sie nicht aus der Suite hätte mitnehmen dürfen, aber die Zeit war knapp und es blieb noch eine Menge zu tun. Deshalb machte er sich über die Missachtung dieser Vorschrift keine größeren Gedanken.

Marris lebte ohnehin mehr in seinen Projekten als in der Welt um ihn herum.

Mit etwas Anstrengung zwängte er sich auf den Fahrersitz des Mazda-Zweitürers. Er war ein stämmiger Mann – etwas über 1,80 Meter groß und weit über 90 Kilogramm schwer. Der Großteil seines Gewichts sammelte sich in der Körpermitte, die jeden Monat breiter zu werden schien, seit er vor fünf Jahren die 50 überschritten hatte.

Der Kanadier fuhr vom Hotelgrundstück und orientierte sich im dichten Mittagsverkehr auf der von Palmen gesäumten Al Kurnish Road nach Osten. Das blaue Wasser des Mittelmeers befand sich links von ihm und auf der rechten Seite lag die *Medina*, die Altstadt. Sie bestand aus einer riesigen Ansammlung weiß getünchter Gebäude sowie schmaler Straßen und Gassen, die sich über eine Fläche von mehreren Quadratkilometern erstreckten. Nach ihren bescheidenen Anfängen als Phönizier-Siedlung im siebten Jahrhundert machte sie heute nur noch einen geringen Teil der breiten Uferpromenade von Tripolis aus.

Obwohl er nicht besonders sportlich war, machte es Marris keine Angst, sich unter Einheimischen zu bewegen.

Abgesehen von der Kleinkriminalität, die es in vielen Dritte-Welt-Städten gab, war Tripolis sicher genug für die meisten der Tausenden von Westlern, die hier lebten und arbeiteten. Zumindest jetzt, ein Jahr nach dem Sturz und Tod von Colonel Muammar Al-Gaddafi.

Sie war sicher genug für die *meisten* Westler. Auf Dr. Renny Marris traf das allerdings nicht zu.

Dennoch war er sich keiner Gefahr bewusst. Nicht nur in letzter Zeit hatten seine Verpflichtungen ihn stark vereinnahmt. Da er bereits seit einem Jahr ohne größere Zwischenfälle hier arbeitete, hatte er sich mit der Zeit so an Tripolis gewöhnt, dass er gar nicht auf den Gedanken kam, nach Bedrohungen Ausschau zu halten.

Beim Abbiegen in die Medina folgten ihm zwei Vans in kurzem Abstand.

Diesen beiden Wagen schloss sich bald ein weiterer an.

Ohne diese lange Reihe von Verfolgern hinter sich wahrzunehmen, fuhr Marris weiter, tiefer hinein in die Schatten des verwinkelten Straßensystems der Altstadt.

Viele Gassen waren nicht einmal durch Schilder gekennzeichnet, aber Renny fiel die Orientierung trotzdem nicht schwer. Er liebte die rege Betriebsamkeit, die typisch für Entwicklungsländer und die arabische Welt war. Als er sich vor ein paar Monaten mit einem zwielichtigen Kontaktmann getroffen hatte, hatte er ein kleines, versteckt in einem Innenhof liegendes Café entdeckt, das von Einheimischen ebenso wie von unerschrockenen Ausländern besucht wurde. Seitdem kehrte er alle ein bis zwei Wochen hierher zurück. Er mochte das Essen, die Atmosphäre und das Gefühl, sein Büro oder die geschäftige Hotelsuite mit den Computern und Faxgeräten für eine Weile zu verlassen und innerhalb weniger Minuten im Bauch des uralten Nordafrika abzutauchen.

Aber er irrte sich. Er war keineswegs abgetaucht.

Dr. Renny Marris arbeitete als Chefermittler der Vereinten Nationen. Für diesen Posten brachte er mit dem

Maschinenbaudiplom und seinem Ruf als leidenschaftlicher Pazifist die natürliche Eignung mit. In jungen Jahren war er für Hilfs- und Menschenrechtsorganisationen auf der ganzen Welt im Einsatz gewesen. In den 80ern schwang er sich zum Experten für die Beseitigung von Landminen auf. In den 90ern setzte er sich auch für die Beendigung illegaler Verkäufe konventioneller Waffen ein. Nun arbeitete er bereits seit über zwei Jahrzehnten auf dem Gebiet der Antiproliferation von Massenvernichtungswaffen.

Seine Karriere hatte ihn nach Äthiopien, in den Kongo, auf den Balkan, in die früheren sowjetischen Satellitenstaaten, nach Irak und Mittelamerika geführt.

Aber heutzutage musste sich ein Mann mit Marris' Aufgabenprofil in Libyen aufhalten.

Nachdem die Rebellion gegen das Gaddafi-Regime erstarkt war, hatten Soldaten aus Angst um ihr Leben schwer bewachte Waffenlager verlassen. Viele dieser Soldaten hatten wertvolle Ausrüstung mitgenommen. Und natürlich erleichterten zahlreiche Rebellen die verlassenen Depots so schnell wie möglich um die verbliebene Kriegsbeute.

Während die Revolution noch in vollem Gang war, reisten Dr. Marris und weitere UN-Vertreter ins Land ein, um nach Beweisen für die Existenz der chemischen Kampfkörper zu forschen, die Gaddafi angeblich produziert und im Laufe der Jahre angesammelt hatte. Aber der kanadische Inspekteur und sein Team entdeckten keine Anzeichen eines Chemiewaffenprogramms. Eine gute Nachricht, doch ihr folgte rasche eine schlechte. Renny und sein Team schnappten Gerüchte auf, wonach konventionelle Waffen in unglaublichen Mengen verschwunden seien. Mitten in den Unruhen zogen sie kreuz und quer durchs Land, um Panzermunition, Landminen, Artillerieteile und schulterverschießbare Boden-Luft-Raketen sicherzustellen.

Diese Flugabwehrraketen stellten die wohl größte Bedrohung für die restliche Welt dar. Die abhandengekommenen russischen Hightech-Raketen des Modells Igla-S (ihre NATO-Bezeichnung lautete SA-24 Grinch) galten als Traumwaffe jedes Terroristen. Ein einziger Schütze mit einer Rakete und einem Abschussrohr – ein System, das kaum mehr als 18 Kilogramm wog – konnte eine in 3000 Metern Höhe fliegende Boeing 747 mit sämtlichen Passagieren vom Himmel holen.

Und Hunderte von diesen Waffen waren überall im Land ›abhandengekommen‹.

Marris' Nachforschungen hatten viele der verlorenen Raketen wieder zutage gefördert. Einige von ihnen waren von schlecht organisierten Banden gestohlen worden, andere von Einzelpersonen, die beim Versuch festgenommen wurden, sie auf dem wachsenden Schwarzmarkt zu verkaufen. Der neue Waffenmarkt von Tripolis galt als unorganisiert und unsicher. Marris und sein Team hatten mit Leichtigkeit tonnenweise gefährliche Schmuggelware sicherstellen können.

Andere Munition war von ägyptischen oder tunesischen Beamten an den Grenzen abgefangen worden – oder von den USA und anderen Westmächten auf offener See.

Aber vor ein paar Monaten waren alle Parteien auf erschreckende Weise daran erinnert worden, wie hoch das Risiko bei diesem Katz-und-Maus-Spiel ausfiel. Eins der gefährlichen Igla-S-Systeme war allen, die sich um seine Beschaffung bemüht hatten, durch die Finger gerutscht. Die Flugabwehrrakete war verkauft und transportiert worden, wurde danach gleich noch einmal verkauft und weiterverschifft. Bald darauf kam es zum Abschuss eines Airbus A330 im Besitz der nationalen Fluggesellschaft Indonesiens, Garuda Indonesia, kurz nach dem Abflug in Jakarta. Alle 266 Insassen kamen dabei ums Leben.

Dr. Renny Marris war innerhalb von 24 Stunden persönlich an der Absturzstelle eingetroffen, um festzustellen, ob libysche Munition zum Einsatz gekommen war. Dies bestätigte sich bei forensischen Tests an der Einschlagstelle.

Schnell stand fest, dass die indonesische Terroristengruppe Jemaah Islamiyah für dieses unaussprechliche Verbrechen verantwortlich zeichnete.

Dass man viele von Gaddafis konventionellen Waffen entwendet hatte, war für die Weltöffentlichkeit nichts Neues. Zuerst geriet man in Panik bei der Nachricht, dass bis zu 20.000 Flugabwehrraketen in fremde Hände geraten und offenbar spurlos verschwunden waren. Aber als viele dieser und anderer Waffen wiedergefunden wurden, ließ das Interesse am Thema spürbar nach.

Der Sex-Appeal dieses Nachrichtenthemas verringerte sich auch angesichts des Umstands, dass es dabei nicht um chemische, biologische oder nukleare Kampfkörper ging. Der Vorfall in Jakarta schaffte es für ein paar Tage auf die Titelseiten, aber dann versandete das Interesse und die Medien spielten die weiterhin bestehende Gefahr herunter.

Es stimmte zwar, dass sich der Großteil der Waffen mittlerweile wieder unter libyscher Kontrolle befand, gar nicht erst gestohlen worden war oder von westlichen Mächten bei der versuchten Ausfuhr aus Libyen abgefangen wurde. Aber Dr. Marris und seine Mitarbeiter wussten, dass das nur die Spitze des Eisbergs darstellte. Es fehlten weiterhin mehr als 1000 Igla-S-Raketen und genug Artilleriemunition, um Kriegsgebiete für die nächsten 50 Jahre mit unkonventionellen Sprengvorrichtungen zu versorgen.

Also überließ Marris die Spitze des Eisbergs den Amerikanern, den Libyern – wer auch immer sich damit befassen wollte. Er blieb in Tripolis und konzentrierte sich auf die wirklich schweren Fälle.

Im letzten Monat hatte er herausgefunden, dass ein straff organisiertes Unternehmen aus früheren Mitgliedern der JSO, Gaddafis externem Geheimdienst, hinter dem Großteil des Schmuggels steckte, zusammen mit anderen Waffenhändlern, die nach der Revolution ins Land geströmt waren. Die Spione hatten die Revolution dank ihrer Fähigkeiten unbeschadet überlebt. Jetzt versteckten sie sich entweder in Libyen oder jenseits der Grenze in Ägypten, Tunesien oder Algerien. Von dort aus trieben sie den Verkauf aller möglichen Arten konventioneller Waffen voran, die man nach dem Sturz ihrer Regierung überall in Nordafrika gebunkert hatte.

Marris' Bemühungen brachten ihn den Anführern des JSO-Schmugglerrings zunehmend näher.

Der Mitarbeiterstab arbeitete in einem Büro in der Stadt. Aber er blieb an den meisten Tagen in seiner Suite im Corinthia. Dort hockte er vor dem Laptop, erstattete per Webcam den UN in New York Bericht, hielt Onlinemeetings mit Regierungsbeamten oder Human Rights Watch ab und gab westlichen Nachrichtenorganisationen gelegentlich Interviews. Während sich das Tempo seiner Nachforschungen erhöhte, wurde er ein zunehmend gefragter Gesprächspartner und Experte.

Natürlich lenkte eine Ermittlung wie jene, die Marris mit seinem Team durchführte, auch die Aufmerksamkeit der Kriminellen auf sich. Es war daher keine Überraschung, dass einige seiner Ermittler im letzten Monat zusammengeschlagen worden waren. Renny hielt das letztlich sogar für positiv. Es zeigte, dass der endgültige Durchbruch bevorstand und er den JSO-Leuten immer dichter auf die Pelle rückte. Und er ging davon aus, dass diese weitaus mehr Angst vor ihm hatten als er umgekehrt vor den Terroristen.

Auch in diesem Punkt irrte Dr. Renny Marris sich gewaltig.

Er fuhr auf einen Parkplatz in der Nähe des ehemaligen britischen Konsulats im Zentrum der Altstadt und hievte sich samt Tasche aus dem Auto. Dann überquerte er die Straße und suchte sich einen freien Tisch in dem großen, belebten Innenhof des Cafés.

Marris setzte sich in die ruhigste Ecke und bestellte eine Mittagsmahlzeit, die aus einem Lammspieß, Reis und einer

Tasse starkem Kaffee bestand. Er öffnete die Tasche, breitete einige Papiere vor sich aus und begann zu lesen, verlor sich in seinen Daten.

An diesem Nachmittag stand eine Videokonferenz mit New York an. Dabei wollte er die UN-Führung über ein Hindernis für seine Nachforschungen unterrichten, auf das er vor Kurzem gestoßen war. Einer seiner vertraulichen Informanten, ein General der libyschen Armee, wurde vermisst. Marris war überzeugt, dass der Mann die Nerven verloren und den Kontakt abgebrochen hatte, weil er zu große Angst vor möglichen Vergeltungsmaßnahmen der JSO verspürte.

Ohne Frage ein Rückschlag. Marris hatte sich auf die Kooperation des Generals verlassen. Jetzt, wo der Mann verschwunden war, musste er einen neuen Zugang zu dieser undurchsichtigen Organisation von Ex-Spionen finden, die den Export illegaler Waffen ins Ausland kontrollierte.

Dieser neue Zugang dürfte ihn einiges an Bestechungsgeldern kosten und er brauchte die Unterstützung der UN, um diese Rechnung zu bezahlen. Also machte er sich nun mit den Fakten und Zahlen vertraut, mit denen er sie diesen Nachmittag davon überzeugen wollte, ihm die nötigen Mittel freizugeben, um die Ermittlungen neu aufzunehmen.

Rennys Essen wurde gebracht und er aß während der Arbeit. Nachdem er den Teller geleert hatte, bestellte er einen zweiten Kaffee und nippte daran, während er die Berichte las.

Bei der Arbeit, sogar wenn er sich dabei an einem öffentlichen Ort aufhielt, nahm Renny keinerlei Notiz von seiner Umgebung. Er verschwendete keinen Gedanken an persönliche Sicherheit.

Erst als er von seinen Dokumenten aufblickte und sich die Augen rieb, bemerkte er, dass ein junger, gut gekleideter Schwarzer gegenüber von ihm Platz genommen hatte.

Der Mann grinste breit und streckte die Hand aus. »Dr. Marris. Freut mich, Sie wiederzusehen. Donald Meriwether. Wir kennen uns von der Konferenz in Brügge letzten

September. Gut sehen Sie aus.« Er sprach Englisch mit amerikanischem Akzent.

Renny *war* im letzten September auf einer Konferenz in Brügge gewesen, aber er erinnerte sich nicht an diesen Mann. Trotzdem schüttelte er dem anderen die Hand. »Schön, Sie zu sehen. Meriwether, ja?«

»Genau.«

»Ja.« Marris wurde plötzlich bewusst, dass viele der Papiere, die vor ihm lagen, streng geheim waren. Er begann die Blätter einzusammeln, als wolle er in Kürze aufbrechen.

»Kann ich Ihnen noch einen Kaffee ausgeben?«, fragte der Amerikaner.

»Oh … danke, aber ich muss wieder ins Büro. Äh … tut mir leid, Brügge ist lange her. Ich kann mich gar nicht erinnern, Ihnen begegnet zu sein. Was machen Sie denn?«

»Fast dasselbe wie Sie momentan. Ich würde mich freuen, wenn Sie ein paar Minuten Zeit hätten, um über ein Thema zu sprechen, das für uns beide von Interesse ist. Vielleicht sollten wir in die Lounge gehen?« Gleich neben dem Hof befand sich ein dunkler Raum voller Kissen und flacher Tische. Im Dämmerlicht saßen Männer, um Wasserpfeife zu rauchen oder Tee und Kaffee zu trinken.

»Warum?«, fragte Renny Marris, der langsam misstrauisch wurde.

»Bitte. Nur auf ein paar Worte.« Der Mann stand auf und winkte Marris, ihm zu folgen.

Nachdem sie es sich auf den nach Tabak duftenden Kissen in der langen, schmalen und schwach beleuchteten Lounge bequem gemacht hatten, war der kanadische Waffenexperte fast sicher, diesem Mann nicht in Brügge begegnet zu sein. Außerdem schien es sich nicht um eine zufällige Begegnung zu handeln. Dieser Mann musste irgendein amerikanischer Agent sein – von der CIA, einem militärischen Geheimdienst, etwas in dieser Art.

Er stöhnte innerlich auf. Er hielt sich nur an wenige feste

Regeln, aber doch an eine: Er hatte sich felsenfest geschworen, keinerlei Kontakte und Verbindungen zur US-Regierung zu unterhalten.

Die CIA war in den vergangenen Monaten mit der gleichen Mission wie Marris und sein Team durch Libyen gezogen. Sie hatten einige Erfolge erzielt, die Marris einem eher geringen Schwierigkeitsgrad zuschrieb. Aber dabei hatte die CIA mehr als nur ein paar Leute vor den Kopf gestoßen.

Marris hatte es überall, wo er im Laufe der letzten 30 Jahre seinen Beruf ausgeübt hatte, vermieden, mit der CIA und anderen Geheimdiensten zu kooperieren. In den Augen des kanadischen Pazifisten war der amerikanische Geheimdienst ein Feind, auch wenn er manchmal aus Eigennutz dieselben Ziele verfolgte wie die Guten.

Marris fragte sein Gegenüber: »Warum verraten Sie mir nicht einfach, wer Sie sind?«

»Ich habe letzten Monat Ihren Artikel in *Foreign Policy* gelesen. Sehr interessant.«

Marris fragte mit skeptischem, etwas sarkastischem Tonfall: »Wollen Sie ein Autogramm? Nein? Ich hab gefragt, wer Sie sind.«

Das freundliche Lächeln des Amerikaners verschwand. »Ich arbeite für die amerikanische Botschaft.«

Renny Marris verzog keine Miene. »Sie sind bei der CIA.«

Der schwarze Mann verzog ebenfalls keine Miene. Er wiederholte lediglich: »Bei der Botschaft.«

»Was wollen Sie?«

»Ein paar meiner Mitarbeiter sind große Fans von Ihnen.«

Renny packte den Gurt seiner Tasche fester. »Das, was ich mache, mache ich sicher nicht, um mir Freunde bei den amerikanischen Geheimdiensten zu machen. Die Verbreitung von US-Waffen richtet zehnmal so viel Schaden auf der Welt an wie diese libyschen Waffen.«

»Da bin ich anderer Meinung«, gab der andere ohne sichtbare Reaktion auf die harte Anschuldigung zurück. »Hören

Sie. Ich bin nicht hier, um Ihnen zu erzählen, wer Ihre Arbeit toll findet. Ich bin hier, um Ihnen zu sagen, dass es Leute gibt, die das anders sehen.«

»Wer?«

»Die JSO-Typen, denen Sie auf den Fersen sind.«

»Woher wissen Sie, wem ich auf den Fersen bin? Haben Sie Spione in meiner Organisation?«

»Wir haben die Fühler in *deren* Organisation ausgestreckt, genau wie Sie. Und vor Kurzem haben wir etwas erfahren. Die wissen über Ihre Ermittlungen Bescheid. Und die wissen, dass Sie unmittelbar davorstehen, ihre Anführer zu identifizieren. Damit sind Sie ins Fadenkreuz geraten.«

»Und?«

»Wir wollen Ihnen aus dem Fadenkreuz heraushelfen.«

Marris lachte den krummen Vergleich mit einer Spur von Verärgerung weg. »Ich brauche keinen Babysitter von der CIA. Und ich lasse mich ganz sicher nicht von Ihnen rekrutieren. Sie wollen die Kontrolle über die konventionellen Waffen, damit Sie die Leute mit den größten Knarren in der Gegend sind. *Ich* arbeite für das Wohl der gesamten Menschheit, was bedeutet, dass ich weder für noch gegen Amerika bin.«

»›Das Wohl der gesamten Menschheit‹?« Der Amerikaner lachte leise und klatschte in die Hände. »Tolle Ansprache, Doc. Ich wette, bei der UN, an der UC Berkeley oder irgendwo in Europa kommt die gut an. Aber, Bruder, im Moment sind Sie in Tripolis und die ›gesamte Menschheit‹ hier in der Gegend weiß Ihre Bemühungen nicht so sehr zu schätzen. Schauen Sie, wir sind froh, dass Sie hier sind und tun, was Sie tun. Wir schon. Aber die beiden Vans, die Ihnen hierher in die Altstadt gefolgt sind, und die drei Schläger in dem limettengrünen Viertürer draußen vor dem Café – die gehören zu einem Menschenschlag, der neugierige Leute wie Sie überhaupt nicht leiden kann.«

Marris starrte lange in Richtung Hof. Durch den Eingang

des Cafés ließ sich nur ein kleiner Bereich der Straße erkennen. »Ich seh niemanden.«

»Das werden Sie aber, sobald Sie rausgehen. Große Kerle in billigen blauen Anzügen mit Augenbrauen bis zum Scheitel. Sie müssen die Augen aufmachen, wenn Sie Ihrem Heiligtum im Corinthia den Rücken kehren.«

»Man ist mir schon oft gefolgt. Das gehört zu meiner Arbeit. Sie sind mir doch selbst gefolgt, oder nicht?«

»Doch«, räumte der Mann ein. »Aber nicht, um Ihnen die Kehle durchzuschneiden. Sie müssen mir glauben. In Tripolis sind Sie nicht länger sicher. Weder Sie noch Ihre Mitarbeiter.«

Marris winkte ärgerlich ab, aber der Amerikaner ließ nicht locker.

»Sie machen gute Arbeit, aber Sie könnten noch hilfreicher sein. Wenn Sie etwas mehr Geld hätten, mehr lokale Ressourcen und Kapitalvermögen, das Sie einsetzen könnten. Wir wollen die restlichen gestohlenen Waffen vom Markt nehmen. Genau wie Sie.«

Marris verdrehte die Augen. »Glauben Sie, Sie sind der erste amerikanische Spion, der mir diesen Vortrag hält?«

»Ich weiß, dass dem nicht so ist. Dafür bin ich der erste, der Ihnen das sagt und dabei imstande ist, Sie vor einer unmittelbaren Gefahr zu schützen.«

»Drohen Sie mir etwa?«

»Ich warne Sie lediglich. Das ist etwas vollkommen anderes. Die wollen Sie umbringen. Die Typen da draußen oder andere Männer wie die.«

»Das klingt für mich nach einer Drohung.«

»Es ist nur eine Feststellung, Doc.«

Der Kanadier trank den Rest seines Kaffees aus und knallte die kleine Tasse förmlich auf den Plastiktisch. »Ich will Sie nicht wiedersehen.«

»Das wäre aber sicherer für Sie. Ich glaube, ich folge Ihnen einfach noch eine Weile. Es ist zu Ihrem Besten.«

Marris musterte die anderen Besucher des Cafés über die Schulter. Es waren mindestens 75 Personen, allesamt männlich. »Mr. Meriwether. Ich nenne Sie so, weil ich nicht weiß, wie ich Sie sonst nennen soll, nicht weil ich so naiv wäre, zu glauben, Sie hätten mir Ihren echten Namen genannt. Alles, was ich tun muss, ist in den Raum zu rufen, dass Sie ein Agent von der CIA sind ... auf Arabisch, Französisch oder sogar Englisch. Ich bin ziemlich sicher, dass Sie dann für den Rest des Tages andere Dinge zu tun hätten, als mir durch die Straßen zu folgen. Vielleicht sogar für den Rest Ihres Lebens.«

Diese Drohung schien den Afroamerikaner völlig kaltzulassen. Er lächelte nur. »Mein echter Name ist Curtis. Und Sie sollten darüber nachdenken, ob Sie wirklich noch mehr unnötige Aufmerksamkeit auf sich lenken wollen. Ich habe nämlich Freunde, die mich aus jeder Zwangslage befreien können, in die ich heute unter Umständen gerate. Sie dagegen ... haben nur mich.«

Renny Marris griff wortlos nach seiner Tasche, erhob sich von dem dicken Kissen und ging über den Hof zu seinem Wagen zurück.

Der stämmige Kanadier erreichte den Parkplatz neben dem früheren britischen Konsulat. Es war früher Nachmittag und es befanden sich kaum Fußgänger auf der Straße. Als er die Wagentür aufgeschlossen hatte und sich umdrehte, fiel ihm daher sofort der farbige Amerikaner auf, der über die Straße auf ihn zukam.

Wütend schleuderte Marris die Tasche auf den Rücksitz.

Curtis rief ihm im Näherkommen etwas zu. »Dr. Marris? Nur noch eine Sache.«

Renny setzte sich ins Auto. Bevor er die Hand nach der Tür ausstreckte, rief er zurück: »Nein! Ich hab's Ihnen doch gesagt! Ich will nicht mit Ihnen reden.«

»Dann reden Sie eben nicht. Hören Sie bloß zu.« Curtis packte die Tür und hielt sie offen.

»Ich will mir ganz sicher nicht anhören, was Sie mir mitzuteilen haben.« Marris kämpfte um die Tür. Er stellte fest, dass Curtis überraschend kräftig war.

»Also gut. Dann hören Sie nicht zu. Schauen Sie nur her.« Der CIA-Mann zog einen kleinen Spiegel aus dem Mikrofaser-Sportsakko. Er war mit einem rückseitigen Teleskoparm ausgestattet, den Curtis auf volle Länge auszog.

»Was ist das?«, fragte Marris.

Curtis antwortete nicht. Er sagte nur: »Ohne das Teil geh ich nie aus dem Haus.« Er nahm den Teleskoparm und senkte den Spiegel zum staubigen Zementboden hinab, kurz vor der hinteren Wagentür. Er drehte ihn so, dass er die Unterseite des Autos reflektierte.

»Was ist *das* denn?«

Curtis erwiderte: »Renny, ein Mann mit Ihrer Erfahrung erkennt doch sicher eine Autobombe, wenn er sie sieht.«

»Wie ... woher haben Sie ...«

»Woher ich das gewusst habe? Ein Mitarbeiter von mir hat vor fünf Minuten beobachtet, wie die drei Männer aus dem grünen Viertürer sie dort angebracht haben. Er hat sogar Fotos von Ihnen geknipst – die können wir uns in der Botschaft anschauen. Zum Glück hatten die nicht genug Zeit, eine Druckplatte unter dem Fahrersitz zu befestigen. Sie haben die Bombe nur mit der Zündung verkabelt.«

»Nein«, stieß der Kanadier mit zittriger Stimme hervor.

»Nein? Schauen Sie doch selbst!« Curtis hielt den Spiegel ruhig und Marris blickte erneut auf die Glasfläche. »Haben Sie Ihre Nase so tief in Ihren Briefings und technischen Dokumentationen vergraben, dass Sie eine echte Waffe nicht mehr erkennen, wenn Sie sie vor sich haben?«

Marris sah den Amerikaner an. »Nein ...« Er sagte es zurückhaltend, aber dann schüttelte er heftig den Kopf. »Nein. Das ist ein Trick. Ein billiger, grausamer, durchsichtiger Trick, damit ich mich Ihnen, der CIA, in die Arme schmeiße, als ob Sie meine einzige Hoffnung sind. Sie haben das Teil selbst dort angebracht, um mir Angst einzujagen.«

Curtis schüttelte den Kopf. »Wir waren das nicht, und wir *sind* Ihre einzige Hoffnung.«

Marris hob den Autoschlüssel mit der rechten Hand. »Ich werde jetzt die Zündung einschalten, Curtis. Sie bluffen.«

»Wenn Sie diesen Schlüssel umdrehen, werden wir beide in Flammen aufgehen. Der Gerichtsmediziner wird nicht erkennen können, wo Ihre verkohlten Überreste aufhören und meine anfangen.«

Dieser Satz wirkte noch einen Moment nach. Dann ließ der Kanadier die Hand sinken und stieg langsam aus. »Ich glaube immer noch, dass das ein CIA-Trick ist. Aber ich weiß nicht, ob die Bombe echt ist oder nicht. Ich traue Ihnen genug Zynismus zu, einen scharfen Sprengkörper zu benutzen.« Er schnappe sich die Umhängetasche vom Rücksitz. »Ich will, dass das Teil von meinem Fahrzeug entfernt wird. Und dass der Wagen zum Corinthia Hotel zurückgebracht wird.«

Curtis erwiderte nur: »Dann rufen Sie die JSO an. Wir haben die Bombe nicht platziert, also werden wir sie auch nicht entfernen. Was wir Ihnen anbieten *können,* ist sicheres Asyl in der amerikanischen Botschaft. Dazu müssten Sie mich aber begleiten.«

Marris schüttelte den Kopf und wandte sich zum Gehen. »Auf Wiedersehen, Curtis.«

»Wenn Sie jetzt gehen, überleben Sie höchstens noch einen Tag.«

Dr. Renny Marris reagierte nicht darauf. Er überquerte die Straße inmitten des hektischen Verkehrs.

Curtis blieb auf dem kleinen Parkplatz stehen und blickte ihm hinterher. Auf der anderen Straßenseite wandte sich der bärtige Kanadier nach Süden und tauchte in das Labyrinth der Marktstände der Altstadt ab.

Sekunden später folgten ihm drei Araber in blauen Anzügen von der Straße in die Gasse.

Curtis sagte leise zu sich selbst: »Einen Tag, so ein Quatsch. Eher eine Stunde.« Er zog sein Handy hervor und wählte eine örtliche Nummer.

Eine amerikanisch klingende Stimme meldete sich. »Ja?«

»Sind Sie im Corinthia?«

»Bestätige. Sind in Tripwires Suite. Wir fotografieren hier alles, damit wir es wieder so hinstellen können, wie wir's vorgefunden haben.«

»Nicht nötig. Packen Sie alles ein. Alles. Räumt die Bude leer.« Curtis hielt inne, als zwei weitere Männer die Gasse betraten. Sie liefen, als ob sie es eilig hätten.

»Tripwire wird nicht zurückkehren«, verkündete Curtis.

Dr. Renny Marris lief in nördlicher Richtung durch einen schmalen Durchgang. In der Gegenrichtung kamen einige Passanten vorbei, die an diesem heißen Nachmittag einen Spaziergang unternahmen. Hier fand er sicher kein Taxi, das ihn zurück zum Hotel brachte, also musste er wohl oder übel die ganze Strecke zur Al Kurnish Road zu Fuß gehen.

Er machte sich Sorgen, nicht rechtzeitig für die nachmittägliche Besprechung in seiner Suite zu sein. Aber das war im Moment nicht seine einzige Sorge. Zuerst hatte ihn die Bombe am Fahrzeugboden nicht allzu sehr erschreckt. Aber jetzt stellte er fest, dass seine Hände vor lauter Schweiß ganz klebrig waren und das Herz härter und schneller schlug als gewöhnlich. Außerdem blickte er von Zeit zu Zeit über die Schulter und behielt nervös die Menge im Auge.

Er hielt es weiterhin für wahrscheinlich, dass die CIA die Bombe selbst angebracht hatte. Trotzdem musste er sich eingestehen, dass es durchaus denkbar war, dass jemand, der mit den JSO-Offizieren zusammenarbeitete – den Köpfen des Waffenschmuggel-Unternehmens –, es auf ihn abgesehen hatte. Dabei handelte es sich um skrupellose Verbrecher, ganz ohne Zweifel. Und damit um Leute, die man sich besser nicht zu Gegnern machte.

Dr. Marris kannte nur die größeren Straßen der Altstadt. Jetzt, wo er sich gezwungen sah, zu Fuß zu laufen, beschlich ihn das Gefühl, sich vollkommen zu verirren. Nachdem er noch eine Minute lang um verschiedene Ecken gebogen war, schaute er nach oben und erhaschte einen Blick auf das Minarett der Ben-Saber-Moschee. Sie befand sich links hinter ihm, was bedeutete, dass er in die richtige Richtung lief.

Aber der Weg endete in einer Sackgasse. Die kleinen Geschäfte vor ihm waren Kioske ohne Hinterausgänge.

Marris drehte sich um und ging zurück.

Kurz bevor er einen düsteren Durchgang auf der rechten Seite betreten konnte, bemerkte er zum ersten Mal die drei Männer. Genau wie Curtis behauptet hatte, trugen sie billige blaue Anzüge und hatten buschige Augenbrauen.

Renny Marris wandte sich rasch ab und beschleunigte seine Schritte.

Obwohl das Adrenalin schon seit der Entdeckung der Bombe unter dem Auto durch seinen Körper flutete, lernte er jetzt noch eine neue Empfindung kennen. Eine Angst, die in die Erkenntnis mündete, dass Curtis womöglich doch die Wahrheit gesagt hatte.

Hier, tief im Inneren der Medina, gab es kaum noch Fußgänger. Die meisten Bewohner waren nach der Mittagspause zurück an die Arbeit gegangen. Er lief durch eine schmale Gasse, die auf beiden Seiten von niedrigen Buden gesäumt wurde, in denen Händler Werkzeug und Kupferwaren anboten. Abgesehen von ein paar Ladenbesitzern, die sich aber allesamt um ihre eigenen Angelegenheiten kümmerten, war Renny Marris ganz allein.

Die Gasse endete an einer T-förmigen Kreuzung. Er wagte einen Blick zurück über die Schulter. Die drei Männer waren noch da, näher als vorher. Er bog nach rechts ab und folgte dem Weg bergauf in der Annahme, dass er so wieder näher zur Hauptstraße kam. Er erhöhte sein Tempo. Mit vor Aufregung zitterndem Daumen wählte er die Nummer seines Büros. Die Nachmittagshitze schien mit jeder Sekunde an Intensität zuzunehmen. Unter der Jacke war das Hemd nass geschwitzt. Kalte Rinnsale liefen ihm den Rücken hinunter bis in die Hose. Er ging noch schneller und überlegte kurz, ob er rennen sollte, aber dabei wäre er sich komisch vorgekommen.

»*Bonjour*, Dr. Marris. Wo sind Sie? Wir haben gerade in Ihrer Suite angerufen und da hat sich niemand gemeldet.«

»Hören Sie gut zu, Amelia. Ich bin in der Altstadt. Ich glaube, ich werde verfolgt.«

»Das ist bestimmt nur die Polizei. Die verfolgen unsere Ermittler ständig. Die sind völlig harmlos, das wissen Sie doch.«

Bevor Marris antworten konnte, kam er an einem Laden vorbei, in dem es einheimische Kleidung zu kaufen gab. An der Vordertür hing ein großer Spiegel, den er benutzte, um hinter sich zu sehen. Die drei Männer in den blauen Anzügen hatten gerade ihre Jacken aufgeknöpft und waren bis auf 15 Meter herangekommen.

»Oh Gott.« Sie folgten ihm nicht aus sicherer Entfernung. Diese Männer versuchten nicht, Abstand zu halten oder sich im Schatten zu verstecken. Es ging ihnen überhaupt nicht darum, unentdeckt zu bleiben.

Vielmehr schienen sie ihn zu jagen.

»Sie klingen, als ob Sie zu Fuß unterwegs sind. Wo ist Ihr Auto?«, fragte Amelia, deren Stimme mit einem Mal besorgt klang.

»Ich ... ich hab's stehen gelassen ... Können Sie mir einen Wagen schicken, der mich abholt?«

»Dr. Marris ... wenn Sie wirklich glauben, in Gefahr zu sein, müssen Sie sich an einen Ort begeben, an dem sich viele Menschen aufhalten.«

Der Kanadier war gerade nach links in eine weitere schmale Gasse abgebogen. Er bildete sich ein, in dieser Richtung näher an die Küstenstraße zu kommen. Er konnte jetzt nicht mehr weit von der Al Kurnish Road entfernt sein. Er wusste, dass dort Hunderte von Menschen herumliefen und -fuhren. Einheimische und Touristen gleichermaßen. Dort war er in Sicherheit. Aber zuerst führte die Gasse nach rechts. Hier wurde sie von einem langen, gebogenen Dach abgeschirmt. Praktisch wie ein Tunnel. Kein Sonnenlicht drang hinein und in diesem dunklen, stillen Teil der Altstadt hingen nur vor den wenigsten Geschäften Lampen.

Marris blieb keine andere Wahl – er musste weitergehen. Die Männer waren zu dicht hinter ihm. Er hörte ihre Schritte durch die Passage hallen.

»Scheiße. Scheiße. Scheiße.«

»Dr. Marris?« Amelias Stimme klang zunehmend angespannt.

»Ich ... ich weiß nicht, wo ich hier bin. Rufen Sie die Polizei. Sagen Sie denen, ich bin in der Altstadt. Und die sollen sich bitte beeilen.«

»Das ist ein ziemlich großes Gebiet. Sagen Sie mir, was Sie sehen.« Amelia wirkte beinahe panisch, angesteckt von der Angst in der Stimme ihres Chefs.

Marris nahm das Telefon vom Ohr. Er sah nun, dass diese Passage in einer weiteren Sackgasse endete. Mit zitterndem Daumen beendete er die Verbindung und schob das Handy in die Tasche. Langsam machte er kehrt und blickte seinen Verfolgern ins Gesicht.

Er wollte mit ihnen reden. Die Situation entschärfen.

Marris hatte drei Männer vor sich, die keine Anstalten machten, sich seinem Blick zu entziehen. Sie waren höchstens noch zehn Meter entfernt. Ihre Anzüge spannten sich über kräftigen Körpern und die Krawatten hingen locker um muskulöse Hälse. Nach wie vor trugen sie ihre Jacken offen.

In von Angst gefärbtem Arabisch fragte Dr. Renny Marris: »Kann ich Ihnen helfen, meine Freunde?«

Die drei griffen gleichzeitig in ihre Jackentaschen.

Als Marris die Griffe von drei Messern zum Vorschein kommen sah, rannte er los.

Ein Farbengeschäft auf der linken Seite hatte eine offene Ladenfront. Der Kanadier mittleren Alters stürmte hinein und stolperte über einen großen Stapel Farbdosen, der krachend umfiel. Er duckte sich hinter die niedrige Theke, am Besitzer des Geschäfts vorbei, und fand einen Vorhang, der zum hinteren Ladenbereich führte.

Zum Glück gab es einen Hinterausgang. Dr. Marris warf sich mit der Schulter gegen die dünne Blechtür und taumelte in eine winzige, kaum zwei Meter breite Gasse hinaus. Er rannte jetzt, ohne sich noch darum zu kümmern, ob er sich zum Gespött der Leute machte. Und er stellte fest, dass er überraschend schnell sein konnte, wenn ihm ein Team Messer wetzender Killer auf den Fersen war. Er hörte die drei Männer dicht hinter sich und schrie vor Angst.

Hals über Kopf hastete er in einen weiteren überdachten Bereich. Die Decke war gewölbt und von Hunderte Jahre altem Fackelrauch geschwärzt. Hektisch in alle Richtungen spähend, stolperte er weiter. Nach nicht mal einer halben Minute Spurt war er bereits außer Atem.

Er sah wieder die Messer, aber diesmal nicht nur die Griffe, sondern auch die Klingen. Lang und krumm sausten sie zusammen mit ihren Besitzern auf ihn zu.

Mord am helllichten Tag, schoss es Renny durch den Kopf. Sein Herz fühlte sich an, als ob es vor Entsetzen zu zerspringen drohte. Er hatte keine Waffe, schließlich war er Pazifist. Seine einzige Chance bestand darin, um sein Leben zu rennen.

Hektisch stürzte Marris um die nächste Ecke. Schon wieder eine Sackgasse! Schaffte er es, sich in Richtung der Killer umzudrehen und an ihnen vorbeizurennen, bevor sie ihm ein Messer in die Brust rammten?

Aber in der Drehung stolperte Marris. Er hob die Arme, um Halt zu finden, doch eine starke Hand schnellte aus der Nische eines Torbogens hervor, packte ihn am Kragen und fing ihn auf, bevor er auf das Pflaster prallte.

Die Hand zog ihn in die Dunkelheit des Torbogens. Marris landete auf dem Rücken. Schnell trat eine Gestalt über ihn, ein Mann in Einheimischenkleidung – ein offener *Holi*-Umhang über einem schmutzigen braunen T-Shirt und Bluejeans. Er trug eine Sonnenbrille und ein cremefarbenes Kopftuch verbarg den Teil seines Gesichts, der nicht vom Stoppelbart verdunkelt wurde. Mit schnellen Bewegungen machte sich der andere auf den Weg in die winzige Gasse.

Marris rief dem Mann eine Warnung hinterher. »Passen Sie auf! Die haben Messer!«

»Sag bloß«, knurrte Kolt Raynor, während er schnell in die Passage trat.

Er verzichtete vorerst darauf, seine Waffe zu ziehen – eine Glock 23, die er unter dem Umhang in einem Thunderwear-Holster dicht oberhalb des Schritts verbarg. Als er sich den näher kommenden Männern zuwandte, schwebte seine Hand unschlüssig über dem Griff.

Kolt hätte die Pistole nur zu gern gezückt, um die drei Arschlöcher vor ihm zu erledigen. Aber Schüsse in der Altstadt von Tripolis hätten mit Sicherheit weitere Schüsse nach sich gezogen und er wollte alles tun, was in seiner Macht stand, um genau das zu vermeiden. Bei verdeckten Missionen wie dieser wurden Schusswaffen nur als letztes Mittel eingesetzt. Die Standardprozedur sah vor, sich mit seinem Team so bedeckt wie möglich zu halten, um keinen politischen *Shitstorm* für die USA zu entfachen. Aber das war leichter gesagt als getan, da er Tripwire nun direkt aus den Klauen des Todes befreien musste.

»Bonjour!«, begrüßte Kolt die drei Männer lächelnd. Er streckte dem am nächsten Stehenden die Hand hin. Er gab sich nicht der Illusion hin, dass dieses verbale Manöver den Kampf beendete, noch ehe er begann. Aber er hatte schon einige Male erlebt, wie ein schnell und unerwartet ausgesprochenes *Hallo* Feinde für kostbare Sekunden verwirrte. Es war zumindest den Versuch wert.

Der mittlere Schläger stand weniger als zwei Meter entfernt. Demonstrativ ignorierte er die ausgestreckte Hand und machte einen schnellen Schritt vorwärts. Gleichzeitig schwang er die 20 Zentimeter lange Klinge hoch über die rechte Schulter wie einen Hammer.

Als Kolt das sah, wusste er, dass sein Training in brasilianischem Jiu-Jitsu jetzt mehr gefragt war als seine Fähigkeit, neue Freundschaften zu schließen.

Er machte einen Halbschritt nach links, hob die linke Hand und packte das rechte Handgelenk des Mannes von hinten, als dieser das Messer abwärtsstieß. Kolts linke Hand zog die Messerhand weiter und erhielt ihren Schwung aufrecht, während er dem größeren Gegner mit der rechten Hand über den Kopf griff. Er erwischte den Gegner am Hinterkopf und schob ihn weiter vorwärts, während seine Linke das Messer des Angreifers nach hinten zog. Als der zweite Gegner, der Mann links von Kolt, auf ihn zusprang, wurde er zu seiner Verblüffung vom Messer des mittleren Killers in den Oberschenkel getroffen.

Der erste Angreifer ließ das Messer los. Es blieb sieben Zentimeter tief im Bein seines Partners stecken.

Ein markerschütternder Schrei hallte durch die überdachte Passage.

Raynor gab seinen Gegner nicht frei. Seine rechte Hand kontrollierte nach wie vor den Kopf des Mannes und seine Linke befand sich an dessen Handgelenk. Er drückte das Gelenk hinter seinem Rücken nach oben und zwang den Kopf des Libyers in Richtung Boden. Gleichzeitig machte er einen Ausfallschritt nach links, um seinen Körper zwischen sich und den dritten Feind zu bringen. Nur durch einen Salto hätte der Killer verhindern können, dass seine Schulter ausgekugelt oder sein Ellbogengelenk gebrochen wurde. Aber der Mann brüllte lediglich und setzte sich gegen Raynors Umklammerung zur Wehr.

Drei Sekunden nach Beginn des Kampfs hörte Kolt, wie der Arm des Libyers brach und der Oberarmknochen aus der Gelenkpfanne sprang.

Es war ein Übelkeit erregendes Geräusch, aber Kolt hörte es nicht zum ersten Mal.

Der Libyer in der Mitte des Trios fiel zu Boden und wälzte sich in Höllenqualen. In diesem Moment ertönte Slapshots Stimme in Kolt Raynors Ohrhörer. »Racer, hier Slapshot, zwei Krähen erledigt.«

Kolt war selbst mitten im Kampf und für den Moment nicht in der Lage, dem Teamkollegen effektiv Befehle zu erteilen. Slapshot war für den Gasseneingang 50 Meter weiter vorn zuständig. Kolt hatte keine Ahnung, wen er neutralisiert hatte und aus welchem Grund.

Er nahm an, dass Slapshot die schallgedämpfte 9-Millimeter-Pistole benutzt hatte, um die zwei Männer auszuschalten, denn andernfalls wären die Schüsse in der gesamten Altstadt zu hören gewesen.

In diesem Augenblick fiel Raynor ein, dass er seinen eigenen Schalldämpfer im Unterschlupf liegen gelassen hatte. Keine zehn Minuten zuvor hatten Racer, Slapshot und Digger in dem nahe gelegenen Haus gewartet und sich *Bachelor Party Vegas* angesehen, als der Anruf des CIA-Stationschefs eintraf. Sie hatten in aller Eile aufbrechen müssen, wobei Raynor seinen ›Auspuff‹ vergessen hatte.

Bei einem *In-extremis*-Angriff fehlt die Zeit für lange Vorbereitungen, deswegen bleibt manchmal Ausrüstung zurück.

Kolt hatte keine Zeit, darüber nachzudenken, dass sein Schalldämpfer auf dem Couchtisch des Unterschlupfs lag, denn plötzlich kamen zwei große Arme zum Vorschein, die sich unter seine Taille und um seine Knie legten. Er schaute hinunter und erkannte, dass der Mann, dem er ins Bein gestochen hatte, nun hinter ihm auf dem Boden lag und sich abmühte, ihn nach unten zu ziehen. Kolt versuchte sein Gleichgewicht zu halten, aber sobald er den Blick wieder hob, versetzte ihm der dritte Mann mit der rechten Faust einen Schwinger ans Kinn. Der Faustschlag ließ ihn zusammenklappen wie ein Taschenmesser. Kolt fiel auf die linke Seite und landete auf dem Verletzten. Er packte den Griff des Messers und versenkte es bis zum Kupfergriff im Bein des Angreifers.

Beide Libyer, die jetzt neben ihm in der mit Steinen gepflasterten Gasse lagen, schrien vor Schmerz und wälzten sich hin und her.

Kolt erholte sich vom Schlag ins Gesicht und ging in Abwehrhaltung. Er lag auf dem Rücken, stützte sich auf die Hände und seine Füße zeigten in Richtung des einzigen Killers, der noch auf den Beinen war.

Der letzte Mann hackte mit einem langen Messer wild auf Kolts Füße ein. Zweimal traf er die Sohlen der Tennisschuhe, drang aber nicht bis zur Haut durch. Der Mann schickte sich an, ihn zu umkreisen, aber Kolt hinderte ihn daran, indem er die Drehung nachvollzog und stets ein Bein in der Luft hielt, um ihn abwehren zu können.

Als der Angreifer sich auf ihn stürzte, um Raynor das Messer in die Wade zu stoßen, trat Kolt ihm mit aller Kraft ans linke Knie, wodurch das Bein des anderen unfreiwillig durchgedrückt wurde und dieser aus dem Gleichgewicht geriet. Kolt hakte den linken Spann um das rechte Knie des Gegners und zog, während er gleichzeitig den Druck aufs linke Knie aufrechterhielt.

Instinktiv spreizte Raynor die Beine, wodurch ihm der Angreifer mit der ganzen Wucht seiner 100 Kilogramm auf Brust und Bauch fiel. Kolt registrierte beiläufig einen weiteren Funkspruch von Slapshot, war aber zu sehr mit den eigenen Problemen beschäftigt, um auf den Inhalt zu achten.

Der Gegner ging Kolt sofort mit beiden Händen an die Kehle. Kolt wollte zuerst einen Armhebel anwenden. Als langjähriger Schüler des Gracie-Jiu-Jitsu stellte es für Raynor kein Problem dar, in Rückenlage zu sein und den Gegner über sich zu haben, aber er wusste, dass er sich mit dem Haltegriff beeilen musste.

Weitere Feinde konnten gleich hinter der nächsten Ecke lauern. Ein Armhebel, selbst wenn er ihn optimal ausführte, brachte die Angelegenheit nicht schnell genug zu Ende.

Also hangelte Kolt mit der Rechten nach oben und fixierte die Linke des Angreifers auf seiner Brust, während der Mann den Griff seiner rechten Hand um Kolts Hals verstärkte. Raynor griff mit der linken Hand nach dem rechten Ellbogen des Gegners. Er drückte zu, um die Aufmerksamkeit des anderen auf diese Bewegung zu lenken. Gleichzeitig stieß er ihm schnell den linken Unterarm vor die Brust. Jetzt hatte Kolt genau, was er wollte: eine Lücke, um einen Dreieckswürgegriff anbringen zu können.

Kolt hob den rechten Fuß hoch über die linke Schulter des Angreifers und ließ ihn seitlich auf den Nacken des hünenhaften Libyers hinuntersausen. Genau wie Kolt erwartet hatte, geriet der Mann in Panik und riss den rechten Arm von Kolts Hals los. Sofort verlagerte Raynor das Gewicht erneut – diesmal, um sein linkes Bein über die rechte Schulter des Gegners anzuheben und den Spann des rechten Fußes hinter das Kniegelenk des linken Beins zu manövrieren. Kolt hatte jetzt die totale Kontrolle. Er konnte spüren, wie der Fluchtreflex seines Angreifers sich meldete.

Der Dreieckswürgegriff geriet zu locker, weshalb sich der Gegner weiterhin wehren konnte. Er drehte unwirsch den kahlen Schädel wild hin und her. Das zeigte Kolt, dass er gepatzt hatte. Also setzte er die Beinschere etwas tiefer an und zwang den rechten Arm des Feindes mit brachialer Gewalt nach oben, wodurch er ihm die Luftzufuhr abschnitt.

Mit der Linken hielt Kolt den Ellbogen des Mannes fest. Er dehnte den Arm des Angreifers, indem er mit der rechten Hand dessen Handgelenk am Anzugärmel unter Kontrolle hatte. Kolt verstärkte den Druck. Wenn er mit seinen Kollegen Gracie trainierte und diesen Würgegriff richtig anlegte, riskierte sein Gegner, das Bewusstsein zu verlieren, wenn er nicht binnen einer halben Sekunde abklopfte. *Abklopfen oder einschlafen,* so nannten sie es. Aber diesmal dachte Kolt nicht daran, loszulassen. Er streckte den Rücken, hob leicht die Hüfte an und ließ seine Beine nach unten gegen die Schultern des Schlägers schnellen. Nach sieben Sekunden erstarrte der Mann, weil seine Sauerstoffzufuhr abgeschnitten wurde.

Danach erschlaffte der Kerl. Kein Widerstand mehr. Keine Bedrohung.

Der Kampf war vorbei. Kolt ließ den schlaffen Körper zur Seite fallen. Raynor wusste, dass der Mann aller Wahrscheinlichkeit nach tot war, aber er hatte keine Zeit, sich zu vergewissern.

»Racer, hast du mich gehört? Bitte bestätigen.« Wieder Slapshot. Kolt musste während dieses Kampfes um sein Leben etwas verpasst haben. Hoffentlich nichts allzu Wichtiges.

Als er aufblickte, starrte er direkt in den Lauf einer AK-47. Dahinter ragte ein bärtiger Mann im Anzug auf, der denen der drei Männer, die um ihn herum am Boden lagen, verdächtig ähnlich sah.

Kolt wusste, dass er ein toter Mann war – auf so kurze Distanz konnte der Kerl unmöglich danebenschießen.

Der Bärtige drückte ab und Kolt sah, wie die Mündung der AK abrupt nach unten wegkippte. Raynor zuckte auf dem kühlen Steinboden der Gasse zusammen. Aber ihm war sofort klar, dass man ihn nicht erschossen hatte.

Die Waffe streikte. Eine Ladehemmung, weil der Schütze den Abzug zu hektisch betätigt hatte.

Scheiße, heute muss mein Glückstag sein.

Immer noch auf dem Rücken liegend, griff Kolt an die Taille und bekam seine Glock 23 zu fassen. Er zog sie aus dem verborgenen Holster. In der Hektik verfing sie sich für einen Moment am Reißverschluss der Hose. Währenddessen beobachtete Kolt, wie der Mann ungeduldig mit seinem Gewehr hantierte.

Raynor hob die Pistole und zielte auf den Mann hinter der Kalaschnikow. Seine Hand zitterte. *Atme.* Er benutzte beide Hände, um die Glock ruhig zu halten. *Scheiße. Das wird laut.*

Der Schütze lud eine neue Patrone in die Kammer der AK und richtete sie hastig auf den Bewaffneten, der vor ihm am Boden lag.

Kolt drückte mit der Fingerspitze den 1,8-Kilogramm-Abzug der Pistole – nur einmal, weil er insgeheim hoffte, dass ein einzelner Schuss leiser ausfiel als ein kontrollierter Doppelschuss. Die Kaliber-40-Kugel bohrte sich durch die rostfarbene Krawatte des formell gekleideten Mannes. Für eine Sekunde stand dieser stocksteif da, während ihm das Gewehr aus der Hand fiel.

Dann kippte der Schütze vornüber und schlug mit der Stirn auf den Boden, keinen Meter von Kolts Kopf entfernt.

Nachdem alle vier JSO-Schläger besiegt waren, schielte Kolt in die dunkle Nische, in der er Dr. Marris zurückgelassen hatte. Sie war leer.

In diesem Moment traf ein Funkspruch ein. Es war Slapshot. »Ich hab Tripwire. 50 Meter südlich von dort, wo es passiert ist. Brauchst du uns dahinten?«

»Negativ. Ich komm zu dir. Digger, hörst du mich?«

»Kristallklar, Boss. Das klang wie deine Glock. Bist du okay?«

»Ich brauch neue Schuhe und muss mehr trainieren, aber sonst ist alles bestens«, antwortete Kolt. Er atmete schwer in das verborgene Mikro und ging im Kopf bereits die Nachbesprechung seiner Leistung durch.

»Verstanden.«

Raynor ließ die vier Männer in der verdreckten Passage liegen. Einer der drei ersten war mit Sicherheit tot. Wahrscheinlich noch ein anderer. Und keiner der beiden übrigen würde die Passage aus eigener Kraft verlassen können.

Scheiße. So viel zum Thema unauffälliges Operieren. Sie mussten sofort abhauen.

Kolt lief zurück durch die Passage und betrat einen heruntergekommenen Markt. Er stürmte an zwei Männern vorbei, die mit den Gesichtern nach unten und Kalaschnikows mit kurzen Läufen neben sich unbeweglich dalagen. Das mussten die Krähen sein, die Slapshot ausgeschaltet hatte. Er fand Slapshot und Marris ein Stück weiter. Sie hatten sich in einen kleinen Verkaufsstand zurückgezogen. Obwohl sie tief im Schatten des Minaretts einer Moschee standen, war Dr. Marris schweißgebadet. Slapshot wirkte so entspannt wie immer.

Raynor zog Tripwire auf die Beine. »Auf geht's! Wir schaffen Sie hier weg.«

»Sie ... Sie beide haben gerade all diese Männer getötet.«

Am Klang seiner Stimme und dem glasigen Blick erkannte Kolt, dass Tripwire unter Schock stand.

»Denen geht's gut. Die ruhen sich nur aus.«

»W-wer sind Sie?«

»Im Moment bin ich Ihr bester Freund, aber das kann sich schnell ändern. Hier lang. Wir haben einen Wagen.«

»Ich geh nicht mit Ihnen. Sie sind Amerikaner. CIA?«

»Darüber reden wir, nachdem wir Sie in Sicherheit gebracht haben.« Die zwei Amerikaner setzten sich in Bewegung, aber Marris rührte sich nicht.

»Ich bleibe hier.«

Kolt hatte nicht vor, sich eine Sekunde länger als nötig in dieser Gasse aufzuhalten. »Bei allem Respekt, Doktor, es ist mir scheißegal, was Sie sagen. Ich habe den Befehl erhalten, Sie hier rauszuholen. Davon, dass ich Ihre Zustimmung brauche, um Ihnen das Leben zu retten, war nicht die Rede.«

»Und wenn ich mich weigere? Was dann? Schießen Sie auf mich?«

Raynor seufzte. »Ja, aber nur ins Bein.«

»Trägst du ihn, Boss?«, fragte Slapshot.

»Was glaubst du, wozu ich dich mitgenommen habe?«

Was Marris betraf, meinten die Amerikaner vollkommen ernst, was sie da sagten. Er stand auf und ging eilig mit ihnen die Straße entlang. Er stand weiterhin unter Schock und war deswegen mehr oder weniger willenlos. Kolt ging allerdings davon aus, dass der Schock bald nachließ.

Als sie auf eine breitere Straße abbogen, schoss ein Wagen aus einer dunklen Garage und hielt direkt neben ihnen.

»Hinten einsteigen«, herrschte Raynor Marris an.

»Nein. Ich will mir ein Taxi suchen.«

»*Das* ist Ihr Taxi, Doktor«, entgegnete Kolt und drängte den dicken Mann hinein.

Slapshot hatte sich bereits auf den Rücksitz gesetzt. Digger saß am Steuer.

Dr. Marris wollte wieder aussteigen, aber Kolt schob sich hinter ihm ins Fahrzeug, wodurch er zwischen den beiden Operators eingeklemmt wurde.

»Ich will hier raus!«, schrie Marris.

Aber Kolt beachtete ihn gar nicht. Er rief Digger zu: »Wir sind so weit! Zum Primärziel!«

»Roger.« Das Auto setzte sich in Bewegung und kurvte durch die engen Straßen der Altstadt.

»Haben Sie gehört?«, rief Marris. »Ich hab gesagt, ich will nicht mit Ihnen fahren!«

Kolt schrie den Mann an, der an ihn gedrückt dasaß:

»Hören Sie zu! Ich muss dafür sorgen, dass Sie am Leben bleiben. Das ist mein Job. Aber ich muss nicht darauf achten, ob Ihnen das Spaß macht. Sie kommen mit uns zur Botschaft.«

Marris griff über Raynor hinweg nach dem Türgriff.

Kolt rammte Marris schwungvoll den Ellbogen ins Gesicht.

»Ahhh!«, schrie der Kanadier und betastete seine Nase mit den Fingerspitzen. »Sie haben mir die Nase gebrochen!«

»Nein, hab ich nicht.«

Marris umklammerte den Riechkolben mit beiden Händen. Von der Lippe tropfte Blut. »Wie können Sie da so sicher sein?«

»Weil ich weiß, wie es klingt, wenn ich jemandem die Nase breche. Sie kommen schon wieder in Ordnung.«

Auf der Hauptstraße, die aus der Medina herausführte, kam der Wagen kurz vor der Al Kurnish Road schlingernd zum Stehen. Die drei Männer auf der Rückbank wurden durch den abrupten Stopp gleichzeitig nach vorn gerissen.

Die vordere Beifahrertür wurde geöffnet und Curtis stieg ein. Noch bevor er die Tür vollständig geschlossen hatte, fuhren sie bereits weiter.

Curtis drehte sich nach hinten um. Er sah, dass Marris aus der Nase blutete. Genau in diesem Moment stülpte einer der JSOC-Operators dem UN-Mitarbeiter eine schwarze Kapuze über den Kopf – nur über die Augen, sodass er noch atmen und sprechen konnte. Es handelte sich um eine Standardprozedur der Delta Force, um bei der Exfiltration die Identität der Operators zu schützen. Aber Curtis begriff diese Behandlung seines VIP-Gastes offensichtlich nicht.

»Was zum Teufel machen Sie da? Das ist nicht nötig!«

Kolt zuckte die Achseln, sagte aber nichts. Die Kapuze blieb, wo sie war.

Curtis funkelte Racer und Slapshot wütend an und wartete auf eine Erklärung. Als er keine bekam, wandte er seine

Aufmerksamkeit wieder Marris zu. »Dr. Marris, ich weiß, Sie sind im Moment wahrscheinlich etwas verstimmt, aber ...«

»Etwas verstimmt? Diese zwei Monster haben gerade direkt vor meinen Augen mehrere Menschen umgebracht.«

Curtis blickte wieder zu den Amerikanern, diesmal mit einem Anflug von Überraschung und Zorn. Aber er hatte sich gut genug im Griff, um Tripwire eine Erklärung zu liefern. »Ihr Leben war in Gefahr.«

»*Mein* Leben! *Mein* Leben! Ich hab die nicht drum gebeten, für mich so viele Leben auszulöschen! Ich hätte mich aus der Sache rausreden können. Oder Ihre Leute hätten Pfefferspray oder Gummigeschosse benutzen können, oder ...«

Während Tripwire sprach, fing Slapshot rechts von ihm an, laut zu lachen. »Pfefferspray«, äffte er ihn nach.

Links von Tripwire spähte Kolt Raynor aus dem Fenster und hielt nach Anzeichen für Gefahr Ausschau. Er rief dem CIA-Mann auf dem Beifahrersitz zu: »Wir können ihn ja an der nächsten Ecke rauslassen, wenn Sie wollen.«

Curtis schüttelte müde den Kopf. »Halten Sie den Mund und erledigen Sie Ihren Job.«

Kolt schaute weiter aus dem Fenster. Digger schielte in den Rückspiegel und suchte Blickkontakt zu seinem Boss. Kolt stellte fest, dass der junge Operator herausfinden wollte, wie er auf diese Provokation reagierte.

Kolt sagte: »Mr. Meriwether, wir haben gerade ein großes Problem für Sie gelöst. Aber Sie handeln sich jetzt ein noch größeres ein. Sie haben drei Sekunden, um sich für Ihre letzte Bemerkung zu entschuldigen. Andernfalls wird es gleich verdammt eng auf Ihrem Sitz.«

Meriwether starrte den toughen JSOC-Offizier an. Er wollte gerade antworten, als Slapshot, der die Umgebung durch die Heckscheibe beobachtete, sich zu Wort meldete: »Boss?«

Kolt folgte dem Blick seines Teamkollegen. Im dichten Verkehr auf der Al Kurnish Road wechselten zwei ähnlich aussehende, rostfarbene Vans die Spur – erst der eine, kurz danach auch der andere.

»Die Econolines?«

»Ist nur so 'ne Ahnung«, gab Slapshot zu.

Kolt vergaß augenblicklich sein Ego-Duell mit Curtis. Er konzentrierte sich auf die beiden Fahrzeuge. Sie drängten sich durch den langsam rollenden Verkehr. Der hintere Van donnerte vor einem Kreisel an einem Verkehrspolizisten vorbei, der versuchte, ihn zum Anhalten zu bewegen. Kolt hatte eine gründliche Ausbildung in mobiler Spionageabwehr bekommen – er wusste, was das bedeutete.

Die zwei Vans taten alles, was nötig war, um sich gegenseitig nicht zu verlieren – und um ihnen auf den Fersen zu bleiben.

»Aber 'ne gute Ahnung«, lobte er Slapshot. Dann beugte er sich zu Digger, der am Steuer saß. »Fahr zum alternativen Zielpunkt und nimm nicht die Route mit der schönsten Aussicht.«

»Kapiert.«

Curtis war nach Racers unverhohlener Drohung nach wie vor etwas aus der Fassung. Langsam sah er die drei Männer vom Militär an. »Was ist los? Verfolgt uns jemand?«

Kolt konzentrierte sich auf die Vans hinter ihm, aber er antwortete: »Japp.«

»Okay.« Curtis nickte. Er war auf diese Möglichkeit vorbereitet. »Bringen wir ihn zur Botschaft.«

»Negativ« versetzte Raynor.

»Was zum Teufel soll das heißen, ›negativ‹? Das hier ist meine Operation und wenn ich sage, dass wir ihn zur Botschaft bringen, werdet ihr Drecksäcke das verdammt noch mal machen!« Er starrte Digger an. »Biegen Sie da vorne links ab, danach wieder links auf die …«

Digger erwiderte nichts, bog an der Kreuzung aber demonstrativ nach rechts ab. Niemand befolgte bei dieser Mission Befehle der CIA.

»Was soll der Scheiß?«, beschwerte sich der CIA-Mann.

Kolt wandte sich an ihn. »Hören Sie. Ich will Ihnen ja nicht vorschreiben, wie Sie Ihre Evakuierung erledigen. Aber meinen Sie nicht, dass es gut möglich wäre, dass von den Typen in den beiden Vans acht Wagenlängen …« Er drehte sich um und checkte die Positionen ihrer Verfolger. »Korrigiere … *sechs* Wagenlängen hinter uns, vielleicht einer ein Handy hat? Und meinen Sie nicht, dass es sein kann, dass diese Jungs ein paar Verbündete zusammentrommeln, die uns dann an einem der Flaschenhälse zwischen unserer momentanen Position und der Einfahrt der Botschaft einen Hinterhalt legen?«

Curtis öffnete den Mund, um eine Antwort zu geben, doch Raynor sprach weiter. »Wir fahren nach Süden, gestalten unser Abbiegeverhalten möglichst unvorhersehbar, lassen sie im Dunkeln tappen. Die werden nicht in der Lage sein, uns von ihren Kumpels bei der Polizei oder der Armee abfangen zu lassen.«

Digger vollzog eine abrupte Linkskurve. Alle im Wagen wurden nach rechts geschleudert.

»Aber … wohin fahren wir?«, wollte Curtis wissen.

»Nach Süden. Wir haben ein anderes Transportmittel, das uns rausbringen wird.«

Der farbige CIA-Agent schüttelte den Kopf. »Nein. Im Süden ist nichts als Wüste. Sobald wir auf offenem Gelände sind, schicken die innerhalb von zehn Minuten einen Helikopter zu Ihrem kleinen Treffpunkt. Die JSO hat Leute bei der Polizei und bei der Luftwaffe. Ihr drei mit euren Erbsenpistolen kriegt es dann mit einem Hind samt Raketenwerfer zu tun.«

Kolt zuckte die Achseln. Er sah Marris an, dann wieder Curtis. »Dann sollten wir besser schon nach fünf Minuten weg sein, was?«

Slapshot lachte leise und fügte hinzu: »Bevor wir hier festsitzen.«

Curtis wirkte völlig verwirrt.

Kolt beruhigte ihn. »Entspannen Sie sich. Es ist Luftunterstützung unterwegs. Wir wissen, was wir tun. Wir sind sozusagen Vielflieger.«

»Warum zur Hölle weiß ich nichts davon?«, fragte Curtis.

Kolt nickte. »Keine Ahnung. Klären Sie das mit Ihrem Büro.« Dann musterte er prüfend Dr. Marris. »Tripwire sieht aus, als wäre er gut 100 Kilo schwer. Wie schwer sind Sie, Curtis? Vielleicht 75, maximal?«

Curtis begriff, worauf er mit dieser Frage hinauswollte, und murmelte nur: »Oh Gott.«

Durch Diggers geschickte Manöver am Steuer schüttelten sie die beiden Vans ab und entgingen dem Stau in der Innenstadt. Aber Kolt machte sich keine Illusionen. Die Männer in den Fahrzeugen hatten ihren Vorgesetzten sicher längst mitgeteilt, dass der flüchtige UN-Inspekteur und seine Beschützer in südlicher Richtung die Stadt verließen.

Sie rasten auf der Ayn Zarah Road nach Südosten, vorbei an Obstgärten und unbebautem Land zu beiden Seiten der Asphaltstraße. Die Reifen wirbelten Staub auf, der zunahm, je weiter sie sich vom Stadtzentrum von Tripolis entfernten.

Bald bog Digger mit einer scharfen Linkskurve von der Ayn Zarah Road ab und fuhr auf einen schmalen, geteerten Weg. Kurz nachdem er die Kreuzung hinter sich gelassen hatte, bog hinter ihm ein VW-Bus aus einem Obstbaumhain auf denselben Weg ein. Der Minibus hielt mitten auf der Fahrbahn und blockierte damit das Weiterkommen für andere Fahrzeuge, die die Ayn Zarah Road verlassen wollten. Zwei Männer stiegen aus dem VW und gingen nach hinten, wo sie die Motorhaube öffneten.

»Sind das welche von den bösen Jungs?«, fragte Digger.

»Negativ. Die arbeiten für uns«, antwortete Kolt. Er drückte die Sendetaste an seinem Funkgerät, um einen Kommunikationscheck mit den Blockadekräften durchzuführen.

Digger gab auf der gerade leeren Piste Gas und raste einen halben Kilometer gen Osten. Schließlich fuhr er langsamer und parkte den Wagen ebenfalls so, dass er beide Spuren blockierte.

»Hier warten!«, befahl Kolt.

»Was machen wir jetzt?«, fragte Curtis. Aber Raynor hob nur die Hand und achtete auf einen Funkspruch, der per Headset hereinkam.

»30 Sekunden noch«, vernahm er eine leise Stimme im Ohr.

»Verstanden«, quittierte Kolt. Er funkte die Männer auf der Straße an, die so taten, als ob sie an ihrem VW-Bus schraubten. »Blocker Eins, sind wir sicher?«

»Fürs Erste ja«, kam die Antwort.

Diese Männer gehörten zu Air Cell, einer Einheit geheimer Flieger, die von der US-Regierung geführt wurde und überall auf der Welt im Verborgenen arbeitete. Air Cell hatte Kolt und seine Kameraden während seiner Zeit bei der Delta Force schon mehr als einmal aus der Patsche geholfen. Er vertraute den Piloten und der Unterstützungscrew, sie würden sie auch diesmal aus ihrer misslichen Lage befreien.

Marris wollte gerade nachhaken, was zum Teufel eigentlich los war, als aus heiterem Himmel ein kleines blau-weißes, einmotoriges Flugzeug über dem ein Stück entfernten VW-Bus auftauchte. Sekunden später setzte es auf der leeren Straße auf und raste zu den fünf Männern im Wagen, der die Straße nach Osten blockierte. Anschließend wendete es, bis seine Nase erneut nach Westen wies.

Über das laute Rauschen der Propeller hinweg empfing Raynor einen Funkspruch von Blocker Eins. »Feindliche Einheiten aus dem Norden! Zwei Vans, fahren mit Vollgas. Geschätzte Ankunftszeit: eine Minute.«

Kolt brüllte laut: »Scheiße! Die werden in einer Minute hier sein. Alle im Laufschritt zum Flugzeug!«

Curtis und Slapshot brauchte er das nicht zweimal zu sagen. Sie sprangen aus dem Wagen und kletterten hinten in die unglaublich enge Flugzeugkabine.

Kolt zog Marris aus dem Auto, aber dieser weigerte sich, auch nur einen Schritt zu tun. »Ich führe Sie«, kündigte Raynor an und wollte den größeren Mann vor sich herschieben. Aber Marris rührte sich nicht von der Stelle. Er trug weiterhin die Kapuze und mimte den Sturkopf.

»Rein da, Dr. Marris«, rief Raynor, während er ihn fest an der Jacke gepackt hielt. Fest genug, um deutlich zu machen, dass er ihn notfalls an Bord des Flugzeugs schleifen würde, falls er nicht aus freien Stücken einstieg. Diesmal wehrte sich der stämmige Mann nicht gegen den Amerikaner. Er stolperte vorwärts und stieg ein. Digger folgte ihm und schnallte sich neben ihm an.

Kolt nahm auf dem winzigen Co-Pilotensitz Platz. Er setzte das Headset auf, das vor ihm lag, und sprach hastig ins Mikro. »500 Kilo plus minus 50. Sind wir zu schwer?«

»Ich bring uns schon hier raus«, gab der grauhaarige Pilot zurück und rammte den Gashebel nach vorn.

Kolt schob die Kabinentür zu.

Diese argentinische Aero Boero AB-180 war ideal für STOL-Einsätze. Das Kürzel stand für Short Take-Off and Landing. Es handelte sich um ein leichtes Spornradflugzeug, mit einem größeren Motor und kleinerem Treibstofftank speziell für solche Zwecke angepasst. Inklusive Pilotensitz bot sie sechs winzige Sitzgelegenheiten und war damit gerade noch ausreichend dimensioniert.

Die AB-180 beschleunigte rasch, aber Raynor hatte den Eindruck, dass sie gefährlich dicht an den VW-Bus gerieten, der ihnen den Weg versperrte.

Gerade als Kolt das Gefühl hatte, dass sie es über den Bus hinweg in die Luft schaffen konnten, schossen die zwei rostfarbenen Vans vor dem VW auf die Straße. Die feindlichen Fahrzeuge hatten den geparkten Bus umrundet, indem sie mitten durch den Obsthain gefahren waren. Sie donnerten auf das näher kommende, einmotorige Flugzeug zu. Ihre Reifen wirbelten Staub auf.

Hinter den Vans hetzten die Helfer von Air Cell in den Obsthain und ließen den VW-Bus einfach stehen. Die beiden Männer konnten nichts anderes mehr tun, als sich selbst in Sicherheit zu bringen.

Während die Vans immer näher kamen, sprach der Pilot in sein Mikro: »Da will jemand eine kleine Mutprobe veranstalten.«

Kolt fragte: »Wie lautet der Plan, alter Mann?«

Der Pilot nahm die Hand nicht vom Gashebel. »Ich muss dieses Baby fliegen, also werd ich meine Augen offen halten, aber Sie sollten Ihre besser schließen«, meinte er, ohne ihn anzusehen. »Könnte verdammt eng werden.«

Raynor lehnte sich zurück und legte den Gurt an. Er stellte fest, dass er langsam genug hatte von dramatischen Flugmanövern.

Aber er schloss die Augen trotzdem nicht. Als der erste Van und die Nase der AB-180 weniger als 30 Meter voneinander entfernt waren, zog der Pilot den Steuerknüppel nach hinten und sofort hart nach rechts. Die Nase des Flugzeugs hob sich in den Himmel und die Tragflächen senkten sich hart nach rechts ab. Langsam stieg der Flieger in die Luft hoch und schien über dem Straßenrand und dem Obsthain nördlich der Straße zu schweben.

Die zwei Vans schossen links an ihnen vorbei. Der erste verfehlte das tief hängende Heck des Flugzeugs um knapp zwei Meter.

Mit nervösem Lachen rief Digger von hinten: »Ich werd langsam zu alt für diesen Scheiß.«

Auf dem Sitz des Co-Piloten stieß Kolt, immerhin zehn Jahre älter als Digger, einen langen Seufzer der Erleichterung aus.

Der Air-Cell-Pilot wendete das Flugzeug nach Südosten. Nach wenigen Minuten flogen sie in 1500 Metern Höhe über eine verlassene Wüstenlandschaft hinweg.

Ohne sicher zu sein, wer neben ihm saß, fragte der Kanadier unter der Kapuze: »Was haben Sie jetzt mit mir vor?«

»Keine Ahnung, Kumpel. Fragen Sie den Tourmanager.« Slapshot setzte Marris ein Headset auf und positionierte das Mikro vor seinem Mund. Er drückte ihm den Sendeknopf in die Hand. »Draufdrücken und reden. Alles bereit!«

Marris aktivierte das Mikrofon. »Wohin fliegen wir?«

Curtis antwortete via Headset und übernahm die Kontrolle über die Operation. Er gab sich Mühe, die heftige Atmung zu beruhigen, bevor er sprach. »Wir fliegen zu einem Flughafen in der Nähe, wo wir in eine größere Maschine umsteigen werden. Die bringt Sie an jedes gewünschte Ziel.«

»Ich will zurück nach Tripolis.«

Curtis seufzte. »Nur nicht dorthin. Wie wär's, wenn Sie mal Urlaub machen? Wir fliegen Sie nach Toronto. Sobald Sie zu Hause sind, können Sie von mir aus direkt wieder herkommen, wenn Sie das unbedingt wollen. Aber nur damit das klar ist: Wir werden mit unseren Freunden bei Ihrer Regierung reden, und auch mit denen in der UN, und wir werden denen deutlich machen, wie gefährlich es für Sie in Libyen geworden ist. Es dürfte nicht ganz einfach für Sie werden, ins Land zurückzukehren.«

»Ihr Amerikaner seid doch alle verdammte Mistkerle.«

»Wir sind die Mistkerle, die Ihnen gerade das Leben gerettet haben. Erledigen Sie Ihre Arbeit von zu Hause. Hören Sie bitte nicht damit auf. Aber versuchen Sie für eine Weile, sich nicht in Stücke hacken zu lassen. Die US-Regierung legt großen Wert auf Ihre Arbeit und wir wollen Sie wirklich ungern verlieren.«

»Lecken Sie mich, Curtis.«

Curtis nahm das Headset ab und konzentrierte sich darauf, durch das Fenster den Horizont zu betrachten. In kleinen Flugzeugen wurde ihm meistens schlecht. Er musste seine ganze Aufmerksamkeit darauf konzentrieren, nicht das Mittagessen in der Kabine zu verteilen.

Eine Dreiviertelstunde später landeten sie am Flughafen von Nanur. Er befand sich in der Wüste, etwa 200 Kilometer südöstlich von Tripolis, und durfte in Übereinkunft mit der neuen Regierung vom US-Militär und den Geheimdiensten benutzt werden.

Beim Aufsetzen auf dem Runway sahen Sie ein paar Flugzeuge auf dem Rollfeld, die bereits auf sie warteten. Ein schicker Gulfstream-Businessjet der CIA für Curtis und Marris und eine erheblich weniger schicke C-130 der Air Force für die drei Delta-Operators.

Kolt wusste, dass sie den amerikanischen Geheimdiensten hier in Tripolis das Leben extrem erschwerten, indem sie ein halbes Dutzend Tote zurückließen. Curtis' Job war gerade um ein Vielfaches härter geworden. Aber Kolt und sein Team hatten keine andere Wahl gehabt, als die potenziellen Attentäter auszuschalten, und jetzt blieb ihnen keine andere Wahl, als sofort außer Landes zu fliegen.

Das Motorengeräusch des sechssitzigen Spornradflugzeugs erstarb. Kolt gab dem Air-Cell-Piloten einen Klaps auf den Rücken, weil er einen guten Job gemacht hatte. Danach stieg er aus der AB-180 und lief mit den Teamkollegen einige Hundert Meter über das Gelände zur wartenden C-130.

Gerade wollte er die Rampe zur Hercules hinaufklettern, da kam Curtis herangejoggt, um mit ihm zu reden. Kolt schickte Digger und Slapshot in den Laderaum, damit sie sich auf den langen Flug nach Bragg vorbereiten konnten, und wartete auf den CIA-Mann.

Curtis streckte die Hand aus. Kolt schüttelte sie. »Tut mir leid, dass ich Sie angepflaumt habe. Ich stand ziemlich unter Strom.«

»Schon vergessen.« Das war glatt gelogen, aber Kolt hatte in letzter Zeit an seinem Verhalten gearbeitet und es schien ihm die professionellste Antwort zu sein.

Curtis fragte: »War die Anwendung von tödlicher Gewalt wirklich unvermeidbar?«

Raynor zögerte keine Sekunde. »Ja.«

Curtis starrte Raynor durch die verspiegelte Fliegerbrille an. »Das wird ein hartes Stück Arbeit für uns. Ein halbes Dutzend toter Schläger. Lässt sich nicht so hinstellen, als ob ein UN-Mitarbeiter auf eigene Faust geflüchtet wäre. Die beteiligten Parteien werden wissen, dass die CIA ihre Finger im Spiel hatte.«

Kolt zuckte die Achseln. »Es ging nicht anders. Sie haben mir Scheiße und 'ne Scheibe Brot gegeben. Ich hab mich in die Küche gestellt und das beste Scheiße-Sandwich geschmiert, das ich hingekriegt habe. In der kurzen Zeit, die Sie mir dafür gegeben haben.«

Curtis nahm die Metapher mit unbewegter Miene zur Kenntnis. Kolt betrachtete unterdessen sein Spiegelbild in den Gläsern der Sonnenbrille.

»Das wird sicher für Aufregung sorgen«, fuhr Curtis fort.

»Falls Sie Hilfe bei der Kommunikation mit Langley brauchen, bin ich der falsche Mann, Curtis. Immerhin: Tripwire lebt.«

Curtis klang mit einem Mal angriffslustiger. »Ja, aber Sie sollten unauffällig bleiben.«

»Klar, es wäre unauffälliger, wenn Marris jetzt tot auf der Straße läge, weil wir diese Killer *nicht* aufgehalten hätten.«

»Ich muss einfach sicher sein, dass es keine Alternative gab.«

Kolt wollte den Kerl anschnauzen. Er wollte schroff darauf hinweisen, dass er ihm schon zweimal gesagt hatte, dass es keine andere Alternative gab. Und wenn Curtis die Männer infrage stellen wollte, die ihr Leben für diese Mission riskiert hatten, solle er sich beim nächsten Mal vielleicht einfach einen besseren Plan einfallen lassen oder den gefährlichen Mist gleich selbst erledigen.

Aber so hätte der alte Kolt reagiert. Der neue Kolt hielt den Mund. Aber er wich auch nicht dem Blick des CIA-Mannes aus, der ihn fixierte. Nachdem das Blickduell sich noch ein paar Sekunden hingezogen hatte, fragte er: »Sonst noch was?«

»Nein.«

Kolt wandte sich ab und stieg die Rampe der C-130 hinauf, ohne ein weiteres Wort zu sagen.

Digger, Slapshot und Kolt saßen nebeneinander auf den gefederten Sitzen am Rumpf der Hercules. Eine Gruppe konventioneller Soldaten – Ingenieure, die an Infrastrukturprojekten in Libyen gearbeitet hatten – besetzte den vorderen Bereich. Sie trugen Wüstentarnuniformen und unterhielten sich über ihren bevorstehenden Urlaub. Die jungen Leute starrten die haarigen Männer in Einheimischenkleidung an, die hinten in der Nähe der Rampe saßen, und fragten sich, wer zum Teufel sie sein mochten.

Die drei Delta-Männer versuchten sich gar nicht erst an höflicher Konversation.

»Hey, Boss?«, rief Slapshot, um das Heulen der vier großen Pratt-&-Whitney-Triebwerke zu übertönen, während das Flugzeug auf die Startbahn zurollte.

»Ja?«

»Ich würd *so* gerne nur ein einziges Mal 'ne scharfe Blondine mit ordentlicher Oberweite retten, die so dankbar ist, dass sie die Finger nicht von mir lassen kann.«

Kolt grinste und lehnte sich an den kalten, harten Flugzeugrumpf. Er schob sich den Turban über die Augen und kniff sie fest zusammen. »Dann hättest du zu den SEALs gehen müssen. *Die* kriegen die ganzen tollen Jobs.«

9

Fort Bragg, etwas westlich von Fayetteville in North Carolina gelegen, ist nach Braxton Bragg benannt, einem Einwohner dieses Bundesstaats aus dem 19. Jahrhundert. Er hat einen Abschluss an der Militärakademie von West Point gemacht, im Zweiten Seminolenkrieg und im Mexikanisch-Amerikanischen Krieg gekämpft. Im Amerikanischen Bürgerkrieg war er General bei den Konföderierten.

Die Basis erstreckt sich über vier Landkreise des Zentrums von North Carolina und ist die langjährige Heimat der 82. Airborne Division ebenso wie der U. S. Army Special Forces alias Green Berets und vieler anderer Einheiten. Aber am bekanntesten ist Bragg wegen der zahlreichen Top-Secret-Organisationen, die im Untergrund agieren. Ihre Einsatzzentralen verteilen sich wie Pockennarben auf den sanften Hügeln der 650 Quadratkilometer Regierungsgelände.

Und irgendwo da draußen, in einem relativ winzigen Abschnitt dieser 650 Quadratkilometer, stößt man auf die Ursprünge der Delta Force.

Als die Delta Force in den späten 70er-Jahren ins Leben gerufen wurde, nahm sie die *Stockade* in Beschlag, ein früheres Militärgefängnis unweit des nördlichen Postens. Sie blieb dort bis zur Mitte der 80er, bevor sie ihr heutiges Quartier nordwestlich des Hauptpostens bezog, das äußerst abgeschieden liegt. Wenn ein Angehöriger der Einheit zur Arbeit fährt, begegnet er nur selten einem anderen Soldaten. Ein Delta-Operator kann eine ganze Arbeitswoche in der Basis verbringen, ohne Personal der 82. Airborne oder der Special Forces zu Gesicht zu bekommen – sogar beim Joggen im Wald oder auf den zahlreichen Trainings- und Manöverplätzen.

Die Leute der Einheit bezeichnen ihre Einrichtung als ›das Gelände‹ oder ›den Bunker‹. Außenseiter geben dem eingezäunten Gebäudekomplex manchmal den Namen ›Zum Roten Dach‹, weil die Häuser dunkle kastanienbraune oder rote Dächer haben. Sehr verbreitet ist auch der Spruch ›Where the Hardy Boys Live‹. Diese Anspielung auf die Juniordetektive einer Kinderbuchreihe stammt von den Deltas selbst. »Er ist hinter dem Zaun«, sagt man schließlich, wenn man über jemanden spricht, der in die Delta Force aufgenommen wurde und seitdem wie vom Erdboden verschluckt ist.

Das isolierte Gelände erstreckt sich jenseits der Straßen, verborgen von hohen Bäumen und aufgeschütteten Erdwällen. Es gibt dort medizinische und zahnmedizinische Einrichtungen, einen Speisesaal, ein Fitnessstudio, Schießstände, Hinderniskurse, einen Munitionsversorgungspunkt, im Fachjargon ASP *(Ammo Supply Point)*, Motorradkurse, Häuser für das Kampftraining, einen Pool in Wettkampfgröße, Basketball- und Racquetballplätze sowie eine Kletterwand. Es ist eine eigene kleine Zivilisation. Als motivierter Operator kann man sich monatelang dort aufhalten, ohne je das Gelände zu verlassen oder Langeweile zu verspüren.

Bewaffnete, uniformierte Wachleute bewachen die Tore und patrouillieren auf dem Grundstück. Viele von ihnen sind verdiente Vietnamveteranen im Ruhestand, die sich geehrt fühlen, das Gelände bewachen zu dürfen. Die meisten dieser Männer erledigen den Job schon seit 20 Jahren oder mehr und sie kennen die Namen und Gesichter von jedem in der Einrichtung.

Am ersten Tag, nachdem er von seinen Abenteuern in Übersee zurückgekehrt war, saß Kolt Raynor auf einer Trage in der Krankenstation. Seine olivfarbene Fliegerkombi war bis zu den Knöcheln heruntergezogen.

Die vergangenen zehn Minuten hatte er mit dem Gesicht nach unten verbracht, ohne Hose und mit frei liegendem

Arsch, während Doc Markham ihm Wochen alte Granatsplitter aus dem rechten Oberschenkel pulte.

Aber diese unangenehme Angelegenheit war jetzt vorbei. Der Schmerz hielt sich in Grenzen, weil der Doc ihm eine lokale Injektion verabreicht hatte, bevor er sich auf die Suche nach den Kugeln vom Röntgenbild machte. Danach waren die Wunden vernäht worden und jetzt hockte Raynor in Unterwäsche da, während der Doc sich um die verbliebenen kleineren Verletzungen kümmerte.

Doc Markham war neu, einige Jahre jünger als der 38-jährige Major und erst seit Kolts erstem Delta-Einsatz dabei. Aber der junge Mann sprach mit energischer Stimme: »So wie diese Narben aussehen, Major Raynor, nehm ich an, das hier ist nicht das erste Mal, dass Ihnen ein Mediziner sagt, wie viel Glück Sie haben, noch am Leben zu sein.«

Kolt lächelte. »Das hab ich auch schon von Leuten mit anderen Berufen gehört.«

»Tja, Sie haben sich neun Splitter im Oberschenkelbereich eingefangen. Zwei davon sind direkt wieder seitlich ausgetreten. Um die sieben ohne Austrittswunden hab ich mich gekümmert. Aber ich hätt mir gewünscht, dass sie sofort, nachdem das passiert ist, zu mir gekommen wären, anstatt sich erst irgendwo anders rumzutreiben – wo auch immer Sie in den fünf Tagen nach dieser Granatenexplosion gewesen sind. Ein Glück für Sie, dass wir es hier nicht mit einer bösartigen Infektion zu tun hatten.«

Der Doc wusste, was Racer in Neu-Delhi getan hatte, sowohl vom wöchentlichen Treffen des Kommandostabs als auch aus der unverwüstlichen Gerüchteküche. Aber er wusste nichts über Tripolis. Diese Mission war zu geheim gewesen, als dass etwas an die Mitglieder des Unterstützungsstabs durchgedrungen wäre. Was ihn betraf, hatte Kolt sich die vergangene Woche in einem französischen Bordell rumgetrieben.

»Ich bin auf dem Heimweg aufgehalten worden.«

Der Doc lächelte mit einem Gesichtsausdruck, der Kolt verriet, dass der andere genau verstand. Racer hatte nicht freiwillig zugelassen, dass seine Wunden sich infizierten. Er sagte nichts mehr, sondern inspizierte stattdessen die bereits weitgehend verheilten Blutergüsse in der Mitte von Raynors Rücken. »Sie haben weitere Splitter in die Schutzplatte abbekommen, oder?«

»Ja.«

»Dann danken Sie Gott für die Existenz von Schutzwesten.«

Raynor lachte leise. »Das tu ich jeden Tag.«

Doc Markham vertiefte sich in Racers Datenblatt. »Mal sehen. Eine Gehirnerschütterung und Kopfverletzungen im letzten Herbst. Ein gebrochener Rücken und drei Schussverletzungen vor vier Jahren. Im Lauf der letzten zwölf Jahre noch ein halbes Dutzend anderer Arztbesuche wegen gebrochener Knochen und Splitterverletzungen … Ich kann nicht mehr für Sie tun, als darum zu bitten, dass Sie besser auf sich aufpassen, damit es kein nächstes Mal gibt. Aber da Sie ohnehin nicht auf mich hören werden, bemühen Sie sich zumindest ein bisschen schneller zu mir zu kommen, um sich behandeln zu lassen. Wenn's irgendwie geht.«

Kolt wusste, dass der Mann nur seinen Job erledigte, und dazu gehörte, den Operators einzuschärfen, dass sie auf ihre Körper achtgeben sollten. Der alte Kolt hätte wahrscheinlich eine klugscheißerische Bemerkung parat gehabt. Aber der neue Kolt, der freundlichere, sanftere Mann, der er zu sein versuchte, beließ es bei einem »Alles klar, Doc. Danke, dass Sie mich zusammengeflickt haben.«

»Dafür werd ich bezahlt, Major. Wechseln Sie den Verband am Oberschenkel regelmäßig und kommen Sie in einer Woche wieder, damit ich mir das noch mal anschauen kann.«

»Wird gemacht. Bis dann.«

Fünf Minuten später humpelte Racer aus der Krankenstation und begab sich auf den Weg zur SCIF – der *Secret Compartmented Intelligence Facility*, der Aufklärungszentrale der Basis. Wann immer er die Zeit fand, ging Kolt dorthin, um sich zu informieren, was in der Welt vorging und ob es womöglich Auswirkungen für ihn und seine Truppe hatte.

Kolts Tag hatte mit einer Nachbesprechung zweier Notfallmissionen begonnen: der Zurückeroberung des American-Airlines-Jets in Indien und der Rettung des UN-Waffeninspekteurs in Tripolis. Bei solchen Zusammenkünften waren alle an einer Aktion Beteiligten anwesend, sämtliche Einzelheiten wurden diskutiert und das Endergebnis beurteilt. Dabei konnte es brutal und heftig zugehen, wenn es darum ging, ob jemand Fehler begangen hatte. Oft waren die schärfsten Kritiker im Raum die Operators selbst, deren Handlungen und Entscheidungen auf dem Prüfstand waren.

Bei der Nachbesprechung an diesem Morgen hatte es keine Abweichungen von der Norm gegeben, mal davon abgesehen, dass gleich zwei groß angelegte Einsätze besprochen wurden und Major Kolt Raynor bei beiden im Mittelpunkt gestanden hatte. Es war ein langer, anstrengender Morgen für ihn gewesen, aber er zog sich relativ unbeschadet aus der Affäre. Colonel Webber hatte sich alles angehört, was sämtliche Beteiligten zu beiden Operationen zu sagen hatten, und klargestellt, dass er in beiden Fällen die Entscheidungen seines Majors guthieß. Webber war beeindruckt gewesen, wie konzentriert Kolt nach seiner langen Abwesenheit gearbeitet hatte. Für typisch hielt er Raynors Bereitschaft zum Risiko – weder sich selbst noch seine Männer schonte er. Das war der Kolt, wie sie ihn seit seinem ersten Einsatz kannten.

Der Colonel hatte nichts an der Entscheidung auszusetzen, über das Dach in die 747 einzusteigen. Er gab zu bedenken, dass sich die Entführer auf dem Weg nach Pakistan befunden hatten. Dort wäre es für sie ein Leichtes gewesen, alle Menschen an Bord zu töten und sich abzusetzen.

Die Tatsache, dass Kolt ihr Reiseziel nicht gekannt hatte, beeinflusste Webbers Einschätzung kaum. Der Major hatte eine schnelle Entscheidung treffen müssen und mit dieser Entscheidung rettete er am Ende zahlreiche Menschenleben.

Webber erkannte ebenfalls die Notwendigkeit des Einsatzes tödlicher Gewalt in Libyen an. Nachdem Tripwire erst drei und später sechs Männer gefolgt waren, die ihn töten wollten, blieben kaum Alternativen. Am beeindruckendsten fand der Colonel die blitzschnell getroffene Entscheidung des Majors, Tripwire mit dem Starrflügelflugzeug von Air Cell bei Tageslicht aus Tripolis herauszubringen.

Trotzdem waren beide Missionen nicht perfekt abgelaufen. Kolt und sein Team übten sich wie immer in gründlicher Selbstkritik. In Neu-Delhi war eine Geisel in Kolts Gegenwart getötet worden und eine Pistole ohne Schalldämpfer hatte dazu geführt, dass die übergreifende Mission der CIA in Tripolis kompromittiert wurde. Webber musste nicht viel sagen. Er hörte überwiegend zu. Angesichts der Tatsache, dass man beide Einsätze Hals über Kopf und ohne nennenswerten Planungsvorlauf eingeleitet hatte und darüber hinaus eigentlich drei Angriffsteams statt eines einzigen erforderlich gewesen wären, gelangte Webber zu dem Schluss, dass seine Männer einen verdammt guten Job hingelegt hatten. Er war bereit, sich für sie in die Schusslinie zu stellen, falls jemand in Washington es wagte, Kritik zu üben.

Raynor wusste, dass Webber sein größter Verbündeter in der Einheit war – zumindest bis zur jeweils nächsten Mission.

Kolts Rückkehr zur Delta Force ließ sich im Großen und Ganzen als reibungslos bewerten. Aber wie schon in der Zeit, als er der Unit zum ersten Mal beigetreten war, gab es chronische Nörgler. Die Leute schienen Kolt entweder zu lieben oder zu hassen. Während seiner ersten Einsatzzeit hatten diejenigen, die nicht seinem Fanclub angehörten, zwar zugeben müssen, dass er zu den am härtesten arbeitenden Kerlen auf dem Gelände gehörte. Aber sie hielten ihn trotzdem für einen eigensinnigen Mistkerl, der die Tier-One-Wild-Sache für einen Offizier etwas zu sehr auf die Spitze trieb.

Die nachfolgenden Jahre und die Erfahrungen, die sie mit sich brachten, hatten ihm zweifellos einen Stempel aufgedrückt. Kolt war der Ansicht, dass er seitdem sogar noch härter an sich arbeitete als vorher, weil er weitaus mehr zu beweisen hatte. Außerdem arbeitete er an seinem Image – indem er erst noch einmal tief durchatmete, bevor er eine Antwort gab; indem er sich einen Moment Zeit nahm, um sich in sein Gegenüber hineinzuversetzen.

Kolt hatte immer auf seine Sergeants gehört. Vor Jahren, als er von den Rangers kam und sich dieser Einheit anschloss, wusste er nur zu gut, dass er ganz am Anfang der Lernkurve stand. Jeder einzelne Mann unter seinem Kommando kannte sich mit allen Aspekten ihrer Arbeit besser aus als er. Kolt war niemand, der sich mit Männern anlegte, die es besser wussten, erst recht nicht mit Sergeants der Delta Force. Ihm wurde klar, dass er nicht mehr wissen musste als seine Männer, um sie zu führen. Aber er musste wissen, wie er sein Team am besten managte. Kolt hasste Bürokratie. Immer wenn ihn das Gefühl beschlich, dass ihm durch Regeln oder unsinnige Dienstanweisungen die Hände gebunden waren – und dadurch seine Männer oder die Mission selbst in Gefahr gerieten –, gehörte Raynor zu den Ersten, die sich gegen das System stellten.

In den meisten Fällen ignorierte Kolt solche Vorschriften und folgte eigenen Regeln, ließ sich von seinen Instinkten leiten. Das hatte ihn häufig in Schwierigkeiten gebracht und ihm den Ruf des streitbarsten Offiziers der ganzen Unit eingebracht. Dass diese energische Art seinen Männern und seiner Mission letztlich zugutekam, war ein mildernder Faktor, aber es bewahrte ihn nicht vor seinem problematischen Image.

Etwas anderes, woran sich Raynors Kritiker während seiner ersten Dienstzeit bei den Deltas stets stießen, war die

Tatsache, dass sein bester Freund, Josh Timble, der wohl am meisten respektierte aktive Offizier der Organisation war. Timble hatte Raynor von Anfang an unter seine Fittiche genommen. TJ sprang bei der Delta-Führung für Racer ein, sobald dieser ein zu großes Mundwerk bewiesen oder sein Talent überschätzt hatte.

Und da war noch etwas. Selbst nach all den üblen Sachen, die Racer passiert waren, glaubten die meisten Leute auf dem Gelände nach wie vor, dass dieser verfluchte Hurensohn mehr Glück als Verstand hatte. Der Angriff in Neu-Delhi war für die Delta Force einer der größten Erfolge seit einem Jahrzehnt. Die Tatsache, dass man Raynor diese Operation zugewiesen hatte, weniger als zwei Monate nach seiner Rückkehr, bestätigte viele in ihrem Gefühl, dass das Leben einfach nicht fair war.

Die Nachrichtensender stürzten sich natürlich auf die Flugzeugentführung in Neu-Delhi und versuchten, ihre ›ungenannten Quellen‹ bei Militär und Geheimdienst dazu zu bringen, auszuplaudern, welche Einheit die Befreiungsaktion durchgeführt hatte. Die Passagiere berichteten von schwarz gekleideten, bewaffneten Kommandosoldaten mit amerikanischem Akzent, aber die Regierung gab sich ungewöhnlich schweigsam – man hatte nach all der öffentlichen Aufmerksamkeit um die Tötung bin Ladens die Lektion gelernt. Da man sie damit zum Spekulieren verdammte, verkündeten alle großen Medien unisono, das viel gepriesene SEAL Team 6 habe die Aktion am Himmel über Neu-Delhi durchgeführt.

Kolt und der Rest der Delta Force lachten nur darüber. Niemand in der Einheit hatte etwas davon, berühmt zu sein. Was sie anging, konnte das SEAL Team 6 ruhig den ganzen Ruhm einstreichen. Sie wussten, was sie geleistet hatten. Man würde eine beeindruckende Gedenktafel aufstellen, neben anderen Tafeln, die an andere erfolgreiche Delta-Missionen erinnerten, vielleicht sogar ein historisches Diorama im langen Korridor, den man ›das Rückgrat‹ nannte. VIP-Gästen lieferten solche Trophäen Anlass zum Staunen, die Operators ignorierten sie in der Regel.

Obwohl die vergangene Woche für ihn insgesamt erfolgreich verlaufen war, hatte Kolt heute schlechte Laune. Er freute sich, dass die letzten Splitter aus Neu-Delhi aus dem Bein entfernt waren, und er freute sich, mit seinen Männern lebendig von zwei gefährlichen Einsätzen zurückgekehrt zu sein. Aber der Tod der alten Frau ließ ihn an der Korrektheit seines Handelns zweifeln.

Der Tod dieser Lady, die in Richtung Flugzeugtoilette gerannt war, als die Granate explodierte – eine 74-jährige Niederländerin, wie sich herausgestellt hatte –, war der Schandfleck einer ansonsten tadellos absolvierten Mission. Klar, dass es nur menschlich war, eine Toilette erreichen zu wollen, um sich nicht in aller Öffentlichkeit übergeben zu müssen. In ihrer Panik war die Alte blind diesem Impuls gefolgt, trotz allem, was sich um sie herum abspielte.

Der Vorfall machte Kolt frustriert und wütend.

Auf dem Weg durch das ›Rückgrat‹ zur SCIF begegnete er Benji, einem altgedienten Master Sergeant aus einer anderen Squadron, der ihm entgegenkam. Sie schüttelten sich kurz die Hände.

»Willkommen daheim, Racer.«

»Schön, wieder hier zu sein.«

»Bist 'n richtiger Glückspilz, was?«

Benji hatte zu TJs Männern gehört, aber jetzt wurde sein Team vom 35-jährigen Major Rick Mahoney angeführt, der den Codenamen Gangster trug. Gangster hatte alle auf dem Gelände wissen lassen, dass er Kolt Raynor für ein Arschloch hielt und dessen Rückkehr zu den Deltas für einen schweren Fehler. Aber im Gegensatz zu Gangster war Benji immer gut mit Kolt ausgekommen, weshalb die Erwähnung seiner ›Glückssträhne‹ Raynor kein bisschen ärgerte. Er erwiderte nur: »Schön, dich zu sehen, Bruder.«

»Dich auch. Hab das von deinem Hintern gehört. Hat Doc Markham sich das schon angeschaut?«

»Es war eher mein Oberschenkel, aber ja. Er hat die Fremdkörper rausgefischt. Ich bin wieder ganz der Alte.«

»Das ist gut. Ihr Jungs habt noch zwei Wochen Bereitschaftsdienst vor euch. Ich hoffe für euch, dass es schön ruhig bleibt.«

»Das Operationstempo bei der Suche nach diesen verloren gegangenen SAMs sprengt jede Skala, daher kann jederzeit alles passieren«, widersprach Kolt. »Ich wollte gerade zur SCIF, um zu sehen, ob die schon irgendwas Neues auf dem Schirm haben.«

Benji lachte leise. »Glaubst du nicht, die geben dir Bescheid, wenn es was gibt?«

»Klar, mein Piepser geht dann los, aber du kennst mich ja. Ich will immer das System überlisten. Wenn ich früher Bescheid weiß, kann ich mich besser vorbereiten.«

Benji nickte.

In diesem Moment betrat Tackle den Flur. Tackle war, wie Benji, einer von Gangsters Leuten. Mit 39 Jahren gehörte er zur alten Garde der Master Sergeants in der Einheit und genau wie Gangster hatte er nie zu Raynors größten Fans gehört. »Hey, Racer«, begrüßte Tackle ihn. »Ich hab gehört, dir hat 'ne Granate den Arsch weggepustet.«

Benji grinste. Entweder bemerkte er den abfälligen Tonfall seines Teamkollegen nicht oder, was wahrscheinlicher war, er ignorierte ihn.

Kolt seufzte. »Oberschenkel.«

Tackle fragte: »Kriegst du 'n Purple Heart für die Kratzer?«

»Das hab ich nicht zu entscheiden, aber ich hoffe es nicht.«

Tackle machte eine wegwerfende Handbewegung. »Wie auch immer. Jedenfalls werden wir euren Bereitschaftsdienst bald übernehmen. Wie wär's, wenn du deine Kugeln im Magazin lässt, bis du deine Auszeit kriegst?«

»An mir soll's nicht liegen.«

Tackle setzte seinen Weg durch das ›Rückgrat‹ fort.

Benji gab zu bedenken: »Die sind ein bisschen neidisch, weil du diese beiden Einsätze einfach so nacheinander gekriegt hast. Das verstehst du doch, oder? Die Jungs sitzen ein halbes Jahr rum und wollen endlich mal ihren Spaß haben, und auf einmal kommst du daher und nach acht Wochen kriechst du auf dem Dach von 'nem startenden Flugzeug rum.«

»Ja, versteh ich«, gab Kolt zurück. Er verkniff sich die Bemerkung, dass Benji damit die anderen Gründe unter den Teppich kehrte, weshalb manche Männer auf dem Gelände ihn nicht leiden konnten.

Ein paar Minuten später entdeckte Kolt Clay ›Stitch‹ Vickery in der Grimes-Bibliothek neben dem Speisesaal. Die Bibliothek, die nach dem ersten Command Sergeant Major der Delta Force, William ›Country‹ Grimes, benannt war, enthielt so gut wie alle jemals gedruckten Bücher über unkonventionelle Kriegsführung, Terrorismus und dergleichen.

Stitch war schwer zu übersehen. Ein Berg von Mann, 1,90 Meter groß und mit breitem Kreuz. Den Codenamen hatten ihm die alten Kameraden aus dem Trainingskurs für Operators verpasst. Während der Nachbesprechung einer Helikopter-Übungsmission bei Nacht mit scharfer Munition hatte man ihn gebeten, sein Handeln beim Betreten des Raums mit den Geiseln zu erklären. »Ich hab die Bösen abgestochen und die Guten gerettet«, bot er als schlichte Erklärung an. Abgestochen, ›gestitcht‹ … typisch Grimes.

Kolt wusste, dass es bei der Delta Force nur wenige Männer wie Stitch gab. Der durchschnittliche Operator war 1,80 Meter groß und etwa 81 Kilo schwer. Stitchs kräftiger Körper füllte einen gewöhnlichen Türrahmen mit Leichtigkeit aus, wobei seine melonenförmigen Schultern sogar noch die Ränder berührten. Durch seine Größe musste er auf die meisten anderen hinabschauen und stieß sich oft den

Kopf, wenn er in einem engen Passagierflugzeug oder einem gepanzerten Humvee saß.

Stitch war ein guter Angreifer, aber ein noch besserer Scharfschütze. Es machte ihm nicht das Geringste aus, solo zu arbeiten. Er war mit Adleraugen gesegnet. Und er hatte sich die Balance aus Körperbeherrschung und mathematischem Kalkül, das die besten Scharfschützen der Welt auszeichnete, voll und ganz zu eigen gemacht. Anstatt fest in einem Angriffstrupp zu bleiben, beschloss er, den Ausbildungsweg der Aufklärungstruppen zu beschreiten, um ein *advanced assaulter* zu werden, ein ›fortgeschrittener Angreifer‹. So bezeichneten sich die Scharfschützen, die von einem Angriffstrupp zu einem Aufklärungstrupp wechselten. Damit sollte offensichtlich betont werden, dass jeder ein Angreifer werden konnte – aber um ein Scharfschütze der Einheit zu werden, war weitaus mehr Können, Hingabe und Training erforderlich.

Wie alle Delta-Männer verließ auch er sich bei Weitem nicht nur auf Muskelkraft. Sein Hirn war ganz auf die Feinheiten seiner tödlichen Kunst gedrillt. Er hatte sogar ein spezielles 7,62-Millimeter-Projektil erfunden, das kugelsichere Cockpitglas der Stufe IV durchdringen und dabei eine stabile Flugbahn beibehalten konnte. So wurde der Pilot nicht gefährdet, wenn der Flugzeugentführer neben ihm ausgeschaltet wurde.

Aber Stitchs Hingabe an die Einheit forderte einen hohen Preis. Seine erste Frau war mit einem Major der 82. Airborne durchgebrannt. Seiner zweiten Frau war schlicht und einfach klar geworden, dass ihr Mann eher mit der Einheit als mit ihr verheiratet war. Sie packte ihre Koffer und verließ ihn 2006 während seines Afghanistan-Einsatzes.

Seitdem hatte Clay Vickery den Frauen weitgehend abgeschworen. Daher war es keine Überraschung, dass er sich nicht zu Hause die Wehwehchen wegküssen ließ, sondern allein in der Grimes-Bibliothek saß.

Stitch blätterte gerade mit der bandagierten Linken in einem dicken, gebundenen Buch, als Racer hereinkam und fragte: »Hast du 'n Buch drüber gefunden, wie man mit neun Fingern kämpft?«

Der große Mann blickte zu Kolt auf und grinste. »Willkommen zurück, Boss. Hab gehört, du und die Jungs seid auf dem Rückweg falsch abgebogen und in Tripolis gelandet.«

»Da hast du richtig gehört. Tut mir leid, dass du nicht mitmachen konntest. Aber es hat auch ganz gut ohne dich geklappt. Dein Riesenarsch hätte eh nicht ins Evakuierungsflugzeug gepasst.«

»Ich wär auch zu Fuß aus dem Einsatzgebiet abgehauen, wenn ihr mich eingepackt hättet. Hab gehört, die Sache wurde am Ende ein bisschen brenzlig.«

Kolt wechselte das Thema. »Wie geht's dir damit?«, fragte er mit einem Nicken in Richtung verletzter Hand.

»Brennt wie Hölle, aber es wird besser.« Stitch streckte und krümmte den Zeigefinger. »Der Abzugsfinger funktioniert noch, Boss.«

»Gut.« Kolt gab ihm einen Klaps auf den Rücken. »Den wirst du auch bald wieder brauchen, schätz ich.«

Stitch grinste. »Da hab ich so meine Zweifel. Hast du's nicht in den Nachrichten gehört? Das SEAL Team 6 erledigt sämtliche Einsätze. Wir existieren gar nicht.«

Kolt lachte. »Die können sich gern ins Rampenlicht stellen, solange wir die Action kriegen.«

In diesem Moment meldete sich eine weibliche Stimme über die Sprechanlage. Raynor erkannte Joyce, die Sekretärin von Colonel Webber. »Major Raynor, rufen Sie bitte die 4005. Major Raynor, 4005.«

Das war die Durchwahl von Webbers Büro. Kolt griff nach dem Hörer des Telefons, das neben ihm an der Wand hing.

»Raynor hier, Sir.«

»In mein Büro, sofort.«

»Bin auf dem Weg.« Raynor tauschte einen kurzen Blick mit Stitch und wandte sich dann ab, um Webber aufzusuchen.

»Wenn du nach 'ner Stunde nicht wieder draußen bist, kann ich dann deinen Spind haben, Boss?«, stichelte Stitch. Aber Kolt war zu beunruhigt, um auf den Scherz einzugehen.

Kolt betrat Webbers Büro. Monk, ein Master Sergeant der anderen Squadron, saß bereits vor dem Schreibtisch. Der andere nickte ihm zu und erkundigte sich: »Wie geht's dem Arsch, Racer?«

Kolt grinste. Er machte sich im Moment größere Sorgen darüber, worüber Webber mit ihm sprechen wollte, aber er spielte mit. »Oberschenkel. Tragen wir dieses Arsch-Gerücht endlich zu Grabe.«

»Der Zug ist längst abgefahren, Major.«

»Na toll.« Kolt seufzte.

Webber nahm hinter dem Schreibtisch Platz. »Ich wollte, dass Sie beide es als Erste erfahren. Die CIA und das FBI haben endlich Daoud Al-Amriki identifiziert.«

Das war eine große Neuigkeit. Im vorigen Jahr hatte Al-Amriki mehrere Delta-Operators als Geiseln genommen, darunter TJ, Racers besten Freund. Außerdem hatte er ein Team aus Al-Qaida-Agenten in Pakistan angeführt, das ein von der CIA unterhaltenes Geheimgefängnis einnahm, um eine Wende im Afghanistan-Krieg herbeizuführen.

In den vergangenen sieben Monaten war in der Delta Force kaum mehr über diesen Mann bekannt gewesen als das, was TJ während der Gefangenschaft herausgefunden und in etwa 20 Befragungen den Ermittlern des US-Militärs und der Geheimdienste zu Protokoll gegeben hatte.

»Wer ist er?«, wollte Racer wissen.

Vor Webber lag ein bedrucktes Blatt auf dem Tisch, aber er warf keinen Blick darauf. »Sein Name ist David Wade Doyle. Er ist 30 Jahre alt und stammt ursprünglich aus Kelseyville in Kalifornien.«

Monk fragte: »Was zum Teufel macht der bei der Al-Qaida in Pakistan?«

»Unbekannt. Aber es wird angenommen, dass er inzwischen zum befehlshabenden Kommandanten von Al-Qaida auf der arabischen Halbinsel aufgestiegen ist.«

»Scheiße. Ist nicht das erste Mal, dass ein Amerikaner zur Al-Qaida geht. Ich hab nur noch nie von einem gehört, der so tief drinsteckte wie dieser Kerl in Pakistan. Haben wir Informationen darüber, wo er sich aktuell aufhält?«

»Nicht direkt. Das FBI hat erfahren, dass er als Teenager in den Jemen gezogen ist, um zum Islam zu konvertieren. Die glauben nicht, dass er seitdem je wieder in den Staaten war. Trotzdem ... die machen die Runde, befragen jeden, den er in den USA kannte. Und die CIA klappert unterdessen seine bekannten Kontakte im Ausland ab.«

Raynor schüttelte den Kopf. »Der taucht nirgends zweimal auf. Wo immer er gerade ist – er wird weit weg von jedem sein, der ihn ans FBI verpfeifen könnte.«

»Das seh ich auch so.«

»Weiß TJ davon?«

»TJ war derjenige, der seine Identität bestätigt hat.«

»Wie?«

»Anhand eines Fotos, einer ziemlich alten Aufnahme. Die britische Armee hat 2003 in Basra, Irak, jemanden aufgegriffen. Er sprach perfekt Englisch und konnte die Briten davon überzeugen, freiberuflicher Reporter zu sein. Sie ließen ihn gehen. Kurze Zeit später berichteten andere Gefangene von einem amerikanischen Al-Qaida-Kämpfer. Wie Sie sich vorstellen können, reagierten die Tommys ziemlich angepisst darauf, dass ihnen dieser Kerl durch die Finger geschlüpft war. Aber danach muss er von der Bildfläche verschwunden sein und die Sache geriet in Vergessenheit. Der MI6 wusste nichts über ihn. Aber da seit ein paar Monaten alle Jagd auf Daoud Al-Amriki machen, hat sich ein Ex-Sergeant der britischen Armee an die Geschichte erinnert, der 2003 in Basra gewesen ist und mittlerweile für deren Außenministerium arbeitet. Der erledigte ein paar Anrufe und dann tauchte dieses Foto auf. TJ hat den Mann sofort erkannt. Das FBI verlor keine Zeit, in den USA seine Fühler auszustrecken. Die wollen mit aller Macht mehr über den Kerl rausfinden.«

»Die Nadel im Heuhaufen«, warf Monk ein.

»Sozusagen, ja. Aber die Staatssicherheit hat schließlich ein Passfoto von einem Kerl gefunden, der ungefähr im gleichen Alter war und 1998 in den Jemen gegangen ist, und die beiden Gesichter stimmten überein. Aus David Doyle ist Daoud Al-Amriki geworden.«

»Klasse«, murmelte Kolt. Er fand nicht, dass es sieben Monate dauern durfte, so etwas herauszufinden.

Webber fuhr fort: »Colonel Timble ist davon überzeugt, dass wir von diesem Doyle oder Amriki noch hören werden. Ich teile diese Einschätzung. Der Junge hat ein gutes Leben aufgegeben, um da rüberzugehen und jahrelang wie ein Skorpion in der Wüste zu leben. Der ist ein wahrer Fanatiker.«

»Ein Kotzbrocken ist er«, presste Kolt zwischen den Zähnen hervor.

»Das auch«, musste Webber zugeben.

»Besteht denn die Möglichkeit, dass wir auf ihn angesetzt werden?«, erkundigte sich Monk.

Webber stand auf. Seine zwei Operators taten es ihm nach. »In einer perfekten Welt, verdammt, ja. Aber Sie wissen ja, wie es läuft. Vielleicht geht das an die SEALs. Das hat der kommandierende General zu entscheiden. Jetzt, wo sie ihn identifiziert haben, sind sie vielleicht auch in der Lage, ihn aus seinem Loch zu treiben, bevor er erneut zuschlagen kann. Das heißt natürlich, wenn es nicht schon zu spät ist.«

Kolt ahnte, dass der Kelch wegen ihrer zwei Wochen Bereitschaftsdienst an ihm und seinen Männern vorbeiging. Für den Fall, dass der Delta Force der Einsatz zugeteilt wurde, waren sie dazu verdammt, die Aktivitäten von Monk, Benji, Tackle und Gangster per Satellitenfunk im Mannschaftsraum zu verfolgen.

Ein paar Minuten später verließ Kolt Webbers Büro. Er beschloss auf dem Heimweg TJ anzurufen und den alten Freund zu einer Pizza einzuladen. Kolt ging davon aus, dass TJ jemanden zum Reden brauchte. Und das konnte er seinem Freund immerhin bieten, wenn er auch sonst keine Möglichkeit sah, ihm zu helfen.

An diesem Abend bog Lieutenant Colonel Josh Timble mit dem roten F-350-Super-Duty-Pick-up auf eine Farmstraße ein paar Meilen nördlich von Fort Bragg ab. Die Scheibenwischer wischten warmes Regenwasser von der Windschutzscheibe. Er fuhr an Reihen von Hühnerställen mit Wellblechdächern vorbei und hielt neben einem klapprigen alten Chevy Silverado. Das Auto parkte neben einem baufälligen Wohnwagen in einem Wäldchen aus knorrigen Pekannussbäumen.

Kolts Auto.

Josh und Kolt waren zusammen in den kleinen Wohnwagen eingezogen, unmittelbar nachdem sie vor fast einem Jahrzehnt als frischgebackene Operators zur Unit gestoßen waren. Im Laufe der Zeit hatten sie hier viele schöne Abende zusammen verlebt. Josh erinnerte sich daran, während er den Motor und die Scheinwerfer abstellte und noch für einen Moment im Wagen sitzen blieb.

Das Gelände war die reinste Müllhalde, daran gab es keinen Zweifel. Aber sie kannten es nicht anders und angesichts einer monatlichen Miete von lediglich 200 Mäusen hatten die beiden Freunde sich nie darüber beklagt.

Es fühlte sich merkwürdig an, wieder hier zu sein und durch die verregnete Windschutzscheibe das alte Zuhause zu sehen. Josh hatte drei Jahre als Kriegsgefangener in Pakistan verbracht. In vielen Nächten, die er an eine Wand oder ein Feldbett gefesselt oder eingesperrt hinter einer Eisentür verbracht hatte, hatte er an diesen Ort und an seinen Freund Kolt Raynor gedacht.

Nicht alle Gedanken waren positiv gewesen. Schließlich hatte Kolts Fehler überhaupt erst zu TJs Gefangennahme in Pakistan geführt. Aber die Feindseligkeit, die er in diesen ersten Monaten der Gefangenschaft verspürt hatte, ließ irgendwann nach. Er wusste, dass Kolt alles in seiner Macht Stehende getan hatte, um den Patzer wiedergutzumachen.

Josh gab Kolt nicht die Schuld für das, was geschehen war. Nicht mehr.

Die Monate nach seiner Rückkehr aus Pakistan waren schwer für ihn gewesen. Timble hatte sich erst vor einem Monat wieder der Delta Force angeschlossen, allerdings nicht in seiner früheren Position. Für den Einsatz vor Ort reichte es nicht mehr. Die drei harten Jahre der Kriegsgefangenschaft hatten einen hohen Tribut gefordert und obwohl er sich in den Monaten seit seiner Heimkehr körperlich weitgehend erholt hatte, fühlte er sich nicht in der Lage, aktiv für die Delta Force zu kämpfen. Stattdessen arbeitete er für die Leute von der RDI. Das Kürzel stand für *Research and Development Integration*. Dort widmete Lieutenant Colonel Timble sich gemeinsam mit anderen der Aufgabe, das nächste herausragende Scharfschützengewehr oder GPS-Gerät zu finden und Verbesserungen an Panzerfahrzeugen und Schutzwesten zu sichten – also alle Ausrüstungsgegenstände zu optimieren, die den Delta-Operators an vorderster Front halfen, ihre schwere Aufgabe zu erfüllen.

Diese Arbeit war unverzichtbar für den nachhaltigen Erfolg der Delta Force. Aber es war eben kein Einsatz an der Front. Für einen Mann wie TJ bedeutete das einen großen

Verzicht. Ihm fehlten die aufregenden Momente und die Selbstbestätigung aus den Tagen, als er selbst noch Amerikas Tier-One-Operators in die Schlacht geführt hatte.

Jetzt verbrachte er seine Arbeitszeit damit, Nachverhandlungen und Produktionsbesprechungen mit zugelassenen Lieferanten zu führen, die allesamt einen Geheimhaltungsvertrag unterschrieben hatten. Seine RDI-Kollegen waren in der Mehrzahl ebenfalls nicht länger feldtaugliche Delta-Angreifer und Scharfschützen. Für diese Männer, die den Großteil ihres Erwachsenenlebens als körperlich und geistig hochgezüchtete Spezialisten verbracht hatten, war es eine triste Arbeit. Sie fühlten sich, als seien ihre alten Jobs unendlich weit entfernt, obwohl die Operators in Wirklichkeit direkt auf der anderen Seite des Korridors saßen.

Josh vermisste sein altes Leben und sehnte sich nach einer Rückkehr in den aktiven Dienst.

Kolt Raynor öffnete die Tür. TJ stand mit einer großen Pizza und einem Sixpack Bier im Regen. Die beiden Männer liefen sich hin und wieder auf dem Gelände über den Weg und hatten ein paarmal im Speisesaal zusammen zu Mittag gegessen. Aber in der kurzen Zeit, seit TJ wieder arbeitete, waren sie sich nur selten begegnet.

»Schön, dich zu sehen«, begrüßte ihn Kolt.

TJ kam herein, schüttelte die Regentropfen ab und warf Kolt ein kaltes Bier hin. »Schön, zu sehen, dass *du* an einem Stück nach Hause gekommen bist, Kolt. Hab gehört, du hast ganz schön unter Druck gestanden.«

»Waren ein paar aufregende Tage, und das ist noch untertrieben.«

Josh setzte sich auf die alte, klobige Couch. Kolt ließ sich in einen rissigen, burgunderroten Kunstledersessel sinken und öffnete die Dose.

TJ schaute sich um und grinste. »Gefällt mir, was du aus der Bude gemacht hast, Bruder.«

Kolt zuckte die Achseln. »Wir haben vor all den Jahren so 'ne schöne Einrichtung zusammengesammelt. Ich sah keinen Grund, was dran zu ändern.«

TJ lachte und sah zu, wie Kolt das Bier auf einen Zug leerte, die Dose zusammendrückte und sie in die Küchenspüle warf, nur ein paar Meter von seinem Sitzplatz im kleinen Wohnbereich entfernt. Dann machten sie sich über die Pizza her. Zwischen zwei Bissen erkundigte sich Timble: »Hast du in Neu-Delhi was abgekriegt?«

»Harmlos. Stitch hat viel mehr einstecken müssen und er jammert trotzdem nicht rum.«

»Ihr Jungs seid auf dem Gelände richtige Stars.«

Raynor verzog das Gesicht, bevor er das Thema wechselte. »Hast du von der Geisel gehört, die bei der Befreiungsaktion umgekommen ist?«

»Ja. Bedauerlich.«

Kolt schüttelte nur den Kopf. »Ich hätt's kommen sehen müssen. Ich hätt verdammt noch mal *wissen* müssen, dass es 'ne Falle ist.«

»Du hast dein Bestes gegeben. Dein Bestes ist besser als 99,99 Prozent von dem, was der Rest der Welt zu bieten hat. Dein Bestes ist besser als das der meisten Leute bei der Truppe. Aber es war eben nicht gut genug, um dieser Frau zu helfen.«

»Ich weiß nicht. Ich bin nicht sicher, ob ich's noch draufhab.«

TJ sprach mit vollem Mund. »Hör zu, Racer. Ich kenn die Einzelheiten nicht. Aber im Bunker erzählt man sich, du hast ungefähr drei Sekunden gehabt, um zu verarbeiten, was du siehst, und dieses Flugzeug befand sich mitten im Abflug. Niemand sonst wär das Risiko eingegangen, auf dem Dach zu landen und in ein rollendes Flugzeug einzusteigen.«

Kolt unterbrach ihn. »War's das denn wert?«

»Hör auf zu jammern. Du bist ein Anführer. Das ist dein Job. Du musstest das Risiko eingehen. Dein Instinkt hat dich kurz im Stich gelassen, eine alte Dame hat dran glauben müssen, aber dafür hast du Hunderte gerettet. Du hast deinen Job erledigt.«

Kolt nickte. Etwas, das er an Josh während ihrer gemeinsamen Dienstjahre zu schätzen gelernt hatte, war die Tatsache, dass Josh Kolt immer das sagte, was er hören musste – nicht das, was er hören wollte.

Josh fragte: »Hast du denn was draus gelernt?«

»Ja, hab ich.«

»Gut«, erwiderte TJ. Und damit war das Thema abgehakt. »Also, erzähl mir, was in Tripolis los war.«

Kolt zögerte. Er setzte zu einer Antwort an, hielt sich dann aber zurück. Nervös meinte er: »Du weißt doch, wie es ist, Mann. Ich kann da nicht viel drüber sagen.«

Timble nickte. »Du warst da und jetzt bist du wieder zu Hause. So ungefähr?«

Kolt schüttelte den Kopf. »Ich war *irgendwo* und jetzt bin ich zu Hause.« Er konnte sehen, dass Timble darunter litt, nicht im Bilde zu sein. »Tut mir leid. Du weißt, ich würde nichts lieber tun, als mit dir über jedes kleinste Detail zu reden. Aber ich kann nicht.«

»Ich weiß. Scheiße. Ist hart, bei der RDI zu sein. Als ob man nur die eigene Schwester küssen darf.«

»Deine Schwester ist doch heiß«, konterte Kolt in einem Versuch, die Stimmung aufzuheitern. Für ein paar Sekunden gelang es ihm.

»Du weißt, wie ich's meine. Ich hasse es, außen vor zu sein. Alles, was ich über Neu-Delhi weiß, stammt aus Gerüchten, die im Bunker umgehen. Ich weiß, dass Stitch 'nen Finger verloren hat, und ich weiß, dass du dir ein paar Granatsplitter in den Arsch eingefangen hast. Ich weiß auch, dass die meisten in der Unit dich für 'nen verdammten Helden halten wegen dem, was ihr Jungs da abgezogen habt. Und ich weiß, dass ein paar der Leute, die dich sowieso nicht mögen, jetzt erst recht der Meinung sind, dass du ständig Scheiße baust und diese niederländische Lady auf dem Gewissen hast.«

Kolt brummte nur. Er staunte immer wieder über die Gerüchte und die Geschwindigkeit, mit der sie die Runde machten.

»Außerdem weiß ich, dass so ziemlich alle im Bunker, mich eingeschlossen, dich für den größten Glückspilz aller Zeiten halten, weil du gleich zwei Einsätze auf Ministeriumsebene eingeheimst hast, und das nur wenige Wochen nach deiner Rückkehr.«

Darüber lächelte Raynor. Es machte ihm ein bisschen Spaß, sich auszumalen, wie einige dieser verbissenen Kerle vor Wut kochten, weil er die Hauptrolle in einigen der größten Delta-Operationen des letzten Jahres gespielt hatte.

Kolt lachte in sich hinein. »Von wegen ›außen vor‹. Du scheinst ganz gut informiert zu sein.«

»Schön wär's. Du weißt, dass es nur wenige Geheimnisse gibt, die sich nicht innerhalb des Rückgrats rumsprechen. Aber das ist nicht dasselbe, als ob man selbst im Einsatz ist.«

»Das wirst du bald wieder sein«, versicherte Kolt.

»Ich arbeite dran.«

»Du siehst allerdings aus, als müsstest du ein bisschen Gewicht zulegen.«

»Ja, das haben die mir auch gesagt. Ich trainiere, ich jogge, ich fress wie ein Schwein. Das wird schon noch.« Demonstrativ gönnte er sich einen großen Bissen von der Salamipizza.

»Ich weiß, Bruder. Bleib dran. Jedes Mal, wenn ich dich sehe, siehst du ein Stück besser aus.«

»Danke.« Dann kam Josh auf den Grund zu sprechen, der ihn am heutigen Abend hergeführt hatte. »Hat Webber dir von Al-Amriki erzählt?«

»Ja, hat er. Und der Nachrichtendienst hat uns heute Nachmittag die Informationen zur Zielperson geschickt. David Wade Doyle. Wie fühlt sich das an, nach all dieser Zeit seine wahre Identität zu erfahren?«

»Ist ein Schritt in die richtige Richtung, schätz ich. Aber wir hätten dem Kerl schon vor Monaten mit 'ner Hellfire den Arsch wegballern sollen. Dieser Typ bekommt nicht die Aufmerksamkeit, die er verdient. Wir müssen Doyle so lange verfolgen, bis wir ihn erwischen.«

»Wem sagst du das, Mann! Wer weiß, was der als Nächstes vorhat.«

TJ schien einen Moment darüber nachzudenken. »Irgendwas Großes. Das spür ich. Nachdem er in Pakistan gescheitert ist, wird er alle Register ziehen. Das ist seine letzte Chance.«

»Da könntest du recht haben. Hoffen wir, dass die CIA ihn ausfindig macht und uns losschickt, um ihn zu erledigen.« Kolt lächelte. »Vielleicht bist du dann schon wieder bei uns, wer weiß? Vielleicht erhältst du 'ne zweite Gelegenheit, dir das Arschloch vorzuknöpfen.«

TJ nickte. Für eine Minute aßen sie schweigend weiter.

Schließlich warf Raynor einen Blick auf seine Armbanduhr. »Scheiße. Ich muss los. Treff mich mit den Jungs um 22 Uhr am Schießstand, ein bisschen Schießen bei schlechtem Licht. Willst du mitkommen, ein bisschen üben?«

TJ stand auf. »Würd ich gern, aber ich hab morgen früh gleich als Erstes 'nen Termin mit 'nem Lieferanten.«

»Gut, gut«, gab Raynor zurück. Er wollte nicht herablassend klingen, konnte es aber nicht vermeiden. »Kriegen wir irgendwelche coolen, neuen Sachen?«

»Hoffentlich. Wenn ich Glück hab, bin ich wieder in der Squadron, bevor es kommt.« Auf dem Weg zur Tür fügte er hinzu: »Und, Kolt?«

»Ja?«

»Wär vielleicht mal Zeit, dass du dir 'ne anständige Wohnung suchst.«

»Ich soll hier ausziehen? Machst du Witze?«

TJ schüttelte nur den Kopf und machte sich auf den Weg zu seinem Pick-up.

11

Die griechische Insel Mykonos war der Ort, den Aref Saleh und Daoud Al-Amriki sich für den Test der Igla-S-Boden-Luft-Rakete ausgesucht hatten. Aref Saleh reiste oft nach Griechenland, um sich dort mit Kontaktpersonen zu treffen. Er hatte bereits zweimal ohne Schwierigkeiten Munition für Gewehre und Maschinengewehre von Libyen dorthin transportiert. Aber er wollte nicht riskieren, seine guten Kontakte vor Ort zu verlieren. Daher hatte er einen Plan entwickelt, der es ihm und seinen Kunden ermöglichte, das Land zu betreten und anschließend zu verlassen, ohne die bestehenden Verbindungen zu gefährden.

Saleh, Al-Amriki und Miguel reisten nicht auf direktem Weg ein. Zunächst flogen sie mit gefälschten ägyptischen Pässen in die Türkei, dann ließen sie sich von ehemaligen JSO-Agenten, die inzwischen auf Menschenhandel spezialisiert waren, mit einem Boot von der türkischen Küste auf die griechische Insel Ikaria bringen.

In der zweiten Nacht reisten sie mit einem Schnellboot weiter nach Mykonos.

Bevor sie Kairo verließen, verteilten sie ein komplett demontiertes Igla-S-System auf mehrere Kisten mit Motorrad- und Rollerteilen und brachten die explosive Fracht mit einer Spedition auf den Weg. Sie gingen davon aus, dass man die drei Männer ohne größeres Aufsehen abschob, falls sie beim Versuch erwischt wurden, illegal nach Griechenland einzureisen. Immerhin war es alles andere als ungewöhnlich, dass Nordafrikaner versuchten, auf diesem Weg nach Europa zu gelangen. Aber drei Männer mit ägyptischen Pässen, die man bei der Einreise mit schulterverschießbaren Boden-Luft-Raketen in die EU erwischte, landeten unter Garantie für den Rest ihres Lebens in einem griechischen Gefängnis. Also beschlossen sie, die Waffe separat ans Ziel zu schicken.

Sobald sie in Mykonos waren, beauftragte Saleh einen seiner dortigen Agenten, die Kisten vom Spediteur am Flughafen abzuholen. Er war durchaus bereit, einen von seinen Leuten in Griechenland für diese Operation zu opfern, aber auf keinen Fall sich selbst.

Der Agent kehrte zum Parkplatz des Restaurants zurück, das rund zwei Kilometer von Salehs Unterschlupf entfernt lag. Saleh, Al-Amriki und Miguel warteten nicht dort auf ihn. Stattdessen behielten sie vom Mietshaus in den darüber gelegenen Hügeln aus den Parkplatz und die zweispurige Küstenstraße im Auge, die dorthin führte

Der Agent kam allein, niemand war ihm gefolgt und er hatte die Kisten bei sich. Nachdem er den Mann dort eine Stunde lang hatte warten lassen, fuhr Saleh zum Parkplatz hinunter, nahm die Kisten mit der Igla-S entgegen und kehrte mit ihnen zum Unterschlupf zurück.

Ein so dreistes Verbrechen wie das Abschießen eines Flugzeugs brachte es mit sich, dass die drei Männer auf eine schnelle Flucht vorbereitet sein mussten. Dafür hatten Saleh, Al-Amriki und Miguel bereits lange vor dem geplanten Test des Waffensystems vorgesorgt. Als Fluchtfahrzeug stand ein zwölf Meter langes Rennboot der Marke Uniesse Marine bereit. Es gehörte den türkischen Schmugglern und hatte bereits viele Male die Ägäis überquert. Saleh und seine Leute hatten es in einer Felsenbucht vor Anker gehen lassen, nur wenige Minuten vom Flughafen entfernt.

Die drei beschlossen, ihr Ziel bei Tageslicht anzugreifen. Sofern sie sich für den Abschuss eine gute Deckung suchten, verringerte sich das Risiko, dass Zeugen von der Rauchwolke einer Rakete berichteten, die vor dem Absturz des Flugzeugs aufgestiegen war. Es bestand zwar nicht die geringste Chance, dass der Raketenangriff unentdeckt blieb – die anschließende Untersuchung des Wracks lieferte zwangsläufig Hinweise, dass man das Passagierflugzeug abgeschossen hatte –, aber Al-Amriki, Miguel und Saleh wollten das Unvermeidliche so lange wie möglich hinauszögern.

Zumindest lange genug, um Mykonos zu verlassen.

Nachdem sie einen Tag lang das Gelände erkundet hatten, stießen Al-Amriki und Miguel auf eine niedrige Anhöhe, die auf drei Seiten von steilen Felsklippen flankiert wurde. Von hier aus hatten sie freie Sicht auf die Nordseite des Flughafens sowie einen schnellen Zugang zur Straße, die zu den Stränden im Süden führte.

Die perfekte Stelle, um ein Flugzeug abzuschießen, das nach dem Start in Mykonos niedrig und langsam hier vorbeiflog.

Die drei Männer verbrachten die Nacht im Unterschlupf und frühstückten auf der in Richtung Paradise Beach gelegenen Veranda. Alle paar Minuten startete ein Flugzeug und flog über sie hinweg, bevor es über der Bucht eindrehte und in den hellen Himmel verschwand.

Mittags fuhr Saleh zum Boot und die beiden AQAP-Männer kehrten in einem zweitürigen Fiat zur Anhöhe zurück. Sie holten die Igla aus dem Kofferraum und bereiteten sich auf den Testschuss vor.

Als sie bereit waren und überprüft hatten, dass sich niemand in der Nähe des Hügels aufhielt, wählten sie sich ihr Ziel aus: einen abfliegenden Airbus A319. Ihre Entscheidung hatte keinerlei politische oder strategische Bedeutung; der Airbus bot lediglich ein günstiges Ziel. Wie sich später herausstellte, handelte es sich um einen Lufthansa-Mittelstreckenflug, der an fünf Wochentagen die Route von Mykonos nach Athen bediente. Keine besonders große Maschine, aber für ihre Zwecke genügte es.

Der Airbus bot bis zu 124 Passagieren Platz, aber da es ein Mittwoch war – der Tag, an dem die Strecke am wenigsten frequentiert war –, befanden sich nur 84 Fluggäste und sechs Crewmitglieder an Bord, als er den Runway 16 entlangrollte.

Im Licht der heißen griechischen Sommersonne beschleunigte er auf Startgeschwindigkeit.

Zwei Minuten später flog er an der Abschussstelle vorbei. Al-Amriki richtete die Waffe auf den abfliegenden Jet und stützte sie an der Schulter ab. Zuerst peilte er den weißen Rumpf des Flugzeugs an, entschied sich dann aber doch für das blau-gold lackierte Heck und legte das gläserne Fadenkreuz zwischen die zwei Triebwerke.

Er hörte das Summen, das signalisierte, dass der Gefechtskopf die Hitzequelle am Himmel erfasst hatte.

»*Allahu akbar*«, raunte Daoud Al-Amriki und betätigte den Abzug.

Sofort zischte die Rakete aus dem Abschussrohr. Anschließend entzündete sich der interne Treibstoff und sie schoss mit lautem Getöse in den Himmel hinauf. Doyle hatte schon mehrfach mit Raketenwerfern geschossen, in Afghanistan sogar einmal mit einer geplünderten amerikanischen Panzerfaust. Eine schulterverschießbare Boden-Luft-Rakete war trotzdem eine neue Erfahrung für ihn. Die Rakete war fast so lang wie das Abschussrohr, aber während des Aufstiegs schrumpfte sie zu einer winzigen Nadel am Himmel, gefolgt von einer feinen, grauen Rauchspur. Für eine Sekunde schien das Geschoss sich weit über die Flugbahn des Flugzeugs zu erheben, sauste dann jedoch in spitzem Winkel nach unten.

Die Lufthansa-Maschine war noch nicht höher als 900 Meter aufgestiegen, als sie den Agrari Beach an der Südseite der Insel überflog. Der Pilot hatte gerade leicht nach Westen eingedreht, da schlug die Rakete von hinten ins Flugzeug ein. Da die Treibstofftanks für den Flug nach Athen mehr als halb voll waren, sie niedrig flogen und die Triebwerke mit voller Kraft liefen, hatte der Airbus A319 keine Chance.

Der Zusammenstoß der Rakete mit dem Heck des Airbus erfolgte sechs Sekunden, nachdem Daoud Al-Amriki den Abzug betätigt hatte.

Vom Boden aus waren braune und weiße Rauchwolken zu erkennen, die hinter der Lufthansa-Maschine aufstiegen. Die zwei Männer auf der Anhöhe schauten stumm zu. Der Knall der Explosion – ein scharfes Krachen, gefolgt von einem tiefen Donnern – erreichte sie erst mehrere Sekunden später. Der Airbus hatte gerade die Flugbahn geändert; er bog scharf nach Westen ab. Die Nase des Flugzeugs senkte sich erst parallel zur Erde und kippte dann nach unten weg.

96 Sekunden später krachte der brennende Jet mit dem Bug voran ins kristallklare Meer, vier Meilen südwestlich der Insel Delos.

Es gab keine Überlebenden.

Miguel und Al-Amriki fuhren ruhig, aber zielstrebig zu einer abgelegenen Stelle in der Nähe von Paradise Beach. Dort stiegen sie in ein von Aref Saleh gelenktes Schlauchboot. Die drei Männer rasten zu ihrem Schnellboot, das eine Viertelmeile vor der Küste vor Anker lag. Niemand schenkte ihnen Beachtung. Die Touristen am Strand starrten auf den Rauch am Horizont und diskutierten darüber, was sich vor wenigen Minuten 900 Meter über ihren Köpfen abgespielt haben mochte. Die meisten hatten das Flugzeug abstürzen sehen. Viele hatten beobachtet, wie die Tragfläche auf der Hafenseite in Flammen aufging, und einigen wenigen war sogar die anfängliche Explosion des Heckmotors aufgefallen.

Aber keiner konnte mit Gewissheit behaupten, die Rakete bemerkt zu haben, die aus den Hügeln hinter ihnen mit hoher Geschwindigkeit in den Rumpf eingeschlagen war.

Das zwölf Meter lange Rennboot sauste mit den drei Männern an Bord nach Osten. Sie wollten so viel Abstand wie möglich zwischen sich und den Ort ihres Verbrechens bringen. Aber am Nachmittag korrigierten sie den Kurs unauffällig nach Süden und fuhren langsamer, um kein Aufsehen zu erregen.

Um Mitternacht erreichten sie die Insel Fourni. Sie befanden sich in der Nähe der Türkei, aber noch auf griechischem Gebiet, und gingen in einer Bucht vor Anker, um dort den Morgen und das Tageslicht abzuwarten. Fourni hatte Piraten wegen der hohen Klippen schon seit Jahrhunderten als Anlegestelle gedient, weshalb es ihnen leichtfiel, unentdeckt zu bleiben.

Am nächsten Abend, nachdem die Dunkelheit zurückgekehrt war, führten sie ihre Flucht zu Ende und erreichten in östlicher Richtung türkisches Gewässer.

Kurz vor ein Uhr morgens am zweiten Tag nach der Zerstörung des Lufthansa-Flugzeugs legten sie in Didim an, einem türkischen Seebad. Minuten nach dem Verlassen des Boots fuhren sie mit einem Minivan ins Landesinnere. Um elf Uhr am nächsten Vormittag bestiegen sie getrennte Maschinen: Saleh flog nach Kairo, Al-Amriki und Miguel nach Sanaa.

Daoud Al-Amrikis Leute in Dubai führten die erste Überweisung auf Salehs Konto zwei Tage später durch. Am Ende der Woche bereiteten die Libyer ihre Logistik darauf vor, die Waffen von Libyen nach Ägypten und weiter nach Dubai zu transportieren.

Alle Parteien waren äußerst zufrieden über den Ablauf der Transaktion.

Kolt Raynor wurde von Colonel Webbers Sekretärin über die Lautsprecheranlage in sein Büro gerufen. Kolt hatte die Zeit seit seiner Rückkehr in den Bunker damit verbracht, die täglichen Zusammenfassungen über potenzielle Bedrohungen und überwachte Personen zu lesen. Außerdem ging er die Nachbesprechungen früherer Operationen durch, die nach seinem Rausschmiss aus der Delta Force und seiner Erklärung zur *Persona non grata* im Irak und in Afghanistan stattgefunden hatten. Ferner verlieh er den Auszeichnungsempfehlungen den letzten Schliff, die er für Stitch, Digger und Slapshot anlässlich des Beendens der Flugzeugentführung in Neu-Delhi einreichen wollte. Keiner der Jungs brauchte eine weitere Tapferkeitsmedaille, sie wollten sie nicht mal – aber der Vorschlag kam von Webber und Kolt fand, dass sie es sich verdient hatten.

Während Kolt im Büro herumsaß, schleiften sich die Sergeants auf dem Hindernisparcours, schossen auf Zielscheiben, kümmerten sich um die Feinjustierung ihrer HK416-Gewehre und zeigten ganz allgemein die solide Arbeitsleistung, die man von einem Tier-One-Operator in seiner Heimatbasis erwarten konnte.

»Kolt«, begrüßte ihn Webber, sobald er das Büro betrat. »Wir haben jetzt die Bestätigung, dass der Lufthansa-Jet, der neulich in der Ägäis abgestürzt ist, mit einer Einmann-Flugabwehr-Lenkwaffe abgeschossen wurde.«

Kolt stieß einen frustrierten Seufzer aus. Er hatte es geahnt. Im Frühling die Sache mit dem Raketenwerfer in Jakarta und jetzt das.

»Die Behörden vor Ort sagen, alles deute darauf hin, dass es eine von den SA-24s war, die aus den libyschen Waffenlagern verschwunden sind. Damit war zu rechnen.«

»Und, wird das Weiße Haus die Suche nach den restlichen Raketenwerfern jetzt verstärken?« Für Kolt stand das außer Frage. Seiner Ansicht nach hätten sie rund um die Uhr daran arbeiten müssen.

»Für die 90 Passagiere und Crewmitglieder, die vor Mykonos gestorben sind, kommen wir ohnehin zu spät.«

»Hat jemand die Verantwortung für den Anschlag übernommen?«

»Sicher. Die Al-Qaida, Sprecher der Taliban, griechische Separatisten und türkische Nationalisten in Griechenland.«

»Die üblichen Verdächtigen.«

»Ja.«

»Hat die Agency jemand Bestimmtes im Auge?«

»Noch nicht. Die gehen gerade alte Nachrichten durch

und nehmen potenzielle Drahtzieher unter die Lupe. Aber während sie damit beschäftigt sind, werden Sie sich an die Arbeit machen.«

Kolt hob überrascht die Augenbrauen.

Webber fuhr fort: »Racer, Sie müssen für mich ein Sonderkommando der Advance Force Operation in Kairo anführen. Der CIA-Mann, dem Sie in Tripolis geholfen haben, Myron Curtis, ist ebenfalls dort. Er ist einer Organisation von Ex-JSO-Leuten auf der Spur, von denen er glaubt, dass sie den Verkauf der libyschen SA-24s eingefädelt haben.«

»Haben wir Befugnis, zuzuschlagen?«

Webber schüttelte den Kopf. »Negativ. Jedenfalls noch nicht. Sie werden ihn beim Sondieren der Lage unterstützen und für einen möglichen Zugriff ein Dossier zur Zielperson anlegen. Curtis wird wahrscheinlich von Ihnen verlangen, dass Sie ein paar geheime Aufklärungsmissionen durchführen, aber dazu brauchen Sie meine Zustimmung. Curtis und sein Team sind erst seit ein paar Tagen in Kairo und es fällt ihnen schwer, Leute von der dortigen CIA-Station zu rekrutieren. Die haben dort ziemlich viel mit den politischen und sozialen Unruhen in Ägypten um die Ohren.«

Kolt hatte solche Jobs früher schon erledigt. Aufklären, Überwachen, Beobachten und Warten. Man benutzte dafür ein Hochleistungsteleobjektiv, kein Hochleistungsgewehr.

»Dieser Führungsoffizier, Curtis? Ich hätte gedacht, ich bin der Letzte, den er anfordert.«

»Er *hat* Sie nicht angefordert. Er und andere bei der CIA waren angepisst darüber, wie das in Tripolis gelaufen ist. Es hat sich bis zum Weißen Haus rumgesprochen, dass das JSOC-Team, das bei der Evakuierung von Tripwire helfen sollte, nervöse Finger am Abzug hatte. Und es heißt, dass nur geschickte CIA-Arbeit dafür gesorgt habe, dass daraus kein internationaler Zwischenfall zwischen uns und der neuen libyschen Regierung entstanden ist.«

Kolt knirschte mit den Zähnen. *Arschlöcher.*

»Warum schicken Sie mich dann überhaupt nach Kairo?«
»Weil Curtis eine AFO-Zelle will. Sie haben Bereitschaftsdienst, also fliegen Sie rüber. Ich bin äußerst zufrieden mit Ihrer Arbeit in Tripolis. Und ich werde hier nicht die Regeln ändern, nur weil ein Offizier der Meinung ist, Sie hätten sich im Umgang mit einer Straße voller Meuchelmörder nicht genug Zurückhaltung auferlegt.«
»Danke, Sir.«
Webber verzog keine Miene. »Bedanken Sie sich, indem Sie das in Kairo nicht versauen. Curtis hat dort das Sagen und er mag Sie nicht. Also präsentieren Sie sich von Ihrer besten Seite und achten Sie auf Ihre Manieren. Erinnern Sie sich an unsere Unterhaltung vor dem Relook?«
In diesem Gespräch hatte Webber Kolt darauf hingewiesen, dass man sein Handeln nun doppelt so streng beurteilen würde wie während seiner ersten Dienstzeit bei der Delta Force.
»Ich denke jeden Tag daran«, erwiderte Kolt leise. Er konnte Curtis nicht besonders gut leiden, aber er musste ihn nicht mögen, um mit ihm zusammenzuarbeiten.
»Gut. Sie fliegen morgen Nacht mit einer geheimen Maschine.«
»Ja, Sir. Und ich nehme Digger und Slapshot mit?«
»Ja. Und noch jemanden. Kennen Sie Hawk vom Support?«
»Nein, Sir.« Kolt gab nur sehr ungern zu, dass er jemanden in der Unit nicht kannte. Aber seit seiner Rückkehr war er mit dem Training und der Durchführung von Missionen geradezu überrollt worden. »Ist das ein Funker?«
»Hawk hat Fremdsprachenkenntnisse und noch ein paar andere Qualitäten, die bei der Aufklärung in Kairo hilfreich sein könnten. Sie werden's nicht bereuen.«
»Dann nehm ich ihn mit.«
Webber sprach noch über einige andere Details. Später am Nachmittag sollte ein vollständiges Briefing stattfinden,

im Rahmen dessen Kolt und einige andere von der Aufklärungsabteilung über die Situation in Kairo unterrichtet wurden. Danach blieb den vier Mitgliedern des Teams noch ein wenig Zeit, um ihre Ausrüstung zusammenzustellen und am nächsten Abend mit einer Gulfstream-Maschine der CIA abzufliegen.

Nach dem Briefing und einigen Stunden Vorbereitung im Bunker verließen Kolt und Peter ›Digger‹ Chambliss zusammen das Gelände und fuhren zur Huske Hardware House Brewery in der Innenstadt von Fayetteville. Ihre letzte amerikanische Mahlzeit für eine ganze Weile. Für Kolt war das kein so großes Problem wie für Digger, der mit 27 Jahren der jüngste Operator der Squadron war. Er jammerte darüber, dass man in Ägypten keinen anständigen Burger mit Pommes bekam.

Im Huske's herrschte Hochbetrieb. Es war ein beliebter Treffpunkt, sowohl für Soldaten der 82. als auch für Green Berets aus dem nahe gelegenen Fort Bragg. Daher bildete das Jahrhunderte alte, mehrstöckige Backsteingebäude nicht gerade den passenden Rahmen für Streitereien. Die Besitzer und Betreiber des Lokals waren die Collins, ein Ehepaar, das alle Stammgäste mit einem freundlichen Lächeln willkommen hieß. Josh Collins war selbst eine Art lokale Berühmtheit. Als früheres Mitglied der Einheit und als Army Ranger, der seinerzeit jede Menge Kämpfe miterlebt hatte, konnte er am Gesichtsausdruck seiner Gäste erkennen, wer gerade aus den Kriegen im Irak und in Afghanistan zurückgekehrt war.

Und Collins wusste nur zu gut, welcher Ruf Kolt anhaftete.

Kolt nippte an seinem Bier und warf Sergeant Chambliss über den Tisch hinweg einen Blick zu. Digger war 1,80 Meter groß und hatte fast schulterlanges, welliges blondes Haar. Er erinnerte ein bisschen an einen kalifornischen Surfer, obwohl er aus Ohio stammte. Trotz seiner Jugend spürte Kolt bei ihm den gleichen unglaublichen Hunger, der ihn bei seinen eigenen ersten Gehversuchen in der Unit angespornt hatte.

Vor vier Jahren, als Peter Chambliss noch Mitglied der 5. Special Forces Group gewesen war, hatte sein Humvee auf einer felsigen Straße in der Provinz Kunar in Afghanistan eine Landmine ausgelöst. Das Fahrzeug überschlug sich dabei und ließ Sergeant Chambliss wie eine Gliederpuppe durch den Innenraum fliegen. Nachdem der Staub sich gelegt hatte, untersuchte der 23-jährige Green Beret seinen Körper auf mögliche Verletzungen und musste feststellen, dass das linke Bein unterhalb des Knies lediglich noch vom zerrissenen Uniformstoff in Position gehalten wurde.

Die Sanitäter holten ihn dort heraus und schickten ihn nach Ramstein, nach Washington, D. C. und schließlich zurück nach Ohio, wo er sich einer Operation und einer Rehabilitationstherapie unterzog. Er hatte eine lebensgefährliche Verletzung überlebt und war fest entschlossen, die Folgen in den Griff zu bekommen.

Auf die Woche genau ein Jahr, nachdem er in Afghanistan das Bein verloren hatte, wurde Chambliss zurück ins Land geschickt, wieder mit den Special Forces. Er war mittlerweile stolzer Besitzer einer Beinprothese auf dem neuesten Stand der Medizintechnik.

Digger hatte sich einen ›ARMY STRONG‹-Aufkleber auf das Kunststoffschienbein geklebt und nutzte jede Gelegenheit, um sein Handicap herunterzuspielen.

Zwei Jahre nach seinem Comeback bei den Special Forces wurde er Mitglied der Delta Force – der erste Amputierte, den man jemals ausgewählt hatte.

Digger hatte vielleicht ein paar Ersatzteile am Körper, aber Kolt Raynor wusste, dass der Junge das Herz eines Löwen und den unbedingten Durchhaltewillen eines echten Delta-Operators besaß.

Als sie in Neu-Delhi mit ihren Fallschirmen zur entführten American-Airlines-Maschine hinunterschwebten, hatte

Kolt für einen Augenblick daran gezweifelt, dass Digger der Belastung gewachsen war. Doch innerhalb der kommenden zehn Minuten verflüchtigte sich jeder Funken Skepsis.

Kolt würde den Mann oder sein künstliches Bein nie wieder infrage stellen. Aber in Kairo wollte er Digger eine altmodische Prothese tragen lassen, aus taktischen Geheimhaltungsgründen. Diese zweite Beinprothese stammte aus einer Klinik im Irak und sie war mit Geräten und Materialien gefertigt worden, wie man sie im Nahen Osten erwarten konnte. Digger trug sie hin und wieder, wenn es zur Tarnung passte.

Wenn die Delta Force geheim bleiben wollte, war ein ›ARMY STRONG‹-Aufkleber eben manchmal nicht besonders hilfreich.

Zwischen den einzelnen Bissen gab Digger die Story seines ersten Fallschirmsprungs als Ranger zum Besten. Kolt hatte die Geschichte in den zweieinhalb Monaten, die er Sergeant Chambliss kannte, schon vier- oder fünfmal gehört, daher löste sich sein Blick vom Sergeant und richtete sich auf eine junge Frau, die gerade durch die Tür kam. Sie sah gut aus, war Mitte 20, hatte dunkle Haare und Augen und einen Körper, dem man ansah, dass sie regelmäßig ins Fitnessstudio ging. Außerdem kam sie ohne Begleitung und schien sich in der Bar nach einem Freund umzusehen.

Obwohl sie in Kolts Augen eigentlich bloß hübsch und nicht zum Umfallen schön war, faszinierte ihn das Mädchen. Er glaubte, etwas Asiatisches in den dunklen, schulterlangen Haaren und dem schmalen Gesicht zu erkennen. Es fiel schwer, den Blick von ihren suchenden, intelligenten Augen abzuwenden.

»Boss? Hörst du mir zu?«

»Was?« Kolt sah zu Digger. »Entschuldige.«

»Isst du die Pommes da noch?«

»Bedien dich.« Raynor kippte sie auf Diggers Teller. Dann schaute er wieder zum Eingang, wo er das Mädchen gesehen hatte. Aber jetzt stand sie plötzlich an seinem Tisch und schaute ihm direkt in die Augen.

Kolts Brauen zuckten überrascht in die Höhe. »Hi.«

»Major Raynor?«

Sofort löste sich jede flüchtige Hoffnung in Luft auf, dass er dieser attraktiven jungen Dame aufgrund seines markanten Äußeren aufgefallen war.

»Kenn ich nicht.«

Ihre mandelförmigen Augen weiteten sich und sie wandte sich Digger zu. Offensichtlich war ihr gerade bewusst geworden, dass sie die Sicherheit der Operation gefährdet hatte. Kolt war zwar ein Major der US-Army, aber im Huske's und in jedem anderen zivilen Laden gab er sich niemals als Soldat aus.

Digger löste die Spannung. »Boss, sie gehört zu uns.«

Sie hielt ihm die Hand hin. »Cindy Bird.«

Er griff danach. »Hallo, Cindy Bird.« Er starrte sie weiter an und gab sich Mühe, den Blickkontakt zu halten, damit seine Augen nicht über ihren Körper wanderten. Trotz Diggers Hinweis hatte er keine Ahnung, wer dieses Mädchen war oder was sie von ihm wollte. »Nehmen Sie diesen Stuhl hier«, bot Digger ihr an. Er beugte sich rüber und zog einen unter dem Tisch hervor.

»Ich freue mich auf die Zusammenarbeit mit Ihnen, Sir«, sagte sie, nach wie vor an Kolt gerichtet, und setzte sich.

»Zusammenarbeit bei was?«

Sie beugte sich zu Kolt und sprach jetzt in einem leiseren, unauffälligeren Ton. »Tut mir leid. Hat Colonel Webber Ihnen nichts gesagt?«

Kolt begriff endlich, wenn auch wesentlich später, als es ihm lieb war. Die Mundwinkel hoben sich zu einem leichten Lächeln. »*Sie* sind also Hawk.«

»Ja, Sir. Ist das ein Problem?«

»Überhaupt nicht. Ich bin bloß überrascht.«

»Überrascht weswegen, Sir?«

Kolt wollte ihr nicht sagen, dass er überrascht war, weil der Sergeant von der Unterstützung, der ihn zu seiner AFO-Zelle in Kairo begleiten würde, weiblich war, und noch dazu gut aussehend.

Also erwiderte er nur: »Ich bin überrascht, dass Colonel Webber Sinn für Humor hat.«

Bird verstand. »Er hat Ihnen nicht gesagt, dass zu Ihrer Tarnung in Kairo auch eine Ehefrau gehört, oder?«

»Das muss er irgendwie vergessen haben.« Er bedachte Digger mit einem strengen Blick, als ob er sagen wollte: *Du Mistkerl ... du hast es die ganze Zeit gewusst.*

»Ich schwör's bei Gott, Boss. Ich hatte keine Ahnung, dass du sie noch nicht kennst.«

An der Art, wie sie sich neben Digger in die Sitzecke plumpsen ließ, bemerkte er, dass sie nicht ganz so damenhaft war, wie er zunächst angenommen hatte. Ihre Bewegungen hatten etwas Burschikoses und Jugendliches.

»Wie alt sind Sie, Hawk?«

»Ich werde im September 25, Sir.«

»Und welchen Monat haben wir jetzt?«

»Ähm ... Juli.«

»Dann sind Sie also 24.«

»Ja.«

Kolt lächelte und schüttelte den Kopf. »Entschuldigen Sie meine Reaktion. Ich will nicht, dass Sie den Eindruck bekommen, ich hätte keinen Respekt vor dem Pilotprogramm, Frauen in den aktiven Dienst aufzunehmen. Wir hätten das Potenzial schon vor langer Zeit erkennen sollen. Über diejenigen von Ihnen, die das Prüfungs- und Auswahlverfahren überstanden haben, sind wir sehr froh. Darüber hinaus scheint Colonel Webber eine hohe Meinung von Ihnen zu haben.«

Cindy Bird lächelte breit. Kolt dachte an das zurück, was Webber über Hawks ›andere Qualitäten‹ angedeutet hatte. Er versuchte, nicht die Augen zu verdrehen. Außerdem musste er sich zurückhalten, um diese Qualitäten nicht anzustarren, wo er sie jetzt direkt vor sich hatte.

Eine andere Bemerkung von Webber fiel ihm ein. »Sie sprechen Fremdsprachen?«

»Ja. Ägyptisches Arabisch. Noch nicht fließend, aber ich nehm Abendkurse in der Methodistenkirche. Ich kann mich schon ganz gut verständlich machen. Falls das eine Hilfe ist.«

»Kann sicher nicht schaden«, gab Kolt zurück. »Okay. Hawk. Ich hab morgen früh erst was zu erledigen, aber um neun werden wir alles durchgehen. Kommen Sie in die SCIF.«

»Ich freu mich drauf, Sir.«

Kolt griff nach seinem Portemonnaie, um die Rechnung zu bezahlen. »Zuallererst: Hören Sie auf, mich ›Sir‹ zu nennen. Nennen Sie mich Racer oder Boss. Zweitens, warum haben Sie mich hier gesucht und nicht auf der Basis?«

»Oh, tut mir leid, Sir. Ich meine, Boss. Ich wollte mich hier mit meinem Freund treffen. Er ist in der 5. Gruppe. Anscheinend kommt er zu spät. So wie die meisten Green Berets.« Sie zwinkerte Digger zu. An Kolt gewandt fuhr sie fort: »Ich hab Ihr Gesicht wiedererkannt, von Bildern, die im Aufenthaltsraum hängen. Da gibt's ein paar tolle Fotos aus alten Zeiten. Spear Runner und Gauge Front müssen unglaubliche Erfahrungen gewesen sein. Ich befass mich gern mit der Geschichte der Einheit.«

Digger lachte. »Die gute alte Zeit.«

Kolt stöhnte. »Ich hoffe, Sie haben das von mir und Teddy übersehen, wie wir gemeinsam den San Juan Hill eingenommen haben?«

Für einen Moment wirkte Hawk verwirrt. »Ich glaube, das ist mir nicht aufgefallen. San Juan Hill? Ich kann mich nicht erinnern …«

Dann dämmerte es ihr und sie lächelte. »Teddy Roosevelt, Sir?«

Kolt nickte.

»Dann sind Sie also, mal sehen, 135 Jahre alt? Sieht man Ihnen gar nicht an.«

»Keinen Tag älter als 120«, schaltete sich Digger ein und trank sein Bier aus.

Nach dem erfolgreichen Waffentest in Griechenland kehrten Al-Amriki und Miguel sofort in den Nahen Osten zurück und reisten nach Sanaa, der Hauptstadt des Jemen. Hier versteckten sie sich in einem Haus, das einer lokalen Zelle der Al-Qaida von der arabischen Halbinsel gehörte. Sie blieben ununterbrochen in dem von einer Mauer umgebenen Gebäude hinter verschlossenen Türen und heruntergelassenen Fensterläden – nur für den Fall, dass Spuren des Flugzeugabschusses in Griechenland die Ermittler in ihre Richtung führten.

Über einen Laufburschen von der lokalen Zelle blieben sie mit ihren Komplizen und Mitarbeitern in Kontakt. Sie schickten den Mann zu Internetcafés überall in der Stadt, damit er Nachrichten an andere Mittelsmänner überbrachte.

Diese wiederum kommunizierten mit Mitgliedern von Aref Salehs Handelsnetz in Kairo sowie mit Al-Qaida-Partnerbanken in Dubai. Sie stellten sicher, dass die Schmuggler ihr Geld bekamen und das ›Produkt‹ auf den Weg gebracht und unterwegs gut behandelt wurde.

Die Boden-Luft-Raketen erreichten Dubai in den Vereinigten Arabischen Emiraten. Dort sollte sie ein Agent auf vier Sendungen zu jeweils 15 Kisten umverteilen, um sie in separaten Sendungen per Luftfracht nach Paris zu transportieren, wo wiederum ein anderer Agent veranlasste, dass sie ihren finalen Bestimmungsort erreichten.

Der Mann in Dubai und der Mann in Paris waren Al-Qaida-Agenten, aber der Agent am letzten Zielort, der die Sendungen entgegennahm, gehörte einer anderen Organisation an. Ihn betrachteten sie als das schwächste Glied der Kette. Aber bei Tests mit ein paar Fake-Ladungen hatte er seine Aufgabe akzeptabel gemeistert.

All das hatte Daoud Al-Amriki im Vorfeld persönlich arrangiert, nach Monaten der Planung und dem dutzendfachen Austauschen seiner Vertrauensleute.

Amrikis Operation wurde über ein Al-Qaida-Konto finanziert, das Gönner aus den Golfstaaten flüssig hielten. Die Durchführung dieser Unternehmung war der letzte Wunsch von Anwar Al-Awlaki gewesen, dem früheren regionalen Kommandanten der Al-Qaida im Jemen. Dieser wurde von einer US-Drohne getötet, kurz nachdem er Al-Amriki den Befehl erteilte, alle nötigen Hilfsmittel zu beschaffen, die er für seine geheime Mission brauchte – koste es, was es wolle. Dieser Auftrag hatte Al-Amriki Zugang zu achtstelligen Dollarbeträgen verschafft, mit denen er Waffen und Ausbildung kaufen konnte. Außerdem erhielt er Einblick in die Daten auf einem USB-Stick: Dossiers über Al-Qaida-Agenten überall auf der Welt, die er für seine Mission rekrutieren konnte.

Der USB-Stick wurde Daoud von sechs Männern überbracht: Al-Qaida-Sicherheitsleuten, die ausdrücklichen Befehl hatten, den Datenträger niemals aus den Augen zu lassen. Ein paar Tage lang nahm David mit einem Laptop die Informationen in Augenschein. Er ging die Dossiers durch, wählte Agenten aus, entschied sich für passende Unterstützungszellen und arbeitete den endgültigen Plan aus.

Dann verschwanden die sechs Männer und mit ihnen verschwanden sowohl das USB-Laufwerk als auch der Laptop, den Daoud benutzt hatte, um die Daten zu sichten.

Al-Amriki nahm die besten Männer, die ihm für seine Mission zur Verfügung standen, angefangen mit dem Agenten, der sich bei ihm im Unterschlupf in Sanaa befand.

Miguel war nicht der echte Name seines Partners. Nein, Amrikis Partner hieß in Wirklichkeit Waleed Nayef. Der 34-jährige Kuwaiter war der Sohn eines Vorstandsmitglieds der NBK, der National Bank of Kuwait.

Nayef war in Kuwait-Stadt zur Welt gekommen und hatte eine Kindheit verbracht, wie sie typisch für wohlhabende Familien des ölreichen Emirats war. Im Alter von zwölf Jahren unternahm Nayef mit seiner Familie eine Urlaubsreise nach New York. Parallel führte Saddam Hussein aus dem Norden einen Angriff auf sein Heimatland. Sie erhielten die Erlaubnis, vorübergehend in den Vereinigten Staaten zu bleiben, und wohnten bei Freunden in der New Yorker Upper West Side, bis die Lage zu Hause sich normalisiert hatte.

Nach dem Krieg wurde Waleeds Vater Direktor der NBK in New York, nicht zuletzt aufgrund von Kontakten, die er während der irakischen Okkupation seines Landes in der Stadt geknüpft hatte. Bis zum Alter von 17 Jahren lebte der junge Nayef in Manhattan und lernte Englisch. Dann wurde sein Vater zurück in die Heimat versetzt.

Waleed besuchte die Universität von Kuwait. Hier verfolgte er mit gespannter Aufmerksamkeit die Berichte des Senders Al Jazeera über die Invasion der USA in Afghanistan im Jahr 2001. Etwa zur selben Zeit wurde er durch einen einflussreichen irakischen Geistlichen in einer Moschee in Kuwait radikalisiert. Als sein Imam während der Invasion des Irak im Frühling 2003 ums Leben kam, begaben sich Waleed Nayed und einige andere junge Kuwaiter sofort auf den Weg nach Norden, um in Bagdad Anschluss an den Widerstand zu suchen.

Nayef war klug, fleißig und unglaublich motiviert. Daher dauerte es nicht lange, bis er ein Mitglied der Al-Qaida im Irak unter dem damaligen Anführer Abu Musab Al-Zarqawi wurde. Amerikanische Streitkräfte töteten Zarqawi 2006. Einige Wochen später wurde Nayef schwer verwundet. Er kehrte zur Erholung nach Kuwait zurück. Dort erfuhr sein einflussreicher Vater von den islamistischen Aktivitäten seines Sohnes, allerdings nicht, dass Waleed ein aufstrebender Agent in einem Zweig von Osama bin Ladens Organisation war.

Nach Waleeds Genesung arrangierte sein Vater eine Rückkehr in die Vereinigten Staaten in der Hoffnung, dass dies seinen Sohn von radikalem Denken befreien könnte. Waleed willigte ein und versprach seinem Vater, nicht weiter Krieg zu führen gegen das Land, in dem er einen Großteil seiner Jugend verbracht hatte. Aber in Wirklichkeit erklärte Nayef sich nur zu der Reise bereit, weil er wusste, dass ihn das für Al-Qaida noch wertvoller machte.

Sobald er seine Verletzungen vollständig auskuriert hatte, reiste er nach North Carolina, um der Graduiertenschule an der Duke University einen Besuch abzustatten.

Im Laufe der drei Jahre, die er in North Carolina verbrachte, tauchte Waleed tief in die amerikanische Lebensart, die Kultur und die Sprache ein. Gleichzeitig nahm er über Internetkontakte erneut Kontakt zur Al-Qaida auf. Diesmal war sein Verbündeter Anwar Al-Awlaki, der in New Mexico geborene befehlshabende Kommandant der Al-Qaida auf der arabischen Halbinsel. In diesen drei Jahren tat Waleed nichts anderes, als antiamerikanische Schmähungen auf Webseiten und in Foren zu verbreiten, während er weiter zur Schule ging, um sein Bauingenieursdiplom abzuschließen. Aber die wahre Priorität galt seinem geheimen Leben, nicht seiner akademischen Karriere. Der junge Mann wusste, dass seine Zukunft im Nahen Osten lag, nicht in den USA.

Im Jahr 2009 reiste der 31-jährige Waleed Nayef in den Jemen und schloss sich der Al-Qaida-Gruppe der arabischen Halbinsel an, dem mächtigsten Zweig der Organisation. Innerhalb weniger Monate wurde er zu einem bedeutenden Agenten, der Reisen in sein Heimatland Kuwait, in die Vereinigten Arabischen Emirate und nach Europa unternahm. Er führte Operationen auf höchster Ebene im Bankensektor durch, verschob Geldbeträge zwischen verschiedenen Konten und traf sich mit wichtigen und wohlhabenden Unterstützern, bei denen er für Spenden und die Förderung von Projekten warb, die die AQAP überall auf der Welt durchführte. Die Arbeit war schwierig, aber nicht gefährlich. Er musste keine Waffe tragen oder Bomben am Straßenrand auslegen, um die Westmächte aufzuhalten, wie er es im Irak getan hatte. Aber seine Agententätigkeit brachte es mit sich, dass er bei all seinen Geschäften komplizierte Spionagetechniken einsetzen musste. Er arbeitete undercover, benutzte eine große Zahl von Legenden und gefälschten Dokumenten und hielt ständig nach Überwachungsteams Ausschau, die ihm möglicherweise auf den Fersen waren. Und er sorgte mit raffinierten Maßnahmen dafür, die elektronische Überwachung seiner Telefonate und E-Mails unmöglich zu machen.

Kurz gesagt, nach wenigen Jahren war Waleed Nayef zu einem der Top-Spione von Al-Qaida und zur bislang noch gesichtslosen Fahndungspriorität des Joint Special Operations Command aufgestiegen. Seine offizielle Bezeichnung bei den amerikanischen Fahndern lautete ›Al-Qaida-Mittelsmann‹.

Doch obwohl seine Aufgaben wichtig und seine Missionen unverzichtbar für den Erfolg des neuen Arbeitgebers waren, strebte er schon lange nach Höherem. Sobald die AQAP-Führung ihm mitteilte, dass er dazu auserkoren sei, sich einer neuen Operation anzuschließen, ergriff er diese Chance. Man versprach ihm, dass bei dieser Mission Tausende von Ungläubigen ums Leben kommen würden und sie sich massiv auf die Wehrhaftigkeit des Westens gegen den Islam auswirkte.

Dann wurde er David Doyle vorgestellt, den er nur unter dem Namen Daoud Al-Amriki kannte. Diese Begegnung fand einige Monate vor ihren gemeinsamen Reisen nach Ägypten und Griechenland statt und zunächst war das Verhältnis zwischen Nayef und Amriki von gegenseitigem Misstrauen geprägt. Allmählich fasste Al-Amriki jedoch Vertrauen zu dem Agenten, den er unter dem Namen Miguel kennengelernt hatte. Und schrittweise gewährte er ihm tiefere Einblicke in die bevorstehende Mission. Nayef wiederum begann den amerikanischen Konvertiten zum Islam zu respektieren.

Das ganze Ausmaß des Plans, den der amerikanische Agent entworfen hatte, rang dem Kuwaiter ungläubiges Staunen ab. Amriki hatte Miguel zum stellvertretenden Kommandanten der Mission ernannt. Sobald es ernst wurde, agierte Nayef unabhängig von Daoud und befehligte eine eigene Kampfeinheit. Seine Unterstützung in der Ausbildungsphase gehörte allerdings ebenfalls zu den unabdingbaren Voraussetzungen für einen späteren Erfolg.

An ihrem siebten Tag in Sanaa nahmen die Anführer der AQAP Kontakt zu Miguel und Al-Amriki auf. Sie wurden angewiesen ihre Sachen zu packen, den Unterschlupf von verräterischen Spuren zu befreien und zu einem Meeting in einem nahe gelegenen Geschäft zu kommen. Hier wurden sie von zwei Männern in Empfang genommen und in einem Jeep mit Allradantrieb aus der Stadt gekarrt. Obwohl Amriki und Miguel hochrangige Mitglieder der Organisation waren, setzte man ihnen Kapuzen auf, nachdem sie den letzten Militärcheckpoint 20 Kilometer außerhalb der Hauptstadt passiert hatten, damit sie die genaue Route zum Zielort nicht nachvollziehen konnten.

Sie fuhren auf einer Reihe von Straßen mit zunehmend schlechterer Qualität, wie Al-Amriki am Rumpeln und Schaukeln des Fahrzeugs bemerkte. Sie legten einen Zwischenstopp zum Tanken ein und setzten die Fahrt kurze Zeit später fort. Aus der Sonnenwärme im Nacken folgerte Al-Amriki, dass sie nach Südosten unterwegs waren. Das überraschte ihn nicht weiter, da die AQAP in der Südostregion des Jemen ein großes Gebiet kontrollierte. Dies war Al-Qaida-Territorium. Das hätte für einen Al-Qaida-Agenten eigentlich ein beruhigender Gedanke sein sollen, aber hier wurden die Straßen von amerikanischen Drohnen überwacht. Er wusste, dass er jeden Moment genauso enden konnte wie Anwar Al-Awlaki, Abu Musab Al-Zarqawi und Hunderte anderer Al-Qaida-Mitglieder, die die USA aus der Luft getötet hatten.

Er und der neben ihm sitzende Nayef taten ihr Bestes, diese Furcht aus ihren Gedanken zu verbannen. Mit verhüllten Gesichtern reisten sie weiter nach Süden.

Nach einer sechsstündigen Fahrt erreichten sie Al Kawd an der Nordküste des Arabischen Meers, etwa 50 Kilometer nordöstlich von Aden. Kämpfer der Al-Qaida der arabischen Halbinsel hatten im vorigen Jahr die Streitkräfte der jemenitischen Regierung aus dem Gebiet vertrieben und die Stadt eingenommen. Sie hatten die Region zu einem islamischen Emirat erklärt. In den Folgemonaten erweiterten sie ihr Territorium sogar noch. Die AQAP hatte den Großteil der Provinz Abyan fest im Griff, darunter viele Städte und Dörfer wie Zinjibar und Jaar im Norden.

Die größte Bedrohung für die hiesigen Kämpfer bildete nicht länger das jemenitische Militär, weil die Regierung in Aden den Großteil ihrer Streitkräfte aus dem Gebiet abgezogen hatte.

Nein, die größte Gefahr für die Anführer der terroristischen Organisation waren die von den Amerikanern eingesetzten Predator- und Reaper-Drohnen. Bei mehr als 30 Drohnenangriffen waren in der Provinz allein im letzten Jahr Dutzende von Brüdern umgekommen.

Sie verbrachten die Nacht in einem kleinen, von einer Mauer umgebenen Haus. Im Morgengrauen wurden sie mit einem anderen Transport weiter in den Norden gebracht.

Man fuhr Al-Amriki und Miguel in das Dorf Al Hisn. Dort wurden sie angewiesen, hinten auf einen Eselkarren zu steigen. Der Fahrer sprach wenig, während er sie auf einer unbefestigten Holperpiste nach Westen brachte.

Es fuhren keine Lastwagen auf dieser Strecke, aber sie war trotzdem in einem nicht allzu erbarmungswürdigen Zustand. Al-Amriki verstand nicht, warum er und Miguel auf diesem langsamen Eselkarren hocken mussten. Als er ihren Fahrer nach dem Grund fragte, deutete der Mann in den klaren, blauen Himmel, ohne ein Wort zu sagen.

Miguel beugte sich zu Doyle hinüber. »Drohnen«, sagte er. Das begriff Amriki, aber es kam ihm etwas paranoid vor, zu glauben, dass die CIA jedes einzelne Fahrzeug in der Provinz angreifen könnte. Doyle nahm an, dass eine Hellfire-Rakete bei einem Eselkarren mindestens so effektiven Schaden anrichtete wie bei einem Pick-up-Truck – daher entzog sich seinem Verständnis, welchen Sinn diese spezielle List hatte.

Sie wurden nicht beschossen. Anderthalb Stunden später näherten sie sich einem kleinen Dorf am Rand des Wadi Bani – eine breite Schlucht südlich einer Bergkette, die sich aus der braunen Erde erhob wie die arthritische Wirbelsäule einer verhungernden Kuh. Der Karren bog in das kleine Bauerndorf ein und kam zum Stehen. Nach dem Aussteigen kam in einem dunklen Torweg ein Kommandant der AQAP zum Vorschein, den Al-Amriki und Nayef wiedererkannten. Er gab ihnen einen Wink, zu ihm unter ein Vordach aus Stroh zu treten.

»*A salaam aleikum*«, begrüßte sie der Mann.

»*Wa aleikum a salaam*«, erwiderten die Neuankömmlinge.

»Willkommen in eurem neuen Zuhause, Brüder.«

Al-Amriki sah sich im Dorf um. Ziegen und Kinder nahmen die Straßen ein, alte Männer und Burkas tragende Frauen mischten sich darunter.

»Wo ist die Basis?«, fragte Al-Amriki.

»*Das hier* ist die Basis«, antwortete der Kommandant. »Die amerikanischen Drohnen da oben sehen hier nur ein kleines

Dorf am Rand des Wadi. Aber, meine Brüder, es ist viel mehr als das. Seht genau hin.«

Daoud kam der Aufforderung nach und dann verstand er. Zwischen den rustikalen Steinhäusern waren Motorräder unter braunen Tarps versteckt. Auch die Dächer der Häuser wurden von braunen Leinentüchern abgedeckt, wodurch zeltartige Feuerstellungen entstanden, aus denen Bewaffnete herausspähten. Sie bewachten die Straßen und suchten mit Ferngläsern den Himmel ab.

Kurz vor ihnen, neben einem Kleinviehgehege, stand eine lange Scheune, der eine Wand fehlte. Auf der gegenüberliegenden Seite eines mit Erde und Sand bedeckten Platzes ragte ein unscheinbares Gebäude auf. Aber Al-Amriki erkannte, dass es sich um ein solides Lehmziegelhaus handelte, vor dem man braun bemalte Traktorreifen zu mehreren Stapeln aufgeschichtet hatte. Vor den Reifen konnte Al-Amriki eine lange Reihe hölzerner Zielscheiben ausmachen.

Jetzt wusste er, dass er einen Schießstand vor sich hatte. Die Schützen konnten aus dem Schutz der Scheune schießen, ohne aus der Luft dabei beobachtet zu werden.

Er ging mit Miguel und dem Al-Qaida-Kommandanten durch das Dorf. Der Kommandant zeigte ihm einen Hindernisparcours, der in den Abzweigungen und Kurven eines kleinen Markts verborgen war. Es gab eine Bombenfabrik in ein paar primitiven Bauten, zwischen denen ein aus der Luft nicht einsehbarer Gang verlief. Eine Garnison, die 40 Bewaffnete und ihre Ausrüstung beherbergte, bestand auf den ersten Blick aus einem Dutzend Einraumwohnungen, die über Türen verbunden waren. Und es gab eine in den Hang gebaute unterirdische Waffenkammer, verstärkt mit Sandsäcken, Zement und Bewehrungsstäben.

Der amerikanische Al-Qaida-Agent hatte bereits geheime Basen hier im Jemen besucht, ebenso in Pakistan, Somalia, Eritrea und im Libanon. Aber einen Ort wie diesen hatte er dabei noch nicht erlebt.

Al-Amriki warf einen Blick über das Gelände. »Sieht aus wie ein ganz normales Dorf.«

»Genau, und das ist es auch für die Drohnen am Himmel. Wir haben eine Moschee, 54 einzelne Häuser, einen Markt, eine Madrasa. Sogar Vieh, Kinder und Frauen. Aus der Luft wirkt es, als ob unsere Straßen mit denen von Al Hisn verbunden sind, aber in Wirklichkeit sind sie das gar nicht. Wir haben Checkpoints, damit niemand in unsere Nähe gelangt, der nicht ausdrücklich eingeladen ist.«

»Und wie sieht es mit der Sicherheit hier in der Basis aus?«

»20 bewaffnete Wachleute zu jedem Zeitpunkt. Sie stehen auf den Dächern und auf den Hügeln in jeder Himmelsrichtung, aber sie tragen Funkgeräte und keine Gewehre. Die Drohnen haben starke Augen. Wir haben auch schwere Maschinengewehrstellungen.«

»Und wo werden meine Männer untergebracht?«

»In der Klinik am anderen Ende des Dorfs, die dem Wadi am nächsten ist. Sie und Ihre Männer werden sowohl durch Allah als auch durch den roten Halbmond auf dem Dach geschützt sein.«

»Und unsere Ausbildung?«

»Wird in den größeren Gebäuden stattfinden. Außerdem unten im Wadi, in den schmalen Senken, die von oben nicht gut einsehbar sind.«

»Ich bin schwer beeindruckt. Sie haben an alles gedacht.«

Der ältere Mann nickte emotionslos. »Die Reichweite und Stärke der Amerikaner hat uns nur noch mächtiger gemacht, Bruder. Wir haben im Laufe der Zeit viele *Shahid* verloren. Aber diejenigen von uns, die die Angriffe der Amerikaner zehn Jahre lang überlebt haben, sind stärker, als sie es ohne diese Herausforderung je gewesen wären.«

Die zwölf Agenten, die sich Al-Amriki und Miguel bei ihrer Mission anschließen sollten, trafen nach und nach im Laufe des nächsten Tages ein. Einzeln oder zu zweit wurden sie mit

Eselkarren ins Dorf gebracht. Sie alle glaubten zunächst, es sei nur ein kurzer Zwischenstopp, bevor die Reise weiterging und zu irgendeinem von Mauern umgebenen Militärkomplex in den nördlichen Bergen führte. Bis sie in das niedrige weiße Klinikgebäude geführt worden waren und dort auf Al-Amriki und Miguel trafen – die beiden Männer, die sie bei einer Operation anführen würden, über die sie noch nichts wussten.

In seiner zweiten Nacht im Dorf trommelte Al-Amriki alle handverlesenen Agenten im größten Raum der Klinik zusammen. Im Kerzenschein saßen sie auf Feldbetten oder standen an der Wand. Die wenigen Fenster des Gebäudes waren mit Tüchern verhängt. Die Wachen im umgebenden Dorf hatten den Auftrag erhalten, die neuen Schüler sorgfältig im Auge zu behalten.

David Doyle, auch bekannt als Daoud Al-Amriki, stand vor der vorderen Mauer und wandte sich an seine Vertrauten. »Männer. Es ist tapfer von euch, dass ihr euch dieser Mission anschließt. Euch wurde versichert, dass auf diesem Weg Gefahr und Tod auf euch lauern, und doch habt ihr euch bereit erklärt, uns zu begleiten. Aber Gefahr und Tod werden euch ins Paradies führen, wo man euch für euer ehrenvolles Opfer entlohnt.

Das Paradies, meine Brüder, liegt vor euch. Jetzt beginnt eure Ausbildung. Unser Ziel ist der Westen. Daher werden wir anfangen, sobald dieses Treffen beendet ist, so zu leben wie die Westler. Wir werden unsere Bärte abrasieren, wir werden westliche Kleidung tragen, westliche Speisen zu uns nehmen, uns westliche Witze erzählen. Jeder von uns wird eine neue Identität erhalten und die nötigen Dokumente, um sie zu belegen. Wir werden E-Mail-Adressen bekommen, Telefonnummern und andere Details, damit unsere Geschichten jeder Überprüfung standhalten, wenn sie nicht zu systematisch erfolgt.«

An den Reaktionen im Raum war selbst im Dämmerlicht zu erkennen, dass der Befehl, sich die Bärte abzuschneiden und sich zu verhalten wie Ungläubige, eine unangenehme Überraschung für die Männer darstellte.

»Blasphemie?«, fragte ein 25-jähriger, muskulöser Pakistani mit langer kantiger Nase.

»Bedauerlicherweise, ja. Aber unsere Verstöße werden uns im Paradies vergeben, das schwöre ich.«

»Was ist unsere Mission?«, wollte ein 22-jähriger Engländer mit saudi-arabischer Herkunft wissen.

Doyle wollte ihnen nichts Genaues erzählen. Aber er wusste, dass diese Männer fromme Soldaten Allahs waren, und die Nachricht über die Verwandlung, die ihnen bevorstand, bereitete ihnen sichtlich Unbehagen. Er wollte ihre Hingabe an die Mission nicht gefährden. Daher beschloss er, ihnen einen Vorgeschmack auf die kommende Operation zu geben.

»Ich kann euch noch nicht alles sagen. Ihr werdet den vollen Umfang der Operation nicht erfahren, bevor ihr bewiesen habt, dass ihr in der Lage seid, zu ihrem Erfolg beizutragen. Aber ich kann euch sagen, dass unser Bestimmungsort und unser Ziel die Vereinigten Staaten sind. Wir haben vor, dem Westen einen Tiefschlag zu versetzen. Wir werden Tausende töten. Wir werden sie daran hindern, Geschäfte zu treiben und Krieg zu führen, und wir werden sie auf die Knie zwingen. *Inschallah,* wir werden die amerikanische Regierung stürzen und dafür sorgen, dass sie durch eine Regierung ersetzt wird, die all ihre sogenannten demokratischen Institutionen schwächt.«

»Wie?«, hakte jemand nach.

Al-Amriki lächelte. »Indem wir zu Wölfen im Schafspelz werden und uns mitten in die Herde begeben.«

Im flackernden Kerzenlicht lächelten die Agenten. Die Worte ihres neuen Anführers machten ihnen Mut.

»Und nun ... meine Brüder ... meine Wölfe. Geht und legt eure Schafspelze an. Lest die Papiere, die man euch geben wird. Sie werden euch eure neue Identität aufzeigen. Lernt jedes Detail auswendig. Prägt es euch ein. Verwandelt euch in die Person, als die ihr euch ausgeben werdet.

Jeder Einzelne von euch wird Englisch sprechen. Nur noch Englisch, ab sofort.« Daoud Al-Amriki, David Wade Doyle, wechselte mühelos in seine Muttersprache und kam zum Abschluss. »Ich will, dass unter uns 14 ausschließlich Englisch gesprochen wird.

Bald werden Miguel und ich euch befragen, jeden separat. Ihr werdet die Tarnidentität, die man euch zugewiesen hat, verinnerlicht haben und ich will, dass ihr voll in dieser Tarnidentität aufgeht. Wenn ihr diesen Test besteht, werdet ihr mehr Informationen erhalten und auch dazu werdet ihr getestet. In den kommenden Tagen liegt viel Arbeit vor euch. Aber denkt daran: Jeder Tag, den wir hier sind, bringt uns unserem Dschihad einen Tag näher.«

Al-Amriki war zufrieden mit der Reaktion, die er aus ihren Gesichtern ablesen konnte. Sie waren alle gebildete junge Männer, von denen viele bereits selbst Al-Qaida-Operationen geleitet hatten. Sie waren keine geistlosen Killer, die blind alles taten, wozu man sie aufforderte, und auf Befehl dem Feind vor die Kanonen liefen. Es waren keine Idioten von irgendeinem Marktplatz in Waziristan, jederzeit bereit, eine AK in die Hand zu nehmen und einen Abrams-Panzer zu beschießen, weil irgendein *Malik* mit scharfer Zunge Koranverse verächtlich gemacht hatte. Nein, jeder einzelne dieser zwölf Männer hatte jahrelang gute Dienste geleistet. Sie hatten sich an der Front bewiesen und waren tief in feindliches Gebiet vorgedrungen. Hier war kein Mann, der weniger aufs Spiel gesetzt hatte als David Doyle selbst, um seine Treue unter Beweis zu stellen.

Vier von ihnen waren Pakistani, die mit der englischen Sprache aufgewachsen und in Großbritannien zur Schule gegangen waren. Zwei andere waren Türken, die Englisch gelernt hatten, um in Großbritannien studieren zu können. Zwei waren Iraker, die die Sprache gelernt und dann jahrelang den amerikanischen Truppen als Dolmetscher gedient hatten. Und drei der Männer hatten, so wie Doyles stellvertretender Kommandant Miguel, an Universitäten in den USA studiert und beherrschten die Sprache sehr gut. Diese drei stammten aus Oman, dem Jemen und Marokko.

Al-Amriki und Miguel hatten für ihre Zeit hier im Wadi-Bani-Camp einen Stundenplan entworfen. Jeder der zwölf auszubildenden Agenten musste einen Kurs bestehen, um zu beweisen, dass er sich nahtlos in die amerikanische Gesellschaft integrieren konnte. Zusätzlich zu den Änderungen der Haartracht hatte das Unterstützungspersonal dieser Mission bei verschiedenen Online-Händlern Kleidung bestellt. Universitäts-T-Shirts, Bluejeans, Tennisschuhe im amerikanischen Stil und Baseballmützen wurden innerhalb des Gebäudes rund um die Uhr getragen. Wenn sie nach draußen gingen, trugen sie Einheimischenkleidung, um ihre Mission vor den Optiken der Drohnen zu verbergen.

Jeder der Agenten lebte und atmete seine neue Identität hier im Camp. Dieser winzige Flecken Land am Rand des Wadi im südlichen Jemen verwandelte sich mit dem nächsten Morgengrauen praktisch in eine Universitätsstadt.

Daoud Al-Amriki war einmal gescheitert, aus Gründen, die er immer noch nicht begriff.

Aber diesmal hatte er an alles gedacht.

Er weigerte sich, noch einmal zu versagen.

Der Flug von Fort Bragg nach Kairo dauerte die ganze Nacht. Die Gulfstream der CIA raste über den Nordatlantik hinweg, landete zum Nachtanken auf der Ramstein Air Base in Deutschland und stieg dann wieder in den Himmel auf, um die Reise nach Ägypten fortzusetzen.

Abgesehen von ein paar Stunden Schlaf verbrachte die von Major Kolt Raynor geführte AFO-Zelle ihre Reisezeit in der dämmrigen Kabine der Gulfstream mit Arbeit. Das Team saß grübelnd vor Laptops, die mit FalconView ausgestattet waren, einer Kartografie-Software des Verteidigungsministeriums. Das Programm zeigte ihnen das Einsatzgebiet aus der Vogelperspektive. Eine Art Google Maps, nur mit deutlich höherer Auflösung, wobei es im Unterschied zur kommerziellen Variante leistungsstarke Analyse-Tools bereithielt, die ihnen halfen, das Gebiet wirklich zu ›sehen‹, bevor sie es tatsächlich betraten. Sie erstellten eigene Karten von Engpässen und Flaschenhälsen in der Nähe der wichtigen Orte, wozu etwa ihr geheimer Unterschlupf sowie die Zielgebiete zählten, die das CIA-Personal, das sich bereits in Kairo aufhielt, dem JSOC übermittelt hatte.

Sie studierten auch das Material, das sie vor dem Abflug von der Informationsabteilung in Bragg bekommen hatten. Dieser elektronische Ordner enthielt schematische Darstellungen der Safe Houses in und um Kairo und der Fortbewegungsmittel, die ihnen zur Verfügung standen – Autos, Vans, Boote, Motorräder. Außerdem wurden für jede Lokalität die Lagerplätze von Ausrüstung wie Waffen, Munition, Essen, Wasser und Batterien angezeigt. Kolt und seine drei Untergebenen nahmen Größe und Grundriss der Verstecke genau in Augenschein und legten fest, wo sie die Autos parken und ihre Ausrüstung verstauen wollten. Sie berieten sogar über Fluchtwege und Sammelpunkte für den Fall, dass ihr Versteck angegriffen wurde.

Kolt und Slapshot waren an diese Art von Arbeit längst gewöhnt. Beide Männer hatten sich im Lauf ihrer Karriere in zahlreichen AFO-Zellen an vielen verschiedenen Orten der Welt aufgehalten. Für Digger war eine solche Operation dagegen etwas Neues, abgesehen vom blitzschnellen Zugriff mit sofortigem Rückzug, wie er ihn in der vorigen Woche in Tripolis selbst miterlebt hatte. Aber er konnte eine beeindruckende Zahl von Kampfeinsätzen und Anti-Terror-Missionen vorweisen, von denen viele ausgesprochen riskant gewesen waren.

Hawk hatte im letzten Jahr in Libyen für kurze Zeit in einer AFO-Zelle gearbeitet. Sie war an der Operation Red Baron beteiligt gewesen – einem Undercover-Einsatz mit der CIA, der zum Ziel gehabt hatte, Gaddafis Aufenthaltsort in Tripolis festzustellen. Sie hatte sich gerade in einem geheimen Haus von JSOC und CIA in Gaddafis Heimatstadt Sirte aufgehalten, als der gestürzte Diktator die Flucht ergriff. Damals wollte sie mit den CIA-Agenten zum Ort des Hinterhalts fahren, um Gaddafi zu identifizieren, aber die Agency-Männer hatten es nicht zugelassen, weil es als ausgesprochen dumme Idee angesehen wurde, eine Frau in dieses Chaos zu schicken. Nicht weil sie nicht in der Lage gewesen wäre, das Gesehene zu verkraften, sondern weil Recht und Ordnung außer Kraft gesetzt waren, was die Rebellen wahrscheinlich dazu verführt hätte, jeglichen Anstand über Bord zu werfen, während sie Muammars Gefangennahme und Tötung feierten.

Dies und noch mehr hatte Kolt früh am Morgen über Hawk erfahren, als er im Büro des Seelenklempners vorbeigeschaut und gebeten hatte, einen Blick in Sergeant Birds Akte werfen zu dürfen. Als befehlshabender Offizier dieser AFO-Zelle war er durchaus dazu befugt, alle Einzelheiten über die Männer – oder Frauen – in Erfahrung zu bringen, die er in eine bevorstehende Operation mitnahm.

In der Stunde, die er ungefähr mit dem Durchblättern ihrer Akte verbrachte, erfuhr er, dass Cindy Bird die einzige Tochter der Familie war und fünf Brüder hatte. Ihr Dad, ein Armee-Angehöriger, hatte ihre Brüder in den Little-League-Sportarten trainiert – Football, Basketball und Baseball. Cindy hatte weiche Hände und konnte bereits mit jungen Jahren beidhändig dribbeln. Football kam nicht infrage, daher stand sie während der High School an der Seitenlinie. Sie trug einen kurzen Rock über ihren schlanken, flinken Beinen, dazu Pompons und ein oft nur gespieltes Lächeln, während sie in den Freitagnächten das Publikum anheizte.

Aber als Kind war Baseball ihr Lieblingssport gewesen. Sie spielte für ihren Dad, manchmal direkt neben ihren Brüdern auf dem Feld. Sie konnte den Ball vom Deep Center bis zum Schlagmal werfen, ohne den Cut-off zu treffen. Die Jungs nahmen ihr immer die guten Plätze im Infield weg, also verlegte sie sich aufs Outfield. Sie verfügte über eine fast unheimliche Fähigkeit, genau zu spüren, wie weit und wohin der Ball flog, sobald der Schläger ihn traf. Dann rannte sie mit ihren Spikes schnell wie ein Raubvogel über den Rasen und ließ nur höchst selten einen Ball fallen.

Als sie eines Tages einem gefährlichen Hitter seinen Walk-Off-Home-Run vermiest hatte, sagte ihr Vater, sie sei eindeutig ein ›Hawk‹, ein Raubvogel, kein x-beliebiger ›Bird‹, und dieser Spitzname blieb hängen.

Da sie mit fünf Brüdern zusammenlebte, von denen drei Ringer in einer Jugendmannschaft waren und ein anderer Taekwondo lernte, und weil sie noch dazu einen Vater mit militärischem Background hatte, lernte sie bereits früh, sich zu verteidigen. Sie wälzte sich ständig nach der Schule mit den Männern des Hauses auf dem Hinterhof oder im Wohnzimmer auf dem Teppich, während sie an ihr oder aneinander Haltegriffe übten.

Ihr Vater hatte alle Kinder bereits im frühen Alter mit Handfeuerwaffen vertraut gemacht, um sie zu schützen und sicherzustellen, dass sie mit den beiden Pistolen umgehen konnten, die er zu Zwecken der Selbstverteidigung im Haus aufbewahrte. Cindy entpuppte sich beim Schießen als Naturtalent. Ihr Dad sagte, das sei wohl die Erklärung dafür, wie sie all diese Bälle mit solcher Leichtigkeit fangen konnte. Sie schoss besser als ihre Brüder, was diese dazu bewegte, an den Wochenenden lieber Fahrrad zu fahren oder Football zu spielen, anstatt mit ihrem Dad und ihrer Schwester zum Schießstand zu gehen.

Trotz ihrer Zeit als Cheerleaderin und Organisatorin von Klassentreffen interessierte Cindy Bird sich nicht besonders für schicke Klamotten. Sie war die Art von Mädchen, die am liebsten jeden Tag eine alte Jeans und ein T-Shirt angezogen hätte. Sie trug ständig eine Basecap über dem Pferdeschwanz. Die meisten Jungen in der Stadt hatten mehr Interesse an den freizügiger gekleideten Mädchen, die T-Shirts mit weiten Ausschnitten, Tanktops und abgeschnittene Jeans trugen, daher erregte sie bei ihnen wenig Aufmerksamkeit.

2003, mitten in ihrem letzten High-School-Jahr, starb ihr Vater im Irak. Die Army versicherte ihrer Mutter, dass es ganz schnell gegangen sei. Aber unter den Ehefrauen der Soldaten ging das Gerücht um, er habe sehr gelitten, bevor er während eines hitzigen Feuergefechts in Falludscha verblutet sei.

Der Tod ihres Vaters hatte Cindy Birds Leben völlig auf den Kopf gestellt.

Sie besuchte weiter das College und studierte mit dem Ziel, Umweltingenieurin zu werden. Demotiviert durch den Verlust ihres Vaters und die nagende Leere in ihrem Inneren kämpfte sie sich trotzdem durch die vollen vier Jahre. Ihre Mutter heiratete bald wieder, was Cindy sehr zu schaffen machte. Ihrer Mom zuliebe versuchte sie das Beste aus der Situation zu machen und sich nicht unterkriegen zu lassen. Ungeachtet dieser Widrigkeiten gelang es ihr, das Studium mit einem respektablen Zweierschnitt abzuschließen.

Allerdings hatte der Berufsweg, für den sie sich entschieden hatte, mittlerweile jeglichen Reiz verloren. Der Tod ihres Vaters hatte sie schwer getroffen. Sie musste an die Kameradschaft und die Leidenschaft denken, die er in der Army erfahren hatte. Ihre älteren Brüder hatten ihr erzählt, ihr Vater sei in irgendeiner Spezialeinheit gewesen, aber sie konnte sich ihren sanftmütigen Vater nicht als knallharten Elitesoldaten vorstellen. Es kam ihr seltsam vor, dass sie ihn fast nie in Uniform gesehen hatte. Er trug die Haare meistens lang mit dichtem Schnurrbart, jedenfalls den Großteil des Jahres. Außerdem wurde ihr bewusst, dass sie ihn nach den Terroranschlägen am 11. September 2001 nicht mehr oft gesehen hatte. Aber zu dieser Zeit hatte sie sich eher mit Freundinnen und High-School-Klatsch beschäftigt und versucht, etwas zu erleben. Es hatte sie nicht gestört, dass ihr Dad selten da war, um sie zu fragen, wo sie sich herumgetrieben hatte, wenn sie am Samstag nachts spät nach Hause kam.

Cindy hatte keine Ahnung, dass ihr Vater, Michael Leland Bird, der einzige je im Kampf gefallene Truppenkommandant der Delta Force gewesen war. Sein Codename hatte ›MLB‹ gelautet – das waren zwar seine Initialen, aber es hatte mehr mit seiner Liebe zum Baseball zu tun. Seine Männer nannten ihn ›Major League Ballplayer‹.

2008, kurz nach ihrem Collegeabschluss, war Cindy zur Army gegangen. Die Rekrutierer hatten versucht, sie zu überreden, direkt die Schule für Offiziersanwärter zu besuchen, da sie eine vierjährige College-Ausbildung hatte. Aber ihr Vater war regulärer Soldat gewesen, bevor er Offizier wurde – ein ›Mustang‹, wie es im Jargon hieß. Er hatte immer betont, dass seine Zeit in den Schützengräben aus ihm einen besseren Offizier und Anführer gemacht habe.

Cindy Bird wurde eine 74D – eine Spezialistin für Chemie, Biologie, Radiologie und Nukleares (CBRN). Sie war in Fort Riley, Kansas, stationiert, verbrachte jedoch ein ganzes Einsatzjahr im Irak.

Anfang 2010 erhielt Sergeant Cindy Bird im Bataillonshauptquartier einen Anruf von einem Mann, der sich als Rekrutierer einer Spezialeinheit ausgab. Von so etwas hatte sie noch nie gehört. Er fragte sie, ob sie in dieser Woche den Rekrutierungsbrief bekommen habe. Das hatte sie, das Schreiben jedoch nur kurz überflogen, für alberne Werbepost gehalten und weggeworfen. Der Rekrutierer verhielt sich äußerst professionell und nahm sich ein paar Minuten Zeit, um Cindys Qualifikationen herunterzurattern. Es klang fast, als ob er sich vergewissern wollte, mit der richtigen Cindy Bird zu sprechen. Geboren in Nord-Virginia, neun Jahre lang wohnhaft in Fayetteville, North Carolina, Studium an der North Carolina State, fünf Brüder usw. Ihren Vater erwähnte er mit keiner Silbe. Es kam Cindy etwas merkwürdig vor, dass der letzte Satz des Recruiters lautete: »Wir würden uns geehrt fühlen, wenn Sie sich von unserer Organisation prüfen lassen.«

Cindy wurde mit einem PCS-Befehl *(Permanent Change of Station)* nach Fort Bragg versetzt und dem 43. Personnel Support Battalion zugeteilt. Als 74D hatte sie bislang gute Arbeit geleistet und ihren Job sehr ernst genommen. Aber er wurde ihr langsam langweilig, daher faszinierte sie der Anruf dieses mysteriösen Fremden. Außerdem kannte sie bereits so ziemlich alles, was Fort Riley in Kansas zu bieten hatte.

Cindy Bird war eine von zwölf Frauen, die man zusammengebracht hatte, um ihre Eignung für eine neue, abgeschottete Untereinheit der Delta Force zu prüfen. Dieses Programm war Colonel Webbers Idee. Er hatte als junger Delta-Captain eine geheime Studie über die Vorteile des Einsatzes von Frauen bei der Undercover-Arbeit verfasst. Darin hatte er die These vertreten, dass Frauen im Vergleich zu Männern weit häufiger ungestraft davonkamen, wenn sie fragwürdige Taten begingen. Obwohl sein Vorschlag direkt nach den Terroranschlägen von 9/11 kam, waren nur wenige Mitglieder des National Security Council bereit, gegen eine der ungeschriebenen Regeln der Kriegsführung zu verstoßen – keine Frauen in Kampfeinsätzen. Ironischerweise hielt einer von Webbers visionären Vorgesetzten bei der Delta Force, Mike Leland Bird, die Idee für brillant.

Nach mehr als zehn Jahren Krieg in Afghanistan und im Irak vollzog sich auf der Führungsebene ein grundlegender

Bewusstseinswandel. Colonel Webber holte seine Studie aus der Versenkung hervor und sie gelangte schnell in die Hände des Präsidenten. Mit dessen Zustimmung schickte Webber seine Recruiter los, um die besten verfügbaren Frauen für ein Pilotprogramm ausfindig zu machen. Nach einer 30-tägigen, sehr intensiven Überprüfung, die die Kandidatinnen von San Diego über Chicago und Dallas nach Denver und schließlich nach Washington, D.C. führte und ihnen alles abverlangte, wurde Bird als einzige zum Kommandanten vorgelassen. Cindy ›Hawk‹ Bird war ein Testfall. Sie hatte wenig Chancen, sich in dieser komplett aus Männern bestehenden Eliteorganisation zu behaupten. Probeweise teilte man sie der Operationsunterstützung zu.

Webber sagte, es liege nun allein in ihrer Hand, ob sie den Job behielt.

2011 wurde Cindy ›Hawk‹ Bird offiziell in der Einheit willkommen geheißen. Sie hatte ihr sechsmonatiges Training als Operator beendet, während Raynor im Walter-Reed-Militärkrankenhaus lag und sich von seiner geheimen Mission in Pakistan erholte.

Jetzt, nach einem Jahr bei der Delta Force, war sie eine von wenigen auserwählten Frauen, die in der Operationsunterstützung arbeiteten.

Während des langen Flugs nach Kairo gingen Raynor und seine AFO-Zelle die geheimen Identitäten für die bevorstehende Operation durch. Sie mussten ihre Tarngeschichten verinnerlichen und fragten sich gegenseitig ab.

Kolt und Cindy waren Frank und Carrie Tomlinson, ein gut situiertes, kanadisches Paar, das in Ägypten seine Flitterwochen verbrachte und die Cheopspyramide besichtigen wollte. Sie hatten Kleidung mitgebracht, die aussah wie etwas, das ein westliches Paar wahrscheinlich auf einer Reise in den Nahen Osten tragen würde. Sie hatten Eheringe, Reiseführer und sogar Handys im Gepäck, in denen die Namen und

Telefonnummern von Kontaktpersonen in Kanada gespeichert waren.

Digger und Slapshot verfügten über Ausweise und Papiere, die ihre Identitäten als Mike Terry und Dean Kirkland belegten – zwei freiberufliche Journalisten, die das Alltagsleben in der Stadt nach dem Verschwinden von Husni Mubarak im Jahr zuvor dokumentieren wollten. Die neue Regierung arbeitete völlig chaotisch und Aufstände in den Straßen waren an der Tagesordnung. Daher fiel es nicht schwer, sich die beiden als unerschrockene Freelancer auf der Suche nach einer zugkräftigen Story vorzustellen.

Die audiovisuellen Geräte, die ›Mike und Dean‹ zur Unterstützung von Curtis' Operation durch die Stadt schleppen sollten, sahen wie völlig normale Reporterutensilien aus. Sie hatten Visitenkarten bei sich, auf denen echte, wenn auch hastig erstellte Webseiten angegeben waren, die Fotos und namentlich gekennzeichnete Artikel beider Männer enthielten. Es war eine ziemlich oberflächliche Absicherung. Aber solange sie nicht an die falschen Leute gerieten und sich bei Befragungen nicht zu weit aus dem Fenster lehnten, dürfte es keine Probleme geben.

Die Gulfstream setzte um kurz vor fünf Uhr morgens in Kairo auf und rollte zu einem lackierten Container unweit der Landepiste. Zwei schwarze Range Rover näherten sich und hielten neben dem Flugzeug. Die CIA-Flugbesatzung ließ die Gangway hinunter. Kolt, Slapshot und Cindy stiegen aus. Jeder trug zwei große Rucksäcke mit Ausrüstung. Digger zog einen großen, schwarzen Pelican-Rollkoffer hinter sich her.

Myron Curtis und vier andere Männer stiegen aus den beiden Geländewagen. Curtis marschierte mit schnellen Schritten auf die AFO-Zelle zu. Mit überraschtem Gesichtsausdruck sagte er: »Racer.«

Er wirkte nicht allzu erfreut.

»Curtis«, begrüßte Kolt ihn knapp.

Es war offensichtlich, dass der Afroamerikaner nicht damit gerechnet hatte, dass dieselbe Gruppe von Operators, die eine Woche vorher in Libyen mit ihm zusammengearbeitet hatte, nun auch seiner Operation in Ägypten zugeteilt wurde. Er schüttelte langsam den Kopf. »Ich hab ja gehört, dass die Delta Force klein ist, aber ich hatte keine Ahnung, dass es von euch Arschlöchern bloß drei gibt.« Curtis musste Cindy gesehen haben, aber offenbar hatte er nicht begriffen, dass sie zum Team gehörte.

Raynor setzte ein falsches Lächeln auf. »Schätze, Sie haben einfach Glück gehabt. Digger hier kennen Sie ja schon.«

»Nicht direkt.« Curtis gab Digger einen flüchtigen Händedruck, sichtlich verärgert, dass er bei dieser Mission mit dieser speziellen Truppe kooperieren musste.

»Und der Große heißt Slapshot.«

Die beiden Männer nickten sich zu. Aber Curtis streckte seine Hand bereits Cindy entgegen. Seine Miene hellte sich auf.

»Und das ist Hawk«, stellte Raynor vor.

»Sie ... Sie gehören zur Delta Force?«

Cindy nickte, wischte sich mit einer Hand die vom Wind zerzausten Haare aus den Augen und drückte mit der anderen die von Curtis dargebotene Hand.

»Ist mir ein Vergnügen, Miss Hawk.«

In professionellem Tonfall erwiderte sie: »Einfach nur Hawk, Sir.«

Curtis lächelte. »Und für Sie einfach Myron, Hawk.«

Raynor stöhnte leise.

Curtis stellte dem Team Denton und Buckley vor. Auf Kolt wirkten die beiden Bärtigen wie paramilitärische CIA-Schläger von der Special Activities Division, obwohl sie dafür fast schon zu klischeehaft rüberkamen. Dann waren da noch Murphy und Wychowski, die Kolt für Führungsoffiziere hielt. Auch sie sahen in Kolts Augen wie wandelnde Klischees aus. Etwas rundlicher und weniger abgehärtet als die SAD-Leute, weniger gebräunt und besser gekleidet. Im Vergleich zu den Paramilitärs wären sie glatt als geföhnte Wetteransager aus den Fernsehnachrichten durchgegangen.

Nachdem die Vorstellungsrunde beendet war, stiegen alle in die zwei Range Rover und fuhren vom Flughafengelände.

Das Haus, das Curtis und sein Team als Unterschlupf für die Operation ausgewählt hatten, lag im Osten von Maadi an der Ahmed Kamel Street, nur ein paar Kilometer von ihrem Zielort entfernt. Das Versteck war in einem zweistöckigen Bürogebäude untergebracht, dessen Erdgeschoss leer stand. In der ersten Etage befand sich ein Großraumbüro, das die CIA angemietet und so ausstaffiert hatte, dass es wie eine kleine Reiseagentur wirkte. Eine Hintertür hinter dem Tresen führte in zusätzliche Büroräume, ein Labyrinth aus kleinen Zimmern, die man in Wohnquartiere und Konferenzräume umgewandelt hatte. Insgesamt waren es fünf Zimmer, die in einen schmalen Flur mündeten. Ein Badezimmer befand sich am einen Ende, eine gut ausgestattete Küche am anderen.

Sobald Kolt vor dem Gebäude aus dem SUV stieg, verschaffte er sich einen Eindruck von der Sicherheitslage. Sofort identifizierte er potenzielle Probleme. Als er vor dem Gebäude stand und über den kleinen, mit einem Tor versehenen Parkplatz blickte, auf dem sie die Land Rover abgestellt hatten, bemerkte er zwei hohe, gerade im Bau befindliche Häuser. Von dort boten Dutzende offener, dunkler Zementebenen einen freien Blick auf ihre Position. Einem Mann wie Raynor musste jede Ecke und jeder Winkel dort wie der perfekte Ort vorkommen, um Beobachter mit Ferngläsern oder Spektiven in Stellung zu bringen, eventuell sogar ein Scharfschützenteam.

Es dauerte auch nicht lange, bis Kolt die Antennenanlage auf dem Dach seines Verstecks bemerkte – ein auffälliges Signal für gut ausgebildete feindliche Agenten.

Kolt ging hinein, stieg die Treppen zum Reisebüro hinauf und betrat den Unterschlupf durch die Hintertür. Hier inspizierte er mit raschem Blick Zimmer und Flure. Er stieß auf einige Kisten Stella, eine lokal produzierte Biermarke, die sich hüfthoch in einer Ecke der Küche stapelten. In zwei der Räume gab es Fenster, aus denen man in eine rückwärtige Gasse blicken konnte. Er sah 30-schüssige AK-Magazine und Ferngläser auf den Fensterbänken. Darunter lehnten Kalaschnikows an der Wand.

Das alles war typisch CIA und es gefiel Kolt kein bisschen.

Während des Flugs hatte er aus dem Geheimdienstbericht erfahren, dass die kleine Reiseagentur, die sich vor diesem versteckten Wohnbereich befand, tagsüber den Schein wahrte und jedem, der hereinkam, Reisebuchungen anbot. Tatsächlich kam bestimmt niemand zufällig vorbei, denn das Büro war nicht gerade leicht zu finden und steckte auch keine nennenswerte Energie in Werbung. Die Mitarbeiter im Büro waren ein kleines Team von gut bezahlten und sorgsam überprüften ägyptischen Unterstützern von außerhalb der Stadt, das sich nie mehr als ein, zwei Schritte von den unter ihren Schreibtischen versteckten HK-MP5-Maschinenpistolen entfernen würde.

Bei Nacht, wenn das Reisebüro geschlossen war, bewachte ein SAD-Offizier das Erdgeschoss und ein zweiter stand am Kopf der Treppe postiert, direkt vor dem Eingang der Agentur. Beide Männer trugen HK-MP7-Maschinenpistolen unter ihren Jacken und HK-Pistolen im Hosenbund an der Hüfte. Kolt ging davon aus, dass sie in der Lage waren, kleinere Bedrohungen abzuwehren. Aber im Fall eines echten Angriffs fehlte es entschieden an Feuerkraft. Kolt vertrat die Ansicht, dass die Präsenz der zwei Bewacher das Risiko einer Entdeckung eher erhöhte, als dass sie ihnen wirklich nützte.

Denn jeder, der durch die Fenster im Erdgeschoss blickte, bekam weiße Westler im Inneren zu Gesicht – eine Nachricht, die sich mit Sicherheit wie ein Lauffeuer in der Gegend verbreitete.

Nachdem Raynor seine Besichtigung des Verstecks abgeschlossen hatte, rief Curtis alle zusammen. Sie versammelten sich in einem der kleinen Zimmer zum Auftaktbriefing.

Myron Curtis wollte gerade das Wort ergreifen, als Kolt seine Bedenken über dieses Versteck in der für ihn typischen, direkten Weise zur Sprache brachte: »Ihre Tarnung hier ist scheiße.«

Curtis neigte überrascht den Kopf. »Wir suchen die Räume jeden Tag nach Wanzen ab und für die Vordertür benötigt man einen Zugangscode. Wir haben bewaffnete Wachen, Tag und Nacht. Mehr brauchen wir nicht. Hören Sie, Mr. Operator, Sie sind hier nicht in Afghanistan. Wenn wir ein bis an die Zähne bewaffnetes A-Team auf dem Dach hätten, würden wir damit die falschen Leute auf uns aufmerksam machen.«

»Das ist mir klar, Curtis«, versetzte Kolt. »Sie haben mich nicht verstanden. Gerade *weil* wir nicht in Afghanistan sind, müssen Sie die drei Antennen auf dem Dach tarnen. Versuchen Sie's mit lokalen Fernsehantennen, auf denen nicht in Großbuchstaben ›amerikanische Spione‹ steht.«

Kolt fuhr mit seiner Standpauke fort: »Ihre Belagerungsausrüstung auf den beiden Fensterbänken kann aus den Hochhäusern im Norden gesehen werden. Und die zwei Gorillas, die die ganze Nacht mit eingeschalteten Lampen auf den Treppen und Fluren herumlaufen, bringen uns mehr Aufmerksamkeit ein, als wir gebrauchen können.«

Curtis zuckte die Achseln. »Sie kriegen genau das, was Sie hier sehen, Racer. Von diesem Haus aus arbeiten unsere NOCs, unsere inoffiziellen verdeckten Agenten, schon seit der Zeit vor der Revolution und es hat nie Probleme gegeben.«

Kolt gefiel das Ganze nicht. Dieser Unterschlupf war definitiv ein ziemlich durchschnittliches CIA-Versteck; insbesondere wenn man bedachte, dass Ägypten ein Verbündeter der USA war. In einem Land, in dem die Einheimischen den USA feindselig gegenüberstanden, hätten sie vermutlich mehr Wert auf Unauffälligkeit gelegt. Ihm war klar, dass er nicht auf Bestellung genau die Tarnung bekam, die er wollte, sosehr ihm das geschmeckt hätte. Kolt war hier ein Gast, nicht der Big Boss.

Raynor schlüpfte allerdings viel lieber in die Rolle von Big Boss.

Wie es schien, traf dasselbe auf Myron Curtis zu.

Kolt und sein Team stellten Stühle um einen kleinen Schreibtisch mit Laptop auf. Curtis nahm am Tisch Platz und drehte seinen Stuhl so, dass er den anderen gegenübersaß. Murphy und Wychowski standen hinter ihm neben der Tür. Die zwei SAD-Männer gingen in ihre Zimmer, um sich auszuruhen, nachdem sie die ganze Nacht Wache geschoben hatten.

»Also dann«, begann Curtis. »Ich habe Sie nach Kairo kommen lassen, weil wir einen bestimmten Ort hier im Verdacht haben, Durchgangsstation für einen Teil der vermissten Boden-Luft-Raketen aus Libyen zu sein. Wir sind ehemaligen Offizieren der Haiat amn al Jamahiriya, der Jamahiriya Security Organization, zu einer bestimmten Adresse gefolgt. Ich halte es für denkbar, dass sie diesen Ort benutzen, um Kriegsmaterialien dort zwischenzulagern und neu zu verpacken, bevor sie diese an ihre Kunden schicken.«

Hawk machte sich ein paar Notizen. Digger und Slapshot saßen bloß mit verschränkten Armen auf den Stühlen.

»Wir wissen, dass diese früheren libyschen Sicherheitsoffiziere überall in Libyen und Ägypten Lager unterhalten, in denen sie nicht weniger als 700 SA-24-Systeme aufbewahren, alle mit einsatzfähigen Raketen versehen. Mit Ausnahme einer Nuklearrakete stellen diese verloren gegangenen schulterverschießbaren Boden-Luft-Raketen die schlimmste vorstellbare Bedrohung durch Waffen dar, die den USA passieren konnte.«

Curtis öffnete ein Foto auf dem Laptop. Es war offenbar für libysche Ausweispapiere aufgenommen und zeigte das Gesicht eines dunkelhaarigen Mannes mittleren Alters mit dicken Wangen und buschigen Augenbrauen. »Das ist Aref Saleh, Gaddafis früherer JSO-Direktor hier in Kairo. Wir glauben, dass er der Kopf der Schmugglerorganisation ist. Tatsächlich bezeichnen wir dieses Unternehmen mittlerweile als Aref-Saleh-Organisation.«

Kolt beugte sich vor, um das Bild näher zu betrachten. In den Kurzberichten, die er über das libysche Raketenproblem gelesen hatte, war lediglich erwähnt worden, dass Ex-Agenten der Geheimdienste Gaddafis beteiligt seien. Dass Curtis ihnen einen Namen und ein Gesicht präsentieren konnte, bedeutete für Kolt, dass diese Informationen entweder brandneu waren oder dass Myron Curtis sie gar nicht erst nach Langley weitergeleitet hatte.

Jetzt öffnete Curtis eine neue Datei. Kolt und seine Advance-Force-Operations-Zelle erhoben sich von ihren Stühlen und beugten sich näher an den Bildschirm. Was sie zu Gesicht bekamen, war die Satellitenaufnahme eines laubreichen Stadtviertels, aus dem sich vereinzelt hohe Gebäude erhoben. Anhand einiger Orientierungspunkte erkannte Raynor, dass das Foto auf dem Bildschirm das Viertel hier in Maadi zeigte, in dem sie sich gerade aufhielten.

»Da sind wir«, verkündete Curtis und tippte mit seinem Kugelschreiber auf ein Haus. »Jetzt gehen wir dorthin, nach Westen, am Ostufer des Nils entlang. Sehen Sie diese Gebäude?« Er scrollte über die Luftaufnahme und zoomte an ein langes, niedriges Haus neben einem eckigen, größeren Bau heran. Sie standen auf einem Parkplatz. Curtis fuhr noch näher heran. Nun sah man, dass der Komplex von einem Zaun umgeben war, der die zwei Gebäude an drei Seiten von der großen Corniche El Nil und zwei kleineren Wohnstraßen abschirmte. An der vierten Seite des Gebäudes schlängelte sich der Nil entlang. »In diesem Komplex befinden sich die Lagerhalle und die Büros von Maadi Land and Sea Freight. Das Lagerhaus hier im nördlichen Teil des Grundstücks nennen wir Rhein, das dreistöckige Bürogebäude hier im Süden nennen wir Stein.

Geheimdienstberichten zufolge wird Maadi Land and Sea Freight von ehemaligen Mitgliedern der Jamahiriya Security Organization geleitet. Salehs Leute. Wir halten es für gut möglich, dass die verschwundenen SA-24-Systeme, die Saleh weitervermittelt, aus diesen versteckten Lagern in Libyen und Ägypten mit Booten über den Nil oder mit Trucks aus dem Westen gebracht und in dieser Lagerhalle verstaut werden. Dann verlassen sie Kairo in einem Flugzeug oder werden, wenn es sich um größere Mengen handelt, auf dem Landweg zu Häfen transportiert.«

Hawk fragte: »Warum spielen Sie diese Informationen nicht einfach der ägyptischen Polizei zu? Sollen die doch mit den Libyern fertigwerden.«

»Berechtigte Frage. Erstens: Wir wissen nicht, wie zutreffend unsere Informationen sind. Sie stammen aus verlässlicher Quelle, aber hundertprozentige Sicherheit besteht nicht. Zweitens: Wenn das hier *wirklich* Salehs Versandort ist, von dem aus er an die Kunden liefert, stehen die Wetten nicht schlecht, dass er die lokalen Behörden schmiert, damit sie nicht so genau hinschauen. Wir können nicht riskieren, dass die ganze Operation auffliegt, indem wir die Ägypter einschalten. Wenn Saleh und seine Jungs sich anschließend in alle Winde zerstreuen, müssen wir ganz von vorn anfangen. Unsere beste Chance besteht darin, herauszufinden, wer in dieser Sache drinsteckt, die Existenz der SAMs hier in Kairo zu bestätigen und diesen Umschlagplatz lahmzulegen.«

Hawk nickte.

»Wir sind schon seit drei Tagen hier. Unsere Überwachung

während dieser Zeit hat ergeben, dass immer dieselben Männer das Gebäude betreten und verlassen. Saleh haben wir bisher nicht zu Gesicht bekommen. Wir glauben also nicht, dass das hier seine eigentliche Operationszentrale ist. Aber die Männer, die wir gesehen haben, könnten durchaus JSO-Agenten sein. Wir haben noch ein zweites Haus identifiziert, das diese Kerle im Viertel besitzen, ein Privathaus in der Ibrahim Khedr Street. Ich hab dort in der Nähe eine Wohnung für statische Überwachungen vorbereitet. Aber bis jetzt sieht's aus, als ob die Spur ins Nichts führt, weil wir dort keinerlei Aktivität beobachtet haben.

Wir *haben* Salehs Männer beschattet, wenn sie ins Einkaufszentrum gegangen sind. Wir haben sie in Restaurants und an anderen öffentlichen Orten ein- und ausgehen sehen. Und wir gehen davon aus, dass sie dabei nicht nur relaxen und sich eine schöne Zeit machen. Wir glauben, dass sie schwer beschäftigt sind.«

Kolt warf ein: »Heimliche Treffen. Übergaben. Verstecke.«

Curtis nickte. »Das nehmen wir zumindest an. Aber ich hab hier nicht genügend Agenten, um sie alle zu beschatten. Jeder aus meinem Team ist denen schon so nahe gekommen, dass die uns in Sekundenschnelle wiedererkennen, wenn wir uns einfach im Restaurant neben sie setzen oder ihnen in einen Schuhladen nachlaufen.«

Slapshot meldete sich zu Wort: »Wenn Sie dieses Gefühl haben, dann sind Ihre Agenten wahrscheinlich längst aufgeflogen. Warum müssen wir überhaupt so nah ran?«

»Wir suchen nach Saleh selbst oder einem bekannten JSO-Mitglied und die haben dafür gesorgt, dass sie schwer zu identifizieren sind. Die JSO hat in den letzten Tagen des Gaddafi-Regimes ausgezeichnete Arbeit geleistet, die Aufzeichnungen über vorhandenes Personal zu vernichten. Abgesehen von ein paar Topleuten aus dieser Ex-Spionagebehörde tappen wir also praktisch im Dunkeln bei der Identifizierung dieser Männer.«

Kolt erkundigte sich: »Woher haben Sie Ihre Informationen?«

»Über die JSO-Beteiligung am Raketenschmuggel? Das meiste davon kam von Tripwire.«

Das überraschte Kolt. Als er Dr. Renny Marris zum letzten Mal gesehen hatte, hatte dieser nicht den Eindruck erweckt, seine Geheimnisse mit der CIA teilen zu wollen.

Und da war noch etwas, auf das Kolt sich keinen Reim machen konnte. Als Curtis weitersprechen wollte, unterbrach Raynor ihn deshalb. »Wenn Saleh und seine Leute wussten, dass Tripwire ihnen auf der Spur war ... und das war offenbar der Fall, sonst hätten sie ihn nicht ausschalten wollen ... warum haben sie dann nicht längst ihre Zelte hier abgebrochen und ihr Geschäft an einen anderen Standort verlegt?«

»Sie haben Tripwire durch seinen Kontaktmann innerhalb ihrer Organisation identifiziert. Aber dieser Kontakt wusste nichts von Maadi Land and Sea.«

»Woher wissen Sie das?«

»Das gleiche Team, das hinter Tripwire her war, also die, die von Ihnen und Ihren Kollegen ...« – er suchte nach einem passenden Ausdruck – »außer Gefecht gesetzt wurden ... haben auch einen Offizier aus Libyens neuer Armee getötet. Einen General namens Younis.«

»Und?«

»Und dieser General Younis war Tripwires Informant. Younis hat ursprünglich mit der JSO zusammengearbeitet und ihnen geholfen, in den Besitz mehrerer Lager mit SA-24-Raketen zu kommen. Er hat Armeespione benutzt, um Raketenladungen zum Abtransport in den Hafen von Bengasi zu bringen, und dafür wurde er gut bezahlt. Aber einer seiner Mitarbeiter gab Marris einen Hinweis und Marris setzte sich daraufhin mit Younis in Verbindung. Da dieser Angst hatte, dass man ihm die Schuld an jedem einzelnen Flugzeug gibt, das im Verlauf der nächsten zwei Jahrzehnte abgeschossen wird, hat der General Marris alles erzählt, was er über die Organisation von Aref Saleh wusste.«

»Und dann?«

Curtis zuckte mit den Schultern. »Wir nehmen an, dass Marris die Sache seinen Vorgesetzten bei den UN mitgeteilt hat. Und dann hat jemand von den UN Younis an Salehs Organisation verraten. So was passiert eben. Die UN sind nicht gerade dafür bekannt, Geheimnisse für sich zu behalten. Jedenfalls wurde der General vor der Praxis seines Zahnarztes aus seinem Toyota Land Cruiser gezerrt, zwei Tage lang in einem stillgelegten Luftschutzbunker in Tripolis gefoltert und dann auf einer Farm zwölf Klicks südlich der Stadt mit einer Dreschmaschine in Fetzen geschnitten.«

»Meine Güte«, murmelte Hawk.

»In Libyen gibt's ausgezeichnete Folterknechte. Wir sind relativ sicher, dass der General über seine Kontakte zu Marris geplaudert hat und der Professor deshalb ins Visier geraten ist. Aber obwohl der General einige der Mitglieder von Salehs Gruppe kannte und wusste, wo sich einige der Waffenlager in Libyen befinden, wusste er doch nichts über Salehs Operation hier in Kairo. Also war den Libyern klar, dass er den UN nichts darüber erzählt haben konnte, und sie wähnen sich in Sicherheit.«

Kolt klinkte sich noch einmal ein: »Curtis, ich gewinne so langsam den Eindruck, dass wir Tripwire nur deshalb für Sie aus Libyen geholt haben, damit Sie in seinen Dokumenten rumschnüffeln konnten.«

Myron Curtis grinste verschlagen. »Was soll ich sagen, Racer? An diesem Tag gab es in Tripolis viele Gewinner. Es war meine Entscheidung, Tripwire zu retten. Es war auch meine Entscheidung, die Akten in seinem Büro einzusammeln, bevor die JSO sie sich unter den Nagel reißt und erfährt, was die UN über sie wissen. Aber trotzdem hatten wir an diesem Tag keinen klaren Homerun. Wenn Sie und Ihre Jungs nicht in der Altstadt rumgeballert hätten, als wären Sie in Dodge City, hätten wir vielleicht die Zeit gehabt, die Lager in der Nähe von Tripolis zu stürmen und ein paar der Raketen vom Markt zu nehmen.«

Kolt seufzte. Wäre Curtis in der Altstadt dabei gewesen, als die langen Messer gezogen wurden, hätte der CIA-Mann sofort nach seinen besten Kumpeln von der Delta Force gerufen und sie aufgefordert, im Umkreis von drei Häuserblocks alles umzubringen, was sich bewegte. Daran hatte er keinen Zweifel.

Aber Raynor sprach diesen Gedanken nicht aus. Schließlich musste er mit diesem Kerl noch eine Weile zusammenarbeiten. »Also, wenn Sie von Tripwire nichts über Maadi Land and Sea erfahren haben, was hat Sie dann letztlich hergeführt?«

Curtis trommelte mit den Fingerspitzen auf dem Tisch. Raynor beschlich der Eindruck, der CIA-Mann wolle sich lieber nicht in die Karten schauen lassen. Aber nach einem kurzen Moment antwortete er: »Ich bin kein Renny Marris. Aber ich bin selbst in Libyen gewesen und habe versucht, die Spuren von Waffen zu verfolgen. Ich habe von einer Lieferung Boden-Luft-Raketen erfahren, die vom Hafen in Bengasi nach Kairo gebracht werden sollten. Aber ich hab sie um wenige Tage verpasst. Die Größe der Lieferung hat mich zu der Annahme verleitet, dass sie mit einem Containerschiff zum Käufer transportiert wird, nicht mit einem Flugzeug. Also bin ich nach Port Said gefahren und fand dort einen Frachtbrief, der zu meinen Informationen über den Reiseweg der Raketen passte. Aber die Ladung selbst ist mir durch die Lappen gegangen. Langley sucht in diesem Moment nach dem Boot.

Dem Frachtbrief zufolge enthält die Ladung ägyptische Maschinenteile und ist unterwegs nach Slowenien. Ich weiß allerdings, dass die ursprüngliche Fracht aus Libyen kam, nicht aus Ägypten. Und jeder weiß, dass Libyen nur zwei Dinge nach Europa exportiert: Öl und Immigranten.

Jedenfalls bin ich der Spur der Frachtdokumente gefolgt und fand heraus, dass die Firma, die für die Lieferung bezahlt hat, ein Postfach hier in Maadi hat. Ich kam also hierher, beobachtete, wie ein Typ ein paar Briefe aus diesem Postfach holte, und bin ihm zu seinem Auto gefolgt. Er ist zu Maadi Land and Sea gefahren, also habe ich den Namen der Firma in unserer Datenbank recherchiert. Langley hatte diese Firma schon früher mit dem libyschen externen Sicherheitsdienst in Verbindung gebracht. Nachdem wir Land and Sea ein paar Tage überwacht hatten, kam uns der Verdacht, dass es eine Transferstelle für einige der Waffen sein könnte. Auf dem Grundstück gehen einige verdächtige Gestalten ein und aus. Dort gibt es jede Menge Lagerplatz und umfassende Sicherheitsvorkehrungen.«

Raynor erkundigte sich: »Wie groß ist denn die Raketenlieferung, die mit diesem Boot in Port Said abgelegt hat?«

»Groß. Sehr groß. Der Fläche nach gehen wir davon aus, dass es bis zu 50 Stück sein könnten.«

»50 Boden-Luft-Raketen! Und die haben Sie sich durch die Lappen gehen lassen?«

Curtis winkte ab. »Verklagen Sie mich doch, Mann. Ich hatte nur zwei Leute und fast keine Agenten. Überall auf dem Globus gibt es Teams wie meins, die versuchen, die Verbreitung libyscher Waffen zu verhindern, und ich bin näher dran als die meisten anderen. Keine Sorge. Wir werden die Raketen finden, im Idealfall, während sie noch auf offener See sind, und wir werden sie vom Markt nehmen.«

Raynor seufzte. Er hatte schon manche unterbesetzte Mission durchführen müssen und oft darüber gejammert und sich beklagt. Nichts lag ihm ferner, als Curtis zu kritisieren, dass er angesichts des gleichen bürokratischen Blödsinns, über den er sich jahrelang aufgeregt hatte, keine optimalen Ergebnisse erzielte. Als Curtis nach Kairo gekommen war, hatten ihm Personal und Ressourcen gefehlt und trotzdem war es ihm nicht nur gelungen, die Libyer zu finden, er hatte noch dazu eine ihrer Ladungen bis zum Hafen verfolgt und das Boot identifiziert.

»Okay. Wie können wir helfen?«, hakte Kolt nach.

»Ich habe zwei Führungsoffiziere bei mir, dazu die zwei SAD-Paramilitärs zum Schutz. Das sind nicht genug Leute, um zu erreichen, was ich erreichen will. Die lokale Station steckt bis über beide Ohren in dem politischen Durcheinander fest, das aktuell in Ägypten herrscht. Die haben nur ein paar junge Beamte übrig, die sie mir von Zeit zu Zeit für Überwachungsaktionen ausleihen. Also habe ich Sie herbestellt, um die Ermittlungen zu unterstützen.«

»Was machen Sie aktuell überwachungstechnisch?«

»Wir führen eine verdeckte Videoüberwachung von Maadi Land and Sea durch. Die Kamera ist an einen Baum montiert, in einem privaten Garten auf der anderen Straßenseite. Wir verfolgen die Liveübertragung von hier aus und dadurch behalten wir im Auge, was dort so alles kommt und geht. Ich schicke immer einen meiner Männer in die kleinen Parks dort im Viertel. Wir verwenden die Bilder von der Kamera am Vordertor, um Verdächtige, die das Gelände verlassen, beschatten zu können. Was wir von Ihnen brauchen, sind so viele Informationen über das Gelände von Maadi Land and Sea, wie wir kriegen können. In Maadi gibt es viele Auswanderer, also wird ein Ehepaar auf der Straße nicht so sehr auffallen wie meine Leute. Ein paar Touristen, die die Sehenswürdigkeiten von Kairo abklappern, können problemlos durch die Umgebung streifen. Selbst wenn die Libyer Glück haben und Sie mehr als einmal zu Gesicht bekommen, wär das noch nicht schlimm, solange es an öffentlichen Plätzen passiert.«

»Und was ist mit uns?«, fragte Digger.

Kolt kam Curtis zuvor. Er wollte nicht, dass der CIA-Mann seinen Operators jede Kleinigkeit vorschrieb. »Überwachung, Unterstützung und auf Abruf Nahaufklärung.«

»Klingt ja super«, gab Digger zurück.

Es gefiel Curtis gar nicht, dass Kolt an seiner Stelle geantwortet hatte. »Das und wir werden hoffentlich auch das Okay bekommen, dass ihr Jungs eure Ninja-Nummer abziehen und euch in die Lagerhalle schleichen könnt, also Zielobjekt Rhein, um nachzuschauen, was sich darin befindet.«

Raynor schüttelte den Kopf. »Lassen Sie uns nichts überstürzen. Eins nach dem anderen.«

Curtis stand auf und gab ihnen damit zu verstehen, dass das Briefing beendet war. »Sicher doch, Racer. Sicher.«

Am nächsten Morgen fuhren Kolt und Cindy mit ihrer gemieteten viertürigen Daewoo-Limousine über die Corniche El Nil, die Straße am Nilufer, die an der vorderen Grundstücksmauer von Maadi Land and Sea Freight vorbeiführte. Die beiden Amerikaner konnten die oberen zwei Ebenen des Bürogebäudes erkennen, aber die Lagerhalle blieb außer Sicht. Dafür konnten sie einen Blick auf das Pförtnerhäuschen an der Vorderseite erhaschen, in dem ein uniformierter Mann hinter einer Glasscheibe saß.

»Das genügt nicht«, sagte Kolt. »Wir müssen näher ran.«

Hawk war derselben Meinung. »Dann also zu Fuß.«

Ein paar Blocks südlich von ihrem Ziel fanden sie einen Parkplatz. Sie aktivierten die versteckten 360-Grad-Kameras, die Live-Videobilder an ihre Handys übermittelten. Falls sich jemand an ihrem Auto zu schaffen machte, bekamen sie es auf diese Weise mit.

Sie spazierten die Corniche El Nil hinauf und bogen gegenüber von Maadi Land and Sea über die verkehrsreiche Straße auf eine Grünfläche ab. Für ein paar Minuten konzentrierten sie sich auf die Schaufenster. Allerdings schenkten sie den ausgestellten Waren keinerlei Beachtung, sondern ausschließlich der Spiegelung der anderen Straßenseite im Fensterglas. Bei einer direkten Beobachtung des Zielbereichs hätte sie ein geschultes Team allzu leicht bemerkt. Früher oder später konnten sie die Fähigkeiten ihrer Feinde studieren. Fürs Erste mussten sie sich damit abfinden, dass es viele unbekannte Faktoren gab.

Sie knipsten Fotos voneinander und bemühten sich dabei, das Vordertor mit aufs Bild zu bekommen. Aber von der Straße aus fielen die Ergebnisse unbefriedigend aus. Hand in Hand verließen sie den Park. Hawk fiel dabei eine achtstöckige Apartmentanlage in östlicher Richtung auf. »Ich wette, von einem der Balkons in den höheren Etagen kriegen wir, was wir brauchen.«

Raynor nickte und sie machten sich auf den Weg.

Der Immobilienmakler Sharif Farouk bog schwungvoll mit seinem sieben Jahre alten Mercedes-Coupé von der Corniche El Nil auf den Parkplatz eines der neun Wohngebäude ab, in deren Eingangshalle ein Schild mit seiner Handynummer hing. Immer wenn eine Wohnung in einem von ihm vermarkteten Haus frei wurde, brachte er ein Schild an – obwohl zufällig vorbeikommende Passanten sich eher selten eine unmöblierte Wohnung für 3000 Dollar im Monat leisten konnten.

Die Frau, die ihn vor weniger als einer Stunde angerufen hatte, war Kanadierin. Sie hatte erklärt, sie und ihr Mann würden ihre Flitterwochen hier verbringen. Die hübschen Grünanlagen und die Ruhe in Maadi hätten sie so sehr beeindruckt, dass sie nun darüber nachdachten, eine Wohnung anzumieten.

Sharif hatte mit Freuden seine Mittagsverabredung abgesagt und war quer durch die Stadt gerast, um sich mit den Kanadiern zu treffen.

Er empfand die höfliche junge Frau als attraktiv. Dass sie seine Sprache rudimentär beherrschte, verstärkte die

Anziehungskraft noch. Die dunklen Haare, die leicht asiatisch anmutenden Augen und das strahlende Lächeln zogen ihn von dem Moment an, da er ihr in der Eingangshalle die Hand schüttelte, in ihren Bann. Das Gebäude selbst war nicht weiter bemerkenswert. Es verfügte über acht Stockwerke, hatte Probleme mit der Elektrik und stand zu 25 Prozent leer, was sich empfindlich auf Farouks monatliche Provision auswirkte.

Die Frau war reizend, aber ihr Mann machte auf Sharif einen kühlen und unpersönlichen Eindruck. Nach einem schlaffen Händedruck starrte Frank Tomlinson nur noch stumm aus dem Fenster und stand mit den Händen in den Taschen da, während seine Frau Sharif bei der anschließenden Fahrstuhlfahrt munter über das Wohnviertel ausfragte. Sharif gewann den Eindruck, dass Mrs. Carrie Tomlinson eindeutig das Sagen hatte, wenn es um die ersehnte Zweitwohnung in Ägypten ging.

Mr. Tomlinson wirkte dagegen, als wäre ihm jeder andere Ort auf der Welt lieber gewesen.

Bei der Besichtigung der Penthouse-Wohnung mit Blick auf den Fluss wechselte Sharif ins Englische. Er zeigte regelmäßig Auswanderern Häuser in Maadi, daher war es wichtig, nicht nur Englisch, sondern auch Französisch und ein wenig Deutsch zu beherrschen. Sie gingen von Zimmer zu Zimmer. Tomlinson verdrückte sich auf den langen Balkon und starrte mürrisch auf den Nil. Sharif hielt das für seine Chance, sowohl die Frau vom Wasserschaden des Parkettbodens im Esszimmer abzulenken als auch den Mann zu überzeugen, der, wie er annahm, in dieser Beziehung für das Geld sorgte. Er folgte Frank nach draußen und winkte Carrie, ihm zu folgen.

»Sehen Sie? Eine sehr schöne Aussicht. Die Sonnenuntergänge sind der Wahnsinn.«

Mrs. Tomlinson schwärmte und umarmte ihren Mann. Der gab nur ein kurzes Schnauben von sich.

Bald waren Sharif und Carrie zurück im Innenbereich und besichtigten das geräumige Schlafzimmer, das riesige Bad und die beiden kleinen Schlafzimmer. Wütend stellte Sharif fest, dass es dort stank, als habe der Schimmel aus der Nachbareinheit auf diese Räume übergegriffen. Dort war ein Leck in einer Wasserleitung von der Hausverwaltung wochenlang nicht bemerkt worden, weil die Wohnung leer stand.

Kurze Zeit später standen sie wieder unten im Foyer. Carrie hatte einen Hochglanz-Prospekt über das Haus und eine Visitenkarte des Maklers erhalten. Sharif führte die schöne, gesprächige Carrie und den grüblerischen Frank in die heiße Sommersonne hinaus, gab sich jedoch nicht der Illusion hin, je wieder von ihnen zu hören.

»Wow, Frank«, sagte Hawk auf dem Rückweg zu ihrem Wagen. »Schätze, ich hab einen Blödmann geheiratet.«

Kolt grinste nur und ging weiter. Er rechnete damit, dass der Makler ihnen womöglich noch hinterhersah. Leise erwiderte er: »Tja, Hawk, mir hat noch nie ein anderer Operator mitten in einer Mission in den Hintern gekniffen.«

»Nicht?«

»Jedenfalls nicht, dass ich wüsste.«

»Ja, vielleicht war das zu viel des Guten. Ich wollte die Stimmung ein bisschen auflockern. Aber ich glaube, es hat Sharif eher verunsichert.«

»Nicht schlimm. Je weniger ich gesagt habe, desto mehr hat er sich auf dich konzentriert. Ich brauchte ein bisschen Privatsphäre.«

»Wie lief's bei dir?«

Kolt antwortete erst, nachdem sie wieder ins Auto gestiegen waren. Beim Abbiegen auf die Corniche El Nil sagte er: »Videos und Fotos des ganzen Geländes, die Kennzeichen der meisten Fahrzeuge auf dem Parkplatz, Bilder von den Wachen und ihrer Ausrüstung und Nahaufnahmen von ein paar Typen, die aussahen, als ob sie zur oberen Managementebene gehören. Die standen auf der Veranda und haben Raucherpause gemacht.«

»Super. Aber ich dachte, dafür nehmen wir die Fahrzeuge.«

Kolt zögerte. Dann erwiderte er: »Hast du das etwa in San Diego gelernt? Instinkt ist die halbe Miete, Hawk. Nicht der Hightech-Kram. Es bringt einen selten weiter, Dienst nach Vorschrift zu erledigen.«

Cindy nickte.

»Aber du hast deine Sache gut gemacht. Bist nicht aus der Rolle gefallen. Du hast mitgekriegt, was ich von dir brauchte, und hast den Kerl abgelenkt. Gute Arbeit.«

»Danke, Frank.« Sie strahlte. »War ein Kinderspiel. Ziemlich genau die Art Mission, wie wir sie bei den Prüfungen durchgespielt haben.«

»Die laufen nicht immer so glatt«, warnte Kolt.

Im Auto brachte Cindy noch etwas anderes zur Sprache. »Racer, als ich dich geküsst habe, hab ich mit der Hand diese Narbe an deinem Kopf berührt. Macht's dir was aus, wenn ich dich frage, wo du die herhast?«

»Überhaupt nicht. Macht's dir was aus, wenn ich dir keine Antwort gebe?«, erwiderte er, ohne sie anzusehen.

Kolt dachte an das Vorjahr zurück, an den Angriff auf die ›Sandburg‹ in der Nähe von Peschawar. Die zerklüftete Narbe am Hinterkopf würde ihn für den Rest seines Lebens an diesen Tag erinnern. Die Haare verdeckten sie zwar, aber wenn er sich einmal im Jahr für das offizielle Foto des Department of the Army einen vernünftigen Schnitt verpassen ließ, wurde sie für ein paar Wochen sichtbar.

»Schätze, nicht. Nur, wir sollten uns vielleicht eine Story dazu überlegen für den Fall, dass ich mal danach gefragt werde. Immerhin bin ich deine Frau.«

»Du hast mir 'ne Bratpfanne über den Schädel gezogen.«

»So 'n Quatsch!«, rief sie lachend. »Seh ich aus wie eine, die ihren Gatten mit 'ner Bratpfanne verprügelt?«

»Eher wie eine, die sofort schießt.«
»Danke ... oder so.«

Slapshot und Digger schwitzten in der heißen Mittagssonne. Sie fuhren auf einem kleinen, hölzernen Segelboot, das man Feluke nannte, den Nil hinauf. Beide trugen weiße *Gallabiyas* – lange weite Gewänder, die traditionelle Bekleidung ägyptischer Männer.

Ihr Ziel bestand darin, vom Fluss aus den Gebäudekomplex unter die Lupe zu nehmen. Digger wusste, wie man ein Segelboot steuerte, weil er als Kind manchmal Ferien am Lake Michigan gemacht hatte. Slapshot war ohnehin geschult im Umgang mit sämtlichen Wasserfahrzeugen, vom Paddelboot bis zu einem elf Meter langen 370 Justice, dem größten Boston Whaler auf dem Markt. Er hatte vor einigen Jahren mit dem Rest seines Teams mehrere Wochen in Key West verbracht, um sich auf eine geheime Geiselbefreiungsaktion in Südamerika vorzubereiten. Diese war nach Tötung einer der amerikanischen Geiseln unvermittelt abgebrochen worden, weil die Behörden die Nerven verloren.

Die beiden traditionell gekleideten Männer, die in einem alten Holzkahn vorbeisegelten, erregten in jedem Fall weitaus weniger Aufmerksamkeit, als es zwei Touristen aus dem Westen getan hätten, die mit einer Motorjacht am Ufer entlangtuckerten.

Auf ihrem Weg am Bürogebäude vorbei, das sich im südlichen Teil des von Mauern umgebenen Grundstücks befand, kümmerte sich Digger um die Segel. Währenddessen benutzte Slapshot eine winzige, in einem Korb versteckte HD-Kamera, um Aufnahmen vom Dach, von den Bereichen zwischen Fluss und Firmengelände sowie vom Parkplatz zu machen. Sie zählten drei Wächter – Männer in Jeans und kurzärmligen Hemden, bewaffnet mit MISRs, den hiesigen Varianten der russischen AK-47. Am Zaun unweit vom Ufer stand ein Mann mit Fernglas. Er hob es vor die Augen und richtete es auf das vorbeifahrende Segelboot.

Digger und Slapshot wandten kurzerhand die Blicke ab. Die Kamera filmte weiter.

Sie bemerkten vier Anhänger, die nebeneinander auf dem hinteren Parkplatz an der Nordseite der Lagerhalle abgestellt waren. Vermutlich befand sich dort die Laderampe, auch wenn sie nicht zu sehen war. Außerdem registrierten sie, dass ein 15 Meter langer Pier in den Fluss hinausragte.

Trotzdem ließ sich das Innere der Anlage nicht erkennen, weder auf Höhe der Lagerhalle noch beim Bürogebäude.

Sie entschieden sich gegen eine zweite Vorbeifahrt und steuerten stattdessen weiter den Fluss hinauf, bis sie ein paar Hundert Meter weiter zu einer Anlegestelle kamen. Von hier aus riefen sie Murphy an, einen der CIA-Beamten. Er kam und holte sie ab.

Bis zum frühen Abend waren alle vier Mitglieder des JSOC-Teams in den Unterschlupf zurückgekehrt. Curtis und seine beiden Leute hatten einen weitgehend erfolglosen Tag mit dem Versuch verbracht, einige Männer zu beschatten, die sich ein paar Stunden außerhalb des Geländes von Maadi Land and Sea aufgehalten hatten.

Kolt brachte sein Team in den Konferenzraum. Curtis kam einen Moment später herein. Kolt begann: »Wir haben Rhein und Stein von beiden Seiten inspiziert. Da ist definitiv was im Busch. Was immer in diesen Gebäuden vorgeht, da geht's um mehr als nur um irgendwelche Transporte. In Anbetracht der vielen Schlägertypen, die sie überall postiert haben, halten sich garantiert auch Bewaffnete auf dem Gelände auf. Mit Sicherheit beschützen die irgendwas oder irgendwen.«

»So was wie libysche Waffen beispielsweise.« Curtis klang ziemlich selbstgefällig.

»Kann sein«, räumte Kolt ein. »Aber noch wissen wir es nicht genau.« Curtis schien bereits eigene Schlüsse gezogen zu haben, was sich hinter den Mauern des Frachtunternehmens abspielte. Er selbst schloss sich keiner Kollektivmeinung an, ohne das Ziel persönlich genauer analysiert zu haben. Ein typischer Anfängerfehler.

Raynor fuhr fort: »Ich bin unser Bildmaterial durchgegangen, sowohl von der schwarzen als auch von der weißen Seite. Wir haben ganz gute Schnappschüsse von zwei älteren Kerlen bei Zielobjekt Stein, die unter Umständen die Anführer sind. Die sollten Sie sich mal ansehen.«

Falls Curtis beeindruckt war, konnte er es gut verbergen. »Besteht die Möglichkeit, dass ihr Jungs zu nah rangekommen seid und entdeckt wurdet?«

»Nein.«

Curtis sah zu Digger und Slapshot hinüber. Die zwei schüttelten die Köpfe. Keinem von ihnen gefiel es, dass ein CIA-Mann ihnen solche Fragen stellte.

Myron Curtis dämpfte das Licht und setzte sich vor den Laptop, der an den großen Monitor auf dem Tisch angeschlossen war. Er nahm die SD-Karten von Racer entgegen, auf denen die Fotos der Zielobjekte Rhein und Stein gespeichert waren. Er schob eine davon in den Kartenleser. Sekunden später scrollte er durch die Fotos von Racers Kamera. Es waren die Bilder, die er vom winzigen Park gegenüber von Maadi Land and Sea aus geknipst hatte. Dann folgten Fotos aus einer höheren Perspektive. Sie waren auf dem Balkon des Apartmenthauses entstanden.

Die Vergrößerung der Kamera war beeindruckend, ebenso Racers Fähigkeit, verwacklungsfreie Details aus großer Entfernung einzufangen. Ein Foto nach dem anderen scrollte über den Bildschirm. Sie zeigten die Lagerhalle, das Bürogebäude, den Parkplatz und mehrere dort abgestellte

Fahrzeuge. Dank der Zoomfunktion der Software konnte Curtis einen näheren Blick auf die Nummernschilder einer Reihe von Luxuswagen neben Zielobjekt Stein – dem Bürogebäude – werfen. Außerdem gab es gute Nahaufnahmen von Männern auf dem Dach und Teilaufnahmen von Männern auf dem Balkon an der Südseite.

Danach schob er die SD-Karte von Diggers Kamera in den Schlitz. Er klickte die Bilder durch, die vom Bug der Feluke auf dem Fluss aufgenommen worden waren.

Er ging die Dateien schnell durch und kündigte an, sie später genauer zu überprüfen. Mit einem Mal hielt er inne, weil ihm zwei Männer auffielen, die gemeinsam auf dem Balkon standen – dieselben, die Raynor von der anderen Seite her eingefangen hatte.

Curtis fuhr nah an sie heran. Einer von ihnen stand leicht abgewandt vom Nil, genau wie auf dem runden Dutzend anderer Bilder, auf denen er zu sehen war. Aber der andere, ein adretter Mittvierziger mit glatten, schwarzen Haaren und einer schmalen Brille, schien direkt in die Kamera zu blicken.

»Ich fass es nicht«, murmelte Myron Curtis.

»Kennen Sie ihn?«, erkundigte sich Slapshot.

»Nicht persönlich, nein. Aber ich weiß, wer er ist. Das ist Ashraf Afifi. Bis zum Sturz des Gaddafi-Regimes fungierte er als stellvertretender Direktor der JSO in Nordafrika. Er hat in Tripolis den Ruf, eine Art Playboy zu sein. Angeblich soll er sogar Gaddafis Frau genagelt haben.«

Hawk warf ein: »Die Frau vom Oberst? Dann muss er echt Eier aus Stahl haben.«

»Aber hallo«, stimmte Digger zu. »Damit steht die Tapferkeit unserer Zielpersonen jedenfalls außer Frage.«

Raynor grinste über die Bemerkungen.

Curtis fuhr fort. »Alle hielten ihn für tot, getötet bei den Aufständen letztes Jahr. In den drei Tagen, seit wir die Fernkamera vor Rhein angebracht haben, hat er dieses Grundstück mit ziemlicher Sicherheit *nicht* verlassen – es sei denn, er hat in einem der Fahrzeuge mit getönten Scheiben gesessen. Die haben einen Mercedes und einen BMW mit Rauchglas.«

Er dachte einen Augenblick nach. Er war froh darüber, dass sie endlich einen früheren JSO-Mitarbeiter hier in Kairo identifiziert hatten, war zugleich aber auch verwirrt über diese Entdeckung. »Wir hatten angenommen, dass nur Leute von niedrigem Rang, also Fußsoldaten und Logistiker, hier in Maadi arbeiten. Unsere Linkanalyse hat ergeben, dass es lediglich eine Art Lager- und Umschlagstation für den ganzen Scheiß ist. Wir müssen unsere Informationen noch mal überprüfen, um rauszufinden, was sein Hiersein zu bedeuten hat.«

Slapshot beugte sich mit verschränkten Armen vor und sagte: »Curtis, ich bin wahrscheinlich der Dümmste hier im Raum, aber für mich legt das den Schluss nahe, dass Ihre Informationen, wonach das hier nur ein Versandlager ist, schlicht und ergreifend falsch sind.«

Kolt spuckte etwas Tabaksaft in eine leere Wasserflasche. Natürlich stimmte die Beobachtung. Slapshots Manieren waren nicht die besten, aber wenigstens ließ er sich von niemandem etwas vormachen.

Curtis sträubte sich, das Offensichtliche einzugestehen. »Alles ist möglich, aber wie ich schon sagte: Wir müssen Saleh identifizieren, wobei wir wissen, dass der Drecksack ziemlich geschickt ist. In Libyen ist er ein gesuchter Mann. Wir wissen, dass er dort gewesen ist. Aber die Vorstellung, dass er das Land je nach Bedarf betreten und verlassen kann, erscheint mir ziemlich unplausibel.«

Kolt warf ein: »Der andere Kerl auf dem Foto ... Besteht nicht die Möglichkeit, dass das Saleh ist?«

Curtis sah noch einmal kurz hin und erwiderte: »Ich kann sein Gesicht ja nicht erkennen. Von seinem Hinterkopf haben wir leider keine Referenzbilder.«

Raynor starrte Curtis mürrisch an. *Ich frag ja nur, du Klugscheißer.*

Sie verbrachten die nächsten paar Minuten damit, die restlichen Aufnahmen durchzugehen. Schließlich sagte Curtis: »Kommen wir zum nächsten Punkt. Während ihr Jungs ...« – er zwinkerte Hawk zu – »... und Mädchen bei Maadi Land and Sea gewesen seid, haben wir den Tag damit verbracht, ein paar andere Personen zu beschatten. Kurz nach Mittag sind drei mögliche Mitglieder der Saleh-Organisation bei Zielobjekt Kelch aufgetaucht, einem zweiten JSO-Grundstück etwa einen Kilometer von Rhein und Stein entfernt. Das Haus befindet sich in der Ibrahim Khedr Street. Zwei Mann sind reingegangen, ein dritter blieb vor dem Haus am Steuer des C-Klasse-Mercedes sitzen, mit dem sie gekommen sind. Die waren nur etwa 20 Minuten drin, der Fahrer draußen hat gut aufgepasst und uns fehlten Ressourcen, deshalb kamen wir nicht näher ran.«

Raynor neigte den Kopf. »Nicht nötig, in der Situation noch näher ranzugehen. Irgendeine Ahnung, was die dort angestellt haben?«

Curtis fegte Raynors Frage achtlos beiseite. »Nichts Wichtiges. Das ist nur ein unbewohntes, zweistöckiges Backsteinhaus, wirklich nicht weit von Maadi Land and Sea entfernt. Es gehört außerdem der gleichen Tarnfirma. Wir haben es überprüft, aber da gibt's nicht mehr in Erfahrung zu bringen.«

»Woher wissen Sie das? Sind Sie drin gewesen?«

»Nein, aber es steht leer.«

»Aber Sie sagten doch gerade, dass heute ein paar Typen reingegangen sind.«

»Die haben nur kurz vorbeigeschaut. Sind nicht lang geblieben.«

»Und wozu, um 'ne Tasse Tee zu trinken? Solche Kerle schauen doch nicht ohne Grund irgendwo vorbei.«

»Immer mit der Ruhe, Racer. Da ist nichts.«

Kolt ließ nicht locker. »Warum haben Sie da draußen keine Abhörgeräte? Maadi Land and Sea zu verwanzen ist verdammt schwierig. Aber wenn das Ibrahim-Khedr-Haus nicht bewacht ist, könnten Ihre Leute dann nicht da reingehen und es für eine Fernüberwachung präparieren?«

»Glauben Sie mir, Raynor, das ist nicht so einfach. In Libyen haben diese Kerle jeden Tag nach Wanzen gesucht, und zwar in sämtlichen ihrer Häuser. Es gibt keinen Grund, warum sie das hier nicht auch tun sollten.«

»Sind Ihre Mikros nicht besser als deren Suchgeräte?«

Curtis zuckte die Achseln. »Wir kannten uns ganz gut aus mit der Technik, die der libysche Geheimdienst zur Spionageabwehr benutzt hat. Also nehm ich mal an, dass wir was anbringen könnten, das die nicht entdecken. Aber wir wissen nicht mit Sicherheit, ob diese Typen ihre technische Ausrüstung inzwischen nicht von besseren Herstellern beziehen als damals. Gut möglich, dass sie Suchwerkzeuge benutzen, die wir nicht überlisten können. Wir dürfen *nicht* zulassen, dass diese Operation kompromittiert wird, weil Salehs Schläger eine Wanze finden.«

Kolt schüttelte den Kopf. »Das ergibt doch keinen Sinn, Curtis. Wenn die wirklich diesen ganzen High-Speed-Scheiß da drin hätten, würden sie doch nicht die vielen Wachmänner mit Knarren brauchen.«

Curtis schnappte zurück: »Wir werden das Risiko nicht eingehen. Punkt. Sobald die eine einzige Wanze finden, fliegt die komplette Operation auf. Wir sind zu dicht dran, um das zu riskieren.«

»Wie wär's denn mit was Unauffälligem wie Lasermikros? Wir haben ein paar mitgebracht. Wir könnten das Apartment gegenüber von Objekt Kelch benutzen und es mal ausprobieren.«

Curtis schüttelte den Kopf. »Die Teile benutzen wir nicht. Die sind scheiße.«

Kolt verzog das Gesicht. »Die sind besser als gar nichts, und im Moment haben Sie gar nichts. Die Lasermikros registrieren Geräusche innerhalb eines Hauses anhand der

Vibrationen des Fensterglases, die dann zu Sprache synthetisiert werden können. Oder wie auch immer das genau funktioniert.«

»Wir haben eine auf Kelch gerichtete Kamera in dem Apartment, genau wie bei Rhein und Stein. Falls dort jemand auftaucht, egal wie lange, fahren wir hin und sehen es uns an. Aber innerhalb von drei Tagen hat sich da genau 20 Minuten lang was getan. Wir konzentrieren uns auf Maadi Land and Sea. *Da* spielt die eigentliche Musik.«

Kolt wollte es nicht dabei bewenden lassen. »Was, wenn die Männer da heute vorbeigefahren sind, um Waffen zu inventarisieren, die dort lagern? Schauen Sie, wir haben die Ausrüstung und wir haben das Personal. Es wäre dumm, es nicht wenigstens zu versuchen.«

»Racer«, beharrte der CIA-Mann, »Sie und Ihr Team werden sich auf Maadi Land and Sea konzentrieren.«

Curtis war sichtlich genervt, dass dieses Team ständig seine Entscheidungen infrage stellte. Er hatte auf Unterstützung gehofft, die sich ihm widerstandslos unterordnete. Aber Kolt schlug sich ständig mit Kerlen von der Agency herum und war niemand, der einer Konfrontation freiwillig aus dem Weg ging. Vor allem dann nicht, wenn eine Mission so wichtig war wie diese. »Warum?«

Curtis bedachte Raynor mit einem mahnenden Blick. »Als wir von diesem Haus erfuhren, lautete unsere erste Vermutung, dass Saleh oder einer seiner Top-Lieutenants es als Wohnhaus nutzt. Deshalb haben wir es beschattet. Aber ich denke nicht, dass Saleh sich in Kairo aufhält. Und wenn doch, ist er eher in Stein. Wir werden Objekt Kelch weiterhin punktuell überwachen, aber auf keinen Fall zweigen wir Ressourcen für eine Rund-um-die-Uhr-Überwachung ab. Dort wohnt niemand und wir wissen, dass dort keine Raketen aufbewahrt werden.«

»Woher zum Teufel wissen Sie das?«

Jetzt schrie Curtis Raynor an. »Die haben eine zweieinhalb

Quadratkilometer große Lagerhalle zwei Klicks entfernt, die durch Mauern, Kameras und Gewehre geschützt ist! Warum, verdammt noch mal, sollten die SA-24s in einem unbewohnten Gebäude mitten in einem Wohnviertel lagern?«

Raynor entging nicht, dass es Curtis überhaupt nicht gefiel, wenn man seine Annahmen anzweifelte. Bei der Delta Force war es nicht üblich, dass ein Angreifer oder Scharfschütze sich zu Wort meldete, wenn er die Auffassung vertrat, dass die Theorien seines Officers Bullshit waren. Myron Curtis hatte offenbar kein dickes Fell. Er führte hier das Kommando. Alle anderen sollten gefälligst den Mund halten und seine Befehle befolgen.

Kolt ließ nicht locker. »Okay, Curtis. Ich versteh schon. Sie haben einen Einsatzbefehl durchgedrückt, weil Sie dachten, wenn Sie sich ein paar JSOC-Operators bestellen, haben Sie Ihren eigenen, kleinen Trupp von Blödmännern, die herkommen und alles tun, was Sie sagen, ohne kritische Fragen zu stellen. Stimmt's?«

Curtis funkelte Raynor an. Leise erwiderte er: »Aber dann, durch eine grausame Laune des Schicksals, bekomme ich Sie.«

Einen Moment später wurde das Meeting beendet und Kolts Teammitglieder zogen sich in die zwei Zimmer im hinteren Teil des Hauses zurück, die für sie bereitstanden. Kolt selbst blieb noch im Versammlungsraum, um mit Curtis zu reden. Er wollte den Kerl am liebsten aus dem Fenster werfen. Aber er kämpfte gegen diesen Drang an und beschloss stattdessen, das Schiff wieder auf Kurs zu bringen, bevor es kenterte.

»Curtis, hier steht für uns beide zu viel auf dem Spiel, als dass wir uns 'nen Ego-Streit leisten könnten. Es geht nicht um Ihre oder meine Autorität. Es geht darum, diese verdammten Raketen vom Markt zu nehmen.«

»Nicht so herablassend, Racer. Niemand will das mehr als ich.«

»Glaub ich Ihnen sogar. Aber so, wie Sie das angehen, wird es nicht funktionieren. Hören Sie, ich hab kein Problem damit, den einen oder anderen blödsinnigen Bürokratieschritt zu überspringen, um eine Mission abzuschließen. Und für mich sieht's so aus, als ob Sie ähnlich ticken.«

Der jüngere Mann nickte nur.

»Aber Sie bewegen sich bei dieser Operation auf dünnem Eis. Ihre Sicherheit taugt nichts und Sie geben entscheidende Erkenntnisse nicht an Langley weiter. Und für mich sieht's so aus, als hätten Sie uns nur hergerufen, damit wir hier so lange rumsitzen, bis Sie uns grünes Licht für einen Angriff auf die Lagerhalle geben. So läuft das nicht, Curtis. Wir brauchen eindeutige Hinweise, verlässliche Informationen, die uns bestätigen, dass in Objekt Rhein Waffen gelagert werden, bevor der kommandierende General vom JSOC überhaupt in Erwägung zieht, uns da reingehen zu lassen.«

Curtis gab zurück: »Das weiß ich. Ich weiß, dass wir Rhein nicht betreten können, solange uns ein klarer Beweis fehlt, dass die Libyer im Besitz von Waffen sind. Aber diesen Beweis bekomm ich und wenn es so weit ist, müssen Sie und Ihr Team bereit sein zuzuschlagen. Sie müssen sich darauf konzentrieren, das Grundstück so sorgfältig auszukundschaften, dass Sie jeden einzelnen Winkel kennen.«

Kolt seufzte. »Wenn wir den Befehl kriegen, führen wir ihn aus. Aber wir werden einen Scheiß tun ohne die Zustimmung von meinem Boss in Bragg. Bis dahin: Lassen Sie sich von uns helfen. Wir können mehr als Schießen. Wahrscheinlich verfügen wir sogar über mehr Erfahrung mit Beschattungen als Ihre Leute.«

»Diese Libyer sind gut. Ich hab gesehen, was sie in Tripolis mit Salehs Leuten angestellt haben. Ich kann einen übereifrigen Operator nicht ...«

»›Übereifrig‹? Großes Wort, Curtis. Haben Sie das in der Offiziersschule gelernt?«

Curtis schwieg lange, bevor er sagte: »Ich weiß alles über

Sie, Major Kolt Raynor. Ich weiß, was 2009 in Pakistan passiert ist.«

Raynor biss die Zähne zusammen. Er beugte sich näher an Curtis heran und sprach langsam. »Sie wissen einen Scheiß. Und Sie sollten sich die nächste Bemerkung, die aus Ihrem Mund kommt, besser gut überlegen.«

Curtis nickte und lächelte gehässig. »Meine Freunde in Langley haben Nachforschungen über Sie angestellt. Sie sind ein interessanter Kerl, Raynor. Wo immer Sie hingehen, lassen Sie Leichen zurück. Ich brauch vielleicht den einen oder anderen Revolverhelden bei dieser Mission, wenn es dazu kommt, also werd ich Sie nicht wieder nach Hause schicken. Aber fürs Erste betrachte ich Sie als wandelndes Pulverfass und als potenzielle Gefahr für diese Operation. Sie wollen Kelch überwachen? Bitte, nur zu. Dann kommen Sie mir wenigstens nicht in die Quere. Ich und mein Team werden Informationen finden, die Saleh oder die Waffen mit Maadi Land and Sea in Verbindung bringen. Und dann werde ich Sie – Verzeihung – das JSOC wird Sie reinschicken, um ein paar Sachen in die Luft zu jagen und ein paar Drecksäcke kaltzumachen. Sie sollten sich vielleicht besser auf die Vorbereitung dieses Einsatzes konzentrieren als auf Ihre Hirngespinste.«

Raynor wandte sich ab und verließ den Raum, ohne ein Wort zu sagen.

Kolt betrat das Zimmer, das er sich mit Cindy teilte, ließ sich in die Schlafnische plumpsen und zog die Stiefel aus.

Sie saß mit dem Gesicht zu ihm in ihrer eigenen Koje und fuhr gerade den Laptop hoch.

»Was ist da zwischen euch beiden los?«

»Nichts. Wir sind uns vor ein paar Wochen das erste Mal begegnet.«

»Und, ist da was Schlimmes passiert?«

»Nur den Feinden. Ich schätze jedoch, Curtis sieht das anders.«

»Muss ich für euch die Streitschlichterin geben?«, fragte sie scherzhaft.

Kolt gefiel das Ganze überhaupt nicht. Er war sauer wegen Curtis, sauer, weil diese Operation zu scheitern drohte. Und er mochte es nicht, von diesem Mädchen aus dem Pilotprogramm aufgezogen zu werden. Er hatte hier das Sagen und ihr Tonfall wurde ihm langsam zu lässig. »Nein, Hawk. Das wirst du nicht tun.«

Immerhin merkte Cindy sofort, dass sie zu weit gegangen war. »Tut mir leid, Boss. Bin wohl übers Ziel hinausgeschossen.«

»Kein Problem. Konzentrier dich auf die Mission, Carrie.«

»Ja, Sir. Ich meine … ja, Frank.«

Die Deltas verbrachten den nächsten Tag damit, Rhein und Stein weiter zu observieren und Lasermikrofone im Apartment gegenüber von Kelch zu installieren. Der Großteil der Überwachungsarbeit war mühsam und eintönig, aber Kolt wusste, dass sie weit mehr Informationen über ihre Zielorte benötigten. Wenn man ein Zielobjekt gar zu einseitig unter die Lupe nahm, neigte man zu gefährlichen Mutmaßungen. Es würden noch zahlreiche Beschattungsaktionen nötig sein, um die täglichen Abläufe innerhalb der Mauern von Maadi Land and Sea zu durchschauen.

Also segelten Digger und Slapshot mit einer Feluke ein zweites Mal am Vormittag und ein drittes Mal am späten Nachmittag dort vorbei. Raynor und Hawk mimten weiterhin das glückliche Paar in den Flitterwochen. Sie heuerten einen Englisch sprechenden Fremdenführer an, der sie durch die verschiedenen Viertel Kairos führen sollte, damit sie mit ihrer High-end-Kamera Fotos schießen konnten. Auf ihren Wunsch fuhr er sie auf der Ringstraßenbrücke über den Nil, dann nach Süden auf die Kairo Aswan Street. Hier, auf einem breiten Grünstreifen am Fluss, machten sie halt und gönnten sich ein Mittagspicknick, während ihr Führer im Auto zu Mittag aß. Kolt schraubte ein 400-Millimeter-Objektiv an seine Kamera und schoss mehr als 100 Fotos vom Zielobjekt, von dem sie etwa 100 Meter blaues Wasser trennten.

Je mehr sich ihr Foto-Ordner füllte, desto schwieriger erschien ihnen das Einnehmen des Ziels: bewaffnete Männer, Bewegungsmelder, Zäune, Freiflächen, die es zu überqueren galt. Der AFO-Zelle wurde klar, dass ein Angriff, falls es dazu kam, eine ausgesprochen zähe Angelegenheit zu werden drohte.

Am späten Nachmittag landeten am Cairo International Airport in wenigen Minuten Abstand zwei Großraumflieger: eine Maschine der Egypt Air aus Beirut und eine Bombardier Dash von Olympic Air aus Athen. Sieben von mehreren Hundert Passagieren, die aus den beiden Flugzeugen stiegen, versammelten sich hinter der Zollkontrolle. Sie waren zwischen 33 und 44 Jahren alt. Alle trugen maßgeschneiderte Anzüge und führten kaum Gepäck mit sich. Sie stiegen in einen Kleinbus, der sie vor dem Terminal abholte. Von dort wurden sie durch verstopfte Straßen zum Hotel und Casino Cairo Maadi Towers gebracht.

Die sieben Männer erhielten die Schlüssel zu vier Suiten, die alle in der neunten Etage lagen. Vom Balkon aus konnten sie die Pyramiden am Horizont sehen. Aber sie zogen es vor, die Gardinen zuzuziehen und ›Bitte nicht stören‹-Schilder an die Tür zu hängen.

Sie nahmen an diesem Abend keine Anrufe entgegen und hielten keine Treffen ab.

Es waren keine Geschäftsleute. Sie gehörten zur Quds-Einheit der Armee der Wächter der Islamischen Revolution. Spione der iranischen Revolutionsgarde.

Bei einem der sieben handelte es sich um den stellvertretenden Leiter dieser Organisation, die anderen sechs gehörten zu seiner Wachmannschaft. Jeder Einzelne von ihnen hatte militärischen Spezialkommandos angehört und Missionen im Irak, in Afghanistan, im Libanon und in Syrien durchgeführt. Sie waren nach Ägypten gekommen, weil ihr Boss hier einkaufen wollte.

Der Anführer der Gruppe plante ein Treffen mit Aref Saleh, dem früheren Mitarbeiter von Colonel Muammar Al-Gaddafi, um Waffen zu beschaffen. Aber fürs Erste wollten sie hier im Hotel warten, bis der zwielichtige Partner ihnen konkrete Instruktionen erteilte.

Die russischen Igla-S-Raketen, die er anzubieten hatte, waren ihnen diese Umstände wert.

Der Iran verfügte über massenhaft schulterverschießbare Boden-Luft-Raketen, sowohl Igla-S-Modelle als auch andere Ausführungen. Aber die Iraner hatten nicht vor, die Waffenkammern ihres Landes aufzustocken. Nein, sie wollten Geschenke kaufen. Die Raketen, die sie hier in Ägypten erwarben, ließen sich nach Libyen zurückverfolgen, aber nicht in den Iran, was es ermöglichte, die Transaktion glaubhaft abzustreiten.

Der Auftrag der Quds-Einheit bestand unter anderem darin, überall auf der Welt islamische Untergrundorganisationen ins Leben zu rufen.

Sie waren hier, um den Kauf von 20 Igla-S-Systemen abzuschließen und diese an die Hisbollah im Libanon zu liefern. Die Libanesen hätten das Geschäft natürlich auch selbst tätigen können, aber die Iraner sprangen für sie sowohl als Mittelsmänner als auch bei der Kostenübernahme ein.

In der als Dorf getarnten Al-Qaida-Basis am Wadi Bani im südlichen Jemen hallte das leise Klopfen an einer Holztür durch das Zimmer eines Lehmziegelbaus. David Doyle, glatt rasiert und mit kurz geschnittenem Haar, stand mit dem Rücken zur Tür vor einem winzigen Fenster und lugte hinaus. In der Raummitte stand ein einfacher Aluminiumtisch mit drei Stühlen.

Auf einem dieser Stühle saß Miguel. Vor ihm lagen Notizblock und Stift. Als das Klopfen ertönte, rief er in tadellosem Englisch: »Herein!«

David Doyle gesellte sich zum stellvertretenden Kommandeur an den Tisch.

Die Tür sprang auf und ein Mann mit dunkler Hautfarbe, kurzen Haaren und gepflegten Koteletten betrat den Raum. Er trug Baggy-Cargo-Shorts und Sandalen sowie ein Sweatshirt, das ihn in dieser stickigen Luft in Schweiß ausbrechen ließ.

»Guten Morgen«, sprach er die Männer auf der anderen Seite des Tisches an. Es klang zaghaft.

»Guten Morgen«, grüßte David Doyle. »Bitte, setz dich. Es wird nicht lange dauern.«

Der Aluminiumstuhl kratzte über den Steinboden, als der Neuankömmling ihn abrückte. Dünne Schweißperlen strömten ihm über die Schläfen. Er wischte sich mit dem Ärmel des weißen Sweatshirts das Gesicht ab. Auf dem Kleidungsstück prangte die orangene Silhouette eines Longhorn-Stierkopfs, darüber der Schriftzug TEXAS.

»Wie geht's?«, fragte Miguel.

»Gut, danke. Und dir?« Der Mann sprach mit starkem Akzent, aber sein Englisch war gut verständlich.

Miguel antwortete nicht. Stattdessen übernahm Doyle die Befragung. »Wie heißt du?«

»Jaza Hussein, aber alle nennen mich Jerry.«

»Woher kommst du?«

»Ursprünglich aus Pakistan, aber jetzt …«

»Was machst du so, Jerry?«

Jerry lächelte und zupfte an seinem Sweatshirt der University of Texas. »Ich mache gerade meinen Master in Politikwissenschaft an der UT in Austin.«

»Ach, wirklich?«

»Ja.« Er zögerte, bevor er sich korrigierte. »Yep.« Beim zweiten Versuch klang es natürlicher, weniger gestelzt und förmlich.

»Das ist cool, Jerry. Ich hab gehört, das ist 'ne schöne Stadt.«

Jerry nickte rasch und sprach hastig. Er war merklich nervös. »Die Stadt ist super. Ich hab 'ne kleine Wohnung, gleich an der Guadalupe Street.«

»Eine *was* an der Guadalupe Street?«

»Eine ... ein Apartment?«

»Ich frag *dich*.«

»Ein Apartment. Ja. In meinem Land sagen wir ›Wohnung‹ dazu, aber hier in den Staaten ...«

»Verstehe«, sagte Doyle.

Miguel schaute auf den Zettel in seiner Hand. »Ich hatte einen Freund, der an die UT ging. Hab ihn mal besucht.«

Jerrys Augen weiteten sich etwas, aber er nickte und lächelte. »Cool.«

Miguel blickte auf. »Ich hab's grad vergessen ... Wie nennen die Leute von der UT Austin noch mal diesen Teil der Guadalupe da am Campus?«

Jerry kniff die Augen zusammen und überlegte. Sein Blick driftete leicht zur Seite ab. Dann richtete er ihn wieder auf die Fragesteller. »Ja. Der wird ... ›The Drag‹ genannt.«

Doyle hakte nach: »So sicher scheinst du dir da aber nicht zu sein, Jimmy.«

Der Befragte grinste nervös. »Jerry. Ich heiß Jerry. Und doch, ich *bin* mir sicher. The Drag, genau.«

»Wie hieß der Kerl, der vom Uhrenturm aus die ganzen Leute erschossen hat?«

Jetzt zögerte Jerry keine Sekunde. Er wurde zunehmend souveräner. »Whitman. Was für ein beschissenes Riesenarschloch.« Er sagte den letzten Satz, als gehörte er zum Namen des Kerls.

Doyle und Miguel musterten den Mann noch einen Moment länger. Schließlich lobte Doyle: »Gut gemacht, mein Freund.«

Der Agent lächelte mit stolzgeschwellter Brust. Aber dann schob Doyle hinterher: »Muss trotzdem noch viel besser werden.«

»Das wird es, David«, versicherte Jerry. »Versprochen.«

»Gut.«

»In Ordnung. Geh und schick den nächsten Studenten rein.«

Mit einem Nicken und einer leichten Verbeugung erhob sich Jerry und verließ das Zimmer. Nachdem er die Tür geschlossen hatte, merkte Miguel an: »Nicht schlecht für einen Tag Lernen. Der Kerl ist Pakistani. Nie in den USA gewesen. Auch nie in Großbritannien.«

Doyle war der strengere Lehrer. »Er kann die Sprache und merkt sich die Fakten schnell genug, aber er muss sich besser im Griff haben. Das Ziel ist nicht, diese Männer zu Amerikanern zu machen. Das Ziel ist, aus ihnen ausländische Studenten *in* Amerika zu machen. Mir ist völlig egal, ob er von Cheeseburgern kotzen muss. Ich will nur, dass er selbstbewusst auftritt, wenn er befragt wird.«

»Es war erst ein Tag, David. Er wird's schon schaffen. Die werden es *alle* schaffen.«

Doyle brummte nur. Seine komplette Mission hing von der Fähigkeit seiner Agenten ab, nahtlos mit dem Umfeld in den Vereinigten Staaten zu verschmelzen.

Es klopfte erneut.

»Herein«, rief Miguel.

So ging es den ganzen Morgen weiter. Dies waren nur die ersten Befragungen, die einfachen. Für die nächsten paar Tage hatten Doyle und Miguel noch zahlreiche weitere geplant, jede völlig anders als die vorige und mit steigendem Schwierigkeitsgrad. Die beiden Anführer wollten in die Rollen von Wichtigtuern schlüpfen, die neben den Männern in einem Bus saßen. Außerdem wollten sie neugierige, argwöhnische Patrioten mimen, die sie mit rassistischen Bemerkungen provozierten und aufforderten, ihnen zu erklären, was sie in der Nähe eines Flughafens zu suchen hatten.

Schließlich würde Doyle sich als Polizeibeamter ausgeben, die Männer einen nach dem anderen bei einer Autofahrt anhalten und die gegebenen Antworten mit ihren Papieren abgleichen.

Jeder der zwölf Agenten hatte sich eine Reihe von Informationen eingeprägt, die im Zusammenhang mit seinem gefälschten Lebenslauf standen. Doyle legte Wert darauf, dass sie kein einziges Detail vergaßen. Außerdem mussten sie das Ganze sowohl im entspannten als auch im erschöpften, verängstigten und wütenden Zustand runterbeten können.

Das, zusammen mit ihrer Fähigkeit, einen Abzug zu drücken und eine Rakete abzufeuern, die Hunderte von Ungläubigen tötete – wieder und wieder –, entschied letztlich über ihre Eignung zur Durchführung der Mission.

Slapshot und Digger hatten die Stunden seit der Morgendämmerung damit verbracht, in ihrem Versteck abwechselnd in 30-Minuten-Schichten Zielobjekt Charlie zu beobachten. Sie hockten in der Wohnung auf der anderen Straßenseite, 50 Meter westlich von Salehs Grundstück und drei Meter vom Schlafzimmerfenster im Erdgeschoss entfernt.

Im Moment war Slapshot an der Reihe. Im dunklen Zimmer saß er auf einem Stuhl, hatte ein dunkelbraunes Laken über dem Kopf und die Arme auf der Tischplatte vor sich abgestützt. Vor ihm stand ein Schmidt-und-Bender-Spektiv mit regelbarer Stärke. Er unternahm keine schnellen

Bewegungen, die jemand auf der Straße oder von einem der benachbarten Fenster aus wahrnehmen konnte.

Rechts vom Spektiv lag das Lasermikrofon. Um es zu benutzen, musste er zum drei Meter entfernten Schlafzimmerfenster, indem er vom Stuhl rutschte und über den Boden kroch, es vorsichtig öffnete und zurück zur unbequemen Sitzgelegenheit krabbelte.

Weder er noch Digger hatten in diesem Gebiet Maßnahmen zur Spionageabwehr bemerkt, trotzdem gingen sie kein Risiko ein. Sie hielten strikt die Standardprozedur für diese Form der Überwachung ein.

Die CIA-Leute gingen allerdings nicht so vorsichtig zu Werke.

Am Vortag waren Murphy und Wychowski zweimal zu ihrem Versteck gekommen. Beide Male hatten sie den Hintereingang benutzt, nicht den an der Ibrahim Khedr Street, und sie hatten die Lichter im Einzimmerapartment ausgeschaltet gelassen. Trotzdem wurden sie von Digger und Slapshot ermahnt, weil sie zu viel Lärm veranstalteten – Lärm, den man zwar auf der Straße nicht hörte, aber möglicherweise aus den angrenzenden Wohnungen.

Beide Male hatten die CIA-Männer die Augen verdreht angesichts der übertriebenen Sicherheitsvorkehrungen dieser überspannten ›Hardy Boys‹. Und beide Male hatten Digger und Slapshot sich durchgesetzt und die Kerle von der Agency angepflaumt, entweder die Schnauze zu halten oder sich vom Acker zu machen.

Um genau zehn Uhr hielten zwei schwarze SUVs am Bürgersteig vor Zielobjekt Kelch, die Slapshot als Fahrzeuge der Aref-Saleh-Organisation einstufte. Insgesamt acht Männer stiegen aus. Die Fahrer fädelten sich in den leichten Verkehr ein und die Fahrzeuge fuhren in Richtung Maadi Land and Sea davon.

Das Achtergespann marschierte die Stufen zum Eingang hinauf und betrat das Haus.

»Achtung.« Slapshot notierte die Uhrzeit im Protokoll, nachdem er Digger, der hinter ihm in der Dunkelheit auf dem Bett lag, leise zugerufen hatte: »Sieht aus, als wenn gleich was passiert.«

»Scheiße, na endlich«, brummte sein Kollege, rollte sich langsam aus dem Bett und kam zum Tisch. Er setzte sich hinter das Lasermikrofon, weckte den angeschlossenen Laptop mit einem Fingerwischen über das Touchpad aus dem Stand-by-Modus und setzte die Kopfhörer auf.

Während er das tat, kroch Slapshot zum Fenster und öffnete es. Er brauchte fast eine Minute, um unauffällig zum Tisch zurückzukehren. Digger empfing bereits brüchige Signale aus dem Inneren des Hauses auf der anderen Straßenseite.

»Kriegst du was rein?«

»Ja. Ein paar Fetzen Arabisch. Ich nehm's auf.«

»Ich leite es an Racer weiter. Vielleicht kann Curtis oder einer von seinen Leuten die Aufnahme übersetzen.«

Kaum zehn Minuten, nachdem die Männer der Aref-Saleh-Organisation bei dem Gebäude an der Ibrahim Khedr Street eingetroffen waren, war dort alles still. Was auch immer die acht dort drinnen trieben, sie sprachen in keinem der vorderen Zimmer miteinander, in denen Digger den Fokus seines Laserstrahls auf die Fenster richten und das reflektierte Signal per Empfänger auswerten konnte. Bis jetzt hatte das Lasermikro ihnen also nichts genützt.

Aber um kurz vor 10:30 Uhr nahm Slapshot das Auge vom Spektiv, um einen Schluck lauwarmen Tee zu schlürfen. Er tat es langsam und bedächtig, im Schutz des braunen Lakens, das über ihm ausgebreitet war. Bevor er das Auge wieder an das Gummi-Okular des Spektivs drückte, spähte er kurz aus dem Fenster und bemerkte, wie ein beiger Range Rover einen Häuserblock östlich von Kelch vor einem Gebäude mit Luxusapartments hielt. Das war an sich nichts

Ungewöhnliches – mitten in einem Wohngebiet floss der Verkehr mit betäubender Regelmäßigkeit. Aber als nach einer halben Minute niemand aus dem Range Rover ausgestiegen war, richtete Slapshot das Spektiv aufs Fahrzeug, um es genauer zu betrachten.

Zwei Männer saßen auf den Vordersitzen, den Blick die Straße entlang nach Westen gerichtet.

Sekunden später hielt westlich von Kelch, 15 Meter von Slapshot entfernt, ein zweiter Wagen am Bürgersteig, ein zweitüriger Honda Civic. Er brauchte das Schmidt-und-Bender-Spektiv nicht, um ins Innere des Fahrzeugs zu sehen. Deutlich machte er zwei Männer aus, die ebenfalls in östliche Richtung schauten.

»Wer sind die Typen?«, fragte er leise. »Check mal das Kennzeichen.«

Digger setzte die Kopfhörer ab – er empfing sowieso keine Signale mehr – und folgte Slapshots Blick zu dem Wagen, der unten vor dem Haus parkte. Slapshot zeigte ihm das andere Auto rechts von ihnen auf der gegenüberliegenden Straßenseite. Langsam und zielstrebig nahm Digger ein Fernglas vom Tisch und blickte hindurch.

Nach ein paar Sekunden stellte er fest: »Die sind neu.«

»Hast recht. Die sehen nicht aus wie Salehs Leute.«

»Nein, tun sie nicht.«

Digger strich mit dem Finger über die Liste mit Autokennzeichen, die Curtis' Team mit der Aref-Saleh-Organisation in Verbindung brachte. Keine Übereinstimmung. »Diese Jungs sind zum ersten Mal hier, Mann.«

In diesem Augenblick stiegen alle vier Männer gleichzeitig aus den beiden Wagen aus und warfen die Türen leise ins Schloss.

Sie schwärmten aus: einer auf jedem Bürgersteig, sowohl auf der Nord- als auch auf der Südseite der Straße. Zwei Männer östlich von Kelch, zwei Männer westlich. Sie schritten systematisch das Gebiet ab, spähten vom Bürgersteig aus in die Fenster der umliegenden Gebäude, ließen sich dabei viel Zeit.

Slapshot sprach noch leiser als vorher. »Die Typen sind gründlich. Besser als Salehs Leute.«

»Verdammt richtig«, erwiderte Digger. Durch sein Fernglas bekam er einen der Männer ganz deutlich vor die Optik, der sich unweit von seinem Aussichtspunkt aufhielt. »Und die hier sind Gorillas. Keine Schreibtischspione wie Salehs Kerle.«

Slapshot stimmte zu. »Die tragen alle verdeckte Waffen. Security-Schlägertypen. Die haben in ihrem ganzen Leben noch keinen Tag im Büro verbracht.«

»Ich werd Racer anrufen und ihn wissen lassen, dass es hier draußen langsam heiß wird. Diese Typen sind offensichtlich eine Vorhut. Irgendwas passiert gleich.«

Die Männer auf der Straße hatten ausnahmslos krause schwarze Haare und trugen kurze, gepflegte Bärte. Alle vier waren zwischen 20 und 40. Ihre weiten Anzüge beulten sich an den Hüften und unter den Armen aus, wo zweifellos schnell erreichbare Pistolen und Maschinenpistolen lauerten.

»Ich frag mich, wer der Kunde ist«, grübelte Slapshot.

»Wenn die Kerle sich nicht verlaufen haben oder bloß 'nen Schaufensterbummel machen, werden wir es sicher bald erfahren.«

Nachdem sie die Verdächtigen drei Minuten lang beobachtet hatten, hielt ein weiterer Land Rover vor Objekt Kelch. Slapshot benutzte das Spektiv und registrierte zwei große Männer auf Fahrer- und Beifahrersitz. Ein einzelner Passagier saß auf der Rückbank. Sie unterhielten sich einige Sekunden lang miteinander. Den Amerikanern auf dem Beobachtungsposten drängte sich die Frage auf, ob womöglich einer der Sicherheitsleute auf der Straße mit den dreien im SUV per Earpiece über Funk kommunizierte. Slapshot verzichtete darauf, sich mit dem Spektiv Gewissheit zu verschaffen.

Schließlich stieg der Beifahrer aus dem SUV und öffnete

die hintere Wagentür. Als der Passagier ausstieg, scharten sich zwei der vier Securitys um ihren Schützling und eskortierten ihn die Treppe hinauf. Ihre Hände steckten in den Jackentaschen, ihre Blicke waren überall.

Der Mann in der Mitte dieses Pulks wirkte ein paar Jahre älter als der Rest und strahlte eine natürliche Autorität aus. Slapshot erkannte ihn trotzdem nicht.

Digger hatte bereits die Kamera mit dem 400-Millimeter-Zoomobjektiv gezückt und fertigte Dutzende digitale Schnappschüsse von den Männern an. Er konzentrierte sich dabei auf den Befehlshaber und achtete weiterhin sorgsam darauf, keine von der Straße aus erkennbaren, abrupten Bewegungen zu machen.

Innerhalb von Sekunden verschwanden die Fremden im zweistöckigen Wohngebäude. Digger huschte ans Lasermikro.

Slapshot löste den Blick vom Okular und musterte den Mann direkt vor ihrem Beobachtungsposten mit bloßem Auge. Dieser hatte sich an einen schmalen Baum am Straßenrand gelehnt und kontrollierte den westlichen Teil der Fahrbahn. Abrupt stieß er sich vom Stamm ab und seine Haltung straffte sich. Der Blick wirkte mit einem Mal alarmiert, die Körpersprache wachsamer als zuvor.

»Scheiße!«, fluchte Slapshot. »Den Wachmann auf dieser Straßenseite scheint was zu beunruhigen.«

Digger gab zurück: »Ich hör jetzt eine ganz leise Unterhaltung. Die müssen im Eingangsbereich des Hauses sein. Ich hab keine freie Sicht auf das Fenster. Muss warten, bis die in einen anderen Raum gehen.«

Der schwarze BMW, den sie der Aref-Saleh-Organisation zuordneten, kam die Straße entlang und rollte in die Garage von Objekt Kelch.

»Kriegst du den drauf?«, fragte Slapshot.

»Ich versuch's«, antwortete Digger. »Hängt alles davon ab, ob sie das Garagentor noch ein paar Sekunden auflassen.«

Aber Slapshot hörte nicht mehr zu. Stattdessen beobachtete er, wie der Wachmann vor ihm ein Funkgerät aus der Tasche zog und es zum Mund hob.

Der Blick des Kerls zielte nach wie vor auf etwas in westlicher Richtung. Slapshot beugte sich langsam vor und linste aus dem Fenster an der linken Seite.

Er konnte nichts sehen, ohne aufzustehen. Und das wollte er auf keinen Fall tun, da er sonst Gefahr lief, ihre Anwesenheit zu verraten.

Plötzlich kam ihm eine Ahnung, was hier vor sich ging. Er setzte sich rasch hin. »Nein. Bitte nicht.« Er schnappte sich das Telefon und drückte die Kurzwahltaste für Curtis' Handy.

Curtis nahm den Anruf gleich nach dem ersten Klingeln entgegen. »Ja?«

»Sind Sie oder einer Ihrer Leute gerade in der Ibrahim Khedr Street?«

»Negativ. Ich bin im Unterschlupf und die beiden sind hier bei mir.«

»Was ist mit den Typen von der Kairo-Station, die Ihnen aushelfen?«

»Die beschatten einen schwarzen BMW, der vor zehn Minuten bei Maadi Land and Sea losgefahren ist.«

Slapshot seufzte. »Stehen Sie in Funkkontakt mit denen?«

»Klar, was ist denn los?«

»Wir haben hier einen schwarzen BMW bei Kelch und einer von der Wachmannschaft der Gegenseite hat gerade was Verdächtiges auf der Straße bemerkt. Wie lautet das Kennzeichen des Wagens, der für die Observierung benutzt wird?«

»Scheiße. Ich weiß es nicht. *Was* für eine Wachmannschaft bei Kelch? *Welche* Gegenseite?«

»Hier auf der Straße hat sich ein kompletter Sicherheitstrupp versammelt. Deutlich besser auf Zack als die Jungs von der Saleh-Organisation. Können Sie uns einen großen Gefallen tun und Ihre Leute auffordern, sich zu verziehen? Und wo Sie gerade dabei sind: Sagen Sie denen, wenn sie noch mal unseren Zielpersonen auf die Füße latschen, während wir mitten in einer Überwachung stecken, erschießen wir sie persönlich.« Artig fügte er hinzu: »Sir.«

»Das sind nicht *meine* Jungs, Soldat. Die gehören zur Kairo-Station.«

»Dann sind sie Teil von Langley. Genau wie Sie, Sir.«

Curtis zögerte. »Ich zieh sie ab.« Er legte auf.

Slapshot wandte sich dem Security-Mann auf der Straße zu. Er war jetzt am Funkgerät und forderte zweifellos den Rest seines Teams zum Abrücken auf.

Der Amerikaner, der drei Meter vom Fenster entfernt im Dunkeln saß, legte dem Mann hoffnungsvoll Worte in den Mund: »Nein, Mann, schon okay. Das sind nur 'n paar blöde Weiße auf 'nem Sonntagsausflug. Deinem Boss passiert schon nichts. Spiel nicht den Security-Mitarbeiter des Monats, sondern lass ihn das Meeting ruhig fortsetzen.«

Digger beobachtete jetzt den Sicherheitsmann im Osten. »Sieht aus, als ob die verschwinden wollen.«

»Scheiße noch mal«, fluchte Slapshot, während er die Entwicklung verfolgte. Die Haustür von Kelch öffnete sich und die beiden Wächter kamen Schulter an Schulter mit dem VIP nach draußen. Gemeinsam liefen sie zielstrebig, aber gelassen zu ihrem am Bordstein geparkten SUV. Offenbar gingen sie nicht davon aus, entdeckt worden zu sein. Aber der Anführer der Schutzmannschaft des VIPs schien das Auftauchen hellhäutiger Männer bei ihren Gastgebern exakt zu diesem Zeitpunkt für ungewöhnlich genug zu halten, um das Meeting vorzeitig abzubrechen.

Nach wenigen Sekunden fuhren der SUV und die beiden Begleitfahrzeuge in westlicher Richtung davon.

Eine Minute später rollte der BMW aus dem Saleh-Fuhrpark aus der Garage und entfernte sich gen Osten.

»Hast du was aufnehmen können?«, wollte Slapshot von seinem Kollegen wissen.

»Nur Hintergrundgeräusche. Die müssen die ganze Zeit im Flur gestanden und gekuschelt haben oder so.«

»Das Teil ist der letzte Scheiß«, meckerte Slapshot. Dann rief er noch mal Curtis an. »Sie sind abgehauen.«

»Verdammt. 'ne konkrete Idee, wer das gewesen ist?«

»Wir haben Fotos gemacht. Aber die Audioaufnahmen geben nicht viel her. Wär 'ne prima Sache gewesen, dieses Meeting abhören zu können.«

20 Minuten später telefonierte Raynor mit Curtis. Er und Cindy hatten den Morgen auf einer Nilrundfahrt verbracht.

Zusammen mit einer Gruppe gaffender Touristen aus dem Westen waren sie zweimal an Maadi Land and Sea vorbeigefahren. Frank und Carrie Tomlinson hatten im Schutz der Masse unauffällig Fotos von der Sicherheitsbeleuchtung an der Rückseite von Objekt Rhein geschossen. Dazu kamen Bilder vom Tor zum Pier, der an der Rückseite des Geländes ins Wasser ragte.

Sie waren nun zurück im Wagen. Hawk saß am Steuer. Raynor sagte zu Curtis: »Ich hab gehört, Ihre Jungs seien bei Kelch aufgeflogen.«

»Das wissen wir nicht mit Sicherheit.«

»Meine Leute haben es gesagt. Also ... doch, ich weiß es mit Sicherheit.«

»Das sind nicht meine Jungs. Ich hab Ihnen doch gesagt, ich hab genommen, was ich von der Kairo-Station kriegen konnte. Die sind einem Auto mit getönten Scheiben gefolgt und wohl ein bisschen zu nah rangekommen, um den Fahrer des Wagens bei der Einfahrt in die Garage zu beobachten. Das muss die Einheit vor Ort aufgeschreckt haben. *Shit happens,* Racer.«

»Das ist verdammt schlampig, Curtis, und das wissen Sie. So was gehört zur Grundausbildung. Steht in jedem Lehrbuch.«

Eilig konterte Curtis: »Schauen Sie, wir wissen ja nicht mal, ob da überhaupt ein Treffen stattgefunden hat. Okay, es gab ein Personenschutzteam, aber ...«

Kolt unterbrach ihn. »Ach, kommen Sie, Mann. Eine volle Schutzmannschaft, eine Vorhut, um die Umgebung auszukundschaften, SUVs, Funkgeräte, versteckt getragene Waffen, sogar getönte Scheiben. Was daran schreit nicht laut: ›Die bösen Jungs halten ein Meeting ab‹?«

»Ich sag ja nur, dass wir nicht sicher sein können. Ihre Leute konnten keine verwertbaren Audiosignale empfangen.«

Diese Bemerkung empfand Kolt als Kränkung, schluckte sie aber kommentarlos. Er war schließlich derjenige gewesen, der den Einsatz des Lasermikrofons vorgeschlagen hatte. »Nehmen wir einfach mal an, das war eine Unterredung. Wenn sie nicht alles abschließend geklärt haben, treffen sie sich entweder erneut oder hauen sicherheitshalber aus der Stadt ab. Ist der BMW wieder zu Rhein und Stein zurückgefahren, nachdem er bei Kelch gewesen ist?«

Eine Pause entstand. Curtis wollte dafür sorgen, dass die einzelnen Teilbereiche seiner Operation so weit wie möglich voneinander abgeschottet blieben. Es gefiel ihm nicht, Raynor auch nur die geringste Kleinigkeit über seine Vorgehensweise zu verraten. Aber schließlich antwortete er: »Ja, ist er.«

Kolt seufzte. »Ich bitte Sie noch mal. Beziehen Sie uns bei diesen Beschattungsaktionen mit ein. Wir können uns zusammentun und viel häufiger gegenseitig ablösen, wenn vier Leute und mindestens zwei Fahrzeuge mehr an der Überwachung beteiligt sind. Sie brauchen uns, Curtis, damit die ganze Sache nicht aus dem Ruder gerät. Wir sind nicht bloß hier, um Türen einzutreten.«

Die nächste Pause fiel merklich länger aus. »Okay. Nicht heute, aber okay.«

»Verdammt noch mal, Mann! Sie sind ...«

»Hören Sie!«, rief Curtis. »Ich hab im Moment nichts, auf das ich Sie ansetzen könnte. Kommen Sie her, dann schick ich Sie und Ihre kleine Freundin auf die nächste Tour.«

Kolt legte einfach auf.

»Das hab ich gehört«, sagte Hawk.

»Ja. Erinner mich dran, dass ich ihm einen anständigen Arschtritt verpasse, bevor das hier vorbei ist.«

»Da wirst du dich hinten anstellen müssen, Boss.«

Während Curtis an diesem Abend der Kairo-Station einen Besuch abstattete, um die Leute dort über das möglicherweise enttarnte Überwachungsteam zu informieren und um zusätzliche Mitarbeiter zu betteln – vorzugsweise solche, die ihr Handwerk besser verstanden –, benutzte Raynor das Satellitentelefon, um bei Webber anzurufen. Daheim in Bragg war früher Nachmittag.

»Wissen Sie etwas über den Chef hier, diesen Curtis?«, kam Kolt direkt zum Punkt.

»Ich hab mich umgehört. Der Sergeant Major sagt, in Langley ist er 'ne ganz große Nummer. Und unsere CIA-Kontakte behaupten, er sorgt für Resultate.«

»Wirklich? Was für Resultate?«

»Er ist so 'ne Art Cowboy, aber auch ein verdammt hartnäckiger Ermittler. Allerdings ein ziemlicher Theoretiker. Keinerlei Militärerfahrung.«

Was Sie nicht sagen!, wollte Kolt spontan ausrufen, aber er hielt den Mund.

»Hat seinen Abschluss an der Cornell gemacht. Hauptfach Politikwissenschaft, Nebenfächer Französisch und Arabisch.«

»Hat er in der *echten* Welt was erreicht?« Diese Frage konnte Kolt sich nicht verkneifen.

»Er hat ein paar SA-24s eingesammelt und tonnenweise andere Waffen vom Markt genommen. Letztes Frühjahr stoppte er in Tripolis eine Schmugglerbande, die zwei Eisenbahnwaggons voller Landminen nach Zentralafrika bringen wollte. Mehrere Regierungen haben sich bei der CIA für die Arbeit bedankt, die dieser Kerl und sein Team geleistet haben. Wo liegt das Problem?«

»Tja, das klingt toll, aber seine Sicherheitsmaßnahmen für diese Operation und bei den Beschattungsaktionen sind eine Katastrophe. Wir haben's hier nicht mit ein paar Banditen zu tun, die 'nen Güterwaggon mit Knallfröschen in den Tschad schmuggeln wollen. Diese Libyer haben gute Verbindungen und wissen genau, was sie tun. Und wer immer heute bei diesem Meeting für die Security gesorgt hat, der war Weltklasse.«

Webbers Tonfall wurde etwas kühler. »Hören Sie, wir haben Sie nicht hingeschickt, um Wachdienst zu schieben. Ich kann Ihre Kritik an den ungünstigen Rahmenbedingungen des Verstecks nachvollziehen und halt Ihnen gern den Rücken frei, wenn Sie ausziehen und sich ein eigenes Haus suchen wollen, um sich und Ihr Team einzuquartieren. Aber wenn's um die Aufklärung geht, ist *er* derjenige, der das Sagen hat. Kann gut sein, dass er das als Chance sieht, bei der Agency aufzusteigen, und Sie als potenzielles Hindernis identifiziert hat. Also, was ist daran neu? So sind solche Typen doch meistens. Damit müssen Sie sich abfinden.«

»Versteh ich. Aber wenn wir ...«

Webber unterbrach ihn. »Sie müssen mit Myron Curtis und seinem Team zusammenarbeiten. Helfen Sie ihm, Informationen über den Zielort zu sammeln. Ziehen Sie das durch. Ende der Durchsage.«

»Ja, Sir.«

Webber legte auf und Slapshot betrat den Funkraum. »Die Hälfte hab ich mitgehört. Den Rest kann ich mir zusammenreimen.«

Kolt grinste und nahm das Päckchen Redman-Kautabak entgegen, das sein Teamkollege ihm hinhielt. »Webber will, dass ich den Ball flach halte.«

»Das ist scheiße.« Slapshot stieß ein Glucksen aus.

»Kannst du laut sagen. Curtis hat angekündigt, uns ab morgen in seine Überwachungspläne einzubeziehen. Ich werd ihn da einfach drauf festnageln.«

»Und ich und Dig?«

»Tut mir leid, Kumpel. Wieder zu Kelch.«

»Schon okay. Meinst du, wir bekommen grünes Licht für den Angriff, bevor wir zusammenpacken und heimfahren?«

»Ich weiß nicht. Das ist alles zu dürftig. Ich wünschte, wir hätten konkrete Hinweise, wer diese Männer heute bei Kelch gewesen sind.«

»Geht mir genauso. Curtis hat sie nicht erkannt, aber er leitet die Fotos an die Kairo-Station weiter.«

»Schick sie auch an die Aufklärungsabteilung bei der Unit. Man kann nie wissen.«

»Schon passiert.«

Kolt stand auf und machte sich auf den Weg ins Schlafzimmer. »Ich übernehm die zweite Wache. Muss mich mal ein paar Stunden aufs Ohr hauen.«

»*Hasta mañana*, Boss.«

Hawk kam aus dem Bad in den Raum, den sie sich mit Racer teilte. Kolt trug Boxershorts und kletterte gerade ins obere Etagenbett. Ihr Blick blieb an seinem linken Bein hängen. »Ich seh die Verbände an der Stelle, wo dich die Splitter am Oberschenkel getroffen haben. Aber diese andere Narbe ist älter. Und größer. Hat dir da einer ins Bein geschossen?«

Kolt nickte und ließ sich auf die Matratze fallen. »Du stellst ganz schön viele Fragen.«

»Mann, Boss«, rief sie, als sie eine zweite Narbe unterhalb seines Knies bemerkte. »Zweimal?«

Raynor antwortete: »Zweimal ins Bein. Einmal in den Fuß.«

»'ne AK?«

»Was auch sonst?«

»Aus der Nähe?«

Kolt dachte an das trockene Bachbett in Pakistan zurück, wo ihn der Talibankämpfer aus kaum mehr als drei Metern Entfernung angeschossen hatte. »Ungefähr so nah, wie wir uns jetzt sind.«

Und dann sagte Cindy etwas, das unterstrich, wie sehr sie sich von fast jeder anderen Frau auf der Welt unterschied. »Das ist ja cool.«

Darüber musste Kolt laut lachen. Sie war der erste weibliche Operator und obwohl man im Kommando noch kein abschließendes Urteil über den Nutzen des Pilotprogramms gefällt hatte, entging ihm nicht, dass sie aus einem ganz besonderen Holz geschnitzt war.

»Du Freak, wenn du lange genug dabeibleibst, wird der Feind dir auch das eine oder andere Andenken verpassen.«

»Das werd ich definitiv. Ich liebe diesen Job.«

Cindy schaltete das Licht aus und kroch in die untere Schlafkoje. »Ich bin deinem Dad mal begegnet. Hab nie unter ihm gedient, aber Webber hat ihn vergöttert«, sagte Kolt.

Cindy lächelte. »Ja, das hab ich auch.«

»Ist das der Grund, warum du zu uns gekommen bist?«

»Steht das nicht alles in meiner Akte?«

Kolt grinste. »Warum glaubst du, ich hätte deine Akte gelesen?«

Sie zögerte, bevor sie antwortete. »Du bist bei jedem Teil der Ausrüstung, die du für diese Mission mitgenommen hast, gründlich vorgegangen. Mir ist nicht entgangen, wie sorgfältig du deine Waffe gereinigt, dreimal die Frequenzeinstellungen bei den Funkgeräten gecheckt hast, die Tankanzeige in den Missionswagen, wie du sogar die Plüschwürfel am Rückspiegel ausgetauscht hast und so weiter.«

»Du glaubst doch wohl nicht, dass ich dich für einen Ausrüstungsgegenstand halte?«

»Nein, Boss. Ich sage nur, ich glaub nicht eine Sekunde lang, dass du mich mitgenommen hättest, wenn du nicht vorher alles in Erfahrung gebracht hättest, was es über mich zu wissen gibt.«

Bevor Kolt antworten konnte, fügte Hawk hinzu: »Mit den gleichen Freigaben wie du hätt ich auf jeden Fall *deine* Akte gelesen, bevor ich mitgekommen wär.«

Kolt legte sich so hin, dass die Oberschenkelwunde nicht gegen die dünne Matratze drückte. Dann gab er zu: »Ich hab deine Akte gelesen, ja.«

»Tja, da ich *deine* nicht kenne, kannst du mir ja mal erzählen, warum *du* zur Delta Force gegangen bist.«

Kolt wurde nachdenklich. Die Psychiater hatten ihm vor vielen Jahren dieselbe Frage gestellt. Aber seitdem hatte sich keiner aus der Einheit mehr dafür interessiert. Die Kerle in der Unit glaubten entweder zu wissen, warum man da war, oder es ging ihnen am Arsch vorbei.

Kolt grinste, was Cindy in der Dunkelheit nicht sehen konnte.

Sich mit einer Frau das Zimmer zu teilen war anders, als es mit einem Mann zu teilen ... aus weitaus mehr Gründen, als Raynor zunächst geahnt hatte.

»Um genug Geld fürs College zu haben.«

»Ja, ja, schon klar.«

»Ich weiß nicht. Hab's verdrängt. Wollte meinem Land dienen, so wie alle anderen. Ich hab's wohl auch getan, um mir selbst zu beweisen, dass ich's kann.« Er hielt inne. »Auch wie alle anderen, schätz ich.«

»Das ist alles?« Die Antwort schien sie nicht zufriedenzustellen. Da sie eine Frau war, fragte sich Kolt, ob es vielleicht an der Länge der Antwort lag.

Also tat er ihr den Gefallen. »Nachdem ich mich eingeschrieben und die Ranger-Ausbildung hinter mich gebracht hatte, rechnete ich ständig damit, dass mich ein Vorgesetzter am Arm packte und zu mir sagte: ›Beweg deinen Arsch hier raus. Du hast nicht das Zeug zum Ranger.‹ Aber das tat keiner. Ein paar Jahre später nahm man mich zur Seite und schlug vor, ich solle mich zum Offizierskorps verdrücken. Also hab ich mich in die Bücher vergraben. Während ich in der Schule war, hab ich die ganze Zeit damit gerechnet, dass ein Professor zu mir meint: ›Tut mir leid, Junge. Die Universität ist nichts für dich. Warum gehst du nicht zurück in die Mannschaft?‹ Aber das ist auch nie passiert und die haben mir ein Amt bei der Infanterie gegeben. Und dann, während der ganzen Testverfahren für die Unit, dachte ich ständig, es kommt der Moment, wo mich einer vom Kader anhaut: ›Danke fürs Mitmachen, Captain, aber die Ranger erwarten, dass Sie Montagmorgen wieder zum Dienst antreten.‹ Auch dazu ist es nie gekommen und ich hab bestanden.«

Mehr als eine Minute lang herrschte Stille im Zimmer. »Ich schätze, du weißt, dass ich 'ne Zeit lang *Persona non grata* war.«

»Ja«, bestätigte sie. Er konnte hören, welches Unbehagen es ihr bereitete, das zuzugeben.

»Nun, ich war für drei Jahre draußen. Ich hab mir selbst die Schuld gegeben, klar, aber ich dachte mir auch, dass jeder, der jemals fand, ich sei was wert, sich getäuscht haben muss. Ich merkte, dass ich denen die Schuld dafür gab, dass sie mich ... zum Weitermachen ermutigt hatten. Als man mir dann die Gelegenheit gab, zur Einheit zurückzukehren, hätte ich das nicht getan, wenn's dabei nur um mich gegangen wäre. Aber zu dem Zeitpunkt ...« Er rang nach Worten. Nicht einmal mit den Psychiatern hatte er sich auf diese Art unterhalten. »Zu dem Zeitpunkt wusste ich, dass ich anderen helfen musste. Ich hab mein Bestes gegeben und dadurch kam ich wieder rein. Trotzdem hab ich jeden Tag den Eindruck, was beweisen zu müssen. Ich seh überall auf dem Gelände Männer, die mehr erreicht haben, härter gearbeitet haben, größere Hürden überwunden haben. Ich hab verdammtes Glück, hier zu sein und mit denen zusammen zu dienen.«

»Scheiße noch mal, Boss. Das kauf ich dir nicht ab. Du bist 'ne Legende.«

Kolt runzelte die Stirn. »Nein, ich hab nur Glück gehabt. Die Legenden sind alle tot. Mir wär's lieber, einfach einer von den Jungs zu sein.«

»Orden für die Toten, stimmt's, Boss?«

Das war ein typischer Delta-Force-Spruch. Keinen in der Einheit kümmerte es einen Scheiß, ob er eine Medaille kriegte. Ehrungen hatten nur die Toten verdient. Die Lebenden erledigten einfach ihren Job. Außerdem konnte man sich überhaupt nur dann einen Orden verdienen, wenn im Einsatz etwas schiefging. Sobald alles ausgeführt wurde wie geplant, gab es auch keine Gründe, dafür mit Auszeichnungen um sich zu werfen. Es überraschte Kolt jedoch, dass Hawk den Spruch überhaupt kannte.

»Orden für die Toten.«

Cindy schweifte leicht vom Thema ab. »Mein Freund, Troy, hat im letzten Jahr an den Prüfungen teilgenommen, aber am Bloody Thursday ist er rausgeflogen. War einfach nicht gut genug. Seitdem hat er 'n Stock im Arsch, wenn's um die Einheit geht. Wenn er wüsste, dass ich dazugehöre, würde er ausflippen.«

»Ist eben nicht für jeden was«, gab Kolt zurück, mehr aus Höflichkeit, als sich wirklich auf diesen neuen Aspekt einlassen zu wollen.

»Schätze, nicht. Er erfüllt eigentlich alle Voraussetzungen für einen klasse Angreifer, aber er hat's hingeschmissen. Warum, weiß ich nicht, das verrät er mir nicht.«

»Ich kann mir Tausende Gründe vorstellen, warum jemand hinschmeißt. Das Ganze ist darauf ausgelegt, dass nur die Motiviertesten und Entschlossensten es schaffen. Die Army-Psychologen sortieren im Vorfeld die Spinner aus, bevor sie überhaupt so weit kommen. Und die Delta-Psychologen überprüfen im Anschluss noch mal, was die Army-Psychologen gemacht haben. Ein ziemlich gutes System, um dafür zu sorgen, dass die richtigen Leute reinkommen. Ist doch nichts Schlechtes dabei, dass dein Freund es versucht hat. So wie ihm geht's 98 Prozent aller Anwärter.«

»Ich weiß nicht.« Offenbar machte das Versagen ihres Freundes ihr zu schaffen.

Kolt schüttelte ungläubig den Kopf. »Die Fifth Group ist dir nicht hart genug? Mann. Vielleicht ist's einfach unmöglich, dich zufriedenzustellen.«

Sie lachte aus Höflichkeit, aber Kolt spürte, dass sie über seine Bemerkung nachdachte.

Er fragte: »Was glaubt er denn, wo du gerade bist?«

»Ich wurde nach Aberdeen abkommandiert, um am Kurs ›Umgang im Feld mit Opfern chemischer und biologischer Waffen‹ teilzunehmen.«

»Kommandierung nach Aberdeen klingt nachvollziehbar. Musst schließlich deine NBC-Ausbildung frisch halten«, bemerkte Kolt sarkastisch.

»Weißt du, was man über dich sagt, Racer?« Cindy brachte die Sprache wieder auf ihn.

»Sicher was in Richtung ›Wer sich anstrengt, braucht kein Talent‹, nehm ich an.«

»Davon hast du gehört?«

»Solche Sprüche hör ich schon mein ganzes Leben.«

»Ich finde, das ist ein Kompliment. Außerdem hab ich gehört, du hast einige Sachen geschafft, die du eigentlich gar nicht schaffen konntest, indem du dich nur umso mehr reingekniet hast.«

»Ich zieh das schon lang genug durch, um zu wissen, dass ich manches von dieser Kritik verdient habe. Ich verstehe, wo das herkommt. TJ hat meinen Arsch im Lauf der Jahre schon ein paarmal aus dem Feuer gezogen.«

»Glaubst du, dass Lieutenant Colonel Timble in den aktiven Dienst zurückkehren wird?«

»Das garantier ich dir. Und wenn du hörst, dass jemand das Gegenteil behauptet, tritt ihm von mir in den Arsch.«

»Mach ich.«
»Hawk, wir müssen jetzt schlafen.«
»Roger, Boss. Morgen geht's zurück in die Flitterwochen.«
»Ganz genau.«

Tag und Nacht ging das Training im Dorf am Wadi Bani weiter.

Viele Indoor-Aspekte wurden abends trainiert, wenn die Al-Qaida-Drohnenspäher in den Hügeln um das Dorf gegenüber den Nachtsichtgeräten der Predators, Reapers und Global-Hawk-UAVs im Nachteil waren, die den Himmel hoch über dem Jemen kreuzten. Doyle und seine Männer nutzten die Nächte, um im Haus zu sitzen und Karten der Vereinigten Staaten zu studieren, Bände mit Dokumenten über Flugzeuge, Flughäfen und Zeitpläne durchzugehen. Jeder Mann prägte sich noch spezifischere Informationen zu seiner Tarnidentität ein. Außerdem wälzten sie Verkehrsvorschriften, setzten sich mit typischen Bräuchen auseinander und gingen den Ablauf alltäglicher Vorgänge wie die Buchung von Hotelzimmern, den Kauf von Bustickets oder die Bestellung eines Chicken Sandwich bei Burger King durch.

Das körperliche Training fand tagsüber statt, wenn sich Drohnen rechtzeitig entdecken ließen. Doyle achtete strikt darauf, dass seine Männer halbwegs in Deckung blieben und das, was sie taten, nicht vom Himmel aus erkennbar war. Sie trieben Sport und übten Nahkampf in der improvisierten Halle. Sie übten auf dem teilweise überdachten Schießstand den Umgang mit Feuerwaffen und mit dem Igla-S-System. Dabei benutzten sie Attrappen aus Mörsergranaten, leeren Batterien sowie Griffen und Abzugsmechanismen von Raketenwerfern.

Die Attrappen sahen seltsam aus, aber sie ließen sich auf der Schulter abstützen, hatten Kimme und Korn und ihr Gewicht entsprach mit etwas mehr als 17 Kilogramm fast exakt den Originalen. Die Männer würden sie schnell aus Kofferräumen, Kisten oder sogar Erdlöchern ziehen, auf ihre Schultern hieven und zielen müssen. Sie mussten mit ihnen rennen und Leitern hinaufklettern. Obwohl sie hier im Dorf keine echte SA-24 hatten, studierten sie bis spät in die Nacht Baupläne oder schauten sich YouTube-Videos an, um sich mit dem System vertraut zu machen.

Doyle trieb sie gnadenlos an und nach ein paar Tagen wählte er vier der zwölf Männer aus. Er sagte ihnen, sie hätten sich eine spezielle Aufgabe bei der Mission verdient, direkt an seiner Seite. Ihr Training bei Tag absolvierten sie fortan getrennt von den übrigen Mitgliedern der Zelle am entgegengesetzten Ende des Dorfs. Hier hatte Doyle einen sechs Meter langen stählernen Intermodal-Frachtcontainer aufstellen lassen, den er aus einer Werft in der Küstenstadt Mukalla organisiert hatte. Ohne jemandem den Grund zu erklären, hatte er ihn in der gleichen Farbe wie die Sandsteingebäude des Dorfs streichen lassen und ihn in 1,20 Metern Höhe auf Ziegeln aufgebockt. Die hintere Hälfte des Containers war mit Sandsäcken vollgestopft. An einer der Wände stapelten sich hölzerne Munitionskisten. Damit verblieb im Inneren nur noch ein freier Bereich von zweieinhalb Metern Breite, drei Metern Länge und zwei Metern Höhe.

David führte die vier ausgewählten Kandidaten zur Vorderseite des Containers und öffnete die schwere Stahltür. »Unsere Aufgabe bei dieser Mission, meine Brüder, wird am meisten Disziplin erfordern. Das Schwerste wird nicht das Abfeuern der Boden-Luft-Raketen sein. Nein, es wird das Warten auf unseren Moment des Dschihads sein. Wir müssen alle fünf viel Zeit an genau so einem Ort verbringen. Das werden wir trainieren, indem wir hier schlafen.«

Einer der Männer bedachte Doyle mit einem skeptischen Blick. »Wir alle? Auf so engem Raum?«

»Ja. Unsere Rolle bei dem Angriff wird die wichtigste sein, aber auch die gefährlichste. Wo wir hingehen, wird es viele Sicherheitsvorkehrungen geben, also werden wir uns an einem Ort verstecken, der diesem Container sehr ähnlich ist. Dort werden wir abwarten müssen und ich weiß nicht, wie lange. Vielleicht nur eine Nacht, unter Umständen auch deutlich länger. Nur durch unseren festen Glauben werden wir das überstehen.«

»Und worauf warten wir genau?«

Doyle lächelte und drückte dem Iraker die Schulter. Er blickte den jungen Mann direkt an, wandte sich aber an alle vier. »Auf den perfekten Moment. Wenn die Zeit für unsere Attacke gekommen ist, werden wir aus unserem Versteck springen, unsere Waffen einsatzbereit machen und alle gleichzeitig schießen. Wir müssen unermüdlich üben, um das schnell, leise und perfekt zu beherrschen, weil wir nur eine einzige Gelegenheit bekommen.«

Und damit quetschten David und die vier verwirrten Zellenmitglieder sich alle zusammen in den beengten Container. Er zog die Luke zu und schloss sie ein. Sie mussten mit an die Brust gezogenen Knien schlafen, Schulter an Schulter, in der Hitze der stählernen Kiste.

Es war erbärmlich. Aber David versprach ihnen allen das Paradies im Gegenzug für die auf sich genommenen Strapazen.

Am Tag, während die anderen Zellenmitglieder anderen Aufgaben nachgingen, trainierten David und seine Männer, die Containerluke schnell zu öffnen und mit umgehängten Gewehren ins Freie zu springen. Dann zog jeder von ihnen einen Raketenwerfer aus dem Container, schulterte das schwere Equipment und zielte auf einen Punkt am Himmel.

Wieder und wieder übte er diese Prozedur, bis die Bewegungen ins Muskelgedächtnis übergegangen waren.

Am Anfang brauchten sie anderthalb Minuten für die komplette Sequenz. Einen Großteil der Zeit verschwendeten sie damit, sich gegenseitig im Weg zu stehen, während sie die Raketenwerfer über den Containerboden schleiften und auf die Schultern hievten. Aber mit jeder weiteren Wiederholung gerieten die Abläufe effizienter. David befahl ihnen, den Container jeweils zu zweit zu verlassen, wobei das zweite Paar dem ersten beim Schultern der Waffen half. Dann, während die ersten zwei sich von der Containertür entfernten und zielten, sprangen die nächsten beiden hinunter. David half diesen beiden mit ihren Igla-S-Raketenwerfern. Sie postierten sich neben den ersten zwei, David sprang seinerseits auf den Boden und bereitete sich auf den Schuss vor. Dann stieß er zu den anderen und erteilte den Feuerbefehl.

Nachdem sie das mehrere Stunden lang geübt hatten, brauchten die Männer nur noch 46 Sekunden – etwa halb so viel wie am Anfang.

David war zufrieden mit diesem Fortschritt, aber er wollte, dass es noch schneller klappte. Er wusste nämlich etwas, das die anderen nicht wussten.

Ihre Zielperson würde buchstäblich von Hunderten von Sicherheitsleuten umgeben sein, die David und seine vier Männer sofort einkreisen mussten, sobald sie sich zeigten.

Doyle entschied, dass er den Ablauf um mindestens eine weitere Viertelminute verkürzen musste, um den Erfolg der Mission zu gewährleisten.

Keine Frage, wenn man den Präsidenten der Vereinigten Staaten töten wollte, kam es auf jede Sekunde an.

Zwei Tage, nachdem Myron Curtis Kolt Raynor mitgeteilt hatte, dass seine AFO-Zelle an der mobilen Überwachung beteiligt werde, hielt er schließlich Wort. Curtis beendete ein Telefongespräch mit Murphy und Wychowski im Funkraum. Dann beugte er sich in die Küche, wo Racer und Hawk ein spätes Mittagessen aus Reis und Bohnen zu sich nahmen.

»Okay, Sie sind dran. Machen Sie Dampf.«

Kolt sah vom Teller auf. »Was ist los?«

»Der Mercedes S600 hat gerade Maadi Land and Sea verlassen. Murphy und Wychowski bleiben dran, aber er fährt in die Stadt. Die Kairo-Station hat dafür keine freien Mitarbeiter. Wir brauchen ein weiteres Fahrzeug, das bei der Überwachung hilft.«

Raynor und Bird setzten sich schon in Bewegung, bevor Curtis zu Ende gesprochen hatte. Ihre Rucksäcke samt Handys und Wagenschlüssel lagen im Flur bereit. Sie sammelten eilig alles ein und stürmten aus dem Haus.

Hawk setzte sich ans Steuer des zweitürigen Renault. Racer kletterte auf den Beifahrersitz. Sie verließen den Parkplatz durchs Vordertor und fuhren in nordöstlicher Richtung zum Stadtzentrum. Kolt schloss die externe GPS-Antenne an und wartete 15 Sekunden, bis das entsprechende Icon vor dem Hintergrund eines Satellitenfotos des Einsatzgebiets auf dem Laptop-Bildschirm aufleuchtete. Dann nahm er Funkkontakt zu Murphy auf, um ihre Bewegungen zu koordinieren. Bald parkte Hawk ein paar Häuserblocks entfernt, während der Mercedes in das Parkhaus eines Einkaufszentrums in Heliopolis einbog.

Murphy teilte Racer mit, dass er und Wychowski nicht hineingehen würden.

»Wollen Sie, dass wir zu Fuß die Verfolgung aufnehmen?«, fragte Kolt.

»Negativ, Racer. Wir wissen nicht, wie viele in dem Auto sitzen. Gehen wir fürs Erste auf Nummer sicher und warten, bis sie rauskommen.«

Das gefiel Kolt überhaupt nicht, aber andererseits wollte er ihr Glück nicht gleich beim ersten Mal herausfordern. Sie positionierten sich neu, sodass sie auf der dem CIA-Team gegenüberliegenden Straßenseite standen. Auf diese Weise konnten sie die Verfolgung aufnehmen, sobald der beschattete Wagen die Fahrt fortsetzte.

Um sechs Uhr abends verließ der Mercedes das Einkaufszentrum. Kolt und Hawk nahmen sofort die Führungsposition ein. Sie folgten dem schwarzen Luxuswagen mit den getönten Scheiben in sicherer Entfernung nach Norden. Zweimal gaben sie die Führung an Murphy und Wychowski im beigen Renault-Zweitürer ab, tauschten aber nach ein paar Minuten die Plätze, überholten die CIA-Männer und setzten sich wieder an die Spitze des Verfolgerfelds.

Nach einer langen Fahrt durch dichten Verkehr überholte Hawk den Mercedes mit zwei Fahrspuren Abstand und beobachtete ihn im Spiegel an der Sonnenblende. Das andere Auto bog in die Gartenstadt ab. Das CIA-Team blieb dran, während Hawk und Racer die nächste Abfahrt nahmen, um auf einer anderen Route aufzuschließen. Der Mercedes S rollte an der US-Botschaft vorbei auf die Corniche El Nil, die gleiche Straße, die an das Grundstück von Maadi Land and Sea Freight grenzte, obwohl sie sich gerade mehrere Kilometer nördlich davon befanden.

Der Mercedes bog auf den Parkplatz des Kempinski-Hotels ein. Der Renault der CIA blieb auf der Corniche. Murphy rief Kolt und Hawk an, um die Information weiterzugeben.

»Es ist 18:30 Uhr. Ich tippe drauf, dass sie dort zu Abend essen«, sagte Cindy.

»Dreh um und stell den Wagen dort ab. Der Parkplatz ist bestimmt riesengroß. Wir können den Mercedes im Auge behalten, während sie drin sind.«

Cindy befolgte Kolts Anweisung und hielt möglichst großen Abstand von der Stelle, wo der Mercedes parkte. Als ihr Wagen zum Stehen kam, fiel beiden ein Mann auf, der in der Nähe eines Seiteneingangs beim Hotel herumlungerte.

Kolt beugte sich vor und kniff die Augen zusammen. »Ist das …«

»Das ist Afifi«, bestätigte Cindy. »Der Kerl, den Slapshot neulich auf dem Balkon von Objekt Stein fotografiert hat.«

»Er ist allein«, stelle Kolt fest.

Aber Cindy hörte gar nicht hin und setzte sich blitzschnell in Bewegung. Sie stellte den Motor ab, warf Kolt den Schlüssel in den Schoß und rief: »Du bist dran!«

Ohne eine Spur von Eleganz oder Anmut kroch sie über den Sitz auf die Rückbank. Sie wühlte einige Sekunden im Rucksack und zog ein schwarzes Cocktailkleid, ein Paar Schuhe mit mittelhohen Absätzen und eine neue, noch verpackte Strumpfhose hervor.

»Was zum Teufel glaubst du, was du da machst?«, fragte Kolt, während er den Mann durchs Fenster weiter im Auge behielt.

Sie löste ihre Haarklammer und ließ die schwarzen Locken frei über die Schultern und vors Gesicht fallen.

»Ich mach mich sexy. Bist du blind?«

»Du gehst da nicht allein rein. Das ist viel zu riskant.«

»Boss, wir tappen im Dunkeln und brauchen dringend frische Informationen.«

»Warte, ich komm mit«, rief Kolt.

»Racer, es ist besser, wenn ich das ohne dich mache.«

Raynor starrte sie im Rückspiegel an. Er wusste, dass sie recht hatte. Sie brauchten wirklich jemanden, der ins Hotel ging, und einen Zweiten, der hier auf dem Parkplatz blieb.

Sie schaute ihn eine Sekunde lang im Spiegel an, bevor sie das Oberteil abstreifte. »Bitte nicht hingucken.«

Raynor zwang sich, seine Augen auf den Eingang des Kempinski zu richten. Er musste sich darauf konzentrieren, dass Afifi nicht abhaute.

Nach einem Augenblick entschied er, dass er nun wieder nach seiner Kollegin sehen durfte. Sie hatte das Kleid inzwischen angezogen, mehr oder weniger. Im Moment schlüpfte sie mit einem ihrer schönen, braunen und unglaublich durchtrainierten Beine in die Strumpfhose.

»Reden wir mal drüber, was du jetzt vorhast?«

»Ich werd da reingehen, als ob mir der Laden gehört, und direkt zur Bar marschieren. Ganz diskret, keine Angst.«

»So wie du angezogen bist? Nie im Leben«, widersprach Kolt.

»Wirklich, Frank? Du willst mir vorschreiben, wie ich mich anziehen soll?«

»Ja. So lenkst du viel zu viel Aufmerksamkeit auf dich.« Raynor wollte sich abwenden.

»Warum?«, hakte Hawk nach.

»Muss ich dir das wirklich erklären?«

»Ich würd's sehr gern hören«, bekräftigte sie spöttisch grinsend.

»Tut mir leid, Hawk. Den Gefallen tu ich dir nicht.«

Sie zog ihre Heels an. »Hör mal. Ich werd kein großes Aufsehen erregen. Ich werd nicht versuchen mich neben ihn zu stellen und verzichte auch sonst auf übertrieben auffällige Manöver. Ich geh rein. Ich bestell 'nen Drink. Ich geh wieder.«

»Mir ist nicht wohl dabei«, gestand Kolt.

»Ist doch mein Arsch, um den's hier geht«, gab Cindy zu bedenken.

»Nein. Wenn du auffliegst, geht's um *meinen* Arsch.«

»Ich flieg nicht auf. Wenn du dir solche Sorgen machst, solltest du besser auf die Rückseite fahren und den Dienstboteneingang bewachen. Ich geh nämlich zur Bar und behalt die Vorderseite im Auge.«

Cindy stieg aus und machte sich auf den Weg. Eine kleine Handtasche kam wie aus dem Nichts zum Vorschein, obwohl sie höchstwahrscheinlich aus ihrem Rucksack stammte. Während Raynor ihr nachblickte, lockerte sie ihre Haare, packte die Seiten ihres Kleids in Hüfthöhe und zog kräftig daran, um die Falten zu glätten, die es über dem Hintern warf.

Kolt schüttelte ungläubig den Kopf, legte den Gang ein und fuhr zum Hintereingang.

15 Minuten später kam sie heraus und rief Raynor an, damit er sie vor dem Hotel abholte. Er tat ihr den Gefallen und sie reihten sich in den Samstagnachmittagsverkehr auf der Corniche El Nil ein.

»Bitte sag mir, dass du ihm nicht deine Telefonnummer gegeben hast«, murrte er.

»Scherzkeks. Nein, hab ich nicht. Aber ich weiß jetzt, dass der Barkeeper in der Lobby einen Gin Tonic macht, der dich aus den Latschen haut. Und dass du und ich ein Date haben.«

»Was?«

»Afifi hat mit einer Frau was getrunken. Die klebten regelrecht aneinander. Dann hat er einen Anruf bekommen. Netterweise hat er laut wiederholt, was ihm gesagt wurde. Er soll zum Sofitel in Maadi kommen. Klang für mich, als sei das was Geschäftliches. Er hat die Anweisung erhalten, sich dort mit jemandem zum Abendessen zu treffen.«

»Hat er gesagt, mit wem?«

»Falls ja, hab ich's nicht mitgekriegt. So toll ist mein Arabisch auch wieder nicht. Aber ich kann dir sagen, dass er ziemlich angepisst klang, nachdem er aufgelegt hatte. Und sein Date auch. Ich schätze, wir könnten als Erste da sein und uns für einen Drink in die Lobby setzen.«

»Hat er dich da drin registriert?«

»Negativ. Hundertprozentig. Vielleicht hat sein Date mich bemerkt, aber die wird nicht mitkommen ins Sofitel.«

Kolt ließ es sich durch den Kopf gehen. »Okay, ich werd wenden und lass dich ans Steuer. Dann kann ich in Ruhe den Laptop und das Funkgerät verstauen.«

»Du wirst dich auch umziehen müssen, Boss.«

»Stimmt. Aber so 'ne Verwandlung wie du bekomm ich leider nicht hin.«

»Ich werd Murphy informieren, was wir vorhaben.«

Um kurz nach 19 Uhr erreichten sie das Hotel Sofitel Maadi Cairo Towers and Casino. Kolt saß wieder hinter dem Steuer.

Er hatte mit Hawk getauscht, um ihre Tarnung aufrechtzuerhalten. Sofort tauchte ein Page am Fahrerfenster neben Raynor auf. Kolt schob den Hebel des Automatikgetriebes in Parkposition und stieg aus.

»Ihre Schlüssel, Sir?«, bat der Angestellte auf Englisch. Kolt war noch nicht in vielen Luxusrestaurants gewesen und hatte daher so gut wie keine Erfahrung mit Parkservice. Es verstieß gegen seine übliche Vorstellung von Missionssicherheit, den Schlüssel zu seinem Fahrzeug einem Fremden auszuhändigen, der das Auto an einem unbekannten Ort abstellte. Aber er musste seine Rolle als frisch verheirateter Frank Tomlinson überzeugend ausfüllen. Daher überreichte er den Gegenstand, der eine schnelle Flucht ermöglichte, widerstrebend diesem Jungen mit den gegelten Haaren und dem aufgesetzten Lächeln.

Scheiße, dachte er.

Sie hielten direkt auf die Bar neben der hübschen Lobby zu. Kolt fühlte sich von dem noblen Ambiente etwas überwältigt, reagierte aber geistesgegenwärtig genug, um den Barhocker für Cindy zurechtzurücken. Sie schob ihm eine Hand in den Nacken, zog ihn zu sich heran und küsste ihn als Dank für diese galante Geste auf den Mund.

Während er sich zurückzog, sahen sie sich weiter in die Augen, bis Kolt sich schließlich abwandte. Er setzte sich und wischte eine nicht existente Staubflocke vom Knie.

Er fragte sich, was ihr Freund von den Green Berets davon gehalten hätte. Aber er hielt sich nicht lange mit dem Gedanken auf.

Sie schauten sich tief in die Augen, während sie ihre Drinks zu sich nahmen, stellten ihre Zuneigung zur Schau, indem sie sich an den Händen hielten und einander bei jeder Gelegenheit berührten. Aber Kolt empfand die Unterhaltung als langweilig und stumpfsinnig. Cindy gab sich Mühe, neue Themen zu finden, um den Small Talk in Gang zu halten. Das war keine leichte Aufgabe, denn so viele Gesprächsthemen, die sie beide interessierten und ein zwangloses Plaudern erlaubten, kamen nicht infrage. Die neuesten Ausrüstungsgegenstände und Gewehrgurte, die Urlaubsplanung in der Army und die Frage, wen der Wahlausschuss der Offiziere der Sondereinheiten als Webbers Nachfolger für das Amt des Delta-Kommandanten in Betracht zog, hätten ihre Tarnung sofort auffliegen lassen.

Also erzählte Cindy stattdessen von ihrer Katze.

Nachdem er sich im Lauf der letzten drei Tage schon ein paar Stunden lang Geschichten aus dem Leben des Vierbeiners angehört hatte, beschlich Kolt langsam das Gefühl, dass er mehr über Sparkles Persönlichkeit wusste als über seine eigene.

Es war eine effektive Taktik, das musste Raynor ihr lassen. Wenn sie über die verdammte Katze redete, wirkte sie lebhaft und fröhlich. Ihre Tarnung kam auf diese Weise vollkommen natürlich rüber. Kolt tat sein Bestes, um nicht allzu gelangweilt zu wirken, überließ ihr aber zu mindestens 90 Prozent das Reden. Er saß meistens nur da, lächelte, nickte und schaute sich im Raum um, während seine jüngere ›Frau‹ über Fellknäuel und Katzenstreu philosophierte.

Er war zuversichtlich, dass ihre Deckung nicht auffliegen würde.

Während sie gerade in eine ihrer Sparkle-Anekdoten vertieft war, betrat Afifi die Lobby. Er führte ein Gespräch mit dem Handy. Raynor warf Hawk einen Blick zu, um sie darauf hinzuweisen, dass ihre Zielperson das Gebäude betreten hatte, aber sie fuhr munter mit ihrer Erzählung fort.

Zu ihrer großen Überraschung setzte sich der Libyer nur ein paar leere Hocker von ihnen entfernt an die Bar, während er sein Telefonat fortsetzte. Er unterbrach es kurz, um einen Single-Malt-Scotch zu bestellen. Als er sich vom Barkeeper abwandte, um die Umgebung zu mustern, blieb sein Blick an Cindy hängen.

Lüstern glotzte er sie von oben bis unten an. Es schien ihn überhaupt nicht zu kümmern, dass ihr ›Mann‹ direkt neben ihr saß.

Kolt zog seinerseits das Smartphone aus der Tasche, aktivierte das Mikrofon und begann Afifis Gespräch aufzuzeichnen, damit sie es später analysieren konnten. Er legte das Telefon so auf der Bar ab, dass der Lautsprecher direkt auf den Mann gerichtet war, der sich jetzt erst von der gut aussehenden Frau im schwarzen Cocktailkleid abwandte.

Bald darauf bemerkte Raynor zwei Männer, die aus dem Treppenhaus kommend die Lobby betraten. Sie trugen Anzüge und Krawatten, hatten harte Mienen und kalte Augen. Sie sahen sich im Raum um, überprüften jede Person, jede Tür, jeden Schatten.

Kolt wusste, dass es Security-Leute waren. Er glaubte einen der Männer von den Fotos wiederzuerkennen, die Digger kürzlich bei Objekt Kelch geschossen hatte.

Er war fest entschlossen, sich von diesen Kerlen nicht entlarven zu lassen. Er wollte nicht den geringsten Verdacht aufkommen lassen, irgendetwas anderes zu sein als ein duldsamer, frischgebackener Ehemann, der den Geschichten seiner heißen, aber etwas naiven Frau lauschte.

Nach ein paar Minuten erkannte er Anzeichen dafür, dass seine Mühe belohnt wurde. Die beiden Männer am Treppenhaus kamen in die Bar. Zwei weitere, die fast wie Klone von ihnen aussahen, verließen den Fahrstuhl und bezogen Position in der Lobby.

Raynor ließ sein gezapftes Bier kurz aus den Augen und riss das Gespräch an sich. Er richtete dabei seine ganze Aufmerksamkeit auf Hawk, weil er den Verdacht hatte, dass diese Männer eine Vorhut für einen bald eintreffenden VIP-Gast darstellten. Er wollte, dass seine Tarnung perfekt war, wenn dieser Gast eintraf.

Also erzählte er eine Geschichte über einen Hund, den er als Kind gehabt hatte. Die meisten Einzelheiten erfand er kurzerhand, um die Sache in die Länge zu ziehen.

Es schien eine Ewigkeit zu dauern, aber schließlich beendete Afifi das Telefongespräch und ging zu einem kleinen

Privatzimmer im Speisesaal hinter der Bar. Kurz darauf öffnete sich die Fahrstuhltür und zwei weitere Schlägertypen traten heraus. Sie ähnelten vom Erscheinungsbild her ihren vier Kollegen und führten einen älteren Mann durch die Eingangshalle zum Restaurant. Kolt wagte es nicht, hinzusehen, um zu überprüfen, in welche Richtung sie gingen, nachdem sie den anderen Raum betreten hatten. Als er es schließlich doch tat, stellte er fest, dass sie offenbar im gleichen Zimmer verschwunden sein mussten wie zuvor Afifi.

Die vier Sicherheitsmänner, die sich in der Lobby aufgestellt hatten, näherten sich dem Restaurant. Zwei spazierten zum Souvenirladen und taten, als ob sie Zeitschriften lasen. Zwei weitere kamen an den Tresen, setzten sich rechts von Hawk auf Hocker und bestellten Fruchtsäfte.

Obwohl sie junge Männer waren, etwa Mitte 20, schienen sie sich überhaupt nicht für Cindy zu interessieren.

Raynor schloss daraus, dass diese Kerle äußerst diszipliniert waren. Außerdem ging er davon aus, dass sie wahrscheinlich genug Frauen bekamen, wenn sie nicht im Dienst waren.

Kolts Handy zeichnete weiterhin auf. Allerdings fragte er sich, wie viel von Afifis Gespräch hörbar sein würde, da er und Hawk sich deutlich näher am Mikro unterhalten hatten. Er streckte schon die Hand aus, um die Aufnahme abzuschalten, doch da begannen die beiden Security-Leute an der Bar eine Unterhaltung, während sie ihre Blicke über die Lobby und die Restaurantgäste schweifen ließen.

Es war eine Fremdsprache, mehr konnte Kolt nicht erkennen. Er hoffte, dass Cindy einen Teil des Gesprächs mitbekam. Er warf ihr einen Blick zu und hielt Ausschau nach einem Anzeichen dafür, dass sie zuhörte, während sie sprach. Er nahm eine kurze Irritation bei ihr wahr.

Für einen Augenblick hörte sie auf zu sprechen.

Kolt übernahm das Gespräch, aber selbst er verstummte, als sie ihn mit weit aufgerissenen Augen anstarrte und stumme Worte mit den Lippen formte. Kolt wusste, dass jede ihrer Bewegungen im Spiegel hinter den Schnapsflaschen an der Wand zu sehen war. Das Letzte, was sie gebrauchen konnten, war, dass sie diesen Security-Schlägern verdächtig vorkam. Kolt versuchte ihr diesen gewissen Blick zuzuwerfen, der besagte: *Versau das jetzt bloß nicht.*

Aber sie verstand nicht und formte die Worte ein zweites Mal. Kolt streckte den Arm aus, schob die Hand hinter ihren Kopf und zog sie eng an sich heran. Er küsste sie auf den Hals und brachte seine Lippen an ihr linkes Ohr.

»Schatz, flüster es mir ins Ohr. Bleib cool.«

Cindy begriff sofort, dass sie Mist gebaut hatte. Sie kicherte gekünstelt, um es zu überspielen. Während sie ihre Wange an Kolts rieb, flüsterte sie: »Persisch.«

Kolts Miene blieb unbewegt. Er nickte nur, lächelte und versuchte sie zu beruhigen. Er legte seine Hand auf ihre und verlangte die Rechnung.

Persisch, dachte er.

Iraner.

Scheiße.

Weiterhin lächelnd bezahlte er ihre Getränke in bar und griff nach seinem Glas, um das restliche Bier auszutrinken. Als er das Glas zum Mund hob, betraten vier Männer in grauen Anzügen die Lobby und machten sich auf den Weg ins Restaurant.

Raynor erkannte Aref Saleh anhand der Fotos, obwohl der Mann offenbar ein paar Gesichtsoperationen hinter sich hatte.

Schnell drehte er sich zu Cindy um. »Wollen wir?«

Auch ihre Augen waren auf Saleh gerichtet, aber Kolt lenkte sie ab, bevor die Schläger davon Notiz nahmen.

Wenige Sekunden später traten Frank und Carrie durch die Tür ins Freie.

»Tut mir leid wegen vorhin«, entschuldigte sich Cindy, als der Hotelpage ihnen das Auto gebracht hatte und sie auf dem Weg zum Quartier waren. »Hab für 'ne Sekunde den Kopf verloren.«

Kolt nickte. Sich so aus der Ruhe bringen zu lassen war ein klassischer Anfängerfehler. Aber sie war ja tatsächlich mehr oder weniger eine Anfängerin. »Du bist ja damit davongekommen. Bist du dir bei der Sprache sicher?«

»Ja. Ich hab zwar nicht verstanden, was sie gesagt haben, aber ich hab die Sprache am Klang erkannt.«

Kolt merkte, dass diese Entdeckung sie beunruhigte, und er kannte den Grund. Falls diese sieben Männer Iraner waren, bedeutete das, dass sie keine Bande von Freiheitskämpfern und auch keine Terroristen waren. Nein, diese Männer, die sich im Sofitel mit jemandem vom JSO-Waffenschmuggelring getroffen hatten, mussten iranische Geheimdienstagenten sein.

Das rückte die Vorgänge in ein ganz neues Licht.

Cindy fragte: »Bist du sicher, dass es Saleh war?«

»Yep. Curtis wird sich in die Hose pissen vor Aufregung.«

»Aber was wollen Iraner mit Salehs Raketen? Die müssen doch selbst Tausende tragbarer Luftabwehrsysteme haben.«

Kolt nickte zögernd. »Nur Curtis kann das bestätigen, aber ich vermute, dass diese Typen zur Quds-Einheit gehören. Das ist eine Spezialeinheit der iranischen Revolutionsgarde, die für exterritoriale Operationen zuständig ist. Die werden die schulterverschießbaren Raketen an jedes Arschloch auf der Welt verkaufen, das ein amerikanisches oder israelisches Flugzeug vom Himmel holen will.«

»Na fantastisch«, stöhnte Cindy.

Sie erreichten den Unterschlupf um kurz vor neun. Curtis und seine Männer warteten im Funkraum auf sie.

»Haben Sie was rausgefunden?«, erkundigte sich Curtis.

Kolt entging nicht, dass Curtis' Blick auf Cindy in ihrem Kleid gerichtet war. Aber er beantwortete die Frage, als sei sie ihm gestellt worden. »Ja. Wir haben Saleh zweifelsfrei identifiziert. Und Afifi auch.«

»Donnerwetter.« Curtis stand auf und verstieg sich zu einem High Five mit Murphy und Wychowski. Dann sah er Raynor an. »Mit wem hat er sich getroffen?«

Kolt griff in die Tasche und zog sein Handy hervor. Er warf es ihnen quer durch den Raum zu. »Wie gut ist Ihr Persisch?«

»Verflucht. Iraner?«

»Ich fürchte, ja. Hab 'ne Unterhaltung zwischen zweien von denen aufgenommen. Sieben waren's insgesamt. Ein VIP mit einer sechsköpfigen, ausgesprochen gut ausgebildeten Sicherheitsmannschaft.«

Curtis ließ sich die möglichen Erklärungen durch den Kopf gehen. »Diese Iraner werden die Quds-Einheit der Revolutionsgarde sein. Wir haben Gerüchte gehört, dass die in Tripolis rumgeschnüffelt haben und auf der Suche nach schulterverschießbaren Raketen sind. Ich werde darüber Meldung in Langley machen. Wir werden nicht zulassen, dass ein Team von Quds-Agenten mit einer Wagenladung Raketenwerfer aus Kairo rausmarschiert. Die wollen sich die Teile unter den Nagel reißen, um sie an Dritte weiterzugeben. An Ihre Handlanger von der Sadr-Miliz, die Hisbollah im Libanon oder Gott weiß wen Gott weiß wo.«

Kolt sagte: »Ersparen Sie uns den geopolitischen Vortrag. Den iranischen Einfluss zu bekämpfen steht für das JSOC schon seit 2006 ganz oben auf der Agenda. Die Quds-Typen wissen, wie man kämpft, und diese Libyer werden sicher wissen, wie man unauffällig abtaucht. Wenn die ägyptische Armee das auf eigene Faust versucht, wird es im Chaos enden. Außerdem müssen wir davon ausgehen, dass es ägyptische Staatsbeamte gibt, die Saleh Tipps geben.«

Er fügte hinzu: »Die Quds-Männer sind im Sofitel untergebracht. Das war ziemlich offensichtlich.«

Curtis dachte darüber nach. »Langley könnte leicht in Erfahrung bringen, welche Zimmer von einer Gruppe von sieben Männern gebucht wurden. Ich werd sehen, ob ich die Zentrale dazu bringen kann, uns ein Team zur elektronischen Überwachung zu schicken, das dort reingeht und ein paar Wanzen anbringt. Das sollte den CIA-Bossen wichtig genug sein.«

Murphy gab zu bedenken: »Wenn wir dort Wanzen haben, werden wir auch jemanden hier im Funkraum brauchen, der simultan übersetzen kann.«

»Ja, wir müssen einen Dolmetscher organisieren«, stimmte Curtis zu. »Am besten wenden wir uns dafür an die Kairo-Station. Wenn die jemanden mit Zertifikat haben, der Arabisch und Persisch spricht, wär das ideal.«

»Davon rat ich ab«, warnte Kolt.

»Keine Sorge, Racer. Die Kairo-Station hat bestimmt jemanden, den sie schon seit Jahren einsetzt.«

»Tun Sie das Richtige und schicken Sie die Audioaufnahmen von heute Abend nach Langley. Vielleicht können die jemanden mit dem Audioteam herschicken, der Persisch spricht. Wenn wir anfangen, uns zusätzliches Personal aus der Botschaft zu holen, wird sich das zwangsläufig … herumsprechen.«

Curtis zuckte die Achseln. Er schien seinen Plan zu überdenken.

Da er das Gefühl hatte, dass sein harscher Einwand gegen den arabischen Dolmetscher das Ziel nicht verfehlt hatte, verfiel Kolt in einen entspannteren Tonfall. »Seien Sie nur vorsichtig, wen Sie in unsere Operation einbeziehen. Denken Sie zuerst an die Sicherheit, okay?«

Jetzt lächelte Curtis. »Nur keine Angst, Racer. Ich werd mit Langley reden und sehen, ob die uns eine Crew schicken. Und Sie und Ihre Leute können heute Nacht ruhig und friedlich in Ihren Bettchen schlafen.«

22

Das *Vezarat-e Ettela'at va Amniyat-e Keshvar*, kurz VEVAK, ist das Ministerium für Nachrichtenwesen und Staatssicherheit der Islamischen Republik Iran. Das Land hatte schon seit Langem Spione in die US-Botschaft in Kairo eingeschleust. Der Großteil der täglichen Arbeit mit den Agenten wurde von einem als Diplomat getarnten Beamten des iranischen Ministeriums erledigt. Offiziell fungierte er als Berater für Wirtschaftsfragen der iranischen Botschaft in Ägypten, ansässig in der Rifaa Street 12 in Kairo. Majid Dalwan, der Direktor des ägyptischen VEVAK-Büros, verbrachte seine Tage sowohl mit dem Rekrutieren neuer Kontaktleute als auch mit der Koordination vorhandener Agenten, die sich auf diplomatische Büros überall im Stadtgebiet verteilten.

Von einer wirklichen Unterwanderung der amerikanischen Botschaft durch Dalwans Netzwerk konnte zwar nicht die Rede sein, aber es war ihnen immerhin gelungen, bei bestimmten Einsatzbereichen einen Fuß in die Tür zu bekommen.

Einer der Brückenköpfe des VEVAK war ein 56-jähriger ägyptischer Unterstützungsbeamter für Übersetzung in der US-Botschaft. Sein Name lautete Hamdy el Nasr. Der Mann hatte jahrelang als Englischdolmetscher für die Mubarak-Regierung gearbeitet, bevor er seinen derzeitigen Posten bei der US-Botschaft erhielt. Nun war er für Verwaltungsaufgaben zuständig und organisierte den Dolmetscherbedarf mehrerer Botschaftsabteilungen.

Dalwan hatte vor einem Jahr vorsichtig Kontakt zu el Nasr aufgenommen. Er hatte festgestellt, dass der Mann für Angebote empfänglich war, wenn es um kleine Geldsummen für kleine Informationen ging. In zwei Fällen hatte er auftragsgemäß Dokumente aus seiner Botschaft entwendet und den VEVAK-Offizier bei der iranischen Botschaft über Persisch -Sprechende informiert, die vor Ort mit den Amerikanern zusammenarbeiteten.

Bis jetzt war seine Entdeckung noch nicht sonderlich nützlich gewesen, also hatte Majid Dalwan den Botschaftsmitarbeiter vor ein paar Monaten in den Zuständigkeitsbereich eines Untergebenen abgeschoben. Seitdem hatte er nicht mehr persönlich mit el Nasr gesprochen und war entsprechend überrascht, die Stimme seines eher mäßig effektiven Agenten am anderen Ende der Leitung zu hören, als um kurz nach neun Uhr morgens sein Bürotelefon klingelte.

»Guten Morgen, mein Freund«, begrüßte ihn Majid. »Sieht Ihnen gar nicht ähnlich, Kontakt zu mir aufzunehmen. Gibt's ein Problem?«

»Nein. Überhaupt keins. Ich hab mich gefragt, ob wir uns unterhalten können. Es geht um die E-Mail, die ich neulich von Ihrem Büro bekommen habe.«

Dalwan dachte einen Moment darüber nach. Er hatte seine Beamten angewiesen, die Fühler zu lokalen Agenten in der iranischen Gemeinde auszustrecken. Die Revolutionsgarde hatte ihm mitgeteilt, dass Mitglieder der Quds-Einheit ein paar Tage lang in der Stadt aktiv sein würden. Man wies Dalwan an, auf jeden Anstieg von Geschwätzigkeit bei amerikanischen, israelischen und ägyptischen Geheimdiensten zu achten, der darauf hinwies, dass einer dieser Dienste von der Anwesenheit von Iranern in der Stadt Wind bekommen hatte. Also verfasste das VEVAK eine Rundmail an seine Kontaktpersonen und bat, sich mit dem Ministerium in Verbindung zu setzen, falls ihnen Gerüchte oder außergewöhnliche Vorkommnisse zu Ohren kamen.

In Verbindung mit der verschickten E-Mail machte dieser Anruf eines Verwaltungsbeamten in der US-Botschaft Dalwan sofort neugierig.

Er traf eine Entscheidung. Da er diese Arbeit schon lange machte und wusste, dass dieser Agent grundsätzlich zuverlässig war, hielt er ein persönliches Treffen für gerechtfertigt.
»Wir sehen uns an der üblichen Stelle.«
»Ja«, antwortete el Nasr. »Das geht in Ordnung.«

Majid Dalwan machte sich keine großen Hoffnungen, als er mit Hamdy el Nasr in einem fast leeren Café einen Block östlich des Tahrir-Platzes Tee trank. Sein Tonfall blieb freundlich und unverbindlich, während er sich vergewisserte, dass el Nasr nicht beschattet wurde. Es dauerte eine Weile, aber als sie schließlich allein im Café saßen, beugte Dalwan sich zu dem Agenten vor.
»Welche Neuigkeiten haben Sie für mich?«
»Heute Morgen habe ich herausgefunden, dass wir einen Persisch-Dolmetscher für einen einwöchigen Auftrag eingestellt haben.«
Dalwan betrachtete seinen Agenten. In den Augen des älteren Mannes spiegelte sich so viel Aufregung – aber für den iranischen Spion bedeutete diese Nachricht lediglich, dass er gerade seinen Morgen mit einem sinnlosen Ausflug zum Tahrir-Platz verschwendet hatte.
»Jemand in der Botschaft braucht einen Persisch-Sprecher. *Das* ist der Grund, warum ich hier bin?«
»Da ist noch mehr.«
»Das will ich hoffen. Wer hat die Dienste dieses Mitarbeiters angefordert?«
»Ich habe nicht die Befugnisse, um einzusehen, wer ihn bestellt hat. Ich weiß es nur, weil ich die Bezahlung der Dolmetscher und Übersetzer abwickle. Und dieser Mann, ein alter Kollege von mir, hat mich angerufen und um einen Vorschuss gebeten.«
»Und was finden Sie daran so aufregend?«
»Ich habe keinen Vermerk darüber gefunden, dass er für diese Woche eingestellt worden ist. Wir brauchen im

Moment keinen Persisch-Sprecher. Dazu kommt noch, dass das Honorar, das man ihm nach eigener Aussage angeboten hat, ungewöhnlich hoch ist. Daraus habe ich geschlossen, dass mein alter Kollege auf höchster Sicherheitsstufe eingesetzt wird.«

Majid Dalwan fuhr sich mit den Fingerspitzen über den gestutzten Schnurrbart. »Vielleicht brauchen sie ihn, um Liebesbriefe des Botschafters an seine persische Freundin zu übersetzen, und bezahlen ihn in bar. Vielleicht ist er ...«

»Ich bin mir sicher, dass er für die CIA arbeitet.«

Dalwan legte den Kopf schief. »Woher wollen Sie das wissen?«

»Die hiesige CIA-Station der Botschaft hat ihre eigenen Sprachexperten. Die müssen keine von außerhalb beschäftigen. Also wird dieser Mann nicht für die CIA in der lokalen Station arbeiten. Aber es geht hier um einen Notfalljob mit sehr großzügiger Entlohnung. Für mich sieht's danach aus, als ob es dabei auch um Nachtarbeit geht. Wahrscheinlich muss er 24 Stunden am Tag an einem bestimmten Ort bleiben.«

Jetzt wird's langsam interessant, dachte Dalwan. Er hatte keine Ahnung, was die Männer der Quds-Einheit in Kairo taten, und es war ihm egal, solange es keine seiner VEVAK-Missionen störte. Aber wenn eine Gruppe amerikanischer Spione, die sich inoffiziell und unter Tarnung in der Stadt aufhielt, plötzlich einen Persisch-Dolmetscher brauchte, der rund um die Uhr verfügbar war ... Tja, das klang nach einer Abhöraktion und Dalwan ging davon aus, dass seine Kollegen der Quds-Einheit aufgeflogen waren.

Diese Information war es sicherlich wert, an die Revolutionsgarde weitergegeben zu werden, damit diese sie an ihre Agenten übermittelte. Vielleicht brachte das Dalwan sogar etwas Anerkennung beim Militär seines Landes ein.

»Dieser Mann, den sie anheuern ... Was können Sie mir über ihn sagen?«

»Er ist Ägypter, hat aber in den 70er-Jahren im Iran gelebt. Er ist Universitätsprofessor hier in Kairo und verfügt über die nötigen Sicherheitsfreigaben für Geheimdiensttätigkeiten mit Amerikanern.«

»Und Sie haben seine Adresse?«

»Ja«, antwortete el Nasr. »Er hat mich persönlich wegen des Vorschusses angerufen. Ich hab ihm versprochen mich darum zu kümmern und treffe ihn zum Mittagessen. Ich gehe davon aus, dass er sich gleich nach unserem Gespräch um diesen Auftrag kümmern wird.«

»Ausgezeichnet, mein Freund. Sie haben das Richtige getan, mich darauf hinzuweisen.«

»Wäre es unhöflich von mir, zu fragen, wie meine Belohnung aussieht?«

»Überhaupt nicht. Ich finde, Sie verdienen das Doppelte des üblichen Honorars.«

Majid Dalwan lächelte.

Unweit der AQAP-Siedlung am Wadi Bani wischte sich Charles den Schweiß von der Stirn und schaute in den Rückspiegel.

»Charles« war ein Saudi, dessen echter Name Mustafa lautete. Er saß in einem Toyota-Pick-up-Truck und hatte die Hände auf das Lenkrad gelegt. Neben ihm saß »Nick«, ein Pakistani namens Nawaz. Sie hatten unter dem Vordach einer der Baracken geparkt und saßen schweigend da.

David Doyle ging zum Fahrerfenster und klopfte mit einem Funkgerät gegen die Scheibe.

Charles kurbelte das Fenster herunter und sah den Anführer der Zelle an.

»Guten Tag«, grüßte Doyle.

»Hallo, Officer.«

»Haben Sie eine Ahnung, wie schnell Sie gefahren sind?«

»Tut mir leid. Das weiß ich nicht.«

»Sie sind fast 80 in einer 50er-Zone gefahren.«

»Tut mir leid.« Charles wollte in die Gesäßtasche greifen, um den Führerschein herauszuholen.

»Keine verdammte Bewegung!«, schrie David und riss eine Pistole aus dem Holster am Gürtel. »Zeig mir deine Hände, du Wichser!«

Charles hob rasch die Hände. »Tut mir leid! Tut mir leid!«

David zielte mit der geladenen Pistole an Charles vorbei und richtete die Mündung auf Nicks Brust. »Jetzt du, du Stück Scheiße! Hände hoch!«

Dann zerrte Doyle beide Männer aus dem Auto und filzte sie, wobei sie ihre Hände auf die Motorhaube des Toyotas legen mussten. Der Rest der Gruppe stand im Inneren des Gebäudes und konnte das, was unter dem Vordach passierte, durch große, geöffnete Fenster mitverfolgen.

Nachdem die Durchsuchung beendet war und Charles und Nick die Erlaubnis erhalten hatten, wieder einzusteigen und ihre Fahrt fortzusetzen, beendete David die Übung. Er wandte sich den Zuschauern zu und sagte: »Meine Brüder. Bei alldem dürft ihr nicht vergessen, stets zu lächeln. Die Leute *lächeln* in Amerika. Das hat nichts zu bedeuten. Sie werden euch immer noch Schaden zufügen, aber wenn ihr sie nicht ununterbrochen anlächelt, werden sie euch mit Misstrauen begegnen.«

So ging es noch stundenlang weiter, bis schließlich jedes Mitglied der Truppe allen Kommandos gehorchen und alle Fragen beantworten konnte, die zu einer normalen Verkehrskontrolle durch US-Polizisten gehörten.

Nach dieser langwierigen Tageslektion trafen sich David und die vier Mitglieder seiner Untereinheit am Container. Dort übten sie weiter, auf den Boden zu springen und sich schussbereit zu machen. Er hatte die Zeit, die sie brauchten, bereits auf mehr oder weniger konstante 39 Sekunden verkürzt, aber er trieb seine Leute noch härter an.

Ihnen blieben nur noch wenige Tage, bis sie ihre Reise nach Amerika antraten. Sie mussten bereit sein.

Der iranische Geheimdienstoffizier Majid Dalwan kontaktierte seine Kollegen bei der Revolutionsgarde. Bis zwölf Uhr wussten die Quds-Securitymänner im Sofitel, dass ihre Operation möglicherweise kompromittiert war. Sie warteten vor dem Restaurant, wo el Nasr mit dem Dolmetscher zu Mittag aß. Danach verfolgten sie diesen mit drei Fahrzeugen, hielten jedoch großzügig Abstand. Mit zwei Männern im Auto sowie zwei weiteren auf Motorrädern folgten sie ihm aus der Gartenstadt in Richtung Süden.

Der Dolmetscher parkte den Wagen in der Tiefgarage des Ägyptischen Museums. Das Überwachungsteam schwärmte aus und erwartete, dass er hineinging. Doch kaum war er ausgestiegen, rollte ein schwarzer Range Rover ein paar Meter weiter aus einer Parklücke und kam neben ihm zum Stehen. Der iranische Professor stieg in den SUV, der daraufhin aus der Anlage fuhr, während die Quds-Beamten hektisch versuchten, ihre Beschattungsaktion neu zu organisieren.

Der Range Rover befand sich auf dem Weg nach Süden. Die Iraner blieben noch weiter zurück und achteten auf Spionageabwehrmaßnahmen der Gegenseite. Sie forderten zwei zusätzliche Motorräder an, womit die Zahl der Fahrzeuge, die den Dolmetscher verfolgten, auf insgesamt fünf anstieg.

Nach wenigen Minuten waren sie sicher, dass in dem Auto, das sie verfolgten, Geheimdienstagenten saßen. Der schwarze SUV bog auf Seitenstraßen ab, raste gezielt über Kreuzungen, kurz bevor die Ampeln auf Rot umschalteten, und wechselte wieder und wieder die Spur, um potenzielle Verfolger abzuschütteln und ausfindig zu machen.

Aber die Quds-Männer erledigten diese Art von Arbeit schon seit Langem. Daher gelang es ihnen, trotz aller Gegenmaßnahmen mit einem Beobachter in Sichtweite des Zielfahrzeugs zu bleiben.

Um kurz nach 15 Uhr rollte der SUV durch das Tor eines abgezäunten Bürogeländes im östlichen Maadi. Der

Motorradfahrer, der Sichtkontakt zum Range Rover hatte, fuhr daran vorbei, während die anderen Fahrzeuge auf Abstand blieben.

Eine Viertelstunde später gingen zwei Quds-Offiziere über die Baustelle eines nicht fertiggestellten Apartmenthochhauses, das sich auf der dem Fahrtziel gegenüberliegenden Straßenseite befand. Sie nahmen die Treppe in den dritten Stock und blieben in Deckung, während sie das Gebäude vor sich inspizierten. Mehrere Autos parkten hinter dem Zaun neben einer Tür, die in die Eingangshalle führte. An der Vorderseite waren weder Schilder noch Wachleute zu sehen.

Einer der Quds-Männer bezog mit einem Fernglas und einem Handy auf der Baustelle Position, während der andere ins Sofitel zurückkehrte.

Bis zum Nachmittag waren die Iraner sicher, dass ein Team amerikanischer Agenten, bei dem es sich offenkundig nicht um die bekannten CIA-Spione aus der Botschaft handelte, einen geheimen Unterschlupf in Kairo besaß, um eine Mission auszuführen, für die ein Persisch-Dolmetscher benötigt wurde.

Sie mussten sich mit dem Iran in Verbindung setzen und weitere Anweisungen abwarten. Außerdem galt es, die Aref-Saleh-Organisation zu warnen, dass ihre Operation mit an Sicherheit grenzender Wahrscheinlichkeit kompromittiert war.

Aref Saleh stellte das Satellitentelefon zurück in die Ladestation und lehnte sich auf dem Stuhl zurück. Es herrschte völlige Stille in dem einfach, aber zweckmäßig eingerichteten Büro im zweiten Stock der Zentrale von Maadi Land and Sea Freight an der Corniche El Nil.

Er trommelte mit den Fingern langsam auf die Schreibunterlage und dachte über den beunruhigenden Anruf nach, der ihn eben erreicht hatte. Saleh war ein guter Geschäftsmann und wusste, dass man sich mit Kunden nicht streiten sollte. Aber gerade hatte er sich 20 Minuten lang mit dem Anführer des iranischen Kontingents ein heftiges Wortgefecht geliefert, der sich in der Stadt aufhielt, um ihn zu treffen.

Der Mann hatte Saleh und seine Organisation ermahnt und behauptet, dass die schwachen Sicherheitsmaßnahmen der JSO der Grund für die Kompromittierung der Agenten der Quds-Einheit in der Stadt seien. Als Aref nach dem Grund für diese Unterstellung fragte, erklärte der Iraner, dass sie einen Persisch-Dolmetscher zu einem CIA-Unterschlupf in Salehs Viertel verfolgt hätten.

Der 58-jährige Libyer hatte wütend erwidert, dass diese Beschuldigung auf wackligen Beinen stehe. Falls ein amerikanischer Geheimdienst hier in der Stadt die Iraner überwache, sei das, soweit es Saleh betraf, allein die Schuld der Iraner und somit ihr eigenes Problem.

Saleh glaubte nicht an die Möglichkeit, dass seine Operation aufgeflogen war. Er hatte Agenten in der ägyptischen Polizei, in Militär und Regierung geschmiert, ebenso wie in Libyen. Diese hätten ihn gewarnt, sobald etwas gegen ihn im Gang war. Selbst für den Fall, dass amerikanische Geheimdienste ihm auf die Schliche gekommen waren, glaubte Saleh nicht, dass sie ohne jede Hilfe seitens ihrer Verbündeten in der ägyptischen Regierung auskamen. Und *seine* Verbündeten in der ägyptischen Regierung, daran hatte Saleh keine Zweifel, hätten ihn darüber in Kenntnis gesetzt.

Nein, diese iranischen Trottel mussten sich irren. Sie hatten amerikanische Agenten in die Stadt gelockt. *Sie* waren diejenigen, die beschattet wurden.

Nicht er.

Ein erster Verkauf von schulterverschießbaren Igla-S-Raketen an die Agenten der Quds-Einheit hatte bereits vor einigen Wochen stattgefunden. Der Mann, der mit sechs Sicherheitsbeamten zu seinem Schutz aus Teheran gekommen war, befand sich vor Ort, um eine zweite Transaktion auszuhandeln. Das Meeting war zeitlich so angesetzt worden, dass es mit dem Versand der ersten Lieferung zusammenfiel. Auf diese Weise konnten sich beide Seiten sicher sein, dass sie einander vertrauen konnten.

Aber nun drohte das Geschäft zu platzen. Saleh schnaubte, als er darüber nachdachte. *Schiitische Strolche.* Sie waren hier, um einen zweiten Kauf zu tätigen, ja – aber auch, um ihn durch ihre Präsenz einzuschüchtern.

Und *sie* hatten die amerikanischen Spione mitgebracht.

Saleh wusste nicht, was sie gegen diese Bedrohung aus Amerika unternehmen sollten. Aber er gab den Iranern unmissverständlich zu verstehen, dass sie sich gefälligst bis auf Weiteres von ihm fernhalten sollten. Er konnte es nicht gebrauchen, dass die Imperialisten etwas über ihn oder seine Operation erfuhren.

Später am Nachmittag sollten die Igla-S-Waffen aus der libyschen Wüste eintreffen. Am Abend sollten sie auf Anweisung der Iraner ihre weitere Reise antreten.

Saleh beschloss, Kairo für eine Weile zu verlassen, sobald dieser Auftrag abgewickelt war. Möglicherweise auch für immer. Er konnte die eigentliche Logistik vor Ort lassen, um die Durchführung zu besorgen, aber die Verwaltung zu seiner eigenen Sicherheit an einen anderen Ort verlegen. Nicht wieder nach Tripolis, nein. Vielleicht nach Beirut. Ja. Das brachte noch den Vorteil mit, dass sich dort Hisbollah-Mitglieder anheuern ließen.

Zudem gefiel ihm Beirut im Herbst. Und im Gegensatz zu Kairo gab es dort keine amerikanischen Spione.

23

Kolt Raynor und sein Team hatten den Großteil des Tages mit der mobilen Überwachung des Sofitel verbracht, um alles für die Ankunft des Überwachungsteams aus Langley vorzubereiten, das am nächsten Morgen eintreffen sollte. Sie kehrten gegen 16:30 Uhr in den Unterschlupf zurück, um sich noch eine Stunde auszuruhen. Bald würden sie wieder zum Hotel fahren und den ganzen Abend im Auto sitzen müssen, um abzuwarten, ob die Agenten der Quds-Einheit sich herauswagten.

Kolt steckte den Kopf in den Funkraum, um Curtis wissen zu lassen, dass sie wieder da waren. Danach ging er in die Küche, um sich eine Flasche Wasser zu holen. Dabei stieß er fast mit einem dünnen Mann zusammen, zwischen 60 und 70 Jahre alt. Dieser öffnete gerade die Kühlschranktür, um den Inhalt zu begutachten.

»Guten Tag«, begrüßte ihn der Mann mit hörbarem Akzent.

Kolt starrte ihn bloß an, drehte sich um und trat in den Flur, ohne den Gruß zu erwidern. Er steckte den Kopf erneut in den Funkraum. »Curtis. Ich muss kurz mit Ihnen sprechen.«

Die zwei Männer verließen das Reisebüro und gingen die Treppe hinunter in die leere Eingangshalle des Hauses. Sobald sie dort waren, drehte Kolt sich abrupt zu dem CIA-Mann um. »Wer zum *Teufel* ist das?«

»Herrgott, ganz ruhig, Mann. Das ist der Dolmetscher.«

»Was zur Hölle macht der hier?«

»Die Kairo-Station hat ihn gründlich überprüft.«

»Er ist von hier?«

»Ganz genau. Das ist der beste Mann in der Stadt, der eine Freigabe hat.«

»Ich hab Ihnen doch ausdrücklich gesagt, Sie sollen niemanden von der Kairo-Station nehmen.«

Curtis blieb stur. »Ich arbeite aber nicht für Sie, Major! Hören Sie, ich bin nicht so blöd, das an so einen unerfahrenen persischen Schlaumeier abzugeben, der Broschüren für die US-Handelskammer übersetzt oder so 'n Scheiß. Dieser Typ ist ein bewährter Agent. Er arbeitet schon seit den späten 80ern für uns.«

»Ist ja toll«, gab Kolt zurück. »Aber Sie lassen einen Kerl in eine geheime Einsatzzentrale, der von der lokalen Station bezahlt wird. Das wird anhand von Dokumenten nachweisbar sein oder zu Fragen über die Aktivitäten der Botschaft führen. Hab ich alles schon erlebt.«

Curtis fing an, im Eingangsbereich herumzuwandern. »Sie wissen alles, was, Rambo? Tja, aber ich muss Sie wohl an was erinnern: Das ist meine Operation. Und ich weiß, was ich tue.«

»Mir ist scheißegal, wessen Operation das ist, Curtis. Ich bin für meine Leute verantwortlich. Und ich werd sie ganz sicher nicht in Gefahr bringen wegen solchem bürokratischen Bullshit.«

»Was soll ich Ihrer Meinung nach tun? Er weiß jetzt, wo sich der Unterschlupf befindet. Wenn ich ihn wieder nach Hause schicke, bringt uns das gar nichts.« Curtis klatschte in die Hände. »Ich hab's! Wir erschießen ihn. Wär das was für Sie? Wie lange sind Sie schon hier, fünf Tage? Und Sie haben immer noch niemanden umgebracht? Das sollten wir sofort ändern. Wir jagen dem Arschloch einfach 'ne Kugel in den Kopf und machen Feierabend.«

In diesem Moment verspürte Kolt den Drang, Myron Curtis zu erschießen. Stattdessen sagte er: »Der Dolmetscher kann bleiben. Die Personalsicherheit ist Ihr Problem. In diesem Haus wird's zu voll. Ich und mein Team ziehen aus.«

»Ach, kommen Sie, Racer.«

»Ich mein's ernst. Wir suchen uns eine andere Operationszentrale und hauen ab.«

Es dauerte nicht einmal eine Stunde, bis Kolt sein Team in einen anderen Unterschlupf gebracht hatte. Das Gebäude befand sich in der Nähe des Nils, aber fünf Klicks südlich von Curtis' Haus. Außerdem lag es in der Nähe der Nord-Süd-Linie der Kairoer Metro, was sich ebenfalls als praktisch erweisen konnte.

Diese Bude war nicht annähernd so hübsch wie das Reisebüro, aber sie schien um einiges sicherer zu sein. Ein einfaches Haus in einem Viertel, in dem noch andere Weiße sich unter die einheimische arabische Bevölkerung mischten. Eine Mauer, ein Tor, eine Garage für zwei Autos und mehrere große, leere, staubige Zimmer.

In eins der Schlafzimmer hatte man Schlafsäcke geworfen, aber Kolt und Cindy entschieden sich für eine neun Quadratmeter große Kammer mit Doppelbett im hiesigen Stil. Es gab auch einen großen Wohnraum mit Teppichen und eine Küche mit einem Vorrat an Konserven und Trockenfrüchten sowie einer beängstigenden Palette schimmliger, verfaulter oder einfach nur abstoßender Lebensmittel im Kühlschrank.

Diese Safe Houses wurden von der lokalen CIA-Station eingerichtet und betrieben. Seit der Revolution vor mehr als einem Jahr hatte Kairo für den amerikanischen Geheimdienst deutlich an Bedeutung gewonnen. Raynor überraschte es nicht, dass das Personal der Central Intelligence Agency in der Stadt ziemlich überlastet war.

In diesem Unterschlupf sah es aus, als habe seit einem halben Jahr niemand mehr nach dem Rechten geschaut.

Aber Kolt hatte sein Team bei sich und war überzeugt, hier eine sichere Stellung anzutreffen. Er und Slapshot hatten gerade die Satellitenverbindung mit dem JSOC in Fort Bragg hergestellt, da vibrierte Kolts Handy in der Tasche.

Er schielte nach unten. Der Anruf kam von Myron Curtis.
»Ja?«
»Hier ist Curtis.«

»Was ist?« Kolt verspürte wenig Lust, Small Talk mit dem Kerl zu betreiben.

»Vor 35 Minuten ist ein Sattelschlepper bei Maadi Land and Sea vorgefahren.«

»Hat der was hingebracht oder was abgeholt?«

»Er hing ziemlich tief überm Boden. War definitiv voll ... oder fast voll. Gleich hinter dem Tor ist er abgebogen und in Richtung Laderampe gefahren. Wir haben's per Liveübertragung verfolgt. Also hat sich Murphy auf den Weg gemacht und kam gerade noch rechtzeitig an, um Arbeitsgeräusche an den Ladeplätzen von Objekt Rhein zu hören. Vor drei Minuten fuhr der Sattelschlepper wieder ab, diesmal leer. Murphy sagt, dass es im Moment ruhig auf dem Gelände ist.«

Kolt überlegte.

Curtis fuhr fort: »Wir vermuten, dass die Iraner eine sofortige Lieferung ausgehandelt haben. Die Waffen sind hier in Rhein. Ich geh jede Wette ein, dass die Quds-Typen die Ware selbst wegbringen wollen. Sie werden nach Port Said fahren, die Waffen auf ein geschlossenes Schiff verladen und durch den Suezkanal nach Iran oder Beirut schaffen. Die könnten jederzeit beladen und ablegen.«

Kolt wusste, dass Curtis nur Vermutungen äußerte – aber die Wahrscheinlichkeit, dass diese zutrafen, erschien ihm äußerst groß. Obwohl die Abreise der Iraner aus ihrem Hotel erst in zwei Tagen erwartet wurde, gab es keinen Grund, einen früheren Aufbruch auszuschließen. Zudem ließ sich die Ware innerhalb der nächsten 48 Stunden durchaus auch auf andere Weise aus der Stadt bringen.

»Okay«, sagte er. »Ich werd meinen Kommandanten anrufen und um Autorisierung bitten, heute Nacht bei Maadi Land and Sea zuschlagen zu dürfen.«

»Je schneller, desto besser.«

»Wir werden das nicht bei Tageslicht erledigen.«

Curtis erwiderte nur: »Hey, mit dem Ninja-Scheiß kenn ich mich nicht aus. Sie schon. Machen Sie das einfach klar.«

Kolt rief Webber an und erläuterte ihm die Situation. Er machte ihn darauf aufmerksam, dass die Boden-Luft-Raketen, falls sie wirklich in dem Lagerhaus waren, jederzeit abtransportiert werden konnten. Er schlug vor, entweder die Agenten der Quds-Einheit im Sofitel zu verfolgen oder bei Maadi Land and Sea einzubrechen.

Außerdem betonte Raynor, dass es für ihn und sein Team schwirig, wenn nicht unmöglich sein dürfte, die Waffen zu finden, sobald diese Maadi verlassen hatten. Wie immer also der Befehl lautete, sie mussten unbedingt noch in dieser Nacht aktiv werden.

Raynor holte nach dem Gespräch Slapshot und Digger zu sich und bereitete sie darauf vor, vielleicht – nur vielleicht – schon sehr bald die Zielobjekte Rhein und Stein zu betreten.

Kolt versuchte, sein Satellitentelefon durch reine Willenskraft zum Klingeln zu bringen. Um kurz nach 19 Uhr tat es das schließlich auch. Webbers Stimme ertönte. »Raynor, hören Sie gut zu. Die Iraner im Sofitel sind ein absolutes No-go.«

»Verstanden.« Er hatte sich nicht der Illusion hingegeben, mit seinem Team ins Hotel geschickt zu werden, um eine Zelle iranischer Spione auszuheben.

Solche Sachen kamen nur im Training oder in Filmen vor.

Webber fuhr fort: »Aber Sie haben volle Befugnisse, was Zielobjekt Rhein betrifft. Sie dürfen die Lagerhalle betreten, um die SA-24-Raketen oder andere libysche Waffen zu identifizieren, die Sie dort vorfinden. Das ist alles. Es wird eine Nacht-und-Nebel-Aktion. Keine Schießereien. Sie kämpfen nur, wenn es um Leben und Tod geht.«

»Ja, Sir.«

»Sie haben keine Befugnis, das Bürogebäude Objekt Stein zu betreten. Wir reden hier nur über die Lagerhalle.« Raynor bemerkte, dass Webber außerordentlichen Wert auf dieses Detail legte. Offenbar machte jemand – vielleicht der Präsident persönlich – sich Sorgen, Ägypten durch eine Riesenschießerei in Kairo zu brüskieren.

»Und wenn wir den Jackpot knacken?«, fragte Kolt, obwohl er wusste, dass er damit ziemlich weit vorgriff.

»Wenn Sie reinkommen und die Waffen identifizieren, dann ja, Racer, zerstören Sie sie vor Ort, sofern möglich.«

Der Verteidigungsminister wollte diese Raketen aus dem Verkehr ziehen, aber ausschließlich dann, wenn es sich durch einen chirurgisch präzisen Eingriff ohne politische Schlamassel erledigen ließ. Von amerikanischen Kommandos getötete Libyer in Ägypten gehörten definitiv nicht dazu.

Aber Raynor hatte das Gefühl, nur auf eine halbe Mission geschickt zu werden. »Sir, wir können nicht mit Sicherheit sagen, dass die Waffen zu diesem Zeitpunkt in Objekt Rhein sind. Was wir aber wissen, ist, dass in den Büros von Maadi Land and Sea die Köpfe der Aref-Saleh-Organisation sitzen. Falls wir dort reinkämen, könnten wir sie gefangen nehmen oder töten und ...«

Webber unterbrach ihn über die knisternde Leitung. »Negativ! Sie haben keine Befugnis, in das Gebäude im südlichen Teil des Grundstücks einzudringen. Sie haben sich von allen feindlichen Kräften fernzuhalten. Erhalten Sie Ihre Deckung aufrecht. Ich kann es nicht gebrauchen, dass Sie für diese Sache das Leben von vier guten Operators aufs Spiel setzen. Sie haben nicht genug Leute, um mit so vielen Gegnern auf einmal fertigzuwerden. Haben wir uns verstanden?«

Kolt nickte nachdenklich. Selbst diese eingeschränkte Autorisierung war um einiges besser, als gar nichts zu tun. Webber zuliebe wiederholte er noch einmal die Missionsanweisungen. »Roger, Sir. Still und heimlich. Falls wir die Waffen in Rhein finden, kann es lauter werden, wenn wir sie entschärfen.«

»Korrekt. Genau so weit reicht Ihre Befugnis. Wenn Sie in Kontakt mit feindlichen Kämpfern kommen, dürfen Sie natürlich tödliche Gewalt anwenden. Sie dürfen nicht – das betone ich noch einmal, Raynor –, Sie dürfen *nicht* den Bürokomplex betreten, um die Libyer anzugreifen, die Sie dort antreffen. Die sind bislang nicht als feindliche Subjekte eingestuft worden.«

»Verstanden, Sir.«

»Racer. Nehmen Sie Ihr Schicksal in die Hand. Bringen Sie alle sicher nach Hause.«

»Ja, Sir.«

Die AFO-Zelle verbrachte den Abend mit dem Entwerfen eines Schlachtplans. Slapshot übernahm die Führung, weil er der Dienstälteste in der Einheit war, weshalb Raynor ihm das Feld überließ. Kolt und Digger stellten Fragen und unterbreiteten Vorschläge, Hawk machte sich Notizen. Sie nahm zwar nicht am Angriff teil, aber sie wollten sie trotzdem nicht außen vor lassen.

Slapshot schlug vor: »Am besten wäre es, wenn wir uns vom Fluss her nähern, Boss. Da scheint's nur zwei patrouillierende Wachen plus noch mal zwei auf dem Dach vom Bürogebäude zu geben. Insgesamt vier, die zum gleichen Zeitpunkt die Rückseite des Grundstücks im Auge behalten können. Das ist nicht besonders viel, aber es gibt an mehreren Punkten zwischen dem Pier und den Laderampen der Lagerhalle brauchbare Deckung. Die sollten wir ausnutzen.«

Kolt nickte. »Klingt gut.«

Sie entschieden, dass Racer, Slapshot und Digger mit einem vor Ort organisierten Beiboot mit 100-PS-Motor um Punkt 3:30 Uhr am Pier an Land gingen. Zu dieser Zeit würde die Wachsamkeit der Sicherheitsmannschaft am geringsten sein und der Mond näherte sich dem tiefsten Punkt am Horizont vor Anbruch der Morgendämmerung. Mit Nachtsichtgeräten konnten die drei sich ihren Weg vom Pier zum Zaun bahnen, um ihn knapp über der Wasseroberfläche mit Bolzenschneidern durchzutrennen. Danach galt es, die schwach bewachsene, 15 Meter lange Strecke in der nordwestlichen Ecke des Grundstücks unbemerkt zu überwinden. Dahinter kamen 20 Meter asphaltierter Parkplatz. Hier bekamen sie es mit ein paar patrouillierenden Wachen zu tun und bewegten sich im Blickfeld von zwei Wachtposten auf dem Dach des Bürogebäudes.

Sobald sie die Lagerhalle erreicht hatten, konnten sie entweder über die Laderampe an der Nordseite eindringen oder, falls das nicht möglich war, zur Ostseite schleichen und den Haupteingang benutzen.

Slapshot und Raynor sollten hineingehen, um die Waffen zu finden, sie zu fotografieren und C4-Sprengladungen daran anzubringen. Währenddessen blieb Digger im Freien in Deckung und behielt den Fluchtweg im Auge.

Sie sprachen eine Weile über die Stärke der sekundären Explosionen. Am Ende gelangten sie zu dem Schluss, dass die Detonation sich auf die Lagerhalle von Maadi Land and Sea beschränken ließ, sofern sich die Zahl der aufgefundenen Boden-Luft-Raketen in Grenzen hielt.

Nach abgeschlossener Mission galt es, den Rückweg zum Boot anzutreten und flussabwärts zu fahren, bevor man den C4-Sprengstoff in einer Kettenreaktion zur Detonation brachte. Damit zogen sie die Abschussrohre, die Energiequellen und die Sprengköpfe gleichermaßen aus dem Verkehr.

In der Zwischenzeit sollte Hawk mehrere Häuserblocks entfernt an der Corniche El Nil parken. Falls das Team in Schwierigkeiten geriet und es nicht zurück zum Boot schaffte, gab es die Option, sich über die Nordostseite der Objekte Rhein und Stein abzusetzen und über die Mauer zu klettern. Hawk kam dann mit dem Fluchtfahrzeug angerast, um sie abzuholen und das Gebiet mit Vollgas zu verlassen.

Der Plan kam ihm blitzsauber und effizient vor. Fast zu schön, um wahr zu sein. Kolt rechnete fest damit, dass es einen Haken gab. Einen Wachmann, der sich nicht dort aufhielt, wo er sollte. Ein Mitglied der JSO-Führung, das in einem frühmorgendlichen Anfall von Nikotinsucht den

Balkon betrat. Oder den Lichtstrahl einer Taschenlampe, der sich nicht an die Regeln hielt und zweimal hintereinander in dieselbe Richtung schwenkte.

»Was ist los, Boss?«, erkundigte sich Slapshot. »Du sagst, dass es losgehen kann, aber dein Gesichtsausdruck verrät mir was anderes.«

»Zwei Punkte. Erstens hab ich den unangenehmen Verdacht, die CIA-Jungs könnten bereits aufgeflogen sein. Zweitens besteht die Gefahr, dass es ziemlich schnell ziemlich hässlich wird. Die Operation ist definitiv hoch riskant, Leute.«

»Sieht dir gar nicht ähnlich, dir Sorgen wegen solcher Risiken zu machen, Racer. Wir packen das«, versicherte Slapshot schnell.

»Es geht nicht um euch. Ich weiß auch nicht«, erwiderte Kolt und sah die anderen an.

»Soll ich rausgehen?«, fragte Cindy. Sie hatte den Verdacht, dass es um sie ging.

»Nein, Hawk. Mit dir hat's nichts zu tun. Mir geht's eher um eure Kinder«, meinte Kolt mit einem Blick auf Slapshot und Digger.

Digger wandte ein: »Wir kennen die Gefahren eines solchen Einsatzes. Ich bin *wegen* meiner Kinder hier, nicht *trotz* meiner Kinder. Ich kämpfe, damit sie das nicht irgendwann tun müssen.« Er sagte es mit einem Anflug von Verärgerung.

»Dito!«, stimmte Slapshot ein.

»Alles klar. Ich wollte es zumindest angesprochen haben. Wir ziehen das durch, egal was kommt«, verkündete Kolt.

»Verdammt richtig«, bekräftigte Digger.

Trotzdem – Kolt wusste, dass sie ihren Plan so sorgfältig wie möglich durchdenken mussten, bevor sie ihn ausführten. Sonst vervielfachte sich die Zahl der Haken und Fallstricke.

Raynor stand auf. »Hört sich gut an«, wandte er sich ans Team. »Packen wir's an.«

Eine halbe Stunde vor Mitternacht fuhr Kolt alleine mit der Nord-Süd-Linie der Kairoer Metro nach Norden. Er trug Kleidung, die sich kaum von der Aufmachung der männlichen Einheimischen unterschied. Getönte Brillengläser verdeckten jene Teile des Gesichts, die der kurze Bart nicht beschattete. Er bewegte sich mit dem Pulk und erregte keinerlei Aufmerksamkeit.

An der Station Hadayeq El Maadi stieg er aus dem Zug und trat auf die Straße. Nach wenigen Sekunden fuhr ein klappriger Toyota-Zweitürer mit abgeblätterter gelber Lackierung vor. Kolt stieg ein.

»Dann habt ihr Jungs also grünes Licht bekommen?«, fragte Myron Curtis, während er den Wagen wieder in den fließenden Verkehr einordnete.

»Ja. 3:30 Uhr«, bestätigte Raynor.

»Ich bin froh, dass Sie die SA-24s zerstören. Aber ich wünschte, Sie nähmen auch Saleh und seine Männer fest.«

Für einen Moment stellte Kolt sich vor, wie er und seine zwei Kollegen ungefähr 15 international gesuchten Kriminellen Handschellen anlegten, um sie anschließend heimlich außer Landes zu schaffen. »Das JSOC hat sich bei der Planung dieser Operation an der Realität orientiert. Was Sie da beschreiben, gehört eher in die Welt der Märchen.«

»Vielleicht. Aber Saleh wird einfach untertauchen und weiterhin Waffen an Schurkenstaaten und Terroristen liefern.«

»Na dann ist Ihr Job wenigstens gesichert. Wir werden ihn schon wiederfinden. Mal im Ernst, wenn die Raketen in der Lagerhalle sind, zerstören wir sie. Damit verhindern wir eine Lieferung an die Iraner und damit auch die Weitergabe an den Libanon, den Irak und Afghanistan. Damit werden wir uns fürs Erste zufriedengeben müssen.«

Curtis grinste. »Hey, Sie kennen mich doch inzwischen. Ich bin schwer zufriedenzustellen. Wollen Sie noch mal am Ziel vorbeifahren?«

»Ähhh ... negativ, Curtis«, erwiderte Kolt mit einem Hauch Sarkasmus. *Der Kerl hat sie wohl nicht mehr alle.*

»Ist Ihr Mann noch vor Ort?«

»Ja. Seit dem letzten Bericht hat er keine Aktivitäten beobachtet.«

»Gut. Was ist mit den Typen von der Quds-Einheit?«

»Die behalten wir im Auge. Ich hab einen Mann im Sofitel, der sie observiert.«

»Was denn, unten in der Lobby?«

Curtis antwortete nicht.

»Was genau bedeutet das, Sie ›behalten sie im Auge‹?«

»Tja ... wenn sie sich oben in ihren Zimmern aufhalten, dann nein, dort behalten wir sie nicht im Auge. Aber wir haben jemanden im Gebäude, der dafür sorgt, dass sie nicht abhauen.«

»Ihr Mann behält wahrscheinlich eher seinen Martini im Auge«, stichelte Raynor. »Ihre Leute halten viel zu wenig Abstand zu den Zielpersonen. Falls sie nicht ohnehin längst aufgeflogen sind, werden sie das spätestens, sobald die Sache interessant wird. Ziehen Sie Ihre Überwachungsteams bei Rhein und Stein um H minus zehn Minuten ab und den Kerl im Sofitel um 3:30 Uhr, zur H-Hour.«

Als ›H-Hour‹ bezeichnet man, ähnlich wie bei ›D-Day‹, den Beginn einer Operation.

Curtis nickte, während er durch einen Kreisverkehr steuerte und sich auf den Rückweg zur Metrostation machte.

Kolt war noch nicht zufrieden. »Das gilt übrigens auch für Sie. Ich will, dass Sie Ihren Arsch aus dem Unterschlupf bewegen. Heute Nacht.«

Das schien den CIA-Mann zu überraschen. Er schüttelte den Kopf. »Niemand wird uns finden.«

»Hören Sie, Mann. Sie sind weniger als zwei Klicks vom Zielgebiet entfernt. Wenn wir in Rhein einbrechen und eine Ladung Raketen in die Luft jagen, wird das verdammt hohe Wellen schlagen. Jeder in Maadi wird aufgeregt durch die

Gegend rennen und behaupten, dass israelische oder amerikanische Spione in der Gegend sind. Ihre Antennenanlage und das falsche Reisebüro fliegen beim ersten Klopfen an der Tür auf. Glauben Sie mir, ich hab erlebt, wie das auf arabischen Straßen läuft.«

»Klar haben Sie das, Rambo.«

Raynor ignorierte die bissige Bemerkung. »Wenn Sie morgen früh aufwachen, werden Sie zwei Dutzend Kids draußen auf dem Bürgersteig vorfinden, die auf Ihr Fenster zeigen und auf und ab hüpfen.«

Curtis wollte gerade widersprechen, wie es nun mal in seiner Natur lag, aber er zögerte. Die Vorstellung, die Raynor heraufbeschworen hatte, schien ihre Wirkung nicht zu verfehlen. Nach einem Augenblick sagte er: »Wir haben ein Haus in El Salam. Ziemlich weit oben im Nordosten. Zehn oder zwölf Meilen von Maadi entfernt.«

Kolt nickte. »Ich hab's mir auf dem Hinflug mit FalconView angeschaut. Ich halte das für eine ausgezeichnete Wahl. Nach dieser Sache werden Sie sich von Maadi komplett fernhalten müssen. Keine Vorbeifahraktionen. Ihre Verbindung nach Langley kann warten. Wir bekommen eine bessere Schadensanalyse von CNN als von Ihnen, wenn Sie von der Corniche El Nil aus Schnappschüsse von den Trümmern knipsen.«

Curtis lachte leise in sich hinein und nickte. »Okay, Mom. Wir werden den Unterschlupf säubern und dort weg sein, sobald Ihr Team in das Gebäude eindringt. Und wie immer weiß ich Ihre Sorge um mein Wohlergehen zu schätzen.«

»Ihr Wohlergehen geht mir am Arsch vorbei. Von mir aus können Sie sich von 'nem Bus überfahren lassen, sobald diese Mission vorbei ist. Aber nicht, bevor wir die Angelegenheit mit den Raketen geklärt haben.«

»Schön und gut.«

»Danke«, sagte Raynor und strich damit Myron Curtis und sein Team von gut ausgebildeten, aber linkischen CIA-Männern von der langen Liste seiner Sorgen.

»Gern geschehen.« Curtis bremste vor der Hadayeq-El-Maadi-Station. »Jetzt gehen Sie, finden Sie diese Raketen und sprengen Sie die Teile in 1000 Stücke.«

»Japp.« Kolt stieg aus. *Hoffe, du machst es dir währenddessen in deinem neuen Zuhause auf Zeit bequem, Partner.*

Beim Hotel Sofitel Cairo Maadi Towers and Casino rollte sich der CIA-Beamte von der Kairo-Station, der zur Beobachtung der mutmaßlichen Mitglieder der iranischen Quds-Einheit eingeteilt war, auf die Seite und schüttelte die Fleecejacke auf, die er als Kopfkissen benutzte.

Er war der Meinung, heute Abend verdammt gute Arbeit geleistet und sich ein paar Stunden Schlaf verdient zu haben. Gegen 20 Uhr hatte er sich in der Lobby eingefunden und einen Kollegen abgelöst. Kurz danach waren fünf der sieben Zielpersonen aus ihren Zimmern nach unten gekommen und hatten den Souvenirladen in der Eingangshalle betreten. Der CIA-Beamte war dicht genug herangekommen, um zu hören, wie einer der Iraner sich auf Englisch mit dem Verkäufer unterhielt. Er erwähnte, dass zwei Mitglieder der Gruppe Magenprobleme hätten, und erkundigte sich nach einem Arzneimittel.

Während einer der Iraner das rezeptfreie Medikament bezahlte und damit nach oben ging, betrat der Rest der Gruppe das Restaurant Le Clovis und nahm an einem großen Tisch in Sichtweite der Lobby Platz. Als ihr Kollege zurückkam, gönnten die fünf sich ein langes, entspanntes Abendessen. Dann, etwa um Mitternacht, kehrten sie gleichzeitig zu ihren Zimmern zurück. Auf dem Weg durch die Lobby zum Fahrstuhl hatte einer von ihnen noch auf Englisch mit dem Hotelpagen gesprochen. Er kündigte an, die Gruppe werde am nächsten Morgen abreisen. Jemand solle um halb neun kommen, um die Koffer abzuholen.

Im Anschluss betraten die Männer die Fahrstühle, um nach oben zu fahren.

Der CIA-Mann hatte die Aufgabe erhalten, sicherzugehen, dass die Verdächtigen das Hotel nicht verließen. Sobald er überzeugt war, dass sie über Nacht blieben, verließ er das Sofitel und kehrte zu seinem Auto zurück. Dort kippte er die Rückenlehne nach hinten und schlief tief und fest ein.

Er verschlief die wenigen Fahrzeuge, die auf den Parkplatz einbogen oder ihn verließen. Er verschlief auch, dass ein Security-Angestellter des Hotels einen aufgebrachten Casino-Besucher zu seinem Wagen eskortierte. Genau diese schlampige Arbeitseinstellung der CIA hatte Kolt schon oft um den Schlaf gebracht.

Und es gab noch ein interessantes Ereignis, das dem Agenten entging. Fünf Männer, jeder von ihnen mit Koffer und Handgepäck, kamen um zwei Uhr morgens die Hoteltreppe herunter und betraten den überdachten Parkplatz. Sie stiegen in einen schwarzen Mahindro-Scorpio-SUV, der daraufhin langsam und unbemerkt vom Hotelgelände rollte.

24

Um 2:30 Uhr war Racer mit seinem Team zurück in ihrem Unterschlupf an der Gamel Abd El Nasir. Digger und Slapshot hatten das Boot bereits ans Ufer geschleppt, nur ein paar Blocks westlich ihres Zielorts, es im hohen Schilf versteckt und im knietiefen Wasser vor Anker gelegt. Von hier aus dauerte es bei schwacher Motorleistung 20 Minuten, bis sie das Grundstück von Maadi Land and Sea Freight erreichten, das sich anderthalb Kilometer nördlich auf derselben Uferseite befand.

Jetzt checkten die beiden Sergeants ihre Ausrüstung, um sich zu überzeugen, dass sie alles Nötige für den Einsatz eingepackt hatten. In dunkelbrauner Einheimischenkleidung saßen sie in der winzigen Küche am Tisch und nahmen sich

Satellitenbilder des Grundstücks vor, ferner die Farbfotos von den Nahüberwachungsaktionen der letzten Tage.

Raynor saß im Hinterzimmer neben Hawk auf dem Bett und hatte seinen Laptop auf dem Schoß. Sie benutzten FalconView und einige Fotos, um die beste Stelle flussabwärts ausfindig zu machen, die sich mit dem Van erreichen ließ, ohne größeren Ansammlungen von Zivilisten oder Polizisten zu begegnen. Schließlich fanden sie einen geeigneten Punkt. Er befand sich rund einen Kilometer vom Zielort entfernt, kurz bevor der Fluss eine lange Biegung vollzog, die sie den Blicken von allen ausgesetzt hätte, die sich auf der Ringstraßenbrücke aufhielten.

Nachdem sie noch ein paar alternative Zugangswege zum Fluss eruiert hatten, stand Kolt auf und überprüfte sein MP7-PDW-Gewehr.

»Racer?«

»Ja?«

»Ihr werdet es auf diesem Gelände mit einer ganzen Menge Security zu tun bekommen.«

»Meinst du?« Sein Ton klang scherzhaft, aber er war in Gedanken hundertprozentig auf die Mission fokussiert.

»Ihr könntet noch einen zusätzlichen Schützen gebrauchen.«

Er unterbrach seine Tätigkeit und blickte zu ihr auf. »Kommt nicht infrage, Hawk. Du bist kein Operator. Äh, ich mein, hör mal, es geht nicht um deine Fähigkeiten. Ich weiß, dass du was draufhast, daran zweifle ich nicht. Ich ...«

»Tja, Sir, ich bin froh, dass Sie sich noch mal korrigiert haben. Ich bin ein Operator. Und dass ich keinen Schwanz habe, heißt noch lange nicht, dass meine Waffe nicht nützlich ist, wenn's laut wird.«

»Sorry, Hawk. Daraus wird nichts. Du fungierst als wichtige Absicherung. Wenn wir zu Plan B übergehen, muss ich mich drauf verlassen können, dass du zur Stelle bist, um uns rauszuboxen.«

Sie nickte. »Gut, Boss.« In Wirklichkeit war sie davon überzeugt, den Männern an ihrer Seite besser helfen zu können, falls die Sache aus dem Ruder lief.

»Wir fahren in fünf Minuten los.« Raynor nahm den Brustgurt mit Magazinen und die Schutzweste beim Verlassen des Zimmers mit.

»Scheiße«, raunte Cindy Bird in den leeren Raum.

Sosehr es ihm auch widerstrebte, zuzugeben, dass Racer recht hatte: Curtis wusste, dass es eine gute Entscheidung war, in einen anderen Unterschlupf zu wechseln, ehe der Zugriff auf das Ziel erfolgte. Er wünschte, er hätte selbst daran gedacht. Ihm war bewusst, dass er das Haus bis Einsatzbeginn nicht vollständig von Spuren säubern könnte, aber darum ging es nicht. Er wollte seinen eigenen Arsch und die Ärsche seiner Männer hier wegschaffen, bevor in ganz Maadi die Alarmsirenen losheulten und sie von flackernden Scheinwerfern eingekreist wurden.

Deshalb ließ er sie alle noch so viel wie möglich wegschaffen. Murphy und Wychowski stapelten Seesäcke und Rucksäcke am oberen Ende der Treppe. Denton hatte den Lieferwagen neben dem Range Rover auf dem durch ein Tor gesicherten Parkplatz abgestellt. Er und Buckley luden in ihrem Zimmer sämtliche Waffen und Munition in Kisten um.

Curtis tätigte noch einen letzten Anruf mit dem Satellitentelefon, bevor er die Verbindung zur Antenne auf dem Dach kappte und es in einem der vielen herumliegenden Pelican-Koffer verstaute. Er nahm sich einen Moment Zeit, um auf die Armbanduhr zu schielen. Racer und sein Team würden sich Zielobjekt Rhein in einer halben Stunde nähern. Er musste aufs Tempo drücken, wenn sie bis dahin unterwegs sein wollten.

Curtis schnappte sich einen leeren Rucksack vom Regal und stopfte ihn eilig mit Ausrüstung voll.

Während Buckley die aus Gewehren, Magazinen und Ferngläsern bestehenden Belagerungssets auf den Fensterbänken abräumte, stemmte Denton vier große Seesäcke mit Ausrüstung hoch und machte sich damit auf den Weg durch den Flur. Er verließ das Reisebüro und schleppte das Zeug die Treppe hinunter in den dunklen Eingangsbereich.

An der Haustür schielte er durch das kleine Sichtfenster, um sich zu vergewissern, dass der Parkplatz bis auf den Lieferwagen und den SUV leer und das elektronische Tor geschlossen war. Er ging hinaus, um die Säcke einzuladen. Eine warme Brise wehte den Müll der Baustelle von der gegenüberliegenden Straßenseite über die dunkle zweispurige Straße und durch die Öffnungen im Zaun, der den Parkplatz umgab. Der CIA-SAD-Beamte packte die Ausrüstung hinten in den Lieferwagen und begab sich auf den Weg zurück ins Haus, um zwei weitere Arme voll Seesäcke zu holen.

Er tippte den Zugangscode ins Tastenfeld ein. Das Schloss wurde entriegelt. Beim Aufschieben der schweren Tür schnellte sein Kopf ruckartig nach vorn und er stürzte in den Eingangsbereich vor der Treppe. Seine Beine blieben auf der anderen Seite der Schwelle zurück. Sein Körper zuckte noch einige Sekunden, bevor er reglos liegen blieb.

Denton war von einer Kugel aus einem schallgedämpften Dragunov-Scharfschützengewehr erwischt worden, abgefeuert aus dem vierten Stock des Hauses auf der anderen Straßenseite. Das Geschoss war durch die Stirn ausgetreten und hatte einen Teil des Gehirns mitgerissen.

Während das geschah, schwang das elektronisch gesicherte Tor zum Parkplatz leise auf. Sobald zwischen beiden Hälften eine Lücke von 30 Zentimetern entstanden war, zwängte sich eine schwarze Gestalt hindurch. Dabei ließ der Mann die Fernbedienung für das Tor fallen. Das Gerät hatten seine libyschen Mitarbeiter von der Sicherheitsfirma bekommen, die die Anlage entworfen hatte, und es an sein Team weitergegeben.

Es hatte seinen Zweck erfüllt. Aber jetzt brauchte der Iraner beide Hände, um die Waffe zu benutzen.

Der Mann in Schwarz sprintete mit vier weiteren dunkel gekleideten Männern im Gefolge über den Parkplatz zur Tür, die von der Leiche des Amerikaners offen gehalten wurde. Sie sprangen über den Toten hinweg und betraten den Eingangsbereich. Die ersten drei gingen am Fuß der offenen Treppe in die Hocke und richteten ihre Waffen auf den oberen Absatz. Die übrigen zwei rollten Dentons Leiche ins Freie und schlossen die Tür.

Alle vier iranischen Quds-Agenten schlichen die Treppe hinauf und hielten im dämmrigen Licht nach Zielen Ausschau.

Die Delta-Force-AFO-Zelle fuhr nach Westen zum versteckten Beiboot in der Uferzone des Nils. Hawk saß am Steuer. Ein blauer Schleier verhüllte Gesicht und Haare. Unter dem rechten Arm hing eine MP7 mit eingerasteter Schulterstütze.

Raynor saß mit Slapshot und Digger auf der Rückbank. Im letzten Moment, bevor sie auf das Boot stiegen, wollten sie sich die Gesichter mit schwarzer, wasserdichter Tarnfarbe abdunkeln. Aber momentan waren sie noch ungeschminkt.

Schweigend fuhren sie durch die Nacht. Kolt fummelte das Handy aus dem Seesack, der vor ihm auf dem Boden stand. Er rief den anderen zu: »Ich frag mal nach, ob Curtis und sein Team schon aus dem Haus sind.«

Er wählte Curtis' Nummer und lauschte, wie die Verbindung hergestellt wurde.

»Wir erreichen jetzt das Ufer«, sagte Hawk leise. Der Van fuhr langsamer und kam auf der Rasenfläche neben einem Bootshaus mit geschlossenen Fensterläden zum Stehen.

»Komm schon, Curtis«, murmelte Kolt leise. Slapshot und Digger streiften die langen Gallabiyas ab, unter denen schwarzes Nomex, schwarzes Leinen und Schnellverschlüsse zum Vorschein kamen.

Curtis ging nicht ans Telefon.

Kolt sah auf die Armbanduhr.

Ihn überkam plötzlich ein ganz mieses Gefühl.

»Hawk«, bellte Kolt. »Hast du Murphys Handynummer abgespeichert?«

»Roger, wieso?«

»Ruf ihn an. Curtis geht nicht ran.«

Es klingelte sechsmal, bevor Hawk Kolt anschaute und beunruhigt den Kopf schüttelte.

»Scheiße!«, rief Kolt beim Blick aus dem Fenster. Das konnte er gar nicht gebrauchen. Etwas stimmte nicht. Er wusste, dass Murphy seit dem ersten Tag scharf auf Hawks Arsch war. Wenn er auf ihren Anruf nicht reagierte, musste etwas passiert sein.

»Zurück zum Unterschlupf in der Ahmed Kamel Street. So schnell du kannst.«

Digger fragte: »Du glaubst doch nicht, dass die angegriffen worden sind?«

Kolt schüttelte den Kopf, aber seine Miene wollte nicht recht zu dieser Geste passen. Er unternahm einen weiteren Anrufversuch. »Ich weiß auch nicht. Wenn wir dort ankommen und es geht ihnen gut oder sie sind schon weg, können wir ja innerhalb von 20 Minuten wieder hier sein.«

Als sie sich der Ahmed Kamel Street näherten, tummelte sich eine für diese späte Stunde ungewöhnlich große Zahl von Einheimischen auf der Straße. Sie schienen nach irgendetwas Ausschau zu halten.

Hawk sagte: »Sieht aus, als sei hier in der Gegend gerade was passiert.«

Digger fügte hinzu: »Die haben alle was gehört, aber sie wissen nicht, wo genau.«

»Park an der Einfahrt der hinteren Gasse«, wies Kolt sie an. »Wir können kein Publikum gebrauchen, wenn wir näher rangehen. Und ich will nicht, dass uns Scharfschützen von der Baustelle aus ins Visier nehmen.«

Hawk schaltete die Scheinwerfer des Vans aus. Ein paar Sekunden später bog sie in die Gasse ein, die an der Rückseite des Unterschlupfs entlangführte. Auf Raynors Anweisung parkten sie zwei Straßen von der Hintertür entfernt. Kolt sagte: »Von hier aus zu Fuß. Leise und vorsichtig. Niemand weiß, dass wir kommen.«

Die restlichen Teammitglieder nickten gleichzeitig.

Kolt und Cindy schlichen auf einer Seite der Gasse entlang, Digger und Slapshot auf der anderen.

Die Hintertür erwies sich als abgeschlossen und im Erdgeschoss waren alle Lichter erloschen. Kolt kniete sich hin und warf einen kurzen Blick durch das Fenster neben der Hintertür. Er sah einen menschlichen Körper auf der Treppe liegen. *Shit!* Schnell huschte er an der Scheibe vorbei auf die andere Seite und gab Slapshot ein Signal, die Tür aufzuschließen.

Slapshot zückte einen Schlüssel und griff an der Fensterscheibe vorbei nach dem Schloss.

Sekunden später sprang die Tür auf. Kolt betrat den Flur. Er hob das Gewehr und bewegte sich mit dem Rücken zur Wand nach links. Digger kam direkt nach ihm herein und wandte sich in die andere Richtung, wobei er darauf achtete, von der Treppe aus nicht sichtbar zu sein. Slapshot und Hawk folgten – Slapshot schloss sich Kolt an, Hawk hielt sich an Digger.

Eine Menge Blut bedeckte den Boden. Kolt und Slapshot bemerkten es, blieben aber nicht stehen.

Sobald sie den Vorraum im Erdgeschoss durchquert hatten, stiegen sie schweigend in fast völliger Dunkelheit die Stufen hinauf. Das wenige Licht, das durch die Fenster des Eingangsbereichs hereindrang, ließ sie immerhin erkennen, dass es sich bei dem Mann auf der Treppe um Buckley handelte, einen der SAD-Officer. Digger kniete sich hin, um den Puls zu ertasten. Nach wenigen Sekunden blickte er zu Raynor auf und schüttelte den Kopf. Die Stufen um Buckleys Leiche herum waren rot verklebt. Kolt und die anderen nahmen sich nicht die Zeit, die Wunden zu untersuchen, sondern stiegen vorsichtig weiter hinauf.

Die Tür zur Reiseagentur stand weit offen. Die Lampen waren ausgeschaltet. Sie schlichen leise und geduckt ins Büro und richteten die Waffen auf die offene Tür zu den Privaträumen im rückwärtigen Bereich. Hinter dem Empfangstresen lag Murphy. Digger erkannte sofort, dass für ihn jede Rettung zu spät kam. Die Augen waren in tödlichem Entsetzen unnatürlich weit aufgerissen.

In taktischer Formation betraten sie den Flur des Unterschlupfs. Sie fanden die Küche leer vor, gesäumt von Einschusslöchern und Blutspritzern, die von einem Kampf herrührten, der kürzlich hier stattgefunden haben musste. Im ersten Schlafzimmer lag Wychowski mit dem Gesicht nach unten in einer dunkelroten Lache.

Digger fühlte den Puls – tot.

Die restlichen Zimmer waren leer und sahen genau so aus wie am Tag, als Raynor und sein Team sie verlassen hatten.

Sie versammelten sich beim Badezimmer am Ende des Gangs. Kolt streckte eine Hand aus und drückte die Klinke hinunter. Dabei stieß er auf Widerstand. Er ließ die am Gewehrlauf montierte LED-Lampe kurz aufblitzen, um einen Blick in den Raum vor ihm zu werfen. Ihn empfing das reinste Blutbad.

Ein von Kopf bis Fuß schwarz gekleideter Mann lag mit dem Rücken zu ihnen neben der Toilette. Blut aus einer Arterie war an die Wände und den Spiegel des winzigen Bads gespritzt.

Myron Curtis hockte neben dem toten Iraner am Boden, mit dem Rücken an die Wand gelehnt unter dem Handtuchhalter neben der Dusche. Der Halter war völlig verbogen und das Handtuch eng um Curtis' Oberschenkel geschlungen.

Er blutete wie ein Schwein.

Curtis' Augen waren in dem Moment, als Kolt das Licht einschaltete, geschlossen gewesen. Kolt nahm zunächst an, der CIA-Mann sei verblutet. Er schickte Digger vor. Der Sanitäter kniete sich vor Curtis. Als der junge Delta-Operator ihn berührte, hob Curtis mit schwachen Bewegungen eine Pistole, die unter dem blutigen Handtuch verborgen gewesen war.

Digger entwand sie seinen Händen und rief: »Boss?«

Kolt schloss sich mit Digger und Curtis im Bad ein und schaltete die Deckenlampe an. Zusammen mit Digger entfernte er vorsichtig das Handtuch und inspizierte die Wunde am Oberschenkel. Augenblicklich schoss dunkles Blut aus dem Loch in Curtis' Hose. Der dicke Druckverband, den er sich selbst angelegt hatte, schien nicht zu genügen.

»Sieht *gar* nicht gut aus, was?«, meldete sich Curtis mit mattem, heiserem Flüstern.

Sofort zog der Sanitäter einen weiteren Druckverband aus dem Brustgurt und legte ihn oberhalb der Wunde an. Er zog ihn so fest zusammen, dass er sich fast in Curtis' Schritt eingrub.

»Ahhh!«, ächzte Myron Curtis, als Digger den behelfsmäßigen Verband kappte. Als der Schmerz leicht nachließ, blickte er zu Kolt. »Alle tot?«, fragte er.

Raynor nickte nur. »Nur Denton haben wir nicht gefunden. Aber im Eingangsbereich neben der Tür sammelt sich eine Menge Blut. Ich geh davon aus, dass seine Leiche draußen auf dem Parkplatz liegt. Wir werden nachsehen.«

»Verfluchter Mist.« Curtis zuckte zusammen, als Digger Mull in die Wunde stopfte, bis zum Knochen hinunter. »Die sind wie aus dem Nichts aufgetaucht, ich schwör's bei Gott. Ich hab ein Klirren in den Büroräumen gehört, irgendwas muss kaputtgegangen sein. Murphy reagierte nicht auf meine Rufe.« Curtis schloss beim Sprechen die Augen. Die Ereignisse lagen noch keine 15 Minuten zurück, aber er schien sich konzentrieren zu müssen, um sich an Einzelheiten zu erinnern. »Dann sind diese Wichser einfach durch den Flur gestürmt. Ich bin gleich zu Anfang getroffen worden, aber ich hab den da erledigt.« Er deutete auf den Toten, der in anderthalb Metern Entfernung auf der anderen Seite der Toilette lag. »Ich hörte, wie Wychowski erschossen wurde. Buckley hat ein ganzes Magazin auf die Kerle verballert und es schien, als wollten sie sich zurückziehen. Er folgte ihnen oder ging nach draußen, um Denton zu suchen ... keine Ahnung.« Curtis stöhnte schwach. »Ich hab gehört, wie sie sich was auf Persisch zugerufen haben. Das sind die Typen von der Quds-Einheit, ganz klar.« Er zuckte erneut zusammen. »Was für Arschlöcher.«

»Digger, schau mal nach, was der tote Typ in den Taschen hat«, wies Kolt ihn an. Digger rutschte rüber, um die Leiche zu durchsuchen. »Wie viele, Curtis?«

»Feinde? Ich ... ich weiß nicht. Fünf? Sechs vielleicht mit dem hier.«

»Wo ist Ihr Dolmetscher?«

Curtis sah Raynor verwirrt an. Dann lehnte er den Kopf an die Wand und zuckte die Achseln. »Verpfiffen von 'nem beschissenen Dolmetscher.« Er schüttelte langsam den Kopf, als ob er es nicht glauben konnte. »Der war sogar geprüft!«

»Es gibt bessere und schlechtere.« Raynor schaltete die Deckenlampe ab und öffnete die Tür. Flüsternd wandte er sich an die gesamte Gruppe. »Hört zu. Wir wissen nicht, ob auf der anderen Straßenseite Beobachter lauern, nicht mal, ob die Angreifer vielleicht noch draußen auf dem Parkplatz stehen und eine rauchen. Wir wissen, dass die Gasse frei ist, also gehen wir auf dem gleichen Weg raus, wie wir reingekommen sind. Aber erst suchen wir Denton.«

Curtis warf ein: »Ich muss die Kairo-Station informieren.«

Kolt schüttelte den Kopf. »Das kann warten. Unsere erste Priorität besteht darin, sicherzustellen, dass es keine amerikanische Geisel gibt.« Ein als Geisel genommener US-Bürger, vor allem, wenn es sich um einen CIA-Mitarbeiter handelte, drohte noch mehr Öl in das Feuer zu gießen, das bereits lichterloh brannte. »Die zweite Priorität lautet, uns so schnell wie möglich von diesem Unterschlupf zu entfernen.«

»Aber ...«

»Curtis, Sie müssen mir bei der Sache vertrauen.«

Myron Curtis schloss die Augen. »Es ist Ihre Show, Racer. Ich bin eh so gut wie tot.«

»Hören Sie auf zu jammern, so schlimm ist es nicht«, widersprach Digger. Er war mit dem Anlegen des Druckverbands fertig und sah zu Raynor auf. »Was ist mit den Spuren, Boss?«

Kolt nickte und sagte: »Hören Sie, Curtis, wir können nichts mehr für Ihre Männer tun. Wir werden sie zurücklassen müssen. Aber was muss hier im Unterschlupf noch zerstört werden?«

»Da ist 'ne schwarze Pelican-Box mit den gesicherten Laptops, Telefonen und unseren Referenzen, bereits fertig gepackt. Auf die Oberseite ist ein rotes Kreuz gemalt.«

»Okay, Slap, finde die und schnapp sie dir. Streu Thermit auf jeden Ausrüstungsgegenstand, den du nicht rausschaffen kannst.«

»Wir müssen ihn ins Freie schleppen«, meinte Digger, der sich weiterhin um Curtis' Wunde kümmerte.

Kolt nickte und hängte sich die MP7 auf den Rücken. Digger half ihm, Myron Curtis auf die Schulter zu nehmen.

Sie durchquerten langsam den Flur und das Reisebüro und stiegen noch langsamer die Treppe hinab. Slapshot suchte die Pelican-Box, während Hawk vorausging, gefolgt von Kolt, der Curtis trug, und Digger als Schlusslicht. Hawk spähte durch das Sichtfenster der Eingangstür.

»Denton«, sagte sie und wandte sich ab. »Er ist erledigt. Ein Stück von seinem Kopf fehlt.«

Am Hinterausgang setzte Kolt den Verletzten ab, überprüfte kurz seinen Zustand und flüsterte: »Slapshot?«

Slapshot hatte inzwischen die markierte Ausrüstung gefunden und reichte die Box an Digger weiter. »Ich kümmer mich um ihn, Boss.« Kolt musste bei ihrer Flucht die Führung übernehmen und dieser Job wäre mit menschlichem Ballast deutlich komplizierter. Der kräftige Operator hievte sich den CIA-Mann selbstbewusst und sicher auf den Rücken.

Sie öffneten leise die Tür zur Gasse hinter dem Unterschlupf. Hawk huschte hinaus, richtete die Waffe in die Dunkelheit, ließ die daran befestigte Lampe jedoch ausgeschaltet. Raynor folgte ihr ins Freie. Slapshot erreichte die Gasse als dritter Operator, schwer beladen mit dem Mann auf seiner Schulter.

Digger war erneut der Letzte.

Zügig gingen sie weiter. Die Mündungen ihrer Waffen waren sowohl auf die Fenster an beiden Seiten als auch auf das Ende des Durchgangs vor ihnen gerichtet. Bald saßen die Amerikaner wieder im Lieferwagen und fuhren in nördlicher Richtung der Innenstadt von Kairo entgegen. Curtis murmelte die ganze Zeit, jemand müsse sofort die Kairo-Station informieren.

Dann wurde er ohnmächtig.

»Wie geht's ihm?«, erkundigte sich Kolt.

Digger hob den Kopf. Blut schimmerte auf seinen Latexhandschuhen. Sie waren bis zu den Handgelenken verschmiert. »Er blutet ziemlich stark. Schwer zu sagen. Er muss ins Krankenhaus.«

»Wie bald?«

Digger legte den Kopf schief. »Wie bald? Was meinst du damit?«

»Ich meine, wie schlimm ist es?«

»Ich … ich …« Der junge Delta-Sergeant begriff nicht, was sein Boss von ihm wollte. »Scheiße, Racer, das ist 'ne durchtrennte Oberschenkelarterie. Das ist nie gut. Warum fragst du?«

»Ich muss wissen, ob er ohne ärztliche Versorgung noch 'ne Stunde durchhält.«

Digger antwortete langsam: »Seine letzte Stunde ist schon

angebrochen. Ich hab die Blutung gestoppt. Ich kann ihn nicht sedieren, sonst könnte der Blutdruck zu stark absinken. Es sieht echt übel aus und von alleine wird's nicht besser.«

»Kann er's noch 'ne Stunde schaffen?«

Digger zuckte die Achseln. »Boss, das weiß allein der liebe Gott. Ich kann das nicht entscheiden. Mein ärztlicher Rat lautet, ihn so schnell wie möglich behandeln zu lassen.«

Kolt nickte. Er wägte seine Optionen ab. Die Entscheidung lag bei ihm, das wusste er. Er war hin- und hergerissen. Entweder rettete er Curtis ... oder Tausende anderer Menschenleben, indem sie sich um die Raketen kümmerten. Curtis' Überleben war in keinem Fall sicher. Aber sie bekamen vielleicht nie wieder so verlässliche Informationen über den aktuellen Standort der Raketen.

Kolt kroch rasch zur Vorderseite des Vans. Er beugte sich zu Hawk und wies sie an: »Zurück zum Boot.«

Sie schien nicht glauben zu können, was sie gerade gehört hatte. Aber Kolt nickte ihr bloß zu und wandte sich ab.

Cindy bog links ab.

»Was ist, Boss?«, fragte Slapshot. Er war davon ausgegangen, dass sie auf direktem Weg zur US-Botschaft in der Gartenstadt fuhren.

»Hör zu. Wenn die Iraner wissen, dass wir hier sind, wissen es wahrscheinlich auch die Libyer. Wir können Webber kontaktieren, aber ein volles Angriffsteam vom JSOC anzufordern kommt nicht infrage. Außerdem werden die Libyer nicht so lange warten. Die werden noch vor dem Morgengrauen die Stadt verlassen.«

Slapshot schüttelte den Kopf. »Das wollen wir auf *keinen* Fall.«

Digger stimmte zu. »Dann wären die CIA-Jungs ganz umsonst gestorben.«

Kolt war ihnen bereits weit voraus. »Okay. Ich wollte nur sichergehen, dass wir uns da alle einig sind.«

Alle nickten. Am längsten sah Kolt Cindy an. Er musste

Gewissheit haben, dass auch sie kein Problem mit der Entscheidung hatte.

»Wir werden uns Maadi Land and Sea jetzt sofort vorknöpfen, mit allem, was wir haben. Uns fehlt zwar die Erlaubnis, andere Gebäude außer der Lagerhalle zu betreten, aber das können wir immerhin tun.«

Für einen Moment war es still. Dann sprach Kolt aus, was alle dachten. »Wir müssen jetzt erst recht vorsichtig sein. Aber falls wir es versauen, falls die Libyer auf uns aufmerksam werden und die Sache zu 'ner großen Party wird – vergesst nicht, dass ihr befugt seid, tödliche Gewalt einzusetzen, um euer Leben oder das eurer Kameraden zu schützen.«

»Wir kennen die Regeln«, gab Slapshot zurück.

Die Deltas verfolgten zwar keine bestimmten Zielpersonen und waren bei diesem Einsatz nicht auf Menschenjagd. Aber sie wussten, dass die Angelegenheit schnell hässlich werden konnte, und keinem von ihnen machte das etwas aus. Nicht nachdem sie die kaltblütig erschossenen CIA-Leute zu Gesicht bekommen hatten.

Hawk hatte sich bislang voll aufs Fahren konzentriert, aber jetzt stieß sie hervor: »Racer, ihr seid nur zu dritt. Ihr werdet mich brauchen, um ...«

»Ja«, unterbrach Kolt. »Du *wirst* mitkommen müssen.«

Slapshot beugte sich zu Kolt. »Ist sie bereit dafür?« Es war kein sexistischer Kommentar – die Frage zielte eher darauf ab, ob ihr bisheriges Training bei der Operational Support Division sie zu diesem Einsatz befähigte.

»Weiß ich nicht«, erwiderte Kolt in einem Anflug von Sarkasmus. »Aber entweder kommt sie mit oder Curtis.«

»Ich bin bereit«, bekräftigte sie. Ihre Stimme hätte zuversichtlicher klingen können, aber sie war definitiv entschlossen, die anderen zu begleiten.

Kolt erklärte: »Wir ändern den Plan. Wir teilen uns in zwei Teams auf. Digger und Slapshot kommen vom Fluss, daran ändert sich nichts. Ich und Hawk nehmen uns den

Haupteingang im Osten vor. Gleichzeitig. Wir bleiben über Funk in Verbindung. Alle vier gehen zur Lagerhalle und halten sich von etwaigen Wachen fern. Schalldämpfer und Klappe halten. Wobei ich's nicht so hinstellen will, als kämen wir allein mit Schleichen durch.«

Der Rest des Teams bestätigte: »Verstanden.«

Sie erreichten das Beiboot um 3:50 Uhr, 20 Minuten nach dem geplanten Einsatzbeginn. Hawk hielt mit dem Wagen auf dem Parkplatz des Bootshauses und nahm ihren Schleier ab.

Curtis war aufgewacht. Im schwachen Licht des Lieferwagens kroch Raynor an Digger und Slapshot vorbei und kniete sich neben den verletzten CIA-Beamten. »Wie geht's Ihnen, Mann?«

Curtis' Stimme klang kräftiger als vorhin. »Ich bin angeschossen worden, Racer. Was glauben Sie denn, wie's mir geht? Wo sind wir?«

»Hören Sie. Sie müssen noch ein bisschen durchhalten. Wir haben nur einmal die Chance, die Sache wieder in Ordnung zu bringen. Jetzt. Wenn wir das heute Nacht nicht erledigen, werden Saleh und seine Männer ihre Zelte abbrechen und die Quds-Einheit wird sich mit den Raketen davonmachen. Ich weiß, dass Sie das nicht wollen.«

Curtis sah zu ihm auf. »Ich höre.«

»Es ist offensichtlich, dass die Agency verraten wurde. Wenn wir Sie an einen Ort bringen, den die Kairo-Station kennt, werden Salehs Leute wissen, dass jemand aus dem Unterschlupf entkommen ist. Die werden schon auf uns warten. Dazu kommt: Falls wir das JSOC oder Langley anrufen, werden die diesen Einsatz abbrechen. Wir haben deren

Zustimmung, wir sind vor Ort, es ist unsere Entscheidung.«

Curtis blinzelte heftig. »Wollen Sie damit das andeuten, was ich glaube?«

»Mein Sanitäter sagt mir, dass Sie noch eine Stunde durchhalten können. Das ist genug Zeit für uns, um rein- und wieder rauszugehen und uns hinterher um ärztliche Versorgung für Sie zu kümmern.«

»Verdammte Scheiße«, keuchte Curtis. Er schielte gequält auf seine Beinwunde und den angelegten Druckverband. »Ich werd das Bein verlieren, oder?«

»Nein«, widersprach Kolt. »Ich meine ... ich glaube, nicht. Ich hab schon gesehen, dass Männer drei, vier Stunden lang einen Druckverband getragen haben, und die haben ihre Gliedmaßen trotzdem behalten.«

»Sie verarschen mich.«

Das tat Kolt nicht, aber er war auch nicht so sicher, wie er tat. »Hören Sie. Ich kann's nicht beschwören. Ich weiß nicht, ob Sie's schaffen. Ich weiß nur, dass wir den Iranern die verdammten Raketen wegnehmen können. Sie müssen uns das erledigen lassen.«

Curtis kniff die Augen zusammen, als die Schmerzen ihn wieder überkamen. »Sie tun's doch eh.«

Kolt nickte. »Ja, wahrscheinlich, aber ich hätt' gern Ihren Segen.«

Der farbige CIA-Officer setzte ein schmales Lächeln auf. Schweiß lief ihm von der Stirn über die Schläfen. »Scheiße. Die Entscheidung ist richtig. Ich würde das an Ihrer Stelle genauso handhaben.«

Kolt erwiderte das Lächeln. Aber dann wurde seine Miene sofort knallhart. »Wir sind in einer Stunde wieder beim Van oder wir kommen gar nicht mehr.«

Curtis nickte. »Lassen Sie mir 'ne Pistole da. Für den Fall, dass Sie's nicht schaffen und die sich hier im Viertel auf die Suche nach Ihrer Karre machen ... tja ... Ich lass nicht zu, dass diese Drecksäcke mich lebend in die Finger kriegen.«

Seine Aussprache war etwas undeutlich, aber er schien immer noch Herr seiner Sinne zu sein.

Kolt nickte. Es war eine übertrieben dramatische Bitte, selbst in Anbetracht der Umstände. Aber er tat Curtis den Gefallen. »Slapshot, gib mir eine von den Splittergranaten aus dem Handschuhfach.«

Slapshot öffnete die Klappe und zog eine von drei Splittergranaten aus dem Fach. Sicherungsstift und Hebel waren mit Klebeband fixiert, um unbeabsichtigte Explosionen zu vermeiden. Er gab sie Digger, der sie wiederum an Kolt weiterreichte. Kolt drückte sie dem verletzten CIA-Beamten mit den Worten in die Hand: »Digger sagt, Sie werden sich bald wünschen, tot zu sein. Sie müssen den Schmerz ertragen und durchhalten. Aber falls die kommen, um Sie zu holen – mit dem Teil hier brauchen Sie nicht zu zielen. Lassen Sie sich nicht lebend gefangen nehmen.«

Curtis nickte. Es war offensichtlich, dass er furchtbare Schmerzen litt. »Jetzt schaffen Sie schon Ihren Arsch hier raus und schnappen Sie sich die Raketen, bevor ich uns alle in die Luft sprenge.«

Digger und Slapshot rollten sich nur 50 Meter vor dem Dock hinter Maadi Land and Sea aus dem Holzboot. Sie hielten sich an dem Wasserfahrzeug fest und ließen sich von der Strömung des Nils näher zum Zielort tragen. Ihre Waffen und das C4 ließen sie zurück, doch obwohl sie damit nur noch das Gewicht der Extramagazine am Körper hatten, fiel es ihnen schwer, sich über Wasser zu halten, während sie in der starken Strömung auf und ab wogten.

Sobald sie den Anleger erreichten, der zwölf Meter in den Fluss hineinragte, klammerten sie sich daran fest. Während Digger das Boot und einen der Stützpfeiler gepackt hielt, wickelte Slapshot ein bereits an der rostigen Bugklampe befestigtes Tau um den Pfeiler und band es am Boot fest. Selbst bei dieser beträchtlichen Strömung trieb es allenfalls unter das Dock und blieb dort, bis die zwei Deltas es wieder brauchten.

Slapshot war der Erste, der aus dem Wasser kletterte. Er hob ein NOD-Handfernglas und spähte über die Holzplanken, um die Umgebung auszukundschaften. Leise hievte er sich ganz aus dem Wasser und rollte sich auf den Pier ab. Er bewegte sich rasch ein paar Meter vorwärts und ging hinter einer Ansammlung aus dem Wasser ragender Anlegemasten in die Hocke. Als er das NOD auf die hellen Außenlichter des Bürogebäudes richtete, bekam er nichts als weißes Licht zu sehen. Aber in Richtung Lagerhalle bemerkte er einen bewaffneten Wachmann, der am nördlichen Teil des Metallgebäudes seine Route abschritt.

Schnell gelangte er zu dem Schluss, dass er und sein Mitstreiter so lange unsichtbar blieben, bis sie das Tor im Metallzaun erreichten – vorausgesetzt, niemand richtete einen Scheinwerfer auf den Anleger und sie gerieten nicht in die Lichtkegel vorbeifahrender Boote.

Einen Augenblick später tauchte Digger hinter Slapshot auf. Die zwei tropfnassen Männer rückten in Richtung Tor vor, ohne ein Wort zu wechseln.

Einen halben Häuserblock südlich des Eingangs von Maadi Land and Sea Freight ging Major Kolt Raynor mit schnellen Schritten den dunklen Bürgersteig der Corniche El Nil entlang. Er hatte die Kleidung gewechselt und trug jetzt einen schwarzen Rollkragenpullover und dunkle Jeans. Seine Schritte wurden von schwarzen Laufschuhen gedämpft. Er hielt nichts in der Hand, schleppte nur einen kompakten Seesack auf dem Rücken.

Er hielt sich dicht an den Bäumen, die den Zaun säumten, um sich vor dem Pförtnerhäuschen abzuschirmen, auf das er zuging.

»Eine Minute«, ertönte Slapshots Stimme in Kolts Ohrhörer. Raynor nickte stumm, während er die Straße in allen

Richtungen absuchte. Es war nach vier Uhr morgens. Das Risiko, dass sie von Passanten gestört würden, hielt er für extrem gering.

Gegenüber dem Eingang des Frachtunternehmens torkelte Cindy Bird über den Bürgersteig. Sie trug ein schwarzes Tanktop mit weitem Ausschnitt, das ihre muskulösen Arme offenbarte, sowie dunkelblaue Jeans. Ihre Haare fielen ihr ins Gesicht. Sie weinte und wischte sich alle paar Meter mit dem Arm Haare und Tränen aus den Augen. Ihr lautes Schluchzen hallte über die stille Straße.

Eine weiße Frau mit nackten Armen und teilweise entblößten Brüsten, die heulend am frühen Morgen eine Straße in Kairo entlangstolperte. Die Aufmerksamkeit des Wachmanns am Vordertor des Frachtunternehmens war ihr sicher, vorsichtig ausgedrückt.

Sie betrat den von Bäumen gesäumten Bürgersteig und ging auf das frei stehende Wachhäuschen neben der Einfahrt zu.

Ein argwöhnischer Wächter mit dickem Schnauzer und wütendem Blick starrte sie an und griff nach der MP5-Maschinenpistole, die vor seiner Brust hing. Er nahm das Walkie-Talkie vom Tisch und hob es zum Mund.

»*La mo'axza*«, sagte sie. *Entschuldigung*. Es war nicht die übliche muslimische Begrüßung, aber es zeigte dem Mann, dass die Frau Arabisch sprach.

Er senkte das Funkgerät und hakte es an seinen Waffengurt. Ohne die Hand vom Griff der Maschinenpistole zu nehmen, beobachtete er sie aus dem Unterstand.

Cindy wischte sich die Tränen aus den Augen und lächelte den Wachmann schüchtern an. Der Mann nahm ihre arglose Haltung wahr, aber noch mehr fielen ihm die nackten Schultern auf. Er hob leicht die Brauen, obwohl sein Blick finster blieb. »Was wollen Sie?«

Cindy fragte auf Arabisch: »Jachtclub? Ist das hier der Jachtclub?«

Der Wächter schüttelte den Kopf und ließ die Waffe los. »Nein.«

»Jachtclub?«, fragte sie wieder.

Jetzt verließ der Wachmann seine Hütte und wies die Straße hinauf, um ihr die Richtung zum Jachtclub zu zeigen.

»Man hat mich angegriffen, ich brauche Hilfe«, erklärte Cindy auf Arabisch. Danach fing sie wieder an zu schluchzen.

Der Wächter zögerte, ehe er sein Walkie-Talkie zum Mund bewegte.

Sobald er die Sprechtaste seitlich am Gehäuse drückte, tauchte Kolt Raynor hinter ihm auf, der sich im Schutz der Finsternis am Tor entlanggeschlichen hatte. Vor Cindys Augen packte er den Wachmann von hinten mit einem Würgegriff und schnitt ihm die Luftzufuhr ab. Nachdem der Mann drei Sekunden lang vergeblich versucht hatte, Kolt abzuschütteln, gaben seine Knie nach. Mit einer ruckartigen Bewegung fiel der Ägypter nach vorn und verdrehte die Augen. Cindy fing ihn auf und schob den Bewusstlosen zusammen mit Raynor in das Pförtnerhaus zurück.

Hawk drückte den Knopf, der das Tor öffnete. Als sie die Hütte wieder verließ, hatte Raynor bereits beide MP7-Maschinenpistolen aus dem Seesack geholt. Hawk nahm eine davon entgegen, außerdem einen Rucksack, in dem sich sechs zusätzliche Magazine mit 4,6-Millimeter-Munition, ein Funkgerät und ein Ohrhörer befanden.

»Wieso weinst du denn immer noch?«, fragte Kolt, während er das Magazin seiner Glock checkte.

»Ich weiß nicht. Ich hab noch nie gesehen, wie jemand auf diese Weise umgebracht wurde. Er hat mich direkt angestarrt.« Cindy wischte sich mit dem linken Arm die Tränen aus dem Gesicht.

»Okay, erstens ist er nicht tot. Und zweitens ... Reiß dich verdammt noch mal zusammen.«

Das Tor schloss sich automatisch hinter Raynor.

»Ich weiß, ich weiß«, versicherte Cindy. »Mit mir ist alles

okay. Wirklich.«

»Pass auf, die Sache kann in den nächsten paar Minuten ziemlich hässlich werden. Schusswaffen töten Menschen. Das hast du ja im CIA-Unterschlupf mitbekommen. Entscheid dich jetzt, ob du mir den Rücken freihalten kannst. Ansonsten geh zurück zum Van. Deine Entscheidung.«

»Nein, nein, Kolt. Ich bin okay. Hab mich schon beruhigt. Nur die übliche Nervosität beim ersten Einsatz, schätz ich.«

»Okay. Du musst da drin für mich die Augen offen halten. Wie wär's, wenn du das Tor noch mal aufmachst?«

Als es ein zweites Mal aufschwang, hängte sich Raynor das HK und einen Rucksack voller Magazine über die Schulter. Das Funkgerät des Wachmanns reichte er Hawk und zückte die Glock mit dem Schalldämpfer. Sie regelte die Lautstärke des Funkgeräts nach unten, befestigte es in Hörweite am Waffengurt und zog die Schulterstütze der MP7 heraus.

Hintereinander stürmten sie auf das Gelände von Maadi Land and Sea. Raynor bildete mit der schallgedämpften Pistole die Vorhut.

Digger und Slapshot zerlegten das Metalltor zwischen Pier und Grundstück in sämtliche Einzelteile. Mit den Nachtsichtgeräten konnten sie sowohl die statischen als auch die patrouillierenden Wachen im Auge behalten. Den lautesten Teil ihrer Arbeit, das Zerschneiden von Metallstreben, verrichteten sie, wenn die Wachleute am weitesten entfernt waren. Digger setzte den Bolzenschneider ein, während sein Kamerad das Tor festhielt, damit es nicht zu laut klapperte. Nachdem sie eine Öffnung geschaffen hatten, die groß genug war, damit ein Mann nach dem Zurückklappen des herausgelösten Teils hindurchschlüpfen konnte, stellten sie ihre Bemühungen ein und schlichen mit dem Equipment auf das Grundstück des Libyers.

Ein Wachtposten näherte sich ihrer Position. Rasch krochen sie die mit Schilf bewachsene Böschung hinauf zu einer niedrigen Staumauer aus Zement, aus der ein Entwässerungsrohr ragte. Diese Mauer gab ihnen Deckung vor den drei Wachen hinter der Lagerhalle. Aber ein Mann auf dem Dach des dreistöckigen Bürogebäudes wäre in der Lage, sie hier zu bemerken, falls er den Kegel der Taschenlampe in ihre Richtung schwenkte.

Eine Reihe von Betontreppen führte vor ihnen etwa 25 Meter weiter rechts mitten über das Grundstück. Sie endeten am Parkplatz hinter der Lagerhalle. Über diese Stufen konnten die beiden Delta-Operators den Hang rauf zur Hallenwand gelangen.

Aber beim Durchgehen der Überwachungsfotos waren ihnen Vorrichtungen entlang der Strecke aufgefallen, die verdächtig nach Bewegungsmeldern aussahen. Deshalb machten sie einen Bogen nach links, bewegten sich geduckt durchs Gras und arbeiteten sich von hier aus zur Lagerhalle vor.

Langsam und vorsichtig pirschten sie weiter und ließen dabei nie die in der Ferne patrouillierenden Wachen aus den Augen.

Sie schafften es fast.

In 20 Metern Entfernung von der Halle erreichten sie den Parkplatz, da flackerte ein helles weißes Licht auf dem Dach des niedrigen Gebäudes auf und strahlte sie an, als ob sie gerade eine Broadway-Bühne betreten hätten. Ihre Nachtsichtgeräte zeigten nur noch Weiß, also klappten sie diese nach oben, um überhaupt noch etwas zu erkennen. Ihre Schatten erstreckten sich hinter ihnen bis zum Nil. Sie warteten gar nicht erst ab, ob die Wachleute im hinteren Teil des Grundstücks das von einem Bewegungsmelder ausgelöste Licht bemerkt hatten, sondern spurteten auf die Wand der Lagerhalle zu.

Digger hatte sich die Position des nächsten Wachmanns eingeprägt – der mit einer Kalaschnikow Bewaffnete befand sich im Nordwesten der Lagerhalle, unweit der Ladebucht. Der Amerikaner lief ein wenig langsamer, um das

Rotpunktvisier der Waffe dorthin zu richten. Und er fand sein Ziel. Der Kerl starrte ihn mit großen Augen an und richtete sein Gewehr auf die beiden Unbekannten, die vor ihm im Scheinwerferlicht standen.

Digger feuerte zwei kurze Salven auf den Mann ab, aber er hatte sich zu schnell bewegt, um sicher zu sein, ob er auch traf. Er rannte weiter auf die Wand zu, während Slapshot seine Schritte verlangsamte, um ein Ziel im Süden anzuvisieren.

Kolt und Hawk hatten inzwischen die Wand des Bürogebäudes erreicht. Sie nutzten diese sowie eine Reihe dort geparkter SUVs und anderer Wagen als Deckung, während sie sich der Lagerhalle näherten.

Als ein Kontrollposten auf der anderen Seite eines S-Klasse-Mercedes vorbeilief, warfen sie sich flach auf den Boden.

Kolt und Hawk hatten die schallgedämpften Schüsse nicht gehört, dafür aber den Funkspruch von Slapshot: »Kontakt!« Kolt wusste, was das bedeutete: Einer seiner Leute hatte auf einen Feind geschossen. Aber noch blieb alles ruhig.

Dann hallte krachend das Automatikfeuer einer AK aus dem hinteren Bereich des Geländes über den an der Vorderseite gelegenen Parkplatz.

»Scheiße«, fluchte Raynor. Er hatte gewusst, dass es heute Nacht laut werden konnte. Aber er hatte gehofft, wenigstens etwas weiter zu kommen, bevor die Luft mit Blei geschwängert wurde.

Der Wächter auf der anderen Seite des Mercedes brüllte in sein Funkgerät. Er wollte wissen, was vorgefallen war. Kolt zog das schwarze Messer mit matter Klinge aus dem Gurtzeug. Er wollte sich gerade erheben, um den Wachmann von hinten auszuschalten, da zwickte Hawk ihn in den Fußknöchel. Er schaute über die Schulter zurück. Die weiterhin flach auf dem Zementboden liegende Hawk schüttelte entschlossen den Kopf. Sie deutete nach vorn. Raynor folgte ihrem Finger mit dem Blick. Zwei weitere Wachen standen 30 Meter entfernt vor der Vordertür der Lagerhalle. Sie hatten die Waffen gehoben und suchten die Umgebung nach Feinden ab.

Hätte Raynor seine Deckung verlassen, um aufzustehen, wären er und Hawk wahrscheinlich von AK-Salven niedergemäht worden.

Kolt ließ sich erneut in den Schatten der Limousine sinken und wartete, bis alle drei Wachen nach Norden rannten.

»Boss, hier ist Digger«, tönte es aus dem Ohrhörer.

»Schieß los«, flüsterte Kolt fast unhörbar.

»Wir haben hier hinten zwei Wachleute erledigt, sitzen aber fest. Sind hinter 'ner Klimaanlage und werden vom Dach von Objekt Stein beschossen. Wir können nicht rumgehen zur Laderampe, bevor wir den Beschuss von dort unterbunden haben. Klingt, als gäbe es da zwei Schützen auf dem nordwestlichen Abschnitt des Dachs.«

»Roger. Wir werden Stein betreten und sie von hinten ausschalten. Geben euch Bescheid, wann ihr das Feuer einstellen müsst.«

Kolt drehte sich zu Cindy um. »In das Gebäude und die Treppe hoch.« Er stand auf, holte eine Blendgranate aus dem Seesack und zog den Splint.

Cindy hatte keine Ahnung, was er auf dem offenen Parkplatz mit dem Teil vorhatte.

Raynor schleuderte die Granate weit von ihnen weg und drehte sich zum Fenster des Bürogebäudes um. Als die Blendgranate explodierte, schlug er mit dem Lauf seines HK die Fensterscheibe ein. Die Detonation maskierte das Geräusch des splitternden Glases. Außerdem ließ sie die Alarmanlagen der in einer langen Reihe hier parkenden Luxuskarossen und SUVs anspringen. In wenigen Sekunden drohten sie in Schwierigkeiten zu geraten, aber immerhin entlasteten sie auf diese Weise ihre zwei Teamkameraden, die auf der anderen Seite des Geländes in einen Kampf mit dem Wachpersonal verstrickt waren.

»Rein!«, rief Kolt. Er ging auf ein Knie und stützte sich mit dem anderen Bein am Boden ab. Cindy benutzte die improvisierte menschliche Leiter und kroch schnell, aber vorsichtig durch die zerbrochene Scheibe.

Kolt folgte dicht hinter ihr.

Falls Cindy irgendein Problem damit hatte, dass Raynor die von Webber erhaltenen Befehle eher frei auslegte und das Bürogebäude betrat, behielt sie es für sich. Sie wich ihrem kommandierenden Offizier nicht von der Seite, während sie das dunkle Büro durchquerten. Sie öffneten eine schwere Tür und erreichten einen ausgestorbenen Korridor mit Linoleumbelag. Vor ihnen waren laute Stimmen aus einigen Räumen zu hören.

Kolt brachte mit der rechten Hand die schallgedämpfte Glock vor den Körper, behielt aber die MP7 in der Linken. Falls vor ihnen ein einzelner Feind auftauchte, ließ er sich zumindest theoretisch mit der Pistole ausschalten. Falls sich dagegen mehrere gleichzeitig blicken ließen und er auf mehr Feuerkraft angewiesen war, konnte er innerhalb einer halben Sekunde zur Maschinenpistole wechseln.

Sie passierten eine Tür mit einem Schild. Cindy stieß Kolt an.

»Treppenhaus«, sagte sie leise und wies mit einer Kopfbewegung auf die Kennzeichnung.

Kolt nickte und hängte sich die MP7 um den Hals, während er mit der linken Hand die Tür aufzog. Dahinter sprang ein Mann in Anzug und Krawatte die letzten drei Stufen der Treppe hinunter und kam auf sie zu. Er hielt eine Kalaschnikow mit eingeklappter Schulterstütze in der Rechten.

Kolt verpasste dem überraschten Saleh-Komplizen drei Brusttreffer mit der Glock. Trotzdem musste Raynor sich rasch zur Seite drehen, um den Schwung abzufangen, mit dem der Tote gegen seine Schulter stieß.

Der Libyer fiel auf den Rücken. Hawk versetzte der AK

einen Tritt, sodass sie von seinem Körper wegrutschte. Schließlich verpasste Kolt dem Angreifer noch einen Tritt zwischen die Beine, um sicherzustellen, dass er wirklich tot war.

Im Treppenhaus reflektierten die Metallstufen den schallgedämpften Schuss aus der Kaliber-40-Waffe. Raynor machte diesen Job schon lang genug, um zu wissen, dass niemand im Gebäude diese Geräusche als Schüsse identifizieren würde.

Hawk und Kolt schlossen die Tür zum Treppenhaus und machten sich auf den Weg zum Dach.

Digger feuerte mehrere kurze Salven auf die nordwestliche Ecke der Lagerhalle ab. Zweimal beugte sich ein Wachmann um die Mauer und zielte mit seiner Kalaschnikow auf die zwei Deltas, die hinter der großen Klimaanlage in Deckung gegangen waren, 20 Meter von der Halle entfernt. Digger und Slapshot wollten in diese Richtung, um rechts um die Ecke zu biegen und die Lagerhalle über die Rampe zu betreten. Aber sie konnten unmöglich an der Wand entlang über den Parkplatz spurten, ohne von den Schützen hinter ihnen auf dem Dach umgemäht zu werden.

»Wie wär's, wenn wir die Wand mit C4 aufsprengen?«, rief Digger Slapshot zu, während er nachlud. »Das Loch wär groß genug, um in die Halle zu kommen.«

»Wir können uns hier nirgends in Sicherheit bringen, bevor wir die Ladung zünden. Und was ist, wenn da ein Stapel Raketen gleich hinter der Wand liegt?«

»Scheiße, du hast recht.«

Slapshot verließ die Deckung für einen Moment, um in Richtung Dach zu schießen. In diesem Augenblick sah er eine Gruppe von Salehs Männern, die sich über den Parkplatz des

Bürogebäudes näherten. Er feuerte auf sie, sodass sie Hals über Kopf in Deckung stürzten.

Er hatte erst ein paar Schüsse abgegeben, als der Asphalt vor ihm bröckchenweise in die Luft flog – das Resultat einer langen Salve aus einer AK, die aus drei Stockwerken Höhe seine Position ins Visier nahm.

Slapshot sprang erneut hinter die Klimaanlage und ließ sich in eine sitzende Haltung fallen.

»Wir geben Racer noch eine Minute, um das Dach unter Beschuss zu nehmen. Dann müssen wir versuchen, die Laderampe ohne seine Unterstützung zu erreichen. Einer geht vor, einer gibt Feuerschutz.«

Keiner von beiden hielt diese Taktik für besonders Erfolg versprechend. Aber je länger sie sich in einer Position verschanzten, desto schneller tendierten ihre Überlebenschancen gen null. Genau in diesem Moment meldete sich Racer über Funk.

»Feuer einstellen in Richtung Dach.«

»Roger«, gab Digger zurück.

Ein zweiter Schütze gesellte sich zum Wachmann an der Nordwestecke. Nacheinander lehnten sie sich mit ihren Gewehren vor und schossen ungezielt auf die beiden Männer hinter ihrer Deckung.

Slapshot kündigte an: »Ich werd die Herde mal ein bisschen ausdünnen.« Er ließ sich auf ein Knie sinken und zielte sorgfältig nach Norden. Er hielt absolut still und wartete darauf, den roten Punkt auf das nächste Stück Haut zu richten, das hinter der Ecke zum Vorschein kam. Er zuckte nicht mal zusammen, als einer der Männer seine AK blind herausstreckte und eine Drei-Schuss-Salve abfeuerte, die die stählernen Maschinenteile direkt über Slapshots Kopf zum Klirren brachte.

Kurz darauf wagte sich der zweite Wächter heraus, um sich besser zu orientieren.

In aller Ruhe zog Slapshot den 1,8-Kilogramm-Abzug

durch. Ein rosa Sprühnebel schoss aus der Stirn des Wachmanns und glitzerte im Scheinwerferlicht des Parkplatzes.

Die Leiche fiel in ihr Sichtfeld. Die AK-47 schlitterte davon.

»Wunderbar«, freute sich Digger, beugte sich aus dem Schutz der grünen Klimaanlage hervor und schoss ein weiteres Mal auf die fünf Männer in der Nähe des Hintereingangs zum Bürogebäude.

Er erwischte einen von ihnen am Bein und zog sich zum Nachladen zurück.

Kolts Stimme ertönte im Headset. »Das Dach ist frei.«

»Danke, Boss«, bestätigte Slapshot. Er rief Digger zu: »Und los!«

Hawk und Raynor hatten jeweils einen der Männer auf dem Dach erschossen. Sie waren sofort tot gewesen. Jetzt eilten sie durchs Treppenhaus in den dritten Stock hinunter. Cindy hörte die Kommunikation der Mitglieder der Saleh-Organisation ab. Angesichts der hektisch gebrüllten Funksprüche, der ständigen Unterbrechungen und ihrer beschränkten Kenntnis dieses Dialekts, ganz zu schweigen vom Adrenalin, das durch ihren Körper raste, hatte sie Schwierigkeiten, allzu viel zu verstehen.

Aber als sie den dritten Stock des Bürogebäudes betraten, packte sie Racer an der Schulter. Sie flüsterte: »Einer der Typen klingt, als sei er der Boss. Er sagte gerade, er habe die Polizei verständigt und sie treffe in fünf Minuten ein. Dann ging's irgendwie um den BMW. Ich glaube, er will zum BMW, um damit abzuhauen.«

»Einen Scheiß wird er«, gab Raynor zurück.

Die zwei wollten gerade zur Treppe zurückkehren, als am anderen Ende des Flurs eine Tür aufsprang. Zwei Männer, die Tragewesten über weißen Businesshemden trugen, betraten den Gang. Sie hielten die Kalaschnikows gesenkt, aber schussbereit. Raynor und Hawk hoben ihre PDWs mit den kurzen Läufen und eröffneten das Feuer. Einer der Bewaffneten fiel zu Boden, bevor er in der Lage war, einen Schuss abzugeben.

Der andere wirbelte herum und wich ins Büro zurück.

Raynor stürmte den Flur entlang, während Hawk ihm rückwärtslaufend folgte und das Treppenhaus und die Türen der anderen Büros absicherte.

Während Raynor vorrückte, hörte er Sirenen, die sich über die Corniche El Nil näherten.

An der offenen Bürotür ging Kolt neben dem Toten in die Hocke und hechtete in den angrenzenden Raum. Eine Salve Kugeln fegte ein gutes Stück über seinen Kopf hinweg. Er entdeckte den Schützen, denselben Mann, der gerade aus dem Flur geflohen war, und erledigte ihn aus einer Entfernung von viereinhalb Metern.

Aber es war noch jemand im Zimmer. Ein grauhaariger Araber in Wollpullover und langer Hose. Der Mann stand an der gegenüberliegenden Wand hinter einem Schreibtisch aus Walnussholz. In jeder Hand hielt er einen Aktenkoffer. Eine vergoldete 45er lag auf der Schreibunterlage vor ihm.

Aref Saleh.

Raynor sprang auf und streckte die Heckler & Koch aus wie eine Pistole. »Machen Sie nur, greifen Sie nach der Waffe. Das erspart mir später komplizierte Erklärungen, warum ich Sie umgelegt habe.«

Saleh sah den schwarz gekleideten Amerikaner an. Hawk erreichte im selben Moment die Tür, wobei sie unverändert den Blick in den Flur gerichtet hielt. Eine Frau mit nackten Armen, die eine Maschinenpistole hielt. Saleh hatte Mühe, den merkwürdigen Anblick zu verarbeiten.

Mit zitternder Stimme erklärte der Libyer: »Ich leiste keinen Widerstand. Ich komme freiwillig mit.«

Raynor hob die Waffe, um dem Mann in den Kopf zu schießen. Er hätte ihn liebend gern mitgenommen, um Informationen aus ihm herauszukitzeln. Aber diese zwei

Aktenkoffer, die Saleh so wichtig zu sein schienen, beantworteten wahrscheinlich ebenso viele Fragen wie der Mann selbst und leisteten deutlich weniger Gegenwehr.

Gerade als Kolt feuern wollte, ertönte Slapshots Stimme in seinem Ohr.

»Racer, hier Slap. Hörst du mich?«

»Red schon.«

»Wir sind in Rhein. Aber wir hatten hier kein Glück.«

Raynor senkte die Waffe leicht und hob die Hand zum Ohrhörer. »Was sagst du?«

»Wir haben hier ein paar Kisten mit Raketenwerfern. 'ne Riesenladung AKs und so was. Aber negativ, was die SA-24s angeht.«

»Du musst dir ganz sicher sein, Slap. Wir können da nicht noch mal rein«, ermahnte ihn Kolt.

»Wir *sind* ganz sicher. Fehlanzeige!«

Hinter Kolt empfing Cindy dieselbe Nachricht. »Verflucht«, raunte sie.

Raynor sah Saleh an. »Okay. Planänderung. Sie unternehmen eine kleine Bootsfahrt mit uns.«

Sie verfrachteten Saleh ins Beiboot und stiegen hinter ihm ein. Die schrillen Polizeisirenen waren mittlerweile ohrenbetäubend laut. Außerdem näherten sich Hubschrauber. Daher hatte sich die Überquerung der Freifläche an der Rückseite des Geländes eher wie eine Flucht als wie ein kontrollierter Rückzug gestaltet. Kolt und Hawk stießen Saleh an der Südmauer entlang, dann am Zaun nach Norden bis zum Loch im Tor. Digger und Slapshot warfen Mini-Rauchgranaten, bevor sie die Lagerhalle im Laufschritt verließen. Dabei wurden sie von ein paar Kugeln knapp verfehlt, die überlebende Sicherheitsleute in ihre Richtung abfeuerten.

Das Holzboot war nur für vier Insassen ausgelegt, daher gestaltete es sich etwas mühsam, alle fünf an Bord zu zwängen. Aber bald waren sie flussaufwärts unterwegs.

Digger drehte den Gasgriff des Außenbordmotors voll auf und steuerte das Boot nah am Ufer entlang, damit sie vom Himmel aus schwerer sichtbar waren.

Mit Kabelbindern fesselte Slapshot Saleh die Arme an Handgelenken und Ellbogen auf den Rücken. Dann funktionierte er einen kleinen Nylonsack, den er in einem Werkzeugbeutel am Brustgurt aufbewahrte, zur Kapuze um und stülpte sie Saleh über den Kopf, während sie sich dem Ziel ihrer Reise näherten. Hawk hatte dem Mann bereits einen Schal in den Mund gestopft, damit er keinen Lärm machte.

Sie brauchten noch knapp eine Viertelstunde, um den geparkten Lieferwagen zu erreichen. Curtis war bewusstlos, als sie mit dem Einladen begannen, aber durch den Lärm kam er zu sich. Als Slapshot einen Mann neben ihn in den Truck stieß und die Tür zuwarf, blickte Curtis zu Kolt auf.

Mit noch schwächerer Stimme als vorher fragte er: »Herr im Himmel. Ist das der, der ich glaube?«

»Ja.«

»So viel zum Thema Geheimhaltung, hm?«

»Ist nicht ganz so gelaufen wie geplant«, räumte Raynor ein.

»Und die Raketen?«

»Verschwunden.«

»Haben Sie sie in die Luft gejagt? Wie viele waren da?«

»Nein. *Verschwunden* im Sinne von Fehlanzeige. Deshalb unser Gast hier.«

Curtis kniff die Augen zusammen und musterte den Mann mit der Kapuze. »Wir müssen rausfinden, wo die SA-24s sind.«

Der Truck setzte sich in Bewegung.

»Was Sie nicht sagen«, ätzte Raynor. »Wie geht's dem Bein?«

»Taub.«

»Gut. Wir fahren zu unserem Unterschlupf im Süden. Wir können Sie entweder unterwegs bei einem Krankenhaus absetzen oder zum Haus mitnehmen und von einem Heli abholen und zur Botschaft bringen lassen.«

Curtis griff nach seinem Handy. »Ich geh mal davon aus, dass man als schwarzer amerikanischer Spion in einem hiesigen Krankenhaus ziemlich lange im Wartezimmer sitzt. Also entscheid ich mich für die Variante mit der Botschaft.«

Beim Delta-Unterschlupf an der Gamel Abd El Nasir fuhr der Lieferwagen direkt in die Garage. Sie ließen das Tor hinter sich herunter. Während Digger mit Curtis im Fahrzeug blieb, holte Kolt den gefesselten und mit Kapuze verhüllten Aref Saleh aus dem Wagen und führte ihn die Treppe hinauf. Er schleifte ihn förmlich durchs Haus in ein leeres Schlafzimmer. Dort stieß er ihn zu Boden und ging in den Flur zurück. Hier bedeckten Slapshot und er ihre Gesichter mit den *Kufiya*-Kopftüchern der Einheimischen. Hawk zog sich einen *Hidschab* über, eine traditionelle Kopfbedeckung für Frauen, mit der das Gesicht bis auf die Augen verhüllt wurde.

Alle drei betraten ohne vorherige Absprache den Raum, in dem sich Saleh befand. Sie wussten, dass sie keine Zeit verlieren durften.

Kolt stürmte durch das Zimmer und riss Saleh die Kapuze vom Kopf. Der Libyer versuchte einen entsetzten Schrei auszustoßen und kniff die Augen fest zusammen.

Kolt befreite den Gefangenen vom Schal im Mund und packte den Liegenden an der Kehle. Er schob sein Gesicht so dicht an Salehs heran, dass der Stoff seines Kopftuchs dessen Nase berührte. Mit tiefer, wütender Stimme fragte er: »Wo ... sind ... die ... Waffen?«

»Ich weiß nicht, wovon Sie sprechen.«

Raynor ließ Salehs Kehle los. »Sie wissen es nicht?«

»Nein. Ich schwöre es.«

Kolt zuckte die Achseln. »Verdammt. Er weiß es nicht. Ich schätze, dann brauchen wir ihn nicht.« Er wandte sich Cindy zu. »Hawk?«

»Sir?«

»Erschieß ihn.«

»Ja, Sir.« Cindy überquerte den Parkettbelag ohne Zögern. Sie hob den Lauf ihres schallgedämpften Gewehrs an seine Brust ...

»Warten Sie! Ich sag's Ihnen!«, schrie Saleh.

Raynor streckte die Hand aus und bog den Gewehrlauf von Saleh weg. »Dann los, erzählen Sie mir alles!«

»Ich ... ich weiß vieles. Wir können verhandeln. Ich kann Ihnen verraten ...«

»Die Raketen, die an die Iraner verkauft wurden. Wo sind die?«

Saleh zögerte, aber nur für einen Moment. »Sie sind heute Abend mit einem Frachtkahn abtransportiert worden.«

»Mit einem *Kahn?*«

»Ja, Sir! Ich schwöre, es ist wahr.«

Verflucht. »Wohin werden sie gebracht?«

»Nach Ras El Bar.«

Kolt sah fragend zu Cindy, dann zu Slapshot. Beide zuckten die Achseln.

Er richtete den Blick zurück auf Saleh. »Wo ist das?«

»Wo der Nil ins Mittelmeer fließt«, antwortete Saleh nervös.

»Und wohin fahren sie dann?«

»Von dort aus? Ich ... ich weiß nicht.«

»Falsche Antwort. Hawk?«

»Sir!«, rief Cindy und hob das Gewehr an die Schulter.

»Nein!«, brüllte der Mann. »Ich ... ich bin sicher, dass dort ein Frachter wartet. Aber in diese logistischen Fragen hat man mich nicht eingebunden.«

»Slap?«

»Yo?«, rief dieser von seinem Platz am Fenster.

»Schnür dieses Arschloch sorgfältig zusammen, damit es transportfertig ist. Wir nehmen ihn mit.«

»Einmal Schwein im Schlafrock. Kommt sofort.«

Hawk senkte ihre Waffe mit hörbarem Seufzen. Natürlich hatten sie nur geblufft. Cindys Vorstellung war ziemlich überzeugend gewesen, aber dieses theatralische Ausatmen empfand er als etwas übertrieben. In den letzten Minuten hatte sie eine oscarreife Leistung hingelegt, nur um am Ende wieder auf billiges Wrestling-Niveau abzusinken.

Trotzdem gab es keinen Zweifel, dass sie aufs Ganze gegangen war. Kolt entging nicht, dass Saleh sich vor lauter Angst in die Hose gepinkelt hatte.

»Wie geht's dir, Sergeant?«, wollte Kolt wissen, als er fünf Minuten später in der Küche den ersten Schluck eiskaltes Bier trank.

»Gut, Boss.« Sie streckte ihre Hand aus und betrachtete sie. »Erster Kampfeinsatz. Und kein Zittern.« Nach kurzem Zögern fügte sie hinzu: »Noch nicht.«

»Wie auch immer es dir in den kommenden Stunden oder Tagen geht ... das ist ganz normal. Es gibt nicht nur eine Art, auf die ein Soldat verarbeitet, was er oder sie tun muss.«

»Du klingst wie ein Seelenklempner, aber danke.«

Kolt lachte. »Ich bin eben ein erfahrener Patient.«

»Nur fürs Protokoll, Boss, ich hatte nicht wirklich vor, Saleh zu erschießen.«

Kolt nickte. »Fürs Protokoll. Ich wusste, dass du es nicht durchziehst. Aber er hat's dir abgekauft und das allein zählt. An dir ist 'ne Schauspielerin verloren gegangen.«

»Ich *bin* Schauspielerin. Aber die Bühne, auf der ich auftrete, ist ganz schön abgefuckt.«

Raynor goss sich einen Schluck Bier in die Kehle. »Wem sagst du das?«

27

Kurz nach Sonnenaufgang kniete David Doyle am Wadi Bani im südlichen Jemen auf seinem Gebetsteppich. Er hatte gerade das rituelle *Fadschr*-Gebet beendet, das man in der Morgendämmerung sprach.

Nachdem er dieser Verpflichtung nachgekommen war, dachte er über den Tag nach, der vor ihm lag. Er wollte ein paar Minuten lang im Koran lesen, um innere Kraft zu schöpfen. Dann wollte er seinen Mittelsmännern in Europa eine E-Mail schicken, die diese an seine Kontakte weiterleiten würden. Die Igla-S-Raketen sollten ihren Bestimmungsort in fünf Tagen erreichen. Auf keinen Fall durfte der Container eine Sekunde länger als nötig bei der Zollinspektion hängen bleiben. Gut bezahlte Kontakte im Ankunftsland sollten den versiegelten Container in Empfang nehmen. Einen Tag später traf er dort ein, um ihn zu öffnen und mit der Mission zu beginnen. Mit seiner E-Mail stellte er sicher, dass seine Agenten bereit waren, ihre Pflicht zu tun.

Nach dem Absetzen der Nachricht nahm er sich vor, mit dem Training der Männer fortzufahren. Elf von zwölf hatten sowohl die Tests zur Wahrung ihrer falschen Identität als auch die Flugzeugprüfung bestanden und kümmerten sich jetzt nur noch um Fitness, Treffsicherheit, Nahkampf und die Bedienung der Igla-S-Raketenwerfer. Der eine junge Mann, der nicht bestanden hatte, bekam später am Tag noch eine Chance. David hatte beschlossen, persönlich mit ihm zu arbeiten, damit er in drei Tagen ebenfalls bereit war, sich am Einsatz zu beteiligen.

David und die vier Männer seiner Untereinheit hatten noch einige weitere Stunden eingeplant, um ihren Teil der Operation zu perfektionieren. Sie hatten die Zeit, die sie benötigten, um aus dem Container zu steigen und fünf

Waffen schussbereit zu machen, noch einmal um einige Sekunden verkürzen können. Jetzt nahm der gesamte Vorgang durchschnittlich lediglich 34 Sekunden in Anspruch.

Es klopfte zaghaft an der Tür. »Ja?«

Miguel betrat Doyles Zimmer. Der Amerikaner klappte den Koran zu und sah auf. »*As salaam aleikum*«, begrüßte ihn Miguel mit leichter Verbeugung.

»*Wa aleikum as salaam.* Was ist los?«

»Wir haben ein Problem. Aref Saleh und sein Unternehmen sind letzte Nacht in Kairo überrollt worden.«

»Was meinst du damit, sie sind ›überrollt worden‹?«

»Das war entweder der ägyptische Geheimdienst oder die CIA. Es hat einen Schusswechsel in Maadi gegeben. Saleh wurde gefangen genommen, mehrere Männer kamen ums Leben. Ich habe eben erfahren …«

Doyle unterbrach seinen Stellvertreter. Miguel hatte ins Arabische gewechselt. »Auf Englisch, bitte.« Der Befehl, zur Vorbereitung auf ihre Reise nur Englisch zu sprechen, ließ keine Ausnahmen zu. Er ließ auch Miguel keinen Regelverstoß durchgehen, nur weil dieser gestresst und in Hektik war.

Dort wo sie hingingen, erwarteten sie schließlich jede Menge Stress und Hektik.

»Tut mir leid«, fuhr Miguel auf Englisch fort. »Ich wollte sagen, ich hab das gerade erst von unseren Brüdern in Kairo erfahren. Sie wussten nicht wirklich viel, erwähnten aber, dass Saleh vermisst wird. Es gab noch eine zweite Nachricht. In einem anderen Stadtteil im Süden Kairos sind amerikanische Geschäftsleute getötet worden. Vier Amerikaner.«

Doyle nickte langsam. »Dann ist es die CIA.«

»Saleh kennt uns, David. Er könnte alles verderben.«

Doyle nahm sich einen Augenblick Zeit, um seine Gedanken zu ordnen. »Ach, was weiß er denn schon? Saleh und seine Leute sind Dummköpfe, aber wir brauchten sie für diesen Teil der Mission. Ich habe uns vor ihrer Dummheit geschützt. Er weiß lediglich, dass er russische schulterverschießbare Boden-Luft-Raketen an Al-Qaida-Männer im Jemen verkauft hat. Er hat sie mit einem Schiff zu einem Händler in Port Said transportieren lassen. Unter Umständen ist ihm noch bekannt, dass der Lieferant sie nach Aden weitergeschickt hat. Selbst wenn die CIA Saleh foltert und dazu noch jeden, der mit den Waffen in Berührung gekommen ist ... unsere Leute in Aden eingeschlossen ... keiner von denen weiß, welchen Weg die Ware danach nimmt.«

David setzte ein schmales Lächeln auf. »Ich war vorsichtig. Sogar sehr vorsichtig. Aber wir werden trotzdem sofort aufbrechen. Es spielt keine Rolle, wie sicher wir uns fühlen. Die Amerikaner werden trotzdem den Himmel über dem Jemen mit ihren Drohnen verdunkeln. Sie werden sich auf diese Provinz konzentrieren und dann werden sie über Hinweise zu diesem Ort hier stolpern. Jeder Tag, den wir noch warten, ist ein Tag, an dem wir möglicherweise aufgehalten werden. Nicht durch Fehler, die ich begangen habe, sondern einzig und allein durch Pech.«

Miguel begriff. Eifrig versicherte er: »Unsere Männer sind bereit.«

»Fast alle haben ihre Tests bestanden. Aber ob sie wirklich bereit sind, in Amerika undercover zu gehen, wird sich erst zeigen. Ich hätte gern mehr Zeit gehabt.«

Nach einigem Nachdenken fuhr er fort: »Ich werde die Führungsspitze kontaktieren und heute noch unsere Abreise veranlassen. Ruf alle in den Versammlungsraum. Ich will mit ihnen reden.«

Miguel nickte und wollte sich abwenden, zögerte jedoch. »Was ist mit Bruder Harry? Wir wollten ihm mehr Zeit geben, sich auf die Mission vorzubereiten.«

Doyle sah zu Boden. Mit einer Spur Traurigkeit erwiderte er: »Ich fürchte, Bruder Harrys Zeit ist abgelaufen.« Der Mann hieß in Wirklichkeit Hussein und war ein 22-jähriger Iraker. Nach einer Woche Training hatten Doyle und

Miguel vermutet, dass die schwere Gehirnerschütterung, die er sich 2008 in einem Kampf in Mossul zuzog, bei ihm eine Gedächtnisstörung hervorgerufen hatte.

Harry konnte sich die verschiedenen Flugzeugtypen nicht merken, er konnte sich die Farben der Airlines nicht merken und behielt außerdem Einzelheiten seiner Legende nicht im Gedächtnis.

Aber es blieb das Risiko, dass er sich an diesen Ort erinnerte, an die Gesichter, die er hier gesehen hatte, und an die Hinweise über Taktik, Ziele und Zeitplan der bevorstehenden Mission, in die man ihn unweigerlich hatte einweihen müssen.

Daher sah Doyle keine andere Möglichkeit, als ihn töten zu lassen.

»Willst du, dass ich es erledige?«, fragte Miguel.

»Nein. Ich werde es selbst tun.« David stand auf, nahm eine Kalaschnikow vom Tisch und verließ den Raum.

Elf Zellenmitglieder wurden in den Versammlungsraum in der Kaserne gerufen. Schulter an Schulter hockten sie sich in dem kleinen Zimmer auf den Boden. Eine Lücke am Ende der hinteren Sitzreihe deutete darauf hin, dass ein Mann fehlte, aber niemand fragte nach dem Grund.

Miguel kam herein und eröffnete den Männern, dass David bald kommen und eine Ankündigung machen werde. Niemand sprach, während sie warteten.

Alle trugen amerikanische Baseballmützen, Jeans und Tennisschuhe. Wären ihre ernsten Mienen nicht gewesen, hätte man sie für eine Gruppe von Austauschstudenten an einem x-beliebigen College in den USA halten können.

Der Knall eines Kalaschnikow-Schusses zerfetzte die Stille. Das war hier im Camp ein häufig zu hörendes Geräusch. Aber einige der Männer neigten überrascht die Köpfe. Immerhin hielten sich alle Mitglieder der Zelle bis auf zwei hier im Raum auf. Natürlich, es hätte einer der Wachmänner sein können, aber die gaben in der Regel nicht einen einzelnen Schuss ab.

Eine Minute nach dem Knall trat David aus dem Sonnenlicht in das dunkle Zimmer. Er trug Einheimischenkleidung und die Männer sahen, dass ihm der Schweiß auf der Stirn stand.

Er sprach Englisch, wie er es in den letzten neun Trainingstagen immer getan hatte. »In Ägypten ist etwas passiert, das eine Bedrohung für unsere Sicherheit darstellt. Aus diesem Grund werden wir sofort aufbrechen und nach Osten reisen. Zuerst gemeinsam, aber unterwegs werden wir uns in drei Gruppen aufteilen. Einige von uns werden nach Dubai gehen, einige nach Doha und einige nach Maskat. Von diesen drei Orten aus fliegen wir dann nach Mexiko-Stadt, aber das ist nicht unser Endziel.

Unser Endziel, meine Brüder, ist das Herz der USA. Wir werden Mexiko durchqueren und die Grenze zu den Vereinigten Staaten überschreiten, auf einer Route, die unsere Brüder vor Ort bereits ausgekundschaftet haben. Sobald wir das Herz Amerikas erreicht haben, werden wir uns in Zellen aufteilen, von denen jede einen anderen Ort ansteuert. Eine Zelle wird an der Westküste stationiert, eine an der Ostküste und eine dritte operiert im Landesinneren.

Jeder dieser Zellen wird 20 Boden-Luft-Raketen mit sich führen.

Miguel übernimmt die Führung der westlichen Zelle, Thomas kümmert sich um die im Zentrum und ich übernehme die Gruppe im Osten. Zu einem festgelegten Zeitpunkt werden wir alle auf ein startendes Flugzeug schießen. Drei große Passagiermaschinen, jede davon mit mehr als 200 Leuten an Bord, werden brennend vom Himmel stürzen.

Danach verschwinden wir alle von dort und greifen stattdessen Gelegenheitsziele an. Ich gehe davon aus, dass jede der drei Gruppen noch eine weitere Chance erhalten wird, auf ein Flugzeug zu schießen, bevor die Amerikaner tun, was sie auch nach den Angriffen am 11. September 2001 getan haben: Sie werden den gesamten Luftverkehr einstellen.«

Einer der Männer, ein Pakistani, der in Wales gelebt hatte, fragte: »Was machen wir, wenn keine Flugzeuge mehr fliegen?«

»Wir werden im Untergrund abtauchen, während die Amerikaner auf der Suche nach uns ihr gesamtes Land auf den Kopf stellen. Keine der Zellen wird eine Ahnung haben, wo die anderen sich aufhalten. Nicht einmal ich werde es wissen. Wenn ein Team gefangen genommen wird, ist es damit nicht in der Lage, die restlichen Beteiligten zu verraten.

Ihr alle seid darauf trainiert worden, in den Vereinigten Staaten verdeckt zu leben. Selbst wenn die Unterzellen gezwungen werden, sich in Zweiergruppen oder Einzelpersonen aufzuteilen, werdet ihr an diesem Ziel festhalten.

Amerika wird mehr als sechs Flugzeuge verlieren. Es wird jeden Tag Milliarden und Abermilliarden Dollars verlieren – Geld, das es sich von China oder den Saudis leihen muss. Die USA werden hektisch versuchen, ihre Flieger zurück in die Luft zu bringen. Wenn sie uns nicht finden, weil wir uns perfekt in ihre Gesellschaft eingefügt haben, zwingt sie das früher oder später, den Flugbetrieb wieder aufzunehmen. Aber sobald die ersten Flugzeuge in den Himmel aufsteigen, treten wir zurück auf den Plan, kehren aus dem Schatten zurück und schießen sie ab.«

Alle Männer lächelten jetzt. David Doyle, Daoud Al-Amriki, sprach wie ein Prediger auf der Kanzel. »Der zweite Flugstopp wird länger und kostspieliger ausfallen und ihre Wirtschaft nachhaltig zerstören. Die amerikanische Regierung wird sich gegen das eigene Volk wenden, um uns aufzustöbern. Das wird zu Verletzungen ihrer kostbaren Bürgerrechte führen, wegen denen die Vereinigten Staaten sich anderen Nationen so überlegen fühlen. Es wird den Bürgern verdeutlichen, dass

Amerika eine einzige Lüge ist. Bewaffnete, aber schwache Führer, die die Massen unterdrücken. Diese Erkenntnis wird zu Aufständen führen, zum Bankrott der Banken und zum Niederbrennen staatlicher Einrichtungen.

Wir sind 13 Männer. *Inschallah,* es wird uns gelingen, alle 60 Raketen erfolgreich abzufeuern und mehr als 10.000 Ungläubige mit einem Dutzend Feuerbälle zu töten, die überall über den Vereinigten Staaten aufsteigen. Aber unser wahrer Erfolg wird der Sturz der amerikanischen Regierung sein.

Seht ihr, meine Brüder, das ist das Endziel meiner Mission, abgesehen von all dem schönen Chaos, das wir anrichten. In Ergänzung zu eurem Werk wird meine Mission sicherstellen, dass Washington vom Krieg am Himmel über der Nation erschüttert wird.«

Die Männer jubelten. Einige dachten an Harry, aber niemand fragte, was mit ihm geschehen war.

Sie wussten es und sie verstanden es.

Ein paar Stunden später verließ die Zelle ihre Basis. Sie fuhren in östlicher Richtung, um dort in Flugzeuge zu steigen, die sie in den Westen bringen sollten.

28

Der erste Schimmer der Morgendämmerung erhellte den dunklen Himmel über Fort Bragg. Kolt und sein Team trafen auf dem Delta-Force-Gelände ein. Er, Cindy, Digger und Slapshot hatten bereits auf dem langen Überseeflug von Katar nach Atlanta geschlafen. Dort hatten sie sich mit einem Vertreter der Unit in einem nahe gelegenen Einkaufszentrum getroffen und diskret ihre gefälschten Dokumente gegen die echten eingetauscht. Im Delta-Jargon nannte man das ›Feierabend machen‹.

Nachdem der AFO-Auftrag in Kairo hinter ihnen lag, waren sie während des Großteils der Fahrt nach Fayetteville hellwach. Sie nahmen sich eine halbe Stunde Zeit, um ihre Ausrüstung zu verstauen und schnell über das abgeschirmte lokale Netzwerk der Einheit ihre E-Mails zu checken. Anschließend trafen sie sich im Speisesaal, um zu frühstücken und einen Kaffee zu trinken. Alle nahmen noch eine zweite Tasse mit zu Webber in den Beckwith-Saal, um dort die Nachbesprechung des Kairo-Einsatzes durchzuführen.

Webber wurde von einem Aufklärungsoffizier namens Joe begleitet. Er brachte sie in ein paar wichtigen Punkten auf den neuesten Stand. Unter anderem hatte er mit der CIA gesprochen und erfahren, dass Myron Curtis am Vortag am Bein operiert worden war. Man rechnete mit einer langsamen, aber vollständigen Genesung.

Hawk und Digger nickten, als sie die gute Nachricht hörten. Kolt wandte den Blick von Webber ab und nippte an seinem Kaffee.

Danach folgte die eigentliche Einsatzbesprechung. Webber wollte Details. Ungewöhnlich war, dass er darauf bestand, *alle* Details zu erfahren. Während er schweigend dasaß, berichtete ihm das Team von sämtlichen Ereignissen der letzten Woche.

Nach abgeschlossenem Bericht sah der Colonel Kolt an. »Sind Sie Arzt, Major Raynor?«, fragte Webber ihn in ernstem Tonfall.

»Nein, Sir!«

»Können Sie mir dann erklären, warum Sie beschlossen haben, die potenziell tödliche Verletzung eines CIA-Officers zu missachten und stattdessen einen überhasteten Angriff einzuleiten?«

»Wie bitte, Sir?« Kolt hatte es akustisch schon verstanden, reagierte aber einigermaßen verblüfft auf den unverhohlenen Vorwurf, in einer Krisensituation eine falsche Entscheidung getroffen zu haben.

»Major Raynor, dieser CIA-Officer hätte sterben können, während Sie und Ihr Team einen Angriff durchführten, der sich nicht durch Zeitdruck rechtfertigen ließ. Warum?«

Racer zögerte. Er wusste, dass eine offensive Entgegnung nicht infrage kam, aber eine defensive Haltung hielt er für ebenso fatal. Bevor er antworten konnte, sprang jemand anders für ihn in die Bresche.

Hawk sagte: »Sir, ich bin der Ansicht, dass Major Raynor die korrekte Entscheidung getroffen hat, zumindest auf Grundlage der uns zu diesem Zeitpunkt zur Verfügung stehenden Informationen.«

Colonel Webber legte den Kopf schief. Er schien glatt durch den weiblichen Operator hindurchzublicken.

»Hawk, überlass das mir«, wandte Kolt sich an sie und hob die Hand, um ihr zu signalisieren, dass sie um Gottes willen den Mund halten sollte. »Sir, die Entscheidung erfolgte im Kontext, dass vier CIA-Beamte gerade kaltblütig getötet worden waren. Myron Curtis wurde behandelt, stabilisiert und war bei klarem Bewusstsein, als wir mit dem Zugriff auf das Ziel begannen.«

Webber unterbrach ihn. Seine Stimme wurde lauter. »Und er hätte sterben können, während Sie im Einsatz waren.«

»Ja, Sir, das hätte er. In diesem Moment und in dem Wissen, dass die Alternative darin bestanden hätte, die Raketen aus den Augen zu verlieren, habe ich Curtis als ... entbehrlich eingestuft.«

Webber hob die Augenbrauen und starrte Kolt noch ein paar Sekunden lang an. Dann sah er den anderen dreien in die Augen und wartete ihre Reaktion ab.

»Slapshot? War der CIA-Officer entbehrlich?«

»Racer hat die Entscheidung gefällt, Sir. Ich halte seine Einschätzung nicht für falsch«, antwortete Slapshot.

»Was ist mit Ihnen, Digger? Sie sind der Sanitäter.«

»Sir, ich habe ihn untersucht. Curtis' Gesundheitszustand befand sich innerhalb des Toleranzbereichs. Persönlich hätte ich Major Raynors die Fähigkeit abgesprochen, dieser Einheit als Offizier zu dienen, falls er die Mission abgebrochen hätte ... insbesondere im Hinblick auf Mr. Curtis' Zustand und die einmalige Gelegenheit, die sich uns bei Zielobjekt Rhein bot.«

Webber bemerkte, dass er im Begriff war, bei dieser Diskussion den Kürzeren zu ziehen. Das Team hielt zusammen. Es gefiel ihm nicht, am wenigsten die Aussage, dass Curtis entbehrlich gewesen sei, aber er konnte die Entscheidung nachvollziehen. Viele gute Männer waren im Laufe der Jahre gestorben, weil Kommandanten in Sekundenschnelle Leben und Tod abwägen mussten.

»Okay, bevor wir fortfahren, lassen Sie mich eins klarstellen. Kein Amerikaner ist entbehrlich. Der Allmächtige hat kein Problem damit, diese Entscheidung für uns zu fällen. Warum überlassen wir sie also nicht ihm?«

»Ja, Sir«, sagten die vier im Chor.

Webber blickte Raynor noch einige Sekunden lang grimmig an, dann wandte er sich dem Aufklärungsoffizier zu.

»Joe, Sie sind dran.«

Der leitende Aufklärungsoffizier teilte ihnen mit, dass US-Satelliten zwei Frachtkähne verfolgten, die in nördlicher Richtung den Nil entlangfuhren. Beide waren eine Tagesreise von Ras El Bar an der Flussmündung entfernt. Die Bereitschaftssquadron von SEAL Team 6 war vor der Mittelmeerküste eingetroffen. Wenn sie den Befehl bekamen, wären sie bereit, einen oder vielleicht beide Kähne abzufangen und sich die Raketen zu schnappen.

Kolt war erleichtert, das zu hören. Er wäre zu gern dabei gewesen, hätte sich mit einem Fernzünder in der Hand in sicherer Entfernung geduckt, einen großen roten Knopf betätigt und dabei zugesehen, wie die SA-24-Raketen in einer großen, pilzförmigen Wolke explodierten.

Man kann eben nicht alles haben, dachte er.

Nun ja, irgendein Glückspilz von ST6-Kommandant würde dieses Vergnügen haben und Raynor wusste, dass er ihn nicht darum beneiden sollte. Es versprach eine gefährliche Mission zu werden. Kolt kannte sämtliche Sorgen und Befürchtungen, die einem Kommandanten in solchen Momenten auf der Seele lasteten.

Selbst Einsätze, die reibungslos verliefen, hinterließen nachhaltige Spuren. Er wünschte diesem Team alles erdenkliche Glück.

Ihm kam etwas anderes in den Sinn, das er von Curtis erfahren hatte. »Es gab noch eine frühere Raketenlieferung, die über Kairo gelotst wurde. Wissen wir, wo die sich im Moment befindet?«

Webber schüttelte den Kopf. »Das Schiff ist vor einer Woche in den Hafen eingelaufen. Wir haben die Ladung verloren.«

»Warum zum Teufel haben wir's nicht schon im Wasser abgeschossen?«

»Politik. Das Schiff fuhr unter finnischer Flagge, also wollte der Präsident sicher sein, was den endgültigen Zielort betraf, bevor er es zum Abschuss freigab. Es machte in Aden fest, bevor das Pentagon die Information ans Weiße Haus weitergegeben hatte, und das Weiße Haus zog den Befehl zurück.«

»Verdammt!« Raynor schüttelte ungläubig den Kopf. »Laut Curtis waren 50 Raketen an Bord.«

»Das war nur seine persönliche Einschätzung. Wir wissen es nicht mit Gewissheit, aber es dürfte sich um eine beträchtliche Zahl gehandelt haben, ja. Die Al-Qaida der arabischen Halbinsel wäre der naheliegendste Empfänger dieser Waffen gewesen, wenn man den Zielort in Betracht zieht. Die Geheimdienstleute gehen übereinstimmend davon aus, dass sie damit Helikopter der Regierung angreifen wollen, die sich ihren Stützpunkten und Verstecken nähern. Niemand geht davon aus, dass diese Boden-Luft-Raketen gegen kommerzielle Flüge der USA oder anderer westlicher Staaten eingesetzt werden.«

Kolt hatte sich Kautabak in die rechte Backe gestopft und missbrauchte den Styropor-Kaffeebecher mittlerweile als Spucknapf. Er spie aus und ließ einen langen Seufzer folgen. »Das heißt ... der CIA zufolge gibt es überhaupt keinen Grund zur Beunruhigung.«

Webber hob beschwichtigend die Hände. »Ich geb nur die Informationen weiter. Natürlich gibt's 'ne ganze Menge, über das wir uns Sorgen machen müssen. Langley stützt sich bei dieser Einschätzung auf den Fokus der Al-Qaida-Aktivitäten in den letzten paar Jahren. Die haben einen Bürgerkrieg ausgefochten, keinen internationalen Krieg.«

»Aber ... Boss. Bis vor einer Woche hatten die auch noch nicht 50 verdammte Boden-Luft-Raketen. Wer kann schon wissen, ob sich ihre Mission dadurch nicht vollkommen geändert hat?«

»Da bin ich ganz Ihrer Meinung, Major.«

Kolt brauchte nicht auszusprechen, dass die Al-Qaida der arabischen Halbinsel die Organisation war, der David Doyle angehörte. »Weiß TJ davon?«

»Er weiß es.«

»Hat das JSOC vor, diese Raketen zurückzuholen?«

Webber erwiderte: »Der Präsident weiß, wie wichtig das ist, und er ist ziemlich angepisst. Er hat das Verteidigungsministerium angewiesen, neue Erkenntnisse künftig schneller weiterzuleiten.«

»Dann geht's jetzt also zur Sache?«

»Kolt, da es nach dem 11. September nicht ›zur Sache ging‹, braucht man auch jetzt nicht damit zu rechnen. Nicht im momentanen politischen Klima. Aber der kommandierende General des JSOC meint, dass man uns einen bestimmten Spielraum bei unseren Einsätzen zugestehen wird, um den Terroristen die Raketen abzunehmen.«

Raynor konnte seinen Frust nicht länger verbergen. »Das ist nicht gerade ein mitreißender Schlachtruf, Colonel.«

Webber zuckte die Achseln. »Es ist, wie es ist. Beim letzten

Mal hat man die SEALs in den Kampf geschickt, aber halten Sie Ihre Einsatztaschen griffbereit, denn der General meint, dass wir beim nächsten Mal dran sind. Falls die Leute von der Aufklärung innerhalb der nächsten 48 Stunden die Raketen entdecken, schicken wir Sie wahrscheinlich direkt in den nächsten Einsatz.«

»Es geht mir nicht unbedingt darum, ob unsere Squadron den Einsatz bekommt, Sir. Es geht mir darum, diese Raketen aus dem Verkehr zu ziehen.«

Webber nickte. »Es geht um beides, Kolt. Ich weiß, dass Sie dabei sein wollen, wenn es passiert. Daran ist auch nichts auszusetzen. Darum tun wir, was wir tun, und überlassen es nicht einfach jemand anderem.«

Raynor dachte darüber nach. Ja, es ging um die Raketen, aber Kolt wollte auch mittendrin sein, sobald es ans Eingemachte ging. Das hier war eine große Sache. Er wusste, dass sich auf der Welt eine Menge ändern konnte, bis seine Squadron in drei Monaten das nächste Mal Bereitschaftsdienst hatte.

Nach dem Meeting stieß Kolt in der Grimes-Bibliothek auf Stitch. Dessen Hand war nach wie vor bandagiert. Der große Operator saß auf dem gleichen Stuhl wie bei ihrer letzten Begegnung und wieder wälzte er einen dicken Schmöker über Kriegskunst.

»Gehst du nie mal nach Hause und schaust dir ein Spiel im Fernsehen an?«

Stitch grinste. »Schon, aber dafür hab ich noch den ganzen Rest meines Lebens Zeit, also bleib ich erst mal noch ein bisschen hier. Wie war's in Kairo? Hab gehört, du bist jetzt verheiratet.«

»Von der Army verheiratet und anschließend von der Army wieder geschieden.«

»Glaub mir, Racer, irgendwann wirst du dir mal wünschen, dass es im wahren Leben so leicht geht.«

Kolt lachte. Er wusste, dass Stitch aus Erfahrung sprach.
»Wie geht's der Hand?«

»Tut immer weniger weh. Ich bin wieder bereit für ein bisschen Action. Hoffe, dass Doc Markham mich diese Woche entlässt.«

»Super. Gerade rechtzeitig für den Trainingszyklus.«

Stitch wedelte mit dem Buch in seiner Hand. »Allemal besser, als nur drüber zu lesen. Habt ihr denn in Aussicht, noch mal rausgeschickt zu werden, bevor Gangster und seine Jungs übernehmen?«

»Ich will gerade zur Aufklärungszentrale, um meine Quellen zu checken. Lust auf 'nen kleinen Spaziergang?«

Stitch schlug das Buch mit einem Knall zu und sprang auf die Füße.

Kolt drückte den roten Taster und nahm den Telefonhörer vor der dicken Metalltür der SCIF ab. »Raynor, 2836.«

Ein akustisch gesteuerter Magnetschalter gab die Tür frei und Kolt drückte sie auf. Die Aufklärungszentrale war im Moment fast leer. Ein Bildanalyst beugte sich über ein Kartenlaminiergerät neben dem Eingang. Er blickte kurz hoch und nickte den beiden Operators beim Eintreten gelangweilt zu.

Aus einer nach hinten ausgerichteten Arbeitsnische erklang leise Jason Aldeans *Dirt Road Anthem*.

Stitch und Racer bogen an der zweiten Nische auf der rechten Seite ab. Sie marschierten zielstrebig an ganzen Batterien von Aktenschränken voller Dokumentenordner vorbei und steuerten auf einen Schreibtisch an der rückwärtigen Wand zu.

In den zwei Monaten seit seiner Rückkehr zur Unit war Kolt nahezu täglich hierhergekommen, um Gerüchte aufzuschnappen und Expertenmeinungen einzuholen. Racer fand es wichtig, den Leuten von der Aufklärung die nötige Anerkennung entgegenzubringen, da sie den Löwenanteil der Arbeit leisteten. Ohne ihr Fachwissen und ihren Einsatz im Hintergrund hätten Kerle wie Racer überhaupt nichts zu tun gehabt. Kolt war auch bewusst, dass die Männer, die hier die Fäden zusammenführten, ihm und seinen Leuten durch ihren Job das Leben retten konnten.

Er hatte das Gefühl, dass ein paar Leute in dieser Abteilung ihn für eine regelrechte Plage hielten. Ein paar alte SCIF-Kumpel hatten die Zentrale während Kolts dreijähriger Abwesenheit verlassen, weswegen er hart und schnell daran arbeitete, sich mit der neuen Belegschaft anzufreunden – vielleicht etwas zu hart und zu schnell. Er wusste, dass es sich kaum vermeiden ließ, tat aber sein Bestes, um nicht zu viel herumzutrödeln und den Leuten, die hier arbeiteten, unnötig die Zeit zu stehlen.

Ein Mitarbeiter der SCIF war Raynor durch seine Klugheit und seinen guten Instinkt schnell aufgefallen, also stattete er ihm jedes Mal einen kurzen Besuch ab und sorgte dafür, dass er sich überall im Gebäude willkommen und ernst genommen fühlte. Kenny Farmer war ein junger Ex-Offizier aus der Aufklärungsabteilung der Air Force, der jetzt als ziviler Auftragnehmer für Booz Allen Hamilton arbeitete, eine strategische Beratungsfirma, die einen Kontrakt mit dem Verteidigungsministerium hatte. Ein paar der Booz-Allen-Leute arbeiteten für das JSOC. Sie mussten dieselben Sicherheitschecks über sich ergehen lassen wie jeder andere, wenn sie für die Einheit im Irak arbeiten wollten und Zugang zu geheimen Daten benötigten. Ziviles Aufklärungspersonal musste in Übersee meistens schwer schuften und viele Überstunden einlegen, während die Operators herumhingen und Xbox spielten oder in *Playboy*- und *Penthouse*-Heften schmökerten. Kerle wie Farmer starrten derweil die ganze Nacht lang Überwachungsvideos auf Flachbildschirmen an und forschten nach Warnzeichen und Hinweisen. Sobald sie diese fanden, rückten die ›tollen Typen‹ aus, erledigten die Sache, kamen zurück und gönnten sich eine warme Mahlzeit. Farmer und die anderen warteten inzwischen hinter den

Angriffstrupps in der Schlange und begnügten sich mit den kalten Resten, bevor sie an ihre Computer zurückkehrten und die Informationen auswerteten, die von den Einsätzen mitgebracht worden waren. Für die Aufklärer war das ein hässlicher, nie endender Kreislauf und Kolt wusste das, was sie taten, sehr zu schätzen.

Farmer war jung. Kolt schätzte ihn auf maximal 30. Ein rothaariger, etwas korpulenter Typ, doch seine analytischen Fähigkeiten waren in Major Raynors Augen unübertroffen. Jedes Mal, wenn Kolt eine Frage zur Aufnahme einer Drohne oder eines Satelliten stellte oder über die Technik, die während der drei Jahre seiner Abwesenheit neu angeschafft worden war, ging er damit zu Kenny.

Kolt bildete sich zwar ein, dass der Jüngere ihn mochte, aber in Wirklichkeit fürchtete sich Kenny Farmer vor den unangekündigten Begegnungen mit dem bärtigen Major. Kenny war ein Bücherwurm und Computerfreak, außerdem ein wenig eigenbrötlerisch veranlagt. Das Interesse, das Racer an ihm zeigte, beunruhigte ihn. Kein Delta hatte ihm je so viel Aufmerksamkeit gewidmet. Selbst wenn er lächelte und fröhlich war, hatte Racer einen stechenden, forschenden Blick. Für Kennys Geschmack war der Ältere übertrieben nervös und zu allem Überfluss tauchte er fast jeden verdammten Tag vor Kennys Schreibtisch auf. Sobald Racer die Aufklärungszentrale hinterher verließ, stieß Kenny Farmer ein langes, dankbares Seufzen aus und wischte sich den Schweiß von der Wange. Dazu benutzte er ein Papiertuch von einer Küchenrolle in seiner Schublade. Er bewahrte sie ausschließlich zu dem Zweck dort auf, sich nach den Plaudereien mit Major Raynor das Gesicht zu trocknen.

In einem Raum voller Militärpersonal wäre Kenny leicht am Hüftspeck zu erkennen gewesen – bei zivilen Angestellten nichts Ungewöhnliches. Racer hatte ihn eingeladen mit ihm zu trainieren oder joggen zu gehen, aber Kenny hatte immer einen Weg gefunden, sich vor dieser körperlichen Tortur zu drücken. Außerdem wusste er, dass Operators dafür bezahlt wurden, Muskeln aufzubauen, während Analysten ihr Gehalt mit dem Anlegen von Zielakten verdienten.

Kolt und Stitch tauchten hinter Kenny auf, als dieser gerade etwas in einer der oberen Schubladen seines Aktenschranks verstaute. Raynor tippte ihm auf die Schulter. Als Kenny sich umdrehte, ragten die beiden bärtigen Männer vor ihm auf und Raynor bemerkte, dass die Augen des Analysten groß wie Spiegeleier wurden.

»Hey, Bruder. Wie geht's denn so?«

Der junge Mann stellte seine Tasse hin und rang sich ein Lächeln ab. »Super, Racer. Willkommen zurück.« Dann sah er Stitch an und nickte ihm zaghaft zu. Er versuchte die bandagierte Hand des Mannes nicht zu sehr anzustarren. Jeder im Bunker wusste, dass Stitch einen Finger verloren hatte.

»Danke. Hast du 'n Moment Zeit?«

Kenny hatte immer Zeit für Racer, vor allem deshalb, weil ihm bisher noch kein vernünftiger Grund eingefallen war, Nein zu sagen.

»Klar.«

»Es heißt, du gehörst zu dem Team, das Fotos aus dem Jemen analysiert und nach den vermissten SA-24-Raketen sucht.«

»Das stimmt ...?«

»Schon was entdeckt?«

»Nein.« Farmer entspannte sich ein wenig, zum Teil, weil es ihm nichts ausmachte, über seine Arbeit zu sprechen, aber vor allem, weil diese zwei Sportskanonen ihn nicht gefragt hatten, ob er mit ihnen joggen gehen oder den Hindernisparcours absolvieren wollte. »Wir wissen, dass die Raketen zum Hafen von Aden gebracht wurden. Und wir kennen das Datum, an dem sie angekommen sind. Allerdings liefern die Satellitenbilder keine Aufschlüsse, wohin sie danach verschwunden sind. Andere Agenten und Quellen vor Ort haben uns bisher nicht mit Anhaltspunkten weiterhelfen können.«

»Und ... wo suchst du dann genau danach?«

Der dicke Rotschopf zuckte mit den Schultern. »Überall. Na ja ... zumindest überall im Land, wo sich bekannte Al-Qaida-Gebiete befinden.«

»Das ist 'n großer Bereich.«

Farmer nickte. »Ist es. Al-Qaida ist überall im südlichen Jemen aktiv. Wir konzentrieren uns natürlich auf Autobahnen und Ballungsgebiete. Die CIA und die Air Force sammeln rund um die Uhr Luftbilder.«

»Glaubst du, ihr werdet die Ladung finden?«, fragte Kolt.

Kenny zögerte. »Ich werd weitersuchen, das werden wir alle. Wir nehmen jede Aufnahme von Fahrzeugen oder vermuteten Al-Qaida-Lagern unter die Lupe, die groß genug sind, um einen Raketenwerfer zu verstecken. Aber ... ganz im Ernst? Nein, ich glaub nicht, dass wir sie finden werden. Viele gehen davon aus, dass die SA-24s im Jemen bleiben werden, damit die Al-Qaida der arabischen Halbinsel damit ihre Stützpunkte gegen Angriffe der Regierung verteidigen kann. Aber ich tippe eher drauf, dass sie in einem Frachtcontainer zum Hafen von Aden gebracht, dann auf einzelne Kisten aufgeteilt und direkt in andere Transportmittel umgeladen wurden. Züge, Flugzeuge, Autos oder Boote. Diese plus minus 50 Raketenwerfer könnten jetzt schon an so ziemlich jedem Ort auf der Erde sein.«

Kolt lächelte und drückte Kennys Schulter. Er hielt es für eine freundschaftliche, sanfte Geste, aber Kenny hatte das Gefühl, die Stelle mit einem Eisbeutel kühlen zu müssen, sobald die beiden Kerle den Raum verlassen hatten.

»Farmer?«, fragte Raynor.

»Sir?«

»Vielleicht hast du recht. Die Raketen könnten längst weg sein. Aber du bist der beste Analyst im JSOC. Es liegt ganz an dir. Such weiter. Finde *irgendwas*. Da sind hochrangige

Al-Qaida-Leute, die was ganz Großes aushecken, und die haben einen entschieden zu großen Haufen Raketen am Start.«

»Ja, Sir.«

Kolt fügte hinzu: »Iss während der Arbeit, schlaf nicht, piss dir zur Not in die Hose. Jede Minute zählt. Hast du mich verstanden?«

»J-ja, Sir.«

Kolt nickte, wiederholte den freundlichen Schulterdruck, der Farmer erneut zusammenzucken ließ, und wandte sich zum Gehen.

Stitch blieb noch einen Moment stehen. »Farmer ... Der Major wollte damit etwas Bestimmtes sagen. Ich nehme an, Sie haben es begriffen, oder?«

»Ja. Absolut.«

»Ausgezeichnet. Nur damit das klar ist: Er hat sich metaphorisch ausgedrückt. Arbeiten Sie hart, aber es ist nicht nötig, dass Sie sich in die Hose pinkeln.«

»Okay.«

Während Stitch das Zimmer verließ, fragte er sich, ob das Malheur nicht sogar schon passiert war.

Kolt ging eine Etage höher und schaute bei RDI vorbei – *Research and Development Integration,* die Forschungs- und Entwicklungsabteilung. Das war TJs Fachbereich. Mehrere Männer saßen hier in niedrigen Büroabteilen. Mit manchen von ihnen hatte Kolt bei seiner ersten Dienstzeit in der Delta Force zusammengearbeitet, andere kannte er nur vom Hörensagen. Kolt sagte rasch einem Ex-Assaulter namens Bobo Hallo, der ihm mit einer Hand zuwinkte, während er in der anderen den Telefonhörer hielt. Bobo war im anfänglichen Training Racers Teamkollege gewesen, dann aber einer anderen Squadron zugeteilt worden. Tragischerweise war Bobo ein paar Monate später beim Aufsprengen eines Fensters an einem Nylonseil hängend drei Stockwerke in die Tiefe gestürzt. Der Sturz hatte ihn einen Unterschenkel und die Position im Team gekostet.

Raynor ging weiter zu TJs Schreibtisch, fand ihn aber leer vor.

Tackle, der Master Sergeant der anderen Squadron, hatte es sich auf einer Tischplatte gemütlich gemacht und plauderte mit ein paar altgedienten Deltas.

Kolt wandte sich zum Gehen, da rief Tackle ihm quer durch den Raum zu: »Colonel Timble hat sich 'ne Woche freigenommen. Bisschen komisch, weil er erst seit 'nem Monat wieder dabei ist, aber Webber hat den Urlaubsschein abgezeichnet. Er müsste übermorgen wieder da sein.«

»Ist er noch in der Stadt?«, fragte Kolt.

»Woher soll ich das wissen? Er ist doch *dein* Kumpel.«

Raynor wusste, dass es nicht ganz so einfach war. Er und TJ standen sich nicht mehr so nahe wie in früheren Tagen.

Wie in den Tagen vor Pakistan.

Kolt hatte keine Lust, einen Streit mit Tackle vom Zaun zu brechen, also drehte er einfach um und ging.

David Wade Doyle kam am Juárez International Airport in Mexiko-Stadt ohne Probleme durch die Zollkontrolle. Er hatte auch nicht mit Schwierigkeiten gerechnet – obwohl er laut Pass, den er dem Beamten überreicht hatte, Bürger der Vereinigten Arabischen Emirate war, aber nicht wirklich flüssig Arabisch sprach.

Bei dem Dokument handelte es sich trotzdem nicht um eine Fälschung. Al-Qaida-Agenten hatten es in Dubai beschafft. Doyle führte weder im Gepäck noch am Körper Schmuggelware, religiöse Schriften oder einen Hinweis mit, dass er radikalem Gedankengut anhängen könnte. Also bekam er rasch seinen Einreisestempel und verließ das Terminal.

Vor der Ankunftshalle für internationale Flüge warf er einen Blick in die Menge. Dort stand ein Mann mit einem Schild, das die simple Aufschrift *HASSAN* trug. Doyle nickte dem Mann zu, denn laut Pass war das sein Name. Er folgte dem anderen nach draußen, wo bereits ein Kleinbus auf sie wartete. Doyle stieg hinten ein, während der Fahrer sich ums Gepäck kümmerte. Wenig später verließen sie das Flughafengelände.

Sein Fahrer gehörte zu den Zetas, dem gewalttätigsten Kartell von Mexiko.

Am Benito-Juárez-Flughafen treffen Flüge von 100 Destinationen überall auf der Welt ein. Jedes Jahr werden dort mehr als 25 Millionen Passagiere abgefertigt. Außerdem ist auf dem Areal ein riesiges Frachtzentrum angesiedelt. Weitläufige Lagerhallen säumen die Terminals und erstrecken sich bis in die umliegenden Hügellandschaften.

In den Erhebungen rund um Mexiko-Stadt wiederum befinden sich Dutzende von Stadtvierteln und Vororten mit über 20 Millionen Einwohnern und Tausenden von Möglichkeiten für David und seine Männer, unterzutauchen und aus dem Verborgenen zu operieren. Ein fast perfekter Ort für eine kriminelle Unternehmung, beispielsweise eine Terroristenzelle. Aber das war nicht der einzige Grund, weswegen Doyle die Hauptstadt als ersten Wegpunkt seiner Reise durch die westliche Hemisphäre ausgewählt hatte.

Nein, die Verbindungsleute seiner Organisation im Los-Zetas-Drogenkartell verfügten hier über Agenten, die Doyle und seinen Männern helfen konnten, sich Waffen zu beschaffen und sie durch das Territorium des Kartells nach Norden zu bringen – ohne lästige Einmischungen durch eine konkurrierende kriminelle Organisation, das Militär oder die Polizei.

Die Zetas kontrollierten Mexiko-Stadt nicht – das tat kein Kartell allein. Aber sie holten täglich Männer, Waffen, Geld und Chemikalien über den Benito Juárez International Airport ins Land. Sie galten als Experten für Inkognito-Reisen von Mexiko-Stadt gen Norden. Und obwohl die im Laufe der Jahre aufgekommenen Gerüchte über ein formelles Bündnis zwischen Al-Qaida und den mexikanischen Kartellen auf Übertreibungen basierten, fand doch in diesem Fall eine einmalige Kooperation statt. Alle Parteien waren ungemein motiviert, sie problemlos über die Bühne zu bringen.

Die Zetas wurden für ihre Arbeit mit einer beträchtlichen Menge Heroin aus Pakistan belohnt. Die Al-Qaida der arabischen Halbinsel wiederum wollte ein Dutzend Männer und 60 schulterverschießbare Raketen in die Vereinigten Staaten von Amerika hineinschmuggeln.

Ja, beide Seiten waren mehr als interessiert an einer erfolgreichen Abwicklung dieses Austauschs.

Sie fuhren 40 Minuten lang, blieben aber noch innerhalb der Grenzen der riesigen Metropole. Der Wagen hielt vor einem von hohen Mauern umgebenen Wohnhaus im Vorort San Pablo Chimalpa im Westen. Der Fahrer brachte Doyle zum Eingang, stellte rasch sein Gepäck davor ab und fuhr davon.

Im Laufe der nächsten sechs Stunden pendelte der Mann noch vier weitere Male zwischen dem Flughafen und diesem Haus. Jedes Mal brachte er Männer aus Doyles Zelle mit. Miguel, Roger und Steven kamen mit der zweiten Fuhre, Jerry, Tim, Peter und Andrew mit der dritten. Im vierten Van saßen Benjamin, Charles und Nick, mit dem fünften traf schließlich Arthur ein.

Nach einem halben Tag waren ihre Flüge aus Dubai, Manama, Bahrain sowie Doha in Katar allesamt planmäßig eingetroffen. Die 13 Mitglieder der Al-Qaida-Zelle erreichten das Land, ohne dass es nur ein einziges Problem mit ihren Pässen, Visen oder bei der Zollkontrolle gegeben hätte.

Die Gruppe betete zusammen, aber das blieb ihr einziges Zugeständnis an ihre wahre Identität. Ansonsten trugen sie westliche Kleidung, sprachen Englisch und sahen sich eine Baseball-Übertragung im Fernsehen an. Sie warteten auf den nächsten Morgen und den offiziellen Startschuss ihrer Mission auf mexikanischem Boden.

Zwei Tage, nachdem er von seiner Mission in Ägypten nach Fort Bragg zurückgekommen war, endete der Bereitschaftsdienst für Kolt und seine Squadron offiziell. Nach der Aufregung des vergangenen Monats und den offengebliebenen Rechnungen empfanden es Major Raynor und seine Männer als Enttäuschung, die Verantwortung an ihre Kollegen abgeben zu müssen.

Für alles, was sich im Verlauf der nächsten paar Monate abspielte, würden nun Gangster und seine Teamkollegen zuständig sein. Raynor konnte nicht anders – er musste an die Raketen denken, die im Jemen verschwunden waren, an die Jagd nach dem Al-Qaida-Kommandanten David Wade Doyle, an ein Dutzend Brandherde überall auf der Welt, die jederzeit in Flammen aufgehen konnten.

Gangster war ein Arschloch, daran gab es für Kolt keinen Zweifel. Aber Gangster, Tackle, Monk, Benji und die restlichen Männer galten trotzdem als knallharte Operators. Sie waren nicht weniger fähig als Kolt und sein Team, diesen Job zu erledigen.

Obwohl er nicht in Bereitschaft war, erhielt Raynor nicht viel Gelegenheit zur Erholung. Im Gegenteil: Für ihn und seine Kameraden begann bald eine lange und anstrengende Trainingsphase, obwohl Kolt die meiste Zeit am Schreibtisch verbringen würde. Die Angriffsteams reisten in der Zwischenzeit an exotische Orte, etwa nach Key West fürs Zivilschiffstraining, nach Jackson Hole zum Bergsteigen oder nach Nevada für einen Offroad-Fahrkurs. Offiziere waren bei diesen Aktivitäten selten willkommen und erledigten stattdessen auf der Basis jede Menge Verwaltungskram. Zu den täglichen Pflichten für Raynor und die anderen Offiziere der Einheit gehörten das Anfertigen von Auszeichnungsschreiben, Evaluierungen ihrer Untergebenen sowie das Planen künftiger Manöver auf Truppen- und Squadron-Ebene. Wenn Kolt Freizeit hatte, verbrachte er sie entweder im Fitnessstudio oder auf dem Schießplatz.

An seinem ersten Tag nach dem Ende des Bereitschaftsdienstes hatte er eigentlich vorgehabt, bis spätabends zu arbeiten. Aber nach einem überraschenden Anruf von TJ und einer Einladung zum Abendessen fand er sich stattdessen um kurz nach 20 Uhr in der Huske Hardware House Brewery ein.

Nachdem sie sich begrüßt und einen Tisch gleich neben der Bar gesichert hatten, meinte TJ: »Jetzt hast du also wieder eine Bereitschaft hinter dir. Fühlt sich bestimmt gut an.«

»Das ist der letzte Scheiß. Unser Operationstempo war irre hoch, aber wir haben da draußen 'ne Menge ungelöster Probleme zurückgelassen.«

Timble tat es mit einer Handbewegung ab. »Letzten Monat bist du meistens zur richtigen Zeit am richtigen Ort gewesen ... oder zur falschen Zeit am falschen, wie man's nimmt. Du kannst ein bisschen Leerlauf gut gebrauchen, *Amigo*. Du siehst scheiße aus. Keine Sorge. Ich lehn mich jetzt mal weit aus dem Fenster und behaupte, die Welt wird immer noch kein perfekter Ort sein, wenn du das nächste Mal am Zug bist. Das JSOC wird schon eine Verwendung für deine Talente finden.«

Kolt lächelte. Er wusste, dass sein Freund recht hatte. »Wo wir gerade von Freizeit reden. Hab gehört, du hast dich für 'ne Woche ausgeklinkt. Bist du nach Hause zu deiner Familie gefahren?«

TJ rutschte auf seinem Stuhl herum, während er von seinem Bier trank. Kolt kannte ihn gut genug, um zu merken, dass es da etwas gab, worüber er nicht reden wollte.

Raynor grinste. »Meine Fresse. Hast du etwa 'ne Frau gefunden?«

»Nee, nicht so was. Ich bin nach Kalifornien gefahren.«

»Wieso, gibt's in Kalifornien etwa keine Frauen?«

TJ wurde schlagartig ernst. »Ich war in Kelseyville.«

Raynor hatte den Ortsnamen schon mal gehört, konnte ihn zunächst aber nicht einordnen.

»Haben wir da nicht vor ein paar Jahren Gebäudetraining gemacht?«

»Das ist der Ort, an dem David Doyle aufgewachsen ist.«

Kolt stellte sein Bier ab. »Okay. Wieso warst du dort?«

»Ich weiß nicht so genau. Ich wollte einfach hin. Hab vor dem Haus seiner Eltern gestanden. Bin zu seiner High School gegangen und zum Lebensmittelmarkt, in dem er lange gejobbt hat.«

»Klingt, als ob du 'ne Zielakte anlegst, Bruder.«

»Nein. Der kehrt bestimmt nie mehr nach Hause zurück. Das wär nicht sein Stil.«

»Was zum Teufel *machst* du dann, Kumpel?«

»Ich wollt den Typen einfach verstehen. Wollte wissen, wie er tickt, um ein Gespür zu kriegen, was er als Nächstes ausheckt.«

»In deinem Urlaub? Das erledigt doch alles die SCIF.«

»Ja, sicher.« Er zuckte die Achseln. »Das FBI hat Profiler, aber wer weiß, ob die sich in ihn einfühlen können? Nicht so wie ich. Ich bin dem Kerl letztes Jahr begegnet. Ich hab mit ihm geredet, mich mit ihm gestritten. Ich hab ihm sogar eine aufs Maul gehauen, verdammt noch mal.« Er unterbrach sich, um einen Schluck Bier zu trinken. »Ich hab 'nen Kumpel beim FBI, der mir Kopien von ein paar Sachen von Doyle gegeben hat. High-School-Hausarbeiten, Briefe an seine Familie, nachdem er in den Jemen ausgewandert war. Solchen Scheiß eben.«

»Ich glaube, du solltest mal 'nen Drogentest machen.«

»Ich geb ja zu, dass es komisch klingt.«

Das hielt Raynor für die Untertreibung des Jahres. Trotzdem fragte er: »Hast du irgendwas rausgekriegt?«

»Ich denk, schon. Ich verbring jede einzelne Nacht damit, mir sämtliche Fetzen Papier vorzunehmen, die irgendwas mit David Wade Doyle zu tun haben. Seine bekannten und vermuteten Kontakte in Pakistan, die Ereignisse rund um seinen Angriff auf das Geheimgefängnis am Khaiberpass letztes Jahr, die Schriftstücke der Moschee in Aden, wo er den Koran studiert hat. Ich werd diesen Mistkerl kriegen.«

Kolt war verblüfft. TJ war schon immer ein intelligenter und hoch motivierter Soldat gewesen, aber diesmal nahm er die Angelegenheit offensichtlich persönlich. »Glaubst du wirklich, dass du etwas in Erfahrung bringst, auf das die Profiler beim FBI oder die Leute in Langley noch nicht gestoßen sind?«

»Ich weiß nicht. Ich denk einfach, ich kann ...«

Ein lauter Ruf, der durchs Restaurant schallte, unterbrach seine Gedanken. Mehrere Leute versuchten, die Menge zum Schweigen zu bringen. Der Fernseher an der Bar wurde eingeschaltet. Eine Nachrichtensendung zeigte ein Video von einem brennenden Boot, das aus einem Helikopter aufgenommen worden war. TJ und Kolt standen auf, um besser sehen zu können. Der Lautstärkeregler wurde aufgedreht und jetzt konnten die zwei Operators am Tisch die Nachrichtensprecherin hören, die das Video kommentierte.

»Ungenannten Regierungsquellen zufolge hat das SEAL Team 6, Amerikas bestausgebildete Spezialeinheit, eine waghalsige und allem Anschein nach perfekt ausgeführte Razzia auf einem Frachtschiff im Mittelmeer abgeschlossen.«

Im Restaurant brach spontan Jubel aus. Raynor beugte sich näher an den Fernseher heran, um den Rest des Berichts zu verfolgen.

»Im Schutz der Dunkelheit gingen die SEALs an Bord eines Frachters, der sich in internationalen Gewässern befand. Sie stellten 22 in Russland hergestellte, schulterverschießbare

Boden-Luft-Raketen vom Typ SA-24 sicher. Das unter der Flagge von Panama fahrende Frachtschiff befand sich auf dem Weg in den Libanon. Damit steigt die Zahl der seit dem Sturz des libyschen Diktators Oberst Muammar Al-Gaddafi im letzten Jahr geborgenen SA-24-Raketen auf mehr als 200.

Bereits im März dieses Jahres kamen beim Abschuss eines Passagierflugzeugs in Jakarta mit einer SA-24 alle 266 Insassen ums Leben. Experten zufolge ist der Verbleib von mindestens 2000 schulterverschießbaren Raketen nach wie vor ungeklärt. Es wird vermutet, dass viele davon auf dem Schwarzmarkt verkauft werden und so in die Hände von Terroristen und Schurkenstaaten fallen.«

Während des Berichts wurde immer wieder ein kurzes Video eingeblendet, in dem ein zum TV-Experten umfunktionierter Army-General im Ruhestand in einem Studio Fragen beantwortete. Dazu gab es Archivaufnahmen von einem Stapel Raketen in einer Lagerhalle in Tripolis. Kolt hatte diese Bilder bereits Dutzende Male gesehen. Viel mehr hätten ihn Aufnahmen interessiert, wie die SEALs das Schiff stürmten.

Als der Beitrag vorbei war, sah Kolt TJ über den Tisch hinweg an. Dieser grinste nur. »Der alte Kolt wäre *extrem* angepisst, sich das von einem Barhocker aus anschauen zu müssen.«

Raynor hob die Augenbrauen. »Stimmt, der hätte vor Wut gekocht.«

»Und wie gehst *du* damit um?«

Es schien TJ zu amüsieren, mit Kolt zu reden, als ob in ihm verschiedene Persönlichkeiten steckten.

»Der alte Kolt hätte was Dummes gesagt und sich dann von TJ die Haut retten lassen.« Er zögerte. »Ich bin okay. Aber ich würde mir wünschen, dass du dich beeilst und schneller wieder einsatzfähig wirst. Dann könnte ich mich endlich wieder wie ein blödes Arschloch benehmen.«

TJs Augen wurden größer, aber Raynor brach in Gelächter aus.

In diesem Moment betrat Cindy Bird die Bar. Sie sah sich um und entdeckte Kolt. Mit einem Lächeln kam sie zu ihnen.

»Hey, Boss.« Ein kurzes Nicken in Richtung Lieutenant Colonel Timble. »Sir.«

»Sie haben gerade die Nachrichten über Amerikas tapferste Krieger verpasst«, eröffnete ihr TJ.

Sie kicherte. »Ist dasselbe wie immer, oder? Die SEALs sorgen dafür, dass wir nachts alle ruhig schlafen können. Hab's gerade im Radio gehört.«

Kolt war Hawk seit der Nachbesprechung des Einsatzes nicht mehr über den Weg gelaufen. »Nimm dir 'nen Stuhl.«

»Danke.« Sie setzte sich und bestellte sich ein ehrliches deutsches Pils.

»Geht's dir gut?«, erkundigte sich Kolt. Die Frage bezog sich auf ihre Empfindungen nach dem Kampf in Kairo, vor allem darauf, wie sie sich damit arrangierte, bei der Operation mindestens einen Menschen erschossen zu haben.

Sie verstand sofort, worauf er anspielte. Ihr Lächeln verschwand für einen Moment. Sie war nicht sicher, was sie in TJs Anwesenheit über dieses Thema sagen durfte. »Eigentlich geht's mir gut. Ich hab das Gefühl, wir haben das Richtige getan.«

Kolt nickte. »Du sollst nicht bloß das Gefühl haben. Du sollst es *wissen*. Ich weiß es jedenfalls.«

Sie nickte. »Ja.«

»Bist du schon beim Psychologen gewesen?«, fragte Kolt.

»Nein, gehe ich morgen früh hin«, antwortete Cindy.

TJ wusste, dass diese Unterhaltung ihn nichts anging. Er war nicht dort gewesen, als die Kugeln flogen. Er beschloss, die beiden in Ruhe zu lassen. Also schnappte er sich sein Portemonnaie und warf ein paar Scheine auf den Tisch. »Ich hau ab.« Er warf Racer einen Blick zu. »Schätze, ich seh dich dann bald in der Basis.«

»In den nächsten paar Monaten wirst du mich sogar verdammt oft sehen.«

Nachdem TJ gegangen war, schob Hawk ihren Stuhl ein Stück zur Seite, bis sie Racer gegenübersaß. »TJ scheint's ja schon besser zu gehen.«

»Jedes Mal, wenn ich ihn sehe.«

»Eins hab ich mich schon immer gefragt. Wie kriegt jemand, dessen Initialen JT lauten, den Codenamen TJ?«

»Warum hast du ihn nicht gefragt?«

Cindy grinste. »Weil ich dachte, dass da vielleicht 'ne peinliche Geschichte dahintersteckt.«

Jetzt grinste auch Kolt und nippte an seinem Bier. »War nicht sein größter Moment, aber hätte auch schlimmer kommen können.«

»Erzähl mal.«

»TJ hat nichts mit seinen Initialen zu tun. Das steht für *towed jumper*.«

»Ach du Scheiße!« Cindy wusste, was es damit auf sich hatte. Ein abgeschleppter Springer. »Wann war das?«

»Beim Fallschirmtraining in Fort Benning. Josh ist aus dem Flugzeug gesprungen, aber sein Hauptschirm ging nicht auf. Also hing er an der Aufziehleine viereinhalb Meter aus der Tür. Der Absetzer hat versucht, ihn mit der Winde wieder reinzuziehen, aber das hat nicht geklappt. Josh baumelte gut 'ne halbe Minute hilflos rum, bis man ihn losgeschnitten hat. Sein Reserveschirm hat sich geöffnet und er kam mit ein paar Beulen und Schrammen davon.«

»Und so ist aus JT TJ geworden.«

»Immer noch besser als DD.«

»Und was bedeutet DD?«

»So nennt man Typen, die auch den Reserveschirm nicht rechtzeitig aufkriegen. *Dirt Dart*. Weil die sich wie ein Pfeil in den Dreck bohren.«

»Oh Mann.«

»Tja, die Army weiß, was wahrer Nervenkitzel ist.«

»Wie bei uns zum Beispiel. Wenn ich bald heirate, werden die Flitterwochen wahrscheinlich ziemlich langweilig im Vergleich zu denen, die wir gerade hatten.«

»Kannst du laut sagen.« Kolt trank noch einen Schluck.

Cindy lachte, doch es blieb ihr im Hals stecken, als sich ihnen ein Mann durch die überfüllte Bar näherte. Ein junger, extrem muskulöser Typ. Durch die Haarpflegeprodukte, die er benutzte, schimmerten die zu spitzen Stacheln gegelten schwarzen Haare im Schein der hellen Lampen über der Bar.

Er trug ein Ed-Hardy-Muskelshirt, um zu unterstreichen, wie viel Zeit er im Fitnessstudio verbrachte.

»Shit«, fluchte sie.

Der junge Mann kam zu ihnen an den Tisch. Er stierte erst Cindy an, dann betrachtete er Raynor von oben bis unten.

»Hi«, grüßte Kolt.

Der junge Mann schwieg.

Cindy stellte sie nervös vor. »Äh, Kolt, das ist Troy. Troy, das ist Kolt.«

Troy war Cindys Freund, so viel hatte Raynor begriffen. Er streckte seine Hand aus, ohne wirklich damit zu rechnen, dass der Green Beret sie schüttelte. Er tat es nicht und Kolt zog sie zurück.

»Okay«, sagte Cindy. »Wir sehen uns bei der Arbeit, Kolt. Schönen Abend noch.«

Troy ließ sich gegenüber von Raynor auf den Hocker plumpsen. »Geh schon mal und such uns 'n Tisch. Ich werde mal 'ne Minute mit dem Kerl hier reden.«

»Troy, lass uns einfach …«

»Mach schon«, unterbrach er. Cindy schaute sich nach einem freien Tisch für zwei Personen um. Kolt hob überrascht die Augenbrauen, als ihm klar wurde, was dieses abgehärtete Mädchen sich in ihrem Privatleben alles gefallen ließ.

»Hast wohl gedacht, du kannst sie heute Abend mit nach Hause nehmen?«

Raynor antwortete nicht. Er sah Troy stumm in die Augen.

»Wie alt bist du, Pops?«, fragte Troy.

Jetzt grinste Kolt. »Wie alt bist du denn, du Idiot?«

»Ich bin 29.«

»Ich bin 38.«

»Mann«, erwiderte Troy verblüfft. »Das müssen aber 38 harte Jahre gewesen sein.«

»Erzähl mir mal was, das ich noch nicht weiß.«

»Mach ich. Cindy ist zu jung für dich. Und sie ist vergeben.«

Kolt schüttelte nur den Kopf. »Kumpel, du musst echt mal runterkommen.«

»Ich hab keine Ahnung, wer du bist oder was du machst. Wenn du mit ihr zusammenarbeitest, gibt's überhaupt nichts, was ich dagegen tun kann. Aber wenn ich dich noch mal erwische, wie du nach Feierabend mit ihr abhängst, tret ich dir in den Arsch.«

Kolt war sich darüber im Klaren, dass er sich tunlichst aus der Sache rausreden sollte – aus dem simplen Grund, dass er kein Talent für Kneipenschlägereien hatte. Er hatte wenige Erfahrungen und Erfolge vorzuweisen, wenn es darum ging, Leuten ein blaues Auge oder eine dicke Lippe zu verpassen. Wenn Kolt in einen Nahkampf verwickelt wurde, endete der andere Mann in der Regel auf der Intensivstation oder im Leichenschauhaus.

Kolt Raynor lächelte nur. »Troy ... ich geb's ungern zu, aber ich war dir mal ziemlich ähnlich.«

»Scheiße, was soll das denn jetzt heißen?«

»Du weißt ganz genau, was das heißt. Ich war ein Volltrottel.«

Troy sprang auf und ballte wütend die Fäuste.

Ups, dachte Kolt. *Da hab ich mich ja prima rausgeredet.*

Raynors Position war alles andere als vorteilhaft – er saß am Tisch, der muskulöse Soldat ragte über ihm auf. Aber er stand nicht auf, um ihm die Stirn zu bieten. Er starrte Troy bloß an, während der Green Beret ausholte und mit einem rechten Haken direkt auf Raynors Kinn zielte.

Der Schlag traf ihn nicht. Josh Collins, der Besitzer des Restaurants, packte Troy von hinten am Bizeps, drehte dem jungen Mann den Arm auf den Rücken und rammte ihn mit dem Kopf voran auf den Tisch. Dort hielt Collins ihn fest, Auge in Auge mit Raynor.

Troy war sichtlich geschockt über diese Entwicklung der Situation, ebenso wie von der Kraft des Restaurantbesitzers.

Collins sagte zu ihm: »Das ist ein familienfreundliches Lokal, Jungchen. Wenn du 'ne Prügelei anzetteln willst, musst du raus auf die Straße gehen.«

Raynor grinste nur. Jetzt war er derjenige, der auf Troy herabblickte. Er wusste, dass Collins eine Art sechsten Sinn für Ärger hatte, der sich in seiner Bar anbahnte. Kolt hatte mitbekommen, wie der Ex-Delta sich dem nichts ahnenden Sergeant von hinten näherte, sobald der Junge aufgesprungen war.

Kolt nahm einen Schluck von seinem Bier, stellte das Glas ab und warf Collins einen Blick zu. »Danke.«

Collins nickte nur und erhielt den Druck auf Arm und Hinterkopf des Mannes aufrecht. »Wie ich sehe, können Sie den Leuten immer noch ziemlich auf die Nerven fallen, Major.«

»Diesmal ist das ganz klar ein Missverständnis. Was dagegen, wenn ich kurz versuche, das aufzuklären, bevor Sie ihn rausschmeißen?«

Collins ließ ihn gewähren: Kolt beugte sich vor. »Okay, Troy. Erstens, Sergeant Bird und ich arbeiten zusammen, das ist alles. Zweitens, sie findet anscheinend was an dir, sonst würde sie ja keine Zeit mit einem primitiven Neandertalerarsch wie dir verbringen. Also solltest du sie vielleicht mit ein bisschen mehr Respekt behandeln – bevor sie irgendwann aufwacht und zu dem Schluss kommt, dass du nicht nur hässlich und blöd, sondern auch noch ein Arschloch bist. Und dann schickt sie dich in die Wüste und sucht sich jemanden, der einer Frau von ihrer Schönheit, Intelligenz und Haltung würdig ist.«

»Hör mal«, quetschte Troy mit an die Tischplatte gedrücktem Gesicht heraus. »Ich ...«

»*Du* hörst mir jetzt zu, Sergeant. Ich hab mit dir überhaupt kein Problem. In der kurzen Zeit, die ich mit Sergeant Bird verbracht habe, hat sie nur Gutes über dich erzählt. Und ich kenn sie gut genug, um ihrem Urteilsvermögen bis zu einem gewissen Grad zu vertrauen. Trotzdem ... wenn du dich wirklich mit mir anlegen willst, weil du meinst, damit was kompensieren zu müssen, können wir gern vor die Tür gehen und dann *werd* ich dir den Arsch aufreißen.«

»Ich dachte, dass du ...«

»Du, ich und Bird, wir haben echte Feinde auf der Welt, Troy. Wir sind beim Militär, weil wir uns berufen fühlen, gegen diese Feinde zu kämpfen. Ich kann verstehen, dass man mit der ganzen Scheiße manchmal durcheinanderkommt und das für 'n Moment vergisst. Ich bin auch mal 29 gewesen. Aber damals hatte ich alle Hände voll zu tun mit den Nazis und den Japsen, also hatte ich nie die Chance, einer so hübschen, jungen Lady wie Sergeant Bird den Hof zu machen.«

Der Witz schien Troy sichtlich zu erheitern. Collins hielt ihn trotzdem weiter fest, damit der junge Mann nicht doch noch auf dumme Gedanken kam.

Kolt führte seine kleine Ansprache zu Ende. »Aber du bist ein Mann der Special Forces, was bedeutet, dass du meinen Respekt verdient hast, und den bekommst du auch. Es heißt auch, dass du einen harten Job hast und gegen gefährliche Feinde kämpfst, also würdest du gut daran tun, dir auch ein paar Freunde zu besorgen, wenn du kannst.«

Kolt sah zu Josh Collins auf und nickte ihm diskret zu, woraufhin Collins den Jüngeren losließ. Der Soldat der Special Forces erhob sich langsam.

Raynor streckte noch einmal die Hand aus, und diesmal ergriff Troy sie.

»Tut mir leid, Sir. Schätze, ich hatte einfach 'nen Scheißtag heute.«

Kolt stand auf. »Kein Problem.« Er sah zu Cindy hinüber, die allein in einer Sitzecke saß und die beiden Männer anstarrte. Mit großen Augen hatte sie die rasche Wende des Geschehens mitverfolgt. Raynor gab Troy einen spielerischen Klaps auf den Arm. »Ich hab so das Gefühl, dass du dafür noch 'nen schönen Abend haben wirst.«

Kolt nickte Cindy zu und machte sich auf den Weg zum Ausgang. Auf dem Weg schüttelte er noch kurz Josh Collins die Hand.

Am Abend ihres ersten Tags in Mexiko verließen David Doyle und drei seiner Zellenmitglieder den Unterschlupf in San Pablo Chimalpa. Ein Mann, der für die Zetas arbeitete, chauffierte sie in einem Van zum Flughafen.

Sie fuhren auf das umzäunte Grundstück einer Transportfirma an der Ruiz Cortina, nicht weit vom Airport. Dabei kamen sie an bewaffneten Wachleuten in blauen Uniformen vorbei. Hinter ihnen schloss sich das Eisentor. Man bat sie, aus dem Van zu steigen, und führte sie in ein großes, unscheinbares Gebäude abseits der Lagerhalle.

An der Wand standen drei versiegelte Luftfrachtcontainer, jeder von der Größe eines Kleinwagens, auf denen Aufkleber mit dem Ursprungsort der Ladung prangten. Obwohl sämtliche Güter den Nahen Osten über Dubai verlassen hatten, stammten die Behälter den Angaben zufolge ursprünglich aus Paris, Marseille und London.

Für den Agenten, den die Zetas Al-Qaida zur Verfügung

gestellt hatten, war der Import von Schmuggelware etwas Alltägliches. Er und seine Leute hatten sich bei dieser Lieferung um alles gekümmert und unter anderem die mexikanischen Beamten bestochen, damit die Container versiegelt blieben und bei Kontrollen nicht durchleuchtet wurden. Am Vortag hatte die Fracht auf diese Weise unbehelligt den Zoll passiert und war danach unangetastet hier im Lagerhaus des Empfängers gelandet.

Wie abgesprochen, hatte der mexikanische Agent vier mittelschwere Lastwagen der Marke International TerraStar beschafft, jeweils mit farblich unterschiedlicher Lackierung und abgedeckter Ladefläche, auf der 15 in Kisten verpackte Igla-S-Systeme Platz fanden. Das Führerhaus bot genug Raum für vier Männer inklusive Fahrer. Die Trucks waren nicht neu, aber der Agent hatte sich haargenau an die Anweisungen seiner diskret operierenden Kontaktleute aus dem Nahen Osten gehalten und jedes Fahrzeug sorgfältig gecheckt und auf Vordermann gebracht.

Die vier besagten Laster reihten sich im Lagergebäude neben den versiegelten Containern auf. Daneben lagen mehrere Segeltuchtaschen, die jeweils ein Kalaschnikow-Gewehr mit ausziehbarer Schulterstütze und mehrere geladene Magazine enthielten.

Zur Verfügung gestellt mit freundlichen Grüßen von den Zetas.

Der Mexikaner ließ die Männer aus dem Nahen Osten in Ruhe ihre Arbeit erledigen. Sie brachen die Siegel der Frachtcontainer auf und luden die Kisten auf die Trucks.

Für die Zellenmitglieder, mit Ausnahme von David und Miguel, war es das erste Mal, dass sie ein Igla-S-Raketenabschusssystem zu Gesicht bekamen.

Für die lediglich vier Männer erwies sich die Aufgabe als echte Knochenarbeit. Aber Doyle wollte nicht die gesamte Gruppe einsetzen, für den Fall, dass der Agent sie an die Behörden verraten hatte. Es dauerte mehr als eine halbe

Stunde, die Fracht aufzuladen, und weitere 45 Minuten, um zum Unterschlupf zurückzukehren. Hier entfernte Doyle die Nummernschilder von den Trucks und händigte sie vier weiteren Männern aus. Diese verließen in der Nacht im Schutz der Dunkelheit das Haus und kehrten später mit anderen Plaketten zurück. Die Kennzeichen der Trucks hatten sie wahllos an im Viertel parkenden Autos montiert und im Gegenzug die Nummernschilder dieser Wagen mitgebracht.

Keine perfekte Lösung, aber er rechnete damit, dass sie so die nächsten Tage in Mexiko überstanden, falls der Agent sie im weiteren Verlauf der Unternehmung verraten sollte.

Um acht Uhr morgens am zweiten Tag nach der Ankunft warteten David und seine Männer in der breiten Einfahrt des Hauses. Ihre Raketen und Gewehre verteilten sich auf die vier Lkw. Es begann zu regnen. Ein schwarzer Jeep Liberty hielt am Rand des Grundstücks, an der Beifahrerseite stieg ein Mann aus.

Es handelte sich um einen Latino, knapp Ende 20, bewaffnet mit einer kompakten Ingram-MAC-10-Maschinenpistole, die ihm am Gurt von der Schulter baumelte. Das schwarze Metall glitzerte feucht über seinem grünen Regenparka.

David und Miguel gingen auf ihn zu, während er die Gruppe bei den Trucks musterte.

»Bist du Henrico?«, wollte David wissen.

»Ja. David?«

Doyle nickte. »Ich nehme an, du hast noch mehr Männer und Fahrzeuge?«

Henrico griff in den Parka hinein und zog ein Walkie-Talkie vom Gürtel ab, das er David reichte. »Damit können wir Kontakt halten. Die komplette Distanz unserer Reise beträgt 2000 Kilometer. Dem Konvoi werden sich sieben zusätzliche Fahrzeuge anschließen. Sie mischen sich beim Durchfahren der Stadt unter eure vier. Wenn wir anschließend weiter nach Norden fahren, eskortieren sie euch. Wir haben einen Bus, einen Transporter, ein paar Limousinen und mehrere SUVs. 28 Männer. Wir fahren den ganzen Tag, bis wir gegen 21 Uhr unser erstes Etappenziel erreichen. Morgen setzen wir die Reise fort und treffen gegen Mitternacht an der Grenze ein.«

»Ihr wollt nicht nachts fahren?«

Henrico schüttelte den Kopf. »Auf manchen dieser Highways käme nur ein Idiot oder eine Armee auf die Idee, bei Dunkelheit zu fahren. Wir sind zwar eine Art Armee, aber das muss ja keiner mitbekommen. Also reisen wir ausschließlich tagsüber.«

»Gut«, sagte Doyle. Er kannte solche Verhältnisse aus dem Jemen.

Henrico fuhr fort: »Am Morgen des dritten Tages werden wir euch beim Zielpunkt abliefern. Dort warten weitere Fahrzeuge für die Grenzüberquerung.«

David nickte. Es gefiel ihm nicht, auf die Mexikaner angewiesen zu sein – obwohl seine Organisation sie in der Vergangenheit wiederholt bei kleineren Operationen eingesetzt hatte, um ihre Kompetenz und Verlässlichkeit auf den Prüfstand zu stellen. Dabei war es nie zu Auffälligkeiten gekommen. Diese Zetas waren eiskalte Killer, aber sie töteten nicht für eine Ideologie oder für die Ehre. Nein, für sie ging es ausschließlich um Geld. Davids Gönner hatten sie fürstlich entlohnt – mit Heroin und der Aussicht auf weiteres Rauschgift. Und er wusste, dass seine Männer und seine Waffen unmöglich in die Vereinigten Staaten gelangten, ohne eine Allianz mit diesen Kriminellen einzugehen. Ihre Erfahrungen an der Südgrenze der USA dürften entscheidend zum Erfolg der Mission beitragen.

David fragte: »Deine Männer. Ich nehme an, die sind bewaffnet?«

Henrico grinste. »*Sí, señor.* Mit Gewehren und Raketenwerfern. Aber wir rechnen nicht damit, dass es zu Problemen kommt. Die Strecke, die wir fahren, sollte sicher sein. Die *Federales* patrouillieren weiter im Westen. Unser Kundschafter-Fahrzeug, das vorneweg fährt, alarmiert uns, sobald es auf Straßensperren von Polizei oder Armee trifft. Falls uns Banditen oder andere Konkurrenten über den Weg laufen ...« Henrico tätschelte seine MAC-10. »... kümmern wir uns um sie.«

Doyle wusste, dass diese Männer brauchbare Kämpfer abgaben. Keine exzellenten Kämpfer, aber für ihre Bedürfnisse reichte es.

»In Ordnung. Brechen wir auf.«

Einige Minuten später rollte Doyle mit den vier TerraStar-Lastern vom Gelände und machte sich auf den Weg in Richtung Vereinigte Staaten.

Kolt verbrachte den Morgen mit einigen Kollegen auf dem Schießplatz. Danach duschte er und mixte sich im Aufenthaltsraum einen Protein-Shake. Er hatte sich gerade an den Schreibtisch gesetzt, um etwas Papierkram zu erledigen, als ein Anruf über die sichere Leitung eintraf.

»Racer.«

»Hi, Racer. Kenny Farmer hier, von der ...«

Kolt unterbrach ihn. »Hast du was für mich?«

»Ich bin nicht sicher, was es genau ist, aber ich hab da was, ja. Wenn Sie wollen, kann ich ...«

»Bleib, wo du bist. Bin unterwegs.« Kolt legte auf.

Racer beugte sich über den rothaarigen Kenny Farmer, etwas zu dicht für dessen Geschmack. Er spähte auf den Monitor des Booz-Allen-Angestellten. Darauf war das aus großer Höhe aufgenommene Wärmebild eines einfachen Dorfes zu sehen. Raynors Augen richteten sich auf den Zeitstempel in der linken unteren Ecke des Fotos. Das Bild war vor drei Tagen entstanden.

»Wo ist das?«

»Eine namenlose Siedlung im südlichen Jemen, ungefähr 150 Klicks südlich von Sanaa, ein kurzes Stück östlich vom Wadi Bani.«

»Al-Qaida-Territorium?«

»Höchstwahrscheinlich, obwohl wir aus dieser winzigen Ecke bisher nie einen Pieps vernommen haben. Al Masani im Osten dieses Planquadrats gilt als Brennpunkt. Die CIA hat dort im letzten Jahr drei Hellfire-Angriffe durchgeführt.«

»Also ... was genau ist das, was ich mir hier anschaue?«

Farmer tippte mit dem Stift auf das Dach eines winzigen Gebäudes. »Sehen Sie die Wärmesignatur von diesem Haus hier?«

Raynor hatte im Laufe seines Berufslebens schon genug Wärmebilder gesehen, um zu wissen, was ihm die Signatur verriet. »Sie verläuft über das ganze Gebäude hinweg gleichmäßig. Nicht so, als ob sich im Inneren warme Körper oder Feuerstellen befinden.« Kolt blickte zu Farmer auf und ließ sich auf das Ratespielchen ein. »Es gibt keine zentrale Wärmequelle ... Besteht das Gebäude aus Metall?«

Ken nickte. »Ja. Sieht aus, als sei es aus Stahl gebaut.«

Kolt blickte wieder auf den Bildschirm und versuchte die Größe des Objekts anhand eines in der Nähe stehenden Esels abzuschätzen. »Ist das ein Frachtcontainer?«

Farmer lächelte und nickte. Entweder war er tatsächlich von Racers analytischen Fähigkeiten beeindruckt oder er tat zumindest so. »Ein sechs Meter langer Standard-Intermodal-Frachtcontainer für Trockengüter.«

Kolt war mit diesen Teilen bestens vertraut. Obwohl Delta-Operators nicht so oft mit Schiffen zu tun hatten wie die Teams des SEAL Team 6, wurden Intermodal-Container häufig mit Lastwagen transportiert und in großen Hallen oder an Häfen gelagert. Damit waren sie allgegenwärtig an Orten, an denen die Delta Force häufig operierte. Er hatte sie im Laufe der Jahre schon häufiger bei Trainings zu Gesicht bekommen.

»Ich hätte geglaubt, die Temperatur müsste höher liegen«, dachte Kolt laut. »Ich meine, wir reden immerhin vom Jemen im Sommer.«

»Sollte sie auch«, stimmte der junge Mann zu. »Ich glaube, die haben zum einen die Wände in der gleichen Farbe gestrichen wie die Lehmziegelhäuser drum herum und zum anderen das Dach mit Sackleinen oder Segeltuch abgedeckt, um die Wärmesignatur zu kaschieren. Das hilft, aber unseren Focal-Plane-Array-Wärmebildgeräten entgeht so was trotzdem nicht.«

Raynor zog einen Stuhl heran und setzte sich neben Farmer. »Also ... scheint es ziemlich offensichtlich zu sein, dass das da etwas ist, das sie vor den Drohnen verbergen wollen.«

»Das steht außer Frage. Was immer in diesem Container steckt, wollen sie hübsch geheim halten.«

»Und im restlichen Dorf herrscht Ruhe?«

»Nun, wir hielten es zunächst für ruhig. Keine sichtbaren Kämpfe. Aber ...« Farmer begann auf seine Tastatur einzuhämmern. Kolt hatte den Eindruck, dass der Booz-Allen-Mitarbeiter froh war, diese Frage gestellt zu bekommen. »Aber nachdem ich mitten in der Pampa diesen Intermodal-Container gefunden hatte, stellte ich alles noch mal doppelt und dreifach auf den Prüfstand.« Nach ein paar Sekunden hatte er eine Reihe von Überflugbildern bei Tageslicht aufgerufen. Er wählte ein Foto aus, das einen Highway zwischen niedrigen, braunen Hügeln zeigte, und zoomte es hoch. »Die Aufnahme haben wir eher durch Zufall bekommen. Die Drohnen fliegen den ganzen Tag über das Dorf, aber bei einem normalen Überflug hätten sie das nie aufnehmen können. Dieses Material stammt von einer Reaper-Drohne, die in einem Sektor ein gutes Stück weiter südlich stationiert ist. Da ist ein bisschen Verkehr auf dem Highway bei Al-Safra zu erkennen.«

Kolt Raynor neigte den Kopf zur Seite und beugte sich vor. Auf dem Schirm konnte er zwei einfache Gebäude erkennen. Der Winkel, aus dem sie fotografiert waren, war flach genug, um anstelle der Dächer die Wände, Fenster und Türen ausmachen zu können. Raynor sah eine Art überdachten Gang, der die Gebäude miteinander verband. Zwei Männer gingen unter der Abdeckung entlang, geschützt vor der Sonne und versteckt vor den Drohnen.

Kolt konzentrierte sich auf die beiden Gestalten, doch Kenny Farmer zeigte mit der Spitze seines Kugelschreibers auf die Dächer der Häuser. »Hier und hier«, sagte er.

»Ich sehe Schatten, aber es ist zu dunkel, um was Genaues zu erkennen.«

»Ganz genau«, bestätigte Farmer. »Aber was da ist, ist nicht so wichtig. Das können wir uns auch so denken.«

Kolt war verwirrt. Mit einem nervösen Hüsteln gestand er ein, dass er dem Jüngeren gedanklich nicht folgen konnte. »Ach ja? *Du* kannst das vielleicht, du bist das Wunderkind. Ich bin nur der dumme Absolvent vom Reserve-Officer-Trainingscorps.«

Farmer lachte. »Was ich meine, ist ... es lässt sich erkennen, dass dieses Gebäude eine Art Fake-Dach hat. Beide Gebäude. Sie haben Balken an allen vier Ecken aufgestellt und mit Segeltuch abgedeckt. Unter dem Tuch verbirgt sich was, wovon die Leute an diesem Ort nicht wollen, dass wir es finden. Genau wie bei dem Intermodal-Container.«

Kolt nickte. »Und da es sich oben auf den Gebäuden befindet, mit Blick über die freie Ebene nach Süden, frag ich mich, ob es womöglich Geschützstellungen sind.«

»Ich denke, Sie sind doch nicht bloß ein dummer ROTC-Absolvent, Sir. Denn genau zur selben Schlussfolgerung bin ich auch gelangt.«

»Dann ist das Dorf also nicht bloß eine Ansammlung harmloser Wohnhäuser. Das ist eine Festung.«

»Eine geheime Festung«, ergänzte Farmer. »Ich bin den ganzen Tag die Bilder durchgegangen, die uns zur Verfügung stehen. Die Fahrzeuge, die kamen und abfuhren, Spuren im Sand, alle möglichen Kleinigkeiten. Und ich bin über so manche Auffälligkeiten gestolpert.«

»Und zwar?«

»Motorradspuren, die nach unten zum Wadi führen, obwohl im Dorf nirgends Motorräder zu sehen sind. Dann gibt es da einen Verbrennungsplatz für Müll, der viermal so oft in Betrieb ist, wie man es bei der anfallenden Müllmenge bettelarmer Zivilisten in einer Siedlung dieser Größe erwarten würde.«

»Du bist wirklich clever.«

»Danke, Sir, aber ich bin nicht clever genug. Ich bin sicher, dass es etwas gibt, das ich übersehen habe. Ich wünschte, ich könnte für dieses Gebiet mehr Überflüge aus dem Norden anfordern, und sei's nur, um zu checken, ob es da noch mehr Häuser mit falschen Dächern gibt.«

»Ich bin sicher, die wirst du in Anbetracht der Informationen bekommen, die du aus diesen wenigen Fotos gewonnen hast.« Kolt war verdammt beeindruckt, aber auch beinahe sicher, dass dieses falsche Dorf dem JSOC keine ausreichende Rechtfertigung für einen Einsatz lieferte. Er wusste, wie schwierig es war, die Stiefel im Jemen auf den Boden zu bekommen. Er fragte: »Hast du noch was? Irgendwas?«

Farmer nickte und öffnete eine neue Datei. Die vergrößerte Aufnahme der zwei Männer unter dem überdachten Gang.

Kolt sah lange hin. »Trägt dieser Typ auf der rechten Seite ... Nein, das kann nicht sein.«

Ken Farmer musterte ihn beinahe amüsiert von der Seite. »Das sind zwei Männer. Einer trägt die traditionelle Kleidung dieser Gegend.«

Kolt blinzelte und beugte sich vor. »Und der andere Typ hat eine Jeans an und trägt ein Basecap.«

»Und anscheinend Tennisschuhe«, fügte Farmer hinzu. »Ich denke aber nicht, dass das 'ne CIA-Basis ist, allein von der Lage her.«

»Nie im Leben. Das wüssten wir.« Kolt wandte den Blick nicht vom Monitor ab. »Das gibt's doch nicht.«

Die vier mit Igla-S-Boden-Luft-Raketen beladenen TerraStar-Trucks verließen um kurz nach 20 Uhr den Highway und erreichten die erste Zwischenstation. Vor ihrer Ankunft waren vier Fahrzeuge der bewaffneten Zetas die lange Schotterpiste entlanggerollt und hier zum Stehen gekommen. Ungefähr ein Dutzend Männer stiegen aus und verteilten sich, um das Gelände zu überwachen.

David Doyle war im dritten Lkw des TerraStar-Konvois mitgefahren. Jetzt sprang er hinaus, dehnte die verspannten Muskeln und betrachtete die Umgebung. Im Mondlicht ragten die Gebirgszüge der Sierra Madre Occidental um ihn herum in die Höhe. In unmittelbarer Nähe fand sich eine Ansammlung großer, leer stehender Gebäude, errichtet auf einer felsigen Ebene, die an einen Berghang grenzte.

Doyle ließ gerade die Aussicht auf sich wirken, da tauchte Henrico neben ihm auf. »Das hier ist eine verlassene Silbermine. Wir haben sie schon oft benutzt, wenn wir Konvois durch diesen Teil von Coahuila lotsen mussten. Man kann sie nur über eine zentrale Zufahrt erreichen und für meine Männer ist es kein Problem, den Highway von den Hügeln aus im Auge zu behalten. Natürlich besteht ein Restrisiko, dass jemand Helikopter einsetzt, aber wir werden Männer in noch höhere Positionen schicken, um nach denen Ausschau zu halten. Insgesamt zwölf meiner Leute bewachen das Gelände. Ich stehe ständig in Kontakt mit ihnen. Falls Schwierigkeiten auftauchen, erfahren wir frühzeitig davon.«

Doyle ließ den Mexikaner neben dem Truck stehen und ging zum hinteren TerraStar. Hier unterhielt sich Miguel gerade mit Charles, Nick und George.

David wies sie an: »Ich will, dass zwei unserer Männer die ganze Nacht aufbleiben. Und jeder von euch bewaffnet sich, auch beim Schlafen.«

»Ist gut, David. Ich werd das organisieren«, bekräftigte Miguel.

Doyle ließ die Vierergruppe allein und kletterte einen Haufen dunkler Felsbrocken hinauf, die während des Abbauverfahrens liegen geblieben sein mussten. Er legte den Akku in das an einer Tankstelle gekaufte Wegwerfhandy ein und aktivierte es mit der ebenfalls besorgten Prepaidkarte.

Es dauerte eine Minute, bis das Gerät ins Netz eingebucht war. Sobald die Providerkennung auf dem Display erschien, wählte David eine Nummer, die er bereits vor Monaten auswendig gelernt hatte.

Der Anruf ging in die Vereinigten Staaten, weshalb das Herstellen der Verbindung einige Zeit in Anspruch nahm. Aber bald hörte Doyle den Wählton.

»Hallo?« Die Stimme am anderen Ende der Leitung klang zögernd.

»Hallo«, erwiderte David. Seine Stimme wirkte deutlich entspannter. »Ich wollte Bescheid sagen, dass wir bald in der Stadt sind. Es dauert höchstens noch vier Tage, eher weniger.«

»Gut.«

»Seid ihr bereit für unseren Besuch?«

Eine Pause. »Alles ist vorbereitet. Wir sind bereit. Wir freuen uns darauf.«

»Dann kann ich unsere Ankunft kaum erwarten.« Doyle sah auf die Armbanduhr. Nur 20 Sekunden waren vergangen, seit der Mann den Anruf entgegengenommen hatte. »Bis dann«, sagte er und beendete rasch das Gespräch. Er holte den Akku aus dem Handy und zertrat das Gerät mit dem Stiefelabsatz.

Die Entdeckung des Frachtcontainers in der geheimen Militärfestung im Al-Qaida-Gebiet schlug bei allen US-Geheimdiensten große Wellen. Zahlreiche Satelliten wurden umgeleitet und vermehrte Überflüge über das Gebiet zur höchsten Priorität erklärt. 30 Minuten, nachdem eine Direktive an die Langley-Agenten in dieser Gegend ausgegeben worden war, schoss eine unbewaffnete Predator-Drohne bereits Zehntausende von Digitalfotos der winzigen Siedlung am Wadi Bani.

Die Videos und Standbilder wurden nach Langley übermittelt, wo sich die Analysten direkt an die Arbeit machten.

Sie fanden Frauen und Kinder im Dorf. Aber sie fanden auch mit Segeltuch abgedeckte Gänge zwischen frei stehenden Wohnhäusern, Geschützstellungen auf den Dächern von sechs Gebäuden, bewaffnete Männer mit Ferngläsern am Berghang – zweifellos Beobachtungsposten – sowie das verräterische Funkeln von Patronenhülsen und Pistolen im Sand. Aber am aufschlussreichsten war, dass ein Vergleich der im Zeitverlauf entstandenen Satellitenbilder zeigte, dass in den letzten zwei Wochen keiner der Bewohner auf dem Dach geschlafen hatte. In den sieben vorangegangenen Monaten hatten sie das in jeder einzelnen Nacht getan. Es musste einen Grund geben, weshalb sie diese uralte lokale Sitte von jetzt auf gleich aufgegeben hatten.

Das war definitiv keine harmlose Bergsiedlung.

Nur drei Stunden und 20 Minuten, nachdem Kenny Farmer Kolt auf die Merkwürdigkeiten in diesem kleinen Dorf im Jemen hingewiesen hatte, gelangten Langley und das JSOC zu dem Schluss, dass es sich hierbei um ein geheimes Ausbildungscamp der Al-Qaida der arabischen Halbinsel handelte. Kolt wiederum fand, das hätte man auch innerhalb von 20 Minuten erkennen können.

Die Information wurde sofort ans Verteidigungsministerium weitergeleitet. Zugleich musste die CIA eingestehen, dass sie ohne einen Agenten vor Ort unmöglich herausfinden konnte, was genau dort vor sich ging. Dazu musste schon ein Bodentrupp Türen eintreten und alle Häuser, Scheunen, Stallungen und das angrenzende Gebiet durchsuchen.

Sie mussten das Verteidigungsministerium nicht daran erinnern, dass ungefähr 50 SA-24-Systeme in dieser Region verschwunden waren. Auch nicht daran, dass der Präsident der Vereinigten Staaten ausdrücklich verlangt hatte, diese Waffen sicherzustellen, bevor sie in falsche Hände gerieten.

Der Befehl, die Bereitschaftssquadron der Delta Force in den Jemen zu schicken, traf um 17 Uhr ein. Das SEAL Team 6 hielt sich nach seinem Einsatz zur Zerstörung der von den Agenten der Quds-Einheit beschafften Raketen zwar noch in der Mittelmeerregion auf, war also weit näher am Ort des Geschehens als Gangster und seine Männer in Fort Bragg. Aber ST6 stand für einen anderen Einsatz auf Abruf, bei dem es um ein vermutetes Lager von SA-24-Raketen und anderen Waffen in Libyen ging, in der Nähe von Sirte. Es gab also mehr als genug Arbeit für alle.

Gangster und sein Team hoben um 19:30 Uhr vom nahe gelegenen Pope Field ab. Bevor ihre Mission im Jemen begann, sollten sie nach Eritrea fliegen. Allerdings besprachen sie sicherheitshalber bereits während des Flugs dorthin alle Einzelheiten – für den Fall, dass ihr Zeitplan sich änderte und sie einen Schnellangriff durchführen mussten.

Auf Kolt Raynor hatten diese Aktivitäten kaum Auswirkungen; abgesehen von der Tatsache, dass er und seine Teamkollegen vom nächsten Tag an etwas mehr Platz auf der Basis bekamen. Er nahm sich vor, ganz früh zur Arbeit zu erscheinen, um gleich den ersten Funkverkehr zwischen den Leuten vor Ort und dem JSOC mitverfolgen zu können.

Raynor wusste, dass er den Großteil des vergangenen Monats im Rampenlicht verbracht hatte. Trotzdem fühlte er sich ausgegrenzt. Es galt zwar als operative Notwendigkeit, laufend frische Kämpfer einzusetzen, weil Töten kein angeborener Charakterzug ist. Es kann einem Menschen zwar im Blut liegen – tatsächlich hätten die meisten Amerikaner nach 9/11 wohl behauptet, dass das bei ihnen zutraf –, aber es wird nicht von einer Generation an die nächste weitergegeben. Manche neigen eher dazu als andere, aber nach einer Weile, nach zehn Jahren des Tötens, wird sogar im Kopf eines

Delta-Operators ein Schalter umgelegt. Jeder Mensch stößt früher oder später an seine Grenzen und braucht mal eine Pause.

Raynor war zuletzt vier Jahre aus dem Spiel genommen worden, aber wie Webber bei seiner erneuten Prüfung schon angedeutet hatte, hatten die Regeln sich zwischenzeitlich geändert. Es dauerte nicht lange, bis er diese Tatsache auch bei seinen früheren Teamkollegen beobachten konnte. Ein Assaulter, den er gut kannte, hatte mal die Meinung geäußert, dass Operators, die schon acht Mal die Rotation durchlaufen hatten, entweder einmal aussetzen sollten oder sich ausführlichen Tests auf posttraumatische Belastungsstörungen und sonstige psychische Schäden unterziehen müssten. Raynor war gerührt über dieses bescheidene Eingeständnis von Amerikas am besten ausgebildeten Killern, dass selbst sie nicht immun gegen die psychologischen Auswirkungen des Kriegs waren. Der Psychiater der Einheit war womöglich das meistbeschäftigte und wichtigste Mitglied des ganzen Kommandos.

Abgesehen vielleicht vom Kaplan.

Kolt kannte die Regeln und er wusste, dass er sich für eine Weile zurückhalten musste. Er beschloss seine Leute mental und körperlich in Bestform zu versetzen, bevor sie sich in drei Monaten erneut am Abschlagpunkt aufstellten.

Bis 22 Uhr hatten sich die meisten Al-Qaida-Agenten und Zeta-Schützen in kleinere Gruppen zerstreut, die in, auf und neben ihren Fahrzeugen schliefen – oder auf Matten in den verfallenen Gebäuden auf dem Minengelände. Ein paar Taschenlampen waren in die Ferne gerichtet und gelegentlich hallte das Knistern eines Walkie-Talkies oder das Schlurfen

eines Stiefels durch die natürliche Senke neben der Bergflanke.

Die elf Fahrzeuge – vier von den Al-Qaida-Leuten, sieben von den Zetas – verteilten sich überall auf dem mehrere Hundert Quadratmeter großen Areal. Sie waren zu dem Schluss gelangt, dass planlos abgestellte Lastwagen und Pkws für den unwahrscheinlichen Fall, dass sie von einem patrouillierenden Flugzeug erfasst wurden, weniger Aufmerksamkeit erregten als eine große Ansammlung. Das sah zu schnell nach einem Konvoi aus, der hier sein Nachtlager aufgeschlagen hatte.

Doyle lag auf dem Beifahrersitz des grünen Trucks, die Tennisschuhe auf dem Armaturenbrett. Er hatte Schwierigkeiten beim Einschlafen. Zwei irakische Brüder schnarchten im hinteren Teil um die Wette. Tim und Andrew mussten in ein paar Stunden die Wachen ablösen, weshalb er darauf verzichtete, sie wach zu rütteln.

Er hörte einen Ruf in der Ferne, der von einem der Wachmänner am Hang im Süden kommen musste. Er hoffte insgeheim, dass keine Schreie anderer Kontrollposten folgten, doch genau das geschah. Doyle hob den Kopf von der Sitzlehne und kurbelte rasch das Fenster neben sich herunter.

Er griff zum Walkie-Talkie. Zwar hatte er keine Ahnung, in welchem der elf Fahrzeuge Henrico schlief, nahm sich aber auch nicht die Zeit, ihn zu suchen. Stattdessen setzte er rasch einen Funkspruch ab. »Was ist los?«

Sekunden später ertönte Henricos Stimme aus dem Funkgerät. »Helikopter. Von der Staatspolizei. Er fliegt aber nicht direkt auf uns zu. Sorgt dafür, dass alle Lichter gelöscht sind. Dann passiert schon nichts.«

Doyle wies seine Leute an, an Ort und Stelle zu bleiben und auf jegliche Beleuchtung zu verzichten. Er bekam mit, dass auch Henrico seinen Männern per Funk Befehle übermittelte.

Eine Minute später tauchten die blinkenden Signallichter eines Hubschraubers über einem Bergrücken im Süden auf. Er flog hoch am Himmel in nördlicher Richtung. Doyle ging davon aus, dass ein Fluggerät der Polizei über die nötige Ausrüstung verfügte, um trotz der Dunkelheit und der Entfernung die Autos und Trucks zu erkennen, die unweit der verlassenen Mine parkten.

Aber der Hubschrauber flog weiter. Die Lichter blieben noch etwa drei Minuten lang sichtbar, ehe sie hinter einigen Berggipfeln im Nordosten verschwanden.

Doyle setzte sich noch einmal mit dem Anführer der Zeta-Eskorte in Verbindung. »Glaubst du, die haben uns bemerkt?«

»Ich weiß nicht. Schlimmstenfalls geben sie eine Meldung weiter, dass ihnen einige Fahrzeuge auf dem Minengelände aufgefallen sind. Meine Späher in den Hügeln sagen, dass sie in der Gegend keine anderen Flugzeuge gesehen haben.«

»Sollen wir vorzeitig aufbrechen?«

»Nein. Auf der Straße sitzen wir noch mehr auf dem Präsentierteller. Wir bleiben, wo wir sind, aber ich werde die Wachen verdoppeln.«

Doyle legte das Funkgerät aufs Armaturenbrett zurück. Er machte sich Sorgen. Mexiko war ein gefährliches Pflaster. Aber eine andere Route hatte sich nicht angeboten.

Er schloss die Augen, um ein wenig Schlaf zu finden, und vertraute darauf, dass Allah ihn und seine Männer in dieser Nacht beschützte.

Doyle schlief schließlich ein. Er hatte die Lautstärke des Walkie-Talkies heruntergeregelt, es aber nicht komplett stumm geschaltet. Um kurz nach vier Uhr morgens schreckte er hoch, weil aufgeregte Rufe von Henricos Leuten aus dem Lautsprecher drangen. Er streckte die Hand aus und drehte die Lautstärke hoch, um mitzubekommen, was vor sich ging.

Im selben Moment hörte er das tiefe Wummern der Rotorblätter eines Helikopters von den Hängen widerhallen, erkannte, womit er es zu tun hatte, und schnellte auf dem Beifahrersitz des Trucks in eine kerzengerade Haltung. Er wollte einen Spruch absetzen, aber bevor er den Rufknopf drücken konnte, funkte Henrico ihn auf Englisch an.

»David! Navy-Helikopter in Angriffsformation!«

Henrico hatte geschrien; und jetzt schrie Doyle seine Männer an. »Weg von den Trucks!« Der Befehl verfolgte nicht den Zweck, die Leute zu beschützen, sondern potenzielle Gefahr von den Raketen abzuwenden. Wenn seine Männer etwas Abstand zwischen sich und die Fahrzeuge brachten, blieben die Waffen vielleicht verschont, falls die Helis das Feuer eröffneten.

Im Mondlicht zeichneten sich zwei Helikopter über dem Bergkamm im Osten ab. Er konnte den Typ nicht sofort identifizieren. Aber nach ein paar Sekunden verriet ihm der pillenförmige Rumpf, dass es sich um in Deutschland hergestellte Bo-105-Hubschrauber von Messerschmitt-Bölkow-Blohm handelte. Er war ihnen bereits im Irak begegnet, wo sie von verschiedenen Streitkräften eingesetzt wurden. Ein Bo 105 ließ sich entweder mit Raketenpods oder mit Maschinengewehren bestücken. Die Panzerung ließ zu wünschen übrig, aber dafür waren die Teile klein, leicht und wendig.

Für ihn gab es keinen Zweifel. Ihr Auftauchen war kein Zufall. Die Besatzung hatte die Außenscheinwerfer abgeschaltet und kreiste über der ehemaligen Silbermine.

Doyle warnte Henrico über das Walkie-Talkie: »Macht keine Dummheiten. Die wissen nicht, wer wir sind. Sag deinen Leuten, sie sollen ihre Waffen verstecken.«

Aber der Mexikaner hatte andere Pläne. »Nein. Nach den Helikoptern werden Lastwagen mit Marines kommen. Wenn wir nicht reagieren, ist es nur eine Frage der Zeit, wann sie uns gefangen nehmen. Wir greifen sofort an. Werden wir die Helis los, bleibt uns wahrscheinlich noch genug Zeit, um abzuhauen, bevor die Soldaten eintreffen.«

Das leuchtete Doyle ein und er wusste auch, dass die Zetas die Taktik ihrer Gegner besser kannten als er. Er fand sich mit der Tatsache ab, dass sie nicht mehr lange im Verborgenen operierten.

Die zwei Bo 105s rasten über die Ebene nach Osten, auf die Silbermine zu. Sobald sie nur noch 300 Meter entfernt waren, wurden sie aus zwei Dutzend Positionen in den Gebäuden, Hügeln und Felsen mit Gewehrfeuer belegt. Rechts von David am Berghang wurde eine RPG-Granate abgeschossen, aber sie flog hoch über die näher kommenden Hubschrauber hinweg.

Eine zweite RPG, die hinter einem der Aluminiumgebäude abgefeuert worden war, schlug in die schroffen Felsen ein und explodierte unweit der angreifenden Helikopter.

David rannte der relativen Sicherheit des Eisenerzhaufens entgegen, den er am Vorabend erklommen hatte, um besseren Handyempfang zu haben. Beim Rennen bemerkte er, wie an einem der schwarzen Helis Funken sprühten. Der Hubschrauber brach aus der Formation aus, um den Schüssen auszuweichen, aber der zweite flog weiter. Gerade als David und zwei seiner Männer sich hinter den Felsen zu Boden warfen, eröffnete der verbleibende Bo 105 mit zwei Außenbordkanonen das Feuer und beharkte den Boden vor sich mit 20-Millimeter-Munition.

David zog den Kopf ein. Ein Minibus der Zetas ging in Flammen auf. Mehrere mexikanische Kämpfer wurden von der Bordkanone zerfetzt.

Das Fluggerät raste direkt über sein Versteck hinweg, kaum 30 Meter über dem Truck. Er nahm den Schützen am Berghang aufs Korn, der eine dritte RPG-Granate abgefeuert hatte. Währenddessen stand Doyle auf und zielte mit seiner AK auf den Heckrotor. Er entleerte das komplette 30-Schuss-Magazin, ohne darauf zu achten, ob mögliche Querschläger die Zetas in den Hügeln trafen.

Aber der Hubschrauber wich nach Norden aus, vollzog einen Bogen und näherte sich von Neuem.

David lud mit dem 30-Schuss-Magazin nach, das er in seiner Seitentasche trug. Dabei ließ das Krachen einer weiteren Explosion ihn einen Blick über die Schulter werfen. Der zweite Bo 105 hatte sich um mehrere Hundert Meter nach Osten zurückgezogen und nahm von dort aus mit Raketen das Gelände ins Visier. Die Geschosse schlugen in die Aluminiumwände der äußeren Baracken ein. Rauch und Flammen schossen daraus hervor. Drei Männer, die sich in unmittelbarer Nähe aufhielten, wurden durch die Luft gewirbelt.

Doyle wusste, dass sie diese Attacke nicht stoppen konnten, ohne dass jemandem ein perfekter Schuss mit einem RPG-Granatwerfer auf den Bo 105 gelang. Seine vier TerraStar-Laster waren noch unbeschädigt und parkten auf einem Schotterplatz südlich der betroffenen Bereiche. Aber sobald der Pilot auf die Widerstandsnester in der Nähe der Gebäude zielte, drohte der Raketenbeschuss auch sie zu treffen.

»Henrico?«, brüllte David in sein Walkie-Talkie. Der hatte sich nur zehn Meter vom nächsten TerraStar-Truck entfernt hinter einen Haufen Steine geduckt. »Henrico?«

Er erhielt keine Antwort.

David ließ das Walkie-Talkie fallen und traf eine Entscheidung. Er sprang auf die Füße, ließ seine AK auf dem Boden liegen und rannte zur Rückseite des grünen Lastwagens.

Doyle wollte keine der Iglas benutzen. Er wusste genau, wenn er einen mexikanischen Navy-Helikopter mit einer schulterverschießbaren Rakete vom Himmel holte, bekam man in den Vereinigten Staaten Wind davon.

Doch er sah keine andere Möglichkeit.

Er zog eine Kiste von der Ladefläche und ließ sie auf den Schotter fallen. Das Holz zerbarst. Er durchwühlte die Bruchstücke und befreite die Abschussvorrichtung, die Rakete und die Energiequelle aus ihren mit Schaumstoff gepolsterten Gehäusen.

In seiner Umgebung setzte sich das Rattern der AKs fort, zusammen mit dem tieferen Trommelschlag der Bordkanonen eines Helis und dem *Wuusch-Bum,* mit dem der andere Heli Raketen verschoss.

In dem infernalen Chaos gingen die Schreie der getroffenen Männer fast unter.

Doyle setzte gerade die Energiequelle ein, da tauchte Miguel bei ihm auf. Er half David bei den letzten Handgriffen. Gemeinsam schoben sie die Rakete in die Abschussröhre. Mit Miguels Unterstützung wuchtete David die 18 Kilo schwere Waffe auf seine Schulter. Er spähte durchs Visier und peilte den angreifenden Helikopter an.

Eine Explosion in der Nähe brachte David kurzzeitig aus dem Gleichgewicht, aber Miguel packte die Waffe und hielt sie hoch, während sein Kommandant die Balance wiederfand.

David schob das Auge erneut ans Visier und sah, wie ein dritter Helikopter eintraf. Ein riesiger Black Hawk der mexikanischen Marine. Darin fanden ein Dutzend Soldaten oder mehr Platz. Der fliegende Koloss schwebte über dem Highway, fast zwei Kilometer südlich von seiner aktuellen Position und damit außerhalb der Reichweite der RPG-Granatwerfer und Gewehre der Zetas.

Dieser Heli war nicht bewaffnet und zudem größer und langsamer als die anderen zwei. Ein vergleichsweise leichtes Ziel. Doyle zog den Abzug halb durch, um die Zielerfassung des Gefechtskopfs zu aktivieren.

Es dauerte nur vier Sekunden, bis ihm ein Signalton bestätigte, dass die Wärmesignatur des Black Hawk erfasst war.

Rechts von ihm prasselte eine Salve Kanonenfeuer auf die Männer nieder, die aus der Deckung des Eisenerzhaufens geschossen hatten. Sowohl Mexikaner als auch Männer aus dem Nahen Osten kamen in dem Beschuss ums Leben.

David drückte den Abzug und spürte denselben Ruck wie vor drei Wochen in Griechenland. Die Rakete rauschte aus der Abschussröhre. Fast augenblicklich zündete der Treibstoff und schickte sie himmelwärts. Hinter ihr erhellte eine breite Flammenspur die Nacht, die sich bald in eine winzige Sternschnuppe am Horizont verwandelte.

Später überlegte Doyle, ob der Black-Hawk-Pilot in zwei Kilometern Entfernung wohl ein Warnsignal empfangen hatte, dass sich eine Infrarot-Rakete im Anflug befand. Er ging davon aus, dass dem so gewesen sein musste; aber auch davon, dass der Pilot nicht damit gerechnet hatte, von einer mutmaßlichen Bande mexikanischer Drogenschmuggler mit einer Boden-Luft-Rakete attackiert zu werden.

Jedenfalls korrigierte der Pilot seine Flugbahn nicht im Geringsten, nicht mal, als der ballistische Flugkörper sich bereits in unmittelbarer Nähe befand. Keine Ausweichmanöver, kein Einsatz von Täuschkörpern.

Es war, als hätte er es nicht kommen sehen.

Der Pilot hielt den Hubschrauber in der Schwebe. Die mexikanischen Marinesoldaten in der Kabine warfen Seile aus, mit denen sie sich zur Straße hinunterlassen wollten. Dort sollten sie in aller Eile eine Sperrstellung neben dem Highway errichten, um die Flucht der Drogenschmuggler zu verhindern.

Aber noch bevor der erste Soldat sich herunterlassen konnte, krachte die Rakete von oben in den Black Hawk. Der Helikopter wirbelte um die Mittelachse und kippte hart nach rechts. Der Rotor zerlegte sich Funken sprühend in alle Bestandteile und Sekundenbruchteile später krachte die Maschine mit voller Wucht neben dem Highway auf den Boden. Alle Insassen waren sofort tot.

Da die Igla-S-Rakete auch den Tank getroffen hatte, brach ein Feuer aus, das noch bis zum Morgengrauen weiterglomm.

Zwei Kilometer nördlich, in der verlassenen Silbermine, wurde es für einen Augenblick still. Die Zetas hatten alles hautnah mitbekommen. Keiner von ihnen, nicht mal Henrico, hatte gewusst, dass sie Al-Qaida beim Transport von Flugabwehrraketen in die USA halfen. Alle etwa 15 Überlebenden der Kartell-Eskorte verfügten über Kampferfahrung. Aber keiner von ihnen, nicht mal jene mit militärischem Background, hatte jemals erlebt, wie eine Rakete einen Helikopter voller Menschen vernichtete.

David und Miguel nahmen sich nicht die Zeit, ihr Werk zu bewundern. Sie waren bereits wieder hinter dem Truck abgetaucht und befreiten eine zweite Waffe aus ihrer Verpackung. Schließlich zogen noch zwei weitere Hubschrauber ihre Kreise. Doyle ging nicht davon aus, dass das Abfeuern einer zweiten Rakete die Sicherheit seiner Mission zusätzlich gefährdete. Schon die erste Rakete hatte jede Aussicht zerstört, ihre Absichten noch länger vor den USA zu verbergen.

Doyle erhob sich mit der Waffe. Miguel half ihm auf und er nahm den nächsten Angreifer ins Visier und bereitete sich zum Abdrücken vor.

Aber der Heli trat offensichtlich den Rückzug an. Er schoss mit hoher Geschwindigkeit nach Osten davon und vollzog einen wirren Zickzackkurs, um möglicherweise auf ihn abgefeuerten Raketen auszuweichen.

Miguel half Doyle, den zweiten verbliebenen Hubschrauber anzupeilen, doch auch dieser machte sich nach dem jüngst bezeugten Abschuss aus dem Staub.

Nachdem er sicher sein konnte, dass die Bo 105s nicht nur einen Bogen flogen, um erneut anzugreifen, nahm Doyle die Waffe von der Schulter und packte sie in den Lastwagen zurück.

Zeta-Kämpfer und Al-Qaida-Agenten jubelten gemeinsam – der typische Adrenalinkick, nachdem man gerade eine tödliche Schlacht überlebt hatte. Aber Doyle blieb wachsam und stürmte an den brennenden Trümmern der Gebäude und Fahrzeuge vorbei. Einige Hundert Meter weiter fand er Henrico, der seine Männer in Richtung ihrer Wagen stieß. Aus einem Schnitt über der linken Augenbraue des Mexikaners lief ihm Blut über das Gesicht.

Doyle packte ihn am Jackenkragen. »Wer hat uns das eingebrockt?«

»Ich weiß nicht!«, schrie Henrico zurück. »Vielleicht hatte der Hubschrauber, der vorher vorbeigeflogen ist, ein Wärmebildgerät an Bord. Vielleicht haben sie die Männer und Lastwagen hier entdeckt, vielleicht ...«

»Vielleicht haben deine Leute uns an die Regierung verraten!«, fiel ihm David ins Wort.

Henrico schüttelte den Kopf. »Ich ... das glaube ich nicht. Selbst wenn ... du weißt, dass ich nichts damit zu tun habe. Ich habe acht Männer verloren und wurde selbst fast in die Luft gesprengt!«

»Was machen wir jetzt?«

»Ich hab meine Männer aufgefordert, unsere Toten einzusammeln. Ihr solltet dasselbe tun. Dann fahren wir zu einer Ranch, die ich kenne, ungefähr 20 Kilometer entfernt. Da können wir uns ein paar Stunden verstecken und um Verstärkung kümmern.«

»Werden auf der Straße Polizisten sein?«

Henrico bellte auf Spanisch Befehle in sein Funkgerät. Dabei nickte er dem amerikanischen Al-Qaida-Mann zu. Er wechselte zurück ins Englische und sagte: »Ja. Bundespolizei, Staatspolizei, Stadtpolizei. Auch Marines. Ich werde den regionalen Kommandanten meiner Organisation kontaktieren, damit er uns den Weg frei räumt. Vielleicht nehmen wir auch eine andere Route. Ich weiß noch nicht.« Der Mexikaner brüllte einen Befehl auf Spanisch, ehe er sich wieder Doyle zuwandte. »*Hombre,* diese Rakete, die du abgefeuert hast, bringt uns alle in Gefahr.«

»Die musste ich nur abfeuern, weil dein Versteck von der beschissenen Navy entdeckt wurde!«

Henrico verschwand wortlos auf dem Rücksitz von einem seiner Autos. David rannte zu seinen Leuten. Er wollte unbedingt losfahren, bevor weitere Helis eintrafen.

Bei der Ankunft stellte er fest, dass Arthur und Roger tot

waren, zwei seiner drei Türken. Miguel hatte befohlen, die Leichen auf die Ladefläche des gelb lackierten Lasters zu schaffen. Benjamin, der aus Saudi-Arabien stammte, war am Arm und im Gesicht verletzt, konnte sich aber noch auf den Beinen halten. Sein Zustand schien stabil zu sein.

David nahm sich vor, die Wunden des Mannes zu untersuchen, sobald sie es zum nächsten Versteck geschafft hatten. Fürs Erste befahl er allen, in die Wagen einzusteigen. Nach wenigen Augenblicken rasten sie die Zufahrt zum Highway entlang.

Kolt traf um kurz nach sechs Uhr morgens auf dem Gelände ein. Er ging für eine Stunde ins Fitnessstudio, machte einen leichten Oberkörper-Work-out mit Kletterseilen und Steigleitern und trainierte seine Griffstärke an den Kletterwänden. Nichts, was seine einige Wochen alte Oberschenkelverletzung zu stark gefordert hätte. Hinterher duschte er, schlüpfte in die olivfarbene Fliegerkombi und genehmigte sich einen Kaffee im Aufenthaltsraum. Er bekam noch den Rest eines Nachrichtenbeitrags auf dem Flachbildfernseher mit. Eine große Schießerei zwischen den mexikanischen Streitkräften und Drogenhändlern im Inland hatte zum Tod von 13 Marinesoldaten geführt.

Dass einer der Helikopter mit einer Rakete abgeschossen worden war, fand allerdings keine Erwähnung. Weil gewalttätige Auseinandersetzungen in Mexiko quasi täglich vorkamen, beschäftigte sich Raynor nicht näher damit. Stattdessen ging er ins Büro, checkte kurz E-Mails und begab sich auf den Weg zum SCIF, um zu hören, ob es Neuigkeiten aus dem Jemen oder aus Libyen gab.

Kenny Farmer hatte die ganze Nacht durchgearbeitet und an der Vorbereitung der Zielakte für den bevorstehenden Einsatz im Jemen mitgewirkt. Webber und die Bereitschaftssquadron der Delta Force, angeführt von Major Rick ›Gangster‹

Mahoney, waren vor einer Stunde, 17 Uhr Ortszeit, am sicheren Sammelpunkt in Eritrea eingetroffen. Kenny und andere hier im SCIF hatten ihnen gerade in Echtzeit die neuesten Informationen übermittelt. Sie stammten von einer Global-Hawk-Drohne, die in fast 18.000 Metern Höhe über dem Al-Qaida-Trainingslager kreiste.

Farmer war sicher, dass Gangster und seine Jungs alles hatten, was sie für die Planung des Angriffs benötigten. Obwohl er sich ursprünglich gewünscht hatte, an der Arbeit im Hauptquartier beteiligt zu werden, war der 30 Jahre alte Analyst letztlich zufrieden mit seinem Beitrag zur Mission. Nun wollte er nur noch den Kopf auf die Tischplatte legen und einschlafen.

»Morgen«, ertönte eine muntere Stimme hinter ihm. Als Farmer sich umdrehte, sah er Racer mit einer Tasse Kaffee und einem trockenen Vollkornbagel in der Hand dastehen. »Hab dir Frühstück mitgebracht, Bruder.«

»Danke.« Farmer fragte sich, ob der Major wirklich darauf bestand, dass er in diesen abschreckend aussehenden Bagel biss.

»Also ... was läuft bei Gangster und den Jungs?«, erkundigte sich Kolt. Farmer nahm Bagel und Tasse entgegen, stellte beides auf dem Tisch ab und lieferte Racer eine kurze Zusammenfassung der Situation im südlichen Jemen.

»Livebilder vom G-Hawk gibt's da vorne auf Bildschirm drei.«

Farmer berichtete, dass der Zugriff um 3:30 Uhr lokaler Zeit erfolgen sollte; ein Moment, in dem man fast jeden Menschen auf der Welt am verwundbarsten Punkt traf. Bis dahin dauerte es zwar noch einige Stunden, aber Gangster und seine Squadron wollten ihre Basis schon in ein paar Stunden verlassen.

»Ich wär jetzt gern in Eritrea«, verkündete Kolt seufzend, während er auf Bildschirm drei schaute.

»Ja, Sir. Ich auch.«

Kolt wechselte das Thema. »Schon was vom SEAL Team 6 im Mittelmeer gehört?«

Farmer erzählte Kolt alles, was er über die Mission in Tripolis wusste. Derzeit hielt sich ST6 noch auf der *USS Kearsarge* vor der Küste auf, einem Hubschrauberträger. Sie warteten auf die finale Freigabe, um ihren Angriff auf eine Farm westlich von Sirte einzuleiten. Die Information, dass Ex-Angehörige des libyschen Militärs dort ein Waffenlager bewachten, stammte von Aref Saleh persönlich. Farmer hielt die Angabe deshalb für fragwürdig. Noch vor wenigen Jahren hätte man dieses Ziel daraufhin kurzerhand zu einer weiteren NAI erklärt – einer *Named Area of Interest,* einem unter Beobachtung zu stellenden Gebiet. In unregelmäßigen Abständen hätte man über verschiedene Plattformen Luftbilder angefordert.

Aber Raketen flößten dem Präsidenten gewaltigen Respekt ein und er hatte dem Verteidigungsministerium das Mandat erteilt, sie aus dem Verkehr zu ziehen, sobald welche gesichtet wurden. Daher standen die Chancen für einen ST6-Angriff in Sirte innerhalb der nächsten paar Stunden nicht schlecht.

Ein paar Minuten später ging Kolt durch das ›Rückgrat‹ zu seiner Squadron zurück. Vor ihm lag heute noch ein Haufen Arbeit und er wollte ihn noch vor dem Angriff im Jemen erledigt haben, damit er die Aktion über Funk mitverfolgen konnte.

Der 55-jährige UN-Ermittler Dr. Renny Marris stand am Rand des Highways, schirmte die Augen vor der Nachmittagssonne ab und wischte sich mit einem Tuch über die Stirn. Die Hitze erinnerte ihn an Libyen; aber der Staub, der durch die Luft schwebte, war anders als der Staub, den er aus Nordafrika kannte.

Eher pulverisierter Dreck als körniger Sand.

Er wandte den Blick vom Himmel ab und betrachtete die flache, mit Büschen gesprenkelte Ebene östlich des Highways. Dort lag das Wrack des abgeschossenen Black-Hawk-Helikopters, verformt und verbrannt. Sowohl im Inneren als auch außerhalb des schwarzen Metallgerippes ließen sich verkohlte menschliche Überreste erkennen.

Um Dr. Marris herum standen mexikanische Bundespolizisten, Marinepersonal sowie Ermittler der AFI, der *Agencia Federal de Investigación*, und warteten auf seine nächste Äußerung.

Er wischte sich erneut über die Stirn.

Am liebsten hätte er überhaupt nichts gesagt. Normalerweise begab er sich nicht an den Schauplatz des Geschehens, um vorläufige Einschätzungen abzugeben, aber diese Mexikaner hatten darauf bestanden.

Marris hatte in seinem Leben schon oft Gefechtsschauplätze besucht und er wusste, dass es sich hier um die Überbleibsel eines schwerwiegenden Zwischenfalls handelte. Nicht allein wegen des verbrannten und verkohlten Helikopters. Beim Anflug mit seinen mexikanischen Aufpassern hatten sie eine verlassene Silbermine überquert. Bis zu den Grundmauern abgebrannte Gebäude und in Stücke gesprengte Fahrzeuge. Die Einschusslöcher und verräterischen Brandflecken von RPG-Granaten ließen keinen Zweifel daran, dass dort Bodentruppen gegen Angreifer aus der Luft gekämpft hatten.

Ebenso unzweifelhaft war, dass die mexikanische Marine den Kampf verloren hatte. Es galt hohe Verluste zu verdauen – insgesamt 13 Tote. Die überlebenden Soldaten behaupteten, auch viele der Feinde seien ums Leben gekommen. Aber man hatte keine Leichen gefunden und die hiesigen Krankenhäuser verzeichneten in dieser Nacht nicht mehr Patienten mit Schussverletzungen als sonst in diesem Teil von Mexiko.

Marris war um 9:30 Uhr in Toronto abgeflogen, nur sechs Stunden nach dem Vorfall. Man hatte ihn hergebeten, weil er als führender Experte für Igla-S-Raketen galt. Den Berichten der beiden anderen am Kampf beteiligten Helikopterbesatzungen zufolge schien es äußerst wahrscheinlich zu sein, dass der Black Hawk mit einer Igla-S vom Himmel geholt worden war.

Marris hoffte, dass diese Theorie nicht stimmte. Er hoffte inständig, dass irgendein Dummkopf, der für die Drogenhändler kämpfte, einen Glückstreffer mit einem RPG-7 gelandet und den Black Hawk damit so schwer erwischt hatte, dass dieser samt Besatzung zur Erde gestürzt war, bevor der Pilot Zeit zum Reagieren gefunden hatte.

Aber jetzt, als Marris die Einschlagsstelle am Rumpf des Helikopters kurz hinter den Triebwerken untersuchte, war ihm völlig klar, dass tatsächlich eine libysche Boden-Luft-Rakete dahintersteckte. Der Gefechtskopf der SA-24 war größer als der jedes anderen vergleichbaren Flugkörpers auf dem Markt. Er konnte die charakteristischen Spuren der gewaltigen Explosion am Metall erkennen sowie die typischen Muster der Trümmer, die sich am Rand des Highways verstreuten.

»Verflucht.« Marris sagte es ganz leise, damit die Mexikaner es nicht mitbekamen. Große Teile der hiesigen Regierung hofften insgeheim darauf, dass es sich tatsächlich um einen Angriff mittels einer SA-24 handelte. Die Bestätigung, dass die mexikanischen Kartelle solche Waffen aus Libyen gekauft hatten, wäre zwar eine beängstigende Entwicklung für Flugbesatzungen des mexikanischen Militärs und die örtlichen Polizeibehörden, aber ein Segen für die politische Führung in Mexiko-Stadt. Immerhin bedeutete es, dass sie im Gegenzug auf größere finanzielle Unterstützung seitens der Vereinigten Staaten zur Bekämpfung des organisierten Drogenhandels hoffen durften.

Für einen solchen bürokratischen Zynismus hatte Marris keine Geduld. Er war hier, um herauszufinden, ob ›seine‹ Waffen benutzt worden waren, und das ließ sich bereits nach dieser oberflächlichen Inspektion bestätigen.

Aber was sollte er nun machen? Eins wusste er genau: Sobald er kommunizierte, dass der Black Hawk tatsächlich mit einer Igla-S abgeschossen worden war, erfuhren die USA zeitnah, dass sich die libyschen Waffen in ihrer Hemisphäre befanden. Und damit stand plötzlich weit mehr auf dem Spiel.

Er konnte der Welt diese Information nicht vorenthalten – das wusste er, auch wenn es ihm nicht gefiel. Wäre es nach ihm gegangen, wäre er lieber direkt nach New York geflogen und hätte es lediglich der UN-Führung anvertraut. Diese hätte ihre Bemühungen verdoppelt, was Renny Marris früher oder später das Auffinden der restlichen vermissten Raketen ermöglicht hätte.

Wenn die Vereinigten Staaten noch stärker in diese Jagd einbezogen wurden als im vergangenen Jahr, führte es unter dem Strich dazu, dass noch mehr unnötiges Blut vergossen wurde.

Ein weiteres Wischen mit dem Tuch über die Stirn und ein weiterer Blick in die Nachmittagssonne halfen dem kanadischen Doktor beim Ordnen seiner Gedanken.

»Verdammt.« Renny Marris hatte keinerlei Respekt für die Amerikaner, erst recht nicht nach dem Vorfall in Tripolis, an dem diese Navy-SEALs und die CIA beteiligt gewesen waren. Aber er hatte Respekt vor der Wahrheit und er wusste, dass sie sich nicht vertuschen ließ.

Er wandte sich den Mexikanern auf dem Highway zu.

Mit einem widerstrebenden Nicken erklärte er leise: »Ja. Hier wurde eindeutig eine Rakete aus Libyen eingesetzt.«

Marris entfernte sich vom Wrack und kehrte zum Helikopter zurück. Sorgenvoll dachte er über die unvermeidlichen nächsten Entwicklungen nach.

Um 16:30 Uhr saß Raynor mit seinen Kollegen im Besprechungsraum. Er malte sich die Szene im Jemen bildhaft aus, unterstützt von den geschilderten Einzelheiten der Funksprüche, die aus den Lautsprechern drangen. Gangster griff das Dorf um kurz nach Mitternacht Ortszeit mit 18 seiner Männer an. Sie näherten sich vom Meer aus in dicht über dem Boden fliegenden Black Hawks, die von der Besatzung des 160. Special Operations Aviation Regiment geflogen wurden, besser bekannt als ›Night Stalker‹.

AH-6J Little Birds griffen die Geschützstellungen auf den Dächern an, während Monk, Tackle, Benji und Gangster den Bodenangriff durchführten und sich zügig durchs Dorf bewegten.

Raynor knirschte vor Anspannung mit den Zähnen, während er die Geschehnisse akustisch verfolgte und die Wärmesignaturen im Live-Video beobachtete. Die Angreifer bewegten sich mühelos durch mehrere Einbruchstellen an den Außengrenzen. Knisternd und zischend ertönten Funksprüche von Operators und Flugcrews. Schüsse und das Wummern von Rotorblättern füllten die Stille zwischen den Worten.

Die Mission war noch nicht lang im Gang, als die erste Meldung über einen ›verwundeten Adler‹ eintraf, das Codewort für einen verwundeten Operator. Die Männer um Raynor saßen schweigend da. Sie alle hatten schon Missionen erlebt, bei denen ihre Kameraden schwere Verletzungen erlitten hatten. Manche von ihnen, darunter auch Raynor, waren selbst schon ›verwundete Adler‹ gewesen. Sie alle wünschten sich, dort zu sein, den Feind eigenhändig zu bekämpfen und dafür zu sorgen, dass er das Blut ihrer Kameraden mit seinem Blut bezahlte.

Kolt hörte zu, wie Gangster seine Operators befehligte. Er wirkte ein wenig aufgekratzt, aber bisher lieferte er eine passable Leistung ab. Anscheinend war Monk für die Sicherung des Dorfes zuständig und Benji kontrollierte die

Geländegrenzen. Tackle drang in ein kleines Gebäude ein, in dem er auf Widerstand stieß, und eine weitere Meldung über einen verwundeten Adler erreichte den Besprechungsraum.

Einer der Black Hawks, die über dem Zielgebiet kreisten, wurde von mehreren Kugeln aus einer im Dorf abgefeuerten AK getroffen. Den Funksprüchen ließ sich entnehmen, dass zwei Besatzungsmitglieder verletzt waren, aber der Heli blieb in der Luft und auf Sendung.

Kolt und die anderen Männer in der Basis schwiegen, während sie den weniger als 20 Minuten dauernden Angriff mitverfolgten. Als alles vorbei war, gab Gangster seinen Lagebericht an Webber durch, der sich am Sammelpunkt in Eritrea aufhielt. Auch diese Kommunikation wurde parallel in das Besprechungszimmer übermittelt.

»Wrangler Zero One, hier ist Gangster.«

»Sprechen Sie, Wrangler Zero One.«

Gangster machte professionell und knapp Meldung. »Ziel gesichert. Zahlreiche getötete Feinde, wir zählen noch. Status der eigenen Truppe – der Bordschütze von einem der Black Hawks ist tot. Der Co-Pilot im selben Heli hat eine Kugel in den Arm abbekommen. Ich habe vier verwundete Adler, zwei davon in kritischem Zustand.«

»Roger. Geben Sie die Rufzeichen der Schwerverletzten durch, kommen«, antwortete Webber über Funk.

Kolt hatte nicht erwartet, dass alles reibungslos ablief. Aber beim Verfolgen der Livebilder, wie mehrere Leute in einen Helikopter geladen wurden, verkrampfte sich sein Magen und ihm brach der Schweiß aus.

»Tackle hat eine AK-Kugel in den Bauch kassiert und viel Blut verloren. Er ist jetzt in einem Heli. Wir kümmern uns um ihn. Kingfish hat Splitter von einer RPG abgekriegt. Zustand stabil, aber er ist noch nicht außer Lebensgefahr, kommen.«

»Roger«, sagte Webber. »Gute Arbeit.«

Gangster fuhr fort: »Ich kann jetzt bestätigen, dass es vierzehn getötete Feinde sind. Mehrere andere sind in die Hügel geflüchtet. Wir haben hier noch ungefähr zwei Dutzend Frauen und Kinder im Dorf. Sieht aus, als seien wir in eine Familienfeier reingeplatzt. Kommen.«

Die Angriffsphase von Gangsters Mission war damit beendet. Die Operators leiteten nun die SSE ein – die *sensitive site exploitation phase*. Das bedeutete, dass sie das Dorf auf der Suche nach verwertbaren Informationen komplett auf den Kopf stellten.

Gangster hatte Anweisung, sich zuerst um den sechs Meter langen Container zu kümmern, den Farmer in der Mitte der Siedlung entdeckt hatte. Alle hofften, dass er bis zum Rand mit SA-24-Raketen gefüllt wäre, damit alle zufrieden nach Hause zurückkehren konnten.

»Wrangler Zero One, Gangster, kommen.«

»Zero One, sprechen Sie.«

»Wir sind am Container. Er ist auf Steinen aufgebockt. Nur etwa 1,20 Meter hoch. Wir brechen die Tür auf und steigen rein. Warten Sie, eins ... okay ... Ich seh hier einen Stapel Holzkisten.« Eine lange Pause entstand.

Alle, die in der Basis Gangsters Funkspruch mitverfolgten, hofften, dass diese Kisten die SA-24-Raketen enthielten.

Die Stille dauerte einige Sekunden. Dann: »Negativ. Die Kisten sind komplett leer. Nichts außer ein paar Schlafmatten und Wasserflaschen.«

Kolt und die anderen im Besprechungsraum blickten sich an. Niemand wusste, was das zu bedeuten hatte oder ob es überhaupt etwas bedeutete.

Dann war Gangsters Stimme erneut zu hören. »Wrangler Zero One, ich hab hier noch was Interessantes gefunden. Ein Gerät, das aussieht, als sei es aus verschossener Artilleriemunition und den Resten eines Raketenwerfers zusammengebaut. Sicher nicht funktionsfähig.«

»Es *ist* aber kein Raketenwerfer?«, hakte Webber nach.

»Negativ. Auf keinen Fall. Sieht aber aus wie ein Modell. Für Trainingszwecke.«

»Und das lag im Container?«

»Korrekt.«

»Okay. Fertigen Sie Videoaufnahmen an und führen Sie die Sache zu Ende.«

»Roger. Gangster Ende.«

Kolt und die anderen beteten im Stillen für Tackle und Kingfish, bevor sie Mutmaßungen über die Bedeutung der gefundenen Gegenstände anstellten. Es war sicher noch einiges über den Zielort in Erfahrung zu bringen, daher beschloss Kolt, später am Nachmittag bei Ken Farmer in der SCIF vorbeizuschauen, um sich über zwischenzeitlich eingetroffene Nachrichten von der CIA oder anderen Kontakten auf den aktuellen Stand bringen zu lassen.

Kolt verließ das Besprechungszimmer mit einer Gruppe aus seiner Squadron, die früh am nächsten Morgen nach Wyoming aufbrechen sollte, um dort ein alpines Training zu absolvieren. Da das Zielgebiet im Jemen ein relativ einfach zugängliches Gelände war, hielten sie die Mission für erledigt. Alle gingen gemeinsam in die Mannschaftsbar und tranken ein kühles Bier, um den Erfolg von Gangsters Team zu feiern.

Kolt brachte einen Trinkspruch aus. »Auf Tackle und Kingfish und auf ihre schnelle Genesung.«

Gerade als das kalte Bier Kolts Oberlippe berührte, ging sein Piepser los. Als er danach greifen wollte, erklang gleichzeitig der Signalton der Sprechanlage. Webbers Sekretärin rief ihn über die Lautsprecher. »*Major Raynor, Anruf auf 4005. Major Raynor, 4005.*«

Kolt trank sein Bier aus und erzählte eine kurze Anekdote aus seiner Zeit als junger Truppenkommandant zu Ende. Dann wünschte er den anderen eine gute Reise, bevor er in die Kommandozentrale lief. Er hatte keinen Bereitschaftsdienst mehr. Kein Grund zur Hektik.

Webbers Büro lag in der Nähe, also ging er direkt hinein. Joyce fing ihn an der Tür ab. »Major Raynor, Colonel Webber ist am Telefon und will Sie sprechen. Ich schalte den Anruf auf seinen Anschluss. Gehen Sie gleich durch.«

Raynor sah verwirrt auf seine Armbanduhr. Er hatte das Besprechungszimmer vor gerade mal einer halben Stunde verlassen. Selbst wenn sich Gangster und seine Männer nicht mehr am Zielort aufhielten, mussten sie noch im Jemen sein. Kolt hatte keine Idee, weshalb Webber ihn hier in Bragg anrief, während am anderen Ende der Welt gerade ein Angriff stattgefunden hatte und die andere Squadron noch nicht vollständig aus der Gefahrenzone war.

Er betrat Webbers Büro, schnappte sich das Telefon vom Schreibtisch des Colonels und setzte sich damit auf einen der Besucherstühle. Sosehr es ihn in den Fingern juckte, sich auf Webbers Platz zu setzen – er kämpfte gegen den Drang an.

»Raynor hier, Sir.«

Webber klang gestresst. »Ich habe gerade einen Anruf aus Langley erhalten. Es kommen Probleme auf uns zu.«

»Worum geht's, Sir?«

»In Mexiko ist es letzte Nacht zu einer Konfrontation zwischen vermuteten Mitgliedern des Zeta-Kartells und dem Militär gekommen.«

Komisch. Warum rief Webber ihn deswegen an? »Ja, Sir. Das hab ich heute Morgen in den Nachrichten mitbekommen.«

»Jemand hat mit einer SA-24 einen mit 13 Marines bemannten Black Hawk abgeschossen«, fuhr Webber fort.

»Ach du Scheiße«, murmelte Raynor leise. »*Davon* wurde nichts erwähnt.«

»Es gibt Berichte, wonach SA-7- und SA-16-Raketen und vielleicht sogar ein paar Stingers in Mexiko im Umlauf sind, obwohl nichts davon je aufgetaucht ist. Aber diesen hier hat unser alter Freund Tripwire als Grinch-Angriff verifiziert.

Die einzigen verschwundenen Grinch-Raketen stammen aus Libyen.«

»Aus der Lieferung in den Jemen?«, fragte Kolt.

»Das lässt sich noch nicht sagen. Aber falls sie auf dem Luftweg eingetroffen sind, hätten sie zwischenzeitlich nach Mexiko gelangen können. Das Verteidigungsministerium will, dass das JSOC an der Grenze bereitsteht. Für den Fall, dass sich eine Gelegenheit ergibt, die Waffen wiederzubeschaffen.«

»Natürlich.« Raynor begriff langsam, was Webber von ihm wollte.

»Das ST6 ist noch im Mittelmeer und Gangster und seine Squadron werden frühestens in 16 Stunden wieder amerikanischen Boden betreten. Die SEALs aus Coronado sind unterwegs zu vorläufigen Einsatzzielen im Westen, in Kalifornien, Arizona und New Mexico. Aber der kommandierende General hat uns die Autorisierung zum Angriff erteilt, falls die Raketen im Osten auftauchen.«

»Versetzen Sie uns wieder in Bereitschaft, Sir?«

»Ja, so ist es. Trommeln Sie die Mannschaftsmitglieder zusammen, die noch in Fayetteville sind. In 90 Minuten geht's los. Sie fliegen zunächst nach McAllen, Texas. Aber Langley hat Agenten in Mexiko, die nach den Zetas mit den Raketen fahnden, und wir setzen Drohnen jenseits der Grenze ein, um mehr in Erfahrung zu bringen.«

Kolt fragte: »Woher wissen wir, dass es Zetas waren? Was, wenn Al-Qaida dahintersteckt und bereits einen Vorstoß in die USA vorbereitet?«

»Falls in diesem Al-Qaida-Trainingslager Terroristen im Umgang mit der SA-24 ausgebildet wurden, denke ich, dass Sie da eine gute Frage stellen. Wir werden jetzt doppelt so schnell an der Analyse der Informationen aus dem Jemen arbeiten und die Details unverzüglich ans Weiße Haus weiterleiten. Schaffen Sie einfach so flott wie möglich alle verfügbaren Mitglieder Ihrer Squadron an Bord des C-17.

Der Deputy Commander wird dafür sorgen, dass Sie von allen dort Unterstützung bekommen.«

»Ja, Sir. Übrigens, gibt es Neuigkeiten, was Kingfish und Tackle angeht?«

»Kingfishs Zustand ist kritisch. Tackle hat es nicht geschafft. Seine Frau ist noch nicht benachrichtigt, also verlieren Sie bitte kein Wort darüber.«

Scheiße, dachte Kolt. *So ein verfluchter Mist.*

»Konzentrieren Sie sich auf die Aufgabe, die vor Ihnen liegt, Raynor, und passen Sie da unten auf sich auf. Die Zetas mögen keine Dschihadisten sein, aber die kämpfen da unten in Mexiko schon seit mehr als fünf Jahren in einem Zweifrontenkrieg. Die haben nicht nur andere Kartelle abgewehrt, sondern sich auch Militär und Bundespolizei vom Leib gehalten. Ich will, dass Sie sich voll und ganz darüber im Klaren sind, wie gefährlich die Ihnen und Ihren Männern werden können. Die sind nicht weniger schlimm als die, mit denen Sie es hier drüben zu tun hatten. Und wir brauchen ganz sicher nicht noch mehr Namen von im Kampf gefallenen Eagles an unserer Wand.«

»Ja, Sir.«

Sekunden später stürmte Major Kolt Raynor an Joyce vorbei durch das Vorzimmer von Webbers Büro. Er begab sich zur Stabsabteilung, um seine Squadron zusammenzurufen.

Raynor stand im Büro hinter dem Schreibtisch. Vor ihm saß ein halbes Dutzend seiner Männer auf anderen Tischen und Holzstühlen. Sie waren als Erste eingetroffen, nachdem sie auf dem Schießplatz zu später Stunde noch etwas CQB-Training absolviert hatten – *Close Quarter Battle*. Die codierte Nachricht war natürlich an alle Einsatzkräfte abgesetzt worden, aber viele von ihnen hatten sich bereits auf den Weg zu Teamtrainings in anderen Landesteilen oder in den Urlaub gemacht.

Aber die verfügbaren Kräfte ließen sich nicht lange bitten. Wenn auf dem Piepser eines Mitglieds der Einheit der Code zum Rückruf erschien, wurde von ihm erwartet, alles stehen und liegen zu lassen und sofort den Rückweg zur Basis anzutreten – auch außerhalb der Rufbereitschaft.

Sie schafften es trotzdem nicht alle innerhalb einer Stunde. Manche würden also das erste Flugzeug verpassen. Aber Kolt hoffte, dass er schnellstens ein zweites Flugzeug voller Männer nach McAllen schicken konnte, falls es nötig wurde, die Grenze zu überqueren.

Er wandte sich an die sechs, die bereits vor ihm saßen. »Ich hab gerade mit dem Colonel gesprochen. Für uns geht's nach Mexiko.«

Slapshot lehnte im hinteren Teil des Raums an der Wand. Obwohl er dem Verhalten seines Bosses entnehmen konnte, dass das nichts Gutes bedeutete, verstieg er sich zu einem seiner typischen Witze. »Margaritas und Nachos?«

Kolt lachte nicht. »Boden-Luft-Raketen. Libysche Raketen.«

Slapshot stieß sich von der Wand ab. »Dann trink ich eben 'ne Margarita, sobald ich wieder zu Hause bin. Holen wir uns die Teile.«

Raynor fasste seinen aktuellen Kenntnisstand zusammen: »Uns liegt eine Bestätigung vor, wonach ein Heli der mexikanischen Marine gestern mit einer SA-24 abgeschossen wurde. Ihr habt vielleicht heute was in den Nachrichten davon mitbekommen. Wir wissen nicht, ob es dieselben Raketen sind, die in den Jemen geschickt wurden, oder ob Al-Qaida überhaupt was damit zu tun hat. Das JSOC hat schon alle verfügbaren Kräfte da unten hingeschickt, um nach ihnen zu suchen. Wenn man sie findet, sammeln entweder wir sie dort ein oder die SEALs.«

»Die SEALs?«, hakte einer der Männer hörbar verschnupft nach.

»Ja, aber die weißen SEALs aus Coronado. Nicht Team 6. Das JSOC tut sein Bestes, mehrere Operationen gleichzeitig durchzuführen, und der SOUTHCOM-Kommandant muss die Sache vorangetrieben haben. Wir haben ein Schweineglück, dass unsere Schwestersquadron schon in Berlin beim Gebäudetraining ist. Damit bleiben nur wir übrig.«

Niemand sagte ein Wort. Sie nickten nur und gaben Kolt auf diese Weise zu verstehen, dass alle begriffen, was auf dem Spiel stand. Die Gruppe teilte sich sofort danach auf. Sie gingen in ihre Teamräume, um ihre Ausrüstungstaschen zu packen, und in die Depots, um Waffen, Munition und sichere Funkgeräte zu holen.

Raynor hastete in die SCIF, um mit Kenny Farmer zu reden. Er wusste, er hätte ihn einfach aus dem Büro anrufen können, aber ihn beschlich das Gefühl, dass es wichtig war, persönlich vorbeizuschauen.

Der Rotschopf saß mit müden Augen vor dem Bildschirm. Eine Live-Schaltung präsentierte schmale Straßen und flache Buschlandschaften.

Kolt blickte ihm über die Schulter. »Ist das der Jemen oder Mexiko?«

»Mexiko«, erwiderte Farmer, ohne aufzusehen. »Wir haben ein paar MQ-1-Drohnen von der Heimatschutzbehörde aus Brownsville bekommen. Sie nehmen sich die Highways nördlich von der Stelle vor, an der letzte Nacht der Kampf stattgefunden hat.«

»Irgendwas Konkretes?«

»Nichts. Ist auch nicht besonders wahrscheinlich. Ein Riesengebiet. Und wie Sie selbst wissen, ist es nicht besonders kompliziert, einen Raketenwerfer zu verstecken. Das J2 arbeitet mit den Mexikanern zusammen. Die versuchen ein paar Telefongespräche bekannter Zeta-Kommandanten abzuhören. Das verspricht zwar mehr Aussicht auf Erfolg, als in siebeneinhalb Kilometern Höhe am Himmel zu kreisen, aber trotzdem ... diese Kartellbosse plaudern bestimmt nicht über offene Leitungen.«

Kolt klopfte Farmer auf den Rücken. »Mach weiter so,

Bruder. Wenn sie jemand finden kann, dann du. Ich muss mein Zeug holen. Brauchst du 'nen Kaffee?«

Farmer schüttelte den Kopf. »Mein Blut besteht jetzt schon zu zehn Prozent aus kolumbianischem Röstkaffee.«

David Doyle und Miguel saßen gemeinsam auf der Rückbank eines roten Ford-Econoline-Vans, der auf Mexikos Highway 85 nach Nordosten fuhr. Bei ihnen im Van befanden sich 14 Igla-S-Systeme. Auf der rechten Seite der Straße schimmerte das blaue Wasser des Presa Rodrigo Gómez in der späten Nachmittagssonne, was Jerry zwang, die Sonnenblende herunterzuklappen, um die Augen beim Fahren vor dem grellen Licht zu schützen. David und Miguel drehten sich einfach zur Seite und setzten ihr Gespräch fort.

Die drei anderen Fahrzeuge, die Boden-Luft-Raketen durch Mexiko transportierten, verteilten sich über eine Strecke von 25 Kilometern auf dem Highway. Zwischen den Wagen des kleinen Konvois von Al-Qaida-Agenten fuhren fünf SUVs mit bewaffneten Sicherheitsleuten vom Kartell Los Zetas.

Es war ursprünglich nicht geplant gewesen, die Wagen so weit zu verteilen. Aber David und Miguel hatten mit ihren Sofortmaßnahmen und spontanen Ideen die ursprünglichen Pläne der Zetas gehörig durcheinandergebracht. Sie hofften, dadurch einem möglichen Verrat ihrer angeblichen Verbündeten hier in Mexiko vorbeugen zu können.

Nach der Schießerei in Coahuila am frühen Morgen hatten sie sich alle auf eine Ranch im Besitz der Zetas zurückgezogen, um ihre Toten in flachen Gräbern zu verscharren und sich von den Straßen fernzuhalten, während groß angelegte Suchaktionen von der Gegenseite eingeleitet wurden. Auf der Ranch stellten sie fest, dass einer ihrer Trucks bei der Schlacht einige Schäden davongetragen hatte. Außerdem war Kühlflüssigkeit ausgelaufen. Daher tauschten sie den Truck gegen den Van ein und schafften 14 Waffen und drei Männer in den Econoline.

David und Miguel besprachen ihre neuen Pläne, während Jerry das Steuer übernahm. Sie hatten beschlossen, die Grenze zu den USA nicht an der ursprünglich geplanten Stelle in Agua Prieta zu überqueren, die sich nur ein kurzes Stück südlich von Arizona befand. Stattdessen wollten sie zur Grenze nach Texas im Nordosten, die deutlich näher lag. So gelangten sie zudem schneller als ursprünglich geplant aus Mexiko in die Vereinigten Staaten. Im Gegenzug mussten sich die Zetas beeilen, um ein neues Nachtlager aufzutreiben. Am nächsten Morgen könnten sie die Grenze dann im Rahmen des regulären, durch das nordamerikanische Freihandelsabkommen geregelten Geschäftsverkehrs überqueren.

Zu diesem Zweck fuhren sie den Highway 85 hinauf. Gerade passierten sie Santiago, schon bald das benachbarte Monterrey. Ihr Plan sah vor, Monterrey bis zum Einbruch der Dunkelheit hinter sich zu lassen, auf dem 85er zu bleiben und, falls nichts Größeres dazwischenkam, gegen zehn Uhr abends in Nuevo Laredo einzutrudeln.

Nuevo Laredo galt als Revier der Zetas. Das Kartell übte mehr Kontrolle über das umliegende Gebiet aus als jedes andere Kartell in den großen Städten des Landes. Henrico, David und Miguel hatten sich darauf geeinigt, diesen Ort heute Abend anzusteuern. Dort konnten die Bundespolizei, die Marine, die Armee und sogar die Amerikaner ihnen nichts anhaben, ohne dabei selbst viele Männer zu verlieren.

Es war kein perfekter Plan. Falls man sie auf der Straße nach Nuevo Laredo entdeckte, drohte eine Flucht trotzdem zu scheitern. Die Straßen hier verliefen schnurgerade und eben, und es gab nur selten Gelegenheiten, sie zu verlassen und Deckung zu suchen. Aber David war sicher: Falls sie es bis nach Nuevo Laredo schafften, blieben sie dort für ein, zwei Tage unentdeckt – lange genug, damit die Zetas die Grenzwächter erfolgreich schmieren und sie sich in die Vereinigten Staaten einschleichen konnten.

Doyle sah auf die Uhr. Noch drei Stunden bis zur Grenze. Er beugte sich nach vorn und bat Jerry, Gas zu geben.

Kolt saß auf etwas, das ihm sehr vertraut vorkam: einer bequemen schwarzen Klappbank an der Kabinenwand eines C-17 Globemaster. Vier Little-Bird-Helikopter waren mit schweren Gurten an den Ringen am Boden des Militärtransportflugzeugs festgeschnallt, zwei MH-6Js und zwei AH-6Js vom 160. Special Ops ›Night Stalker‹ Aviation Regiment aus Fort Campbell in Kentucky. Um Kolt herum saßen acht Piloten, außerdem 20 Männer aus seiner Squadron – zwölf Assaulter, fünf Scharfschützen, ein Sanitäter, ein Funker und ein Hundetrainer in Begleitung von Roscoe, einem Belgischen Schäferhund.

Eine zweite Welle, bestehend aus sieben weiteren Assaultern und Scharfschützen, sollte ein paar Stunden später in McAllen eintreffen. Sie würden sich beschissen fühlen, weil sie den ersten Flieger verpasst hatten. Und Kolt wusste auch, dass sie wahrscheinlich inständig hofften, ihre Chance auf einen Einsatz südlich der Grenze noch nicht versaut zu haben.

Der Globemaster-Pilot hatte ihnen gerade mitgeteilt, dass sie sich über dem Ostteil von Texas befanden. Nach dem Überfliegen von Alabama und einem Abschnitt des Golfs von Mexiko stand die baldige Landung auf der Randolph Air Force Base in San Antonio, Texas, an. Dort sollte das C-17 auf einem dunklen Abschnitt des Rollfelds runtergehen, wo die Männer den Heli-Besatzungen helfen sollten, die Little Birds abzuladen und aufzubauen. Im Anschluss ging es an Bord zweier gewöhnlicher UH-60-Helikopter weiter, geflogen von der Texas Air National Guard. Die Little Birds machten sich parallel auf den Weg nach McAllen, von den Black Hawks getrennt, die die Delta-Männer transportierten. So sorgte man für ein diskretes Profil und verhinderte, dass womöglich ein übereifriger Viehfarmer Alarm schlug und sie verriet.

Der Einsatz der Helis der Nationalgarde schmeckte niemandem besonders, aber sie waren vor Ort und standen sofort zur Verfügung. Für diese Operation konnten sie nicht auf MH-60Js hoffen, da sie allesamt zur Unterstützung der Mission der Bereitschaftssquadron im Ausland eingesetzt wurden.

Falls der Einsatz in Mexiko autorisiert wurde, hätten die UH-60-Helis damit nichts zu tun. Die Männer würden sich stattdessen an die Kufen der Little Birds hängen und so die Grenze überqueren.

Ungefähr zur selben Zeit sollten SEALs aus Kalifornien sich an der westlichen Grenze versammeln, vermutlich ähnlich hektisch und unkoordiniert wie sie.

Obwohl seine Squadron keinen Bereitschaftsstatus hatte, wusste Raynor, dass er sich auf das mitgekommene Team verlassen konnte. Und er war stolz darauf, sich nur dreieinhalb Stunden nach Webbers Anruf mit einer schlagkräftigen Truppe aus Operators Texas zu nähern. Obwohl ihm bewusst war, dass sein Team eher geringe Chancen hatte, anstelle mehrerer weißer SEAL-Teams für den Angriff jenseits der Grenze eingesetzt zu werden, ließ er sich gedanklich keine Sekunde lang davon beeinflussen. Major Raynor bereitete sich auf diese Mission vor, als ob es völlig sicher war, dass er und seine Männer bald in die Gefahrenzone vorrückten. Wenn man sich in einer Tier-One-Einheit anders verhielt, landete man in der Regel ziemlich bald in einem schwarzen Chinook, der einen nach Hause brachte.

Mit mehreren seiner Sergeants beugte er sich über die Tablet-Darstellung einer Karte des nördlichen Mexiko, da tauchte einer der Lademeister des C-17 auf und reichte ihm ein Headset mit langem grünem Verbindungskabel. »Wir haben einen Anruf für Sie.«

Kolt setzte sich den Kopfhörer auf und gab dem Lademeister das Daumen-hoch-Zeichen. Einen Augenblick später kündigte charakteristisches Rauschen und Knistern eine Satellitenverbindung an.

»Racer, hier ist Webber.«

»Ja, Sir?«

»Wie ich höre, sind Sie etwa 20 Minuten vor Randolph.«

»Korrekt.«

»In Ordnung, hören Sie zu. Die Raketen sind in Mexiko noch nicht entdeckt worden, aber wir haben da drüben eine Spur.«

»Eine Spur?«

»Einer von den Feinden, die Gangster geschnappt hat, hat Daoud Al-Amriki als Zellenanführer identifiziert, der die Ausbildung von einem Dutzend Al-Qaida-Agenten geleitet haben soll.«

Kolt brauchte einen Moment, um diese Information zu verarbeiten. »Geschnappt? Ich dachte, die hätten alle Männer im kampffähigen Alter erledigt.«

»Alle bis auf einen, zu unserem Glück. Ist 'ne längere Geschichte.«

»Krasse Scheiße! Weiß jemand, wo Al-Amriki und seine Männer jetzt sind?«

»Negativ, aber sie sind vor sechs Tagen überhastet aufgebrochen.«

»Das ist der Tag, nachdem wir Saleh in Kairo erledigt hatten. Der Typ hat nicht zufällig erwähnt, ob Al-Amriki die Raketen mitgenommen hat?«

»Er behauptet Nein, aber sie hätten den Umgang mit dem System gelernt, indem sie ziemlich raffinierte Attrappen benutzt haben. Dieser Kerl, der da auspackt, ist nur ein Wachmann. Er scheint nicht in die Einzelheiten eingeweiht zu sein. Wusste einen Scheiß über den Frachtcontainer oder Al-Amrikis Pläne. Die vernehmen ihn noch.«

»Klingt, als müssten wir Saleh ein bisschen härter anfassen, um rauszufinden, ob er was über David Wade Doyle weiß.«

»Japp. Ich nehme an, dass man das in Langley bei der CIA gerade tut.«

»Und hat das was mit dem SA-24-Abschuss in Mexiko zu tun?«

»Bisher hat niemand ausdrücklich diese Schlussfolgerung gezogen, aber es könnte sein.«

Kolt spürte, wie das C-17 zum Landeanflug in San Antonio ansetzte. »Sir, wenn Doyle ein Dutzend Kerle hat, die mit Raketenwerfern umgehen können, von denen einige westliche Kleidung tragen, und wenn die Al-Qaida Raketen hat und wir wissen, dass welche davon in Mexiko sind ... dann halte ich es nicht für allzu weit hergeholt, dass Doyle ebenfalls in Mexiko ist. Und wenn er dort ist, wird er versuchen, mit seinen Jungs in die USA zu gelangen.«

»Das brauchen Sie mir nicht zu erklären, Racer. Wir tun, was wir können, um die Raketen da unten ausfindig zu machen, damit Sie oder die SEALs hingehen und die Mistdinger samt Besitzern zur Hölle jagen können.«

»Wer führt am Boden das Kommando? Wir oder die SEALs?«

»Das Southern Command setzt sich sehr für diese Mission ein. Der kommandierende General arbeitet die Sache zusammen mit dem Verteidigungsministerium aus. Ist noch zu früh, um sich festzulegen, aber es wird davon abhängen, wo die Raketen sind.«

»Hört sich ein bisschen politisch an.«

»Ist es doch immer.«

David Doyles roter Ford Econoline verließ den Federal Highway 85 und fuhr auf einer ebenen zweispurigen

Asphaltstraße weiter. Die Scheinwerfer des Vans beleuchteten wenig mehr als umherfliegenden Staub, schwebende und springende Käfer und braun-grüne Büsche, die auf beiden Straßenseiten ihre Zweige in die Dunkelheit streckten. Jerry fuhr nach Osten und hielt sich strikt an die Wegbeschreibung, die er von Henrico erhalten hatte. Aber er wusste nicht genau, wohin er fuhr.

Die hellen Lichter im Norden deuteten darauf hin, dass sie sich in der Nähe der südlichen Vorstädte der gefährlichen, rauen Metropole Nuevo Laredo aufhielten. Das bedeutete, dass sie nur ein paar Meilen von der Grenze zwischen den USA und Mexiko trennten. Außerdem wussten sie, dass sie hierhergekommen waren, um in der Nähe zu übernachten.

Alle Männer im Van hofften, dass es hier draußen noch etwas anderes zu ihrem Schutz gab als Grashüpfer und Klapperschlangen.

Bald darauf tauchten die Rücklichter eines anderen Fahrzeugs vor ihnen auf. Im Näherkommen stellten sie zu ihrer großen Freude fest, dass es der gelbe TerraStar war. Davor rollten der blaue Truck und ein paar SUVs, die David und seine Begleiter als Wagen der Zetas erkannten. Alle im Econoline seufzten vor Erleichterung, dass sie den Highway an der richtigen Abfahrt verlassen hatten.

Der Econoline folgte den anderen Wagen durch ein Gatter in einem hohen Maschendrahtzaun. Doyle fiel ein Schild mit der Aufschrift ARROYO DEL COYOTE SUBESTACIÓN auf. Hinter dem Zaun strich das Scheinwerferlicht seines Vans über ein riesiges Feld voller Metalltürme, Stromleitungen, Transformatoren und Nebengebäude. Sie blieben an den Zetas dran, vorbei an Wachmännern in schwarzen Uniformen und mit Baseballmützen mit dem aufgestickten Kürzel CFE. Die Wachen trugen Schrotflinten mit Pistolengriffen um den Hals und – was Doyle fast noch wichtiger vorkam – wirkten kein bisschen beunruhigt über die Neuankömmlinge.

Die Fahrzeuge erreichten die Rückseite der Trafostation und blieben im Leerlauf unter langen Markisen stehen, die an den Seiten der zwei größten Gebäude des Grundstücks entlangführten. Neben den Gebäuden befand sich eine riesige Garage. Männer öffneten die Tore und fuhren grün-weiße Lastwagen ins Freie, auf denen ebenfalls der CFE-Schriftzug prangte. Knapp eine Minute später wurden die beiden TerraStar-Laster reingewunken und der Econoline zu einem kleinen Parkplatz an der Seite dirigiert.

Doyle kletterte mit der AK-47 in den Händen heraus und begab sich auf die Suche nach Henrico. Die Luft war heiß und staubig und er musste sich an den Lampen der Nebengebäude orientieren.

Er fand den Mexikaner vor dem Kontrollgebäude in der Nähe der Garage. Im Licht, das aus den Fenstern drang, konnte man ihm die Erschöpfung an Augen und Gesicht ablesen. Die Wunde über dem Auge war nur noch ein dicker, schwarzer Wulst. Nichts Ernstes. Aber die Anstrengung der letzten 36 Stunden, zusammen mit dem Stress, den ihre missliche Lage auslöste, forderte sichtlich ihren Tribut.

So war es oft bei den Ungläubigen, stellte Doyle fest. Der Glaube an ihre Mission reichte nicht aus, um ihren Körpern Kraft zu spenden. Doyle wusste, dass er und seine Zelle auf jeden Fall weitermachten, egal wie beschwerlich es wurde.

Henrico sagte müde: »Ich habe gerade von einem unserer *Halcons* auf dem Highway gehört.«

»Was ist ein *Halcon*?«

»So nennen wir unsere Beobachter. Menschliche Falken. Informanten auf den Straßen, die an uns weitergeben, was sich dort abspielt. Die haben wir überall in Nuevo Laredo. Sie melden, das letzte eurer Fahrzeuge wird in ein paar Minuten die Einfahrt heraufkommen.«

»Ausgezeichnet.« David blickte sich in der Dunkelheit um. Er konnte gerade noch die Metalltürme erkennen, die sich mehr als 100 Meter weit in jede Richtung erstreckten. »Ist das hier so eine Art elektrische Schaltanlage?«

»*Sí.* Die CFE ist die staatliche Elektrizitätsgesellschaft hier in Mexiko. Wir kontrollieren sie in Nuevo Laredo vollständig. Hier sind wir sicher, solange wir in den Gebäuden bleiben. Folg mir.«

Henrico führte Doyle in das Kontrollgebäude. Es gab einen offenen Empfangsbereich und zwei Stockwerke mit Fluren, Büros, einer Küche und einer Maschinenwerkstatt. Der Mexikaner erklärte, dass die anderen Nebengebäude als Lagerstätten für die Ausrüstung dieser Station fungierten.

»Was passiert morgen früh, wenn die Leute zur Arbeit kommen?«, wollte Doyle wissen.

»Sonntag. Es wird nur eine Notmannschaft da sein. Wir bringen unsere Leute immer hierher. Die Arbeiter sind daran gewöhnt und verraten nichts.« Er hielt inne. »Sie wissen alle, welche Strafe darauf steht.«

»Wie ist die Sicherheitslage?«

Henrico antwortete: »Wir haben eine Truppe aus 25 Mann dabei, alle mit Gewehren und RPGs bewaffnet. Zusätzlich bieten uns die Wachen der Station etwas Schutz, aber nicht viel.«

Doyle schielte auf sein Handgelenk. 22:29 Uhr. »Und wie lautet der Plan für morgen?«

Henrico zuckte die Achseln. »Ich hab mit meinen Bossen gesprochen. Die werden versuchen einen unserer Männer am Grenzübergang zu platzieren und einen von uns geschmierten US-Zollbeamten auf der anderen Seite. Keiner von denen ist morgen regulär zur Arbeit eingeteilt, daher ist es schwer zu sagen, wann es klappen wird. Seit du heute Morgen angefangen hast, den ganzen Plan auf den Kopf zu stellen, tun wir unser Bestes, um nachzusteuern.«

Doyle zuckte die Achseln. »Ich habe uns allen mehr Sicherheit verschafft. Dir auch. Ich bin sicher, die Anführer meiner und deiner Organisation werden sich auf eine faire Gegenleistung für deine Leistungen verständigen.«

Henrico erwiderte nur: »Wir werden einen Weg finden, euch über die Grenze zu bringen.«

Der Amerikaner ging zur Garage zurück, wo jetzt alle seine vier Trucks parkten, einschließlich der 59 Raketen, mit denen sie beladen waren. Miguel und die anderen standen in der Nähe der Fahrzeuge.

Doyle wandte sich an die Gruppe. »Wir werden vielleicht nicht lange bleiben. Aber ich will, dass vier von euch je eine Igla aus der Kiste holen und damit und mit den Gewehren die vier Ecken dieses Geländes einnehmen. Wir bleiben über Funk in Kontakt. Halten die Augen offen für mögliche Gefahren aus der Luft.« Doyle blickte in Richtung Norden. Dort hob ein kleinmotoriges Flugzeug vom kleinen Flughafen von Nuevo Laredo ab, der nur über eine einzige Rollbahn verfügte. In Laredo, Texas, gab es einen weiteren Flughafen, aber der lag mindestens 15 Meilen entfernt.

Im Süden schwebte ein Polizeihubschrauber durch den Nachthimmel.

David warnte sie: »Passt auf, dass ihr nur Ziele ins Visier nehmt, die uns tatsächlich angreifen. Keine Flugzeuge oder Hubschrauber, die lediglich vorbeifliegen.«

Die Männer nickten zustimmend.

»Lasst alle eure Schlüssel in den Lastwagen und habt jederzeit einen Fahrer bereit. Miguel und ich werden mit den Mexikanern ins Kontrollgebäude gehen und auf Neuigkeiten warten, wann wir über die Grenze können.«

Um drei Uhr saß Kolt Raynor in der Kabine eines UH-60, der in 300 Metern Höhe über das mondbeschienene Buschland des südlichen Texas hinwegflog. Bei ihm befanden sich acht seiner Männer, darunter Slapshot, der Schäferhund Roscoe mit seinem Trainer und die Hälfte der Ausrüstung, die sie aus Bragg mitgebracht hatten. Der andere Hubschrauber mit einem weiteren Schwung Operators folgte dicht hinter ihnen. Noch 20 Flugminuten bis McAllen, und sie hatten weiterhin keine Ahnung, was zu tun war, wenn sie dort ankamen – ob es überhaupt etwas für sie zu tun gab.

Die Little Birds wurden nach wie vor in der Randolph Air Force Base zusammengesetzt und flugfertig gemacht. Einer der Helis hatte ein Triebwerkproblem, wodurch sich der Start um mindestens eine Stunde verzögerte.

Jetzt verlangsamte ihr Pilot das Tempo und nahm Kurs in Richtung Westen. Kolt hielt Ausschau nach einer möglichen Erklärung, sah in der Kabine aber nur acht Augenpaare hinter Schutzbrillen, die seinen Blick erwiderten, sowie ein pelziges Hundegesicht.

Der Pilot meldete sich Sekunden später über Kolts Headset. Er sprach mit deutlichem texanischem Einschlag. »Sind Sie der Kommandant der Bodentruppe?«

»Nennen Sie mich Racer.«

»Chief Bartow hier aus dem Cockpit. Meine Befehle wurden gerade geändert. Mir wurde gesagt, ich soll Sie zu einem Ort südlich von Laredo bringen. Weitere Anweisungen sollen folgen. Wir treffen dort in 35 Minuten ein.«

»Roger, danke«, gab Kolt zurück. Dabei kritzelte er die Worte ›Befehlsänderung – Laredo‹ auf eine kleine, weiße Tafel und reichte sie an seine Männer weiter. Diese nickten und hofften, dass der Befehl zur Änderung der Landezone mit dem Eintreffen wichtiger, neuer Informationen zusammenhing und man ihnen letzten Endes tatsächlich den Einsatz jenseits der Grenze zuteilte.

34

Die beiden Helikopter der Nationalgarde setzten auf dem Fußballfeld einer verlassenen Mittelschule auf. Ziemlich abgelegen, ein paar Meilen nördlich von Rio Bravo. Die Fluggeräte schalteten ihre Triebwerke ab, um Treibstoff zu sparen. Racer und seine Männer stiegen samt Waffen und Ausrüstungstaschen aus. Sie richteten eilig einen Kommandoposten in der Nähe der wackligen Tribüne ein. Raynor legte das Satellitentelefon vorsichtig ab. Er betete, dass es bald klingeln würde, dass Webber ihnen einen Lagebericht gab und die Befugnis zum Angriff erteilte. Sie öffneten FalconView auf ein paar Laptops, um sich mit dem Gebiet vertraut zu machen, obwohl sie nicht in der Lage waren, konkrete Ziele zu markieren.

Shit!, dachte Kolt. Die Aussicht, die Raketen und Doyle auf einen Schlag zu erwischen, versetzte ihn in Aufregung. Er musste seine Emotionen in den Griff bekommen. Schließlich konnte der Angriff immer noch einem Team von SEAL-Typen aus New Mexico zugeteilt werden. Er dachte schon viel zu weit voraus.

Colonel Jeremy Webber rief wenige Minuten später an. Er war noch in Eritrea am Assab International Airport und arbeitete mit dem US-Botschafter im Jemen einige Details aus. Die Operators der Bereitschaftssquadron hatte er bereits mit zwei MH-60Js in einem C-17 nach Hause geschickt.

Es gab keine Begrüßung. »Sind Sie gelandet?«, fragte Webber. Kolt hörte an der Stimme seines Bosses, dass die SEALs in New Mexico an diesem Morgen wohl *nicht* in Aktion traten.

»Ja, Sir. Wir warten noch auf das Eintreffen der Little Birds. Die hatten ein Problem mit einem der MHs und mussten anschließend durch ein Unwetter fliegen. Wissen Sie was über die kurzfristige Änderung, uns nach Rio Bravo umzuleiten?«

»Ja, ich hab Sie dorthin geschickt. Die Aufklärungsabteilung hat eine Gruppe von Fahrzeugen gesichtet, die sich knapp südlich von Nuevo Laredo versammelt haben, direkt westlich von Ihnen. Eins davon, ein grüner, mittelschwerer Laster, passt zur Beschreibung eines Fahrzeugs, das heute am frühen Nachmittag zusammen mit einigen anderen Wagen eine Festung der Zetas in Coahuila verlassen hat. Am Abend sind sie durch Monterrey gefahren und jetzt bei einer Trafostation angelangt, begleitet von mehr als zwei Dutzend bewaffneten Wachmännern.«

Webber gab Raynor die Koordinaten durch und Kolt fand das Coyote-Umspannwerk auf seiner FalconView-Karte. Es befand sich knapp sechs Meilen entfernt. »Die sind genau an der Grenze, Boss. Bin ich der Einzige, der davon ausgeht, dass Doyle mit seinen Boden-Luft-Raketen nach Texas will?«

»Ich seh das genau wie Sie. Das Weiße Haus übrigens auch. Wir müssen ihn unbedingt noch auf der mexikanischen Seite aufhalten.«

»Warum macht die Air Force da nicht kurzerhand alles platt?«, fragte Kolt.

Eine Pause entstand. »Scheiße, Racer. Schätze, man wird Ihnen wohl kaum einen Job im diplomatischen Dienst anbieten, wenn Sie mal zu alt werden, um Türen einzutreten. Die Vereinigten Staaten werden auf keinen Fall mit Bombern über die Grenze fliegen und Mexiko bombardieren. Vor allem keine Einrichtung, die eine halbe Million Bürger mit Strom versorgt.«

»Schon klar, Boss. War 'ne dämliche Frage. Falls wir sie *nicht* kriegen, bevor sie in die Staaten kommen – steht dann die Grenzpatrouille oder irgendein SWAT-Team bereit, um sie hinter der Grenze aufzuhalten?«

»Die bekommen in diesem Moment eine entsprechende Vorwarnung, aber ...«

Kolt begriff, was er damit andeuten wollte. »Besser, wir halten sie auf, bevor's dazu kommt.«

»Das wär das Beste.« Der Colonel räusperte sich. »Das Weiße Haus hat Ihnen die Freigabe für die Aktion in Mexiko erteilt. Sie sind befugt, das vermutete Lager samt dort befindlichen SA-24-Raketen zu zerstören und jeglichen Widerstand zu beseitigen, auf den Sie dabei stoßen. Das Weiße Haus versucht eine Übereinkunft mit den mexikanischen Behörden zu erzielen, damit Sie es außer mit den Zetas nicht auch noch mit der Bundespolizei zu tun kriegen.«

»Davon rate ich ab, Sir«, entgegnete Kolt. »Das wäre so, als würde man die Pakistani vorwarnen, dass die SEALs kommen, um bin Laden zu holen. Die Sache ist hektisch genug. Machen wir daraus keinen Flashmob oder eine wilde Verfolgungsjagd durch die Wüste.«

»Tut mir leid, Raynor. Das Weiße Haus muss gewährleisten, dass die mexikanische Regierung in Kenntnis gesetzt ist, bevor wir handeln. Und wenn Sie und Ihre Leute einen Haufen Bundespolizisten abknallen, wäre das mehr als problematisch.«

Für Kolt war das alles überflüssige Politik – Politik, die ihm im Weg stand, wenn er seinen Job vernünftig erledigen wollte.

Der alte Kolt hätte sich noch einige Sekunden länger darüber beklagt. Aber der neue Kolt sagte nur: »Verstanden.«

»Bleiben Sie dran, Racer.«

Während Kolt darauf wartete, dass Webber wieder ans Telefon kam, ertappte er sich dabei, auf einem etwa drei Meter langen Abschnitt in der Nähe des südlichen Fußballtors unruhig auf und ab zu gehen. Er blieb stehen, da ihm bewusst wurde, dass er damit bei seinen Männern, die ihn von der Tribüne aus beobachteten, einen übertrieben aufgeregten Eindruck hinterließ.

»Raynor?«

»Ja, Sir, ich bin noch dran.«

»Sie werden in ein paar Augenblicken eine Liveübertragung von einer Drohne auf Ihrem Laptop empfangen. Die Fahrzeuge bei der Trafostation setzen sich in diesem Moment wieder in Bewegung.«

»Verstanden.«

»Nein, Sie haben noch nicht verstanden. Das Verteidigungsministerium befürchtet, dass die Raketen innerhalb der nächsten paar Minuten weitertransportiert werden. Man ist zu dem Schluss gelangt, dass sie zu dicht an der Grenze sind und auch zu dicht an der Innenstadt von Nuevo Laredo, wo unsere Aufklärung sie wahrscheinlich aus den Augen verliert, um unnötige Risiken einzugehen. Die da oben sind verdammt nervös, Racer. Niemand will einen Jumbojet auf amerikanischem Boden verlieren.«

»Was wollen Sie damit sagen, Sir?«, fragte Kolt verwirrt.

»Sie müssen aufbrechen.« Webber zögerte kurz. »*Sofort.*«

Raynor hob die Augenbrauen. »Die Little Birds treffen erst in 35 Minuten ein, Boss. Sollen wir durch den Rio Grande schwimmen?«

»Negativ. Die zwei Helis vor Ort werden Sie ins Zielgebiet fliegen.«

Raynors Stimme wurde lauter. »Mit den Flugcrews der Nationalgarde, Sir? Wollen Sie mich verarschen?«

»Der J3 ist jetzt in ihrem Netz und bereitet sie vor. Ziehen Sie das durch. Es ist ein Notfall. Die Little Birds können später nachkommen. Keine Zeit, auf sie zu warten. Und auch keine Zeit, zu Fuß in das Gebiet einzudringen und auf eine perfekte Gelegenheit zu lauern.«

Kolt Raynor ließ sich nicht kleinkriegen. »Sir, bei allem Respekt, aber das ist totaler Murks.«

»Ich versteh schon, Major. Es ist nicht gerade ideal gelaufen. Aber der Feind hat auch ein Wörtchen mitzureden und der hat sich gerade zum überhasteten Aufbrechen entschieden, also müssen Sie ihn aufhalten.«

»Sir, gibt es genauere Infos? Wie viele Feinde? Wie viele mexikanische Wachen? Wie sieht die Uniform der Wachen aus? Dies ist wahrscheinlich die wichtigste Mission seit zehn Jahren. Und wir greifen an, obwohl die Truppe nicht vollzählig ist, und tun das mit großen, langsamen Helis, die von der beschissenen texanischen Nationalgarde geflogen werden?«

»Racer, ich kann Ihnen nur sagen, dass der Feind Ihnen zahlenmäßig um das Dreifache überlegen ist. Töten Sie die Ausländer und verschonen Sie die mexikanischen Wachen, solange diese Sie nicht angreifen. Ihr Land zählt auf Sie und Ihre Leute.«

»Bitte, Sir, belehren Sie mich nicht. Sie wissen, dass wir es durchziehen. Aber, nur fürs Protokoll: Das ist der reinste Selbstmord.«

»Nehmen Sie Ihr Schicksal in die Hand, Kolt!«, riet Webber. »Und, nur fürs Protokoll: Ich gäbe alles dafür, heute Nacht dieses Ziel zusammen mit Ihnen und Ihren Tier-One-Wild-Jungs angreifen zu können.«

Na dann komm doch her, dachte Kolt, sprach es aber nicht laut aus.

»Racer Ende.«

Die beiden Piloten der Helis der Nationalgarde hatten ihre Befehle während der Diskussion zwischen Kolt und Colonel Webber erhalten. Nach dem Briefing stiegen sie aus den Fluggeräten und näherten sich der Gruppe von Deltas mit ihren Schutzbrillen und schwarzen Nomex-Anzügen. Raynor lotste sie zurück zu ihren Helikoptern und gab ihnen die Hand, bevor er sie gründlich begutachtete.

In den langen Schatten unter den Scheinwerfern der Hubschrauber und mit den geschlossenen Helmen war es schwierig, allzu viel zu erkennen. Aber er sah, dass einer von ihnen deutlich älter war als der andere. Den Namensschildern zufolge hieß der jüngere Mann Wilkins, der ältere Bartow. Bartow war der Pilot, der Racers Heli steuern sollte.

»Ich nehme an, Sie haben mitbekommen, was los ist?«
Die zwei nickten. Der Jüngere meinte nervös: »Schätze, das ist nicht einfach nur ein Weiterflug nach Waco.«
Kolt schüttelte den Kopf. »Ganz und gar nicht.«
Bartow sprach mit schleppendem, texanischem Akzent. »Seid ihr Jungs Navy SEALs?«
»Ja«, log Kolt. Dann fuhr er fort: »Männer. Nehmen Sie mir die Frage nicht übel, aber hat einer von Ihnen Erfahrung mit dem Absetzen von Truppen in Kampfgebieten?«
Wilkins schüttelte den Kopf. »Ich war aber für eine Einsatzzeit in Afghanistan. Bin also schon mal unter Beschuss geraten. Trotzdem könnte ich nicht behaupten, so was hier schon mal gemacht zu haben.«
Kolt schaute skeptisch zu Bartow. Der ältere Chief Warrant Officer erwiderte: »Ich war viermal im Irak. Meistens in Camp Victory stationiert. Ich bin zwar kein toller Night Stalker, aber ich habe Jungs wie Sie mehr als einmal mitten am Tag in Sadr City abgesetzt. War nicht angenehm, aber ich hab sie alle reingebracht und wieder rausgeholt. Chief Wilkins wird hinter mir fliegen. Wir bringen Sie an einem Stück dort runter und ziehen uns zurück, bis Sie uns rufen. Es wär verdammt praktisch, wenn Sie uns den Gefallen tun und jeden Drecksack erschießen, der einen von diesen Raketenwerfern auf der Schulter trägt.«
Jetzt wusste Kolt, dass er den richtigen Mann am Steuerknüppel hatte. »Wir werden unser Bestes tun. Tut mir leid, dass ich Ihre Fähigkeiten infrage gestellt habe, Chief.«
»Kein Ding. Machen Sie sich einfach Sorgen um den Rest und überlassen Sie's uns, Taxi für Ihre Leute zu spielen.«
»Alles klar.«

Eine Minute später saßen Raynor, Digger, Slapshot und zwei andere altgediente Sergeants aus ihrer Squadron über einen Laptop gebeugt in einem der UH-60s. Sie schauten sich das Live-Video von einer in großer Höhe fliegenden

Predator-Drohne des Heimatschutzministeriums an. Zusammen arbeiteten sie einen Angriffsplan aus.

Die Trafostation war von Kabeln umgeben, was das Einfliegen per Hubschrauber noch schwieriger gestaltete. Hauptleitungen, Schutzleiter und Oberleitungen verliefen überall auf dem Grundstück innerhalb des drei Meter hohen Sicherheitszauns. Außerhalb der Umzäunung verliefen Haupt- und Nebenkabel nördlich nach Nuevo Laredo und zum Highway im Westen.

Im Süden war das Gelände überwiegend ebenerdig und mit Bäumen und Büschen bewachsen. Im Osten verhielt es sich größtenteils genauso, abgesehen vom Arroyo del Coyote, dem Coyote-Bach – einem flachen, gewundenen Wasserlauf, der sich aus dem Nordwesten bis zum Rio Grande zwei Meilen östlich der Trafostation erstreckte.

Innerhalb der Umzäunung zählten Kolt und seine Männer zwölf mit AKs, Schrotflinten und AR-15s Bewaffnete auf statischen Wachtposten. Hinzu kamen einige andere, die sich innerhalb eines kleinen Gebäudekomplexes im hinteren Teil des Grundstücks bewegten.

Aus der Luft waren mindestens ein Dutzend Fahrzeuge sichtbar, von denen einige aussahen, als ob sie der Elektrizitätsgesellschaft gehörten. Größere Lastwagen fielen Raynor nicht auf, obwohl in der Nähe des größten Baus ein Van parkte. Außerdem gab es mehrere SUVs.

Slapshot raunte: »Sieht nach mindestens 25 Krähen aus. Die Hochspannungsleitungen werden die Landung für die Heli-Crews ziemlich schwierig gestalten.«

Rocket, der Leiter des Aufklärungsteams und einer von Racers Scharfschützen, gab zu bedenken: »Hört mal, wem wollen wir hier was vormachen? Diese Typen von der Nationalgarde können doch nicht nachts zwischen Drähten hindurchfliegen. Und es ist ein bisschen dämlich, in diesen Gefährten zu sitzen, obwohl wir wissen, dass die Boden-Luft-Raketen haben.«

Kolt lenkte ein: »Rocket hat völlig recht. Wir steuern hier auf einen Riesenschlamassel zu. Aber wir brauchen Ideen, Leute.«

»Kann man sich von den Black Hawks abseilen?«, fragte Slapshot.

»Nein.«

Es blieb für eine Sekunde still. Dann schlug Digger vor: »Was, wenn einer der Helis uns ein paar Meilen weiter den Highway rauffliegt und wir ein paar Autos in unseren Besitz bringen? Damit könnten wir bis zum Tor fahren. Der andere Heli kommt im Tiefflug hinterher, um unsere Geräusche zu übertönen und die anderen im hinteren Teil des Grundstücks abzusetzen.«

Kolt fand, dass das nach einem brauchbaren Plan klang. Aber genau in diesem Moment gerieten auf der Videoübertragung der Drohne jenseits der Grenze die Wärmesignaturen von drei der zivilen SUVs bei der Trafostation in Sicht. Sie setzten sich in Bewegung und fuhren in Richtung Tor.

»Sind das die Zielfahrzeuge?«, fragte Slapshot schnell.

»Scheiße«, fluchte Raynor. »Laden wir ein. Wir können das mit den Heli-Crews durchsprechen, wenn wir in der Luft sind.«

Doyle hatte gerade mal eine halbe Stunde geschlafen, als Henrico ihn weckte und über die Treppe des Kontrollgebäudes nach draußen in die Nacht führte.

Der Mexikaner eröffnete ihm: »Wir werden ein anderes Versteck in der Stadt beziehen. Dort wartet ein Truck mit Anhänger, der im Rahmen des Freihandelsabkommens die Grenze passieren darf. Die durchleuchten ihn unter Umständen, aber daran haben wir gedacht. Wir werden spezielle

Ladung außen platzieren, die die Röntgenstrahlen nicht durchlässt. Eure Fracht wird unbemerkt in der Mitte der Ladefläche liegen. Der Truck wird morgen früh als einer der ersten die Grenze passieren.«

»Ausgezeichnet«, lobte Doyle. »Wann fahren wir ab?«

»Sofort. Wir müssen im Schutz der Dunkelheit einladen und in einer halben Stunde dämmert es. Ein paar meiner Männer sind bereits aufgebrochen. Die werden sich entlang der Strecke positionieren, um sicherzustellen, dass die Polizei keine Straßensperren vornimmt.«

Doyle neigte den Kopf. »Und falls es doch Sperren gibt?«

Henrico verzog das Gesicht nur unmerklich. »Töten wir halt ein paar Polizisten. Die restlichen werden abhauen.«

»Sehr gut«, fand David. Er ging mit Henrico, um die Trucks aus der Garage zu holen, und beorderte die Männer mit den Boden-Luft-Raketen von ihren Positionen zurück, damit sie die Systeme wieder in die Kisten packten und auf die Laster luden. Schon wurden die Motoren angelassen.

Ein paar Minuten später, als Doyle gerade in den roten Econoline stieg, hörte er einen von Henricos Männern über Funk: »*Helicóptero!*« Eine Sekunde später folgte: »*Dos helicópteros!*«

Direkt danach vernahm er Rotorenlärm. Er verschwendete keine Zeit. Miguel, Jerry und Tim saßen bei ihm im Van. Er wies sie an: »Jerry und Tim! Jeder von euch holt sich eine Igla von hinten und feuert auf die Helikopter!«

Die zwei Männer schoben die Seitentür auf und zogen Kisten heraus auf den Parkplatz. Hektisch begannen sie, die großen Waffen schussbereit zu machen.

»Texas 21 ist über die Grenze und eine Minute vom Ziel entfernt«, verkündete Chief Warrant Officer Bartow, während er mit eisernem Griff den Steuerknüppel umklammerte und kräftig in die Pedale seines UH-60 Black Hawk trat. 40 Meter hinter ihm flog Chief Warrant Officer Wilkins auf der

Fünf-Uhr-Position. Den Crew Chiefs beider Hubschrauber standen Kaliber-30-Miniguns an der Steuerbordseite zur Verfügung.

Kolt antwortete per Headset: »Roger, eine Minute. Bleiben Sie einfach so tief wie möglich und bringen Sie uns auf das größte Dach, das Sie sehen. Und passen Sie auf diese verfluchten Drähte auf.«

Dann griff Kolt nach unten, fand den Drehknopf seines Funkgeräts und drehte ihn drei Klicks nach rechts, um vom Heli-Funknetz aufs Netz seiner Angreifer umzuschalten. Er drückte den Sprechknopf an der linken Schulter, um mit Rocket im anderen Hubschrauber, Texas 22, Kontakt aufzunehmen. »Rocket, du kümmerst dich um die, die abhauen wollen. Dein Heli fliegt zur Straße, die zum Highway führt, und landet dort, damit uns keine Raketen durch die Lappen gehen.«

»Und was, wenn die sich aufteilen?«

»In dem Fall verfolgst du jeden Truck, der aussieht, als ob er Raketen transportiert.« Kolt merkte selbst, dass er zu schnell geantwortet hatte. Er wollte nicht als Klugscheißer rüberkommen, aber so musste es sich wohl angehört haben.

Rocket gab zurück: »Klingt nach 'nem Plan, Boss. Wir steigen dann einfach wieder in den Heli und fliegen den Trucks hinterher, die uns abschießen können, bevor wir uns drum kümmern, welche Farbe sie haben.« Er versuchte nicht mal, seinen Sarkasmus zu überspielen.

Ein paar Momente später überquerte Texas 21 mit zwei offenen Luken und einem Bordschützen auf der Backbordseite den Maschendrahtzaun. Der Heli kam an einem massiven silbern-rostigen Tank an der rechten Seite vorbei und hielt direkt auf das lange, zweistöckige, von Stromleitungen gesäumte Hauptgebäude zu.

Die Operators öffneten ihre Sicherheitsgurte und rutschten auf dem Hintern zu den Luken. Sie ließen Stiefel und Unterschenkel ins Freie hängen, wo der starke Wind dagegenschlug. 30 Sekunden vor Erreichen des Ziels setzte Kolt das Headset ab und ging in eine kniende Haltung, um schnell hinter seinen Leuten aussteigen zu können.

»Scheiße! Das sind sie!«, brüllte er. Drei International-TerraStar-Lastwagen hielten mit Vollgas auf das Vordertor zu. Drei SUVs fuhren etwa 50 Meter voraus. Raynor war sicher, dass er die gesuchte Al-Qaida-Zelle mit den Raketen vor sich hatte. Sie hielt auf die Sperre zu, die gerade von den acht Operators aus Texas 22 errichtet wurde.

Kolt wollte nicht aufs Dach steigen und sich mit den Zetas anlegen, während seine Ziele sich gerade in Richtung Haupttor bewegten, und dazu gab es auch keinen Grund.

Aber Chief Bartow senkte die drei Gummireifen von Texas 21 in Richtung Dach ab. Er konzentrierte sich auf die Hochspannungsleitungen um ihn herum – ganz, wie Racer es ihm gesagt hatte.

Kolt packte die Tafel und kritzelte hektisch darauf: *Bleibt im Heli!* Er versuchte sie herumzuzeigen, aber alle richteten ihre volle Aufmerksamkeit auf die bevorstehende harte Landung.

Sie setzten mit immenser Wucht auf. Innerhalb von zwei Sekunden schwangen die Assaulter sich von Bord und warfen sich auf dem Dach auf den Bauch. Kolt kämpfte mit dem Headset und versuchte es wieder aufzusetzen, um Bartow zu sagen, dass er noch nicht abfliegen sollte. Er wollte im Hubschrauber bleiben, um die Verfolgung des fliehenden Konvois aufzunehmen.

Auf dem Dach feuerte Slapshot kurze Salven aus dem HK416 auf eine Gruppe von Männern an einer offenen Garage ab. Zwei fielen zu Boden, aber ein dritter stürmte um die nächste Ecke und zielte mit einem RPG-Granatwerfer auf den Heli über ihm. Der Master Sergeant schrie »RPG!«, im selben Moment, als der Feind abdrückte.

Aber sein Schrei ging im Donner der Triebwerke des Black Hawks unter.

Die Rauchspur raste über Slapshots Kopf hinweg. Er drehte sich um. Im selben Moment flog die gerippte Granate durch eine der offenen Luken des Hubschraubers herein und durch die zweite wieder hinaus. Sie verfehlte Major Raynor um einen halben Meter.

Ein perfekter Schuss, zum Glück aber trotzdem perfekt daneben.

Kolt kniete im Heli Texas 21 und seine Augen wurden groß wie Tennisbälle, als die Granate vorbeiflog. Er sprang aus dem Hubschrauber aufs Dach. Chief Bartow hob in den dunklen Himmel ab, wobei er zwei Hochspannungsleitungen kappte, die Funken sprühend durch die Luft peitschten.

Der Black Hawk sauste nach Süden davon.

»Sucht die Treppe!«, schrie Kolt. Er wollte seine Männer wenigstens vom Dach und aus der Schusslinie bringen, bevor er Texas 21 zurückrief.

Chief Warrant Officer Wilkins ließ Texas 22 auf halber Strecke zwischen der Trafostation und dem Highway 85 über der Straße schweben. Strommasten und Leitungen säumten den südlichen Straßenrand, also wich er ein kleines Stück nach Norden aus, bevor er dicht neben dem Asphalt landete.

Rocket, Digger und sechs andere Männer sprangen heraus und huschten im Grün auf beiden Straßenseiten in Deckung. Die Scheinwerfer des ersten SUV der Zetas näherten sich ihnen von Osten her.

Wilkins stieg in die Luft, auf eine Höhe von 30 Metern.

Kolt kletterte mit seinem Team über die Treppe in den ersten Stock hinunter. Sie schlugen einige Fenster ein, um freie Sicht auf das Gelände der Station zu erhalten. Ein paar mexikanische Wächter begannen mit dem Beschuss auf das Gebäude. Racer und seine Männer zielten auf jedes Mündungsfeuer, das sie zu Gesicht bekamen.

Canine, ein 30 Jahre alter Assaulter, wurde von einer AK-Kugel seitlich am Helm getroffen und kippte hintenüber. Benommen blieb er im Kontrollraum der Trafostation liegen und bemühte sich, die Verschwommenheit im Blick abzuschütteln.

Ein Sanitäter kroch zu ihm, um die Verletzung zu untersuchen. Canine setzte sich wortlos auf. Er betastete sein Gesicht um die Schutzbrille herum und an der Stirn, suchte nach Blut. Als er mit Ausnahme einer glühend heißen Delle am ballistischen Helm nichts entdeckte, stand er auf und hob sein HK.

Schon nach wenigen Sekunden kehrte er ins Kampfgeschehen zurück.

Kolt ging davon aus, dass er und seine Männer problemlos mit der Gegenwehr fertigwurden, die von unten kam. Er gewann den Eindruck, dass die meisten Los-Zetas-Kämpfer, die das Gelände nicht mit dem Konvoi verlassen hatten, entweder ihre Gewehre weggeworfen hatten, um mit Autos zu fliehen, oder zu Fuß in die umliegenden Büsche gelaufen waren.

Rechts von sich sah Raynor zwei Wagen durch ein kleines Hintertor der Station brechen und in Richtung des sich aufhellenden Himmels im Osten verschwinden. Er bezweifelte, dass sich in diesen zweitürigen Arbeitsfahrzeugen SA-24-Raketen transportieren ließen, also konzentrierte er sich auf die Feinde, die auf dem Gelände blieben.

»Racer, hier ist Rocket.«

»Schieß los!«, rief Kolt, während er feuerte.

»Mehrere feindliche Fahrzeuge. Ungefähr sieben. Die drei gesuchten Trucks sind in Sichtweite. Wir greifen die Feinde an, die ausgestiegen sind.«

»Roger«, gab Raynor zurück. »Wir versuchen uns zu eurer Position bringen zu lassen, um Unterstützung zu geben.«

Kolt beugte sich ans Mikro, um Chief Bartow zu kontaktieren. »Texas 21, Texas 21, kommen.«

»Hier ist Texas 21, kommen.«

»Chief, die Raketen verlassen das Gelände in einem Konvoi aus sieben Fahrzeugen. Sie müssen sofort kommen und uns abholen, damit wir helfen können.«

»Roger, bin im Anflug, noch eine Minute.«

So weit, so gut – Kolts Funkgerät funktionierte, viele der Mexikaner schienen aufzugeben und Chief Bartow war bereit zurückzukommen, obwohl er über dem Dach gerade um ein Haar einen Granatentreffer abbekommen hatte.

Kolt spurtete zu einem Fenster in Slapshots Nähe, um alle aufs Dach zurückzubringen. Während er Slapshot etwas ins Ohr schrie, setzte Texas 21 bereits zum erneuten Anflug auf das Gebäude an. Der Bordschütze im Black Hawk eröffnete ohne Vorwarnung das Feuer auf eine Position hinter einer Ansammlung von Transformatoren am nördlichen Ende der Anlage. Zwei Sekunden danach antwortete eine Salve aus einer AK-47 unweit der Transformatoren. Die Kugeln durchtrennten eine Hydraulikleitung unter der dünnen Außenhülle von Texas 21. Dichter schwarzer Rauch stieg aus dem Helikopter auf und wirbelte über den Rotorblättern.

Kolt betätigte den Sprechknopf und bellte in sein Mikro: »Texas 21, abbrechen, abbrechen, abbrechen.«

»Breche ab«, bestätigte Bartow. Sein Black Hawk wich nach Süden aus und entfernte sich aus dem Einsatzgebiet.

Kolt wusste, dass es um Bartow und seinen Hubschrauber nicht gut stand. Er war nicht in der Lage, ihm zu helfen, und so gern er es getan hätte – es gab immer noch das Problem mit Doyle und seinen Raketen. Er sprach in sein Mikro. »Texas 22, Texas 22. Sitzen in der Patsche. Nehmen Sie Kurs auf 21 und leisten Sie Unterstützung bei Suche und Bergung, kommen.«

»Texas 22 ist unterwegs.«

Kolt und seine Männer nahmen die Position unter Beschuss, von der die AK-Kugeln stammten. Sie feuerten mehrere Kaliber-5,56-Geschosse auf einen dreieinhalb Meter hohen Transformator. Dieser explodierte und zwei Männer stürzten geblendet und benommen dahinter hervor.

Überall auf der Anlage gingen die Lichter aus. Kolt und seine Männer hatten Nachtsichtbrillen an ihren Helmen befestigt. Aber bevor jemand sie sich vor die Augen schieben konnte, flackerte hinter der Garage, die sich zu ihrer Rechten befand, ein gewaltiger Blitz auf und eine Rakete schoss kreischend in den dämmrigen Himmel. Betroffen akzeptierte Raynor die Tatsache, dass einer der Black Hawks jede Sekunde abstürzen würde.

Chief Warrant Officer Wilkins, sein Co-Pilot und sein Crew Chief und Bordschütze saßen in Texas 22 und drehten gerade nach Osten ab, als Wilkins via Headset die Warnung erhielt, dass eine Infrarotrakete im Anflug war. Die Infrarot-Gegenmaßnahmen des UH-60 wurden automatisch aktiviert und Wilkins wich abrupt aus, um dem Gefechtskopf zu entgehen.

Aber die Rakete war innerhalb von Sekunden heran und ließ ihm keine Zeit, rechtzeitig zu entkommen. Sie krachte in den Heckrotor des Black Hawk und brachte den großen Hubschrauber ins Trudeln. Wilkins und seine Crew verloren komplett die Kontrolle und rauschten in die Tiefe. Hinter der Frontscheibe vollzog sich ein rasend schneller Wechsel von der Morgendämmerung im Osten zur Dunkelheit im Westen, von Stadt zu Land und zurück.

Texas 22 krachte hart auf den Bauch, kaum 100 Meter nördlich der auf der Straße postierten Delta-Männer.

Raynor hatte mitbekommen, wie der Hubschrauber einen Kilometer westlich einen Treffer kassierte, aber er blieb nicht am Fenster stehen, um den Absturz zu beobachten. Stattdessen rannte er mit seinem Team aus dem Kontrollgebäude. Sie gaben sich gegenseitig Feuerschutz und nahmen Kurs auf die Garage, von der aus die Rakete abgefeuert worden war.

Auf dem Weg kamen sie an Zetas vorbei, die ihre Waffen fallen gelassen hatten und die Hände hoben – offenbar vollkommen entsetzt über den Anblick dieser Schar blitzschneller, schwarz gekleideter Gestalten.

Aber Kolt und seine Männer hatten keine Zeit, Leute gefangen zu nehmen oder sich im Freien lange aufhalten zu lassen. Also rückten sie weiter vor zum nächsten großen Gebäude. Sie ließen nur einen ihrer Operators zurück, um den Mexikanern Handschellen anzulegen. Der Rest sammelte sich in der Garage. Sie leuchteten mit den Waffenlampen die große Freifläche aus, fanden sie leer vor und liefen weiter zur hinteren Mauer.

Plötzlich sprang ein Motor an und Reifen drehten auf dem Schotter durch. Kolt und Slapshot stürmten los und wirbelten um die Ecke der Garage, gerade noch rechtzeitig, um einen roten Van davonbrausen zu sehen. Durch das Beifahrerfenster registrierte Kolt das unverwechselbare Gesicht eines Weißen mit kurzen braunen Haaren.

David Wade Doyle.

Raynor hob die Waffe zum Schuss, aber eine Salve schlug vor seinen Füßen ein, abgefeuert aus der Dunkelheit in der Nähe des Zauns. Kolt hechtete in Deckung. Als er den Kopf erneut hervorstreckte, hatte der Van das Gebäude bereits weit hinter sich gelassen und schoss durch das Hintertor der Trafostation.

In der Nähe der Stelle, wo der Van geparkt hatte, stand ein Mann mit SA-24-Raketenwerfer auf der Schulter. Raynor hob sein Gewehr und verpasste dem Mann ein halbes Dutzend Kugeln in den Leib. Der Gegner ging zu Boden. Der schwere Raketenwerfer zerschellte auf der zementierten Einfahrt.

Kolt blickte sich zu seinem Team um. »Wir brauchen 'ne Karre!«, schrie er.

Slapshot wetzte zu einem blauen Dodge Durango, der unter der Markise neben der Garage abgestellt war. Ein stämmiger Mexikaner lag tot daneben und hielt eine Schrotflinte in den Armen. Slapshot öffnete die Beifahrertür und warf einen Blick hinein. »Schlüssel steckt noch!«

Kolt kam auf die andere Seite und sprang ins Auto, während der Rest seiner Männer konzentriert die Positionen der Zetas in der Nähe des Sicherheitszauns unter Beschuss nahm.

Kolt und Slapshot fuhren durch das Tor nach Osten und verfolgten Doyle und dessen Raketen.

Der Rotor des abgestürzten Black Hawk links von ihnen drehte sich noch langsam, da steckten Rocket, Digger und die restlichen Männer aus Texas 22 schon mitten in einem schweren Feuergefecht gegen eine unbekannte Zahl von Feinden auf der Straße. Alle drei TerraStar-Laster waren dort stehen geblieben, ebenso drei andere Fahrzeuge. Männer waren aus den Wagen geströmt und versuchten jetzt hektisch, die asphaltierte Piste zu verlassen und sich in die Büsche zu schlagen. Manche schafften es. Viele nicht.

Digger lud das HK nach und bewegte sich an der Südseite der Straße entlang. Er hatte hier zwei Zetas getötet. Zusammen mit den drei Männern hinter ihm näherte er sich dem liegen gebliebenen Konvoi.

Rocket hatte sich an die Nordseite der Straße zurückgezogen. Zwei seiner Männer waren getroffen worden und wurden vom dritten behandelt. Unterdessen schoss er weiter auf die Trucks vor ihm.

Roscoe, der Belgische Schäferhund, begleitete sie. Er bellte, während sein Trainer einen Feldverband um den Bizeps eines verletzten Operators der Aufklärung wickelte.

Rocket drehte sich gerade um, damit er den Zustand seiner verwundeten Kameraden überprüfen konnte, da hörte er jemanden etwas auf Spanisch rufen, nicht weit entfernt in den niedrigen Büschen. Er wirbelte in die entsprechende Richtung. Das Licht der Lampe strich über einen Zeta, der offenbar eine Bauchwunde hatte und aus dem Unterholz gestolpert kam. Der Mann sah Rocket und hob die leeren

Hände, also bedeutete der Delta-Operator ihm, auf die Knie zu gehen und sich aufs Gesicht zu legen.

Der verwundete und völlig desorientierte Mann gehorchte.

Rocket spähte in den Himmel. Die Lichter von Nuevo Laredo leuchteten hell im Norden und in ihrem Schein bemerkte er, wie vier Little-Bird-Helikopter niedrig und schnell heranflogen. Er hoffte inständig, dass die Piloten der 160. in der Lage waren, die verschiedenen Bewaffneten hier unten im Staub auseinanderzuhalten. Aber er beließ es nicht beim Hoffen. Sofort aktivierte er ein Infrarotlicht am Helm und forderte seine Männer auf, dasselbe zu tun.

Auf der Südseite der Straße war Digger bis auf 15 Meter an die TerraStars herangekommen, als die Little Birds im Sturzflug heranrauschten. Er und seine Männer aktivierten ebenfalls die Helmlampen, bevor Digger sich wieder den feindlichen Kämpfern bei den Trucks widmete. Die Schützen im Gebüsch in der Nähe der SUVs warfen ihre Waffen weg und hoben die Hände, sobald sie die Hubschrauber sahen. Zwei der vier Little Birds waren mit Raketenpods und Maschinengewehren ausgerüstet und der Co-Pilot jedes Hubschraubers zielte mit einem M4 aus der Tür auf die Bedrohung unter ihnen.

Die vier Helikopter schwirrten wie Bienen in der Luft, keine sechs Meter über dem Boden. Sie eröffneten das Feuer auf alle noch lebenden Mitglieder des Konvois.

Kolt und Slapshot jagten eine Meile südöstlich der Trafostation weiterhin Doyle und dem Van hinterher. Sie gerieten auf eine ungenutzte Schotterstraße, die direkt nach Osten führte.

»Sieht aus, als wenn sie zur Grenze flüchten«, sagte Raynor.

»Bin ganz deiner Meinung.«

Kolt rechnete damit, dass ihr Gegner dieser Straße bis zum Rio Grande folgte, der an dieser Stelle gerade in den Sommermonaten kaum mehr als ein breiter, rauschender

Bach war. Er hielt es für wahrscheinlich, dass Doyle einen Versuch unternahm, das flache Gewässer mit dem Laster zu überqueren. Andernfalls würde er den Laster und die Raketen zurücklassen und zumindest sich selbst ans andere Ufer zu retten.

Aber als sich der Staub vor ihm lichtete, wurde ihm klar, dass Doyle stattdessen nach Süden gefahren sein musste. Der rote Van holperte durch ein von Büschen bedecktes Feld zu seiner Rechten und raste am dichten Gestrüpp vorbei.

Kolt riss das Lenkrad hart nach rechts und nahm die Verfolgung auf. In diesem Moment lehnte sich ein Mann aus dem Beifahrerfenster des Vans und feuerte eine Salve mit einem AR-15 ab.

Raynor fuhr so weit wie möglich nach links, um sich und Slapshot aus dem Schussfeld zu bringen.

Nach einer weiteren Minute Fahrt durch das raue Gelände stellten Kolt und Slapshot fest, dass sie sich auf einem ausgetretenen Pfad neben einem trockenen Bachbett befanden, der nach Südwesten führte.

Kolt rief Slapshot zu: »Das ist der Arroyo del Coyote, der führt direkt zur Grenze.«

Obwohl der Pfad holprig war, trat er das Gaspedal bis zum Bodenblech durch. Der Durango schoss nach vorn. Von den Reifen aufgewirbelte Steine trafen den Unterboden des Wagens und erzeugten ein Geräusch wie Maschinengewehrfeuer.

»Feind voraus!«, rief Slapshot zu Kolts Überraschung. Etwa 100 Meter vor ihnen beschrieben der Bach und der neben ihm verlaufende Pfad eine Kurve. Auf einer Anhöhe vor der Biegung stand eine kleine Gruppe von Männern, offenbar bewaffnet. Der Van brauste mit hohem Tempo an ihnen vorbei.

»Wer zum Teufel …« Aber sobald das letzte Wort seinen Mund verlassen hatte, begriff Kolt. Doyle hatte ihn gezielt zu den Zetas gelockt, die in den zwei Transportern aus der

Station geflohen waren. Jetzt parkten sie kampfbereit hier am Bachbett.

Bevor er auf das Bremspedal des Dodge-SUV treten konnte, schraubte sich eine Rauchwolke hinter dem Mann auf der Anhöhe gen Himmel. Ein schwaches Glimmen wurde in der Dämmerung erkennbar und wuchs zu einer hellen Flamme an. Kolt wusste, dass sich eine raketengetriebene Granate auf dem Weg befand. Das gerippte Geschoss sauste mit einer Anfangsgeschwindigkeit von 115 Metern pro Sekunde über die heiße, trockene Erde auf sein Fahrzeug zu.

Slapshot sah es ebenfalls. »RPG!«, schrie er.

Kolt war nicht sicher, ob die Granate sie treffen würde, aber er musste eindeutig etwas unternehmen. Er riss das Lenkrad nach links, um aus ihrer Flugbahn zu entkommen. Der schwarze Durango kam vom Pfad ab und rollte einen steilen Hang hinunter auf das Bachbett zu. Die Granate schlug direkt in ihrem Rücken ein. Die Explosion zerschmetterte die hinteren Fenster des Wagens und füllte den Innenraum mit Staub, fliegenden Glassplittern und Steinen.

Raynor und Slapshot hielten sich fest. Der SUV geriet außer Kontrolle. Kolt wollte bremsen, aber der Durango kippte bereits. Der Wagen krachte auf die linke Seite und rutschte den Abhang hinunter, bevor er sich aufs Dach drehte. Ein Hagel aus Glasscherben und kleinen Steinen aus dem Bachbett prasselte auf die Männer ein, während ihr Auto tiefer in die Schlucht rutschte.

Der SUV blieb am Grund des Bachbetts auf der rechten Seite liegen.

Raynor brauchte einige Sekunden, bis er wieder klar im Kopf war. Er spürte, dass ihm Blut über das Gesicht lief, und sein Brustkasten tat höllisch weh. Noch dazu schnürte ihm der Sitzgurt die Blutversorgung zum Gehirn ab. Er mühte sich ein paar Sekunden ab, um ihn vom Hals zu lösen.

Dann blickte er auf Slapshot hinunter, der sich unter ihm

befand, da der Wagen auf der Beifahrerseite lag. Im schwachen Licht konnte er seinen Freund kaum erkennen.

»Slap! Bist du okay?«

Slapshot war ganz und gar nicht okay. Er blutete im ganzen Gesicht und der rechte Arm war kurz unter dem Ellbogen sauber gebrochen. Er hing auf groteske Weise am Körper, als besitze er ein zusätzliches Gelenk. Die Augen des großen Operators waren geschlossen und sein Mund stand offen.

Entweder bewusstlos oder tot.

Die Beifahrerseite des Fahrzeugs hatte sich tief in die Steine und die aufgesprungene Erde des Bachbetts eingegraben. Rasch fließende Blutstropfen liefen über Racers Gesicht und trafen den unter ihm liegenden Slapshot, vermischten sich mit dessen Körperflüssigkeiten zu einem steten Rinnsal, das zwischen den weißen Kieseln versickerte.

»Slapshot! Sergeant! Jason!«, schrie Kolt seinen Freund ununterbrochen an und hoffte auf eine Reaktion.

Aber zwischen den Rufen vernahm er außerdem die Schritte mehrerer Männer, die auf ihn zurannten.

Er drehte den Kopf hektisch zur Seite, schaute sich im Wagen nach seinem oder Slapshots HK416 um, konnte aber keine der beiden Waffen finden. Er zog die Glock 23 aus dem Holster vor der Brust. Ihm war klar: Wenn die Zetas nicht gerade unmittelbar vor der zerschmetterten Windschutzscheibe vorbeiliefen, gab es für ihn keine Möglichkeit, sich zu verteidigen. Erst musste er sich aus dem Sitz befreien.

Da drang das tiefe Wummern eines Hubschraubers an seine Ohren. Ein Heli näherte sich seiner Position von hinten.

Dort brach parallel Gewehrfeuer los. Einmal mehr mühte er sich ab, den störrischen Sitzgurt zu öffnen, aber es gelang ihm nicht. Also hing er einfach da, blickte sich nach allen Seiten um und hielt nach möglichen Bedrohungen Ausschau, während er unablässig auf Slapshot einschrie: »Wach auf, Bruder!«

Wenige Augenblicke, nachdem die Schüsse verstummt waren und der Lärm der Rotorblätter sogar seine Rufe übertönt hatte, hörte er, wie jemand auf den Durango kletterte. Ein Mann beugte sich über das Fahrerfenster und spähte hinein.

»Boss?« Es war Digger.

Kolt antwortete mit schmerzverzerrter Stimme: »Slap hat's schwer erwischt! Hol ihn durch die Windschutzscheibe raus. Um mich kannst du dich später kümmern!«

»In Ordnung.« Jetzt kamen mehrere andere Operators in Sicht. Sie schoben sich ihre Gewehre auf den Rücken und machten sich an der zerbrochenen Windschutzscheibe des Durango zu schaffen, um Slapshot herauszuholen.

Eine Minute später fand Kolt sich auf dem Rücken liegend im Bachbett wieder. Digger hockte neben ihm und behandelte Slapshot auf den trockenen Steinen am SUV. Aus dem Fahrzeug drang Dampf in die Morgenluft hinaus und nahm Raynor die Sicht auf die Helikopter, die über ihnen kreisten.

Er wollte sich aufsetzen, aber brutale Rippenschmerzen hinderten ihn daran.

Digger begann mit einer Herzdruckmassage bei Slapshot.

Raynor lag auf dem Rücken, umgeben von seinen Männern. Der Brustkorb tat ihm weh. Aufgrund der quälenden Schmerzen, die er bei jedem Atemzug verspürte, ging er davon aus, sich mindestens zwei oder drei Rippen gebrochen zu haben.

»Wo ist Doyle?«, wollte er wissen.

Rocket war mittlerweile zu ihnen gestoßen. Er antwortete: »Weg. Allerdings wollte er nicht zur Grenze. Sein Van hat es bis zum Highway 2 geschafft. Er könnte wieder in Nuevo Laredo sein oder in die andere Richtung weiterfahren. Wir haben ihn aus den Augen verloren.«

Kolt stemmte sich mühevoll auf die Ellbogen. »Er könnte immer noch rüber. Wir müssen die Heimatschutzbehörde alarmieren!«

»Schon erledigt, Boss.«

»Setzt die Aufklärung auf ihn an.«

»Auch erledigt. Wir haben 46 SA-24-Raketen zerstört. Die restlichen muss Doyle noch haben.«

»Haben wir Little Birds zur Verfügung?«

»Ja.«

»Dann suchen wir in der Stadt nach ihnen.« Raynor zuckte zusammen und griff sich an die Seite.

»Negativ, Sir«, erwiderte Rocket. »Slapshot muss sofort abtransportiert werden. Die Crew von Texas 22 braucht auch dringend medizinische Versorgung. Wir haben beide Black Hawks verloren. Der eine hat eine Rakete abgekriegt und der andere drüben in Rio Bravo 'ne Bruchlandung hingelegt. Und Digger hat dich noch nicht untersucht, also halt jetzt erst mal still. Du könntest innere Blutungen haben. Wir sind über die Grenze zurückbeordert worden. Die Little Birds müssten wir sowieso erst herbringen und vorher die Krankentransporte organisieren.«

Kolt schüttelte den Kopf. Auch das tat weh. »Wir müssen die Little Birds sofort in die Luft bringen, um ...«

»Sie sind weg, Boss! Und uns fehlen derzeit die Mittel, um die Typen in der Stadt aufzuspüren.«

Ein Little Bird landete im Bachbett auf der anderen Seite des Durangos. Kolt wandte das Gesicht Slapshot zu. Der von den Rotoren aufgewirbelte Staub wehte zwischen ihm und dem schwer verletzten Master Sergeant hindurch, aber Raynor konnte erkennen, wie Digger hektisch eine Mund-zu-Mund-Beatmung bei dem kräftigen Mann durchführte.

Vier Tage, nachdem sie in dem roten Van aus Nuevo Laredo geflohen waren, saßen David Doyle, Miguel, Jerry und Tim im Inneren eines Sattelanhängers und warteten darauf, die Landesgrenze zwischen Agua Prieta, Mexiko, und Douglas, Arizona, zu überqueren. Sie hatten zwölf Igla-S-Raketen bei sich, versteckt in einer Ladung Buick-Regal-Kühler aus einer General-Motors-Fabrik in Hermosillo.

Agua Prieta lag 100 Meilen von Nuevo Laredo entfernt. Bevor sie hierhergelangten, waren Doyle und seine Männer zuerst blind ins Inland von Mexiko zurückgefahren. Dort hatten sie einem Fernfahrer mit vorgehaltener Waffe den Lkw gestohlen und ihn am Straßenrand erschossen, damit er sie nicht verraten konnte. Einen Platz zum Übernachten fanden sie schließlich in Hermosillo. Hier hatte David zwei Nächte am Satellitentelefon verbracht und eilig Verbindung zu seinen Kontaktleuten sowohl in den Vereinigten Staaten als auch im Jemen und in Dubai aufgenommen. Er drängte seine Al-Qaida-Bosse, den Zetas so viel pakistanisches Heroin anzubieten, wie diese wollten, damit sie ihm halfen, in die USA zu gelangen. Aber der Verlust von 16 ihrer Kämpfer und die weltweite Aufmerksamkeit durch ihre Niederlage gegen die amerikanischen Militärkräfte in Nuevo Laredo hatten die Beziehungen zwischen Al-Qaida und den Zetas deutlich belastet.

Zuerst zögerten Doyles Herren, seine Mission weiter zu unterstützen. Er hatte schließlich mehr als drei Viertel seiner Boden-Luft-Raketen verloren und ihm standen nur noch drei seiner ursprünglich 13 Agenten zur Verfügung. Aber David blieb hartnäckig und pochte darauf, dass er zum Erreichen seines Ziels Schläfer in den USA einsetzen konnte, mit denen er bereits in Kontakt stand, wenn die Mexikaner ihm nur halfen, die Grenze zu überqueren.

Er brauchte ohnehin keine 60 Waffen, um die amerikanische Regierung zu stürzen. Nein, zwölf dürften genügen.

Der Anführer der Al-Qaida der arabischen Halbinsel ließ sich schließlich überreden, Daoud Al-Amrikis Wünsche zu erfüllen. Den Ausschlag gab dessen Aussage, es sowieso zu versuchen – mit oder ohne Hilfe der Mexikaner. Die Al-Qaida konnte noch länger mit ihm zusammenarbeiten und noch mehr Heroin opfern, um ihm die erfolgreiche Überquerung der Grenze zu sichern. Oder sie konnten ihm die Unterstützung versagen und das Risiko einer äußerst nachteiligen Berichterstattung über ihr Scheitern eingehen, falls die verbliebenen Zellenmitglieder beim Versuch der Grenzüberquerung gefangen genommen oder getötet und ihnen die Waffen abgenommen wurden.

Die Al-Qaida setzte sich mit den Zetas in Verbindung und akzeptierte deren Forderungen. Doyle, seine drei Männer und die zwölf Iglas wurden in Hermosillo abgeholt und zur Grenze gefahren.

In seiner kurzen Unterredung mit den Zetas hatte David erfahren, dass sie über bezahlte Agenten auf beiden Seiten verfügten. Der Lastwagen, in dem sie saßen, war gemäß Freihandelsabkommen zur Einreise in die USA und zur Weiterfahrt ins Landesinnere berechtigt.

Am Ende verlief die Überfahrt in die Staaten reibungslos. Die Männer im aufgeheizten Anhänger verfolgten, wie der Truck in der Schlange des Berufsverkehrs vorrückte. Dann hielt er für eine Weile an, gerade lange genug, um das Quartett nervös zu machen – doch dann rollte er weiter. Die Fahrt dauerte noch eine halbe Stunde, dann hielten sie an.

Die Hintertür sprang auf und ein Mexikaner schaute zu den verschwitzten Männern aus dem Nahen Osten hinein. Mit starkem Akzent verkündete er: »Willkommen in den Vereinigten Staaten, meine Freunde. Wir sind in Tombstone, Arizona.«

Ein Ford SUV und ein Toyota Minivan, beide von den Zetas organisiert, standen auf dem leeren Parkplatz eines Bürogebäudes, in dessen Fenster ein großes ›Zu vermieten‹-Schild hing. Vier Mexikaner verluden die Kisten in die zwei Fahrzeuge, sechs in jedes. Dann fuhren die Mexikaner in Richtung Süden ab und ließen den Amerikaner David, den Kuwaiter Miguel, den Pakistani Jerry und den Iraker Tim allein zurück. Jeder von ihnen besaß einen Führerschein, auch wenn es nicht ihre eigenen waren. Vor einigen Wochen hatte eine Al-Qaida-Zelle in den Vereinigten Staaten ein paar Männern, die eine Moschee in Dearborn, Michigan, besuchten, auf Davids Befehl die Fahrerlaubnis gestohlen. Er übermittelte ihnen dazu im Vorfeld eine Liste mit Alter, Größe, Gewicht und Hautfarbe der Mitglieder seiner Zelle, an der sich die Diebe bei der Auswahl ihrer Opfer orientierten. Manche Gesichter waren ihnen ähnlicher als andere und keins passte annähernd perfekt. Aber David war relativ sicher, dass sie einer oberflächlichen Überprüfung standhielten.

Außer diesen Führerscheinen, den Waffen und dem Bargeld, das jeder bei sich trug, besaßen die vier Männer nicht mehr als Handys und die Kleidung am Leib.

David und Miguel schüttelten sich auf dem Parkplatz des leer stehenden Gebäudes die Hände. Tim und Jerry waren bereits hinten in den Ford SUV eingestiegen.

Miguel stellte David eine Frage, über die er bereits seit einem Tag nachdachte. »Warum nimmst du nicht einen von den Männern mit? Ich brauche nicht beide. Du solltest nicht allein reisen.«

Davids Stimmung war nicht die beste, aber er rang sich ein Lächeln ab. Auch ihm gefiel es nicht, ohne Begleitung aufzubrechen. Allerdings glaubte er, dass es für die erfolgreiche Durchführung seines Plans das Beste war. »Es kommt, wie Allah es will«, entgegnete er. »Ihr drei werdet nach Westen gehen, ich nach Osten.«

»Aber warum allein?«

Diesmal kam Doyles Lächeln vom Herzen. »Ich werde nicht allein sein.«

»Aber ...«

»Denk daran, Miguel, es ist am besten, wenn wir nicht wissen, was der jeweils andere plant. Wir haben unsere individuellen Aufgaben und die werden am besten gelingen, wenn jeder unabhängig operiert.«

Miguel gab sich geschlagen. »Gut, David. Ich verstehe.«

»Wir werden einander nicht wiedersehen, mein Freund.«

»Doch, im Paradies.«

»Ja, im Paradies. Aber hier bleibt noch so viel für uns zu tun. Verlass diese Erde nicht voreilig, bevor deine Arbeit erledigt ist.«

Davids Worte gaben Miguel Kraft. Der amerikanische Al-Qaida-Kommandant erkannte es an der veränderten Körpersprache des Kuwaiters.

Sie reichten sich ein letztes Mal die Hände, bevor sie sich auf den Weg zu ihren Fahrzeugen machten.

Um kurz nach zehn Uhr am nächsten Morgen streifte David Doyle in Phoenix, Arizona, durch die Gänge eines Walmart-Supermarkts und staunte über die unglaubliche Vielfalt in den Regalen.

Er war ein gesuchter Mann. Falls er nicht jetzt schon als meistgesuchter Mann in Amerika galt, rechnete er damit, es noch vor Ende dieses Tages zu werden. Aber niemand hier nahm Notiz von ihm.

Am Vorabend hatte er sich in einem Hotel im Norden von Tucson das Gesicht glatt rasieren und die braunen Haare kurz schneiden und weißblond färben lassen. In Verbindung mit der Tatsache, dass sein Aussehen generell der robusten, typisch amerikanischen Art entsprach, dürfte das dafür sorgen, dass niemand David erkannte – weder anhand des Fotos in seinem High-School-Jahrbuch noch anhand von

Bildern, die im Jemen entstanden waren, als noch ein Vollbart und lange, verfilzte Haare sein Gesicht bedeckt hatten.

Es war von Anfang an sein Plan gewesen, sich in den USA als Erstes auf den Weg zu einer anonymen Ladenkette zu machen, um dort Kleidung und Vorräte zu besorgen. Er unterschied sich in nichts von den anderen männlichen Käufern.

Natürlich hatte sein ursprünglicher Plan nicht vorgesehen, alle seine Agenten bis auf drei zu verlieren.

Aber das spielte keine Rolle. Sein erster Plan war auf Widerstand gestoßen, unglaublich starken Widerstand. Er nahm an, dass es dieselbe Einheit gewesen sein musste, die bereits im Vorjahr seinen Versuch vereitelt hatte, den Ausgang des Afghanistankriegs zu beeinflussen.

Aber jetzt befand sich David Doyle auf amerikanischem Boden und mit ihm ein Dutzend Raketen. Er hatte noch ein paar Männer übrig, die ihn bei seinem Plan unterstützten, und schon bald kamen noch ein paar weitere hinzu.

Das US-Militär konnte ihm hier verdammt noch mal nichts anhaben.

Doyle wusste alles über das *Posse Comitatus*-Gesetz. Sobald er sich in den USA aufhielt, hefteten sich die Gesetzeshüter der Gemeinden und Bundesstaaten, die Bundespolizei und die Heimatschutzbehörde an seine Fersen. Aber ihn beruhigte der Umstand, dass er es nicht mit der Army, der Navy, der Air Force oder den Marines zu tun bekommen würde. Diese Navy SEALs, die ihn seit der Attacke auf das Geheimgefängnis am Khaiberpass im vorigen Herbst verfolgten – oder was auch immer sie verflucht noch mal sein mochten –, mussten auf die Bremse treten, sobald er die Grenze überquerte.

Und das war ihm gelungen.

David hatte ursprünglich vorgehabt, sich zur Tarnung einen Cowboyhut zu kaufen. Aber als er die anderen Walmart-Kunden musterte, fiel ihm auf, dass nur ein paar hispanisch aussehende Männer Cowboyhüte trugen, während die Weißen Baseballmützen oder gar keine Kopfbedeckung hatten.

Er fand eine Mütze von Caterpillar mit falschen Fettflecken und einem künstlichen Used-Look. Perfekt – der Walmart arbeitete ihm in die Karten. Als Nächstes entschied er sich für eine Jeans. Auch diese war bereits von der Stange so aufgemacht, als hätte man sie einem Kfz-Mechaniker in einer Autowerkstatt vom Leib gerissen. Es war Anfang August, also warf Doyle gleich mehrere schmuddelig und häufig gewaschen aussehende T-Shirts in den Einkaufswagen, dazu Chucks und Socken.

Danach schlenderte er zur Sportwarenabteilung und beschäftigte sich mit den Gewehren, Schrotflinten und Pistolen, die dort zum Verkauf ausgestellt wurden. Doyle brauchte keine Schusswaffe; in seinem Minivan hatte er eine Kalaschnikow und eine Beretta. Aber ein Gefühl von Sorge beschlich ihn, als er registrierte, dass diese mächtigen Waffen hier frei verkäuflich waren. Dass so viele Bürger in den Vereinigten Staaten Waffen besaßen, erschwerte jeden seiner Schritte. Obwohl die U. S. Special Forces ihm innerhalb der Landesgrenzen nichts anhaben konnten, war es durchaus möglich, dass irgendeine brave Hausfrau ihn mit einem kurzläufigen Revolver erschoss, falls sie die Auffassung vertrat, dass er eine Gefahr für ihre dreckigen Gören darstellte.

Ungläubige, dachte Doyle. Er konnte es kaum erwarten, jeden Einzelnen dieser Amerikaner in die Knie zu zwingen.

Er ging an den Schusswaffen vorbei und nahm noch ein großes Jagdmesser mit. An der Kasse bezahlte er alles in bar. Nach wenigen Minuten stand er wieder auf dem Parkplatz.

Kolt verbrachte vier Tage im Krankenhaus von Fort Bragg. Er hatte drei gebrochene Rippen und eine schwere Gehirnerschütterung, wegen der er noch unter medizinischer Beobachtung bleiben musste. Die meiste Zeit verbrachte er in einem Dämmerzustand. Aber jedes Mal, wenn TJ, Digger, Stitch oder einer seiner anderen Freunde ihn besuchten, erkundigte er sich als Erstes nach Slapshots Zustand. Er hatte nur wenig über Slapshots Verletzungen in Erfahrung bringen können, aber jeder versicherte Raynor, dass der kräftige Kerl mit dem Leben davongekommen war.

Erst am dritten Tag begleitete Digger Kolt bei einem kleinen Ausflug. Mit dem Fahrstuhl fuhren sie zur Intensivstation und sahen Slapshot dort hinter einer Scheibe liegen. Er war nicht bei Bewusstsein. Doc Markham schloss gerade eine Untersuchung ab.

Einen Augenblick später kam der Arzt aus dem Zimmer.

»Wie geht's Jason?«, erkundigte sich Kolt. Er hatte Slapshot bisher immer nur Slapshot genannt – aber wie er da im Nachthemd auf dem Krankenhausbett lag, in Verbände eingehüllt und mit einem Schlauch im Hals, sah er nicht gerade wie ein knallharter Delta-Operator aus.

»Er hat sieben gebrochene Knochen, eine Gehirnerschütterung, Quetschungen, innere Blutungen, aber er kommt durch. Wir haben ihn in ein künstliches Koma versetzt, bis die Schwellung seines Gehirns zurückgeht. Dauert wahrscheinlich noch einen Tag.«

»Aber er kommt durch?«

»Er wird nicht sterben«, antwortete Doc Markham.

»Und das heißt?«

»Das, was ich gesagt habe, Racer. Was sonst noch mit ihm passiert, hab ich nicht in der Hand.«

Kolt und Digger hatten beide bereits schwere Verletzungen mit langen Erholungsphasen hinter sich. Eine bittere Geschichte für Slapshot, aber er war genauso hart im Nehmen wie sie, wenn nicht noch härter.

Bevor Kolt das Krankenhaus verlassen durfte, erfuhr er noch, dass Chief Warrant Officer Wilkins und sein Crew Chief den Absturz von Texas 22 überlebt hatten. Aber der Co-Pilot war beim Aufprall gestorben und drei weitere von

Raynors Operators trugen bei dem Einsatz Verletzungen davon, jedoch keine allzu schweren.

Kolt wurde mit der strikten Anweisung entlassen, nach Hause zu gehen und im Bett zu bleiben, bis Schwindelanfälle und Kopfschmerzen verschwanden. Aber nachdem TJ ihn vor der Klinik abgeholt hatte, fuhren sie als Erstes zur Basis. Hier machten Kolt und TJ sich sofort auf den Weg zu Webber.

Colonel Webber hatte sich seit seiner Rückkehr aus Eritrea ständig mit den Folgen der Mission an der Grenze beschäftigt. Er dürfte an diesem Nachmittag kaum Zeit für seinen verwundeten Major und dessen nicht einsatztauglichen Lieutenant Colonel haben. Aber die beiden Offiziere schlüpften einfach an Joyce vorbei und klopften an Webbers offene Tür.

»Haben Sie 'ne Sekunde Zeit, Sir?«, fragte TJ.

Webber ließ die Männer hereinkommen und sich setzen. »Dachte, man hätte Sie nach Hause geschickt, Racer«, sagte er, während er wieder auf seinem Stuhl Platz nahm.

»Wir wollten nur mal vorbeischauen und hören, ob es was Neues bei der Suche nach Doyle gibt.«

Webber zuckte die Achseln. »Die Nachbesprechung machen wir, wenn es Ihnen besser geht. Fürs Erste kann ich nur betonen, wie stolz ich auf Sie bin, dass Sie 45 Raketen und acht Al-Qaida-Agenten aus dem Verkehr gezogen haben. Und das bei all den Widrigkeiten, mit der Sie bei dieser Mission zu kämpfen hatten.« Er hielt inne. »Aber die Sache ist noch nicht ausgestanden. Agenten suchen ganz Mexiko ab, aber wenn es nur ein paar Kerle in einem Van sind, werden wir sie nicht finden. Falls er hier in den Staaten ist, sind uns die Hände gebunden. Das *Posse-Comitatus*-Gesetz, Sie wissen schon. Hier suchen andere nach ihnen. Das FBI, die Heimatschutzbehörde, die Staats- und Lokalpolizisten an der Grenze.«

»Also haben Sie nichts gehört?«, hakte Kolt nach.

»Keinen Mucks. Das Weiße Haus betreibt gerade Schadensbegrenzung bei den Mexikanern und erzählt allen, dass sie sich keine Sorgen machen müssen. Aber es wird nicht lange dauern, bis rauskommt, dass das Scharmützel an der Grenze die Bedrohung nicht vollständig ausgeschaltet hat. Und falls in Cincinnati ein Flugzeug abstürzt, wird sich diese Nachricht noch wesentlich schneller verbreiten.«

»Gibt's irgendwas, das wir tun können?«, fragte Kolt.

»Ja. Sie können nach Hause gehen, brav Ihre Medikamente nehmen und sich erholen. Für Sie wird's noch genug Schlachten zu führen geben, nur nicht diese. Wir können jetzt alle nichts mehr tun.«

TJ fuhr Kolt zu seinem Wohnwagen. Die beiden Männer sprachen kein Wort miteinander. Kolt hatte das Gefühl, dass TJ enttäuscht über die vertane Gelegenheit war. Raynor hatte Doyle direkt vor sich gehabt, war aber nicht in der Lage gewesen, die Sache zu beenden.

Obwohl er diesen Verdacht hatte, brachte er ihn vor seinem alten Freund nicht zur Sprache. Raynor wollte keinen Streit mit TJ. Er fühlte sich viel zu erschöpft nach den ersten Stunden außerhalb des Krankenhauses und sehnte sich nach seinem Bett und einer anständigen Portion Schlaf.

An ihrem zweiten Tag in den USA bogen Miguel, Tim und Jerry um 22 Uhr auf das Gelände des Algin Sutton Recreation Center in South Central Los Angeles ein. Die Anlage hatte bereits geschlossen, aber die Zufahrt zu den Stellplätzen war auch nach Geschäftsschluss möglich. Also parkte Jerry den Ford dort und ließ ihn im Leerlauf, während Miguel auf der Beifahrerseite ausstieg und in der Dunkelheit stehen blieb.

Er blickte in den Himmel.

Der Los Angeles International Airport befand sich vier Meilen entfernt im Westen. Die Maschinen schwebten ein paar Minuten nach dem Abheben von den Rollbahnen 7L und 7R direkt über das südliche Zentrum von L. A. hinweg.

Das Grundstück, das Miguel ausgesucht hatte, lag nicht besonders weit vom Schuss – Wohnhäuser und Apartmentgebäude säumten die andere Seite der Hoover Street. Aber um diese Uhrzeit herrschte hier so gut wie kein Verkehr. Außerdem ließ sich die Interstate 110 innerhalb von einer Minute erreichen. Daher machte er sich keine allzu großen Sorgen, erwischt zu werden.

Trotzdem hatte er Herzklopfen und verschwitzte Hände.

Auf der Rückbank des SUV öffnete Tim gerade eine Kiste, um eine Igla einsatzbereit zu machen. Er hockte eingezwängt zwischen den Waffenkisten und der hinteren Fahrzeugwand und spähte durch ein Loch in der schwarzen Pappe, die die Männer vor die Fenster geklebt hatten, um das Fahrzeuginnere vor neugierigen Blicken abzuschirmen.

Draußen beobachtete Miguel, wie sich eine Boeing 747 im Westen in die Luft erhob. Ihre Lichter schimmerten in der warmen Sommernacht. Er griff hinter sich und öffnete die Hecktür des Explorer.

Ein Polizeiwagen fuhr vorbei, aber die Beamten nahmen weder von dem Fahrzeug noch von dem Mann daneben Notiz.

Die Maschine schien direkt über ihnen in der Luft zu schweben. Dank seines Trainings im Jemen erkannte Miguel sofort, dass es sich um einen Jumbo von United Airlines handelte. Er hatte keine Ahnung, wohin der Flug ging oder wie viele Menschen sich an Bord befanden. Aber der Flieger erfüllte die Anforderungen ihrer Mission.

Er drehte sich um und zog die Hintertür vollständig auf. Tim schob ihm den großen Raketenwerfer zu.

Nachdem er Grundstück und Straße mit einem letzten

prüfenden Blick bedacht hatte, hob Miguel das Gerät an und richtete es auf den startenden Jet.

Augenzeugen aus dem gesamten Großraum Los Angeles schilderten später, was als Nächstes geschah: Ein Feuerstrahl schoss in den Nachthimmel über South Central L. A. auf die abfliegende 747 zu. Kurz darauf züngelten Stichflammen unter den Tragflächen der Maschine. Der United-Flug behielt den Kurs nach Osten noch für einige Sekunden bei, bis eine riesige Explosion in der Mitte des Rumpfes die Dunkelheit durchbrach. Der Knall der Explosion wurde zu verschiedenen Zeitpunkten in verschiedenen Teilen der Stadt wahrgenommen, abhängig von der Entfernung zum Ort der Katastrophe. Nun starrten auch viele, die den Start der Rakete nicht mitbekommen hatten, entsetzt nach oben. Der massive Jumbo vollzog eine groteske Drehung und zerbrach während des Absturzes in seine Einzelteile. Lodernde Wrackteile, Metall, Treibstoff und Leichen stürzten 3600 Meter in die Tiefe.

Wie durch ein Wunder verfehlte ein Großteil der Trümmer den Ballungsraum Los Angeles und schlug stattdessen in einem dünn besiedelten Gebiet bei Whittier Hills ein. Am Boden kamen nur elf Menschen ums Leben – ein Bruchteil der möglichen Opferzahl.

Nach dem Absturz und dem daraus resultierenden Buschfeuer, das Teile von Whittier Hills verwüstete, rasten Miguel, Tim und Jerry bereits über die Interstate 110 nach Norden zu ihrem nächsten Ziel.

San Francisco.

Kolt wachte gegen halb zwei mitten in der Nacht auf. Er hatte den ganzen Tag rezeptfreie Schmerztabletten wegen seiner Rippenbrüche und Kopfschmerzen geschluckt. Das hatte ihm das Schlimmste erspart, aber nach ein paar Stunden Schlaf ließ die Wirkung spürbar nach. Im Moment fühlte er sich ziemlich beschissen.

Mühevoll rappelte er sich hoch. Er nahm dafür einen Stuhl zu Hilfe, den er neben die Matratze gestellt hatte, um aufstehen und sich hinlegen zu können, ohne den Oberkörper übermäßig zu belasten. Andernfalls hätten ihn die Schmerzen im Hüftbereich überwältigt. Durch den dunklen Raum ertastete er sich den Weg ins Bad. Er fand die Ibuprofen und spülte vier Pillen mit Leitungswasser herunter, das er mit der Hand in den Mund schöpfte, um sich nicht zum Hahn bücken zu müssen.

Die Aktion erschöpfte ihn enorm, weshalb er sich schnell auf den Weg zurück zur Matratze machte. Behutsam ließ er sich mithilfe des Stuhls darauf nieder.

»Ich brauch ein Bett, verdammte Scheiße«, murmelte er in den dunklen, leeren Raum.

Gerade als er eine halbwegs entspannte Liegeposition eingenommen hatte, klingelte das Handy. Als er es auf dem Boden fand, leuchtete die Anruferkennung auf dem Display: *TJ.*

Beinahe wäre Kolt nicht rangegangen. Für seinen besten Freund tat er normalerweise alles. Aber er nahm an, dass TJ sich wegen David Doyle am Boden zerstört fühlte. Und da Kolt angesichts der Tatsache, dass Doyle ihm in Mexiko entwischt war, kein bisschen weniger deprimiert war als Timble über die verpasste Quasi-Gelegenheit in Pakistan, fand Kolt, dass er heute Nacht definitiv nicht der Richtige war, um TJ aufzuheitern.

Beim vierten Klingeln nahm Raynor den Anruf widerwillig entgegen.

»Hey, Bruder«, begrüßte er ihn müde.

»Schalt den Fernseher ein!«, rief TJ. Kolt angelte nach der Fernbedienung.

»Welcher Sender?«

»*Egal* welcher beschissene Sender.«

Kolt drückte auf die Power-Taste und ahnte, was passiert war, noch bevor der betagte Röhrenbildschirm flackernd zum Leben erwachte. Er hatte keinen Zweifel, dass irgendwo in den Vereinigten Staaten ein Flugzeug abgeschossen worden war.

»Wo?«, fragte er leise, während er auf das Bild wartete.

»L. A.«

Jetzt erschien auf dem Schirm eine schwarze Hügellandschaft, in deren Mitte ein Buschbrand wütete. Löschzüge rasten eine Straße entlang. Der Lauftext unter dem Video besagte, dass ein United-Airlines-Flug nach Taipeh kurz nach dem Start um 22:05 Uhr abgestürzt war.

Kolt schaute auf die Armbanduhr und stellte fest, dass das unter Einbeziehung der anderen Zeitzone gerade mal eine halbe Stunde her war.

Während er die chaotische Szenerie auf sich wirken ließ, fragte er: »Wie viele Tote?«

Timble verfolgte die Sendung offensichtlich ebenfalls. »CNN spricht von 286 Passagieren. Dazu kommen vermutlich noch weitere am Boden.«

Raynor grübelte über die Zahl der Opfer und der noch verbliebenen Raketen. »Die CIA geht davon aus, dass sie 50 Raketen aus Libyen mitgenommen haben. Er hat eine in Mittelmexiko auf den Marinehelikopter abgefeuert, eine auf den Heli der Nationalgarde und eine heute Nacht. Wir haben dort 46 Stück gefunden. Wenn die Cops sie nicht rechtzeitig aufhalten, wird also noch ein weiteres Flugzeug abgeschossen.«

TJ erwiderte verbittert: »Das weißt du nicht. Bei den 50 handelte es sich lediglich um eine Schätzung der Agency, ausgehend von der Größe des Containers, der Bengasi verlassen hat. Es könnten genauso gut auch 51, 55 oder sogar 65 sein. Also keine voreiligen Mutmaßungen.«

Kolt wusste, dass sein Freund recht hatte. Das hier war womöglich erst der Anfang.

Stumm saßen Timble und Raynor zu Hause und verfolgten die ganze Nacht die Berichterstattung über den ersten Triumph ihrer Feinde. Zwei geschlagene Männer.

Am frühen Nachmittag des folgenden Tages konzentrierten sich Miguel, Tim und Jerry auf Flugzeuge, die zwei bestimmte Startbahnen des San Francisco International Airport verließen – 28L und 28R. Die Maschinen stiegen zunächst im Norden über der Silhouette der Stadt auf. Anschließend wichen sie vom ursprünglichen Kurs wahlweise nach Osten ab, in Richtung Oakland, oder flogen nach Westen über den Pazifischen Ozean.

Die drei Terroristen hatten sich auf der Nordseite des Golden Gate Park positioniert. Ihr Explorer parkte am North Lake. Sie hatten den in eine große Decke eingewickelten Igla-Raketenwerfer in das Waldstück in einem abgelegenen Teil des Parks geschleppt, wohin sich an diesem heißen Nachmittag nur wenige Spaziergänger verirrten.

Um 13:40 Uhr beschloss Miguel, dass der passende Augenblick gekommen war. Er wollte den nächsten Großraumjet anvisieren, der über sie hinwegflog. Rasch schickte er Jerry zurück zum Wagen, um abfahrbereit auf sie zu warten, während er und Tim die Waffe vorbereiteten.

Zunächst folgte eine lange Serie kleinerer Flugzeuge, was Tim und Miguel zunehmend frustrierte. Schließlich, um kurz vor 14 Uhr, erhob sich eine Boeing 777 von American Airlines majestätisch über der Südhälfte von San Francisco in den Himmel. »*Inschallah*, wir werden noch 300 weitere Ungläubige töten«, rief Miguel mit entschlossenem Blick aus.

Er hielt sich zwischen den Bäumen verborgen, schulterte den Raketenwerfer und schloss die Hand um den Griff, um ihn ruhig zu halten. Miguel wusste, dass er die Deckung zum Abfeuern der Rakete aufgeben musste, aber damit wollte er so lange wie möglich warten.

Tim stand neben ihm. Das Kalaschnikow-Sturmgewehr war bisher in einem Müllsack versteckt gewesen, aber jetzt holte er es heraus und hielt es im Anschlag.

Als die 777 über sie hinwegflog, wartete Miguel noch ein paar Sekunden, ehe er auf den Fahrradweg am Rand des North Lake trat. Mit allen Sinnen konzentrierte er sich auf das Fadenkreuz und richtete es auf den Delta-Jet am Himmel.

Das Flugzeug war noch zu nah zum Feuern. Miguel musste sich einige Sekunden gedulden, um sicher zu sein, dass der Rakete genug Zeit blieb, um nach dem Auslösen die Wärmesignatur des Ziels zu erfassen.

»Beeil dich«, drängte Tim.

»Einen Moment. Ja. Jetzt ist es gut«, meinte Miguel zuversichtlich.

In diesem Augenblick ertönte lautes Geschrei hinter ihnen.

»Hey! Hey!«

Miguel nahm für einen Moment das Auge vom Visier, während Tim herumwirbelte und mit seinem Gewehr in die Richtung zielte, aus der die Rufe kamen. Auf dem Fahrradweg, keine 15 Meter entfernt, sprangen zwei Polizisten einer Fahrradstreife des San Francisco Police Department von ihren Rädern und griffen zur Dienstwaffe. Dabei schrien sie auf Englisch: »Lasst den elenden Raketenwerfer fallen!«

Tim zielte mit dem Sturmgewehr. Die ersten zwei Kugeln gingen daneben, aber mit der zweiten Salve traf er den Polizisten, der ihnen am nächsten war, in den Oberschenkel. Dieser wirbelte herum und stürzte zu Boden.

Der zweite Polizeibeamte befreite seine Pistole aus dem Gürtelholster und setzte zum Schießen an. Eine lange Salve aus Tims Gewehr mähte ihn um, aber vorher gelang es ihm noch, zwei Kugeln aus der Smith & Wesson mit Kaliber 40 abzusetzen.

Laute Rufe und Schreie ertönten vom Weg zu ihrer Linken und der anderen Seite des kleinen Sees. Weitere Polizisten auf Fahrrädern kamen, um ihren Kollegen zu Hilfe zu eilen.

Miguel blickte zum Flugzeug hinauf, aber er wusste, dass er mit der Zielerfassung noch einmal von vorn beginnen musste. Die zehn Sekunden, die das in Anspruch nahm, hatte er in dieser Lage auf keinen Fall.

Der weiße Explorer kam quietschend auf dem Chain of Lakes Drive zum Stehen, wenige Meter von den beiden Männern entfernt. Miguel wuchtete das 18 Kilogramm schwere Raketenabschusssystem von der Schulter und ließ es auf den Fahrradweg fallen. Er und Tim retteten sich ins Auto.

Jerry stieß den Lauf der AK aus dem Fahrerfenster und feuerte eine Salve auf eine Gruppe von Leuten ab, die auf die verletzten Polizisten zurannten, wobei er eine junge Frau erwischte. Tim drehte sich um und entleerte den restlichen Inhalt seines Magazins wahllos über den See hinweg auf die Passanten auf dem John F. Kennedy Drive.

Beide Männer saßen innerhalb weniger Sekunden wieder im Explorer. Der große Wagen raste aus dem Park, bog rechts ab auf die Fulton Street und rauschte quer durch die Stadt der Bay Bridge entgegen.

»Verdammter Mist!«, fluchte Miguel. Es machte ihn wütend, dass ihm der Abschuss des Jets nicht gelungen war, aber noch wütender war er auf sich, weil er die Igla zurückgelassen hatte. Er drosch mit der Faust aufs Armaturenbrett.

Jerry herrschte ihn an: »Beruhig dich und sag mir lieber, wo ich hinmuss!«

»Fahr weiter nach Osten! Nach Osten zur Brücke!«

Von der Rückbank rief Tim: »Polizei! Hinter uns!«

Miguel lugte über die Schulter. Mehrere Streifenwagen mit blinkenden Blaulichtern rasten durch den Nachmittagsverkehr auf der Fulton Street hinter dem Explorer her.

»Verdammter Mist«, rief Miguel noch einmal. Er reichte Tim das Gewehr. Dieser eröffnete ohne Zögern das Feuer durch die Heckscheibe, vorbei an den vier Kisten mit Raketen, die sich neben ihm stapelten.

Es gelang den drei Männern im Explorer zweimal, die Polizei abzuschütteln. Aber kurz darauf erschien ein Helikopter der California Highway Patrol über ihrem Fahrzeug und verfolgte ihre wilde Fahrt zur Bay Bridge.

Sie hatten nicht mit dem dichten Verkehr gerechnet, der an diesem Nachmittag in San Francisco herrschte. Mehrmals sah sich Jerry gezwungen, auf den Mittelstreifen auszuweichen, um voranzukommen, und zweimal musste er sogar anhalten, um nicht mit den Stoßstangen der Fahrzeuge vor ihm zu kollidieren.

Währenddessen wurde Tim kräftig durchgeschüttelt und versuchte verzweifelt, einen weiteren Raketenwerfer auszupacken und zu montieren.

Der Polizeihubschrauber schwebte bedrohlich nah. Miguel befahl Tim, das verfluchte Ding abzuschießen. Er hoffte, dass ihnen das andere Beobachter aus der Luft vom Leib hielt.

Sie bogen einige Male ab und bemühten sich mit wachsender Panik, sowohl dem Verkehr als auch der Polizei zu entkommen, die aus der Gegenrichtung angefahren kam. Dadurch gerieten sie erst nach Norden und wieder zurück nach Westen.

Miguel erkannte, wo sie sich befanden, als er auf das zitternd an der Windschutzscheibe hängende GPS-Gerät blickte. Ihm wurde klar, dass es Wahnsinn wäre, zurück zur Bay Bridge zu gelangen. Im Jemen hatte er die Straßenkarte von San Francisco bis zu einem gewissen Grad studiert. Aber sie waren bereits in ein Gebiet abgedrängt worden, das er nicht kannte, weil sein ursprünglicher Plan eine Flucht nach Oakland vorsah.

Das Navigationsgerät berechnete eine alternative Route. Die Golden Gate Bridge ragte nördlich von ihnen auf und er wies Jerry an, die nächste Abzweigung nach rechts zu nehmen. Der pakistanische Fahrer kreuzte dabei zwei Spuren, verursachte einen Zusammenstoß mehrerer Pkw auf dem Geary Boulevard und verfehlte nur knapp einen Tanklaster auf dem Park Presidio Boulevard.

Nach einer Minute hatten sie den Mac-Arthur-Tunnel erreicht. Im Rückspiegel flackerten mehr als ein Dutzend Blaulichter. Sie schossen auf der anderen Seite aus dem Tunnel heraus und erreichten den Doyle Drive. Mit einer Geschwindigkeit von fast 130 km/h schossen sie am Presidio vorbei, während Helikopter und Streifenwagen ihnen keine Chance zum Entwischen gaben.

Durch Jerrys Ausweichmanöver war Tim hin und her geschleudert worden, weshalb es ihm noch nicht gelungen war, den Igla-S-Raketenwerfer fertig zusammenzusetzen. Miguel bemerkte die Vergeblichkeit seiner Bemühungen und forderte ihn auf: »Nimm die Gewehre und schieß auf alles, was uns folgt. Bring sie dazu, Abstand zu halten!«

In Sekundenschnelle eröffnete Tim das Feuer, sowohl auf Zivilisten als auch auf Polizisten. Während sie den Doyle Drive entlangbrausten, brachten die Fahrzeuge um sie herum sich schleudernd nach links und rechts in Sicherheit, um ihren Kugeln zu entgehen.

Eine Minute später schossen sie über die Schnellspur auf die Golden Gate Bridge. Tim lud nach und leerte ein weiteres Magazin.

Sie hatten die Brücke bereits zu einem Viertel überquert, als Jerry schrie: »Straßensperre voraus!«

Vor ihnen hatten sich eine Reihe Streifenwagen aus San Francisco, Fahrzeuge der Highway Police und sogar ein Panzerwagen in Stellung gebracht, dazu Dutzende bewaffneter Polizisten. In beide Richtungen war ihnen der Weg völlig abgeschnitten.

Er begriff, dass es keine Möglichkeit mehr gab, zu entkommen. »Das ist das Ende, meine Brüder. Bereitet euch auf das Martyrium vor.« Er sprach mit feierlichem Ernst. Dann nahm er die Beretta-Pistole vom Armaturenbrett des SUV und schob sie in den Bund seiner Jeans.

Jerry trat auf die Bremse und kurbelte am Lenkrad. Der Ford Explorer brach schlingernd nach links aus. Als er zum Stehen kam, öffnete Miguel die der Straßensperre abgewandte Beifahrertür und sprang auf die Straße. Tim und Jerry zogen es vor, im SUV zu bleiben. Gleichzeitig bellten ihre Gewehre los, während sie die Polizeiwagen vor sich mit Kugeln eindeckten.

Die Cops mussten wissen, dass sich hinter dem Fahrzeug der Terroristen Dutzende Zivilfahrzeuge in der Schusslinie befanden. Als die zwei Al-Qaida-Agenten 7,62-Millimeter-Geschosse in die Streifenwagen pumpten, die 50 Meter vor ihnen auf der Brücke warteten, wurde das Feuer nur zögernd erwidert. Aber als der erste Cop tot auf den Rücken fiel, nahmen seine bewaffneten Brüder und Schwestern den SUV trotzdem unter Beschuss.

Miguel kroch vom Wagen weg, hielt sich dicht am Boden und setzte das Auto als Deckung gegen die Projektile ein, die über ihn hinwegpfiffen. Er steuerte auf einen hellroten Viertürer voller junger Leute im College-Alter zu, die sich in die Sitze duckten und vor Entsetzen aufkreischten.

Die Kalaschnikow-Schüsse seiner Dschihadisten-Freunde verstummten. Er wusste nicht, ob sie lediglich nachluden oder Tim und Jerry tot waren.

Doch das spielte keine Rolle mehr. Die Furcht vor dem nahenden Tod verhärtete die Muskeln in seinem Rücken und schloss sich erdrückend um sein Herz. Tim und Jerry hatten tapfer gekämpft, erst im Jemen und in Mexiko, nun hier in den Vereinigten Staaten. Sie waren Löwen, und dafür wartete im Paradies eine Belohnung auf sie.

In diesem Augenblick quietschten die Reifen des Explorer. Miguel blickte sich im Rennen um. Der Geländewagen preschte über die Brücke und durchbrach das seitliche Geländer. Das Auto prallte mit Hochgeschwindigkeit gegen die Seitenwand der Brücke und durch die Wucht des Aufpralls segelte der Explorer mit einem Überschlag darüber hinweg. Er geriet außer Sichtweite und ließ Rauch, Staub, Metallsplitter und Glas zurück, während er viele Dutzend Meter tief in die Bucht von San Francisco stürzte.

Miguel wandte sich ab. Obwohl der 34-jährige Kuwaiter flüchtete, gab er sich nicht der Illusion hin, dass er eine Chance auf Überleben hatte. Nicht nur, dass vor ihm die Straßensperre aufragte. Auch die Polizisten, die sie hierher verfolgt hatten, befanden sich nun vor der Brücke. Er war von allen Seiten umzingelt. Ein Auto zu entführen und sich damit durch den Stau zu kämpfen, der zwischen ihm und der Freiheit stand, war aussichtslos.

Nein, der Al-Qaida-Agent spurtete nur deswegen auf das rote Auto zu, weil er seine Pistole zücken und die darin sitzenden Ungläubigen erschießen wollte. Ein letzter Akt des Widerstands gegen den Großen Satan, bevor man ihn zwangsläufig niedermähte.

Die Schüsse hinter ihm ließen nach, während er sich den College-Studenten näherte, die schützend die Hände vors Gesicht hielten. Miguel zog die 9-Millimeter-Waffe aus der Jeans und richtete sie auf die Windschutzscheibe. Er stellte sich ganz gerade hin, legte den Finger an den Abzug und rief: »*Allahu akbar!*«

Er schoss zweimal. Die Pistole krachte und zuckte. Kugeln schlugen durch die Scheibe und trafen den Fahrer in die Brust. Er wollte ein drittes Mal abdrücken, aber stattdessen wurde er herumgewirbelt und verlor die Kontrolle über seinen Körper. Die Waffe fiel ihm aus der Hand und der Asphalt der Straße raste auf ihn zu.

Ein Bauchschuss. Er spürte das Brennen und wusste instinktiv, dass die Verletzung tödlich war.

Er fiel auf die Seite, griff hektisch nach der Pistole und bekam sie mit den Fingerspitzen zu fassen. Blitzschnell setzte er sich auf, fand sich aber von mehr Polizisten umgeben, als er auf die Schnelle zählen konnte. Sie waren bis auf zehn Meter herangerückt, visierten ihn mit den Waffen an und brüllten.

Waleed Nayef, auch bekannt als Miguel, blickte die Polizeibeamten einen kurzen Moment lang gefasst an. Dann hob er die Beretta von der Straße auf. Im selben Moment richtete jeder Mann und jede Frau im Besitz einer Polizeimarke die Waffe auf ihn und drückte ab.

Während die Beamten der California Highway Patrol und des San Francisco Police Department vor Miguels durchsiebter Leiche standen, lenkte David Doyle den Wagen auf einen leeren Parkplatz am Barr Lake State Park, ein Stück nördlich von Denver, Colorado. Er war neun Stunden am Stück gefahren und hätte gern ein wenig geschlafen, aber diesen Luxus gönnte er sich nicht. Er wusste, was in der vorigen Nacht in Los Angeles vorgefallen war, und er wusste auch, dass Miguel in diesem Moment mit seinen Männern die Westküste hinauffuhr. Also wollte Doyle hier so bald wie möglich in Aktion treten, viele Hundert Meilen entfernt, um die Behörden zumindest teilweise von seinem Partner abzulenken. Wenn die Amerikaner feststellten, dass sich in ihrem Land zwei mit Raketen bewaffnete Gruppen herumtrieben, vermuteten sie wahrscheinlich, dass es genauso gut drei, zehn oder noch mehr sein konnten. Damit rückte Kalifornien ein Stück aus dem Fokus.

David wusste, dass es unter Umständen noch Stunden dauerte, bis er eine Gelegenheit zum Ausruhen erhielt. Hier und dort eine Stunde Ruhe, mehr war kaum drin, bis er das nächste Etappenziel erreichte. Erst dann gab es die Möglichkeit, für eine nennenswerte Zeit zu schlafen.

Solche Bequemlichkeiten mussten noch mindestens einen Tag warten. Und nun galt es, sich an die Arbeit zu machen.

Er stieg in den hinteren Teil des Minivans und ließ sich

Zeit bei der Vorbereitung der Rakete. Als alles fertig war, öffnete er den Kofferraum, bugsierte das Igla-S-System bis zum Rand und kroch auf den Vordersitz.

Samt Rucksack stieg er aus dem Toyota, zog sein Hochleistungsfernglas aus der Tasche und spähte nach Südosten. Dort, hinter fünf Meilen Ackerland mit schnurgeraden Straßen und vereinzelten Farmhäusern, befand sich der Denver International Airport.

Durch die Optik bekam er eine große, dicke Boeing 757 von Delta zu Gesicht, die gerade über die Startbahn rollte. David wusste, dass bis zu 250 Menschen darin Platz fanden.

Eine perfekte Gelegenheit.

Die Boeing raste die Startbahn entlang und beschleunigte. Die vom Boden aufsteigende Wärme und die Verzerrung der Linse erzeugten die Illusion, dass sich das riesige Flugzeug auf einer sanft schaukelnden Welle bewegte.

Nur noch wenige Sekunden bis zum Abheben. David ließ das Fernglas sinken und ging zur Heckklappe des Minivan. Er checkte die Umgebung, stellte fest, dass die Luft rein war, und hob die große Waffe heraus.

Mit Mühe bekam er sie auf die Schulter. Dann drehte er sich wieder zum Flughafen um.

Das Flugzeug war noch da. Es näherte sich dem Ende der Startbahn, wurde plötzlich langsamer und rollte seitlich aus.

David packte den Raketenwerfer auf die Ladefläche des Toyota und schloss die Klappe.

Warum ist es nicht gestartet?

Doyle griff nach seinem Fernglas und nahm das Flugzeug am anderen Ende der Startbahn ins Visier, das als nächstes starten sollte. Aber es blieb einfach dort stehen.

Zehn Minuten lang beobachtete er, wie erst eine, dann drei und schließlich alle Maschinen auf der langen Piste langsam zunächst in Richtung Startbahn und danach zurück ans Gate rollten. Er hatte schon früh einen Verdacht gehegt, was vor sich ging. Aber erst nachdem er wieder in den Toyota gestiegen war, um zum benachbarten Highway zu fahren, erhielt er Gewissheit. Im Satellitenradio liefen Nachrichten.

Eine totale Flugsperre war über das gesamte Gebiet der USA verhängt worden, nachdem sich ein zweiter terroristischer Angriff mit einer schulterverschießbaren Rakete ereignet hatte, diesmal in San Francisco.

Doyle hörte sich die ersten Berichte über den Zwischenfall in San Francisco an. Die Nachrichtensprecher ergingen sich in bruchstückhaften Halbwahrheiten und wilden Mutmaßungen. Fest stand nur eins: Eine Gruppe von Männern mit Raketenwerfer hatte ihre Waffe vor dem Abfeuern fallen gelassen und die Polizei danach in eine 20-minütige Verfolgungsjagd durch die Stadt verwickelt.

Obwohl den Worten des Reporters zufolge keine Flugzeuge getroffen worden waren und die Behörden die Terroristen offenbar getötet oder in Gewahrsam genommen hatten, trat die Flugsperre dennoch in Kraft. Sie sollte erst aufgehoben werden, wenn das FBI Gewissheit besaß, dass keine weitere Gefahr für Flugzeuge innerhalb der Vereinigten Staaten bestand.

Doyle wünschte, er hätte irgendwo einen Zwischenstopp einlegen können, um sich die Szenen im Fernsehen anzusehen, aber er fuhr weiter nach Osten. Aus dem Beifahrerfenster schaute er zum Flughafen, dessen Nordseite er wenige Minuten später passierte. Er staunte über das Glück, das die 250 Ungläubigen in der 757 gerade ereilt hatte.

Für Raynors ersten Tag auf der Basis seit dem Mexiko-Einsatz war eigentlich nicht mehr geplant gewesen als ein Termin bei Doc Markham, gefolgt von einer Stippvisite mit ein paar Kollegen, um Slapshot einen Besuch im Krankenhaus abzustatten.

Stattdessen saßen er und die meisten anderen, die noch hineinpassten, im Besprechungszimmer und verfolgten die TV-Berichterstattung von der Westküste.

Eine ernste und wütende Stimmung lastete auf dem Raum und dem gesamten Delta-Force-Gelände. In einer Nachrichtensendung nach der anderen wurde jeder noch so kleine Aspekt der anhaltenden terroristischen Bedrohung vor der ganzen Nation ausgewälzt. Operators und Unterstützungspersonal beschlich das Gefühl, persönlich für den Verlust des Flugzeugs und den landesweiten Stopp des Flugverkehrs verantwortlich zu sein. Darüber hinaus verspürten sie alle eine unglaubliche Ohnmacht, weil sie wussten, dass sie nicht länger eingreifen konnten. Das US-Militär operierte nicht auf heimatlichem Boden. Man hatte sie in die Rolle des unbeteiligten Zuschauers gedrängt.

Gangster und seine Bereitschaftssquadron jagten natürlich weiterhin den übrigen Boden-Luft-Raketen hinterher. Das SEAL Team 6 hatte erfolgreich ein Dutzend schulterverschießbare Raketen in Sirte sichergestellt. Aber aktuelle Informationen deuteten darauf hin, dass das verbliebene Arsenal drei- oder viermal so groß war. Eine weitere große Lieferung schien Libyen verlassen zu haben. Ebenso wie das SEAL Team 6 ging die Delta-Bereitschaftssquadron vor Ungeduld fast die Wände hoch, während sie auf neue Hinweise warteten, um weitere Waffen zu finden, zu bergen und dabei jeden umzulegen, der versuchte, sie daran zu hindern.

Aber Kolt und seiner Truppe blieb nichts anderes übrig, als für ihre nächste Bereitschaftsphase zu trainieren. Raynor hatte den Großteil seiner Leute zu Übungseinheiten überall in den USA geschickt. Selbst er war nicht in der Lage, viel mehr zu tun, als unruhig von seinem Büro durch das ›Rückgrat‹ zum Besprechungszimmer und zurück zu pirschen. Die Verletzungen, die er sich in Mexiko zugezogen hatte, quälten ihn. Außerdem bereitete ihm der Fehlschlag seiner Mission großen Kummer.

Er wollte gerade den Besprechungsraum verlassen und zur Aufklärungsabteilung gehen, als CNN live zum Präsidenten der Vereinigten Staaten schaltete. Dieser hielt sich im Ausland auf – genauer gesagt: in Australien, wo er eine Konferenz der Asiatisch-Pazifischen Wirtschaftsgemeinschaft besuchte, eine Freihandelsorganisation, die in diesem Jahr in Sydney zusammenkam. Er nahm zunächst zu den Ereignissen in Kalifornien Stellung und kündigte an, seine Reise abzubrechen und nach Washington zurückzukehren, sobald der Secret Service den Zeitpunkt für geeignet hielt.

Nachdenklich sprach er über den Tod der Opfer und den brutalen Angriff auf das amerikanische Gesellschaftsgefüge. Aber seine Einschätzung der Bedrohungslage fiel generell optimistisch aus. Der Justizminister werde innerhalb der nächsten Stunde eine Pressekonferenz zum Thema abhalten, kündigte er an und sprach diesem ausdrücklich sein Vertrauen aus. Er werde die Täter schnell ihrer gerechten Strafe zuführen.

Kolt fand, dass der Präsident den richtigen Ton getroffen hatte. Er schüttete sich noch eine Tasse Kaffee ein, schluckte vier Ibuprofen und wartete im Besprechungsraum besagte Pressekonferenz ab.

Der Justizminister wurde live aus seinem Büro in Washington, D.C. zugeschaltet. Er erklärte: »Die Behörden suchen derzeit die Bucht von San Francisco in der Nähe der Stelle ab, an der das Fahrzeug der Terroristen ins Wasser gestürzt ist. Wir gehen davon aus, die Leichen von David Wade Doyle und seinen übrig gebliebenen Verbündeten zeitnah zu bergen. Wir glauben außerdem, dass die Terrorgefahr für die Vereinigten Staaten nicht länger besteht, und rechnen damit, den Flugverkehr innerhalb der nächsten 24 bis 48 Stunden wieder freigeben zu können.«

Im Besprechungszimmer stöhnten einige laut auf.

Monk saß im hinteren Teil des Raums mit Benji, Gangster und ein paar anderen aus der Bereitschaftssquadron. Er sagte: »Also, der Bösewicht ist tot, aber es gibt keine Leiche. Klingt das nicht wie in so ziemlich jedem abgedroschenen Horrorfilm, den ihr je gesehen habt?«

Die Männer lachten leise, lächelten aber nicht dabei. Raynor sprach aus, was alle im Raum dachten: »Solange es keine Leiche gibt, ist dieser Bastard für mich nicht tot.«

Er kämpfte sich vom Stuhl hoch und lief zurück ins Büro.

David Doyle rollte um kurz nach Mitternacht in die Einfahrt eines alten Hauses an der East 75th Street im Chicagoer Stadtteil South Side. Ein Mann schob das Garagentor hoch. David fuhr mit dem Toyota hinein und der andere machte rasch hinter ihm zu.

Doyle folgte seinem Gastgeber durch die Dunkelheit zur Hintertür. Eine Gruppe von Frauen saß in der Küche, aber sie schauten einfach weg, als der Fremde eintrat. Er ging an ihnen vorbei, ohne ein Wort zu sagen.

Er wurde ins Wohnzimmer geführt, wo er sich fünf Männern gegenübersah, die auf einem langen Ecksofa saßen. David wurde eine Tasse Pulverkaffee gereicht. Er ließ sich auf einen Sessel gegenüber dem Fernseher sinken.

»*As salaam aleikum.*«

Die fünf Männer antworteten im Chor: »*Wa aleikum as salaam.*«

Vor Monaten, als Doyle die Helfer für seine Mission mithilfe des von den sechs Al-Qaida-Agenten aus Westpakistan mitgebrachten USB-Laufwerks auswählte, hatte sein Hauptaugenmerk auf Personen gelegen, die sich bereits in den Vereinigten Staaten aufhielten und im Falle auftretender Schwierigkeiten eine Möglichkeit zum Untertauchen anbieten konnten. Diese Schläfer mussten sich dem gemeinsamen Ziel mit der gleichen Hingabe widmen wie er selbst und sie mussten bereit sein, als Märtyrer zu sterben, falls David ihnen den entsprechenden Befehl erteilte.

In Chicago war er auf eine geeignete Gruppe gestoßen. Sie bestand aus Saudis, die schon seit mehr als einem Jahrzehnt in den USA lebten. Die fünf Männer waren zwischen 19 und 37 Jahren alt. Drei von ihnen hatten Ausbildungen in

Al-Qaida-Camps in Pakistan durchlaufen. Alle fünf hatten ihrer Bereitschaft Ausdruck verliehen, gegen ihre Wahlheimat in den Dschihad zu ziehen.

David war zu dem Schluss gelangt, dass sie genau die Richtigen für seine Zwecke waren, obwohl sie noch nichts über die bevorstehende Mission wussten. Er hatte sich bereits in Mexiko mit ihnen in Verbindung gesetzt im Wissen, später noch Verwendung für sie zu haben. Aber jetzt nahte der Moment der Wahrheit, in dem sie erfuhren, welche Rolle sie bei den bevorstehenden Ereignissen übernehmen sollten.

»Die Amerikaner lassen alle ihre Flugzeuge am Boden«, sagte der Älteste im Raum, Abdul Rahman.

Doyle nickte. »Ich wusste, dass es dazu kommt. Davon profitieren wir. Jeden Tag, an dem der Luftraum über den Vereinigten Staaten leer bleibt, verzeichnen die Amerikaner Milliarden von Dollar an Verlusten. Die werden alles tun, um uns zu finden und die Gefahr für ihren Flugverkehr zu beseitigen.«

»In den Nachrichten heißt es, dass sie vermuten, du seist in San Francisco gestorben.«

Doyle lächelte darüber. »Noch ein Vorteil für unsere Operation. Das bedeutet, dass sie bald wieder Flugzeuge in die Luft schicken und sich aus der Deckung wagen. Der Erfolg ist uns so gut wie sicher, meine Brüder.«

»Und ... was werden wir genau tun?«, wollte ein anderer wissen.

»Wir werden zum einzigen Ort gehen, an dem immer noch geflogen wird.«

»Wo ist das, Daoud?«

»Washington, D. C.«

Die Männer machten einen intelligenten und entschlossenen Eindruck. Umso besser. Doyle musste ihnen innerhalb kürzester Zeit beibringen, wie man Raketen abfeuerte. Obwohl das nicht allzu viel Geschicklichkeit oder Talent voraussetzte, setzte es doch Konzentration voraus. Die größte

Schwierigkeit bestand allerdings darin, überhaupt Männer zu finden, die bereit waren, Raketenwerfer auf Flugzeuge voller lebender Menschen zu richten und auszulösen. Dafür brauchte Doyle diese fünf Getreuen aus Chicago.

»Ich muss sicher sein, dass ich euch vertrauen kann.«

»Das kannst du, Daoud. Wir alle haben jahrelang auf unsere Märtyrermission gewartet. Wir haben Gewehre und Munition im Hinterhof vergraben. Wir können sie heute Nacht holen.«

»Sehr gut. Die werden wir brauchen. Aber erst ist es Zeit für eure Lektionen. Fangen wir an.«

Doyle verließ den Raum und kehrte mit einem Igla-Raketenwerfer zurück. Er legte ihn auf den Eichenholztisch, dann eine Rakete daneben. Die fünf Männer versammelten sich um den Tisch, während der Al-Qaida-Kommandant ihnen die Grundlagen im Umgang mit der Waffe vermittelte. Er schob die Rakete in die Abschussröhre, brachte die Stromversorgung an und hob das Konstrukt auf die Schulter.

Nach einem kurzen Augenblick gab er die Waffe an die Männer weiter. Jeder nahm sie, spähte durch das runde Visier, packte den Haltegriff mit schwitzenden, zittrigen Händen und reichte sie an den Nebenmann weiter.

Nach einer Stunde hatte David den Eindruck, dass sie zumindest oberflächlich begriffen hatten, wie man mit den Iglas umging.

Als Nächstes erklärte Doyle ihnen die eigentliche Mission. Alle fünf Männer hielten sein Vorhaben sowohl für wagemutig als auch für brillant.

»Irgendwelche Fragen?«

»Ja«, gab ein dicklicher Mann Anfang 30 zurück. Seine Sprechweise klang eher nach Chicago als nach Saudi-Arabien. Doyle hatte ihn bereits als Anführer der Zelle identifiziert. Aber er brachte allen fünf Agenten den gleichen Respekt entgegen. »Wann brechen wir auf?«

»Morgen früh. Ich werde mich eine Weile ausruhen. Dann reisen wir mit zwei Fahrzeugen. *Inschallah,* wir werden unser Ziel erreichen und noch genug Zeit übrig haben.«

Kolt Raynor lag im dunklen Trailer und lauschte dem sanften Geräusch des Regens, der auf das Blechdach trommelte. Er fluchte über die Matratze, auf der er lag. Schon seit Jahren hatte er so gelebt und es hatte ihn bisher nie gestört. Aber jetzt, mit ein paar gebrochenen Rippen, fehlte ihm die zusätzliche Federung eines Boxspringbetts. Es war die Hölle, sich auf dieser Matratze zu bewegen.

Er zuckte unter Schmerzen zusammen und setzte sich auf, schaffte es irgendwie, auf die Beine zu kommen. Er machte sich auf den Weg zur Kaffeemaschine in der Küchennische, aber das Motorengeräusch und das Scheinwerferlicht eines vorfahrenden Fahrzeugs ließen ihn abrupt innehalten.

Mit einem Blick auf die Uhr stellte er fest, dass es noch kurz vor fünf morgens war.

Kolt bekam nur selten Besuch im Wohnwagen und niemals zu dieser Zeit.

TJ kam aus dem Regen hereingejoggt. »Wie fühlst du dich?«

Kolt schloss die Tür hinter ihm. »Als hätt' ich 'nen vollen Waschgang in 'ner Industriewaschmaschine hinter mir.«

»Gibt's was Neues bei Jason?«

»Slapshot erholt sich noch.« Das war der Ausdruck, den die Ärzte benutzten, also benutzte er ihn ebenfalls – obwohl er wusste, dass er bis auf den Tod so ziemlich alles bedeuten konnte.

»Das hört man gern.« TJ stand einfach nur da.

»Warst du gerade zufällig in der Gegend?«, erkundigte sich Kolt scherzhaft.

Timble zögerte. »Ich hab einen Vorschlag für dich.«
»Okay.«
»Wie wär's, wenn du und ich uns ein paar Tage freinehmen?«
»Und dann?«
»Unternehmen wir 'nen kleinen Ausflug.«
Raynor hatte keine Ahnung, worauf er hinauswollte. »Einen Ausflug? Wohin denn?«
TJ setzte sich auf die Couch. Raynor ließ sich langsam und unter Schmerzen auf einen Liegestuhl hinab. »Kolt, David Doyle ist da draußen. Er ist nicht tot. Er macht keinen Rückzieher. Er lauert und bereitet sich auf seinen nächsten Schritt vor.«
»Was meinst du, wo er steckt?«
»Nicht an der Westküste. Die Zelle an der Westküste war bloß 'ne Finte. Er hat eingeplant, dass die draufgehen, damit er und sein Hauptziel nicht ins Zentrum der Aufmerksamkeit geraten.«
»Passagierflieger abzuschießen ist nicht sein Hauptziel?«
»Glaub ich nicht. Der heckt was anderes aus. Was Größeres und Schlimmeres.« Er seufzte. »Ich weiß, wie dieser Kerl denkt. Er wird sich nicht verkriechen und er wusste verdammt gut, dass wir eine Flugsperre verhängen. Das gehörte alles zu seinem Plan.«
»Und was hat das mit unserem Ausflug zu tun?«
»Ich will, dass wir ihn suchen.«
»Jetzt erzähl mir nicht, dass das JSOC das Weiße Haus überreden konnte, das *Posse-Comitatus*-Gesetz außer Kraft zu setzen.« Kolt wusste, dass Webber nach Wegen suchte, *Posse Comitatus* zu umgehen, damit die Streitkräfte des JSOC innerhalb US-amerikanischer Grenzen operieren konnten. Zu seltenen Gelegenheiten war das bereits möglich gewesen und viele Mitglieder des Militärs vertraten die Auffassung, dass es auch in dieser Situation möglich sein sollte. Aber das Weiße Haus hatte sich vehement dagegen

ausgesprochen – sogar schon, bevor man dort zu dem Schluss gelangte, dass die Bedrohung nicht länger bestand.

»*Posse Comitatus* gilt noch«, gab Josh trocken zurück.

Raynor sah seinem Freund lange in die Augen und fragte sich, ob er den Verstand verloren hatte. Aber sein Blick war so scharf und wach wie immer. »Du denkst also nicht, dass das FBI ihn finden wird?«

TJ schüttelte den Kopf. »Scheiße. Ich weiß nicht. Möglich. Aber falls nicht … und falls er irgendwas tut, hätt' ich ein Problem damit, nicht mal probiert zu haben, ihn aufzuhalten.«

Kolt nickte langsam. »Ich fühl mich auch mitverantwortlich, weil er uns in Mexiko entwischt ist.«

TJ nickte nur. Er tröstete Kolt nicht. Nein, er nutzte Kolts Schuldgefühle aus, um ihn auf seine Seite zu bringen.

»Ich weiß nicht, Mann. Was, wenn wir wieder zum Einsatz gerufen werden?«, fragte Kolt.

»Junge. Du weißt verdammt gut, dass dieser Einsatz in Mexiko pures Glück gewesen ist. Deine Squadron ist derzeit nicht in Bereitschaft. Alter, wenn überhaupt, bekommt Gangster den nächsten Abflugbefehl.«

»Und wo willst du hin?«

»Irgendwohin, wo ein Typ mit 'ner Rakete vielleicht hingeht, um ein Flugzeug abzuschießen.«

»Es fliegen aber keine Flugzeuge.«

»Hast du nicht die Nachrichten gesehen? Eins landet morgen früh.«

Kolt legte den Kopf schief. »Der Präsident?«

»Ich schätze, es wär 'nen Versuch wert. Und ich schätze, Doyle denkt sich genau dasselbe.«

Für einen Augenblick saß Kolt einfach nur da. »Die Andrews Air Force Base wird gesichert sein. Von allen Seiten abgeriegelt wie Fort Knox.«

»Ich weiß. Und Doyle weiß das auch. Bisher hab ich noch keine Antworten gefunden, Bruder, nur Fragen. Aber ich werd nach D. C. fahren und versuchen, sie dort zu finden.«

Raynor dachte noch einige Sekunden darüber nach. Dann sagte er: »Ich werd mit Webber reden.«

»Ich geh um acht in sein Büro«, erwiderte TJ. »Am besten, du kommst erst später hin.«

Kolt betrat Webbers Büro um zehn und nahm auf einem der Stühle vor dem Schreibtisch Platz. Es war ein Samstag, aber der Colonel arbeitete trotzdem.

»Was gibt's?«

»Sir, ich hab mich gefragt, ob der Präsident *Posse Comitatus* außer Kraft setzen wird.«

»Hat er bisher nicht, warum?«

»Was haben Sie für ein Gefühl, Sir? Glauben Sie, er wird's noch tun?«, bohrte Kolt nach.

»Major, der Präsident ist etwas nervös, was das betrifft. Aus Gründen, die Sie sicher nachvollziehen können. Im Moment scheint das größte Problem für das Verteidigungsministerium zu sein, ihn davon zu überzeugen, dass die Gefahr noch nicht vorbei ist. Der Präsident kehrt morgen in die Staaten zurück, und am Montag wird die Flugsperre aufgehoben. Die glauben, dass die Sache bereits ausgestanden ist.«

»Sir. Ich möchte mir gern Urlaub nehmen.«

»Klar. Ich hatte auch schon mal gebrochene Rippen. Ich weiß, wie lästig das sein kann, wenn man beim Atmen Schmerzen hat. Nehmen Sie sich ein paar Tage. Falls Sie mehr brauchen, sagen Sie einfach ...« Der Colonel brach mitten im Satz ab. Nachdem er seinen Major lange gemustert hatte, fuhr er fort: »TJ hat mich heute ebenfalls um Urlaub gebeten. Wollen Sie zusammen wegfahren?«

Kolt nickte.

»Was ist los?«

»Es wäre besser, wenn ich Ihnen diese Frage nicht beantworte.«

»Ihr Jungs seid hinter Doyle her, oder?«

Für einen Moment zögerte Raynor. Aber schließlich erwiderte er: »Josh scheint zu glauben, dass er sich in den Kopf von dem Kerl hineinversetzen kann. Ich bin nicht sicher, ob das stimmt, aber ich hab das Gefühl, ich schulde ihm was. Ich möchte ihn gerne begleiten.«

»Kolt, Sie können sich doch kaum bewegen mit Ihren gebrochenen Rippen.«

»Ich schnür den Verband ein bisschen enger, dann wird's schon gehen.«

Der Colonel seufzte. »Timble ist ein verdammt intelligenter Mann. Die Sache in Pakistan hat ihm ziemlich zugesetzt. Aber ich bin der Meinung, dass ihn das auf lange Sicht nur stärker macht. Er ist *nicht* verrückt, Racer.«

»Nein, Sir.«

»Sie sind Mitglieder der Streitkräfte. *Aktive* Mitglieder.«

»Wir handeln nicht im Auftrag der Army oder des JSOC, Sir. Wir sind nur zwei Typen, die 'ne Spazierfahrt unternehmen. Falls wir zufällig einem gesuchten Terroristen über den Weg laufen ...«

»Dann machen Sie 'ne Jedermann-Festnahme?«

Raynor antwortete nicht.

»Wenn TJ glaubt, dass er Doyle finden kann, ist er vielleicht wirklich dazu in der Lage. Aber die Frage stellt sich immer noch.«

Kolt sprach sie laut aus: »Was wir tun, wenn wir ihn finden?«

Webber zögerte, als ob er seine nächsten Worte mit Bedacht wählen müsste. »Kolt, David Doyle ist amerikanischer Staatsbürger. Falls Sie ihn auf amerikanischem Boden aufgreifen, könnte das ... problematisch werden.«

»Problematisch, Sir?«

»Ja. Ich rede von den Komplikationen, die es mit sich bringt, falls Sie ihn lebendig zu fassen kriegen.«

Raynor bemerkte, dass Webber versuchte, ihm etwas äußerst Wichtiges mitzuteilen. »Wollen Sie damit sagen, dass wir ihn *nicht* lebendig zu fassen kriegen sollen?«

»Himmel, Junge, ich sag ja nicht mal, dass Sie nach ihm suchen sollen. Mir wär's lieber, Sie handeln sich keine Anklage wegen Mord ein.«

Daran hatte Raynor noch gar nicht gedacht, aber das war ihm letztlich egal. Wenn er David Doyles Terror nur ein Ende setzen konnte, indem er ihn vor den Augen von 50 Bundesrichtern erschoss, hätte er es mit Freuden getan und sich den Konsequenzen gestellt. Aber er beabsichtigte nicht, Webber zum Mitwisser zu machen. Also sagte er lediglich: »Verstehe, Sir. Falls wir an Doyle oder seine Männer herankommen, werden wir alles tun, was in unserer Macht steht, um die Unterstützung der Polizeibehörden zu bekommen.«

»Genau. Ich kann's mir lebhaft vorstellen.« Webber räusperte sich. »Was ich sagen will, ist Folgendes: Falls Sie ihn lebend festnehmen, wird er als US-Staatsbürger nach den Regeln unserer Gesetzgebung behandelt. Ein Top-Anwalt, eine Gerichtsverhandlung, eine Jury, die aus Leuten wie ihm besteht – als ob es so was hier in Amerika überhaupt gäbe. Wenn Doyle festgenommen und nicht getötet wird …«

Kolt begriff. Er dachte an seine Unterhaltung mit Webber vor seiner Rückkehr in die Delta Force zurück. Der Colonel hatte ihn am Ende gefragt, ob er ein Problem damit hätte, einen Terroristen auszuschalten, der andernfalls vielleicht einen Auftritt im Fernsehen bekam. Kolt hatte damals verneint.

Und jetzt gab ihm Webber auf Umwegen, aber ungemein deutlich, zu verstehen, dass er David Doyle nicht die Chance geben sollte, sich zu ergeben, falls er ihm über den Weg lief.

»Ich verstehe, Sir.«

»Das ist keine gute Idee. Aber ich weiß, was ihr Jungs draufhabt. Und ich weiß auch, dass Doyle nicht auf dem Grund der Bucht von San Francisco liegt. Also gehen Sie. Und … viel Glück.«

»Danke, Sir.«

Als Raynor das Zimmer verließ, schob Webber hinterher: »Genießen Sie Ihren Urlaub.«

TJ parkte seinen Ford Pick-up zur Mittagszeit vor Kolts Wohnwagen. Einen Augenblick später kam Raynor mit einem Rucksack und einer Remington-Pumpgun heraus.

»Zwei Dumme, ein Gedanke«, rief TJ. »Ich hab 'ne Mossberg unterm Sitz. Und 'ne Glock in 'nem Knöchelholster. Hast du deinen 1911er?«

»Ohne geh ich nie aus dem Haus.«

»Du benutzt aber keine Munition von der Unit, oder?«, hakte TJ nur zur Sicherheit nach. »Denk dran, falls was passiert, darf das nicht auf Delta zurückfallen.«

»Was du nicht sagst. Nein, die Muni stammt aus meinem eigenen Vorrat. Hab ich in Jims Leihhaus gekauft.«

»Alles klar.«

Nach wenigen Minuten waren sie unterwegs. Von Fayetteville nach D. C. stand ihnen eine rund fünfstündige Fahrt bevor. Während sie über die I-95 rollten, hörten sie die meiste Zeit Nachrichten im Radio, spekulierten über Doyles Aufenthaltsort und das, was er wohl als Nächstes tat. In den Nachrichten wurde laufend über die Landung des Präsidenten auf der Andrews-Basis um acht Uhr am nächsten Morgen sowie die verschärften Sicherheitsmaßnahmen rund um das Weiße Haus berichtet.

TJ knurrte: »Da hören wir gerade Doyles persönlichen Nachrichtendienst. Die verdammten Medien verraten ihm jedes gewünschte Detail zur Rückkehr des Präsidenten in die USA.«

Kolt erwiderte: »Ich wünschte, der bliebe einfach in Australien, bis man Doyle erwischt hat.«

»Das kann er nicht, wenn sein Justizminister pausenlos betont, er habe die Lage im Griff. Außerdem geht's dabei doch nur um Politik. Er fliegt nach Washington zurück, um zu demonstrieren, dass er der Präsident ist und diese Krise unter Kontrolle hat.«

Kolt schüttelte den Kopf. »Die SA-24 ist die fortschrittlichste schulterverschießbare Rakete, die es gibt, und sie besteht gegen die meisten Infrarot-Abwehrmaßnahmen. Die Air Force One ist mit Gegenmaßnahmen geradezu gespickt. Außerdem wird er zur Andrews fliegen und da wird es unglaublich starke Sicherheitsmaßnahmen geben. Du sagst doch selbst ... Doyle ist schlau. Daher wird er das wissen.«

TJ sah Raynor an, wobei er die Interstate vor ihnen länger aus den Augen ließ, als Kolt lieb gewesen wäre. »Es geht aber *nicht* um die Air Force One, sondern um *Marine* One!« Das war der Helikopter des Präsidenten. »Nachdem der Präsident auf der Andrews-Basis gelandet ist, wird er mit dem Marine One zum Weißen Haus geflogen.«

Kolt schüttelte wieder den Kopf. »Wenn Terroristen mit Boden-Luft-Raketen frei herumlaufen? Er wird wahrscheinlich mit einer Wagenkolonne kutschiert.«

»Die Terroristen sind doch tot, weißt du nicht mehr? Wieso sollte er denn nicht seinen Heli nehmen, zumal sein Justizminister allen versichert, dass es keinen Grund zur Sorge gibt? Nein, er wird auf Marine One zurückgreifen, selbst wenn der Secret Service dagegen protestiert. Sie werden sehr unauffällig und gründlich die komplette Flugstrecke mit Staats- und Bundespolizisten kontrollieren. Aber er *wird* von der Andrews aus starten.«

»Auch der Marine One verfügt über Abwehrvorrichtungen, Josh. Er fliegt mit Köderdrohnen und hat Radar- und Infrarot-Täuschkörper und Infrarot-Störsysteme, die ...«

»Das weiß ich alles. Aber Doyle hat einen Plan.«

Kolt ließ den Blick für einen Moment in die Ferne schweifen. »Weißt du, es gibt vielleicht eine Möglichkeit, wie er's schaffen könnte. Was, wenn er und die anderen Arschlöcher, die ihn begleiten, gleich zwei Raketen abfeuern ... oder vier, oder zehn, alle zur gleichen Zeit?«

»Funktioniert das überhaupt?«

»Ich weiß nicht. Aber das wär doch das Einzige, was Sinn ergibt. Und die Grinch hat 'ne Reichweite von zehn Klicks oder mehr. Das bedeutet 'ne 20 Klicks große Todeszone, die der Secret Service während der gesamten Dauer des Flugs zum Weißen Haus absichern müsste. Das kriegen die nie im Leben hin.«

Josh gab zu bedenken: »Die werden Unterstützung vom FBI, von der D. C. Metro, von der Polizei von Maryland und von der Park Police erhalten, womöglich auch noch vom Geflügelzüchterverein. Scheiße, jeder, der auf dem überflogenen Gebiet 'ne Polizeimarke hat, wird vor Ort sein und die Gegend durchkämmen. Es wird nicht perfekt, aber sie werden's versuchen.«

»Ich sag's dir ja nur ungern, TJ, aber ein Pick-up-Truck, in dem zwei Hinterwäldler mit Schrotflinten sitzen, wird durch ein Fahndungsraster, wie du's gerade beschrieben hast, nicht so einfach durchkommen.«

TJ grinste. Zum ersten Mal seit einer ganzen Weile. »Überlass das Reden mir. Ich bring uns ganz dicht ran, versprochen.«

»Und dann? Meinst du, wir werden einfach zufällig auf Doyle stoßen, der gerade mit seinem Raketenwerfer 'nen kleinen Spaziergang unternimmt?«

Jetzt wich TJs Lächeln einem Stirnrunzeln. »Ich weiß, wie er denkt, Kolt. Das allein ist wichtig.«

»Wir brauchen mehr als das.« Kolt dachte nach. »In seinem Ausbildungslager im Jemen gab es was Ungewöhnliches, aus dem niemand schlau geworden ist. Einen sechs Meter langen Frachtcontainer.«

»Leer?«, fragte TJ.

»Man hat ein paar Kisten ohne Inhalt drin gefunden, außerdem 'ne Attrappe eines SA-24-Raketenwerfers.«

»Vielleicht haben sie da drin die Raketen aufbewahrt?«

»Da waren aber auch Flaschen und Schlafmatten drin. Ich denk eher, die haben *sich selbst* da drin aufbewahrt.«

Diese Information gab TJ neue Energie. »Wir müssen die Docks und Boote auf dem Potomac checken, die an der Flugstrecke liegen.«

Kolt war nicht so überzeugt wie sein Freund. Er sagte nur: »Irgendwo müssen wir ja anfangen.«

David Doyle und seine fünf Zellenmitglieder aus Chicago saßen im Wohnzimmer eines kleinen Apartments in Woodmore, Maryland, nur eine halbe Meile vom Six-Flags-Freizeitpark entfernt. Es handelte sich um die Wohnung ihres hiesigen Kontaktmanns, eines 62-jährigen Lastwagenfahrers namens Ali.

Ali wirkte etwas überfordert, als die jungen Männer plötzlich in seine einfache Wohnung strömten. Aber er wollte Daoud Al-Amriki beweisen, dass er die Befehle, die er Monate vorher von ihm erhalten hatte, Punkt für Punkt ausgeführt hatte.

»Der Truck steht draußen, beladen mit Softdrink-Paletten. Ich soll ihn heute Abend abliefern. Alles ist vorbereitet, wie du gesagt hast.«

David nickte nur. »Dann hast du es gut gemacht. Was kannst du uns zu den Vorbereitungen sagen, die die Amerikaner für morgen früh getroffen haben?«

»Der Secret Service, das FBI und die Maryland State Police werden sich überall in der Umgebung verstreuen. Das haben sie über Funk angekündigt. Sie werden auf Hausdächern und an Kreuzungen postiert sein. Es heißt, dass grundsätzlich alle Fahrzeuge durchsucht werden können.«

Die anderen saßen im Wohnzimmer verteilt. Die meisten tranken Tee und rauchten nervös. Nach Alis Bericht über die Lage vor Ort nahm ihre Nervosität noch zu.

Aber im Augenblick dachte Doyle nicht darüber nach, wie er ihnen Mut machen konnte. Stattdessen fragte er: »Und wie lange werden sie das tun?«

»Sie sagen, die Sicherheitsmaßnahmen greifen nur so lange, bis der Präsident das Weiße Haus erreicht hat. Und dass ab morgen früh um neun jeder wieder in die Kirche gehen kann.«

Doyle lächelte. »Ja. Sie *werden* alle morgen in die Kirche gehen. Weil sie trauern werden.«

Mit dieser Bemerkung brachte er seine unruhigen Männer zum Lächeln.

»Du bist in den Nachrichten gewesen, David«, fügte Ali hinzu. »Alte Fotos von dir.«

»Ich bin berühmt.« Lächelnd meinte er: »Seht her, ihr habt eine Berühmtheit in eurer Mitte. Aber morgen um diese Zeit werdet auch ihr alle berühmt sein.«

Die Männer grinsten, immer noch etwas nervös. Sie beteten gemeinsam, verließen die Wohnung und gingen die Treppe hinunter zum Parkplatz.

Doyle und seine fünf Zellenmitglieder aus Chicago stiegen in ihr Auto. Ali setzte sich ans Steuer einer Peterbilt-Sattelzugmaschine. An der Seite des 16 Meter langen Anhängers prangte in blauen Buchstaben ein Firmenname: BUY-RITE.

Zusammen fuhren beide Fahrzeuge zu einer U-Stor-It-Lagerhalle im nahe gelegenen Walker Mill. Der Sattelschlepper fuhr rückwärts zwischen zwei drei mal drei Meter große Lagerboxen. Ali und die Chicagoer Zelle sprangen auf die Ladefläche des Anhängers und luden Kisten mit Orangenlimonade ab, um sie in die angemieteten Container zu schaffen. Dazu mussten sie die Kisten aus den Paletten herausbrechen, und das kostete Zeit. Schließlich hatten sie aber sechs Meter Freiraum im hinteren Teil des Anhängers geschaffen.

Sie schlossen die Container ab und kehrten zum Haus in der Nähe des Six-Flags-Vergnügungsparks zurück. Ali parkte den Trailer hinter dem Apartmentgebäude. Doyle und seine Leute stiegen hinten ein und verteilten die Limonadenkisten um. Sie stapelten sie seitlich an den Wänden auf, vom Boden bis zur Decke, ließen aber die Mitte der Ladefläche frei. Hier fanden die sechs Kisten mit Raketen aus dem Minivan Platz.

Es dauerte eine volle Stunde, aber schließlich hatten sie eine Art Nest geschaffen, in dem ihre sechs Raketen, die Gewehre und mehrere Seesäcke voll mit Ausrüstung, Verpflegung und Wasser versteckt waren.

Gegen 19 Uhr fanden sich David und die fünf Mitglieder der Chicagoer Zelle im Anhänger ein. Ali kam, um sie einzuschließen. Vorher kniete sich Doyle über den alten Mann. »Alles hängt jetzt von dir ab, mein Freund. Im Jemen hat man mir gesagt, du seist sehr tapfer, äußerst intelligent und stark. Es heißt, du warst in den 80er-Jahren im Libanon. Die Ungläubigen hätten dir alles genommen.«

Ali nickte mit traurigem Blick, aber dann glänzten seine Augen vor Stolz. »Meine Familie kam um, als die Geschütze der *USS New Jersey* mein Viertel beschossen. Ich habe ein Vierteljahrhundert auf die Gelegenheit gewartet, mich zu rächen. Danke für diese Chance, Daoud Al-Amriki.«

David lächelte breit. »Ich danke *dir,* Bruder. Nun schließ uns ein und geh in Frieden.«

Die Tür schloss sich hinter David und der Zelle von Chicago. Wenige Sekunden später sprang der Motor des Sattelschleppers an.

Raynor und Timble fuhren um 19:30 Uhr durch Washington, D. C., nachdem sie mehr als eine Stunde auf dem Beltway im Stau gestanden und im benachbarten Alexandria getankt und Proviant gekauft hatten. Sie stellten ihren Wagen in der Nähe der Mall ab und liefen zum Weißen Haus. Beide stellten dabei fest, dass überall deutlich verschärfte Sicherheitsvorkehrungen getroffen wurden. Sie taten ihr Bestes, um entspannt und harmlos zu wirken.

TJ blickte an der Fassade des Willard InterContinental hoch, eines stattlichen Hotels neben dem Amtssitz des Präsidenten. Er beugte sich zu seinem Freund. Flüsternd, damit kein Tourist ihn hörte und die Äußerung womöglich missverstand, sagte er: »Man könnte sich da drüben ein Zimmer nehmen, den Raketenwerfer auf dem Bett schussbereit machen und die Scheibe einschlagen, sobald Marine One zur Landung ansetzt. Der Pilot hätte keine Chance, rechtzeitig wegzukommen.«

Raynor sah sich das Hotel an. »Ich hoffe stark, dass wir nicht die Ersten sind, denen diese Idee kommt. Und dass sie Sicherheitsglas in den Fenstern haben.«

TJ zuckte nur die Achseln. »Sei dir da mal nicht so sicher. Vor 9/11 haben auch schon 'ne Menge Leute drüber nachgedacht, Flugzeuge zu entführen und als tödliche Waffen einzusetzen. Als es dann passiert ist, haben die Behörden bloß mit den Achseln gezuckt und gemeint, damit habe niemand rechnen können.«

Raynor machte kehrt, um zum Wagen zurückzugehen. »Mann, *wir* sind jetzt die Behörden. Doyle ist nicht im Willard. Zu viele Kameras, zu viel Security. Falls er überhaupt in der Nähe ist, dann an einem abgeschiedenen Ort irgendwo auf der Strecke von der Andrews-Basis hierher.«

»Seh ich genauso.«

»Es wird bald dunkel. Gehen wir runter zum Fluss und halten nach einem Frachtcontainer Ausschau.«

»*Einem* Frachtcontainer«, wiederholte TJ. Ihnen stand eine Herkulesaufgabe bevor. »Da gibt's bestimmt Tausende.«

»Dann wird das eine lange Nacht, Bruder«, gab Kolt zurück.

Um kurz nach 20 Uhr zog der Peterbilt den 16-Meter-Anhänger auf den Parkplatz des Buy-Rite, eines großen Getränkeshops an der Southern Avenue. Ali manövrierte ihn rückwärts an eine Stelle gegenüber den Verladerampen. Der Trailer stand jetzt neben drei anderen in gleicher Größe. Ali zog die Handbremse an und machte sich daran, den Anhänger abzukoppeln.

Dieses Grundstück befand sich offiziell noch in Maryland, lag aber dicht an der Grenze. Auf der gegenüberliegenden Seite der Southern Avenue begann bereits der District of Columbia.

Wie Ali erwartet hatte, kam der Lagerverwalter nach draußen, als er den neuen Sattelschlepper auf dem Parkplatz bemerkte. Es war ein stämmiger Schwarzer mit Latzhose und dunklen Arbeitsstiefeln.

»Abend, Ali.«

Ali hatte Larry schon immer gemocht, seit er vor zwei Monaten angefangen hatte, für Buy-Rite Touren zu fahren.

»Guten Abend, Larry.«

»Du bist mal wieder zu spät dran mit Ausladen. Heute ist Samstag. Die sind schon alle auf dem Weg nach Hause.«

»Ja, ich weiß. Ich werd den Anhänger hierlassen und am Montagmittag wiederkommen.«

»Klingt gut. Willst du 'nen Kaffee vor dem Aufbrechen?«

Ali schüttelte den Kopf. »Nicht heute Abend, Larry. Vielleicht beim nächsten Mal.«

»Na dann, mach's gut.«

Ali fuhr den Peterbilt vom Buy-Rite-Parkplatz und ließ den 16-Meter-Trailer dort zurück.

Der Trailer stand nach wie vor auf dem Platz, als um 21 Uhr das restliche Tageslicht verschwunden war. Der dritte in einer Reihe von vier fast identischen Anhängern. Viermal an diesem Abend fuhren Streifenwagen der Maryland State Police über den Parkplatz. Jedes Mal leuchteten sie die Anhänger im Vorbeifahren mit Fensterscheinwerfern ab und überprüften, ob sich jemand zwischen oder unter ihnen versteckt hielt.

Doyle und seine Männer hatten drei kleine Löcher in den Boden geschnitten, damit frische Luft eindrang. Sie wagten es jedoch nicht, einen Blick nach draußen zu riskieren. Doyle brauchte sich nicht zu orientieren, da er im Verlauf der letzten beiden Monate viele Stunden damit zugebracht hatte, diesen Teil der Stadt online mit Google Earth auszukundschaften. David wusste, dass er sich auf dem hinteren Parkplatz des Buy-Rite befand. Er musste nur aus dem Anhänger springen und auf die andere Straßenseite wechseln, um die grünen Hügel und Bäume des Cedar-Hill-Friedhofs zu sehen. Hinter dem Friedhof erstreckte sich das weitläufige Gelände des Office of Naval Intelligence über mehrere Hektar.

Hinter dem ONI befanden sich die Vorstädte Suitland-Silver Hill und Morningside und jenseits davon erstreckte sich die Joint Base Andrews Naval Air Facility.

Besser bekannt als Andrews Air Force Base.

Der Präsident würde um acht Uhr morgens dort landen und wenige Minuten später über sie hinwegfliegen. Bei dem unglaublich großen Sichtfeld, das sich ihnen hier bot, sahen sie den Präsidenten und seine Helikopter bereits aus mehreren Meilen Entfernung kommen. Damit blieb jede Menge Zeit, um sich in Ruhe darauf vorzubereiten, den Hubschrauber vom Himmel zu holen.

Während er sich das Geschehen am kommenden Morgen bildlich vorstellte, flüsterte einer der Männer ihm in der warmen Dunkelheit eine zweifelnde Frage zu. »Daoud. Wenn da überall Polizisten sind, wie sollen wir das hinbekommen?«

»Die werden sich in dem Moment, wenn wir den Trailer verlassen, nicht auf dem Parkplatz vom Buy-Rite aufhalten. Ich glaube daran, dass der Allmächtige unseren Erfolg will, und das würde er niemals zulassen.«

»Aber falls sie doch hier sind ...« Doyle griff nach seiner AK. »Wir sind zu sechst. Das schaffen wir schon.«

Er legte das Gewehr weg. »Wir brauchen 45 Sekunden, um auszusteigen, eine Waffe zu nehmen und sie auf einen Helikopter abzufeuern. 45 Sekunden.« In der Dunkelheit lächelte Doyle reuevoll. Im Jemen hatte er diese Zeit zusammen mit seinen Agenten auf 27 Sekunden verkürzt. Sie waren jetzt alle tot. Seine neuen Zellenmitglieder waren nicht gut ausgebildet. Aber die Erfahrung hatte David gelehrt, wie er die Männer positionieren und die Waffen vorbereiten musste. Das half ihm, wenn die Zeit gekommen war.

»Wir haben 45 Sekunden und das wird reichen. Danach spielt es keine Rolle mehr, was sie unternehmen, um uns aufzuhalten. Wir werden bereits gewonnen haben.«

Die Männer priesen Allah in ihrem heißen, engen Versteck.

David fügte hinzu: »Da werden viele Hubschrauber sein. Sie werden alle gleich aussehen. Die Amerikaner schicken sie zusammen mit dem des Präsidenten, damit ein Feind nicht erkennt, welchen er angreifen soll.«

»Wie viele?«

»Manchmal sind es drei, manchmal vier. Aber bei der jetzigen Lage ... vielleicht fünf. Ich weiß es nicht. Wenn wir sie sehen, gebe ich jedem von euch eine Nummer, und das ist der Helikopter, auf den ihr zielt.«

»In welchem wird der Präsident sitzen?«

»Ich weiß nur, dass es nicht der vordere sein wird. Nicht diesmal.«

»Woher weißt du das?«

»Amerikaner sind Feiglinge. Und der Präsident ist der größte Feigling von allen.« Doyle tat so, als wäre das völlig offensichtlich.

Dann zog er einen Tablet-Computer hervor, schaltete ihn ein und nutzte die eingelegte Mobilfunkkarte, um im Internet nach Nachrichten über die Ankunft des Präsidenten am nächsten Morgen zu suchen.

Um fünf Uhr morgens waren Raynor und Timble erschöpft. Sie hatten die vergangenen sieben Stunden damit verbracht, die Straßen am Potomac River abzufahren. Dabei hatten sie ihr Möglichstes getan, der Polizei aus dem Weg zu gehen und einen sechs Meter langen Intermodal-Container zu finden, von dem sie nicht einmal mit Sicherheit wussten, ob er tatsächlich existierte.

Es war ihnen gelungen, sich von den Cops fernzuhalten, aber sie hatten keinerlei Erfolg bei der Suche nach Doyle zu verzeichnen. Ja, sie hatten Frachtcontainer gefunden. Aber viele standen hinter Zäunen oder auf den Hinterhöfen von Privatgrundstücken. Viele Stunden verschwendeten sie damit, sich dort Zutritt zu verschaffen, stießen aber nur auf leere oder versiegelte Behälter.

Außerdem hatten sie Container zu Gesicht bekommen, die mit Lastwagen über den Highway transportiert wurden, und das hatte sie in Sorge versetzt. Der Highway 295 verlief mitten durch das Gebiet, das Marine One in ein paar Stunden überquerte. Eine Sperrung war nicht geplant. Zwar wimmelte es auf der Strecke von Wagen der State Police, aber Josh und Kolt wussten, dass das Abfeuern einer Boden-Luft-Rakete nur wenig Zeit erforderte.

Die beiden Männer beschlossen eine Pause einzulegen, um zu Kräften zu kommen. Sie saßen vor einer Tankstelle in Anacostia im Auto, tranken Kaffee und gönnten ihren Köpfen ein paar Minuten Erholung.

In anderthalb Stunden dämmerte es und dann kamen weitere Polizisten ins Gebiet. Je näher der Zeitpunkt der Landung des Präsidenten rückte, desto schwerer wurde es, sich unbehelligt zu bewegen. Deshalb wollten sie Doyle unbedingt vorher finden.

TJ fragte müde: »Was, wenn der Container überhaupt nichts mit der Sache zu tun hat?«

»Schon möglich«, erwiderte Raynor. »Ich weiß sowieso nicht, warum er einen Container hierherschaffen sollte. Eigentlich könnten er und seine Kumpel einfach hinten aus einem Truck oder einem Van springen oder ...«

TJ setzte sich auf und brachte Raynor damit zum Verstummen.

»Du hattest erwähnt, dass der Container aufgebockt war.«
»Ja. Und?«
»War das ungefähr dieselbe Höhe wie auf Lkw-Reifen?«

Kolt dachte einen Moment darüber nach. »Ja. Ungefähr 1,20 Meter über dem Boden, hieß es. Kommt in etwa hin.«

TJ nickte. »Passt zu einem Sattelschlepper.«

»Aber die haben längere Anhänger.«

»Ja. Die größten sind um die 20 Meter lang. Aber die brauchen nicht den ganzen Platz in so einem Anhänger für sich und ein paar Raketen.« Timble schloss die Tür des Pick-ups und ließ den Motor an. Während er vom Parkplatz der Tankstelle fuhr, meinte er: »Ich tippe drauf, dass der Container nur zu Übungszwecken gedacht war. Sie haben trainiert möglichst schnell und leise mit einem Raketenwerfer aus einem Anhänger zu steigen.«

Kolt zuckte nur mit den Schultern. »Kann schon sein, aber jetzt greifen wir nach jedem Strohhalm.«

»Ich hab's dir gesagt, Bruder. Ich weiß, wie er denkt. Wir müssen die Strecke abfahren und nach Anhängern Ausschau halten, die über Nacht abgestellt wurden. Ich glaub nicht, dass er das Gebiet erst betritt, wenn die Cops schon verstärkt nach ihm suchen. Er ist schon hier, irgendwo, und lauert auf die Gelegenheit zum Angriff.«

Um acht Uhr hatten alle sechs Al-Qaida-Agenten im Anhänger die Brustgurte angelegt. Ein paar Wasserflaschen wurden herumgereicht, entweder um daraus zu trinken oder um reinzupinkeln. Sie standen auf und streckten die Beine.

Jeder Mann trug vier 30-Schuss-Magazine mit Kalaschnikow-Munition bei sich. Zusammen mit der Munition, die bereits in den Gewehren steckte, hatte die Zelle 900 Schuss zur Verfügung, um Polizisten oder Sicherheitsleute abzuwehren.

Noch einmal gingen sie die Prozedur zum Abfeuern der Raketenwerfer durch. Jeder von ihnen war zuverlässig in der Lage, die Igla auf seine Schulter zu heben, selbst in der Dunkelheit ihres Verstecks.

»Und was ist, nachdem wir geschossen haben?«, wollte einer der Männer wissen.

David antwortete: »Wir nehmen unsere Gewehre und machen uns auf den Weg zur Straße. Die Polizei wird auf uns losgehen, das ist unvermeidlich. Aber wir werden viele Männer töten, bevor wir ins Paradies kommen.«

Er setzte sich wieder hin und warf einen Blick auf sein Tablet. Auf CNN zeigte ein Livestream, wie die Air Force One durch dünne Wolken ihren Landeanflug zur Andrews-Basis begann, nur ein paar Meilen südöstlich der Stelle, an der er schwitzend im Dunkeln saß.

»Bald ist es so weit, meine Brüder«, verkündete Doyle. »Schon sehr bald.«

Raynor und Timble waren verblüfft über die starke Polizeipräsenz entlang der Route, die der Helikopter in einigen Minuten abfliegen würde. Obwohl der Verkehr nicht völlig zum Erliegen gekommen war, hatte man an jeder zentralen Kreuzung Kontrollpunkte eingerichtet. In der vergangenen halben Stunde waren Kolt und Josh insgesamt viermal angehalten worden. Die Polizisten hatten jeweils nur einen kurzen Blick in die Kabine ihres Pick-ups geworfen und sie dann durchgewunken.

Am Himmel schwebte ein halbes Dutzend Polizeihubschrauber, allerdings über eine große Distanz verteilt.

Ein wenig nördlich der Andrews-Basis wurden die beiden Delta-Männer zum fünften Mal durchgewunken. Kolt gab zu bedenken: »Falls uns jemand rauswinkt und die Knarren findet, wird's verdammt brenzlig für uns.«

Aber TJ hörte gar nicht hin. Er bog auf den Parkplatz einer Autowaschanlage und spähte in Richtung Nordosten.

»Ein erhöhter Punkt.«

»Was meinst du?«

»Ich meine, schau mal dort drüben. Die Stelle da hinten. Da, wo sich keine Gebäude befinden, dieser Hügel. Ich kann's nicht genau erkennen. Was ist das? Ein Golfplatz?«

Kolt sah hin. Er kniff die Augen zusammen. »Ein Friedhof. Wahrscheinlich der Washington National.«

»Gib mir mal dein Fernglas.«

Kolt reichte es ihm. TJ scannte sorgfältig die Umgebung. Langsam senkte er das Fernglas. »Wir müssen da hin.«

»Was siehst du denn?«

»Einen erhöhten Punkt mit Superaussicht auf Andrews, und ich seh einen Buy-Rite. Du kannst mir nicht erzählen, dass bei denen keine Anhänger auf dem Parkplatz stehen.«

»Aber das gesamte Gebiet hier ist ziemlich flach. Warum meinst du, dass sie auf einen erhöhten Punkt angewiesen sind?«

»Er ist nicht darauf angewiesen. Aber ... bei dem Angriff auf die *Black Site* letztes Jahr hat er sich Zeit gelassen, sich wie besessen mit jedem winzigen Detail der Operation beschäftigt und das Einsatzgelände studiert. Doyle muss sich monatelang in einem Gebäude im Jemen verkrochen und diesen Tag geplant haben. Du weißt, dass er die Stelle sorgfältig ausgewählt hat. Er wird sich auf den höchsten Punkt der Flugroute des Präsidenten konzentrieren, an dem ihm die wenigsten Gebäude die Sicht versperren. Und genau dort hat er Position bezogen.«

Kolt schielte über die Schulter. »Scheiße. Der Präsident landet.«

Timble und Raynor benötigten zehn Minuten, um vom Suitland Parkway auf die Southern Avenue zu gelangen. Dort tat TJ sein Bestes, um nicht zu schnell zu fahren, da an jeder Kreuzung ein Streifenwagen stand. Die beiden bärtigen Männer sahen wie Handwerker oder Hilfsarbeiter aus, die an diesem Sonntag früh zur Arbeit fuhren. Da die Ladefläche ihres Pick-ups leer war und sie unmöglich eine SA-24-Rakete im Führerhaus des Wagens verstaut haben konnten, zogen sie kaum Aufmerksamkeit auf sich, während sie Checkpoints und Straßensperren passierten.

Doch sobald sie sich der Einfahrt des Buy-Rite näherten, tauchte ein flackerndes Blaulicht im Rückspiegel auf.

Hinter ihnen kam ein Streifenwagen der Maryland State Police rasch näher. Der Polizist ließ die Sirene aufheulen und forderte sie per Lautsprecher auf: »Fahren Sie rechts ran.«

»Ich bin nicht zu schnell gefahren!«, rief Timble, an Raynor gerichtet.

»Tu einfach, was er sagt, bevor jeder Cop im County alles stehen und liegen lässt und herkommt.«

Timble drosselte das Tempo, setzte den Blinker und rollte auf den Buy-Rite-Parkplatz zu. Der Polizist ließ erneut die Sirene aufheulen.

TJ bremste auf dem Parkplatz und schaltete den Motor aus.

Raynor und Josh bemerkten sofort die unbeaufsichtigten Sattelanhänger im hinteren Bereich des Geländes, höchstens 100 Meter entfernt. Sie konnten die Rolltüren an den Rückseiten nicht erkennen, nur den vorderen Bereich der großen Container, an dem sich die Anhängerkupplungen und Stützen befanden.

»Verdammter Mist«, fluchte Kolt.

»Wir müssen da rüber«, drängte Josh.

»Sollen wir etwa vor dem Cop flüchten?«

TJ schien einen Augenblick ernsthaft darüber nachzudenken. Dann stieß er ein langes, frustriertes Seufzen aus. »Nein.«

100 Meter weiter verfolgte David Doyle den Livestream von CNN. Über der Laufschrift-Einblendung ›Präsident kehrt ins Weiße Haus zurück‹ zählte er fünf schwarz-weiße Sea-King-Helikopter, die über der Andrews Air Force Base aufstiegen.

Er sah seine Männer an, die in der Dunkelheit beinahe unsichtbar waren. »Es wird Zeit, meine Brüder.« Im Widerschein des Displays deutete er nacheinander auf jeden der Männer. »Du schießt auf Nummer zwei, du auf Nummer drei, du auf Nummer vier, du auf fünf.« Da Doyle unterstellte, dass der Präsident nicht im ersten Helikopter saß, standen ihm zwei Raketen mehr zur Verfügung, als es Ziele gab. Er wollte das fünfte Zellenmitglied eine zweite Rakete auf Helikopter Nummer drei abfeuern lassen und selbst einen zweiten Schuss auf den vierten Hubschrauber abgeben.

In wenigen Minuten flogen sechs mächtige Gefechtsköpfe über Maryland hinweg. Und, *inschallah,* einer oder mehrere davon schickten sich an, die amerikanische Regierung zu enthaupten.

Wie sich herausstellte, hatte Lieutenant Colonel Timble seine Fähigkeit überschätzt, sich aus jeder Polizeikontrolle in D. C. herauszureden. Der Polizeibeamte näherte sich der Fahrertür und Josh kurbelte das Fenster herunter, um mit dem jungen Mann zu reden. Aber Officer Weizer hob bloß die Hand.

»Meine Herren, Sie sind nicht zu schnell gefahren. Aber Sie sind ein paar Ampeln früher an mir vorbeigekommen und es war nicht zu übersehen, dass Sie ein Nummernschild aus North Carolina haben. Für ein paar Touristen haben Sie ganz schön unruhig gewirkt.«

Josh erklärte dem Beamten, dass er und sein Freund Militäroffiziere seien, die das Wochenende in der Stadt verbringen wollten. Aber dadurch wirkten ihre Bärte und die nicht ordnungsgemäßen Haarschnitte für Weizer nur noch verdächtiger.

»Warum steigt ihr Jungs nicht einfach mal kurz aus eurem Pick-up?«

Timble biss die Zähne zusammen. »Ist das wirklich unbedingt nötig, Officer?«

»Ich werd's nicht noch mal sagen«, entgegnete Weizer.

Eine Minute später standen Raynor und Timble mit den Händen auf der Motorhaube neben Joshs Wagen. Sie hatten Weizer ihre Pässe überreicht, der diese langsam und sorgfältig begutachtete. Die Waffen waren unter den Sitzen verstaut. Daher rechneten sie nicht damit, Ärger mit diesem Officer zu bekommen – einem jungen Beamten, der einen entschieden zu diensteifrigen Eindruck machte.

Josh nahm die Hände herunter und drehte sich zu dem Polizisten um. Er konnte es nicht erwarten, endlich weitermachen zu können, entweder mit Strafzettel oder ohne. Aber die abrupte Bewegung erschreckte den Beamten der Maryland State Police. Er wich ein paar Schritte auf die Straße zurück, befahl Timble die Hände wieder auf die Motorhaube zu legen und rief über Funk Verstärkung herbei.

Als er ein tiefes Wummern in der Ferne hörte, lugte Raynor über die rechte Schulter. Im Südosten sah er erst zwei, dann drei, schließlich insgesamt fünf VH-60-Sea-King-Helikopter mit dem Siegel des Präsidenten auftauchen. Sie waren höchstens noch drei Meilen entfernt.

»Scheiße!«, rief Kolt.

Jetzt blickte auch Josh über die Schulter zurück. Als er die Helis sah, nahm er die Hände von der Motorhaube und richtete sich auf.

»Hey! Hey!«, brüllte der Streifenpolizist nervös. »Die beschissenen Hände aufs Auto!«

Die Rolltür des Anhängers wurde nach oben geschoben und zwei Männer sprangen auf den betonierten Parkplatz hinaus. Sobald sie auf dem Boden landeten, drehten sie sich um. Jeder packte einen Raketenwerfer, der auf dem Holzboden des Anhängers lag. Währenddessen sprangen zwei weitere heraus, wandten sich um und griffen nach den Raketenwerfern, die Doyle, der noch im Container war, ihnen zuschob.

Als alle vier Männer auf dem Parkplatz jeweils eine Waffe hatten, schleiften Doyle und der letzte Mann der Chicagoer

Zelle ihre eigenen Raketenwerfer zum Ende des Anhängers, stiegen darüber hinweg und sprangen ebenfalls auf den Beton.

Jetzt verteilten sich die sechs Al-Qaida-Agenten auf dem Gelände. Wie eine Einheit bewegten sie sich um den Trailer herum und bildeten eine Reihe, anderthalb bis höchstens drei Meter voneinander entfernt.

Das Ganze dauerte 41 Sekunden. Doyles erste Vier-Mann-Einheit hatte es in 28 geschafft.

Der erste Helikopter flog gerade südwestlich von ihnen vorbei in Richtung Norden.

»Wartet auf meinen Feuerbefehl«, wies David sie an.

Aber am anderen Ende der Reihe bewaffneter Männer hatte einer der Saudis mit dem Gewicht des Raketenwerfers an seinem Hals zu kämpfen. Er schob den Schaft nach vorn, um die Belastung zu verlagern. Dabei betätigte er versehentlich den Abzug der Igla-S.

Die lange Rakete schoss aus dem Abschussrohr wie ein Champagnerkorken aus einer Flasche. Der Treibstoff entzündete sich und sie zischte in den Himmel hinauf.

Doyle nahm sein Auge vom Visier. Sein Gesicht war zu einer Maske aus Schock und Wut verzerrt.

Am anderen Ende des Parkplatzes bei den Sattelanhängern schoss eine Rakete in den Himmel.

TJ sah es. Dann schaute er zu Officer Weizer hinüber, der mit offenem Mund dastand.

»Knallen Sie uns ja nicht ab, verdammt!«, rief TJ dem Cop zu. Damit drehte er sich um, griff in den Pick-up und zog seine Schrotflinte und die Kaliber-40-Glock unter dem Sitz hervor. Kolt stürmte auf die andere Seite und holte ebenfalls die Waffen.

Nach wenigen Sekunden rannten sie auf die Abschussstelle zu.

Der völlig verblüffte Officer Weizer tastete nach dem Funkgerät an der Schulter.

Kolt war zwar körperlich fitter als Josh, aber da er gebrochene Rippen hatte, konnte sich TJ deutlich schneller bewegen. Sie sprinteten zur Abschussstelle und registrierten sofort Bewegung in der Nähe des Anhängers. Zwei Männer, die sich Gewehre auf den Rücken geschnallt hatten und Raketenwerfer auf den Schultern trugen, kamen ein Stück um den Trailer herum.

Obwohl Kolt und TJ zu weit entfernt waren, um ihre Schrotflinten effektiv gegen die Männer einzusetzen, hörten sie bereits die Helikopter in der Ferne und wussten, dass es nur Sekunden dauerte, bis die Feinde den nächsten Schuss abgaben. Ohne sich abzustimmen oder ihre Schritte zu verlangsamen, zielten beide mit den Schrotflinten in die ungefähre Richtung der Gegner und drückten ab. Sie waren noch etwa 50 Meter weit entfernt. Ihre Waffen würden eine Wolke aus kleinkalibrigem Schrot über mehrere Meter streuen. Kaum die optimale Methode gegen einen mit Sturmgewehren bewaffneten Feind.

Aber ihnen blieb keine andere Wahl.

Nachdem beide eine Patrone mit 8,5-Millimeter-Postenschrot abgefeuert hatten, luden sie gleichzeitig ihre Flinten durch und rannten weiter.

David war wütend auf das Chicagoer Zellenmitglied, das seine Rakete zu früh abgefeuert hatte. Das Geschoss war verschwendet, da es dem jungen Mann nicht einmal gelungen war, das Ziel zu erfassen. Doyle schrie ihn an, befahl ihm, zum Gewehr zu greifen und dem Rest von ihnen Deckung zu geben. Dann fragte er ihn, welches Ziel er ihm zugewiesen hatte, um den entsprechenden Hubschrauber selbst ins Visier zu nehmen.

Der Mann rief: »Drei!«, während er die AK an die Schulter hob.

David zählte den dritten Helikopter in der Formation ab, hörte den Ton, der signalisierte, dass die Rakete die

Wärmesignatur des Ziels erfasst hatte, und gab den Befehl zum Feuern.

Aber als er abdrücken wollte, verspürte er einen Schlag an der rechten Schulter und einen weiteren an der rechten Wade. Die Schläge fielen so heftig aus, dass er herumwirbelte und beinahe das 18 Kilogramm schwere Waffensystem fallen gelassen hätte. Fast im gleichen Augenblick hörte er rechts von sich ein Krachen und begriff, dass es sich um Schüsse handeln musste. Er zielte ein Stück oberhalb und südlich seines Helis und drückte den Abzug der Igla-S. Eine Stichflamme schoss hinten aus dem Abschussrohr und die Rakete flog in den Himmel hinauf. Dann setzte die zweite Abschussphase ein und sie raste schneller durch die Luft, als das menschliche Auge es verfolgen konnte.

Doyle wusste, dass es ein Fehlschuss war.

Eine zweite Salve donnernder Gewehrschüsse ertönte kaum eine Sekunde später. Aus dem Augenwinkel bekam er mit, wie einer seiner Männer hintenüberfiel. Ein zweiter stieß einen schmerzverzerrten Schrei aus.

»Feuer!«, herrschte Doyle den Rest des Teams an.

Er schleuderte die Igla zur Seite und griff hinter sich, um die Kalaschnikow vom Rücken zu nehmen.

Einem Mitglied der Chicago-Zelle gelang es, das Ziel zu erfassen und die Rakete im richtigen Moment abzufeuern. Dieses Geschoss raste in weitem Bogen hinter einem Sea King in südwestlicher Richtung her.

Wieder krachten Schüsse aus großkalibrigen Gewehren. Diesmal konnte man klar zwei Waffen auseinanderhalten. Als Doyle sich umdrehte, sah er, dass einer seiner Mitstreiter offensichtlich tot war. Zwei weitere waren zu Boden gefallen und hatten ihre Waffen verloren.

Nun ertönte ein neues Geräusch. Mit dem Gewehr an der Schulter kniete er sich an die Ecke des Anhängers und verfolgte den Laut bis zu den Helikoptern in der Ferne. Dort schienen die Hubschrauber eine Art Luftballett zu tanzen.

Sie wichen nach links und rechts aus, während sie auf beiden Seiten Täuschkörper ausstießen.

Eine Rauchwolke kam kurz hinter dem zweiten Heli zum Vorschein. Er war getroffen worden.

Doyle hielt Ausschau nach den Feinden auf dem Parkplatz und sah zwei Männer mit Schrotflinten über die freie Fläche auf sich zurennen.

Aus der Hüfte deckte er die näher kommenden Gegner mit einem Hagel aus 7,62-Millimeter-Kugeln ein. Beide Gegner sprangen in Deckung.

Raynor und Timble hasteten hinter eine Betontreppe, die zu einem rückwärtigen Eingang des Buy-Rite-Getränkeshops führte. Sie untersuchten sich gegenseitig auf Wunden und stellten erleichtert fest, dass keiner von ihnen einen Treffer kassiert hatte. Raynors gebrochene Rippen brachten ihn förmlich um. Er musste schnell und flach atmen, damit der Schmerz erträglich blieb.

Sie luden die Schrotflinten aus den seitlich angebrachten Patronenhaltern nach. Währenddessen sahen sie, wie ein Helikopter mit weißem Dach von Feuer und schwarzem Rauch eingehüllt wurde und ins Trudeln geriet.

Sie wussten nicht, ob sich der Präsident an Bord befand oder nicht. Dafür wussten sie, dass sich noch vier weitere VH-60-Hubschrauber in der Luft befanden und sie weitere Raketenabschüsse um jeden Preis verhindern mussten.

Beide Männer standen auf und richteten ihre Schrotflinten auf den Sattelanhänger 25 Meter vor ihnen.

»Los!«, rief TJ Kolt zu. Raynor rannte vorwärts, während Timble Patrone um Patrone abfeuerte, damit die Terroristen die Köpfe unten behielten.

Kolt rannte mit vor den Körper gestreckter Waffe über den Parkplatz. Er konnte die Wirkung von TJs Schrotladungen jetzt aus der Nähe begutachten. Vier Männer lagen tot oder im Sterben auf dem Betonuntergrund. Er rannte in einem großen Bogen um den Trailer herum, die Schrotflinte in Schulterhöhe, aber es war niemand da. Mehrere Raketenwerfer lagen auf dem Parkplatz. Kolt nahm sich nicht die Zeit, zu kontrollieren, welche bereits abgefeuert worden waren und in welchen noch scharfe Raketen steckten.

»Sauber!«, rief er. Nach wenigen Sekunden hörte er, wie TJ im Sprint näher kam. Timble hatte die leere Mossberg fallen lassen und hielt jetzt die Glock 23 in der Hand.

Zusammen mit Raynor bewegte er sich auf das rückwärtige Ende des Anhängers zu, um einen Blick hineinzuwerfen. Gleichzeitig bogen sie um die Ecke und sahen sich einem Mann mit AK gegenüber. Beide schossen auf den Terroristen, der rückwärts in den Trailer taumelte.

»Ist das Doyle?«, fragte Kolt.

TJ stemmte sich auf die Ladefläche und sprang sofort wieder herunter. »Negativ.« Jetzt blickte er sich um. Direkt südlich von ihnen befand sich ein Waldrand, links von ihnen die Rückseite des Ladens.

»Er haut ab«, sagte TJ.

»Woher weißt du ...«

»Ich weiß es einfach!«

Und damit sprinteten beide Männer los – Raynor um die Ecke, auf die Verladerampen zu, Timble in Richtung der Bäume.

David Doyle hechtete zwischen den Bäumen am südlichen Ende des Buy-Rite-Grundstücks hindurch und traf bald auf einen zweieinhalb Meter hohen Sicherheitszaun. Er kletterte hinauf, so schnell er konnte, aber oben angekommen stellte er fest, dass die Verletzungen an Bein und Schulter ihn mehr schwächten als gedacht. Arme und Beine gaben nach und er verlor den Halt. Zunächst stürzte er mit der Brust voran in den Stacheldraht, dann rollte er mit schmerzverzerrtem Gesicht über den Zaun hinweg und knallte auf den Boden.

Beim Versuch, aufzustehen, wurde ihm klar, dass seine

AK-47 auf der anderen Seite des Zauns lag. Er hatte keine zweite Waffe dabei, abgesehen vom Survivalmesser, das er in Arizona gekauft hatte. Es steckte noch im Hosenbund.

»Fuck!«, fluchte er. Auf keinen Fall schaffte er es, zurückzuklettern und das Gewehr zu holen. Er drehte sich stattdessen um und hielt auf den Friedhof zu, verzweifelt bemüht, Abstand zwischen sich und die Männer zu bringen, die seine Mission boykottiert hatten.

Hinter sich hörte er den Zaun klappern. Jemand stieg zu ihm herüber.

TJ schob die Pistole ins Holster, sprang an den Zaun und erklomm ihn mühelos. Er sprang auf der anderen Seite hinunter, zog die Glock 23 und rannte durch ein weiteres Waldstück, während seine Augen die Umgebung nach Anzeichen von David Doyle absuchten.

Officer Weizer hielt im Streifenwagen neben Raynor. Kolt war ziemlich sicher, dass niemand hier an der Rückseite des Gebäudes entlanggelaufen war. Er forderte Weizer auf, zum anderen Ende des Geländes zu fahren, und nahm seinerseits die Verfolgung von TJ auf. Irgendwie beschlich ihn das Gefühl, dass dieser sich gerade in der Nähe des Friedhofs anschickte, Doyle festzusetzen.

TJ rannte über die grüne Wiese und sprintete zwischen Grabsteinen und Grüften hindurch. Ein einzelnes Auto parkte 200 Meter entfernt auf dem Friedhofsweg. Da er es für denkbar hielt, dass es sich dabei um Doyles Fluchtfahrzeug handelte, konzentrierte er seine Aufmerksamkeit darauf, nach einem Fahrer am Steuer Ausschau zu halten. Deshalb achtete er im Vorbeilaufen kaum auf die große Marmorkrypta.

In seinem Rücken kam David Doyle hinter der Grabstätte hervor.

Der Terrorist hielt ein Survivalmesser in der Hand.

Timble reagierte auf die Bewegung, aber zu spät, um der Klinge auszuweichen. Doyle bohrte sie ihm in die Brust. Sie versank bis zum Heft in der Lunge des Deltas.

TJ und Doyle prallten zusammen und sackten beide ins taunasse Gras. Die Glock fiel TJ aus der Hand.

In einer fließenden Bewegung rappelte sich Doyle auf die Knie, hockte sich über den Gegner, in dessen Brust nach wie vor das Messer steckte, und starrte ihm abfällig ins Gesicht. Vor Schreck hob er die Augenbrauen. Obwohl ihre letzte Begegnung neun Monate zurücklag, erkannte der Al-Qaida-Mann den amerikanischen Offizier sofort. Überrascht rief er: »*Du?*«

TJ blinzelte schwach. Blut lief ihm aus dem Mund.

Vier Meilen weiter nördlich überflog Marine One die National Mall und näherte sich dem Weißen Haus. Auf dem südlichen Rasen drängten sich Secret-Service-Agenten, um den Präsidenten nach der Landung schnellstmöglich in die Sicherheit des Gebäudes zu bringen.

Raynor raste so schnell aus der Deckung der Bäume, wie seine gebrochen Rippen es zuließen. Er erreichte den gepflegten Rasen am Nordende des Cedar Hill Cemetery. Am blauen Himmel breitete sich der schwarze Rauch des vom SA-24 erwischten Hubschraubers aus. Er war in einem Viertel in Hillcrest Heights abgestürzt, das zum Prince George's County gehörte.

Kolts Kaliber-45-Pistole schwang bei jedem Schritt mit. Der Agent drehte den Kopf auf der Suche nach Doyle oder TJ in alle Richtungen.

Direkt vor Raynor ragte eine Marmorkrypta empor. Kolt lief einen großen Bogen, um die andere Seite zu checken. Dort, einige Meter weiter auf einem sanften Abhang, der zu einem Weg hinunterführte, sah er David Doyle rittlings auf Josh Timble sitzen. Der Terrorist hielt eine Pistole in der Hand und richtete sie aus nächster Nähe auf TJs Gesicht.

»Nein!« rief Kolt. Er feuerte einen einzelnen Schuss aus seinem 45er ab. Die Kugel traf Doyle in die Schulter. Er fiel von TJ herunter ins feuchte Gras. Die Glock blieb ein, zwei Meter neben TJs Kopf liegen.

Kolt näherte sich und zielte mit der Mündung weiterhin auf Doyle. »TJ! TJ!« Aber dann sah er den Messergriff und Timble, der ihn mit beiden Händen packte und sich aus der Brust zog.

»Nicht bewegen!«, schrie Raynor und meinte damit beide Männer. Im Rennen ließ er sich auf die Knie fallen.

Blut schoss aus der saugenden Brustwunde seines Partners. Nach jahrelanger Ausbildung wusste Raynor, dass man eine solche Verletzung nicht überlebte. Trotzdem übte er Druck auf die klaffende Öffnung in TJs Oberkörper aus. Mit aller verbliebenen Kraft presste er mit der linken Hand auf die Wunde.

Blut quoll zwischen seinen Fingern hervor.

TJs Augen waren glasig und schienen ins Leere zu blicken.

»Ich ergebe mich«, murmelte Doyle aus dem Gras tiefer am Hang.

Kolt beachtete ihn gar nicht und sprach mit Timble. Aus beiden Mundwinkeln des Lieutenant Colonels tropfte Blut.

»Tut mir leid, Bruder«, flüsterte Kolt mit brüchiger Stimme. »Scheiße! Halt durch. Hilfe ist auf dem …!«

»Sir! Ich ergebe mich!«

Kolt ließ kurz von seinem Freund ab und schaute David Doyle an. »Nein, tust du nicht.«

Der Mann mit den blond gefärbten Haaren setzte sich im Gras auf und hielt sich die linke Schulter. Langsam stemmte er sich auf die Knie und stand auf.

»Ich … ich sagte gerade, ich ergebe mich.«

»Du ergibst dich?«

»Ja. Ich kenne meine Rechte, Officer.«

»Seh ich etwa wie 'n verfickter Cop aus?«

Doyle schüttelte langsam den Kopf. »Nein. Nein, tun Sie nicht. Sie sind ... Sie sind aus der gleichen Einheit wie Captain Timble. Jemand von der Army. Sie sind nicht berechtigt, hier in den USA aktiv zu werden.«

Kolt stand jetzt ebenfalls. »Und was verrät dir das?«

Doyle dachte kurz nach. »Sie begehen ein Verbrechen. Sie sind ein Krimineller!«

Raynor grinste bösartig. »Das war erst der Anfang, Arschloch!« Er musste seine Aufmerksamkeit zwischen TJ und dem Mann aufteilen, der ein paar Meter von ihm entfernt stand. Kolt drückte ein Knie auf die Wunde, aber die Blutung geriet bereits ins Stocken.

Aus der Ferne hörte Raynor einen näher kommenden Hubschrauber.

Doyle rief: »Wenn Sie mich töten, Soldat ... begehen Sie ein *Kapitalverbrechen.*«

»Als ob mich das jetzt noch einen Scheiß interessiert.« Raynor deutete mit dem Lauf der 45er auf die Glock. »Hol dir die Waffe.«

»Nein. Nein! Ich hab doch gesagt, ich ergebe ...«

Kolt schoss Doyle ins linke Schienbein. Der amerikanische Al-Qaida-Agent fiel mit dem Gesicht voran ins Gras. Seine Rechte war nur noch wenige Zentimeter von der schwarzen Pistole entfernt.

»So! Jetzt bist du näher dran! Heb sie auf!«

Doyle schrie. Raynor war oft genug im Kampf verletzt worden, um zu wissen, dass er vor Entsetzen schrie, nicht vor Schmerz.

Bei Schmerzen dieser Größenordnung brauchte es etwas Zeit, bis sie sich bemerkbar machten. Bis das Bewusstsein sie sich eingestand. Und Raynor hatte nicht die Absicht, Doyle diese Zeit zu geben.

»Greif nach der Waffe!«, forderte er ihn erneut auf. Mit Absicht sah er seinem Freund in diesem Moment nicht in die Augen, sondern konzentrierte sich voll auf Doyle und die Glock 23.

»Bitte! Nehmen Sie mich fest! Tun Sie's nicht! Ich bin unbewaffnet!«

»Das ist deine letzte Chance, dich zu bewaffnen, bevor ich dich hinrichte!«, bellte Raynor.

Kolt spürte, wie TJ sich neben ihm bewegte. Er schaute nach unten und wandte den Blick kurz von der drohenden Gefahr ab. Josh hatte das Gesicht Doyle zugewandt.

Sobald Kolt wegsah, sprang Doyle nach vorn und streckte die Hand nach der Glock im Gras aus. Als er den Griff zu fassen bekam und sie zu Raynor herumschwenkte, schrie er: »*Allahu ak...*«

Kolt verpasste David Doyle eine Kaliber-45-Kugel in die Stirn. Der 30-Jährige war tot, noch bevor er mit dem Gesicht aufschlug.

Jetzt war die Luft von Sirenengeheul erfüllt, das mit jeder Sekunde lauter wurde. Die Rotoren der Helikopter dröhnten am Himmel, aber diese waren noch weit entfernt.

Kolt Raynor nahm sein Knie von TJs Brust. Er hatte keine Ahnung, ob sein Freund noch am Leben war, aber aus der tiefen Stichwunde strömte kein Blut mehr.

»Wir haben ihn erwischt, TJ«, raunte Kolt. Seine Augen füllten sich mit Tränen. »*Du* hast ihn erwischt.«

Mit vom Blut seines besten Freundes bedeckten Fingerspitzen schloss er TJ die Augen. Dann drückte er ihm die Pistole in die ausgestreckte Hand.

»Orden für die Toten, Bruder. Orden für die Toten.«

Kolt Raynor stand auf und zog sich ins nahe gelegene Waldstück zurück.

www.daltonfury.com

DALTON FURY ist ein ehemaliger Kommandant der Delta Force, der in über 90 geheimen Missionen eingesetzt wurde. Nach den Terroranschlägen des 11. September 2001 erhielt er den Auftrag, mit seinem Team den meistgesuchten Mann der Welt zu finden und zu töten – die Einzelheiten schildert er in seinem ungewöhnlichen Tatsachen-Bestseller *Kill Bin Laden*. Seine Erfahrungen in der Delta Force nutzt Dalton, um die explosiven Thriller mit Kolt ›Racer‹ Raynor so realitätsnah wie möglich zu schreiben.

Dalton Fury bei FESTA:
Black Site – Das Geheimlager
Orden für die Toten

Infos & Leseproben: www.Festa-Verlag.de
eBooks: www.Festa-eBooks.de

Festa: If you don't mind sex and violence and lots of action

Niemand veröffentlicht härtere Thriller als Festa. Werke, die keine Chance haben, in großen Verlagen veröffentlicht zu werden, weil sie zu gewagt sind, zu neuartig, zu extrem.

Statt der üblichen Matt- oder Glanzfolie haben die Bücher von Festa eine raue, lederartige Kaschierung. Sie symbolisiert die Härte und sexuelle Gewagtheit unseres Programms. Diese »Bücher im Ledermantel« sind auch sehr widerstandsfähig – die Bücher wirken nach dem Lesen noch wie neu.

Unsere erfolgreichsten Buchreihen:

HORROR & THRILLER – Moderne Meister des Genres
FESTA CRIME – Die besten Action-Thriller aus Amerika
FESTA EXTREM – Wenn Lesen zur Mutprobe wird ...
Wegen der brutalen und pornografischen Inhalte erscheinen die Titel als Privatdrucke ohne ISBN und werden nur ab 18 Jahre verkauft. Sie können nur direkt beim Verlag bestellt werden.

Festa steht beim Thema harte Spannung für viele Jahre bewährte Qualität. Darauf geben wir sogar eine Zufriedenheitsgarantie. Dieser Service ist für einen Buchverlag einzigartig.

Warum tun wir das?

Frank Festa: »Wir wollen, dass die Leser unsere Bücher lieben. Das geht nur mit Qualität. Und als Spezialist für Horror und Thriller aus Amerika können wir in dem Bereich diese Qualität garantieren – so einfach ist das.«